國家社科基金重大項目（10&ZD104）成果

宋代筆記研究叢書

戴建國 主編

宋代筆記語言概論

馮雪冬 著

中原出版傳媒集團
中原傳媒股份公司
大象出版社
·鄭州·

圖書在版編目(CIP)數據

宋代筆記語言概論 / 馮雪冬著. — 鄭州：大象出版社，2020.3
(宋代筆記研究叢書 / 戴建國主編)
ISBN 978-7-5347-9864-1

Ⅰ.①宋… Ⅱ.①馮… Ⅲ.①中國歷史-筆記-研究-中國-宋代 Ⅳ.①K244.066

中國版本圖書館 CIP 數據核字(2018)第 159832 號

宋代筆記語言概論

SONGDAI BIJI YUYAN GAILUN

馮雪冬 著

出 版 人	王劉純
責任編輯	負曉娜
責任校對	張迎娟　李婧慧　牛志遠
裝幀設計	王莉娟

出版發行	大象出版社(鄭州市鄭東新區祥盛街 27 號　郵政編碼 450016)
	發行科　0371-63863551　總編室　0371-65597936
網　　址	www.daxiang.cn
印　　刷	河南省環發印務有限公司
經　　銷	各地新華書店經銷
開　　本	720 mm×1020 mm　1/16
印　　張	25
字　　數	430 千字
版　　次	2020 年 3 月第 1 版　2020 年 3 月第 1 次印刷
定　　價	88.00 元

若發現印、裝質量問題，影響閱讀，請與承印廠聯繫調換。
印廠地址　河南省新鄉市新鄉縣七里營鎮 107 國道與胡韋綫交叉口中原興業產業園 A12-2
郵政編碼　453800　　　　　電話　13683815169

序

戴建國

"宋代筆記研究叢書"係國家社科基金重大項目"《全宋筆記》整理與研究"的重要成果。

在中國古代,筆記作爲一種文體乃隨筆記事而非刻意著作之文,其以質樸、不事雕琢的特色生動呈現了古代社會生活的場景。筆記既有對社會重大事件的記錄,也有對微觀生活的叙述,藴含着豐富的社會文化,是中國傳統文化寶庫中一顆璀璨的明珠。筆記文獻在文化史、社會史、學術史、科技史等領域的研究價值是其他文獻無法替代的。

宋代是中華民族燦爛文化創造的高峰期。陳寅恪先生云:"華夏民族之文化,歷數千載之演進,造極於趙宋之世。"宋代人文昌盛,經濟發達,對外交流極爲頻繁,儒、釋、道相容并包。有學者指出:筆記作爲獨具一格、隨筆記事的文體,長短不拘,輕鬆活潑,是古代文體解放的重要標志。這種文體在宋代文學史上占有一席之地,值得將其作爲獨立的文體門類進行學科性的探究。文體的解放與環境、寫作者意識的開放相關聯,不拘一格的筆記是精神環境相對寬鬆、士人文化勃興氛圍下發展的結果。

宋代的這些時代特色,在筆記中都有具體的記載和生動的反映。如北宋的《夢溪筆談》,記載了人類發展史上最早發明活字印刷術的畢昇,并記述了二百多條有關自然科學方面的内容,涉及數學、天文學、氣象學、地質和礦物學、物理學、灌溉和水利工程學、農藝學、醫藥和製藥學等。指南針發明後,我們的祖先將其運用於航海,大大便利了海上航行。朱彧的《萍洲可談》是現存最早記録這一活動的宋人筆記,書中記載:"舟師識地理,夜則觀星,晝則觀日,陰晦觀指南針。"

宋代處於海上絲綢之路的興盛時期,對此,宋人筆記亦多有記載。例如:周去非《嶺外代答》,保存有南海、南亞、西亞、東非、北非等地古國及交通方面的寶貴資料。成書於1225年的《諸蕃志》，記述了海外諸國的物產資源，其範圍東自日本，西極東非索馬里、北非摩洛哥及地中海東岸，內容詳贍，記載明晰。因相關不少國家地區尚處於無文字時代，故此書記錄尤顯珍貴，是研究中古時期中西交通、海上絲綢之路及東南亞、南亞、西亞、北非等地歷史風土的重要文獻。

中華民族是一個多民族組成的大家庭，宋人筆記也爲我們記述了多民族共同生活、共同書寫歷史的活動。如范成大《桂海虞衡志》生動真切地記載了宋代西南、海南各少數民族聚居地區的民俗風情及氣象地貌、礦產土物、民族特色、中外交通，乃至政治、經濟、文化、軍事等社會狀況，是極爲可貴的實錄，給後人留下了以桂林爲中心的西南地區的歷史地理、社會學、人類學、民族學、民族史、中外關係史、中外貿易史、經濟史、生物學、農學、地質學等衆多領域的珍貴史料。

《夢溪筆談》《東京夢華錄》《萍洲可談》《容齋隨筆》……這一部部鮮活的筆記，記錄了我們先人的偉大發明創造，記錄了我們民族認識世界、改造世界的活動，構成了我們民族記憶的瑰麗寶典。

"宋代筆記研究叢書"共計七部研究成果，從文史結合的角度多方位地探討了宋代筆記的文獻價值及所蘊含的豐富的社會文化價值，將微觀考釋與宏觀論述相結合，探求唐宋時期社會文化繁榮和發展的歷史軌迹。

研究成果之一《全宋筆記書目提要》，是爲《全宋筆記》收錄的宋人筆記逐一撰寫的學術提要。對相關筆記的作者、筆記内容、版本流傳、學術價值等詳加考訂，并吸收采納最新的研究成果，糾正文獻流傳過程中的訛誤，言簡意賅地反映了《全宋筆記》的基本面貌和學術研究成果，揭示出這些筆記的史料價值和學術意義。

研究成果之二《兩宋筆記研究》，通過對宋代筆記史料的全面搜集、梳理和辨析考訂，對筆記的源流和筆記概念的界定、筆記的數量及分類、筆記中之僞書問題、宋代筆記興盛的社會文化背景、筆記的撰寫體裁與史料來源、筆記的刊印傳布、筆記作者等諸多問題作了詳盡的論述。此成果在學界已有研究的基礎上，對宋人筆記作了更爲深入的研究，提出了一些新的見解。

研究成果之三《宋人筆記視域下的唐五代社會》，深入探討了筆記所反映的唐五代時期的社會生活。在傳世的宋代筆記中，有一部分保存有唐後期至五代社會生活的資料，具有獨特的史料價值，記錄了中唐以降至五代社會的深刻變化。這些變化顯著地體現在人們的飲食、住居、交通、婚姻、家庭、教育等方面。社會生活的變化是社會進步的標志，所有這些變化爲其後宋代社會經濟和文化的進一步繁榮打下了基礎。

研究成果之四《筆記語境下的宋代信仰風俗》，認爲經歷了唐宋之際政治、經濟、社會、文化的重大變革，宋人的宗教觀念和信仰習俗也展現出前所未有的新特點。首先，人們的社會生活更趨豐富，與之相應，信仰習俗也更加複雜。其次，宋王朝"佛、道并重"的政策使佛、道二教獲得發展良機，從而在民間廣泛傳播。再次，原始崇拜所具有的神秘虛妄色彩至宋代有所淡化，諸多信仰活動和崇奉儀式中已增添了不少俗世情趣和生活氣息。

研究成果之五《宋代的仕女與庶民女性——筆記內外所見婦女生活》，以社會性別理論作爲分析的主要工具，以筆記爲主要資料，揭示了宋代婦女生活的面貌。選取社會下層婦女這一群體進行探討，以乳母群體爲例，進行個案的分析論述，探究宋代庶民婦女的生活，認爲乳母本爲婢女的一種，也具有由下層向上層流動的特點，與妾具有某些共通點。

研究成果之六《宋代筆記語言概論》，對筆記史料進行了文字學、詞彙學、訓詁學、語音學、語法學等多視角的全面考察，并深入探討了筆記中的一批新詞新義、詞義演變、常用詞、方言俗語、行話隱語與外來詞語，總結了筆記中蘊含的因聲求義、求證方言、追求語源、排比歸納、鈎沉古注、探求理據、古今對比等訓詁方法，從古今語音演變、南北方音差異、實際語言與韻書記錄差異等多個角度對語言進行了深入研究。

研究成果之七《宋代筆記國際學術研討會論文集》，是課題組 2015 年主辦的學術研討會會議成果，收錄了 20 位學者的論文。這些論文運用筆記材料，對宋代社會文化史、政治經濟史及文學史諸領域作了多維度的研究，或運用新理論、新方法從文本、空間等新視角切入，深入解讀宋人筆記文獻；或考證梳理兩宋興衰治亂之由，進一步拓展了文史研究的新領域。

本叢書的出版，是參與子課題研究工作的各位學者同心協力、多年辛勤耕耘的結果。這些成果爲我們認識有血有肉、豐富多彩的宋代社會提供了一個多方位的視角。這套叢書是我們對宋人筆記進行初步探討的階段性的研究成果。我們深知這些研究還有諸多不足，在此敬請讀者批評指正。

2019 年 7 月 20 日

目錄

緒論/一
    一、宋代筆記語言研究概述 …………………………………… 四
    二、本書的研究宗旨、研究方法和研究内容 …………………… 二七

第一章　宋代筆記與文字學研究/三一

第一節　宋代筆記與异體字研究 ……………………………… 三四
    一、宋代筆記文獻中的异體字材料 …………………………… 三五
    二、版本异文與异體字研究 …………………………………… 三九
    三、宋代筆記异體字材料體現的宋代文人的文字觀念 ………… 四三

第二節　宋代筆記與古今字研究 ……………………………… 四六
    一、宋代筆記中的古今字材料 ………………………………… 四八
    二、版本异文與古今字研究 …………………………………… 五一
    三、宋代筆記作者的古今字觀念 ……………………………… 五五

第三節　宋代筆記與俗字研究 ………………………………… 五九
    一、宋代筆記中的俗字材料 …………………………………… 六〇
    二、宋代筆記作者的俗字研究 ………………………………… 六三
    三、宋代筆記中的俗字與俗形義學 …………………………… 六六

第二章　宋代筆記與詞彙學/七五

第一節　宋代筆記中出現的新詞新義 …………………… 七七

一、宋代筆記新詞新義的產生途徑 ……………………… 七九
二、宋代筆記記錄新詞新義的方式 ……………………… 九六
三、宋代筆記新詞新義的產生方式 ……………………… 一〇二

第二節　宋代筆記中的詞義演變現象 ………………… 一二五

一、反映詞義的新陳代謝 ………………………………… 一二六
二、記錄詞義演變的途徑 ………………………………… 一三二
三、探究詞義演變的動因 ………………………………… 一三八

第三節　宋代筆記中所見的常用詞更替 ……………… 一四二

一、行文中的常用詞 ……………………………………… 一四五
二、複音詞中的語素選擇 ………………………………… 一五五
三、同義成分的歷時替換 ………………………………… 一六三
四、釋古語的今語 ………………………………………… 一七二
五、文獻版本的异文 ……………………………………… 一七五

第四節　宋代筆記中的方言俗語 ……………………… 一七八

一、宋代筆記中的共時方言俗語材料 …………………… 一七九
二、宋代筆記中方言俗語的歷時研究 …………………… 一八一
三、作者對方言俗語的研究心得 ………………………… 一八四
四、方言俗語體現的宋人的社會文化心理 ……………… 一八八

第五節　宋代筆記中的行話隱語 ……………………… 一九一

一、宋代筆記文獻中行話隱語的雅俗相融 ……………… 一九二
二、宋代筆記作者對行話隱語的探究 …………………… 一九六

三、行話隱語體現的言語層面和語言層面的互動交融 ……… 二〇〇

第六節　宋代筆記中的外來詞 ……………………………………… 二〇三

　　一、來源於佛教的詞語 ………………………………………… 二〇四
　　二、來自少數民族語言的詞語 ………………………………… 二〇九
　　三、來自外國語的詞語 ………………………………………… 二一三

第三章　宋代筆記與訓詁學研究/二一九

第一節　宋代筆記中的訓詁內容 …………………………………… 二二二

　　一、訓釋對象 …………………………………………………… 二二二
　　二、訓詁範圍 …………………………………………………… 二三〇

第二節　宋代筆記中的訓詁方法 …………………………………… 二三三

　　一、因聲求義 …………………………………………………… 二三四
　　二、求證方言 …………………………………………………… 二三五
　　三、追求語詞源流 ……………………………………………… 二三七
　　四、排比歸納 …………………………………………………… 二三八
　　五、鈎沉舊注 …………………………………………………… 二三九
　　六、探究理據 …………………………………………………… 二四〇
　　七、古今對比 …………………………………………………… 二四〇

第四章　宋代筆記與音韻學研究/二四五

第一節　宋代筆記中所保存的語音資料 …………………………… 二四八

　　一、語音演變的材料 …………………………………………… 二四八
　　二、各地方音的記錄 …………………………………………… 二五三
　　三、語音問題的探討 …………………………………………… 二五七

第二節　從宋代筆記看宋代南北方音的差异 …………………… 二六三

　　一、作者眼中的南北方音 ………………………………… 二六五
　　二、宋代筆記文獻所見的南北音差异 …………………… 二六九

第三節　從宋代筆記看宋代雅言與韵書記載的差异 …………… 二七三

　　一、《廣韵》《集韵》所記録的語音標準 ………………… 二七五
　　二、宋代雅言與韵書記載的差异 ………………………… 二七八

第五章　宋代筆記與語法研究/二八五

第一節　宋代筆記中的語法材料 ………………………………… 二八八

　　一、宋代筆記文獻體現出古人朦朧的語法意識 ………… 二八八
　　二、宋代筆記中的語法材料 ……………………………… 二九四

第二節　宋代筆記與漢語語法研究 ……………………………… 三〇二

　　一、宋代筆記作者的語法研究 …………………………… 三〇三
　　二、宋代筆記語法現象例析 ……………………………… 三〇七

結語 ……………………………………………………………… 三一九

　　一、宋代筆記文獻與漢語史研究 ………………………… 三二二
　　二、宋代筆記語言研究與辭書編纂 ……………………… 三三五
　　三、宋代筆記古籍整理與語言研究 ……………………… 三五二

引用筆記文獻/三七一

參考資料/三七五

緒論

北宋宋祁將所撰隨筆雜録輯録爲《宋景文筆記》三卷，其書上卷爲釋俗，中卷爲考訂，下卷爲雜說，後遂以"筆記"爲相類文集的稱謂。對筆記的認識，目前還不能達成絶對的一致。但"筆記"非古人心目中的正式文體這一點是明確的。由於多爲文人信筆所記非刻意爲之，所記内容又十分駁雜，因此，歷來在歸類上也存在諸多的齟齬。

南宋鄭樵曾在《通志·校讎略》中慨嘆"筆記"等歸類之難："古今編書，所不能分者五，一曰傳記，二曰雜家，三曰小說，四曰雜史，五曰故事，凡此五類之書，足相紊亂。"因此，即便是《四庫全書》的編者也是將筆記分列入史、子、集等各目中。不能否認這與古代作家和目録學家等對待筆記類文獻的態度有重要關聯。在多數人看來，這類東西明顯是不能登大雅之堂的。然而鄭樵所列舉的五類書，從現代的觀點來看，似乎均有歸入筆記範疇的可能，而且也不會遭到很多人的反對。高斯先生在《重刊〈筆記小說大觀〉序》中這樣寫道："關於書名，曾有人認爲，筆記就是筆記，聯帶上'小說'有點不倫不類，不如叫作《筆記大觀》爲好。其實，現代人所說的'小說'，是指有人物、有情節、以散文語言爲表現手段，廣泛地反映社會生活的文學作品而言；而在古代，小說的含義却是很廣的。"[1] 序中高先生用大量篇幅論證了《筆記小說大觀》的命名之由。王鍈先生在《唐宋筆記語辭彙釋·前言》中說："所謂'筆記'或'筆記小說'，是一個傳統的概念，其内容與形式相對駁雜，除了考據辯證之類的學術文字，以及記載歷史瑣聞和掌故的稗官野史之外，還包含'殘叢小語'式的故事傳說和一定數量現代意義的小說。"[2]

《宋元筆記小說大觀·出版說明》是這樣界定"筆記小說"的："'筆記小說'

---

[1] 高斯：《重刊〈筆記小說大觀〉序》，江蘇廣陵古籍刻印社，1983年。
[2] 王鍈：《唐宋筆記語辭彙釋·前言》，中華書局，2001年，第5頁。

泛指一切用文言寫的志怪、傳奇、雜錄、瑣聞、傳記、隨筆之類的著作,內容廣泛駁雜,舉凡天文地理、朝章國典、草木蟲魚、風俗人情、學術考證、鬼怪神仙、艷情傳奇、笑話奇談、逸事瑣聞等等,宇宙之大,芥子之微,琳琅滿目,真是包羅萬象。"《宋元筆記小説大觀·出版説明》:"中國的筆記小説,截至清末,大約不下於3000種。"[1] 單就宋人筆記而言,《全宋筆記·編纂説明》:"宋人筆記是宋代文獻的重要組成部分,數量龐大。據初步統計,現存宋人筆記有五百餘種(李文澤《宋代語言研究》,8頁:粗略統計,現存宋人筆記約800種,數量極爲龐大),内容幾乎涉及宋代社會的各個領域,具有較高的史料和文化價值。"[2] 由於筆記語言簡潔活潑,文白夾雜,且多有對當時或以往語言現象的分析和記録,因此,不僅史學家可以藉此辯證闕失、增補事實,文學家可以藉此窺測當時之文壇、汲取文學思想,語言學家同樣也可以以此爲語料勾勒一時代之語言面貌、整理語言研究的零散成果、歸納語言研究的理論方法,擴大語言研究的視野。

一、宋代筆記語言研究概述

王鍈先生認爲,作爲語言研究的材料,筆記具有三大特點:一是體裁形式活潑,不拘一格,信筆所至,娓娓而談,口語色彩强;二是涉及範圍廣,幾乎無所不談,無所不包,詞彙的容量相當大;三是其中往往有成段的白話資料。宋代尤其是北宋時期,是白話文獻較爲缺乏的時期。宋代筆記在語言研究上無疑具有彌足珍貴的價值。黎錦熙先生在1933年出版的《比較文法》一書序言中曾提到,其時祇有周秦漢晋"經""傳"釋詞,没有唐宋明清"詩詞""語録""戲曲""小説"釋詞。[3] 繼後,隨着古白話詞彙研究的開拓和發展,唐宋明清的詩詞、語録、戲曲、小説等系統考釋的專書如雨後春笋般蜂擁而至。如徐嘉瑞《金元戲曲方言考》、朱居易《元劇俗語方言例釋》、張相《詩詞曲語辭彙釋》、蔣禮鴻《敦煌變文字義通釋》(以下簡稱《通釋》)等,後又有陸澹安《小説詞語彙釋》《戲曲詞語彙

---

[1] 上海古籍出版社編:《宋元筆記小説大觀·出版説明》,上海古籍出版社,2003年。
[2] 朱易安等主編:《全宋筆記·編纂説明》,大象出版社,2003年。
[3] 黎錦熙:《比較文法》序言,科學出版社,1958年。

釋》,顧學頡、王學奇《元曲釋詞》等陸續問世。然而如黎先生的序言中尚未提及筆記一樣,系統的筆記文獻釋詞成果(《唐宋筆記語辭彙釋》)直到20世紀80年代纔出現。由此足見關於筆記語言研究的起步還是相當晚的,這方面的内容我們需要分以下幾個階段來談。

(一)宋代筆記語言研究的開始(20世紀80年代前)

早在20世紀40年代,周祖謨先生在《宋代汴洛方音考》(1942)、《宋代方音》(1943)等著述中,就已采用宋代筆記爲語言材料,揭示當時語音與韵書記載的差異。[1] 繼後,涉及宋代筆記語言研究方面的成果,應該從《通釋》説起,蔣禮鴻先生在書的序目中説:"研究古代語言,我以爲應該從縱横兩方面做起。所謂横的方面是研究一代的語言,如元代。其中可以包括一種文學作品方面的,如元劇;也可以綜合這一時代的各種材料,如元劇以外,可以加上那時的小説、筆記、詔令等。當然,後者的做法更能看出一個時代語言的全貌。所謂縱的方面,就是聯繫起各個時代的語言來看它們的繼承、發展和异同,《詩詞曲語辭彙釋》就是這樣做的。"蔣先生首次將筆記與小説、詔令和元劇等并論,視其爲語言研究的語料。除變文本身以外,先生在書中也參考了一些其他有關的敦煌文獻,以及唐五代人的詩和筆記小説之類;此外也偶爾引用一些漢魏六朝和宋元以後的材料。"《通釋》的特色之一,正在於它的材料的廣泛性。就時間斷限而言,《通釋》的材料上起先秦,下至現代(書中曾引今人柳青、浩然的小説及現代方言);就内容而言,舉凡詩、賦、詞、曲、筆記、小説、語録、隨筆、民謡、佛經、詔令、奏狀、碑文、字書、韵書、音義、史書、文集等等,無不在采披之列。"[2] 用蔣先生的話説是"附列於本條之後,想把這些材料作極初步的極不完整的縱的横的串聯"。這是書名之所以名爲"通釋"的原因。[3]

《通釋》在釋詞時引用宋代筆記作爲例證的比比皆是,如釋"使頭"條引孫光憲《北夢瑣言》卷二十"頭皆不見"條:"嘉州夾江縣人孫雄,人號孫卵齋,其言

---

[1] 參見周祖謨:《問學集》,中華書局,1966年,第581~662頁。
[2] 郭在貽:《讀新版〈敦煌變文字義通釋〉》,《天津師大學報》1982第5期。
[3] 蔣禮鴻:《敦煌變文字義通釋·序目》,上海古籍出版社,1981年。

事亦何奎之流。僞蜀主歸命時,內官宋愈昭將軍數員,舊與孫相善,亦神其術,將赴洛都,咸問其將來升沉。孫俯首曰:'諸官記之,此去無灾無福。但行及野狐泉已來稅駕處,曰孫雄非聖人耶?——此際新舊使頭皆不見矣!'諸官皆疑之。爾後量其行邁,合在咸京左右,後主罹僞詔之禍,莊宗遇鄴都之變。所謂新舊使頭皆不得見之驗也。"指出這裏稱國主爲使頭,君臣也是主僕關係。[1] 書中爲證實變文中的詞語在宋代仍活躍於口語中,有時不祇是引一部筆記用例爲旁證:

> 驟:打滾。《夷堅志》卷十三,閻四老條:"方城縣鄉民閻四老,得疾已亟,忽語其子曰:'吾且爲驢,試視我打驟。'即翹足仰身,翻覆作勢,其狀真與驢等。"可見"驟"爲打滾,到宋代還存在於口語中。宋人沈括《夢溪筆談》卷二十四,雜志一:"嘉祐中,蘇州昆山縣海上,有一船桅折,風飄抵岸。……時贊善大夫韓正彥知昆山縣事,召其人,犒以酒食。食罷,以手捧首而驟,意若歡感。"王秉恩校"驟"爲"輾"。按"驟"就是打滾,假若本是"輾然而笑"的"輾",沈氏就不用贅上"意若歡感",更不會下一"若"字了。[2]

可見,蔣禮鴻先生在通釋變文的同時,在客觀上也考釋甚至彙釋了宋人筆記的語詞。《通釋》一書多次徵引《北夢瑣言》《夢溪筆談》《洛陽縉紳舊聞記》《歲時廣記》《苕溪漁隱叢話》《揮塵錄》《猗覺寮雜記》《東齋記事》《夷堅志》《容齋隨筆》《湘山野錄》《夢粱錄》《春渚紀聞》《萍洲可談》《醉翁談錄》《東觀餘論》《墨莊漫錄》《老學庵筆記》《東京夢華錄》《江南餘載》《南部新書》《羅湖野錄》《東軒筆錄》《靖康要錄》《癸辛雜識》《邵氏聞見錄》《邵氏聞見後錄》《涑水記聞》《珍席放談》《中吳紀聞》《翰苑遺事》《石林燕語》《能改齋漫錄》《綠窗新話》《青箱雜記》《孔氏談苑》《清異錄》《續談助》《靖康要錄》《却掃編》《曲洧舊聞》《青瑣高議》《貴耳集》《獨醒雜志》等50餘部宋代筆記語料作爲例證,通釋變文詞彙。

---

[1] 蔣禮鴻:《敦煌變文字義通釋·序目》,上海古籍出版社,1981年,第11頁。
[2] 同上,第131頁。

(二)宋代筆記研究的深入(20世紀80~90年代末)

20世紀80年代始至90年代末,宋代筆記詞語考釋類的成果陸續出現。起初,作者多是選取筆記中的個別口語詞作爲考釋對象,主要采用排比歸納的方法解釋詞義,可謂是宋代筆記語言研究的星星之火。較早的當屬王鍈的《"撮弄""囊弄"小考》[1]《"往"指未來》《"者"字辨疑》[2]《唐宋筆記語詞釋義》[3]等。後王先生在此基礎上出版了系統的筆記語詞考釋專著《唐宋筆記語辭彙釋》(以下簡稱《彙釋》),這是筆記詞彙研究的開山之作,書中所收詞語計標目288條,附目145條,分列337條。"此書在唐宋口語詞考釋中的諸多創獲,可以幫助人們更爲準確全面地認識唐宋時期漢語詞彙的面貌;不僅如此,此書所進行的詞彙研究,在方法和理論上具有不少的啓示性意義,爲後學者提供了經驗和範例。"[4]作者全面占有唐宋筆記語料,徵引筆記200餘種,以排比歸納法爲主繫連詞義,前人未發之新詞新義,舉例尤多,以供研討。

《彙釋》還對部分語詞作了溯源的工作,如"沉吟"條:"按'沉吟'作爲雙音詞表'思量''考慮'義,來源頗早。曹操《短歌行》:'但爲君故,沉吟至今。'"[5]在處理音義關係複雜的語詞時,往往先明通假後因聲求義,如"打(摸打)"條:"打,即'拓(搨)',用紙墨摹印碑刻上的文字,'打'與'拓'一聲之轉。"[6]

有時,爲進一步證實考釋結論,作者還選取唐宋筆記外的語料,如"向"條:"以上凡言'説向',均猶'説與'。又《警世通言》卷二八《白娘子永鎮雷峰塔》:'忽一日見姐姐問道:"曾向姐夫商量也不曾?"'亦'與'字義,唯所組成的介賓結構在動詞前作狀語。"[7]"資次"條:"又喬吉小令《小桃紅》(立春遣興):'春風告示,梅花資次,攢到北邊枝。'意亦謂梅花由南枝依次開到北枝,并可參證。"[8]

1　王鍈:《"撮弄""囊弄"小考》,《文獻》1981年第3期。
2　王鍈:《"往"指未來》《"者"字辨疑》,《語言研究》1985年第1期。
3　王鍈:《唐宋筆記語詞釋義》,《語文研究》1986年第4期。
4　袁本良:《〈唐宋筆記語辭彙釋〉研究特色述略》,《貴州大學學報》2004年第6期。
5　王鍈:《唐宋筆記語詞彙釋》(修訂本),中華書局,2001年,第18頁。
6　同上,第33頁。
7　同上,第184頁。
8　同上,第247頁。

另外,作者還常常鈎沉舊注、參證方言,"潛火"條:"按《容齋三筆》卷五'潛火字誤'條云:'今人所用潛火字,如潛火軍兵、潛火器具,其義爲防。然以書傳考之,乃當爲"熸"。《左傳·襄二十六年》:"楚師大敗,王夷師熸。"《昭二十三年》:"子瑕卒,楚師熸。"杜預皆注曰:"吴楚之間謂火滅爲熸。"《釋文》音子潛反,火滅也。《禮部韵》將廉反。皆讀如殲音,則知當曰"熸火"。'"[1] "計會"條:"按'計'與'知'語音上也有一定關係;雖然'計'古音爲見母字,'知'爲知母字,聲調也不相同,但就像現代湖南等地方言將見、知二組字混用那樣,當時某些方言也可能不加分别。"[2]

王先生還積極引進學術界的新成果,并指出《辭源》《辭海》《漢語大詞典》等大型辭書中的訛誤。作者在釋"料理"時的小結中説:"按《詩詞曲語辭彙釋》卷五'料理'條云:'猶云安排或幫助也,又猶云排遣也,又猶云逗引也。'筆記所見不盡相同。郭在貽《古漢語詞義札記》'料理'條云:除張氏所列四義外,還應增加'做弄'或'戲侮'義,引上例末二例爲證。今参用其説。"[3] 書末還附有"存疑備考",體現了作者嚴謹踏實、實事求是的治學態度,爲後學者進一步深入研究提供了良好的條件。

《彙釋》問世後,唐宋筆記作爲詞彙研究的語料進一步引起重視,沿其脉絡的相關詞語考釋類文章陸續出現,或對《唐宋筆記語辭彙釋·備考録》中的語詞進一步考釋,如蔣宗許《〈唐宋筆記語辭彙釋·備考録〉雜考——"中古漢語研究"系列》[4]、蔣宗許、劉雲生《〈唐宋筆記語辭彙釋·備考録〉雜考》[5],前文精釋"出著""緊緊""望縣""頹然"等詞,後文詳考"餐""抄""出著""合作""緊緊""望縣""縋縷(藍縷)""郎""鹵莽""沙塊""沙""上公""頹然""聞""鬧藍"等詞。作者根據所列語詞的不同情況,或從漢語史的角度試作探索,或立脚於所在語境揣摩辨析,考釋結論令人信服;或是在確釋《唐宋筆記語辭彙釋·備考

---

[1] 王鍈:《唐宋筆記語詞彙釋》(修訂本),中華書局,2001年,第139頁。

[2] 同上,第84頁。

[3] 同上,第113頁。

[4] 蔣宗許:《〈唐宋筆記語辭彙釋·備考録〉雜考——"中古漢語研究"系列》,《古漢語研究》1995年第2期。

[5] 蔣宗許、劉雲生:《〈唐宋筆記語詞彙釋·備考録〉雜考》,《綿陽師專學報》1995年第3期。

錄》詞語的同時，對《彙釋》中的個別考釋提出商榷，如劉瑞明《唐宋筆記詞語小識》[1]重新分析了《彙釋》中"亦"的六個義項，提出了自己的想法。總之，《彙釋》在筆記研究方面的開創之功有目共睹。從此，筆記語料越發得到重視。同時，作者的治學方法和態度也引領了筆記詞彙研究的新方向。

《彙釋》出版後，2001年中華書局又出版了修訂版，作者在初版的基礎上作了一些改動。一是改正出版內容和排印上的大量錯誤，二是正文部分增加了少量條目，三是補充了部分例證，四是"語辭備考錄目次"作了增補和修訂。此間亦有段觀宋《唐宋筆記小說釋詞》[2]，計例釋"不意""當來""頓""過""撲（關撲）""殊"等六詞；劉蓉《宋代筆記和方俗詞語研究》[3]明確了宋代筆記在方俗詞語研究方面的重要價值。

另外，值得一提的是，宋代筆記也引起了音韻學者們的關注，李新魁《宋代漢語韻母系統研究》[4]便采用了宋代筆記中的語言材料。李先生認為："《廣韻》一書有'存古'的性質，它所分的二百零六韻，包含有古音成分和方音成分，並不能代表宋代實際的語音系統。因此，要探求宋代的韻類系統，不能專主《廣韻》。""宋代出現的許多韻文，除一些是科場的製作之外，其他那些屬於詩人們平常的詩歌創作，其押韻情況及散見宋人筆記或其他雜著中所涉及的語音現象，都是我們研究宋代韻類系統的重要材料，必須充分地加以利用。"文中引邵博《邵氏聞見後錄》卷三十："劉貢父呼蔡確為'倒懸蛤蜊'，蓋蛤蜊一名'殼菜'也。確深銜之。"據此作為蔡、菜同音，宋代的咍、泰韻已經合為[ɑi]的讀音的例證。在論述支、脂、之、微四韻通為一讀時，李先生引《雞肋編》記載為證："秦魯國大長公主，昭陵之女，下嫁錢景臻太傅，於今上為曾祖姑……具奏：'妾雖迫於飢窘，不敢妄有干求。但以年老多病，瘴病之餘，得一望清光，雖死不恨。'始聽來朝。上皇改公、郡、縣主為帝宗族姬，時以語音為不祥。至是，飢窘之言果見於文表，是可怪也。"文中還徵引了《曲洧舊聞》《侯鯖錄》《四朝聞見錄》《容齋隨

1　劉瑞明：《唐宋筆記詞語小識》，《貴州大學學報》1997年第4期。
2　段觀宋：《唐宋筆記小說釋詞》，《古漢語研究》1990年第4期。
3　劉蓉：《宋代筆記和方俗詞語研究》，《玉溪師專學報》（社科版）1995年第1期。
4　李新魁：《宋代漢語韻母系統研究》，《語言研究》1988年第1期。

筆》等筆記中的語音實錄性材料。(有的轉引自《宋人軼事彙編》)張光宇《從閩方言看〈切韻〉一二等韻的分合》[1]引陸游《老學庵筆記》卷六"四方之音有訛者,則一韻盡訛。如閩人訛'高'字,則謂'高'爲'歌',謂'勞'爲'羅'",以及陳鵠《西塘集·耆舊續聞》卷七"閩人以高爲歌"的記載,認爲"豪""歌"不分容易產生誤解,歌讀-o是文讀,豪讀-o是白讀,母音-a:-o的對立在麻、歌屬於文讀,而在肴、豪屬於白讀現象。陳振寰、劉村漢《論民間反語》[2]一文也引宋洪邁《容齋隨筆》"世人語音有以切脚而稱者,亦間見於書史中,如以蓬爲勃籠,盤爲勃闌,鐸爲突落……是也",以及沈括《夢溪筆談》中記載的部分民間切脚語來説明:"'世人'的'切脚',大約就是社會上流行的一種反語,而這種反語偶然地也會反映到'書史中'去。"孫建元《論研究宋人音釋的意義和方法》[3]也涉及陸游的《老學庵筆記》和張師正的《倦游雜錄》中的語音材料。將邑劍平、平山久雄《〈賓退錄〉射字詩的音韻分析》[4],是一篇專門研究宋代筆記語音問題的力作,文章分析了《賓退錄》所載兩首射字詩,歸納出了它們所反映的南宋中心地域讀書音的聲母、韻母系統。在分析中識別了一些傳寫間發生的誤字,并加以訂正。最後,根據分析結果得出結論:射字詩反映的音系接近《切韻指掌圖》,但也有《切韻指掌圖》中所未見到的一些特點。

郭在貽《訓詁學》一書中談道:"宋人所著文集筆記中,也有不少散在的訓詁資料,零璣碎玉,往往可采。"[5]并稱南宋文學家洪邁所著《容齋隨筆》等爲較著者。程志兵《〈容齋隨筆〉的訓詁學價值》[6],較早地關注到筆記中的訓詁材料,文章認爲:"《容齋隨筆》除在文學上和史學上對後人影響較大外,在訓詁學上也爲後人留下了一筆寶貴的文化遺產。《容齋隨筆》作者洪邁敢於疑古創新、踏實沉穩的治學態度,反映出宋代訓詁學發展的一些特點。洪邁自覺地運用多種訓詁方法,涉及訓詁學研究的方方面面,也反映出訓詁已成爲當時學者治學讀書

---

[1] 張光宇:《從閩方言看〈切韻〉一二等韻的分合》,《語言研究》1989年第2期。
[2] 陳振寰、劉村漢:《論民間反語》,《廣西師範大學學報》(哲學社會科學版)1981年第1期。
[3] 孫建元:《論研究宋人音釋的意義和方法》,《廣西師範大學學報》(哲學社會科學版)1997年第3期。
[4] 將邑劍平、平山久雄:《〈賓退錄〉射字詩的音韻分析》,《中國語文》1999年第4期。
[5] 郭在貽:《訓詁學》,中華書局,2005年,第132頁。
[6] 程志兵:《〈容齋隨筆〉的訓詁學價值》,《伊犁師範學院學報》1997年第1期。

必不可少的工具。"作者整理出300餘則訓詁條目,將其歸類,分析其語料價值,有一定的指導意義。毛毓松《〈容齋隨筆〉與語文學》[1]對《容齋隨筆》中的語言文字觀念及其在音韵、訓詁、語法方面所取得的成績進行了綜述與評價;何書《從〈容齋隨筆〉看洪邁的小學研究》[2]也搜集了《容齋隨筆》中有關"小學"即傳統語言學的近百條材料,分别從文字、訓詁、音韵、語法、修辭方面加以整理。文章首次提到筆記語法方面的研究内容,從訓釋虚詞、指明虚詞(語助)的作用兩個角度分析語料價值。如"東坡賦詩,用人姓名,多以老字足成句……是皆以爲助語,非真謂其老也,大抵七言則於第五字用之,五言則於第三字用之",指明了語助"老"的作用是"足成句",即凑足音節。

(三)宋代筆記研究的全面開展(21世紀以來)

進入21世紀,筆記語言研究全面展開,研究隊伍壯大,研究領域拓寬,研究方法不斷改進,研究水平日漸提高,筆記與詩、詞、曲、小説等同成爲漢語史研究的重要語料。

首先,在宋代筆記詞彙研究方面,詞語考釋是詞彙研究的基礎性工作。這一時期關於宋代筆記詞語的考釋類文章倍增,研究對象由開放漸轉入封閉,多是專書詞語的考釋,考釋方法上仍主要延續前輩學者,但已不限於單純的釋義,更多是與辭書編纂、古籍整理等相結合,重視詞語考釋的實際價值。如胡紹文《從〈夷堅志〉看〈漢語大詞典〉的若干闕失》[3],武建宇、石薇薇《〈夷堅志〉語詞例釋》[4],李申、于玉春、劉偉《從筆記詞語看〈漢語大詞典〉書證的闕失》[5],吴敏、田益琳《〈老學庵筆記〉詞語札記》[6],王恩建《〈老學庵筆記〉詞語補釋三則》[7],徐琦《〈鶴林玉露〉詞語考釋》[8],曹文亮《唐宋筆記詞語札記》,郭作飛、周

---

1 毛毓松:《〈容齋隨筆〉與語文學》,《文獻》1997年第4期。
2 何書:《從〈容齋隨筆〉看洪邁的小學研究》,《南通師專學報》(社會科學版)1998年第3期。
3 胡紹文:《從〈夷堅志〉看〈漢語大詞典〉的若干闕失》,《古漢語研究》2002年第4期。
4 武建宇、石薇薇:《〈夷堅志〉語詞例釋》,《語文研究》2006年第4期。
5 李申、于玉春、劉偉:《從筆記詞語看〈漢語大詞典〉書證的闕失》,《河池學院學報》2006年第6期。
6 吴敏、田益琳:《〈老學庵筆記〉詞語札記》,《阿壩師範高等專科學校學報》2008年第4期。
7 王恩建:《〈老學庵筆記〉詞語補釋三則》,《哈爾濱學院學報》2008年第9期。
8 徐琦:《〈鶴林玉露〉詞語考釋》,華中師範大學碩士學位論文,2009年。

紅苓《唐宋筆記疑難語詞考釋》[1],武建宇、周彩霞《〈夷堅志〉俗語詞輯佚》[2],黄曉寧《〈青箱雜記〉目相詞語類考》[3],馮雪冬《略論宋代筆記詞彙研究的辭書編纂價值》[4]《當代大型語文辭書編纂亟待解決的兩大問題》[5]《漢語異形詞歷時研究與大型語文辭書編纂》[6],朱春雨《〈賓退録〉》詞語選釋》[7],以及近年來探討專書研究與《漢語大詞典》修訂方面的系列碩士學位論文,如歐明晶《〈齊東野語〉複音詞與〈漢語大詞典〉的編纂》、邵彩霞《〈澠水燕談録〉的詞彙研究和〈漢語大詞典〉的修訂》、吳彥君《〈涑水記聞〉的詞彙研究與〈漢語大詞典〉的修訂》、盧辰亮《〈癸辛雜識〉詞彙研究與〈漢語大詞典〉修訂》等[8]。諸文在釋詞的同時,彌補了《漢語大字典》《漢語大詞典》《宋元語言詞典》《宋語言詞典》等辭書詞語收録的不足,指出諸辭書釋義訛誤和書證滯後等問題。

同時,學術界開始關注筆記中的方言詞語,如郜彥傑《〈東京夢華録〉方言詞語札記》[9],考釋《東京夢華録》一書現今仍活躍在河南方言中的"脚店""蟲蟻""生淹""旋""中"等五詞,并指出該書在方言研究上的重要價值。唐七元《試論〈老學庵筆記〉的方言學價值》[10]認爲:"《老學庵筆記》還記載了宋時各地大量的方言詞語,主要包括吳方言和蜀方言等,并對有關俗語的形成作出了正確的解釋,這對於漢語詞彙史研究、文化史研究和辭書編撰都有十分重要的參考價值。"同時,王鍈等老一代學者筆耕不輟,仍有相關成果問世,如王鍈《"睢盱"非

---

[1] 曹文亮:《唐宋筆記詞語札記》,《銅仁學院學報》2009年第3期;郭作飛、周紅苓:《唐宋筆記疑難語詞考釋》,《古漢語研究》2009年第4期。

[2] 武建宇、周彩霞:《〈夷堅志〉俗語詞輯佚》,《燕趙學術》2012年第1期。

[3] 黄曉寧:《〈青箱雜記〉目相詞語類考》,《鞍山師範學院學報》2014年第3期。

[4] 馮雪冬:《略論宋代筆記詞彙研究的辭書編纂價值》,《理論界》2014年第1期。

[5] 馮雪冬:《當代大型語文辭書編纂亟待解決的兩大問題》,《鞍山師範學院學報》2014年第1期。

[6] 馮雪冬:《漢語異形詞歷時研究與大型語文辭書編纂》,《學術交流》2013年第5期。

[7] 朱春雨:《〈賓退録〉詞語選釋》,《當代教育理論與實踐》2014年第2期。

[8] 歐明晶:《〈齊東野語〉複音詞與〈漢語大詞典〉的編纂》,湘潭大學碩士學位論文,2011年;邵彩霞:《〈澠水燕談録〉的詞彙研究和〈漢語大詞典〉的修訂》,湘潭大學碩士學位論文,2013年;吳彥君:《〈涑水記聞〉的詞彙研究與〈漢語大詞典〉的修訂》,湘潭大學碩士學位論文,2013年;盧辰亮:《〈癸辛雜識〉詞彙研究與〈漢語大詞典〉修訂》,湘潭大學碩士學位論文,2013年。

[9] 郜彥傑:《〈東京夢華録〉方言詞語札記》,《樂山師範學院學報》2006年第3期。

[10] 唐七元:《試論〈老學庵筆記〉的方言學價值》,《南陽師範學院學報》(社會科學版)2012年第8期。

限"仰視"》[1]等。

  詞彙研究當然不能僅僅局限於個別詞語的考釋工作,在此基礎上深入研究各階段詞彙面貌和詞彙發展史,總結詞彙發展的相關規律,是研究的發展方向。前賢的諸多成果已得以沉澱,開展詞彙系統研究的條件初步具備,因此,筆記詞彙研究的系統性成果開始涌現。這些成果多是近年來完成的碩博論文,如郜彦傑《〈東京夢華錄〉詞彙研究》[2],分析了《東京夢華錄》詞彙有三個特點:一是詞彙的豐富性,主要表現在該書中大量名物詞語、自釋詞語的存在及大量同義詞的廣泛運用;二是詞彙的時代性,主要表現爲該書中大量新詞新義現象的存在,并結合《漢語大詞典》强調新詞新義對大型辭書編纂的參考補充作用;三是詞彙的地域性,主要表現在該書中大量方言詞語的存在,并把古代書面資料與現代河南方言相結合,考釋了部分方言詞語。同時,論文兼論了《漢語大詞典》《漢語方言大詞典》等大型辭書的若干闕失。吴敏《〈老學庵筆記〉詞彙研究》[3]、付宗平《〈鷄肋編〉詞彙研究》[4],分別着重描寫分析了《老學庵筆記》《鷄肋編》中新詞新義的概貌和產生途徑,并且對《老學庵筆記》《鷄肋編》中的成語、諺語和慣用語等熟語及俗語進行了分類討論;周靖雨《〈建炎以來朝野雜記〉詞彙研究》[5],以《建炎以來朝野雜記》中的詞彙爲研究對象,對《漢語大詞典》未收錄的詞語、詞義進行考釋,同時列舉該書中所反映宋代特點的詞彙,并在此基礎上增補《漢語大詞典》的書證。

  把詞彙置於反義系統中加以對比考察,也是筆記詞彙研究的一個重要視角。許明《〈容齋隨筆〉常用反義詞考察》[6],考察出《容齋隨筆》的153組常用反義詞,根據詞性歸類,從對立、極性、方向、關係四個角度分析反義詞聚的反義關係,并分析了四種語義對立關係形式,而且進一步對《容齋隨筆》單音節反義詞聚作了歷時比較研究及演變原因探討。

---

[1] 王鍈:《"睢盱"非限"仰視"》,《辭書研究》2005年第4期。
[2] 郜彦傑:《〈東京夢華錄〉詞彙研究》,南京師範大學碩士學位論文,2006年。
[3] 吴敏:《〈老學庵筆記〉詞彙研究》,四川大學碩士學位論文,2006年。
[4] 付宗平:《〈鷄肋編〉詞彙研究》,四川大學碩士學位論文,2007年。
[5] 周靖雨:《〈建炎以來朝野雜記〉詞彙研究》,河北師範大學碩士學位論文,2011年。
[6] 許明:《〈容齋隨筆〉常用反義詞考察》,長春理工大學碩士學位論文,2006年。

黄建寧《筆記小説俗諺研究》[1]對筆記小説中俗諺的結構、內容、用法、來源,以及與社會文化的關係等作了系統的論述,其中關注到諸多宋代筆記中的俗諺語料自不待言。鄧紅梅《唐宋筆記中的隱語研究》[2]一文,分五部分探究筆記文獻中的隱語。第一部分概述隱語簡史,第二部分概述唐宋筆記對隱語的研究狀況,第三部分分析隱語的製作方法,第四部分分析唐宋筆記中隱語的特點,第五部分是關於文人隱語和詞典編纂的問題。此文又是專題研究的深入嘗試。王雪槐《〈夢溪筆談〉動植物名物詞研究》[3]、凌琳《〈雲麓漫鈔〉名詞研究》[4]、許秋華《九部宋人筆記稱謂詞語研究》[5]等也是筆記專類詞彙的系統研究,均是在詞彙概貌描寫基礎上的深入分析。

楊觀《周密筆記詞彙研究》[6]可謂宋代筆記詞彙研究的相對完備之作,全書除緒論、結語外,共分五章。第一章是"周密筆記簡論"。該章對周密及其現存筆記作了全面描述,分析了周氏筆記的語言學研究價值。第二章是"周密筆記詞彙的來源"。分析了周密筆記詞彙的構成情況,從承前、新造、方言俗語、外來語四個方面對周氏筆記詞彙進行了舉例説明。第三章是"周密筆記詞彙研究(上)"。從名物詞、俗語詞兩個視角對周密筆記中的相關詞語進行了共時分析,并儘可能地結合文獻資料作出歷時考察,以期源清流明;同時從詞彙學角度對名物詞、俗語詞的語音構成、詞法結構等作了理論分析,體現了周密筆記詞彙在漢語史研究中的基礎作用。第四章是"周密筆記詞彙研究(下)"。由周密筆記詞彙釋補及語源探析兩部分組成。對51個大型語文辭書未收或雖收仍需補充的語詞進行了考釋或補釋;對11個常見詞語的語源進行了個案考察。第五章是"周密筆記詞彙與辭書編纂"。從四個方面分析了周氏筆記詞彙與辭書編纂的關係,突出了筆記詞彙在辭書編纂中的地位和作用。楊著以周氏筆記為切入點,把周密筆記中的詞彙放在宋代語言乃至整個漢語史的大背景下進行兼顧共

---

[1] 黄建寧:《筆記小説俗諺研究》,四川大學博士學位論文,2004年。
[2] 鄧紅梅:《唐宋筆記中的隱語研究》,四川大學碩士學位論文,2005年。
[3] 王雪槐:《〈夢溪筆談〉動植物名物詞研究》,重慶師範大學碩士學位論文,2009年。
[4] 凌琳:《〈雲麓漫鈔〉名詞研究》,南京師範大學碩士學位論文,2011年。
[5] 許秋華:《九部宋人筆記稱謂詞語研究》,山東大學博士學位論文,2013年。
[6] 楊觀:《周密筆記詞彙研究》,巴蜀書社,2011年。

時和歷時的專題研究,對漢語詞彙史(研究)、語文辭書編纂皆有一定的參考價值。[1]

　　同時,又有關於筆記中詞彙學方法論的探討,如巫稱喜《〈夢溪筆談〉語言研究方法論初探》[2]一文,總結了書中考釋性材料中的研究方法。一是變換分析法:句式變換、虛詞變換。二是比較研究法:古音與今音、方言與雅語、梵音與漢音、詞語與實物、文字與實物、文字與文物。在這方面的研究比較系統的當屬陳敏《宋人筆記與漢語詞彙學》[3]。作者以整理和總結宋人筆記中關於詞彙研究的理論性内容爲基礎,從"修辭造詞""語用義分析"和"口語詞研究"三方面考察研究宋人筆記的詞彙學理論價值。此論文共四章:第一章概述宋代的筆記創作情况和宋代筆記的主要特點,對筆記關於"同素异序詞""同源詞""變調造詞""合成詞理據"等問題的闡述和認識加以分析,并展示宋人筆記所藴含的詞彙學理論價值。第二章則結合宋人筆記研究漢語修辭造詞的現象,透過宋人筆記分析語詞的生成途徑、詳細解釋語詞意義等,窺測其中藴含的修辭手段的造詞功能,并分析了修辭造詞法的産生動因、效果,從而指出修辭造詞法與其他造詞法的鮮明差异。第三章結合宋人筆記探討語用義分析在古漢語詞義研究中的理論價值和實踐意義。第四章在對筆記中語詞的形式變化、詞義的演變方向和詞義的演變動因等問題作出分析與解釋的基礎上,提出在古代漢語詞義研究中分析義位的内部變化有助於詳細和直觀地反映詞義的演變軌迹,而且詞義的演變不僅反映在核心義素的變易上,也反映在限定義素和附加義素的變易上。文章是傳統語文學理論、材料與當代語言學方法的結晶,在筆記語言方法論研究上有一定的開創性。李娟紅《筆記小説所見釋詞現象之釋詞方式》[4],結合筆記材料,探討了直訓、義界和探源三種釋詞方式,指出筆記小説中除傳統語義學上的直訓、義界兩種釋詞方式外還有探源。文章主要對筆記小説中探源釋詞的材料進行了歸納分析,采用的宋代語料有《老學庵筆記》《東坡志林》《鷄肋編》

---

[1] 參見許巧雲:《〈周密筆記詞彙研究〉評介》,《内江師範學院學報》2012年第7期。
[2] 巫稱喜:《〈夢溪筆談〉語言研究方法論初探》,《語文研究》2002年第2期。
[3] 陳敏:《宋人筆記與漢語詞彙學》,浙江大學博士學位論文,2007年。
[4] 李娟紅:《筆記小説所見釋詞現象之釋詞方式》,《南陽師範學院學報》(社會科學版)2010年第11期。

《鶴林玉露》《侯鯖錄》《石林燕語》《癸辛雜識》《南唐近事》等。齊瑞霞《俗語詞成詞理據的影響因素分析——以筆記爲語料》[1]一文，選取宋代筆記中的俗語詞爲研究對象，從語言内部因素、非語言因素的影響，以及流傳過程中的錯解錯用等方面，對關涉到俗語詞成詞理據的相關因素進行了具體分析，是從微觀角度入手，研究宋代筆記詞彙的又一探索。

將文獻學和語言學方法結合起來，作詞彙的研究，是語言研究的新思路。李麗静《〈雲麓漫鈔〉研究》[2]，詳細梳理了趙彦衛的生平事迹與《雲麓漫鈔》的内容簡介、版本流傳、研究價值、研究現狀等，對全書的條目按照内容進行細緻的分類梳理與介紹，包括各種珍貴的史料記載、對時事的評論，以及作者的研究成果與心得，并對其中重要的條目進行了深入研究。在此基礎上，對趙氏的訓詁研究成果進行詳細考證，對書中的各種詞彙進行搜羅、歸類與分析，并總結出該書的用詞特點。趙欣《〈癸辛雜識〉詞彙研究》[3]，在梳理《癸辛雜識》的版本流傳概貌的基礎上，列舉分析了《癸辛雜識》中大量代表當時社會生活的名物詞，從詞義角度出發，把《癸辛雜識》中的新詞新義作爲特色詞研究；聯繫上古漢語、近代漢語和現代漢語的發展脈絡，分類探究了書中的單音節詞、複音節詞、四字格式的成語及口語詞，并從詞義角度分析了書中的時間詞系統。羅嬧《王觀國〈學林〉研究》[4]，從用字和句讀兩個方面對《學林》的不同版本進行比勘，着重闡釋了書中的雅言詞、名物詞、新詞新義及詞語類聚，從而展現了王觀國時代的社會概貌，最後，總結了《學林》在古籍整理和辭書學上的價值。

其次，學者更加重視宋代筆記中所存留的關於當時語音的實錄。一是沿用李新魁等前輩學者的方法，從筆記中選取材料，輔證相關語音問題。如李無未《南宋〈示兒編〉音注的濁音清化問題》[5]，分書中音注材料爲"隨文"音注、"畫訛"音注和"聲訛"音注等三種，具體分析其中反映的濁音清化問題；孫建元《宋

---

[1] 齊瑞霞：《俗語詞成詞理據的影響因素分析——以筆記爲語料》，《山東社會科學》2014年第9期。
[2] 李麗静：《〈雲麓漫鈔〉研究》，上海師範大學碩士學位論文，2010年。
[3] 趙欣：《〈癸辛雜識〉詞彙研究》，上海師範大學碩士學位論文，2014年。
[4] 羅嬧：《王觀國〈學林〉研究》，上海師範大學碩士學位論文，2014年。
[5] 李無未：《南宋〈示兒編〉音注的濁音清化問題》，《古漢語研究》1996年第1期。

人音釋的幾個問題》[1]，據陸游《老學庵筆記》"惟洛陽得天地之中，語音最正"，以及書中所舉洛陽音中開合相混現象例，説洛陽音中不正之音"亦自不少"等，得出宋時通語音既與當時洛陽音相關，又不全同於洛陽音的結論；張令吾《宋代江浙詩韵特殊韵字探析》[2]在討論宋代江浙詩人用韵"誤押"現象時，引洪邁《容齋隨筆·五筆》"文人相承，以騫騼之騫爲軒昂掀舉之義，非也。……此字（騫）殆廢於今，故東坡、山谷亦皆押騫入元韵"爲輔證。劉曉南《宋代文士用韵與宋代通語及方言》[3]，據宋代《老學庵筆記》《歐公詩話》《履齋示兒編》《齊東野語》《四朝聞見録》《二老堂詩話》等"閩人以歌爲高"的記述，聯繫現代閩方言中閩南、閩東和蒲仙話都有歌高、何豪、鑼勞同音的語音事實，認爲宋代的語料完全與現代對應，除了證明用韵中的歌豪通押完全是宋代的閩音，更能説明現代閩音與宋代乃一脉相承，可以將閩方言的歷史推向 800 到 1000 年前。

二是學者們又從不同角度直接整理研究筆記中的語音材料，古今勾連，進行筆記語音研究。如錢毅《從筆記、文集等歷史文獻看唐宋吴方言》[4]，在梳理江浙吴方言發展歷史的基礎上，利用唐宋筆記小説文集等文獻窺探唐宋江浙吴音特徵。徵引的宋代筆記有葉紹翁《四朝聞見録》、孫光憲《北夢瑣言》、朱彧《萍洲可談》、釋文瑩《湘山野録》、周密《癸辛雜識》、朱翌《猗覺寮雜記》、王楙《野客叢書》、龔明之《中吴紀聞》等；曹文亮《從筆記看古人對例外音變的探索》[5]歸納了筆記中所涉及的例外音變的諸多因素，如語流音變、同義换讀、字形的影響、避忌心理、方言的影響、反切的訛誤等，這些因素對研究例外音變具有一定的參考價值。文中所采用的宋代筆記有陸游《老學庵筆記》、莊綽《鷄肋編》、孫奕《履齋示兒編》等。

同時，一些闡述宋代筆記語言價值的專文紛紛涌現，其間自然提及筆記的語音價值。如唐七元《試談〈老學庵筆記〉的方言學價值》[6]，文章列舉了《老學

---

[1] 孫建元：《宋人音釋的幾個問題》，《廣西師範大學學報》（哲學社會科學版）2010 年第 1 期。
[2] 張令吾：《宋代江浙詩韵特殊韵字探析》，《古漢語研究》2000 年第 2 期。
[3] 劉曉南：《宋代文士用韵與宋代通語及方言》，《古漢語研究》2001 年第 1 期。
[4] 錢毅：《從筆記、文集等歷史文獻看唐宋吴方言》，《社會科學家》2010 年第 1 期。
[5] 曹文亮：《從筆記看古人對例外音變的探索》，《西南交通大學學報》（社會科學版）2011 年第 1 期。
[6] 唐七元：《試談〈老學庵筆記〉的方言學價值》，《南陽師學院學報》（社會科學版）2012 年第 8 期。

庵筆記》保留的當時各地大量的方音資料,對方言學史的研究具有參考價值,如卷二:"魯直在戎州作樂府曰:'老子平生,江南江北,愛聽臨風笛。孫郎微笑,坐來聲噴霜竹。'予在蜀見其稿。今俗本改'笛'爲'曲'以協韵,非也。然亦疑'笛'字太不入韵,及居蜀久,習其語音,乃知瀘戎間謂'笛'爲'獨'。故魯得借用,亦因以戲之耳。"記載了宋時蜀方言的語音特點——本屬不同的入聲韵出現了同韵現象,從而在詩歌中可以互押。曾昭聰、曹小雲《〈容齋隨筆〉語言文字學史料價值述略》[1]對《容齋隨筆》中的文字、音韵、訓詁、語法、修辭等研究材料進行了整理。其中音韵類列舉了七條,如卷七"'羌慶同音':王觀國彥賓、吴棫才老,有《學林》及《叶韵補注·毛詩音》,二書皆云:'《詩》《易》《太玄》凡用慶字,皆與陽字韵叶,蓋羌字也。'引蕭該《漢書音義》,慶音羌。又曰:'《漢書》亦有作羌者,班固《幽通賦》"慶未得其雲已",《文選》作羌,而他未有明證。'予按《揚雄傳》所載《反離騷》:'慶天憱而喪榮。'注云:'慶,辭也,讀與羌同。'最爲切據"。王劼、曾昭聰《宋代筆記〈雲麓漫鈔〉中的語言研究》[2]計整理出音韵類條目5條,如"周以夏四月爲正月,與時卦屬乾,正陽用事故也。《詩》'正月繁霜',做政音呼。秦始皇以昭王四十八年生於邯鄲,因名'政',自後作'征'音呼。秦以十月爲歲首,夏則建寅之月,當爲四月,從此遂以建寅月爲正月,自後不改。至本朝以與仁宗御名同,當時欲改正月作端月,或曰一月。有以政音爲言者,正遂作政音,如蒸餅則改曰炊餅,凡平聲呼者悉改焉。今人作'征'音呼非是,奏對尤不可",闡述了"正"等語音變化的原因。唐七元《試論〈老學庵筆記〉的語言學價值》[3]一文在探討《老學庵筆記》語音方面的價值時談道:"(書中)記載了當時大量的語音現象,既包括共同語的語音共時演變,也描寫了各地的方言語音。這對於漢語語音史和方言史的研究有很大的參考價值。"闡述筆記語料價值的文章,一方面對相關文獻中的語音材料進行了整理,另一方面也作了初步的分析和歸納工作,因此,這裏簡單提及,尚未窮盡,不贅述。最近問世的凌宏惠碩

---

[1] 曾昭聰、曹小雲:《〈容齋隨筆〉語言文字學史料價值述略》,《滁州學院學報》2007年第5期。
[2] 王劼、曾昭聰:《宋代筆記〈雲麓漫鈔〉中的語言研究》,《廣西社會科學》2006年第4期。
[3] 唐七元:《試論〈老學庵筆記〉的語言學價值》,《齊齊哈爾大學學報》(哲學社會科學版)2012年第3期。

士學位論文《宋代筆記語音資料研究》[1]，可謂是筆記語音材料研究的系統之作。文章共分五章，其中緒論介紹了宋代筆記語音資料的研究價值和現狀，以及研究範圍和研究方法。第一章分析了宋代和宋以前筆記語音資料的概況及宋代筆記語音資料的基本特點。第二、三、四章是文章的重點部分，分別對宋代筆記中的字音注釋資料、韵學探究資料和語音記述資料等進行全面而又詳細的梳理和研究。

另外，隨着筆記語言研究的深入，學者們的研究視野也不斷拓寬，開始進行筆記中的訓詁、文字、語法等內容的系統研究，整理分析其中的訓詁、文字、語法現象和相關研究方法，將筆記語言研究再向前推進一步。李娟紅《宋代筆記中訓詁問題研究》[2]是較早的系統研究筆記中訓詁問題的成果。文章綜合訓詁學界關於訓詁內容的各種觀點，主要從語詞訓詁、申述篇章旨意、考辨音讀、校正文字、解釋語法五個方面討論了宋代筆記中所包含的訓詁學問題的內容。由於語詞訓詁材料較多，作者則從名物詞語訓詁和一般詞語訓詁兩個方面進行了重點分析。同時，作者還歸納了宋代筆記中的四種訓詁方式：目驗解釋詞語、探求理據解釋詞語、旁徵博引解釋詞語、用俗形義學解釋詞語。文章基本上梳理出了宋代筆記中訓詁材料的框架，挖掘出了大量的有價值的材料，對今後的筆記訓詁研究很有啓示性作用。曹文亮《〈能改齋漫錄〉訓詁研究》[3]是繼李娟紅《宋代筆記中訓詁問題研究》後的又一篇優秀碩士學位論文，文章在對《能改齋漫錄》的訓詁條目進行細緻的梳理和分析之後，把書中的訓詁材料歸納爲五個方面：重視對新詞的記錄和解釋；重視詞語的探源工作；能夠根據漢語漢字的特點解決一些訓詁問題；充分占有資料，解釋詞義時有正確的見解；有一定的文法觀念。作者還注意到了《能改齋漫錄》中失訓的材料，將其中訓詁的失誤概括爲：新詞釋義不確，義項與例證不合；探求語源方面出現的失誤；懷疑前説，妄求新解；與詞義特點有關的失誤；重形輕音導致解詞錯誤，以及其他方面的不足。文章在整理歸納筆記中訓詁材料和訓詁方法的同時，還指出其中的不足之處，對

---

[1] 凌宏惠：《宋代筆記語音資料研究》，湖南師範大學碩士學位論文，2014年。
[2] 李娟紅：《宋代筆記中訓詁問題研究》，四川大學碩士學位論文，2005年。
[3] 曹文亮：《〈能改齋漫錄〉訓詁研究》，四川大學碩士學位論文，2007年。

正確利用筆記中的訓詁材料有很大的幫助。李明珠《〈夢溪筆談〉的訓詁學價值研究》[1]一文,主要從訓釋詞語、考辨音讀、校正文字、語法研究、校勘版本及訓詁與文化等幾個方面對《夢溪筆談》所包含的訓詁學問題進行了討論。范春媛《〈老學庵筆記〉之訓詁資料》[2]主要從詞彙訓詁方面整理《老學庵筆記》中的正文和文中自注的材料。裴婷婷《〈全宋筆記〉(第四編)訓詁語料研究》,對《全宋筆記》(第四編)中的1035條訓詁語料進行研究,語料問題考辨、語料價值研究是文章的主體內容。文章通過對《全宋筆記》(第四編)所涉及的訓詁語料進行研究和論證,不僅指出其部分條目的不足之處,亦挖掘其訓詁價值及辭書價值,很有借鑒意義。[3] 李歡歡《宋代筆記訓詁資料研究》,則是宋代筆記訓詁研究的又一系統之作,文章從訓詁內容、訓詁方法兩大方面探討筆記中釋詞、章句、訓詁方式等問題,并指出其中不足,又論及宋代筆記對《漢語大詞典》補正之貢獻。[4] 另外,上文中語音部分所涉及的探討筆記語料文獻價值的文章中一般也包括訓詁材料的整理歸納等,這裏不再一一列舉。筆記文字研究的系統成果至今仍不多見,這一方面可能與筆記中關於文字問題的闡述不多有關;另一方面即便有闡述文字的材料,更多的也是爲訓詁釋詞服務,因此便被自然地歸入訓詁、詞彙研究中去。李煒《宋代筆記中的俗字研究》[5]是一篇系統探討宋代筆記中俗字觀、俗形義學的優秀碩士學位論文。文章通過共時描寫的方法詳細探討宋代筆記中的俗字情況,如定義、文人考證以及日漸興盛的俗形義學。同時,在這種斷代描述的基礎上,注意與現代漢字進行比較,肯定了俗字在漢字發展史中的重要地位,并對俗字的命運做出了預測。另安作相《〈夢溪筆談〉中的漢字文化》[6]一文,從書中漢字的演化、詞和字解義、漢字讀音及標注、漢字書法等方面的材料,歸納了其中蘊含的"漢字文化"。巫稱喜《〈夢溪筆談〉文字學價值初

---

1 李明珠:《〈夢溪筆談〉的訓詁學價值研究》,內蒙古師範大學碩士學位論文,2012年。
2 范春媛:《〈老學庵筆記〉之訓詁資料》,《曉莊學院學報》2008年第5期。
3 裴婷婷:《〈全宋筆記〉(第四編)訓詁語料研究》,杭州師範大學碩士學位論文,2015年。
4 李歡歡:《宋代筆記訓詁資料研究》,湖南師範大學碩士學位論文,2015年。
5 李煒:《宋代筆記中的俗字研究》,四川大學碩士學位論文,2005年。
6 安作相:《〈夢溪筆談〉中的漢字文化》,《漢字文化》1995年第4期。

探》[1]具體分析了《夢溪筆談》中有關文字學的内容,指出該書在辨析字形字義、研究語音發展、記載"右文"説等方面的内容,資料珍貴,方法科學。于志建《宋代筆記文字學資料研究》[2],對宋代筆記文字學資料進行了述評,梳理研究了其中關於文字結構探討的資料。文章系統性强,有一定的參考價值。其他亦有散見於闡釋筆記語料價值中的探討文字問題的内容。

另外,筆記雖爲文人信筆爲之,但從句法角度來説仍是文言語法,因此關於宋代筆記語法研究方面的成果主要集中在詞法上。武建宇《〈夷堅志〉複音詞研究》[3],在窮盡式考察書中複音詞的基礎上,對複音詞的分類、内部構成等加以分析,根據複音詞産生的歷史時期,劃分了先秦、兩漢、魏晋、隋唐和宋代五個階段,分階段探討了各時期産生的複音詞,可視爲筆記語法系統研究的開創之作。楊靖坤《〈齊東野語〉副詞研究》[4]以《齊東野語》爲語料,結合實例分別對《齊東野語》中的總括副詞、類同副詞、限定副詞、統計副詞、程度副詞、時間副詞、頻率副詞、累加副詞、情狀方式副詞、語氣副詞、否定副詞等十一類副詞進行了窮盡性描寫和例句分析,在分析其句法功能和語義指向的基礎上,着重從詞的引申系列中探求同類副詞之間的異同,并結合上古漢語、中古漢語、近代漢語和現代漢語等歷史時期對副詞的研究成果,整理、歸納出整個漢語副詞系統,進一步對書中的副詞作歷時的比較研究,從而歸納出《齊東野語》副詞使用的總體特點。褚立紅《〈鶴林玉露〉介詞研究》[5]根據介詞結構的語義功能將《鶴林玉露》中出現的46個介詞分爲方向處所類介詞、時間介詞、對象範圍類介詞、原因目的類介詞、條件方式類介詞等五類,并作了細緻的描寫説明。同時,具體以《左傳》《世説新語》《敦煌變文》《朱子語類》等專書的介詞系統與《鶴林玉露》的介詞系統作縱向比較分析,概括了漢語介詞發展的規律。武艷茹《〈容齋隨筆〉心理動詞研究》[6]第三部分是關於心理動詞語法功能的分析,主要探討分析了心理動

1　巫稱喜:《〈夢溪筆談〉文字學價值初探》,《學術研究》2002年第7期。
2　于志建:《宋代筆記文字學資料研究》,湖南師範大學碩士學位論文,2017年。
3　武建宇:《〈夷堅志〉複音詞研究》,四川大學博士學位論文,2004年。
4　楊靖坤:《〈齊東野語〉副詞研究》,河北師範大學碩士學位論文,2011年。
5　褚立紅:《〈鶴林玉露〉介詞研究》,河北師範大學碩士學位論文,2011年。
6　武艷茹:《〈容齋隨筆〉心理動詞研究》,河北師範大學碩士學位論文,2010年。

詞所充當的句法成分和句法組合能力。心理動詞在句中主要充當謂語，還可以充當賓語和定語，"句法組合能力"一節裏主要分析了心理動詞的狀語和賓語類型。對動詞句法功能的分析，是文章的特色之一。張莎《〈老學庵筆記〉副詞研究》[1]根據語義和語法相結合的原則，把書中的副詞分爲範圍副詞、程度副詞、時間副詞、頻率副詞、累加副詞、情狀副詞、否定副詞和語氣副詞八個大類，并對其進行窮盡式的描寫，其中還包括同義副詞辨析，從而進一步展現副詞特點，并且對書中多項副詞的來源進行考察，將一個副詞的不同用法分立爲不同的項，對單個副詞進行更爲細緻的描寫。賀娟《〈癸辛雜識〉雙音述賓結構研究》[2]，系統考察了書中的雙音述賓結構，并對其從述語、賓語兩個角度進行分析，特別考察了成語中的雙音述賓結構。最後，文章探討了書中雙音動賓結構的詞彙化問題，總結了詞彙化的條件和原因。另外，姚春花《〈鶴林玉露〉語言研究》[3]運用比較、歸納、統計等方法，對《鶴林玉露》中大量叠音詞的類別、詞性、作用等作了細緻的分析，系統地總結了《鶴林玉露》中叠音詞的特點。鮑澄《近代漢語詞綴研究》[4]，按詞綴與詞根的位置，將詞綴分爲首碼、中綴、尾碼，又按詞綴意義的虛化程度及作用，將詞綴分爲純詞綴、類詞綴、準詞綴。在此基礎上，對近代出現的詞綴的使用情況逐一作了介紹。文中宋代語料除史書、詩詞、語錄外，還部分徵引龔鼎臣《東原錄》、歐陽修《歸田錄》、吳自牧《夢粱錄》、灌圃耐得翁《都城紀勝》、孟元老《東京夢華錄》、方勺《泊宅編》、洪邁《夷堅志》、朱弁《曲洧舊聞》和郭彖《睽車志》等筆記語料，客觀上對筆記中的詞綴進行了初步的考察、整理、分析。以上諸文，在宋代口語文獻相對缺乏的情況下，考察了筆記中的語法現象，對漢語語法史研究具有一定的意義。同時，散見於筆記語料價值探討的文章中闡述語法價值的部分也值得重視，在此限於篇幅，不再贅列。

總體看來，由於傳統語文學是爲解經服務的，那些登不了大雅之堂的白話文獻并不是研究的對象。因此，儘管傳統語文學有其巨大的成就，其弊端也顯

1　張莎：《〈老學庵筆記〉副詞研究》，河北師範大學碩士學位論文，2013年。
2　賀娟：《〈癸辛雜識〉雙音述賓結構研究》，南京師範大學碩士學位論文，2012年。
3　姚春花：《〈鶴林玉露〉語言研究》，四川大學碩士學位論文，2007年。
4　鮑澄：《近代漢語詞綴研究》，四川大學碩士學位論文，2006年。

而易見。長期以來,傳統語文學作爲經學的附庸,一直以解經、作注等爲主要任務,主要着眼於上古經傳及諸子的材料,强調"訓詁聲明而小學明,小學明而經學明",偏重從文獻的角度研究音韻、訓詁和校勘之學。重古輕今、重通語輕方言、重書面語輕口語等,是古人在漢語研究中的主要傾向,因而"五四"以前,文言文被認爲是雅的,白話文被認爲是俗的。[1] 即便是 20 世紀 40 年代之前的現代語言學研究也是呈現出明顯的重兩頭輕中間的趨勢,即重視對先秦兩漢和現代漢語的研究,忽略對中古、近代漢語的研究。早期的語法學著作如《馬氏文通》《新著國語文法》《高等國文法》《中國文法要略》《中國現代語法》等即是如此。而古白話研究初級階段,主要的研究對象更多地集中在詩、詞、曲等韵文材料上,忽略小説、筆記等散文材料。尤其是筆記材料,明顯處於"兩不管"的尷尬境地。説它是文言材料,又是文人信筆爲之,實不能登堂;説它是口語文獻,又主要是用文言寫成,自然很難進入語言研究者的視野。因此,早期筆記材料的利用多是在如蔣禮鴻先生的《通釋》這樣的著作中,作爲輔助性例證來通釋變文中的詞語。但蔣先生於筆記等材料的關注,對學術界而言,是有重要的引領意義的。

進入 20 世紀 80 年代,筆記研究的成果開始增多,出現了大量的筆記詞彙考釋的專文,并有系統的考釋著作《彙釋》問世。同時,語音研究也大量借鑒筆記中保存的反映當時語言實際的材料,使筆記語料得以廣泛運用。更多的學者開始關注筆記材料,撰文闡釋筆記語料的價值,客觀上對其中的語音、文字、語法、詞彙和訓詁等材料作了整理和分析,并從中歸納出了許多語言研究的方法。但 21 世紀以前的筆記研究成果,明顯有些失衡,更多學者從事的詞彙研究,一般是集中在詞語考釋上,其他方面的成果則少見;研究方法相對簡單,主要是用排比歸納法來考釋詞義,還不能充分利用各種方法開展學術研究;研究隊伍也是相對單薄,與其他諸如敦煌文獻、雜劇等的研究無法比及。由於處於研究的初級階段,所以成果質量也不高。

近十幾年來這樣的局面得到明顯的改善,主要體現在以筆記爲研究語料的一批優秀碩士博士學位論文的出現。論文均是關於筆記語言研究中某個領域

---

[1] 參見徐時儀:《古白話詞彙研究論稿》,上海教育出版社,2000 年,第 2 頁。

的系統之作,所觸及的範圍涉及語言研究的方方面面,尤其是對宋代筆記研究的全面展開。既有專書的封閉式研究,又有"横切面"上的相對開放式的探討;注重將宋代筆記語言研究置於整個漢語史的大背景下進行,一方面是共時的語料描寫、整理和歸納,另一方面是歷時的比較分析和溯源探流。同時,將筆記中語言現象的考察與方法論的歸納相結合,探求語言發展規律,完善語言理論。在這方面,四川大學、浙江大學、河北師範大學、上海師範大學等高校的專家、學者和研究生做了許多開創性的工作,爲今後筆記研究的全面深入開展奠定了基礎。唐賢清、凌宏惠《宋代筆記語言學資料研究價值芻議》[1]一文的發表,標志着宋代筆記文獻已爲學術界所充分關注,這必然吸引更多學人加入到筆記研究的隊伍中來。然而在欣喜於取得的成績的同時,我們筆記語言研究的步伐不能停止,當前和今後還有更多的研究工作要做。迄今爲止,宋代筆記的語言研究仍處於開始階段,現在,我們祇是做了部分的基礎性工作,這方面的研究仍需深入下去。

第一,充分重視宋代筆記文獻的整理利用。近年來,筆記材料的價值儘管得到關注,筆記材料的利用却仍然放不開手脚。目前宋代詞彙、語法等的研究,仍以《朱子語類》、"禪宗燈録"等語録體文獻爲語料,而這兩方面的材料還有一定的局限性。前者是以文人口語爲主,後者是佛教師徒問答,都屬於特殊語體。另外,有些文獻時代上又存在爭議。宋代筆記由於是文人信筆爲之,因而其中保存着大量的口語詞彙,再加上文人們自身對語言問題的記録和探討,有些根據文人的生平甚至可以推測到語料的具體年代,無疑可以與上述語録文獻等形成互補。從這個角度説,宋代筆記是研究宋代語言不容忽視的重要材料。同樣,祇有充分地重視、研究這些材料,纔有可能產生品質更高的筆記文獻的整理成果。

第二,扎實做好語言面貌的描寫工作。蔣紹愚先生説:"近代漢語是一個很長的歷史時期,而且研究的基礎一直都比較薄弱,雖然近年來有所加强,但仍然是不够的。"[2] 就筆記語言研究而言,現有的宋代筆記研究成果從語言的各個角

---

1 唐賢清、凌宏惠:《宋代筆記語言學資料研究價值芻議》,《古漢語研究》2014年第3期。
2 蔣紹愚:《近代漢語研究概要》,北京大學出版社,2005年,第12頁。

度作了初步的面貌勾勒,尤其是詞彙面貌的描寫相對成熟。但我們對宋代的整體語言面貌仍是很模糊的。筆記文獻中單是文人自注部分的語言資料的分類、描寫都還有大量的工作要做。多數現存宋代筆記材料,至今仍無人問津;史料筆記中保存的各種語言現象現在關注得還不夠,更多的成果多是以學術筆記爲研究對象,僅僅這樣做,還不能充分地把握宋代語言面貌。全面地整理發掘筆記文獻中的語言現象,逐步、逐個問題地描寫分析,必然有利於廓清宋代語言面貌。

第三,將專書研究、專題研究結合起來,促進點面結合。專書研究是進行近代漢語研究的必行之路,將某個時代的單個專書中的語言問題搞清楚了,最後加以匯總,那麼這個時代的語言研究也就做好了。但我們又不能等把所有專書中的問題都搞清楚了,再對每一個問題作進一步的研究。在一定的專書研究的基礎上,就某一問題作面上的深入探討,更容易將語言研究推向前進。宋代筆記材料紛繁,窮盡式考察每部筆記中的每個語言現象短時期内無法實現,這就需要選擇部分筆記作專門的考察,或選擇語言學中的某個領域甚至是某個具體問題,以筆記爲語料作深入的研究。這方面的工作,現在已經開始。

第四,將"死"的筆記文獻語料與現代漢語方言結合起來進行研究。蔣紹愚先生説:"和上古漢語相比,近代漢語研究有一個明顯的優勢:因爲時代不太久遠,一些近代漢語的語言現象還會保留在現代漢語方言裏,不論是語音、語法還是詞彙都是如此。近代漢語研究要充分重視現代方言,把死的歷史資料和活的方言資料結合起來,這將爲近代漢語研究注入新的活力。"[1] 筆記文獻中保留有許多方言材料,有作者本身方言的融入,亦有作者宦游某地的方言影響,以及作者積極地對方言俗語的探索,這些材料中有些與現代漢語方言具有一定的繼承性,對近代漢語方言研究不無幫助。同時,我們可以根據各自的方言優勢,由點及面地剖析筆記語料中的語言現象,以及保留在現代方言中的活生生的現象,去追溯它們已成爲歷史的前身,進而從漢語史的角度描繪語言現象的發展歷程,揭示語言發展的普遍規律。

第五,注重發掘宋代筆記文獻中反映文白轉化、雅俗交融的發展趨勢的語

---

[1] 蔣紹愚:《近代漢語研究概要》,北京大學出版社,2005年,第13頁。

言現象。一個時期的語言系統,是語言諸要素歷時積澱而形成的共時平面。新的語言現象的產生和舊的語言現象的消亡,都要經歷一個漫長的過程。語言成分的加入或退出語言系統,或者是新舊語言成分在語言系統中共存,一定有其深刻的原因。我們不但要關注某個時代那些新產生的語言要素,還不能忽略在某個時代漸趨消亡的諸多要素。同時,對於文獻中新舊共存的成分之間的聯繫與區別也應該加以分析,從中歸納共性,總結規律。宋代筆記的作者在信筆記錄時常采用當時的口語詞彙,記錄人物語言常常傾向於實錄,因此,連"放氣"這樣的俚俗語都能被載入文獻;筆記作者往往都有宦游的經歷,而且宋代也是一個特殊的時期,北人南遷又形成了南北方言的融合,因此,筆記文獻中往往沉澱了許多方言成分;加之筆記作者對歷史文獻和當時語言問題的分析考證等,遂形成宋代筆記文獻中口語和書面語、方言和通語、新舊和雅俗交融的立體交叉的語言網絡系統。研究宋代筆記中的反映文白轉化、雅俗交融發展趨勢的語言現象,有利於我們揭示漢語由文言到白話的發展規律及其深刻動因。

第六,將筆記語言研究放在宋代的大的社會背景中進行。語言是文化的載體,一時期的語言反映一時期的社會面貌。社會上的一切細微變化都會被客觀地記錄在語言中。宋代是我國歷史上經濟高速發展的時期,經濟基礎的變化必然導致整個上層建築的相應變革,因此,宋代的教育、科技、科舉選官、法律制度等意識形態及社會風俗習慣等都發生了不少變化。[1] 這些變化在語言中一定有豐富的體現。加上宋代邊境戰事不斷,以及後來南渡遷都等,戰爭和民族融合又必然促進語言的分化交融。我們研究宋代筆記中的語言應該充分地考慮到宋代的整個社會環境,探究語言背後隱藏着的豐富的社會文化價值。這也是我們研究語言這門工具的重要價值所在。

另外,語言研究不可能一直滯留在描寫階段,對諸多的語言現象加以合理的解釋,這纔是語言研究的最終目的。筆記文獻語言的研究同樣需要深化,需要在描寫的基礎上解釋原因,解釋語言現象發展的規律。用正確的理論和科學的方法研究問題的同時,需要在充分的語言材料描寫工作的基礎上,不斷完善語言理論建設。宋代筆記語言研究,一方面要積極借鑒當代語言學的新的研究

---

1 徐時儀:《朱子語類詞彙研究》,上海古籍出版社,2013年,第1頁。

方法和先進的理論,另一方面也不能照搬某些理論爲我們的研究穿上漂亮的"皇帝的新衣"。踏踏實實地歸納總結語言材料,認認真真地分析解釋語言現象,實事求是地看待、引進、運用先進的理論,這纔是筆記研究乃至漢語研究的成功之路。

二、本書的研究宗旨、研究方法和研究内容

本書是一部概論性的書,其研究的對象是宋代筆記中的語言現象。筆記在宋代文獻中居於舉足輕重的地位,在口語文獻相對匱乏的情況下,其中包含的諸多反映宋代的語言實録,其價值自不待言,作者對文獻中的語言問題的探討,同樣保留了大量的語料和研究結論,其中也藴含了諸多的方法論性質的元素。面對數量非凡的宋代筆記文獻,整理出這些内容,爲漢語史研究提供豐富的材料,是我們研究宋代筆記語言的出發點之一。撰寫一部宋代筆記語言研究的概論性書,首先是對以往宋代筆記研究資料的匯總和概括性的介紹,其中我們也借鑒了相關的語料和研究方法等,以方便有志於在筆記語言研究方面的學者檢索利用,提高其學術研究的效率。其次,我們對宋代筆記中的文字、詞彙、訓詁、音韵、語法等材料進行了抽樣調查和初步的介紹、分析,有以下兩方面的想法:一是對相應内容的部分語言現象作專題的研究,以助於學者們沿此進一步關注這些問題,或是在此基礎上向與之聯繫的其他方面的問題延伸;二是通過介紹筆記中的某些語言現象,爲今後筆記研究提供文獻綫索,以便於研究者循此綫索選擇相應的筆記文獻。再次,我們在探討某些問題時,也根據文獻材料及研究對象本身,選取了相應的角度,希望能在語言研究方法方面爲今後提供一些幫助。最後,在對筆記文獻中的某些問題作探討的同時,也得出了些粗淺的結論,或是總結出了不太成熟的方法,目的不是蓋棺論定,只是爲今後的研究提供些話題,或是一些教訓,避免走太多的彎路。

"學問之道重在傳承,治學之道貴在創新。"一切的研究方法都是爲解決問題而服務的,一個新的研究方法的發現,更離不開對已有方法的繼承和改造。我們寫作這本書主要是本着嚴謹務實的治學態度,在方法的運用上堅持繼承與創新相結合的基本原則。我們主張創新,適當引進先進理論,采用電子檢索技

術等進行筆記語言研究。但我們反對刻意求新求奇,盲目地套用某些格式性的理論,把簡單的問題複雜化。只要是能夠說明問題、解决問題、揭示問題的本質所在,即使再傳統的方法我們都積極采用;對於那些符合漢語實際,并能使語言研究更上層樓的新方法、新理論,我們理所應當將其引入其中。我們的目的只有一個,那就是更好地揭示宋代筆記文獻中那些對漢語史研究、語言研究有價值的内容,以及反映語言發展的普遍性的規律。在本書中我們主要采用以下幾種研究方法:

一是語言調查與文獻考證。學術研究的基礎就是文獻,對於歷史語言學來說,文獻的價值尤其重大。在流傳過程中,文獻一般都避免不了由於傳抄或刊刻導致的訛誤、增删或其他方面的或多或少的改動,這就需要我們仔細甄別。宋代筆記文獻的流傳版本一般較多,版本之間有些差異很大,而且筆記大多刊刻在元明以後,距離創作時代較遠,傳抄過程中定有所不同。這就需要在文獻考證上下一番功夫,這不只是校勘的需要,更是使語言調查的材料和資料更真實可信的需要。同時,不同版本的异文,也能告訴我們語言發展和語言運用方面的一些信息。

二是静態描寫與動態考察。一般來説,静態描寫就是共時層面對語言現象、面貌的客觀勾勒,動態考察就是歷時地溯源探流。我們這裏之所以没有稱其爲共時和歷時,是因爲動態的考察并非僅限於歷時的溯源探流和比較分析,還包括不同版本异文所反映出來的活的語言信息。除錯訛致誤及因字形相近而導致的誤改外,同一文獻的版本异文或是反映語言的時代差異,或是反映言的地域分别,或是詞彙的意義類同等,這些信息不容忽略。另外,宋代筆記文獻中收録的許多詩詞和宋以前的文獻及辭書的部分内容,與當今流傳的相應版本常有不同,這裏面同樣能夠透露出語言發展過程中的一些變化。或是當時語言運用上的選擇性的問題,亦能反映早期的文獻原貌,尤其對那些宋以後刊刻的詩詞、辭書等書籍更具有重要的價值。這樣既能描寫筆記文獻語言共時層面的歷時差異,又能窺測到不同文獻版本語言所反映的時代、地域信息,更容易充分闡釋語言發展過程中言語與語言間意義生成、制約的互動機制和新舊質素的興替原因。

三是文獻研究與方言輔證。筆記文獻中存留的諸多語言現象,部分地保留在現代漢語方言中。利用現代漢語方言中的"鮮活"的形式,去驗證其在古代文獻中的前身,分析異同,追踪其發展脉絡,便於我們更清晰地認識語言現象,得出正確的結論。這樣做的重要意義我們在上文中已有介紹,此處不再重複。

四是理論引進和材料實證。引進先進的語言學理論闡述觀點、解决問題,使理論闡釋建立在語言現象的具體考證基礎上。無論是解釋語言發展規律和動因,還是具體分析比較某一個語言現象,都必須建立在理論和實踐相結合的基礎之上。

另外,宋代筆記語言研究中,語言描寫與定量定性分析、參證相關韵書、辭書及利用漢字形音義之關係相互爲證等,仍是普遍采用的基本研究方法。

我們這部概論性的書,主要是以宋代筆記中的文字、詞彙、訓詁、音韵和語法現象爲研究對象,揭示宋代筆記在文字、詞彙、訓詁、音韵和語法研究中的語料價值。文字部分探討的是宋代筆記與异體字、古今字和通假字等的相關問題;詞彙部分主要作的是宋代筆記中的新詞新義、詞義的演變、常用詞的興替及方言俗語、行話隱語和外來詞等方面的探究;訓詁部分對宋代筆記中訓詁內容作了整理和介紹,對其中的訓詁方法加以歸納和分析,最後總結了筆記訓詁材料中所體現出的成就和不足;音韵部分介紹宋代筆記中反映共時的語音變化、歷時的語音演變及各地方音的一些材料,分析音變的原因,進而探討語音南北差异和雅言與韵書記載的差异;語法部分考察了詞綴及部分詞類在宋代筆記中的發展,介紹了幾種特殊結構和特殊句式,并舉例追溯了複合詞詞義發展和詞彙化的歷程。文末闡釋的是宋代筆記在漢語史、古籍整理和辭書編纂、修訂等研究方面的重要語料價值,分析了將宋代筆記語言研究與漢語史等相關學科結合起來進行語言研究的必要性和重要性。

第一章

宋代筆記與文字學研究

中國古代學術史上歷來有"漢學""宋學"之説,可見"宋學"的重要地位。有宋一朝三百餘年,學術活動十分活躍,在小學研究上做出了許多成績。宋代的小學研究集漢以來學術之大成,同時在諸多方面具有開創之功,因此爲後代學術的發展奠定了基礎。至清代,乾嘉學派集漢學、宋學精華於一身,再一次將傳統語文學研究推向巔峰。在文字學研究方面,宋代的文字學研究繼承和發展了漢代以來文字分析考辨的原則和方法,同時也體現出了自身的特色。臧克和《中國文字學與儒學思想》一文説道:"我們從中國文字這一特殊視角來追索儒學源流踪迹,在今天這個時代可以説基本上包括兩個層次的含義:其一是説,儒學觀念影響了漢語文字的構造與整理。其二是説,儒學精神直接規定、制約了經本文作者,以及解經者的'説文解字'。"[1] 儒學至宋代發展爲以研究義理爲特點的理學,并逐步成爲適應鞏固中央集權統治和維繫封建綱常秩序需要的官方哲學。伴隨着思想體系上的重大發展,以注疏考據爲特點的漢唐經學,在研究方法和研究形式上開始發生重大的變革。蘇寶榮説,宋代理學作爲曾經在一個歷史時代佔據統治地位的哲學思想體系,對漢民族的語言文字學不能不産生巨大的影響。其影響分爲對當時的直接影響和歷史性的影響。對當時的直接影響體現在理學的思辨精神啓發宋人對語言文字研究作理性的思考:其一是在語言文字的説解中力求創發新義;其二是注重對語言規律的探討。歷史性的影響體現在:爲後世的學術發展提供契機,清代人融彙"漢學"與"宋學",兼取兩家之長,使傳統的語言文字研究達到巔峰。[2] 理學的思辨性啓發宋代語言學者對語言問題進行理性的思考,對漢字的形義關係進行了大膽的理論解説。宋代筆記文獻正是由宋代文人在此時代思潮的大背景下寫作而成的,其中保存了當時

---

[1] 臧克和:《中國文字學與儒學思想》,《學術研究》1996年第11期。
[2] 蘇寶榮:《論宋代理學對我國語言文字學研究的影響》,《古漢語研究》1997年第1期。

流通的异體字、古今字和俗字,而且又有筆記作者對文字、文字現象及文字研究方法的探討,從中可以窺測到宋代文人的文字學觀念。

第一節　宋代筆記與异體字研究

甚麽是异體字? 异體字包括哪些内容? 這一直是學術界爭議的問題。李國英《异體字的定義與類型》總結了前輩學者關於异體字的諸多界説,認爲各家説法從本質上來説只有兩種:一是同詞异形,二是同字异體。文章指出兩者有本質的區别,認爲异體字的本質不是同詞异形而是同字异體。同詞异形本質上是一個詞有多種不同的書面形式,這種現象無論是在古代還是在現代的書面語中都是客觀存在的。字的書寫變异,爲同詞造不同的形體,字的分化和字的借用都可以造成同詞异形。綜合蔣紹愚和王力、裘錫圭兩家的定義,吸取蔣紹愚的定義方式和王力、裘錫圭所確定的异體字的範圍,主張從構形和功能兩個維度給异體字下定義,把异體字的範圍限定在同字的範圍之内,即异體字是爲語言中同一個詞而造的同一個字的不同形體,并且這些不同的形體音義完全相同,在使用中功能不發生分化。异體字必須同時滿足構形和功能兩個條件,缺一不可。[1] 我們基本上贊同李文的定義,但從歷時的角度來看,爲了避免與其他概念的混淆,可以進一步界定爲:异體字是爲語言中同一個詞而造的音義完全相同的同一個字的不同形體,并且這些不同形體得到了社會認可,在使用中功能未發生分化。我們這樣界定,主要是爲了把异體字和俗字分開。歷史上一個字在流傳期間往往有幾種甚至幾十種寫法,但并不是每一個形體都能在正規的文獻中出現,因爲很多形體不一定能得到社會大衆的廣泛認可。但這些形體是客觀存在的,反映了不同時代、不同群體的文字觀念和精神風貌。對於這些形體,我們認爲是俗字研究的範圍。因此,我們所探討的宋代筆記與异體字研究中的异體字是更爲狹義的概念,這裏是爲方便討論問題的需要。

---

[1] 參見李國英:《异體字的定義與類型》,《北京師範大學學報》(社會科學版)2007年第3期。

一、宋代筆記文獻中的异體字材料

宋代筆記文獻中的异體字材料可以分爲兩大部分：一是作者對异體字的研究探討，一是行文（一般敘述）中出現的异體字。宋代筆記中所使用的异體字，一般來説都是長時期積澱下來的爲某個詞所造的不同形體的文字。積澱指的是异體字在流傳過程中得到社會大衆認可後的使用狀態。這裏我們舉兩個例子作簡單介紹：首先是"佑"和"祐"，二字在筆記文獻中在"神靈保祐、輔助"之義上，互爲异體，如：

　　至於夷狄荒唐亂世之言，宴然享天下厚奉，歷千有餘歲而未聞遭詆訶之厄，彼亦何幸而至此，豈天終不佑吾道耶？（《泊宅編》卷上，72頁）[1]

　　立出師必禱曰："公爲朝廷盡節以殁，必能陰佑遺民也。"（《蘆浦筆記》卷第八"資政莊節王公家傳"，60頁）

　　所謂一莽雖死，十莽復生，何天意不祐乎！（《北夢瑣言》卷十四，285頁）

"佑""祐"二字特指神靈的庇護和幫助義，早有用例。《易·大有》："自天祐之，吉無不利。"唐韓愈《薛公墓志銘》："公宜有後，有二稚子，其祐成之，公食廟祀。"《書·泰誓上》："天佑下民，作之君，作之師。"孔傳："言天佑助下民。"《楚辭·天問》："天命反側，何罰何佑？齊桓九會，卒然身殺。""佑"在先秦還表示一般的輔助、幫助義，後世沿用。《書·周官》："敬爾有官，亂爾有政，以佑乃辟。"孔傳："言當敬治官政，以助汝君長。"《漢書·蕭何傳》："高祖爲布衣時，數以吏事護高祖。高祖爲亭長，常佑之。"[2] 顔師古注："佑，助也。""祐"這一義項則要晚些，漢王符《潛夫論·論榮》："管蔡爲戮，周公祐王。"足見，异體字的形

---

[1] 文中引用的宋代筆記用例，版本信息見後附引用宋代筆記文獻。

[2] 本書有部分釋義及用例出自《漢語大詞典》。

成是個歷時的過程。至漢代"佑""祐"在兩個意義上互爲異體。《說文·示部》："祐,助也。從示右聲。"《說文》中無"佑"字,可見,在許慎看來"祐"爲正字。但却從另一個角度説明"佑""祐"定是異體關係,因爲如果二字有區別,許慎在人部定會收録"佑"字。《玉篇》收有"祐"字,釋爲"助也",并注明或作"佑"。筆記中又有"保祐""保佑":

> 明文母保祐之功,誅奸臣貪天之廛,赫然威斷,風動天下,薄海內外,鼓舞歡呼。(《揮麈録》第三録卷三,254頁)

> 隆祐保祐之功,蓋識於此。諺語謂風爲孟婆,非也。(《雲麓漫鈔》卷第四,62頁)

> 使宣仁聖烈皇后保佑大德,返遭誣衊。(《揮麈録》第三録卷三,256頁)

> 內一事云:"若宣仁之謗議未明,致保佑之憂勤不顯,皆權臣務快其私憤,非泰陵實謂之當然。"(《邵氏聞見録》卷十四,156頁)

在複合專有名詞中往往用"祐",如皇帝的年號:

> 司空圖侍郎,舊隱三峰,天祐末,移居中條山王官谷,周回十餘里,泉石之美,冠於一山。(《南部新書·辛》,133頁)

> 湖州城南居人姚許,元祐初,爲軍資庫吏,盜官錢儲其家。(《泊宅編》卷六,35頁)

> 父喜,攜去,今不知所在。張與余言,蓋嘉祐六年也。(《東坡志林》卷三"冢中弃兒吸蟾氣",52頁)

> 梅堯臣作《書竄詩》曰:"皇祐辛卯冬,十月十九日。御史唐子方,危言初造膝。曰朝有巨奸,臣介所憤疾。"(《東軒筆録》卷七,79~80頁)

公諱字晦叔,嘗宰定海縣。景祐中爲執政。(《蘆浦筆記》卷十"回峰院留題",73頁)

又有帝王妻的封號,如"隆祐太后":

又請隆祐太后領皇太子,帥六官及宗室近屬,前往江表。(《揮麈錄》卷十,202頁)

官職的稱號:

初封廣祐公,後進祐聖王。(宋刻本《賓退錄》卷九)[1]

人名:

宰相崔祐甫請遣使慰勞淄青將士,因以正己所獻錢賜之。(《容齋續筆》卷七"李正己獻錢",306頁)

王晋公祐,事太祖爲知制誥。(《邵氏聞見錄》卷六,54頁)

這些環境下也偶用"佑",如上舉"祐聖王"也偶用"佑聖王"。而實際上"佑聖王"所強調的是人爲的幫助,而非上天、神靈等,所以理當用"佑"。可見,人們對異體字使用也是存在選擇性的,這大概是個人習慣、文字觀念和思維觀念共同作用的結果。如確定皇帝年號之初選擇"祐"而非"佑",正是因爲人們內心傾向於上天保祐,而"佑"從人、"祐"從"示",於是選擇了"祐"。

其次是"阪"和"坂"。《說文·自部》:"阪,坡者曰阪。"《詩·秦風·車鄰》:"阪有漆,隰有栗。"毛傳:"陂者曰阪。"《史記·袁盎晁錯列傳》:"文帝從霸陵上,欲西馳下峻阪。"南朝梁劉孝標《廣絕交論》:"入其隩隅,謂登龍門之阪。"宋代筆記中"阪"仍主要是這個意義,如:

楚人謀徙於阪高,蒍賈曰:"不可。我能往,寇亦能往。"(《東坡志林》卷五"周東遷失計",100~101頁)

從征太原,上下岡阪,其平如砥,下則伸前而屈後,登高則能反之。(《玉壺清話》卷八,76頁)

自隴州入秦州,由故關路,山阪險隘,行兩日方至清水縣。(《涑水

---

[1] 趙與時:《賓退錄》,中華書局,1985年,第100頁同。此爲叢書集成初編重印本。

記聞》卷十二,233頁)

　　離瀘州四百餘里即是深箐,皆高阪險絶,竹木茂密,華人不能入,蠻所恃以自存者也。(《涑水記聞》卷十三,272頁)

　　"坂",大約産生在漢代,王褒《九懷·株昭》:"驥垂兩耳兮,中坂蹉跎;蹇驢服駕兮,無用日多。"唐戴叔倫《去婦怨》詩:"下坂車轔轔,畏逢鄉里親。"宋王安石《相送行》:"但聞馬嘶覺已遠,欲望應須上前坂。"也是斜坡、山坡義,筆記中用例如下:

　　杜牧之如銅丸走坂,駿馬注坡。白樂天如山東父老課農桑,言言皆實。(《賓退錄》卷二,21頁)

　　崔翰者,晋朝之名將也,奏曰:"當峻坂走丸之勢,所至必順,此若不取,後恐噬臍。"(《玉壺清話》卷七,71頁)

　　《説文》未收"坂"。《玉篇·土部》:"坂,甫晚、蒲板二切,坡坂也。"《玉篇·𨸏部》:"阪,甫晚、步坂二切,陂也,山脅也,險也。"《廣韻·阮韻》:"阪,大陂不平。""坂,同上。"《廣韻》明確標明二字的異體關係。從"𨸏"從"土"字互爲異體,合乎常理。如"陂"和"坡",《説文·𨸏部》:"陂,阪也,一曰沱也,從𨸏皮聲。"《説文·土部》:"坡,阪也,從土皮聲。"從"土"從"𨸏"反映了人們造字時出發點的差異。

　　宋代筆記的作者對異體字也有自己獨特的看法,如:

　　諸書之論準字爲多。如《野客叢書》云:"今吏文用承准字,合書'準'。説者謂因寇公當國,人避其諱,遂去十字,只書准。"《甕牖閒評》:"今州縣判單子書,'准'字合書'準'字而去下'十'者,蓋真宗朝寇萊公名準,故天下不敢全書'準'字,後世遂因之而不改。亦猶唐穆宗在東宮時判'依'字去'人'而書'衣'。時韋綬爲侍讀,問之。穆宗曰:'上以此可天下事,我烏得全書?'此亦去下'十'字,書准字之意也。"僕考魏晋石本,吏文多書此承准字。又觀秦漢間書與夫隸刻,"平准"多作准,知此體古矣。《干禄書》《廣韻》注謂:准,俗準字。既古有是體,不可謂俗書,要皆通用。《石林燕語》:"京師舊有平準務,自漢以來有是名,言蔡魯公爲相,以其父名準改平準務爲平貨務。"僕謂"平準"字自古以來,更革不一。觀《宋書》"平準",今避順帝諱,改曰"染署"。其他言准字處所避可知。《項氏家説》云敕札書"準"爲"准",相傳爲避寇忠愍公名,或云蔡京家諱,皆非也。按《唐韵》已收"准"字,注云俗字也。顔氏《干禄字書》并出"準""准"二字,注云"上通下正",則"準"之爲"准"久矣。然則"准"非避諱而省文,二書引證既同。淳熙間,周公秉政,黄敕始用"準"字,且記其事於《二老堂雜志》,云敕牒"準"字,去"十"爲"准",或謂因寇準爲相而改。又云曾公亮、蔡京父皆名"準"而避。其實不然。予見唐告已作"准",又考五代堂制亦然。頃在密院,令吏輩用"準"字,既而作相,又令三省如此寫,至今遂定,後世豈能推其源流也。(《愛日齋叢抄》卷一,14~15頁)

作者列舉《野客叢書》《甕牖閒評》《石林燕語》等對"準""准"二字關係的認識,指出了其中的錯誤,以及二字互爲异體之源。作者對"準""准"二字的使用情況的客觀描述,體現了一定的科學精神。同時,這也是宋代文人文字觀念的集中體現。

二、版本异文與异體字研究

張其昀《〈廣雅疏證〉證義的异文相證與互文相證》對"异文"作了細緻的説明:"訓詁術語的'异文',一般是指古籍中同一内容、同一意義在不同地方——包括不同著作之間、同著的不同章節段落、同著的不同版本、同著的不同學派傳本之間,原文和其傳注之間,原文和其作爲引文之間——的用字差异,或者兩個意義平行、近似、對應的語句之間的用字差异。"[1] 我們這裏所説的"版本异文",一是指宋代筆記不同版本之間的异文,二是指宋代筆記徵引文獻所形成的异文。後者又具體包括徵引文獻與該文獻其他版本所形成的异文,以及不同筆記中徵引同一内容所形成的异文。我們從兩個方面分別簡介异文中的异體字問

---

[1] 張其昀:《〈廣雅疏證〉證義的异文相證與互文相證》,《南陽師範學院學報》(社會科學版)2010年第5期。

題。

　　文獻中异文形成的原因十分複雜,有同音假借而成,有字形相近而成,有詞義相近而成,也有後人錯改而成,利用异文應仔細審辨。[1] 宋代筆記往往有多個版本,版本异文普遍存在,因异體字而產生的异文材料亦有不少。考察這些异文中的异體字,對於總結文字演變規律及整理筆記文獻等是很有幫助的。如"柬版":

　　　　元祐中,余始見士大夫有間用蠟裹咫尺之木,以書傳言,謂之"柬版",既便報答,又免謬誤。(《鷄肋編》卷上,5頁)

"版"即"牘",是古代書寫用的木簡。《管子·宙合》:"退身不舍端,修業不息版。"尹知章注:"版,牘也。""柬版",清文淵閣四庫全書本《鷄肋編》作"柬板",謂用來傳遞信息的木片,承擔的是書信的功能。"蠟裹"以防潮濕,唐代即有"蠟丸",爲蠟製的丸狀物,常用以内藏文字,以傳遞秘密書信、文件等,其目的在於防潮濕、保密。故亦以"蠟丸"指用蠟封裹的書信、文件等。如唐趙元一《奉天録》卷二:"鹽鐵使御史中丞包佶,以財帛一百八十匹轉輸入京,少游自盡取之……佶使使飛表於蠟丸中,論少游收財事,上深不平。"又有"蠟書",即封在蠟丸中的文書,《新唐書·郭子儀傳》:"大曆元年,華州節度使周智光謀叛,帝間道以蠟書賜子儀,令悉軍討之。"宋代始又有"柬帖"一詞,如《續資治通鑑長編·哲宗》:"嚴叟曰:'陛下既見得令作宰相亦牢籠不得,如何尋常一柬帖可以牢籠?'"《京本通俗小説·菩薩蠻》:"小僧心病發了,去不得。有一柬帖,與我呈上恩王。"可見,"柬版"一詞是宋代新詞,後代又作"柬板",在承擔"柬帖"功能這一意義上,二者形成异體。

　　更爲值得關注的是筆記徵引文獻所形成的异體,如宋吳處厚《青箱雜記》:

　　　　人之心相外見於目,孟子曰:"知人者莫良於眸子,胸中正則眸子瞭然,胸中不正則眸子眊然。"此其大概也。而其間善惡又更多端,凡䀩瞯上音茂下音呼九切唊嚅者,嫉妒人也。(卷四,39頁)

其中"䀩瞯""唊嚅",《長短經》和《人倫大統賦》薛道衡注爲"瞀瞷""映矖":

---

[1] 徐時儀:《古白話詞彙研究論稿》,上海教育出版社,2000年,第416頁。

眘睮音戌眽瞷而萃切者,蛆嫉人也,急睞側夾切者,不嫉妒則虚妄人也。(《長短經》卷一《察相》下注)

《龜鑑》曰:凡人眘睮上音茂下音俞眽瞷者嫉妒人也。(薛道衡注《人倫大統賦》卷上)

對此,李裕民未出校。"眘",《説文·目部》:"氐目謹視也。從目攸聲。"宋羅願撰《爾雅翼·釋鳥·音釋》:"鶩、眘,韵書音'茂'又音'牟',并訓目不明也。"可知當時"眘""眑"音同可通,"眑"即"眘",蓋爲俗體,或爲流傳過程中致誤,文獻中不見使用。《荀子·非十二子》:"綴綴然,眘眘然,是子弟之容也。"楊倞注:"眘眘然,不敢正視之貌。"可知,"眘"其本義當爲低視,小心謹慎而謙卑的樣子。

姚春花《〈鶴林玉露〉語言研究》中有"《鶴林玉露》所引文獻與源文獻異文比較"一節,其中有關於異體字的分析。文章共考察了《鶴林玉露》與源文獻的異文之間的 16 對異體字,并分爲兩種情况:一是《鶴林玉露》詩用正字,源文獻用異體字,這種情况有 10 例;二是《鶴林玉露》詩用異體字,源文獻用正字,這種情况有 6 例。如"徑"與"逕":

誠齋題云:"……蒼松白石青苔徑,也不傳呼宰相來。"(乙編卷五"二老相訪",211 頁)

"徑",一本作"逕"。《説文·彳部》:"徑,步道也。"段注:"此云步道,謂人及牛馬可步行而不容車也。"《周禮·地官·遂人》:"夫間有遂,遂上有徑。"鄭玄注:"徑容牛馬。"《説文》無"逕"字。《玉篇·彳部》:"徑,古定切,小路也。"《樂府詩集·燕射歌辭三角調曲》:"尋芳者追深逕之蘭,識韵者探窮山之竹。""逕",一本作"徑"。"逕"字音、義與"徑"同,爲後起形聲字。中國文字改革委員會《第一批異體字整理表》中收有此兩字,并且規定停止使用"逕"字。[1]

宋代筆記文獻由於多是後代版本,因此難免屢入後代文字,在這些文字中就包含後代産生的前代文字的異體字。辨别這樣的異體字,對筆記校勘很有意義,如"嵩掌":

---

[1] 詳見姚春花:《〈鶴林玉露〉語言研究》,四川大學碩士學位論文,2007 年。

興國中,太宗建秘閣,選三館書以實焉,命參政李至耑掌。(《玉壺清話》卷一,2頁)

"耑掌"即"專掌",專門主管或從事某項工作。《東觀漢記·魏應傳》:"諸儒於白虎觀講論'五經'同异,使應專掌難問。"《玉篇·耑部》:"耑,丁丸切。《説文》云:'物初生之題也,上象生形,下象生根也。'《廣雅》云:'耑,末也,小也。'今爲端。"可見,"耑"表示專一、專門是假借義,王國維先生《釋觶、舺、卮、磚、𤭛》言:"'磚'、'𤭛'二字亦本一字,古書多以'耑'爲'專',《急就篇》顏本之'蹲踝',皇本作'踹踝'。賈誼《鵩鳥賦》'何足控摶',《史記》《文選》作'摶',《漢書》作'揣'……"[1]二者可以互爲聲旁承擔表音的功能。文獻中"耑"單獨表示專一、專門,用爲"專",此《玉壺清話》例爲首見。《朱子語類》中有"摶謎子",實爲"揣謎子",意即猜謎,足見宋代時二者相通爲聲旁仍較爲常見。檢文獻,明以前"耑"用爲"專"者,十分罕見,如宋黃徹《䂬溪詩話》卷一:"時帝有天下已十三年,當思耆艾賢德,與共維持,獨耑意猛士,何哉?"《䂬溪詩話》皆爲後世刻本,如清知不足齋叢書本、道光學海類編本等。至明代多見"專"作"耑"者,明何汝賓《兵録》卷一:"夫節已墜即不然,而機心機事,耑意籠絡,百計彌縫,惟恐敗露。"明徐光啓《農政全書》卷十五"水利"條:"當於幹河半工之時,即耑官料理枝河,責令各枝河得利業户俱照田論工,一齊并舉。"《説文·耑部》:"耑,物初生之題也。"段注:"題者,額也。人體額爲冣上,物之初見即其額也。古發端字作此,今則'端'行而'耑'廢,乃多用'耑'爲'專'矣。"段玉裁是最早提及"耑"爲"專"者。王引之《字典考證·魚部》:"鯛,《説文》:'骨,專脆也。'謹照原文'專'改'耑'。"檢四部叢刊景北宋刻本《説文》中"專"爲"耑",可見清代"耑""專"同,《康熙字典》給予認同。"耑""專"音近,在文獻中有相關的聲訓材料,如《戰國策·燕策》:"敢端其願。"鮑注:"端,猶專也。"朱駿聲《説文通訓定聲·乾部》:"顓,(聲訓)《白虎通·號》:'顓,專也。'"《廣雅·釋器》:"𤭛、舺,卮也。"王念孫疏證:"《説文》:'磚,小卮,有耳蓋者。'《玉篇》:'時奂切。'𤭛,從端聲;磚,從專聲,專與耑,皆小意也。故《釋詁》云:'耑,小也。'"明方以智《通雅·釋詁》:"剬,蓋古者專、端不分,猶丘、區、魁、渠之聲,如湍與溥、磚與

---

[1] 王國維:《觀堂集林》(上)卷六,上海書店,1989年(影印自商務印書館1940年版),第15頁。

瓿之類可推。"但段玉裁之前的辭書、舊注皆未提到"嵜"字用爲"專"的情況。因此,我們可以推斷,《玉壺清話》中的"嵜掌"之"嵜",乃後代更改所致,并非原貌。《四庫全書總目提要》有:"《玉壺野史》十卷,兩淮鹽政采進本,宋僧文瑩撰。"現通行的十卷本是以清知不足齋叢書本爲底本校訂而成的。清人吳翌鳳於乾隆四十二年(1777)在本書跋中則稱:"(《玉壺清話》)明朝只傳五卷,吳人吳岫訪得後五卷,四明范欽又從岫借抄,始成完書。"[1] 今檢明刻本《玉壺詩話》確不見此條。"嵜"用爲"專"是明代以後的事情,爲舊字新用,其語言基礎是音同,作聲旁相通。

三、宋代筆記异體字材料體現的宋代文人的文字觀念

宋代筆記文獻中,錄有文人們對當時流通的文字形式的討論。在作者的分析評價過程中,保留了當前傳世文獻中不易見到的諸多文字的不同寫法,如:

> 吳虎臣《漫錄》云:"婺州下俚有俗字,如以㝵爲矮,㐀爲齋,讼牒文案亦然。"范文穆《桂海虞衡志》云:"邊遠俗陋,牒訴券約,專用土俗書,桂林諸邑皆然。今姑記臨桂數字,雖甚鄙野,而偏旁亦有依附。㝵音矮,不長也。閪音穩,坐於門中,穩也。㘴亦音穩,大坐,亦穩也。仦音嫋,小兒也。奀音勒,人瘦弱也。歪音終,人亡絶也。㐆音臘,不能舉足也。妖音大,大女及姊也。䂖音㟃,山石之岩窟也。閂音檻,門橫關也。他不能悉記。"《嶺外代答》於此外又記五字。氽音酋,言人在水上也。汖音魅,言没入水下也。𠵇,和鹹切,言隱身忽出,以驚人之聲也。㲝音鬍,言多髭也。丼,東敢切,以石擊水之聲也。(《賓退錄》卷五,58頁)

可見,當時這些文字并未進入流通領域,多是局部地區人們在小范圍内使用。現代看來還只能把它們看作局部"异體字",也可以說是我們後面要討論的俗字。趙與時在《賓退錄》中也只是提到吳虎臣、范文穆、周直夫等書中記録文字的寫法,也并未言其在一般的文獻中見到這些文字。可見,這些文字形式并

---

1 文瑩著,鄭世剛點校:《玉壺清話》,中華書局,1984年,第115頁。

没有得到社會的普遍認可,在使用上存在極大的局限性。下面洪邁在《容齋隨筆》中列舉的文字是异體字,如:

"六經"之道同歸,旨意未嘗不一,而用字則有不同者。如佑、祐、右三字一也,而在《書》爲佑,在《易》爲祐,在《詩》爲右。惟、維、唯一也,而在《書》爲惟,在《詩》爲維,在《易》爲唯,《左傳》亦然。又如《易》之无字,《周禮》之瀍、眂、亮、鱻、盌、皋、獻、槀、斛、躙、簪等字,他經皆不然。今人書旡咎、旡妄,多作無,失之矣。孝宗初登極,以潛邸爲佑聖觀,令玉册官篆牌。奏云:"篆法佑字無立人,只單作右字。"道士力争,以爲觀名去人,恐不可安迹。有旨特增之。(卷十"六經用字",543~544頁)

儘管這裏面有些認識上的偏差,但是洪邁已經有了明確的異體字的觀念,認爲"佑""祐""右"和"惟""維""唯"皆爲同一字的不同寫法,在音義上是相同的,記録的是同一詞。由此我們可以發現,洪邁是贊成使用異體字的。洪邁的下一段表述也表達了這一看法:

書字有俗體,一律不可復改者,如冲、凉、况、減、决五字,悉以水爲冫,筆陵切,與"冰"同。雖士人札翰亦然。《玉篇》正收入於水部中,而冫部之末亦存之,而皆注云"俗",乃知由來久矣。唐張參《五經文字》,亦以爲訛。(《容齋隨筆》卷十三"五俗字",587頁)

今人作字省文,以禮爲礼,以處爲处,以與爲与,凡章奏及程文書册之類不敢用,然其實皆《説文》本字也。許叔重釋"礼"字云:"古文。""处"字云:"止也,得几而止。或從處。""与"字云:"賜予也,'与''與'同。"然則當以省文者爲正。(《容齋隨筆》卷五"字省文",70頁)

趙與時也承認一字多形式的合理性,如:

余按《魏書·江式傳》:"延昌三年,上表論字體不正。略曰:皇魏承百王之季,紹五運之緒。世易風移,文字改變,篆形謬錯,隸體失真,俗習鄙習,復加虚巧。談辯之士,又以意説,炫惑于時,難以釐改。乃曰追來爲歸,巧言爲辨,小兒爲䫢,神蟲爲蠶,如斯甚衆。"又《顔氏家訓》載:"北朝喪亂之餘,書迹鄙陋,加以專輒造字,乃以百念爲憂,言反爲變,不用爲罷,追來爲歸,更生爲蘇,先人爲老,如此非一,偏滿經傳。"乃知俗字何代無之,車同軌,書同文,豈易能哉!與時昔年侍先人官贛之石城,俗字如此者尤多,今不能記憶。《唐君臣正論》載:"武后改易新字,如以山水土爲地,千千萬萬爲年,永主久王爲證,長正主爲聖,一忠爲臣,一生爲人,一人大吉爲君。"(《賓退錄》卷五,58~59頁)

趙與時認爲,統一文字爲一種寫法在當時社會是不容易的,歷朝歷代都存在俗字、異體字,尤其是在分崩離析的動亂時代更爲嚴重。然而有些文字形式文人們是不贊成使用的,如:

至於果、芻、韭之加草,岡加山,攜之作擕,鉏作鋤,惡作悪,霸作覇,筍作笋……如是者皆非也。(《容齋隨筆》卷十二"小學不講",771~772頁)

可見,洪邁等對一字存在的多種形式并非一視同仁地全部肯定,而是有具體的標準的。這個標準就是必須是字書中收錄的由來已久的字形。上面在談到省文和五俗字時洪邁明確表明了這個看法。在洪書的其他記載中,我們也明顯能感覺到洪邁奉古的傾向,如:

古人八歲入小學,教之六書,《周官》保氏之職,實掌斯事,厥後浸廢。蕭何著法,太史試學童,諷書九千字,乃得爲吏。以六體試之。吏人上書,字或不正,輒有舉劾。劉子政父子校中祕書,自《史籀》以下凡十家,序爲小學,次於六藝之末。許叔重收集篆、籀、古文諸家之學,就隸爲訓注,謂之《説文》。蔡伯喈以經義分散、傳記交亂、訛偽相蒙,乃請刊定《五經》,備體刻石,立於太學門外,謂之《石經》。後有吕忱,又集《説文》之所漏略,著《字林》五篇以補之。唐制,國子監置書學博士,立《説文》《石經》《字林》之學,舉其文義,歲登下之。而考功、禮部課試貢舉,許以所習爲通,人苟趨便,不求當否。大曆十年,司業張參纂成《五經文字》,以類相從。至開成中,翰林待詔唐玄度又加《九經字樣》,補參之所不載。晉開運末,祭酒田敏合二者爲一編,并以考正俗體訛謬。今之世不復詳考,雖士大夫作字,亦不能悉如古法矣。(《容齋隨筆》卷十二"小學不講",770頁)

宋代文人的文字觀念從總體看來是：一方面以開放的發展的眼光看待文字系統中存在的一字多形的現象，他們并不反對這些形式的存在；另一方面也并非一味地贊同一字的多個形體都可以用於正規的書寫場合，只有那些字書已經收録的、已經得到社會認可的、長期積澱下來的纔可以被視爲"異體字"來正常使用。宋代文人的文字觀念與新興理學的影響和漢學的延續推動密不可分。這些觀念，有些與我們現在的認識也十分接近，只是我們尊重文字使用和發展的規律，并不泥古。

　　宋代筆記文獻中存留的異體字，是前代文字積累的共時呈現，是文字發展到宋代的階段性産物。考察宋代筆記中的異體字和作者對異體字的探討，有利於對漢語異形詞、俗語詞的研究。同時，對我們總結異體字發展規律，正確推進現代漢字整理工作都具有重要意義。另外，對比分析文獻版本异文中的異體字，將十分有助於提高古籍整理質量。因此，異體字和異體字的研究工作非常值得重視。林嵩説："異體字是古籍整理與研究工作中值得關注的問題。遺憾的是，在實際工作環節中，異體字却常常被有意無意地忽視。有的整理本對異體字不出校勘記，甚至在排印的時候直接將異體字統一成符合當下出版規範的'正字'。這樣做很可能就把版本學、語言學上的一些問題掩蓋起來了。"[1] 因此，在古籍整理的過程中，尤其是電子文獻的製作和使用過程中，我們要充分關注異體字。文獻中存在的异體字符合文字發展規律，這些不同的書寫形式反映了人們造字時的不同出發點，是當時人們思維形式的某種體現，關注這些問題對整個文字研究不無意義。

第二節　宋代筆記與古今字研究

　　古今字是由於古漢語中多義詞的某個義項在詞義系統發展過程中，逐漸從原詞的引申義列中分化獨立而形成新詞，或上古由於同音借用而形成同形詞，

---

[1] 林嵩：《〈平妖傳〉異體字與版本研究叢札——兼談古籍整理研究中的異體字問題》，《文獻》2012年第4期。

在書面上爲這些詞另造新字的現象。古今字是一個歷史概念,古今無定時,周爲古則漢爲今,漢爲古則晋爲今,古已有之,今又造字,隨時异用者謂之古今字。"古今字這一術語,最早是由漢代經學家提出來的,開始是泛指古今同詞而异形的字,概念含混不清。古今字受到廣泛的注意和研究是在清代。隨着研究的深入,古今字的内涵和外延有逐漸明確的趨勢。迄今爲止的研究表明,古今字應該是有造字相承關係的分别字。它既不同於通假字、异體字,也不完全等同於同源字。"[1]也有學者認爲古今字是用字的問題,劉新春《古今字再論》提到,關於古今字的含義,目前具有代表性的意見有兩種:一種是采用段玉裁的説法,認爲古今字是用字問題,即"隨時异用者謂之古今字","古今人用字之不同,謂之古今字"。此説與古代尤其是清代以前學者在注釋古書時運用"古今字"術語的情况大體吻合。一種是把古今字看成是文字發展過程中的孳乳現象,是從造字的角度來認識的,他們所説的古今字實際上是本原字和區别字。王力先生就持這種觀點,雖然他本人没有直接給"古今字"下定義,但是他所舉的例子都是從造字方面來着眼的。這種觀點所劃分出來的古今字,"跟古人所説的古今字,不但範圍有大小的不同,而且基本概念也是不一致的"。劉新春贊同前者的看法。其理由爲:首先古今字這一概念,是古人在注釋經籍中文字的意義時提出來的;其次,從古人古今字專書所收的古今字的範圍和作者對古今字的理解來看,古今字的範圍是很廣的,所收録的古今字完全是從古今异用的角度來着眼的。[2]我們之所以不認爲古今字是古今异用的問題,理由有二:一是古今字是文字範疇内的概念,古人對這些概念本身都是非常模糊的,如果歸入用字的範疇古今字將無所不包;二是古今用字的不同無法排除詞義發展過程中新舊替代的情况,新詞替代舊詞,如古用"食"今用"吃",二者明顯不是古今字的關係。因此,爲了避免與其他概念相混淆,表述更加明確,我們認爲把古今字看作分化字更合乎實際。宋代筆記文獻中的古今字中的"古今",就是以宋爲今,宋以前爲古。這些古今字的形成并不一定是在宋代,很多是在宋以前的某個時代產生的,筆記文獻所發揮的是保存的作用。

---

[1] 洪成玉:《古今字概述》,《北京師範學院學報》(社會科學版)1992年第3期。

[2] 參見劉新春:《古今字再論》,《語言研究》2003年第4期。

一、宋代筆記中的古今字材料

宋代筆記文獻的作者常常對文字進行考辨,有些是追溯古體,有些是辨正謬誤,其中不乏關於古今字的材料。如:

> 尊字乃古之酒尊字,《周禮·司尊彝》,《禮記》有虞氏之尊、夏后氏之尊、商尊、周尊之類是也。又有罇、樽二字,古文所不載,當是後人所增。許慎《説文》曰:"尊,酒器也。"《廣韵》曰:"尊,亦作罇、樽,從缶從木,後人所加。"觀國謂詩賦中若用尊字爲韵,不可更押罇、樽二字。杜子美《奉漢中王手札》詩曰:"國有乾坤大,王今叔父尊。"又曰:"從容草奏罷,宿留奉清罇。"雖意各别,然其實尊、罇只是一字,譬猶昏之與婚,女之與汝,匊之有掬,與之有歟,本一字也。(王觀國《學林》卷十"尊",325~326頁)

"尊"是作爲酒器的古字,《説文》已收録。黄侃《文字聲韵訓詁筆記·訓詁》:"其一,但説字形之誼而不及本誼。如'尊,酒器也……'是也。夫酒器所以名爲尊者,奉酒以所尊故也。是尊卑之義在前,乃'尊'字之本誼。"認爲"尊"之酒器義源自尊貴、高貴義。王觀國視"樽""罇"爲後起分化字,甚是。《玉篇·酉部》:"尊,子昆切。敬也,重也,亦酒器也,或作'樽'。"《玉篇·木部》:"樽,子昆切,酒器也。"《後漢書·竇融列傳》:"融惶恐乞骸骨,詔令歸弟養病。歲餘,聽上衛尉印綬,賜養牛,上樽酒。"《玉篇·缶部》:"罇,子昆切,與'樽'同。"《晏子春秋·雜上十六》:"范昭起曰:'請君之弃罇。'"晋陶潜《歸去來兮辭》:"携幼入室,有酒盈罇。"確如王觀國所言"古文所不載"。後舉"昏"之有"婚"、"女"之有"汝"、"匊"之有"掬"、"與"之有"歟"皆爲古今關係。《説文·女部》:"婚,婦家也。《禮》:娶婦以昏時,婦人陰也,故曰婚。從女從昏,昏亦聲。呼昆切。"《國語·晋語四》:"同姓不婚,惡不殖也。"漢班固《白虎通·嫁娶》:"婚姻者何謂也?婚者,昏時行禮,故曰婚。"可見,"婚"早已產生。"女""汝"之關係相對複雜。第二人稱代詞,先秦或寫作"女",或寫作"汝"。"女"本義是女子,"汝"本義是水名,這兩個字在表示第二人稱代詞時都是假借字,第二人稱代詞并没有本字。但"女"的表"女子"和表第二人稱代詞的兩個意義在上下文中易混淆,而"汝"的表示水名和表示第二人稱代詞的兩個意義在上下文中不易混淆,所以,後來第二人稱代詞逐漸以寫"汝"爲多,到顏師古注《漢書》時,也就常常出現"女讀曰汝"。[1] 無論怎樣,從字形上看,"女""汝"之間有先後和分化關係,這一點是非常明確的。"掬"作爲"匊"的今字先秦已見,《左傳·宣公十二年》:"桓子不知所爲,鼓於軍中曰:'先濟者有賞。'中軍、下軍爭舟,舟中之指可掬也。"楊伯峻注:"先乘舟者恐多乘,或恐敵人追至……故先乘者以刀斷攀者之指。舟中之指可掬,言其多也。""歟"最早見於西漢,如《史記·屈原賈生列傳》:"屈原至於江濱,被髮行吟澤畔,顏色憔悴,形容枯槁。漁父見而問之曰:'子非三閭大夫歟?何故而至此?'"

筆記作者還根據詞義辨析文字的古今關係,如:

> 顏師古《匡謬正俗》曰:"'賑濟'當用'振'字。《説文》曰:'振,舉也,救也。'諸史籍所云'振給''振貸''振業'者,其義皆同,盡當爲'振'字。今人之作文書者,以其事涉貨財,改'振'爲'賑'。按,《説文解字》云:'富也。'左氏《魏都賦》曰:'白藏之藏,富有無隄,同賑大内,控引世資。'此則訓不相干,何得混雜。諸云'振給''振貸'者,并以饑饉窮厄,將就困斃,故舉救之,使得存立耳,寧有富事乎?"以上皆顏說。予以顏說甚當,但未有據。按《春秋傳·文公十六年》:"楚人出師,自廬以往,振廩同食。"注云:"廬,今襄陽中廬縣也。振,發廩倉也。同食,上下無异饌也。"然則振濟,當以左氏爲據。今字書止云"賑",言其富。蓋言於利能不失時,則可以致富矣。漢《汲黯傳》:"發河内倉粟,以振貧民。"亦作此振字。(吴曾《能改齋漫録》卷七"賑濟振濟",166~167頁)

吴曾在顏師古的基礎上,又以實證闡明"振"爲賑濟義的古字。《漢語大詞典》"振"條收有18個義項,"賑"只分擔其救濟義。先秦已見用例,《管子·輕重丁》:"貸稱之家皆析其券而削其書,發其積藏,出其財物,以賑貧病。"後世沿用,漢桓寬《鹽鐵論·力耕》:"往者財用不足,戰士或不得禄,而山東被災,齊趙大饑,賴均輸之畜,倉廩之積,戰士以奉,饑民以賑。"宋葉適《故知廣州薛公墓志

---

[1] 參見蔣紹愚:《古漢語詞彙綱要》,北京大學出版社,1989年,第202頁。

銘》:"年饑,賑以學廩,守拒之,公曰:'民餓死,士何忍獨飽!'"顏師古所言《魏都賦》之"賑"乃另外的義項,《文選》卷二張衡《西京賦》:"郊甸之內,鄉邑殷賑。"薛綜注引《爾雅》:"賑,富也。"《文選》卷四左思《蜀都賦》:"爾乃邑居隱賑,夾江傍山,棟宇相望,桑梓接連。"劉逵注:"隱,盛也;賑,富也。"嚴復《原強》:"東土之人,見西國今日之財理,其隱賑流溢如是,每疑之而不信。"其中"賑"皆爲富裕義。劉昌詩《蘆浦筆記》針對吳氏所記又將例證提前至《周易》。

《漫錄》載顏師古《匡謬正俗》曰:"賑濟當用振字。"……然則當以左氏爲證。以上吳說如此。予考《周易·蠱卦》:"君子以振民育德。"注:"振,濟也。"何不引此,豈偶忘邪?(《蘆浦筆記》卷三"振字",22頁)

這是觀點一致基礎上的補充論證。然而,有些探討則體現出了"仁者見仁,智者見智"的差异:

孟子曰:"士未可以言而言,是以言餂之也。可以言而不言,是以不言餂之也。是皆穿窬之類也。"

趙岐注云:"未可與言而强與之言,欲以言取之也,是失言也。知賢人可與言,反欲以不言取之,是失人也。"章指注云:"取人不失其臧否。"孫奭《音義》曰:"今按古本及諸書并無此'餂'字。"郭璞《方言注》云:"音忝,謂挑取物也,其字從金。"今其字從食,與《方言》不同,蓋傳寫誤也。本亦作"飴",音奴兼反。按《玉篇》,食字部有"餂"字。注:音達兼反,古"甜"字。然則字書非無此字,第於《孟子》言餂之義不合耳。

今以《孟子》之文考"餂"之義,則趙岐以"餂"訓"取"是也。當如郭氏《方言》,其字從"金"爲"銛"。據《玉篇》《廣韵》:銛,音他點反,取也。其義與《孟子》文合。《廣韵》:上聲,銛,音"忝"而平聲,又有"銛"字,音"纖",訓曰利也。許氏《説文》以"銛"爲臿屬,乃音纖者,其義與音忝者不同,各從其義也。

孫奭曰:"本亦作飴,音奴兼反。"此別本《孟子》也。古之經書,皆有別本,其用字多異同。《廣韵》:又,飴,音黏,食麥粥也。於《孟子》之文愈不合,蓋別本《孟子》誤謁尤甚。(《西溪叢語》卷上,54~55頁)

這段叙述中,作者對"餂"之形義作了詳細的考辨。其間,對字書中所保留的關於該字的記載逐一列舉,并加以比較。字書中不乏古今字之説,如《玉篇》,食字部有"餂"字。注:音達兼反,古"甜"字。作者在承認這種古今關係的基礎上得出結論,"餂"字古已有之,又并非爲舌屬的"餂",因爲二字音不同,乃各從其義。但《孟子》中"餂"之何以有取義,尚不得知。而吴曾《能改齋漫録》認爲"餂"爲"甛",表獲取,是假借義:

> 王觀國《學林新編》以"孟子曰:'是以言餂之也。'趙岐曰:'餂,取也。'孫奭《音義》以古書等并無此'餂'字。郭璞《方言注》:'音忝,謂挑取物也。'觀國以《玉篇》有之,達兼切,古甜字。字書非無此字。第於孫義不合爾"。予以爲不然,璞文在前,則《玉篇》不足道矣。《玉篇》所收字,乃晉魏以來續撰者。按,《管子·地數篇》:"管子曰:'十口之家,十人甛鹽;百口之家,百人甛鹽。'"此"甛"字與"餂"字雖异,其義則一。何者?均以口舌取物而已。古書字多借用,難可一概論也。《廣韵》乃以甛"音火夬切,息也",尤無義。(《能改齋漫録》卷五"以言餂之",99~100頁)

吴曾不迷信《玉篇》,從字的音、形、義出發,論證切實可信。不過也無法否定《玉篇》所言,《玉篇》亦應有所本。綜合姚寬、吴曾所述,"餂"爲古"甜"字,爲"甛"之借字。於是在後世的書籍中"餂"之用例甚乏。

二、版本异文與古今字研究

宋代筆記文獻的不同版本,以及筆記文獻内部徵引其他文獻時與現存版本的源文獻之間,均存在諸多的异文。這些异文中有些與古今字有關,通過考察古今字异文,有利於理解文獻的内容,提高古籍整理的質量,如:

> 太祖廟諱匡胤,語訛近香印,故今世賣香印者不敢斥呼,鳴鑼而已。仁宗廟諱禎,語訛近蒸,今内庭上下皆呼蒸餅爲炊餅,亦此類。(《青箱雜記》卷二,19頁)

其中"鳴鑼而已",《四庫全書》(文津閣)本、稗海本等作"鳴羅而已"。李裕民點校:"'鑼',原作'羅',據唐宋叢書本、古今説部叢書本、類苑卷三二改。"

《雲麓漫鈔》亦有版本作"羅",如:

> 周禮:"以金錞和鼓,以金鐲節鼓,以金鐃止鼓,以金鐸通鼓。"大司馬之職:"王執路鼓,諸侯執賁鼓,軍將執晋鼓,師帥執提,旅帥執鼙,卒長執鐃,兩司馬執鐸,公司馬執鐲。"鼙所以令鼓也,鐸所以作衆,鐲所以行衆,鐃所以止衆,錞所以和鼓。今之羅,即古之鐃,而所謂鐸、鐲、錞,不復見,金聲糸矣。以意求之,官府夜提鈴,即鐸以作衆;舟車鳴羅,即鐲以行衆;釋氏擊小銅鉦,即錞和鼓之餘意。(卷二,32~33頁)

上例出自中華書局1996年版《雲麓漫鈔》。《雲麓漫鈔》版本源流較爲複雜,初刊十卷本與最全本二十卷本均不存,中華本是以清吳焯抄本爲底本,對校以十五卷本系統的明姚咨抄本、清吳騫抄本、清《四庫全書》(文淵閣)抄本、清蔣光煦別下齋刊《涉聞梓舊》本,四卷本系統的明王肯堂鬱岡齋抄本、明商濬半野堂刊《稗海本》、清李周南洗桐齋抄本及《筆記小說大觀本》;參校以《說郛》等叢書,并采用《宋史》《新唐書》《舊唐書》等史書和有關文集、筆記間作他校。[1] 現檢《涉聞梓舊》本、影寫宋刊本、清《四庫全書》(文淵閣)抄本雖均爲"鑼",但據《青箱雜記》、《四庫全書》(文津閣)本、稗海本等和《雲麓漫鈔》吳焯抄本,作"羅"亦有可能。《敦煌變文集新書》卷七"齖䶗書":"祝曰:唱帝唱帝,没處安身,乃爲入舍女婿。鳴羅鳴羅,劫我新婦,必欺我,打我,弄我,罵我,只是使我,取柴燒火,獨舂獨磨,一賞不過。"卷五"伍子胥變文":"子胥乃布兵列陣,一似魚鱗,跋羅迴吼喚,三聲大鼓,揚名即發。""跋羅"即爲"鈸羅","鈸"爲一種打擊樂器,銅製,圓形,中部隆起如半球狀,其徑約當全徑的二分之一。以兩片爲一副,相擊發聲。初流行於西域,南北朝時傳至內地。唐代十部樂中有七部用鈸。後被廣泛用於民間歌舞、戲曲、吹打樂、鑼鼓樂中,并形成大小不同的多種形制,以及鐃、鑔、小鑔等各種變體。《通典·樂四》:"銅鈸亦謂之銅盤,出西戎及南蠻。其圓數寸,隱起如浮漚。貫之以韋,相擊以和樂也。南蠻國大者圓數尺。或謂齊穆壬素所造。"《新唐書·南蠻傳下·驃》:"龜茲部,有……大銅鈸、貝,皆四。"《廣韵·末韵》:"跋""鈸"同爲蒲撥切,可通。慧琳《一切經音義》卷十一《大寶積經》第二卷:"銅鈸,盤沫反。《考聲》云:樂器名也。以鑄成二枚,形如

---

[1] 參見趙彥衞著,傅根清點校:《雲麓漫鈔》,中華書局,1996年,第10頁。

小瓶,蓋有鼻,手執以二口相摩擊爲聲,以和樂也。《説文》:從金友聲也。經文有從足作跋,跋涉字,非本字也。"又《樂書》卷一三〇"樂圖論·小橫吹":"十曰《胡笛爾笛》,十一曰《鳴羅特罰》,十二曰《比久伏大汗》。""羅"的早期用例亦出現在唐宋文獻中,趙彦衛言"今之鑼,即古之鐃",甚是。"鐃"本爲古代軍中用以止鼓退軍的樂器。青銅制,體短而闊,有中空的短柄,插入木柄後可執,原無舌,以槌擊之而鳴。三個或五個一組,大小相次,盛行於商代。《周禮·地官·鼓人》:"以金鐃止鼓。"鄭玄注:"鐃,如鈴,無舌,有秉,執而鳴之,以止擊鼓。"賈公彥疏:"進軍之時擊鼓,退軍之時鳴鐃。"又《夏官·大司馬》:"鳴鐃且却,及表乃止。"鄭玄注:"鐃所以止鼓,軍退,卒長鳴鐃以和衆鼓人,爲止之也。"《宣和博古圖》有漢舞鐃,其形上圓下方,下作疏櫺,中含銅丸謂之舌,鼓動有聲,爲樂舞時所用。可信。何堂坤、李銀德、李恒賢《宋代鑼鈸磬的科學分析》,據出土實物斷代爲宋的"鑼""鈸"作了科學的分析。[1] 鈸爲兩片,雙擊之物,"鑼"與今"鑼"似,爲一片。"鈸"之變體的"鐃",其形制與"鈸"相似,唯中間隆起部分較小,其徑約當全徑的五分之一。以兩片爲一副,相擊發聲。大小相當的鐃與鈸,鐃所發的音低於鈸而餘音較長。清梁章鉅《歸田瑣記·請鑄大錢》:"又如大小鉦鐃,與鼓相配而鳴者,爲歲首戲樂之具。從前惟富户乃有之,近則中小户亦多有之。"可以推知,"鑼"是對古代"鐃"的更新換代,於是"鐃"又作爲"鈸"之變體流行開來。"鑼"在唐宋時代產生并廣泛使用,并非偶然,蓋源自西北少數民族地區。從其早期的用例看來,"羅"當爲音譯兼意譯的記音詞,後以"鑼"記之。宋代筆記文獻中用"羅"亦有很大的可能。

又"椅子""倚子":

> 高宗在徽宗服中,用白木御倚子。錢大主入覲,見之,曰:"此檀香倚子耶?"張婕妤掩口笑曰:"禁中用烟脂皂莢多,相公已有語,更敢用檀香作倚子耶?"時趙鼎、張浚作相也。(《老學庵筆記》卷一,1頁)

據李劍雄、劉德全點校:"倚子,毛晉津逮秘書本(下簡稱"津逮本")作'椅子'。按,椅子之椅,古亦作倚。"《漢語大詞典》"倚子"條:"即椅子。椅,宋以前多寫作'倚'。《金石萃編·濟瀆廟北海壇祭器碑陰》:'繩床十,内四倚子。'宋

---

[1] 參見何堂坤、李銀德、李恒賢:《宋代鑼鈸磬的科學分析》,《考古》2009年第7期。

王讜《唐語林·補遺二》：'又立兩藤倚子相背，以兩手握其倚處，懸足點空，不至地三二寸，數千百下。'"并徵引上《老學庵筆記》例。宋黄朝英《靖康緗素雜記》卷三"倚卓"條云："今人用倚卓字，多從木旁，殊無義理。字書從木從奇，乃椅字，於宜切，詩曰'其桐其椅'是也。從木從卓乃棹字，直教切，所謂'棹船爲郎'是也。倚卓之字，雖不經見，以鄙意測之，蓋人所倚者爲倚，卓之在前爲卓，此言近之矣。……故楊文公《談苑》有云：'咸平、景德中，主家造檀香倚卓一副。'未嘗用椅棹字，始知前輩何嘗謬用一字也。"黄朝英所言"椅""桌"得名於動詞"倚""卓"，甚是。然表"憑靠"義的"倚"乃常用字，爲了與動詞義區别，人們遂加木旁以作區分，於是與當時已不復使用的表木名之"椅"產生了同形現象。"倚"的這一寫法絕非始於宋，唐代已見。《漢語大詞典》"椅"之始見例爲宋朱熹《論語集注》引程頤曰："且如置此兩椅，一不正，便是無序，無序便乖，乖便不和。""椅子"之始見例引南唐尉遲《中朝故事》："崇文曰：'君非久在卑位也。'指己座下椅子曰：'此椅子猶不足與君坐。'"時代均嫌滯後。日本入唐高僧圓仁所寫的《入唐求法巡禮行記》中已有數例。[1]

筆記引詩文與詩文其他版本之間的異文，也存在古今字。如《鶴林玉露》引楊誠齋詩云："蕭相厥初謁邵平，中庭百拜百不應。"（甲編卷二"世事翻覆"，32頁）"庭"一本作"廷"。

《説文·廣部》："庭，宮中也，從廣，廷聲。"段玉裁注："宮者，室也，室之中曰庭。"本義是廳堂。《詩·魏風·伐檀》："不狩不獵，胡瞻爾庭有縣貆兮？"《説文·廴部》："廷，朝中也，從廴，壬聲。"古時君主受朝布政的地方，又指舊時地方官理事的公堂。《漢書·田儋傳》："儋陽爲縛其奴，從少年之廷，欲謁殺奴。"顏師古注："廷，縣廷之中也。"如"郡廷""縣廷"。《漢語大詞典》："廷，堂前空地，後作'庭'。"《詩·唐風·山有樞》："子有廷內，弗灑弗掃。"又如上文的"尊"和"樽"：

又云："……歸客村非遠，殘尊席更移。"（乙編卷一"閒居交游"，134頁）

---

[1] 參見董志翹：《説"椅""椅子"》，《語文建設》1999年第3期。

辛幼安《九日》詞云："……莫倚忘懷，西風也解，點檢尊前客。"（甲編卷一"落帽"，6頁）

余同年李南金贈以詞曰："……且盡尊前今日意，休記緑窗眉嫵。"（丙編卷一"三谿詩詞"，246頁。"尊"一本作"樽"）

以上是《鶴林玉露》用古字，源文獻用今字，也有《鶴林玉露》用今字，源文獻用古字的情況，如：

子美寄太白云："何時一樽酒，重與細論文。"（甲編卷六"作文遲速"，100頁。"樽"一本作"尊"[1]）

三、宋代筆記作者的古今字觀念

宋代筆記作者的古今字觀念總體看來是非常模糊的，從歷時角度看待古今字時往往視其爲假借字，如：

《詩》言："不顯文王。"釋者謂："不顯，言甚顯也。"周《齊侯鐘款識》有"不顯皇祖"之語，"不"字作"丕"，始知爲"丕"字，蓋移下一畫居上耳，與《書》言"丕顯哉文王謨"同義。蓋古字少，往往借用，或左右移易，或從省文，不可以一概論，當以意求。（《雲麓漫鈔》卷一，7頁）

趙彦衛雖尚未認識到"不""丕"是古今關係，但指出了二者之間存在的借用關係，還辨析了今字與古字的差异，或者説是對在古字基礎上造今字的方法的分析，實屬不易。又如：

"鯀"音"衮"，亦作"鮌"，其字皆從"骨"，諸字書皆曰："禹父名也"。"鯀"音"衮"，亦作"鮌"，其字皆從"魚"，諸字書皆曰"魚也"。古人多借用字，故《尚書》禹父名用"鯀"字，其實當用"鯀"字也。（《學林》卷二"鯀"，51頁）

有些特殊環境中古今字確是由於假借形成的，如地名古今用字的不同，如：

---

[1] 參見姚春花：《〈鶴林玉露〉語言研究》，四川大學碩士學位論文，2007年，第18頁。

《海外北經》云:"夸父與日逐走,渴,欲飲於河、渭,不足,飲大澤,未至,道渴而死。弃其杖,化爲鄧林。"又云:"夸父不量力,欲追日景,遂之禺谷。"郭璞云:"禺淵也。"今作虞淵。(《西溪叢語》卷下,83頁)

而從共時角度看來,在古今基礎上分化出來的今字,多被看作俗字,如:

故經書惟《尚書》多用俗字,如古文景字,《尚書》變爲影;古文敕字,《尚書》變爲勅;變爾女之女爲汝;變多蓺之蓺爲藝。秦始皇改皋爲罪,《尚書》乃用罪字,漢文帝改對爲對,《尚書》乃用對字。以至變説爲悦,變㯺爲費,變銛銛爲聒聒,變於乎爲嗚呼。凡此皆用俗字而代古文也。(《學林》卷二"鯀",51頁)

《尚書》中所用的"汝""影""悦"等,王觀國稱之爲俗字。對於這些俗書和假借字的態度,如果是古已有之并已經流行的,筆記作者一般并不反對使用。上文王觀國也只是不認可擅改《尚書》用字,并没有表現出對今字的否定。又如:

三代銘器存者甚多,如祖作且,仲作中,伯作白,空作工;子孫字持戈戟者,銘武功也。又諸國字或不同,故見於鼎彝文亦皆有异;有王者作,一道德以同風俗,然後車同軌、書同文。世人但知秦以前有古篆,而不知如此多品也。(《雲麓漫鈔》卷一,7頁)

但對於當代的今字,作者們就没有那麽寬容了:

"暴"字日下"㬥",今作日下恭爲暴者,俗書也。暴音薄報切,疾也,猝也。又音蒲木切,日乾也。所謂一日暴之,所謂春暴練,所謂畫暴諸日,所謂暴其過惡,所謂九蒸九暴,所謂暴露其精神,所謂使二國暴骨,諸家音義,皆音作蒲木切者也。凡義當讀音蒲木切者,不可移而讀作薄報切,蓋二義异也。又俗書有曝字,且暴上已有日矣,旁又加日豈不贅哉!亦如莫字從日,而俗又加日而爲暮;基字從土,而俗又加土而爲堪;然字從火,而俗又加火而爲燃;岡字從山,而俗又加山而爲崗,凡此皆不可遵用者也。(《學林》卷九"暴",286頁)

至少反對當代分化字在正規的書面文獻中使用,如:

苟出于俗書,則不可并用以爲韵,若一字而二音或三音者可也。杜子美《贈王倚飲歌》曰:"煎膠續弦奇自見。"又曰:"只願無事長相見。"凡此一字而二音也。又子美《奉先縣詠懷詩》曰:"幼子飢已卒。"又曰:"貧窶有倉卒。"又曰:"因念遠戍卒。"此一字而三音者也。若"尊""罇""樽"三字,既本一字,又本一音,其可以同韵而押乎?字爲俗書所增者多矣,如"回"之有"迴","圂"之有"圇","果"之有"菓","欲"之有"慾","席"之有"蓆","裴回"之有"徘徊","仿佛"之有"髣髴",此其顯然者,不可同韵而押也。(《學林》卷十"尊",325~326頁)

同時,作者反對隨意地用今字代替經書中的古字,如:

《禮部韵略》始於科舉用律賦,取"六經"中字爲之,故曰"略"。紹興中,黃啓宗又取"六經"諸子史常用字爲《獻元降指揮》,今附於《禮部韵略》之後,令學者通知。淳熙重刊《韵略》,則分入於逐韵之末,既無明文許用,舉子多不敢使。然其間有礙理者,如"齊"字"子兮切",《禮》"地氣上齊",云當於"躋",字下亦作"齊";"矜"字與"鰥"同,至於"矜寡",云當於"鰥",字亦作"矜"。如此之類甚多,殊不知二字只有此出處,豈可因此借用,遽改"齊""矜"作"躋""鰥"用之也?若云"一作"則可矣。此乃黃啓宗自媒之文,非取名《禮部韵略》之意也。(《雲麓漫鈔》卷五,84~85頁)

因此,文人們對古字、今字在意義上的分工時有探討,如:

復有三音,房六切者,復歸之復也,字書訓以往來,是也。《易卦》之《復》,《毛詩》"復古復竟",《論語》"言可復也","克己復禮",皆是也。《易註》云:"還",《語註》:"猶覆",與《詩》"爲恢復之復",其義一也。扶富切者,又之義也,字書訓以又,是也。《書》"復歸於亳",《詩》"復會諸侯",《語》"復夢周公","則不復也",及"復見復聞"之類,皆是也。芳六切,與覆同音者,反復之復也。《易·乾象贊》,"反復道也",《釋文》"芳六反,本亦作覆,是也"。

覆亦有三音,芳六反者,反覆之覆也,字書訓以反,是也。《中庸》"傾者覆之",註:"敗也。"與《易》"反復道也"之"復",音同義異。敷救切者,覆幬之"覆"也,字書訓以蓋,是也。扶又切者,伏兵也。《左傳》"君爲三覆以待之"是也。(《齊東野語》卷一三"復覆伏三字音義",237頁)

筆記作者對古今字產生的原因分析得十分透徹,但多關注外因,如因避諱改字而形成的今字:

《芸閣姓苑》云:"喻氏,出汝南。其先帝顓頊之苗裔,周文王之裔緒。《左傳》:'鄭公子渝彌爲周司徒。'後立別族爲渝氏。歷秦漢至景帝皇后諱志,字阿渝。中元二年,避諱,改水爲口,因爲喻氏。"《元和姓纂》云:"喻見《姓苑》,亦音樹。"《南昌姓苑》云:"南昌有喻氏,東晉有喻歸,撰《西河記》三卷。"予案《南史·陳慶之傳》云:"梁世寒門達者,唯慶之與俞藥。藥初爲武帝左右,帝謂曰:'俞氏無先賢,世人云俞賤,非君子所宜,改姓喻。'藥曰:'當令姓自於臣。'"然藥竟不知中元二年避諱改喻邪?(《能改齋漫錄》卷四"喻氏姓",94頁)

有些是因字形相近而書寫訛誤形成的,如:

《顧命》:"一人冕執銳。"陸氏《釋文》:"銳,以稅反。"今《禮部韻》尹字下有鈗字,注云:"侍臣所執。《書》:'一人冕執鈗。'"《古文尚書》亦作鈗。不知承誤作銳自何時始也。(《賓退錄》卷一,11頁)

有些是因詞義的發展而另造字,這是文字發展的內部原因造成的,如:

隋《修文殿御覽》,載晉人藏書數,有白絹草書、白絹行書、白鍛絹楷書之目。又魏太和間,博士張楫上《古今字帖》,其《巾部》辨紙字云:"今世其字從巾。蓋古之素帛,依舊長短,隨事截絹,枚數重疊,即名蟠紙,故字從糸,此形聲也。蔡倫以布擣銼作紙,故字從巾,是其聲雖同,而糸、巾則殊也。"盧仝《茶歌》有"白絹斜封三道印"之句,豈以絹書之邪?(《齊東野語》卷十"絹紙",185~186頁)

但從"巾"的"帋"和訛誤的"銳"只是暫時作爲异體存在,并未分化或替代古字。有些分析將文字發展的内部原因歸結爲外因:

古文乃科斗文字,至孔安國時,無識古文者,乃以隷古定之。唐孝明不喜隷古,更以今文行於世。司馬遷《史記·本紀》已用"鯀"字,後之變隷亦因用之。(《學林》卷二"鯀",51頁)

漢字由篆書發展爲隷書是字體的演變問題,在這個過程中,漢字在字形、偏旁、筆畫等各方面都發生了或多或少的變化。由隷至楷同樣如此。王觀國將其歸結爲人爲的因素,觀念甚是保守。

有的古今字成因之分析主觀性强,在今天看來是不够準確的:

唐太宗名世民,故唐人書世爲"𠀻",書"民"爲𠄁,又改"葉"爲"枽",以避世字,改昬爲昏以避民字。(《學林》卷三"名諱",79頁)

"昬爲昏",并非因"民"缺筆而致。由明智《談昏字與昬字的關係》一文認爲,首先,民字作偏旁時,這兩種寫法都曾采用過,并非有明確的分工。這在唐代的字書和韵書中是可以得到驗證的。其次,改民爲氏,也并非唐人的創造。除去混用現象,單以"氏""民"二字自身而言,就存在着混訛的問題。魏晋時"民"字草書作"代",便與"氏"字無别。因此,唐代改"民"爲"氏"不是創造。"民"字因避諱而缺筆爲"氏"的説法也不可靠,并進一步指出,文獻中大量存在的"昬""昏"混用的現象,我們認爲是語音的演變導致的。[1] 總而言之,宋代筆記的作者在看待古今字和分析古今字時,堅持的一個重要原則就是,以古爲正,這同樣是漢代經學思想延續的結果。其中不難發現文人們的開放精神和科學嚴謹的治學態度。

古今字是從歷時着眼而確立的概念,其形成的原因複雜,主要是分化詞義造成的,也有因假借而約定俗成的,因字體演變自身調整而致的,還有的就是諸如避諱、訛誤等外因而致使的文字的新舊更替。宋代筆記文獻作者在分析探討文字問題時,涉及許多古今字。作者對古今字的態度和形成原因的分析,不僅爲我們提供了研究問題的方法,而且爲我們總結宋代學術思想提供了可貴的材料。宋代筆記不同版本的古今字异文,以及筆記徵引文獻與源文獻形成的古今字异文,也是我們研究古今字所應該關注的重要材料。古今字的深入研究,不僅有利於文字演變和詞義發展等語言文字學問題的研究,同時,也可爲文獻校勘、辨僞等領域的研究提供重要的輔證,從而可進一步提高古籍整理的質量。

第三節　宋代筆記與俗字研究

所謂俗字是與正字相對應的共時層面的概念。前代的俗字,可能是後代的

---

[1] 參見由明智:《談昏字與昬字的關係》,《古漢語研究》2002年第2期。

正字,前代的正字,也可能是後代的俗字。字體的流變,書寫上的減省、訛誤,人爲的臆改等等,都會導致一字多形,一旦在某一範圍内得到認可,便流通開來。可以流通的俗字,反映的是漢民族的共同習慣和思維的發展變化,因此,隸變以後的俗字與隸變之前的古文字,同樣是文字研究的重要内容。關於俗字,張涌泉《試論漢語俗字研究的意義》一文作了如下闡釋:(一)俗字存在於漢字史上的各個時期。俗字是伴隨着文字的產生而產生的。(二)俗字是與正字相對而言的。正字是得到國家承認的字體,其字形結構往往有較古的歷史淵源。(三)俗字具有時代性。一定時期的俗字是相對於一定時期的正字而言的。商周有商周的俗字,秦漢有秦漢的俗字,近代也有近代的俗字。正俗之間的關係是隨着時間的推移不斷發生變化的。不同時期的字體如此,單個的漢字也是如此。(四)俗字是一種通俗字體。俗字之所以稱爲"俗字",主要與它通俗的特點有關。它的通俗性主要包含兩方面的内容,一是字形"淺近",二是主要流行於民間的通俗文書。(五)漢字楷化以後產生的俗字是漢語俗字研究的主要對象。[1] 可見,俗字是一個很大的概念。我們這裏討論的宋代筆記中的俗字,是除去已經得到當時社會認可的异體字外的非正體字。

一、宋代筆記中的俗字材料

宋代筆記的作者都是經受正統教育的文人,存在於他們頭腦中的文字觀念是以古爲正,或是只認可傳世長、已被前代字書收録的俗字,因此,在筆記行文中一般不使用俗字。筆記中保留下來的俗字材料,多是作者考辨字的形、音、義時作爲例證而出現的。儘管如此,這些材料仍不容忽視,因爲其中保存的俗字數量相當可觀,有些材料則通篇列舉,如:

韓子曰:"凡爲文辭,宜略識字。"又云:"阿買不識字,頗知書八分。"安有不識字而能書,蓋所謂識字者,如上所云也。

予采張氏、田氏之書,擇今人所共昧者,謹載於此,以訓子孫。本字從木,一在其下,今爲大十者非。休字象人息於木陰,加點者非。美

---

[1] 參見張涌泉:《試論漢語俗字研究的意義》,《中國社會科學》1996 年第 2 期。

从羊从大,今从犬从火者非。軍字古者以車戰,故軍从勹下車,後相承作軍,義無所取。看字从手,凡視物不審,則以手遮目看之,作昏者非。揚州取輕揚之義,从木者非。梁从木,作梁者非。乾有干虔二音,爲字一體,今俗分別作乹字音虔,而乾音干者非。尊从酋下寸,作尊者非。奠从酋从丌,作奠者非。夷从弓从大,作夷者訛。耆从旨,作老下目者訛。漆、泰、黍、黎,下并从水,相承省作小,今从小,从小者訛。決、沖、况、凉、盜并从水,作冫者訛。饑、飢二字,上穀不熟,下餓也,今多誤用。至於果、叒、韭之加草,岡加山,攜之作攜,鉏作鋤,惡作惡,霸作霸,筍作笋,鬚作髭,須加髟或从水,祕从禾,簡作蕳,寶从爾,趍从多,衡合从角从大而从魚,啓从又及弋,筆从文,徹从去,麤作麄,蟲作虫,墮許規反,俗作隳,又以爲惰,幡作旛,怪爲恠,關爲関,炙从夕,間从日,功从力,兹合从二玄而作兹,[1] 升作升,輩从北,妬从户,姦爲奸,蠹从毒,吝作吝,冤上加點,鄰作隣,牟从午,互作乞,元从點,舌从千,蓋作盖,京作京,皎从日,次从冫,鼓从皮,潛、譖、僭从朁,出作二山,覺从與,游、於以方爲才,皀爲皂,曷爲曷,匹爲疋,收作収,敘作叙,卧从臣从人,而以人爲卜,改从戊己之己而以爲巳,几作凡,允作九,館作舘,覽作覧,祭合从月从又而作祭,瞻作瞻,縹从衣,滛从壬,徧作遍,徽作徵,漾作漾,琴瑟之弦从系,輕作軽,如是者皆非也。(《容齋隨筆》卷十二"小學不講",770~772頁)

以上洪邁共列舉俗字近100個,宋代俗字之概貌可略見一斑。這些俗字在當時使用率一定很高,甚至有些洪邁此處以爲非的俗字,在另外的表述中也承認了它們的合理性:

書字有俗體,一律不可復改者,如沖、凉、况、减、決五字,悉以水爲冫,筆陵切,與"冰"同。雖士人札翰亦然。《玉篇》正收入於水部中,而冫部之末亦存之,而皆注云"俗",乃知由來久矣。唐張參《五經文字》,亦以爲訛。(《容齋隨筆》卷十三"五俗字",587頁)

---

[1] 此處孔凡禮點校爲"間"从"日","功"从"力","兹"合从二"玄"而作"兹"。按:此與文意不合。此據清修明崇禎馬元調刻本改。

有些俗字在使用範圍和頻率上則相對較小,文人們出於獵奇也將其記入筆記中,如:

《嶺表錄异》云:"廣州人多好酒,生酒行兩面羅列,皆是女人,招呼鄽夫,先令嘗酒。盎上白瓷甌謂之瓪,一瓪三文。不持一錢來去嘗酒致醉者,當壚嫗但笑弄而已。"《嶺表錄异》,唐之書也,今必不然。瓪字不見於字書。《説文》云:"甌瓿謂之瓪。瓪,盈之切。"疑是"瓪"字傳寫之誤。或南方俗字自有"瓪"字,亦不可知。若梁元帝《長歌行》:"當壚擅旨酒,一卮堪十千。"謂之堪,則非真十千也。(《賓退錄》卷三,34頁)

又如:

吴虎臣《漫錄》云:"婺州下俚有俗字,如以褰爲矮,褰爲齋,訟牒文案亦然。"范文穆《桂海虞衡志》云:"邊遠俗陋,牒訴券約,專用土俗書,桂林諸邑皆然。今姑記臨桂數字,雖甚鄙野,而偏旁亦有依附。……"《嶺外代答》於此外又記五字。(《賓退錄》卷五,58頁)

上面俗字可以分爲兩類:一類是在發展過程中經過競争被戰勝而淪爲俗體的字,如"京"作"亰"。"京""亰"是因隸變時所本字形的不同而産生的隸化异體,也就是説,二者在隸變前的古文字階段就作爲异體而存在。"京"正"亰"俗之重要原因是經濟原則的影響。慧琳《一切經音義》卷六《大般若波羅蜜多經》第四百九十八卷"十二京"條:"景迎反。《説文》:從口作京。今俗從曰作亰,非也。十二京者,數法名也。謹按:劉洪《九京筭經》:從一至載,數法之名有十五等,京當第八,千萬億兆京。"另一類與此相反,并存的多形體之間正處於激烈競争之中。從宋代筆記所記錄的俗字面貌,往往可以推知具體的競争狀態,如"决""沖""况""凉""盗"并從"水"等,洪邁雖未直接稱其爲正體,但已經交代了這些字形使用上的普遍性和廣泛性,具有了極大的約定性;而"褰"音"矮","閫"音"穩","仸"音"嫋","奀"音"勒","夆"音"終","穒"音"臘",等等,很明顯,這些後起字具有極大的時代性,是俗形義學興起之後的産物,當然處於競争的初級階段。而且與正字相比,筆記中保存的俗字多是在正字基礎上筆畫的减省、偏旁的替换、結構上的改造等,還有的是重新造字。無論什麽樣的方法,其整體上是朝着"淺近"的方向發展的。張涌泉説:"即使有一些增繁的俗字,同樣具有'淺近'的特點。例如舊時上海人把'扒手'的'扒'寫作'弄',從三隻手會意,雖然字形繁化了,但其含義却呼之欲出,你能説它不'淺近'嗎?"[1] 因此,有些後起的俗體字儘管在筆畫和偏旁上相對複雜,但在意義上和記憶上仍是淺近的。俗字的造字法均没有超出"六書"的範疇,從反映宋代時代特點的俗字看來,主要是以會意法造字,這主要是俗文字學興起後,隨意解字、拆字的結果。

二、宋代筆記作者的俗字研究

俗字研究如果追溯其源,可以上至《説文》,《説文》除九千三百五十三個正篆之外,還注録了一千一百六十三個重文。這些重文,包括古文、籀文、或體(包括"或省")、俗體、奇字、今文等。這恰恰是許慎對東漢時期俗字面貌的實録和關注,從中可以窺測到關於漢字正俗的某些信息。後代如《玉篇》中即收有俗字,顏師古《匡謬正俗》,顏元孫《干禄字書》,玄應、慧琳之佛經音義等皆有較多正俗字考辨的内容。至宋代有郭忠恕的《佩觿》和張有的《復古編》等,徐鉉校《説文》中亦有相關的記録,如《説文·雨部》:"霧,地氣發天不應,從雨,敄聲。臣鉉等曰'今俗從務',亾遇切。"字書的記録考辨多是在正字後作爲附屬的説明,以明正字。宋代筆記作者對俗字的分析討論則不同,筆記中對俗字的記録往往是大批量的,上面所列舉洪邁《容齋隨筆》的一段就有上百個俗字。作者的分析有些也是成系統的,如:

　　《華山廟碑》以中宗爲仲宗,《郭究碑》以仲尼爲仲泥,民皆非之。謂帝者廟號,而假借以他字,不恭孰甚焉!以夫子爲仲泥,則狎侮之罪大於子雲之準易。僕謂不然,漢人作字不一,有省筆者,有增筆者。省筆者如寫"爵"作"叴",寫"鶴"作"隺"之類是也;增筆如寫"春"作"蠢",寫"秋"作"穐"之類是也。又有假借字體,如以"仲"爲"中",以"泥"爲"尼"之類是也。此皆當時之習所尚,自後世觀之則怪也。且莫尊於天地,而漢人書"天地"字爲"兂墜","昊蒼"爲"浩倉",豈如此書便不敬天地邪?後世以省文作字爲簡薄,而今碑乃以增筆作字爲不

---

[1] 參見張涌泉:《試論漢語俗字研究的意義》,《中國社會科學》1996年第2期。

虔,亦過矣。(《野客叢書》卷十八"漢人作字",262頁)

王楙充分認識到文字存在異體是一種客觀現象,即"漢人作字不一",并舉例說明了增筆俗字和省筆俗字,雖然沒有進一步明確爲加聲旁(𪗱)等,已是難能可貴。慧琳《一切經音義》中仍未見省筆、增筆類的術語,有"省作",如《一切經音義》卷三《大般若波羅蜜多經》第三百二卷"謝法":"上夕夜反。《考聲》云:'拜恩也。'《說文》:'辭也,從言射聲也。'下法字正體從'廌'作'灋',今隸書省去'廌'作'法'。'廌'音宅賣反,古之神獸也,亦名解廌,觸不直臣而去之,平如水,故從'水'從'廌'從'去',今相承從省作法。《廣雅》:'法,令也。'《爾雅》:'常也。'《說文》:'刑也。'顧野王云:'法猶揩(楷)拭(式)也,軌也。'"有些考辨細緻入微,深入分析了正俗字之差別及其在發展過程中的變化,如:

字書,稾從高從禾,謂禾稈也,草芻也。槀,從"高"從"木",謂藥名。槀本也,亦枯槀也。《周禮》:"封人共其水稾。"《禹貢》:"三百里納秸。"孔安國曰:"秸,稾也。"又蠻夷邸館,謂之稾街。撰文起草,謂之草稾。凡此皆從禾者也。其從木者,許慎《說文》有槀字,故《周禮》有槀人,《禮記》曰:"止如槀木。"而後世移其木於旁爲槁。按《周易·說卦》:"離爲科上槁。"《孟子》曰:"旱則苗槁矣。"此槁字乃變古文後用之也。又有於稾上加艸字爲藳者,《廣韵》以爲俗字,固不可用也。稾下從木者又音犒,《尚書·訓典》曰:"作九,共九篇,槀飫是也。"《周禮·地官》:"有槀人,亦音犒,蓋槀人掌共內外朝冗食,則音犒是也,其字不用稾而用槀,亦變古文爲隸者改之也。"(《學林》卷九"稾槀",289頁)

王觀國從"稾""槀"之別始,辨析至"槁"之產生,并指出"槀"爲古,"槁"爲今,《周禮》《尚書》用"槁"爲後人所改。但明顯"槁"已爲正字,《一切經音義》卷四十一、《六波羅蜜多經》卷五:"枯槁,上苦姑反。《說文》:'枯亦槁也。'從木古聲。下苦老反,《考聲》云:'槁,乾也。'《說文》作'槀',木枯也,從木高聲,亦作'殈'。"《龍龕手鑑·入聲木部》:"槁,音'考',木枯乾也,或作'薧''殈',二仝。"可見,"槁"又產生了自己的俗體。又有錯訛至俗,而無明顯理據的俗字,如:

《字譜》總論訛字云:"久矣,俗書字體分毫點畫訛失,後學相承,遂成即真。"今考訂其訛謬疏於後。且如蠱之虫,虫音虺字;須之湏,湏古頮字;關之閞,閞音弁字,又扶萬反;舡之舡,舡音航;商之商,商音的;蠶之蚕,蚕音腆;鹽之塩,塩音古;羑之羗,羗音羔,體之体,体音扮;本之夲,夲音洺;疋之疋,疋音雅,又音所;麥之夌,夌音陵。凡此非爲訛失,是全不識字也。(《履齋示兒編》卷二十二,227頁)

孫奕一一指出正訛之別,并強調訛已成真。如此考辨俗字成因者,亦不占少數,如:

又云:古人製字皆有意義,後世有因忌諱而妄爲之改易者,有以私意而撰成俗字者。如秦始皇以辠字似皇字,因改作罪;宋明帝以騧字似禍字,因改作䯀;文帝以隨去辵,而爲隋;光武以洛去水而爲雒,此類以忌諱而改也。……南唐劉龑初名巖,采《周易》飛龍在天之義改名龑,音儼,此類以私意而撰成俗字也。後魏江式嘗譏俗人好撰字云:"巧言偽辯,因作䛝字,今《唐史》亦有康䛝;又竇懷真族弟名維鋡,考諸字書,并無此字,自《唐史》以來相傳以爲先典切。"大抵俗書甚多,史傳中亦稍有用之者,亦相承之久然耳。(《履齋示兒編》卷二十三,240~241頁)

此是説明因避諱妄改所生之俗字,一旦入史傳中便流傳開來,如"罪"沿用至今。又有因個人喜好而改用古書之用字,從而使俗字流行開來,如:

明皇不好隷古,天寶三載,詔集賢學士衛包,改《古文尚書》從今文。故有《今文尚書》,今世所傳《尚書》乃《今文尚書》也。《今文尚書》多用俗字,如改"説"爲"悦",改"景"爲"影"之類。皆用後世俗書。良因明皇不好隷古,故有司亦隨俗鹵莽而改定也。(《學林》卷一"古文",20頁)

同時,社會的動蕩、政權的分裂,自古以來就是異體字産生的重要原因,春秋戰國時期,諸侯國各自爲政,致使大篆異體紛繁。魏晋南北朝時期,南北對峙,政權頻繁更替,社會環境相當複雜,導致大量俗字的産生,如:

《雌黄》云:"晋宋以來,多能書者,至梁大變。蕭子雲改易字體,邵陵王頗行偽字,前上爲艸,能傍作去之類是也。至爲一字唯見數點,或妄斟酌,遂使轉移。北朝喪亂之餘,書迹鄙陋,專輒造字,猥拙甚於江

南。"(《履齋示兒編》卷二十二,228 頁)

王觀國又以歷史的眼光看待曾經的俗字、現代的正體,如:

以此觀之,則古文以疋爲《大雅》《小雅》字。以雅爲烏鳥,而音烏加切。及後世變古文爲隸古,又變隸古爲今文,遂各用他音字或俗字以易之,而雅字遂專爲《大雅》《小雅》之雅矣。疋音雅,又音所菹切,足也。胥字、楚字、疏字、綏字,皆從疋也。疋又音山呂切,與所字同音。字書曰:"已也。"然則疋字一音雅,一音疏,一音所,而後世文士不復用此字者,蓋後世書籍皆用今文而無古文,此古文之所以不復用也。(《學林》卷一"雅疋",27 頁)

這是在字體演變的大背景下追本溯源,把"雅""疋"二字於古於今的關係分析得非常透徹。王楙的"漢人作字不一,有省筆者,有增筆者",亦是同理。對於大量俗字得以流傳的原因,孫奕將其歸結爲師承的不同,如:

案:古之治經者,各有師承,各尊其師之所傳,而成一家之學。故字有不同者,各因其所傳之本而已。許氏《說文》所引乃雜舉諸家之本,故用字有不同。今諸家訓注多云故本者,乃別本也。許氏訓字之義而爲《說文》,其引經皆不悖於義,徐鉉稍爲之粉飾遂成一家之學,後世訓釋字義者,皆以此爲宗,可謂博矣。至於俗字訛謬增損偏旁者,亦皆明出於本字之下。(《履齋示兒編》卷二十二,214 頁)

宋代筆記文獻中所保存的對俗字的考辨材料,一方面提供了豐富的俗字例證,另一方面,系統深入的考證辨析爲研究俗字提供了寶貴的經驗。筆記文獻中的諸多材料,有待於我們進一步開發和深入研究。

三、宋代筆記中的俗字與俗形義學

俗文字學概念首先由李萬福在《談俗形義學》一文中提出,俗形義學的特點有二:一是俗形義學不循六書之法,"盡廢其五,而專以會意爲言";二是俗形義學釋字有時不僅可通,而且相當簡捷有趣。認爲主觀地闡釋漢字形義關係的是俗形義學。由於"俗形義學"力求解說一切漢字,自然會陷入主觀臆想的旋渦,從而導致不科學的闡釋結論。俗形義學在宋代發展到頂峰,這是歷史積澱的結果。早在先秦時期,就已有俗形義學的萌芽,《左傳·宣公十二年》有"止戈爲武",《韓非子·五蠹》有"自環者謂之私,背私爲公"等。至漢代"諸生競逐説字解經誼(義)",更是"人用己私,是非無正""馬頭人爲長""人持十爲斗""禾八米爲黍""人散二者火也""董爲千里草""卓爲十日卜"之類臆説層出不窮。即便是講究信而有證的《説文解字》,也摻雜了"一貫三爲王""規從夫見"之類不切實際之言,晋人楊泉《物理論》云:"(叡)在金石曰堅,在草木曰緊,在人曰賢。"開始把聲符當作意符闡釋。唐代雖然没有留下俗形義學材料,但就武則天以"瞾"之類會意字取代"照"之類形聲字的情況看,俗形義學的影響不會太小。[1] 宋代俗形義學的成就集中在王安石《字説》和王聖美的"右文説"上。《宋史·王安石列傳》記載:

> 初,安石訓釋《詩》《書》《周禮》,既成,頒之學官,天下號曰"新義"。晚居金陵,又作《字説》,多穿鑿傅會。其流入於佛、老。一時學者,無敢不傳習,主司純用以取士,士莫得自名一説,先儒傳注,一切廢不用。黜《春秋》之書,不使列於學官,至戲目爲"斷爛朝報"。

《字説》雖因政治影響而幾經沉浮,但其在宋代的確具有極大的影響力:

> 《字説》盛行時,有唐博士耜、韓博士兼,皆作《字説解》數十卷,太學諸生作《字説音訓》十卷,又有劉全美者,作《字説偏旁音釋》一卷,《字説備檢》一卷,又以類相從爲《字會》二十卷。故相吴元中試辟雍程文,盡用《字説》,特免省。門下侍郎薛肇明作詩奏御,亦用《字説》中語。予少時見族伯父彦遠《和霄字韵詩》云:"雖貧未肯氣如霄。"人莫能曉。或叩之,答曰:"此出《字説》霄字,云:凡氣升此而消焉。"其奥如此。鄉中前輩胡浚明尤酷好《字説》,嘗因浴出,大喜曰:"吾適在浴室中有所悟,《字説》直字云:在隱可使十目視者直。吾力學三十年,今乃能造此地。"近時此學既廢,予平生惟見王瞻叔參政篤好不衰。每相見,必談《字説》,至暮不雜他語;雖病,亦擁被指畫誦説,不少輟。其次晁子止侍郎亦好之。(《老學庵筆記》卷二,25~26頁)

文人并以《字説》釋字爲戲,如:

---

[1] 參見李萬福:《談俗形義學》,《漢字文化》1995年第1期。

蘇州李章,以口舌爲生計,介甫集有《李章下第》詩,亦才子也。嘗游湖州,人皆厭其乞索。曾詣富人曹監簿家,曹方剖嘉魚,聞其來,遽匿魚出對之,章已入耳目。既坐,曹與論文,不及他事,冀其速去,談及介甫《字説》,章因言:"世俗訛謬用字,如本鄉蘇州,篆文魚在禾左,隸書魚在禾右,不知何等小子,移過此魚。"曹拊掌,共比箸。(《萍洲可談》卷三,166~167頁)

可以推知,《字説》釋字、析字之主觀性極大,以致成爲戲謔的談資,又如:

　　壽皇問王季海曰:"'聾'字何以從'龍'耳?"對曰:"《山海經》云:'龍聽以角,不以耳。'"荆公解"蔗"字,不得其義。一日行圃,見畦丁蒔蔗橫甃之,曰:"它時節節皆生。"公悟曰:"蔗,草之庶生者也。"字義固有可得而解者,如一而大謂之天,是誠妙矣,然不可強通者甚多。世傳東坡問荆公:"何以謂之波?"曰:"波者,水之皮。"坡曰:"然則滑者,水之骨也?"荆公《字説》成,以爲可亞"六經"。作詩云:"鼎湖龍去字書存,開闢神機有聖孫。湖海老臣無四目,漫將糟粕汙脩門。正名百物自軒轅,野老何知強討論。但可與人漫醬瓿,豈能令鬼哭黃昏。"蓋蒼頡四目,其製字成,天雨粟,鬼夜哭。漫瓿之句,言知者少也。(《鶴林玉露》甲編卷三"字義",53頁)

王聖美之"右文"説雖不如《字説》有衆多追隨之作,但據宋代筆記文獻記載,其在文人中也得到了肯定,如:

　　王聖美治字學,演其義以爲右文。古之字書,皆從左文。凡字,其類在左,其義在右。如木類,其左皆從木。所謂右文者,如"戔,小也",水之小者曰淺,金之小者曰錢,歹而小者曰殘,貝之小者曰賤。如此之類,皆以戔爲義也。(《新校正夢溪筆談》卷十四,153頁)

王聖美對傳統的形聲字形旁表義聲旁表音的認識持否定態度,認爲形聲字形旁表示字的類屬,聲旁表示字的意義。王氏之説的理論基礎是《説文》《釋名》等對聲符溯源的研究,以及王安石《字説》等的隨意解字、拆字的理論;產生的時代背景是理學興起後形成的宋代開放的學術風氣。後又有進一步豐富者,如:

　　自《説文》以字畫左旁爲類,而《玉篇》從之,不知右旁,亦多以類相從,如戔有淺小之義,故水之可涉者爲淺,疾而有所不足者爲殘,貨而不足貴重者爲賤,木而輕薄者爲棧。青字有精明之義,故日之無障蔽者爲晴,水之無溷濁者爲清,目之能明見者爲睛,米之去粗皮者爲精。凡此皆可類求。聊述兩端,以見其凡。(《游宦紀聞》卷九,77頁)

盧者,字母也。加金則爲鑪,加火則爲爐,加瓦則爲甗,加目則爲矑,加黑則爲黸,凡省文者,省其所加之偏旁,但用字母,則衆義該矣。亦如田者字母也,或爲畋獵之畋,或爲佃田之佃,若用省文,惟以田字該之,他皆類此。(《學林》卷五"盧",177頁)

張世南增"青"類字例,王觀國增"盧""田"類例,儘管"右文"説在分析上存在諸多問題,但對後世因聲求義、考證同源字等無疑提供了重要的綫索和方法論。《字説》、"右文"説,既是宋代俗形義學的理論成果,又是宋代俗形義學興盛的充分反映。宋代筆記文獻記錄了宋代以俗形義學分析漢字的諸多內容,如宋代社會字謎風氣興盛:

古之所謂廋詞,即今之隱語,而俗所謂謎。《玉篇》謎字釋云:"隱也。"人皆知其始於黄絹幼婦,而不知自漢伍舉、曼倩時已有之矣。至《鮑照集》,則有井字謎。自此雜説所載,間有可喜。今擇其佳者著數篇於此,以資酒邊雅談云。

用字謎云:"一月復一月,兩月共半邊。上有可耕之田,下有長流之川。六口共一室,兩口不團圓。"又云:"重山復重山,重山向下懸。明月復明月,明月兩相連。"木砧云:"我本無名,因汝有名。汝有不平,吾與汝平。"日謎云:"畫時圓,寫時方。寒時短,熱時長。"又云:"東海有一魚,無頭亦無尾。除去脊梁骨,便是這個謎。"(《齊東野語》卷二十"隱語",378頁)

宋代筆記關於隱語的記載十分豐富,後文"宋代筆記與行話隱語"一章有專門的介紹,此處不贅列。這些解字爲謎的現象,與以會意法説字造字等,相輔相成,相互促進,從而進一步推動了俗形義學的發展。唐蘭先生在談到古文字有象意而無會意時認爲,"止戈爲武"等錯誤的分析理論導致了正確的實踐,從而產生了會意造字法。[1] 同理,俗形義學儘管存在很多不科學的地方,但這些充滿想象力的解字説字方法,在俗字產生的過程中發揮着舉足輕重的作用。如:

《雌黄》云:"晋宋以來,多能書者,至梁大變。蕭子雲改易字體,邵陵王頗行僞字,前上爲艸,能傍作去之類是也。至爲一字唯見數點,或妄斟酌,遂使轉移。北朝喪亂之餘,書迹鄙陋,專輒造字,猥拙甚於江南。乃以百念爲憂,言反爲變,不用爲罷,追來爲歸,更生爲蘇,先人爲老,如此非一,遍滿經傳。(《履齋示兒編》卷二十二,228 頁)

可見,如此之俗字乃普遍現象,甚至遍滿經傳。另如:

今人書二十字爲廿,三十字爲卅,四十爲卌,皆《説文》本字也。廿音入,二十并也。卅音先合反,三十之省便,古文也。卌音先立反,數名,今直以爲四十字。案,秦始皇凡刻石頌德之辭,皆四字一句。《泰山辭》曰:"皇帝臨位,二十有六年。"《琅邪臺頌》曰:"維二十六年,皇帝作始。"《芝罘頌》曰:"維二十九年,時在中春。"《東觀頌》曰:"維二十九年,皇帝春游。"《會稽頌》曰:"德惠脩長,三十有七年。"此《史記》所載,每稱年者,輒五字一句。嘗得《泰山辭》石本,乃書爲"廿有六年",想其餘皆如是,而太史公誤易之,或後人傳寫之訛耳,其實四字句也。(《容齋隨筆》卷五"廿卅卌字",70 頁)

詞義的發展、詞源的陌生化,是俗形義學造字的推動力量,如:

余案《資暇集》論畢羅云:"蕃中畢氏、羅氏,好食此味,因謂之畢羅。後人加食旁爲饆饠字,非也。"又云:"元和中有奸僧鑒虚,以羊之六府特造一味,傳之於今,時人不得其名,遂以其號目之曰'鑒虚',往往俗字又加食旁爲鑒虚字。"然則胡餅謂之胡,義可知矣。"又《玉篇》從食從固爲餰字,户烏切,註云餅也。謂之餰餅,疑或出此。余故并論,使覽者得詳焉。(《靖康緗素雜記》卷二"湯餅",17 頁)

以俗形義學的觀念所造出的俗字在宋代流傳之廣,從《嶺外代答校注》和《履齋示兒編》的部分記錄中可見一斑:

廣西俗字甚多,如𡘾,音矮,言矮則不長也;𡘽,音穩,言大坐則穩

---

[1] 唐蘭:《中國文字學》,上海古籍出版社,2001 年,第 62~63 頁。

也;夭,音勒,言瘦弱也;歪,音終,言死也;荐,音臘,言不能舉足也;仦,音媚,言小兒也;妖,徒架切,言姊也;閂,音檀,言門橫關也;嵒,音磴,言岩崖也;氽,音泅,言人在水上也;汆,音魅,言没人在水下也;乱,音鬭,言多髭;硑,東敢切,言以石擊水之聲也。大理國間有文書至南邊,猶用此"囻"字。囻,武后所作"國"字也。(《嶺外代答校注》卷四"風土門·俗字",161~162頁)

嗚呼,字書之不講久矣!以對爲對,以皋爲罪,自秦漢以來則然。熙豐間,嘗有成書是正訛謬,學者不能深考,類以穿鑿訾之,至乃妄有增損,如加玉之點,去井之口,以棗爲來來,以劉爲卯金刀,以貨泉爲白水真人,以裴爲非衣小兒,以松爲十八公,以董爲千里草,以安爲兩角女,以春爲一日夫,幽爲山上挂絲,吴爲天上有口,朱爲斗下木,蘭爲門東草,州爲三刀,羅爲四維,杏爲十八日,吉爲十一口,火爲八人,昌爲兩日,合爲人一口,德爲人十四心,甄仲舒爲予舍西土瓦中人,天保爲一大人口八十,趙爲小月走,亨爲二月了,卓爲十日卜,李爲十八子,運爲軍走,岳爲丘山,隆化爲降死,業爲苦末,以破田爲丑,以召刀爲劭,狃於習俗,恬不爲非。甚者果加艸而爲菓,須加髟而爲鬚,景加彡而爲影,準去十而爲准,鳳皇之皇與皇王之皇一也,必加几而爲凰,燕雀之燕與燕安之燕一也,必加鳥而爲鷰,暴加日而爲曝,然加火而爲燃,岡加山而爲崗,莫加日而爲暮。若是之類,豈非俗學之謬歟!(《履齋示兒編》卷二十二,224頁)

由於大量的俗字進入經傳,因此文人們也意識到熟悉俗字、研究俗字的重要性,如:

唐朝定"六經",釋具載諸音,不敢去取。向有人欲刪定歸一音者。乾道間議論,以爲"六經"猶月日,人人皆欲繪畫,豈可拘於一家?其間意義極多,有借用字,有避俗音字,有五方音不同字,門類亦不一,不可不知也。(《雲麓漫鈔》卷十四,249頁)

相對於正體來説,俗字具有通俗明瞭反映"字"之時代意義的特徵,因此,更容易爲人們所理解。事實上,從文字學的角度而言,這種理解均是誤解。而這樣的誤解一旦形成規模、風氣,便會類推製造大量的异體字,相對於原來的正字而言就是俗字。學者們以此爲研究對象,拆字、解字、説字、造字,便形成了俗文字學。

　　對"淺近"的追求是漢語俗字產生的心理動因。這個淺近既是書寫上的簡約,又指形、音、義關聯的形象化、明確化。文字是音、形、義的結合體,就漢字而言,從形體上來説是由無數點和綫所構成的筆畫的和諧組合。在演變發展過程中,漢字一方面需要保證結構的整體性和典型性,以保有彼此的區別性特徵,滿足交流的需要;另一方面由於人們普遍存在的在書寫上的省力要求,必然趨於簡約化,簡約化和明確化貫穿文字發展的整個過程。就意義上來説,構成漢字的點和綫總體上是直接與意義發生關聯,而隨着詞義的變化、字體的發展,漢字的形義之間的密切關係被打破,這樣,在人們心目中自然產生陌生化,於是便開始對原有字形進行改造,以使字形充分代表意義。隸變後,漢字形成筆畫平直的方塊平面型,圖畫性的痕迹微乎其微,於是原本字形字義的雙重形象化,轉爲符號化、形象化。這樣,隨着人類思維的進步和語言中詞彙意義的發展,符號化的漢字便以抽象的方式表達形象化的意義,如上舉"襄""奎"等。這樣的造字方法不可能是無節制的。説形聲造字法的產生是由於詞義的引申、假借造成的字義複雜,從而分化意義另造新字的需要,只對了一半。漢字是書面交流的工具,社會的發展,人類的進步,人們的交流日益豐富,人們便難以應對漢字數量的增加和筆畫的愈加繁複的形勢。於是,爲了省力(方便記憶、方便書寫)除了上面我們提到的在筆畫上、結構上進行簡化,以及改善形義關係外,同樣重要的是在字音上下功夫,通過建立音與形的關聯製造形聲字,這是漢民族的偉大創造。形聲字是形、音、義的完美結合,在形聲造字法產生後,漢字的發展變化便在三者制衡中波動,以滿足交流的需要。因此,形聲造字法的產生,一是人們據音識字、記字,以適應"省力"的需要。二是書寫上的方便。筆畫和結構過於複雜,即便在意義上容易理解,也不可能爲人們所接受,因此,好多俗字并沒有廣泛流通,成爲正體。三是文字的約定俗成性。一個在形、音、義的結合上相對平衡的字形,已經得到社會的認可,便具有極大的生命力,除非由於意義的發展和人類思維的進步等,它内部的平衡被打破,否則,即便再多的俗體字,也很難占據它的位置。宋代筆記文獻中所積澱下來的漢字隸變後的大量俗字,較一般的字書而言系統性强。其中學者們的頗具創見的探討,爲俗字研究提供了相關的術語和初步的研究方法。我們當然不能苛求古人,筆記文獻中的這些俗字材料可以作爲俗字研究的綫索,成爲俗字研究中重要的參照。

第二章 宋代筆記與詞彙學

新事物、新現象的產生,必然在語言中有所反映,而詞彙在語言諸要素中是最活躍、最敏感的,於是新的詞彙形式或新的意義的不斷產生,使得詞彙總是處於持續的運動變化之中。宋代是我國歷史上語言發展的重要時期。這個時期正是我們一般意義上所說的中古漢語向近代漢語的過渡時期,也即近代漢語的初期。從詞彙上面來說,這一時期產生了大量的反映社會發展的新詞新義,加上承自中古的諸多詞彙形式、來自各地域的方言俗語,以及民族交融等所引入的外來詞彙等,形成了立體多層交叉的共時詞彙網絡。這在數目非凡、承載內容豐富的宋代筆記文獻中,也都有充分的體現。

第一節　宋代筆記中出現的新詞新義

　　新詞即新產生的詞,有的是舊形式新意義,也可能是原詞語音變化、意義虛化等分化出來的音義相關的新成員;有的是在原有詞彙的基礎上通過複合、附加等方法構成的多音節詞。新義是新產生的義位,并沒有用新的形式記錄它,而是將其融入與之反映的概念較爲接近的現有詞彙成員中,或者說是在某個詞彙意義基礎上引申出來的新意義。一般說來,新詞新義的產生數量與社會發展的速度成正比。從唐代中葉開始,中國封建社會進入了新的發展時期,我們稱之爲中國封建社會的中期。唐代中葉開始的社會變化,到宋代幾乎完全定型,從而呈現出不同於過去的社會新面貌。[1] 宋初采取了一系列鼓勵生產發展的措施,使得農業、手工業、商業等都得到了飛速的發展。同時,新的經濟結構的形成及經濟的大繁榮,也促進了政治、文化、軍事、思想等領域的發展。宋代統治

---

[1] 朱瑞熙:《宋代社會研究·前言》,中州書畫社,1983年。

者所采取的"右文政策",也使得宋代的文化事業空前發達……而社會的政治、經濟、文化等方方面面的變化無不反映在語言詞彙的變化上。如實反映當時社會風貌的宋代筆記就記載有諸多的新詞、新義。據考察《老學庵筆記》中有新詞297個、新義156個;[1]《鷄肋編》中有新詞204個、新義119個。[2]

目前,界定新詞新義的標準一般是以《漢語大詞典》爲主要參照的:凡文獻中出現的某詞或某義,《漢語大詞典》未收錄的,可視爲新詞新義;凡文獻中出現的某詞或某義,《漢語大詞典》收錄但首證爲文獻時代或晚於該時代的,也可視爲新詞新義。這不失爲一種簡潔方便且相對科學的途徑。當下,關於宋代筆記詞彙研究的幾部碩博論文采用的一般就是這個標準。《漢語大詞典》凝聚了衆多專家學者的心血,爲集衆力之巨作,具有很大的權威性。在研究中,以《漢語大詞典》爲參照標準,無疑可以彌補調查文獻上的人力和時間不足的缺陷。

然而,從實際上看來,若單純以《漢語大詞典》爲標準來界定新詞新義,得出的結果未必確切。首先,《漢語大詞典》出自衆手,由於當時條件的限制,在詞語釋義、例證方面仍有諸多不確之處,其中引證滯後是較爲普遍的問題,這方面學界有諸多的成果;其次,以《漢語大詞典》爲參照標準,只能確定新詞新義產生時段的下限,無法充分判定新詞新義產生的確切時代,實爲相對意義上的新詞新義;再次,某部文獻中用例較少的詞和義位是否存在後人改動而不反映當時語言實際的可能,單純以《漢語大詞典》爲參照標準則無法確定,需大量的共時和歷時文獻材料爲輔證。理想的做法自然是調查各時期的文獻,然後分析對比,某個詞或義位首現文獻的年代,便是其產生的時間。(準確地説是在這之前產生,因爲口語中的一個詞從產生到使用於文獻中,要經歷一段時間)從現有的條件看,可以初步地實現。這需要借助電子文獻、相關的數據庫,選擇一定數量的文獻作封閉的考察,然後,核對文獻原著得出可靠的結論。當然,即便如此,我們仍不能忽略《漢語大詞典》這樣的大型語文辭書,以往參照《漢語大詞典》所確定的新詞新義爲進一步的研究提供了難能可貴的材料,學術研究就是在不斷完善中前行。我們這裏主要采用文獻調查的方式來確定宋代筆記中的新詞新

---

[1] 吴敏:《〈老學庵筆記〉詞彙研究》,四川大學碩士學位論文,2006年,第12、24頁。

[2] 付宗平:《〈鷄肋編〉詞彙研究》,四川大學碩士學位論文,2007年,第7、18頁。

義,并輔以參照《漢語大詞典》及當今學術界的相關成果。

一、宋代筆記新詞新義的産生途徑

新詞新義反映一時代之風貌,宋代筆記承載着豐富的内容,因爲它不僅記録了宋代經濟、政治、文化、軍事、日常生活等幾個方面所産生的大量的新詞新義,還充分反映了宋代社會的方方面面,如相機般爲我們展現了當時社會生活中的生動畫面。這裏,我們分以下幾個方面,略述宋代筆記文獻所體現的社會風貌,以及在當時的社會風貌之下産生的新詞新義。

(一)都市繁華及其産生的新詞新義

宋孟元老《東京夢華録》卷二"酒樓":"大抵諸酒肆瓦市,不以風雨寒暑,白晝通夜,駢闐如此。"《癸辛雜識·續集·打聚》:"闤闠瓦市專有不逞之徒,以掀打衣食户爲事,縱告官治之,其禍益甚。""瓦市"指宋元明都市中娱樂和買賣雜貨的集中場所,我們現在鄉鎮的集市仍部分存留其基本面貌。北宋開始了資本主義的城與市的融合,最典型的是都城汴梁。其變革的主要表現之一就是取消了東西市,變封閉式的市制爲密布全城的開放式商業網。舊時封閉的"市肆"發展爲以行業街道集市爲基幹聯繫各居民地段,包括各經濟特區的全城商業網。[1]北宋南渡後,將這樣的城市布局帶到了臨安,從《西湖老人繁勝録》中的一段記載,我們能大體窺測到當時瓦市的面貌:

深冬冷月無社火看,却於瓦市消遣。

瓦市:南瓦、中瓦、大瓦、北瓦、蒲橋瓦。惟北瓦大,有勾欄一十三座。常是兩座勾欄專説史書,喬萬卷、許貴士、張解元。背做蓬花棚,常是御前雜劇,趙泰、王芙喜、《宋邦寧河宴》、清鋤頭、假子貴。弟子散樂,作場相撲,王僥大、撞倒山、劉子路、鐵板踏、宋金剛、倒提山、賽板踏、金重旺、曹鐵凜,人人好漢。説經,長嘯和尚、彭道安、陸妙慧、陸妙净。小説,蔡和、李公佐。女流,史惠英、小張四郎,一世只在北瓦,占

---

1 參見黃金貴:《古代文化詞義集類辨考》,上海教育出版社,1995年,第265~266頁。

一座勾欄說話,不曾去別瓦作場,人叫做小張四郎。勾欄合生,雙秀才。覆射,女郎中。踢瓶弄碗,張寶歌。杖頭傀儡,陳中喜。懸絲傀儡,爐金綫。使棒作場,朱來兒。打硬,孫七郎。雜班,鐵刷湯、江魚頭、兔兒頭、菖蒲頭。背商謎,胡六郎。教飛禽,趙十七郎。裝神鬼,謝興歌。舞番樂,張遇喜。水傀儡,劉小僕射。影戲,尚保儀、賈雄。賣嘌唱,樊華。唱賺,濮三郎、扇李二郎、郭四郎。說唱諸宫調,高郎婦、黄淑卿。喬相撲,黿魚頭、鶴兒頭、鴛鴦頭、一條黑、斗門橋、白條兒。踢弄,吳全脚、耍大頭。談諢話,蠻張四郎。散耍,楊寶興、陸行、小關西。裝秀才,陳齊郎。學鄉談,方齋郎。分數甚多,十三應勾欄不閑,終日團圓。內有起店數家,大店每日使猪十口,只不用頭蹄血臟。遇晚燒晃燈撥刀,饒皮骨,壯漢只吃得三十八錢,起吃不了,皮骨饒荷葉裹歸,緣物賤之故。起每袋七十,省二斤二兩肉,賣九十,省一斤。城內諸店皆如此饒皮骨。大酒店用銀器,樓上用臺盤洗子銀箸簇菜糟藏甚多。三盞後换菜,有三十般,支分不少。兩人入店買五十二錢酒,也用兩雙銀盞,亦有數般菜。(16~17頁)

瓦市之内無所不容,其中有雜技、相撲、說書、諸宫調、傀儡戲等娱樂項目,又有酒店、肉店等消費場所。瓦市遍及城市的每個角落,而且據《東京夢華録》言晝夜開放,"除遍布内外城的商店鋪席外,還有定期的集市貿易。大相國寺有瓦市,每月開放五次(一說八次)。四方到東京來的商人在這裏售賣或販運貨物"[1]。《東京夢華録》卷三"相國寺内萬姓交易":"相國寺每月五次開放,萬姓交易,大三門上皆是飛禽猫犬之類,珍禽奇獸,無所不有。"亦可爲證。定期開放的集市則不同於平時的瓦市,主要目的是商品交易,其交易的商品則五花八門,但并不如一般意義上的瓦市中設有勾欄酒肆等。這與現代農村鄉鎮上的集市無别。

東北農村鄉鎮中設有不同時期的集,上集市買賣等稱爲趕集,一般以一四七、二五八或三六九等三日爲集,逢年過節開放時間則相對自由。可見,這樣的瓦市與一般的南瓦、中瓦、大瓦、北瓦、蒲橋瓦等的差别,一方面體現在開放時間

---

[1] 徐進:《中國通史》第四編,國民書局,1947年,第19頁。

上,另一方面體現在交易場所的條件上。這是傳統的市的延續,傳統意義上的東西兩市就是如此。因此自由、開放、兼容是宋代的"瓦市"區别於傳統"市"的主要特徵。"瓦市"又稱爲"瓦子""瓦舍",《西湖老人繁勝録》:"城外有二十座瓦子,錢湖門里,勾欄門外瓦子、嘉會門外瓦……"宋吴自牧《夢粱録》卷十九:"瓦舍者,謂其'來時瓦合,去時瓦解'之義,易聚易散也……城内外創立瓦舍,招集妓樂,以爲軍卒暇日娱戲之地。"吴自牧語亦是對"瓦舍""瓦市"得名之由的探討。宋耐得翁《都城紀勝》"瓦舍衆伎"言:"瓦者,野合易散之意也,不知起於何時,但在京師時,甚爲士庶放蕩不羈之所,亦爲子弟流連破壞之地。"與吴氏之説相合。又有認爲瓦市因在城市的曠場(一般爲瓦礫場)上進行交易而得名。然二説有明顯的主觀性,集市來時合、去時解乃常理,因何至宋方有瓦市、瓦舍之稱?後者更顯牽强,如果説是在瓦礫場上交易,早期的城鎮集市就是如此,也不至於宋代纔發現這一特徵。"瓦市""瓦舍"等既然産生於宋代,我們推測與宋代的集市特點及所處的位置有關。當時,北宋都城汴梁的瓦市,已不同於傳統的封閉的"市",而是處於街坊之中,城與市是完全的融合,這樣的坊間店鋪及一些演藝場所,很可能是經過一些整飭的,至少以瓦鋪蓋屋頂是能夠實現的,於是就有了"瓦屋""瓦舍"。檢《文獻通考》卷三百四十六《四裔考》:"過惠州,城二重,至低小,外城無人居,内城有瓦舍倉廪,人多漢服。……離中京皆無館舍,但宿穹帳,欲至木葉三十里許,始有居人瓦屋及僧舍。"可見,在當時人們居住瓦屋已是普遍現象。至今,河南開封仍有瓦屋里村。"瓦市"處於汴梁城内的座座瓦屋形成的街坊間,因所處的位置及經營場所的特徵得名似乎更合常理。另外,"棚欄""勾欄"等與"瓦市"并用的詞彙亦是因經營場所而得名,也反映了當時人造詞的共性。瓦屋非宋代獨有,但以瓦屋街坊及瓦屋中爲交易場所的確是從宋代開始的。"瓦市"即瓦屋之市、瓦舍之市,因此,"瓦舍""瓦子"也可指瓦市。"瓦市"等詞的産生,恰恰是我國古代社會集市發展轉折階段的客觀記録,是宋代商業繁榮的重要標志。"瓦市"亦作"瓦肆"。

"瓦市"見證了宋代商業、手工業的發展,反映這些發展的新詞新義隨之蜂擁而出,宋代筆記中都有記録。如"外賣""盌遂""茶坊""分茶""素茶""素分茶""上户""作料""洗手蟹""酒蟹""水晶鱠""精澆""百味羹""果食""南食""油餅""笑靨兒"等與飲食相關的詞彙;"打酒坐""鐺頭""大伯""廝波""白席"

"閑漢""焌糟""撒暫"等表示因餐飲業發展而產生的特殊人群的詞彙;"工作""平頭車""梢桶""太平車""水銀鏡""裝合""手把子""燈球""造羹""雇覓""羅齋""工價""木馬子"等反映手工業進步的詞彙;"行老""街市""鋪席""藥肆""義鋪""吟叫""上市""市合""脚店""虧價"等彰顯繁榮景象的詞彙。其中,有的意義顯豁,如"酒蟹""百味羹""油餅""水銀鏡"等;有的則意義模糊,如"白席""木馬子""市合""虧價"等,以今律古則曲解詞義。

1. 木馬子

"木馬子"爲木製馬桶,又稱"馬子桶""馬桶",宋歐陽修《歸田錄》卷二:"故觀察使劉從廣,燕王婿也,嘗語余:'燕王好坐木馬子,坐則不下,或飢則便就其上飲食,往往乘興奏樂於前,酣飲終日。'亦其性之异也。"《夢粱錄》卷十三"諸色雜買"條有:"面桶、項桶、脚桶、浴桶、大小提桶、馬子桶。""街巷小民之家多無坑厠,只用馬桶,每日自有出糞人溱去,謂之傾脚頭。"關於"馬子桶"之釋義,清俞樾《茶香室叢鈔》卷二"八大王之子"有詳細説明:"按,宋周密《志雅堂雜鈔》云:'劉貢父書燕王小子元安,年三十餘不知人事,每食必置糞少許於食中,世傳黨進之事似之。'據此可知,八大王英武而其子愚蠢,所謂木馬子者,竟是便溺之器。……元吴自牧《夢粱錄》有項桶、浴桶、馬子桶之名,此言馬子不言木,然曰桶則固以木爲之,即今所謂馬桶也。在宋時已有馬子桶之稱,則允良所坐木馬子必是此物。"言"允良"飲食皆坐"木馬子"以體現其愚痴。據《夢粱錄》"馬子桶"已稱作"馬桶",另如宋邵雍《夢林玄解》卷十三"净桶内浴身":"有隱君子夢在馬桶内沐浴,覺語妻曰:'屎與死同音,吾其死乎?'"古人往往以"獸"爲褻器,方言中又有稱之爲"虎子"者,據明方以智《通雅·器用》:"《侯鯖録》言:'李廣射虎斷頭爲枕,鑄銅象之,爲溲器曰"虎子",亦曰"虎枕"。'智以此爲流傳之説,然溲器爲虎子固方言也……陳水南曰:'獸子者褻器也,或以銅爲馬形,便於騎以溲也,俗曰馬子蓋沿於此。然則古之受大小溲者,或俱以虎子呼之'。"然而"虎子"實則爲馬桶的早期用詞,《周禮·天官·玉府》:"掌王之燕衣服,衽、席、床、第、凡褻器。"漢鄭玄注:"褻器,清器、虎子之屬。"孫詒讓正義:"虎子,盛溺器,亦漢時俗語。"可見,"虎子"之得名雖未必與李廣有關,但其産生的時間則可能是在西漢。以"獸"來作爲器具是古代的傳統，[1] 虎乃威猛之物，以之爲枕、爲褻器體現了人們的征服欲望。這就好比以"龍"爲帝王的象徵，帝王器具則多以龍爲形，或爲裝飾。唐代始弃用"虎子"一詞，《雲麓漫鈔》卷四："《西京雜記》：李廣與兄弟共獵於冥山之北，見卧虎，射之即斃，斷其髑髏，以爲枕，示服猛也；鑄銅象其形爲溲器，示獸辱之也。故漢人目溺器爲虎子，鄭司農注《周禮》有是言。唐諱虎改爲馬，今人云廁馬子者是也。"唐高祖之祖名爲虎，於是唐人諱虎。爲"馬子"也自有其道理，"馬桶"大便則蹲坐其上，女性小便亦爲如此，遂稱"馬子桶"，乃突出其騎坐的語義特徵。後來"木馬子"又用以指稱軍中的一種防禦用具，上面一橫木，下置三足（或四足），高三尺，長六尺，縱横布置營陣之外，以阻敵騎。宋曾公亮《武經總要·前集》卷十二："木馬子，一横木下置三足，高三尺，長六尺。"明茅元儀《武備志·軍資乘·器式一》："皮竹笆……兩邊以木馬子倚定，開箭窗，可以射外。"

2.酸鎌

> 京師食店賣酸鎌者，皆大出一作書牌牓於通衢，而俚俗昧於字法，轉酸從食，鎌從臽。有滑稽子謂人曰："彼家所賣餕餡音俊叨，不知爲何物也。"（《歸田録》卷二，26頁）

所謂"酸鎌"乃"酸餡"也。元戴侗《六書故·食之諧聲》言，餡，餅中肉也，又作鎌、㒼、脂、䐹等。"兼"上爲見母談部，臽爲溪母談部，二者同部，僅是聲母送氣與否之异，可以互爲聲旁。清郝懿行《證俗文》卷十七"方言·爐劀謂之脂"："《釋名》：'脂，衔也，衔炙細密肉，和以薑、椒、鹽、豉，已，乃以肉衔裹其表而炙之也。'案：脂，音陷，或作餡，《字彙》：'凡米麪食物坎其中，實以雜味曰餡，或作鎌。'歐陽修《歸田録》：京師賣酸鎌者，俚俗誤書爲酸餡，滑稽子謂爲俊叨，蓋不知餡之從臽，而誤從舀也。"可見，"餕餡"乃誤書之結果。宋唐慎微《證類本草》卷三"玉石部上品"："經驗方：治産後煩躁，禹餘糧一枚，狀如酸鎌者，入地埋一半四面緊築。"可知"酸鎌"定非餅類，因爲禹餘糧作爲鐵礦石，入地埋一半者當是隆起狀。可以推知"酸鎌"乃以其餡的特徵而得名。宋代"酸餡"是一

---

[1] 溲器的使用，大致始於新石器時代，因體附獸飾，故多名之"獸子"。參見李暉：《獸子·虎子·馬子——溲器民俗文化抉微》，《民俗研究》2003年第4期。

種非常普遍的麵食,如宋周密《武林舊事》卷之六"市食":"細餡、糖餡、豆沙餡、蜜辣餡、生餡、飯餡、酸餡、笋肉餡、麩蕈餡、棗栗餡……"其爲饅頭的一種,如宋金盈之《醉翁談録》卷三"京城風俗記·正月":"人日,正月初七日也。造麵繭以肉或素餡,其實厚皮饅頭酸餡也。餡中置紙籖或削作木書官品,人自探取,以卜异時官之高下。貴家或選取古今名人警摘句可以占前途者,然亦但舉其吉祥之詞耳。"一般而言的酸餡是素的,宋岳珂《金佗續編》卷二十七、《百氏昭忠録》卷十一:"其寨而食素,最以酸餡爲供公食。"常常用來作爲貢品,如宋洪邁《夷堅志》卷十四"全師穢迹":"金剛雖有千手千眼,但解於大齋供時多攫酸餡耳。"《夷堅志·甲》卷五"景德寺酸餡"條:"淳熙丁酉三月望夜,夢詣寺如常日,嬉游到佛殿前,遇長身僧與之一酸餡,納於袖中,睡覺儼然在手。"因此肉餡的需加以强調,如《夢粱録》卷十六"葷素從食店":"笋肉饅頭、魚肉饅頭、蟹肉饅頭、肉酸餡、千層兒、炊餅……七寶酸餡、薑糖、辣餡糖餡饅頭。"作爲素餡的食物,味道必然缺乏肉香,而相比之下很是乏味,於是用以描摹孤寂乏味無超然自得之氣的詩文,如宋葉夢得《石林詩話》卷中:"近世僧學詩者極多,皆無超然自得之氣,往往反拾掇模效士大夫所殘弃。又自作一種僧體,格律尤凡俗,世謂之酸餡氣。子瞻有《贈惠通詩》云:'語帶烟霞從古少,氣含蔬笋到公無。'嘗語人曰:'頗解蔬笋語否?爲無酸餡氣也。'"推"酸餡"之得名,雖說一般爲"素餡",然據《武林舊事》《夢粱録》看來,也并非一般意義上的菜餡。糖餡、辣餡均强調其味,酸餡自然强調其"酸"。清文康《兒女英雄傳》第三十七回:"口之於味也,除了包一團酸餡子,他自鳴得意,其餘甜鹹苦辣皆未所鑿的混沌之天。"可見,是有酸味餡子存在的。元佚名《居家必用事類全集·庚集》"酸餡":"饅頭皮同,褶兒較麄,餡子任意,豆餡或脱或光者。"足見,一般意義上的"酸餡"的餡兒已經没有什麽限制,只是用來指稱這種類型的饅頭而已。因此"七寶餡"條:"栗子、黃松仁、胡桃仁、麵筋、薑米、熟菠菜、杏麻泥,入五味牽打拌,滋味得所搦餡包。"與《夢粱録》之"七寶酸餡"所指蓋同,至少餡是大同小异的。"猪肉餡"條又有:"傾鍋内同炒熟,與生餡調和。"後又有"平坐小饅頭生餡""捻尖饅頭生餡""卧饅頭生餡春前供""捲花饅頭熟餡"等,足見"生餡"與"熟餡"相對。而這裏的"生餡"還不同於肉餡,因此,可以推知是鮮菜爲之,没有經過烹煮。所以《武林舊事》中所謂的"生餡",所包容的"餡"即爲此。至此,"酸餡"之義則相對明確了,其"餡"乃是用醋烹煮過的蔬菜。因爲是素的,常用來作爲供品,所以没有脂肪類的油來調味,於是,以醋烹之。遂因以爲"酸餡"。但隨着發展,日常所食的"餡"則没有過多限制,肉素皆可,僅爲一類饅頭的指稱而已,其特徵爲褶兒較龐。《漢語大詞典》"酸餡"條釋爲"以蔬菜爲餡的包子",首證爲元馬致遠《薦福碑》第二折:"秀才,你閑也是忙。忙便罷,閑便來寺裏吃酸餡來。"釋義不確,且引證略晚。

3. 白席

《老學庵筆記》卷八:"北方民家,吉凶輒有相禮者,謂之'白席',多鄙俚可笑。韓魏公自樞密歸鄴,赴一姻家禮席,偶取盤中一荔枝,欲啖之。白席者遽唱言曰:'資政吃荔枝,請衆客同吃荔枝。'魏公憎其喋喋,因置不復取。白席者又曰:'資政惡發也,却請衆客放下荔枝。'魏公爲一笑。惡發,猶云怒也。""白席"和"惡發"均爲北方方言詞彙。據陸釋"白席"爲相禮者,亦作"白席人"。《東京夢華録》卷四"筵會假賃":"凡民間吉凶筵會,椅桌陳設,器皿合盤,酒檐動使之類,自有茶酒司管賃。吃食下酒,自有厨司。以至托盤,下請書安排坐次,尊前執事歌説勸酒。謂之'白席人',總謂之'四司人'。欲就園館亭榭寺院游賞命客之類,舉意便辦,亦各有地分。承攬排備,自有則例。亦不敢過越取錢,雖百十分。廳館整肅,主人只出錢而已,不用費力。"《四友齋叢説》卷二十五:"中唐已後之詩,唯王建最爲淺俗。……中間如'脱下脚衣先得著''進來龍馬每教騎'等句,此似今相禮者白席之語,鏖糟鄙俚,宋元人所不道者,何足以玷唐詩哉?"據《東京夢華録》所載"白席人"是宴會中的場面氣氛調解人,相當於我們現在所說的"知客",相時而動,見機行事。《東京夢華録》卷八"秋社":"市學先生預斂諸生錢作社會,以致雇倩、祇應、白席、歌唱之人,歸時各攜花籃、果實、食物、社糕而散。春社、重午、重九,亦是如此。"可知,"白席"乃爲當時民間一職業群體,能説會道,有歌唱的技能,以勸酒爲主,是一種謀生的手段。《四友齋叢説》所言則説明了"白席"的社會地位不高,語言鄙俗。"白席"蓋因"白於席"而得。明方以智《通雅》卷十九"稱謂":"首坐謂之客唐,謂之坐頭。確酒者謂之白席。……執事勸酒謂之白席人,亦謂四司人。"

4. 鏖糟

《東京夢華録》卷二"飲食果子":"更有街坊婦人,腰繫青花布手巾,綰危髻,爲酒客換湯斟酒,俗謂之焌糟。"《御定佩文韵府豪韵·糟》:"焌糟,《東京夢華錄》:'街坊婦人,腰繫青花布手巾,綰危髻爲客換湯斟酒,俗謂之焌糟。'按'焌',音'尊',去聲,然火也。"可見,"焌糟"乃取燃火溫酒而得名。《癸辛雜識後集·舞譜》有"予嘗得故都德壽宮舞譜二大帙,其中皆新製曲,多妃嬪諸閣分所進者"。計言《左右垂手》《大小轉擻》《掉袖兒》《打鴛鴦場》《五花兒》《雁翅兒》《龜背兒》《勤步蹄》等舞譜九個,其中,《掉袖兒》有"拂、躦、綽、覷、掇、蹬、焌"等七個動作,其中"焌"抑或與"焌糟"有關,舞譜中"焌"的行爲定是源於生活,封建社會作爲服務人群中的女子斟酒定是有一般姿態。在男權的社會中,爲取悦男性所作出的種種姿態,也自然是充滿美感的。可以想象酒肆中諸多女子來來往往,在酒席桌旁斟酒服侍的景象。

5. 行老

《都城紀勝·茶坊》:"又有一等專是娼妓弟兄打聚處,又有一等專是諸行借工賣伎人會聚行老處,謂之市頭。"可見,"行老"乃各行業中的帶頭人。《東京夢華錄》卷三"雇覓人力":"凡雇覓人力,幹當人,酒食作匠之類,各有行老供雇,覓女使即有引至牙人。""行"乃行業之義,取自官府爲方便稅收管理而設置的從事某種商業活動的歸類。《都城紀勝·諸行》:"市肆謂之行者,因官府科索而得此名。不以其物小大,但合克用者,皆置爲行。""行老"所表示的概念古已有之,《周禮·地官·肆長》有"肆長各掌其肆之政令",唐賈公彥疏:"此肆長謂一肆立一長,使之檢校一肆之事,若今行頭者也。"

6. 市合

《東京夢華錄》卷二"東角樓街巷":"以東街北曰潘樓酒店,其下每日自五更市合,買賣衣物書畫,珍玩犀玉。"卷六:"都下賣鵪鶉骨飿兒……鹽豉湯、雞段、金橘、橄欖、龍眼、荔枝諸般市合,團團密擺。準備御前索唤。""市合"即於市間合集,來出售貨物,進行交易。從時間來説"市合"是一個時段,所代表的是從開市到閉市的一個過程。《全宋詩》卷八六三蘇轍《次韵李曼朝散得郡西歸留别二首》:"豚肩尚有冬深味,蠶器應逢市合時。父老爲公留臘酒,不須猶唱式微詩。"《漢語大詞典》"市合"條,釋爲"開市",并引《東京夢華錄》"東角樓街巷"例及元王惲《玉堂嘉話》卷七"燕城閣前晌午市合更忙,猝不能過,即擎虚器云:'油著!油著!'人即避開"例爲證。此義只能解釋《東京夢華錄》例,不確。

7.虧價

　　後守永陽,閩人鄭褒有文行,徒步謁公,及還,公買一馬遺之。或謗其虧價者,太宗曰:"彼能却繼遷五十疋,顧肯虧一疋馬價耶?"(王闢之《澠水燕談録》卷二"名臣",10頁)

價,指價錢、價格,如《説文·人部》:"價,物直也。從人賈,賈亦聲。"《韓非子·外儲説左下》:"鄭縣人賣豚,人問其價。""虧"本爲氣不足,《説文·虧部》:"虧,气損也。從亏雐聲。"義域擴大爲表示不足、欠缺,如《楚辭·天問》:"八柱何當？東南何虧？"王逸注:"東南不足,誰虧缺之也？""虧價"謂不足價、低價,即商品交易時没有達到物體的價錢,宋代新詞,如《湅水記聞》卷七:"向敏中爲相,典故薛居正宅。居正子婦柴氏上書,訟敏中典之虧價,且言敏中欲娶己,己不許。"後世沿用,如元盛如梓《庶齋老學叢談》卷下:"後見宅主貧甚,鉉曰:'得非售宅虧價而至是耶?'"明邵經邦《弘簡録》卷一九七:"知定州,遷西上閤門昭州團練使鄜延路鈐轄,坐市馬虧價,失官。"清王先謙《東華録》"順治三十四年":"虧價勒買,强霸木場,及繕造高大宅第。"

(二)文藝興盛及其産生的新詞新義

　　工商業的高速發展,城市的日漸繁榮,使各種文藝形式紛紛被搬上街頭,才藝成爲商品,從而出現了以某種才藝爲謀生手段的人群。反映這些文藝形式及表演群體、表演場所的新詞新義隨之産生,如:

1.擊丸

擊丸,《漢語大詞典》釋爲"古時的一種雜技表演或這種雜技的表演者"。《東京夢華録》卷六"元宵":"兩廊下奇術异能、歌舞百戲、鱗鱗相切,樂聲嘈雜十餘里。擊丸蹴踘,踏索上竿,趙野人倒吃冷淘,張九哥吞鐵劍,李外寧藥法傀儡,小健兒吐五色水,旋燒泥丸子。"金元好問《續夷堅志》卷一"京娘墓":"他日寒食,元老爲友招擊丸於園西隙地,僕有指京娘墓窩場者。"可知,擊丸、蹴踘、踏索、上竿等同爲表演藝術,一定有很多的受衆,可觀性較强,但擊丸究竟爲何種表演,此處没有明確的介紹。從文獻記載來看,擊丸是在一定的距離内用彈丸投射靶子似的目標。《宋朝事實類苑》卷六十九"魏大諫":"交政後,與僚屬游會春園擊丸,會坐床上,有圓窾甚小,公移床二十步,謂僚佐曰:'吾以丸射之,如中,則吾前途未易量也.'"這里目標是個小小的窾,除了有靶子的功能外,還可以將丸存入其中。擊中的次數多少也可以借此來計算。"擊丸"就是用丸射擊目標,乃以丸擊。"擊丸"的釋義可豐富爲用彈丸來射擊目標的一種表演技藝,亦可指從事這種表演技藝的人。

2.打和

《東京夢華錄》卷九"宰執親王宗室百官入内上壽"有兩處用例:"參軍色執竹竿拂子,念致語口號,諸雜劇色打和,再作語。""參軍色作語問,小兒班首近前進口號,雜劇人皆打和畢,樂作群舞合唱,且舞且唱。"《漢語大詞典》"打和"條,引後例及元商衟《一枝花·嘆秀英》套曲"忍耻包羞排場上坐,念詩執板,打和開呵",釋"打和"義爲表演技藝,較爲籠統。從例中可知,在"參軍戲"中,"參軍色"是主要角色。《文獻通考》卷一四七《樂考》二十"參軍戲":"《樂府雜錄》述弄參軍之戲。自後漢館陶令石聘有贓犯始也。蓋和帝惜其才,特免其罪。每遇宴樂,即令衣白夾衫,命優伶戲弄辱之,經年乃釋,謂之後爲參軍者戒也。"可見,這是由表演參軍戲的目的决定的。例中"參軍色"之外的諸雜劇色所起的作用便是"打和","打和"實爲打配合,即配合主角表演。《琵琶記》第十七齣《前腔》一段充分説明了這一點:

　　義倉賑濟單單只有第三個孩兒本分,常常搶去了老夫的頭巾。激得老夫性發,只得唱個陶真。〔丑〕呀,陶真怎的唱?〔净〕呀,到被你聽見了。也罷,我唱你打和。〔丑〕使得。〔净〕孝順還生孝順子。〔丑〕打打咳蓮花落。〔净〕點點滴滴不差移。〔丑〕打打咳蓮花落。不信但看檐前水。〔丑〕打打咳蓮花落。〔净〕忤逆還生忤逆兒。〔丑〕打打咳蓮花落。〔净〕住休。〔丑〕你若不叫住,我直唱到天明。

由"我唱你打和"及"打和"時的唱詞説明可知,"打和"并非主要的表演,只是主要角色表演時起輔助配合作用,與今天歌曲中的伴唱作用相當,只是形式各异。《武林舊事》卷八"車駕幸學":"駕至純禮坊,隨駕樂部參軍色念致語,雜劇色念口號,起引子""隨駕樂部,參軍色迎駕,念致語,雜劇色念口號曲子,起《壽同天》引子,導駕還宫"。可見,雜劇色"打和"的方式中也有念頌詩的,并且可以作爲正式表演的引子。如《東京夢華錄》例中參軍色念致語口號,那麽諸雜劇色的"打和"方式也就是簡單的説唱動作了。因此,"打和"之義可釋爲戲曲表演中配合主要角色的簡單說唱及行爲等。"打和"的義域也在擴大,《全元散曲·王大學士·上馬嬌》:"一個村,一個又沙,一個醜嘴臉特胡沙。一個將花桑樹紐捏搬調話,一個打和的差,一個不刺著簸箕撥琵琶。""打和的差"自然不是什麼重要的差事,就是一個打雜的差事。戲曲表演中的"打和"角色,所進行的表演相對於主角來說亦是"打雜"。

3.跳馬

　　諸軍繳隊雜劇一段,繼而露臺弟子雜劇一段,是時弟子蕭住兒、丁都賽、薛子大、薛子小、楊總惜、崔上壽之輩,後來者不足數。合曲舞旋訖,諸班直常入祇候子弟所呈馬騎,先一人空手出馬,謂之"引馬"。次一人磨旗出馬,謂之"開道旗"。次有馬上抱紅綉之毬,繫以紅錦索擲下於地上,數騎追逐射之,左曰"仰手射",右曰"合手射",謂之拖綉毬。又以柳枝插於地,數騎以刴子箭,或弓或弩射之,謂之"褵柳枝"。又有以十餘小旗,遍裝輪上而背之出馬,謂之"旋風旗"。又有執旗挺立鞍上,謂之"立馬"。或以身下馬,以手攀鞍而復上,謂之"騙馬"。或用手握定鐙袴,以身從後鞦來往,謂之"跳馬"。忽以身離鞍,屈右脚掛馬鬃,左脚在鐙,左手把鬃,謂之"獻鞍",又曰"棄鬃背坐"。或以兩手握鐙袴,以肩著鞍橋,雙脚直上,謂之"倒立"。忽擲脚著地,倒拖順馬而走,復跳上馬,謂之"拖馬"。或留左脚著鐙,右脚出鐙,離鞍橫身,在鞍一邊,右手捉鞍,左手把鬃存身,直一脚順馬而走,謂之"飛仙膊馬"。又存身拳曲在鞍一邊,謂之"鐙裏藏身"。或右臂挾鞍,足著地順馬而走,謂之"趕馬"。或出一鐙,墜身著鞦,以手向下綽地,謂之"綽塵"。或放令馬先走,以身追及握馬尾而上,謂之"豹子馬"。或橫身鞍上,或輪弄利刃,或重物大刀雙刀百端訖。有黃衣老兵,謂之"黃院子"。數輩執小綉龍旗前導官監馬騎百餘,謂之"妙法院"。(《東京夢華錄》卷之七"駕登寶津樓諸軍呈百戲",195~196頁)

其間"引馬""開道旗""拖綉毬""褵柳枝""旋風旗""立馬""騙馬""跳馬""獻鞍""棄鬃背坐""倒立""拖馬""飛仙膊馬""趕馬""鐙裏藏身""綽塵""豹子馬"等皆是"諸軍呈百戲"中角色的表演動作,有雜技的成分,由於是在馬上的表演,因此都和"馬"有些關係,但這裏面是沒有馬的表演成分的,與馬術表演差异很大。這只是百戲中的一部分而已,馬端臨《文獻通考》卷一百四十七《樂考》二十"散樂百戲·宋朝雜樂"百戲"有踏球、蹴球、踏蹻、藏挾、雜旋、弄槍、踠瓶、齪劍、踏索、尋橦、筋斗、拗腰、透劍門、飛彈丸、女伎百戲之類,皆隸左右軍而散居。每大饗燕,宣徽院按籍召之。錫慶院宴會,諸王賜會及宰相筵設,特賜樂者,即第四部充"。百戲在"上元""清明"等重要節日中都有表演,《文獻通考》卷一百七《王禮考》二"開延英儀":"上元觀燈,設燈山、靈臺、音樂、百戲於明德門前。"因此,"跳馬"等只是百戲表演中的一個動作術語而已,絕非馬術表演。《漢語大詞典》引《東京夢華錄·駕登寶津樓諸軍呈百戲》"或用手握定鐙袴,以身從後鞦來往,謂之'跳馬'",例釋"跳馬"爲一種馬術表演,不確。

"水傀儡""跳索""勾肆""棘盆""抹蹌""入場""説諢話""露臺弟子""水鞦韆""拖綉球""七聖刀""拖馬""舞判""小築""歇帳""啞雜劇""硬鬼""趕弄""抱鑼""頭回""倒立""上場""舞末"等亦是文藝表演方面的詞彙。

另外,宋代社會人們的日常生活十分豐富,宋代筆記中除記録人們日常生活中的文藝、飲食等方面的新詞新義外,反映生活中其他方面的亦是甚夥。有關於民間習俗的,如"鞭春""臘八粥""社酒""爆仗""交杯酒""攬盆""鋪房""上墳""洗兒會""滿月""醉司命""添盆""百晬""成結""答賀""相媳婦""插釵子""賞賀""試晬""供養""社火""拜門""洗頭""移寀""打夜胡""暖女""坐虛帳""復面拜門""牽巾""踐長""履長"等;有關於日常生活起居的,如"分娩""泥飾""燈窩""牽愛""房卧""煖爐""家事""宅院""卷雲冠"等;其他諸如"對御""喝探""擊觸""提警""頭面""遣送""車魚""浩鬧""凌欺""闌擁""牙兒""打春""般擔""草略""供送""金明池""女頭""坊巷""供過""蟲蟻""打筋斗""方圓""洗手花""目下""獻遺""標竿""要鬧""四梢""借借""屈指""入月""菜蔬""安頓""陳設""村夫""燈燭""地分""廣闊""精潔""乞丐""新潔""準備"等,也與人們生活息息相關。同時,社會底層中的一些賭博、競技等方面的詞彙在筆記中也有記載,如"松子量",陸游《老學庵筆記》卷五:"市人有以博戲取人財者,每博必大勝,號'松子量',不知何物語也,亦不知其字云何。李端叔爲人作墓志亦用此三字。端叔前輩,必有所據。"疑"松子量"爲市語,爲博界專用。《姑息居士前集·後集》卷十九:"無賴輩以賭博爲名誘陷良家子往,往至破産,俗呼松子量。"《南宋雜事詩》卷七:"燦錦亭前瀹茗香,即看百戲列回廊。影花扇底招關撲,分取金錢松子量。""松子量"之得名之由,無從得知。其他如"關賭""賣撲""爭標""關撲"等亦是。

以上關於宋代經濟、文化及社會生活等方面的新詞新義,在《東京夢華錄》《夢粱錄》《都城紀勝》《武林舊事》《繁勝錄》等筆記中多有記載。邰彥傑《〈東京夢華錄〉詞彙研究》對《東京夢華錄》一書中新詞新義作了全面的考察。

(三)漸趨完備的科舉制度及其產生的新詞新義

宋代科舉制度更加完備,朝廷也重視人才選拔,宋代筆記作者的筆下,自然多有對宋代科舉的介紹,于是就出現了諸多反映科舉考試和科舉制度的新詞新義。

《澠水燕談錄》卷六:"彌封、謄錄、覆考、編排,皆始於景德、祥符之間。""彌封"把試卷上填寫姓名的地方折角或蓋紙糊住,以防止舞弊,即通常所說的糊名。《夢粱錄》卷二"諸州府得解士人赴省闈":"所納卷子,徑發下彌封,所封卷頭,不要試官知士人姓名,恐其私取故也。却於每卷上打號頭,三場共一號。"又作"封彌",如《夷堅志》卷七"子夏蹴酒":"湖州學,每歲四仲月,堂試諸生,三場謄錄封彌,與常試等。"唐杜佑《通典·選舉》:"武太后又以吏部選人多不實,乃令試日自糊其名,暗考以定等第。糊名自此始也。"宋高承《事物紀原·學校貢舉·封彌》:"《國史異纂》曰:'武后以吏部選人多不實,乃令試日自糊其名,暗考以定其等第。'蓋糊名考校,自唐始也。今貢舉發解,皆用其事曰彌封。"可見,彌封之制起於武后時期,名曰"糊名","彌封""封彌"則是宋代新詞。在宋代科考中,"彌封"的下一步是"覆考",即復試。《齊東野語》卷六"王魁傳":"舊制,御試舉人,設初考官,先定等第,復彌之以送覆考再定,乃付詳定。"宋范鎮《東齋記事》對此有詳細的記載:

舊制:御試舉人,設初考官,先定等第,復彌封之,以送覆考官,再定等第,乃付詳定官,發初考官所定等,以對覆考之等,如同即已,不同,則詳其程文,當從初考,或從覆考爲定,即不得別立等。是時,王荆公以初、覆考所定第一人皆未允當,於行間別取一人爲狀首。楊樂道守法,以爲不可。議論未決。太常少卿朱從道時爲彌封官,聞之,謂同舍曰:"二公何用力争,從道十日前已聞王俊民爲狀元,事必前定,二公

恨自苦耳。"既而二人各以己意進稟,而詔從荆公之請。及發封,乃王俊民也。詳定官得别立等自此始,遂爲定制。(卷一,9頁)

這一系列的措施目的非常明確,即防止作弊。作弊大概是伴隨着考試的産生而産生的。就科舉考試而言,唐杜佑《通典·選舉》:"許子儒爲侍郎,無所藻鑑,委成令史,依資平配。其後諸門入仕者猥衆,不可禁止。有偽立符告者,有接承他名者,有遠人無親而買保者,有試判之日求人代作者,如此假濫不可悉數。"可見,唐代科考作弊已經十分猖獗,於是,纔有武后始糊名等程序的産生。宋代科舉考試制度更加完善,爲防止在科舉考試過程中徇私舞弊、破壞公正,影響人才的選拔,采用彌封、謄録、覆考等多種措施,分程序組織考試,保證人才選拔的質量。吕友仁注"彌封"條言:"《宋朝事實》卷一四'科目'記此事作'封彌'。按,《宋史·選舉志一》景德四年:'試卷……付封彌官謄寫校勘,用御書院印,付考官定等畢,復封彌送覆考官再定等。'又景德中賈昌朝言:'今有封彌、謄録法,一切考諸試篇,則公卷可罷。'《新校正夢溪筆談》卷一《故事》校記引王國維《校識》:'"彌封官"乃明代名稱。'據上稱引,疑此處當作'封彌'。"據上,"彌封"是宋代新詞,與"封彌"并用,此作"彌封"不誤。彌封官并非明代始制,宋李燾《續資治通鑑長編·真宗》有:"即令引試,内出新定《條制》:舉人納試卷,内臣收之,先付編排官去其卷首鄉貫狀,以字號第之,付彌封官謄寫校勘,用御書院印,始付考官,定等訖,復彌封送覆考官,再定等,編排官閲其同异,未同者再考之,如復不同,即以相附近者爲定。"所謂編排、彌封、謄録、覆考等都是舉人納試卷後的程序,首先是編排以號,其次是糊名謄録,然後是初考定等、覆考定等,最後,斟酌最終定等。

《澠水燕談録》卷六又有:"易有時名,不得魁薦,頗不平之,上書言試題語涉譏諷。""試題"即考查知識和技能時要求解答的問題。《宋史·選舉志一》:"四年,詔禮部,凡内外試題悉集以爲籍,遇試,頒付考官,以防復出。"此亦爲宋代新詞。一些政治方面的詞彙,用於科舉範圍中往往産生了新的意義,《歸田録》卷二:"嘉祐二年,余與端明韓子華、翰長王禹玉、侍讀范景仁、龍圖梅公儀同知禮部貢舉,辟梅聖俞爲小試官。凡鎖院五十日。""鎖院"本來指宋代翰林院處理如起草詔書等重大事機時,鎖閉院門,斷絶往來,以防泄密。《宋史·職官志二》:"凡拜宰相及事重者,晚漏上,天子御内東門小殿,宣召面諭,給筆札書所得旨。

禀奏歸院,內侍鎖院門,禁止出入。夜漏盡,具詞進入;遲明,白麻出,閤門使引授中書,中書授舍人宣讀。其餘除授并御札,但用寶封,遣內侍送學士院鎖門而已。至於赦書、德音,則中書遣吏持送本院,內侍鎖院如除授焉。"《夢粱錄》卷三"士人赴殿試唱名":"諸路過都舉人,排日赴都堂簾引訖,伺候擇日殿試。前三日,宣押知制誥、詳定、考試等官赴學士院鎖院,命御策題,然後宣押赴殿。""鎖院"也用以指科舉考試的一種措施,考生入試場後即封鎖院門,以防舞弊。《文獻通考·選舉五》:"詔:祖宗舊法,諸路州軍科場并限八月五日鎖院,緣福建去京遠,遂先期用七月;川廣尤遠,遂用六月。今福建、二廣趨京不遠,恐試下舉人冒名再試,他州可依限八月初五日鎖院。"其次如"放""下"等日常用語,也有相應的新組合,如"放進士""下進士"等,如《賓退錄》卷二:"唐僖宗乾符二年,禮部侍郎崔沆下進士三十人,鄭合敬第一。""下"義即從上到下的行爲,"下進士"謂下發進士榜。"放進士"義同,如《玉壺清話》卷二:"後四十年,當祥符五年,御前放進士,亦試此題,徐奭爲狀元。後艾果以户部侍郎致仕,七十八歲薨於汶;徐年四十四,爲翰林學士卒。"

遠離朝廷的西南邊遠地區,文化相對落後,因此,在正式的科舉之外,還存有獨特的選拔官員的制度,如"南選",《嶺外代答校注》卷四"法制門·方言":"廣西去朝廷遠,士夫難以一一到部,令漕司奉行吏部銓法,謂之南選。""南選"并非宋代首創,唐高宗時,因桂廣交黔等地,可選任土人爲官,但有時所選不當,於是就派郎官御史爲選補使,去選取適當人才,稱爲南選。《唐會要·南選》:"上元三年八月七日敕桂、廣、交、黔等州都督府:比來所奏擬土人首領,任官簡擇,未甚得所。自今已後,宜准舊制,四年一度,差强明清正五品已上官充使選補,仍令御史同往注擬。"《新唐書·選舉志》:"高宗上元二年,以嶺南五管黔中都督府得即任土人,而官或非其才,乃遣郎官御史爲選補使,謂之南選。"只是宋代南選職責由漕司來承擔。《嶺外代答校注》卷四"法制門·試場":"二廣試場有三:曰科舉,曰銓試,曰攝試。今銓試廢矣,唯攝試、科舉而已。嶺外科舉,尤重於中州,蓋有攝官一門存焉。""攝試"在唐代指非正式任命的試用官員。《舊唐書·代宗紀》:"刺史、縣令自今後改變,刺史以三年爲限,縣令四年爲限,員外及攝試,不得厘務。"唐以後謂詔除而非正命爲攝,《文獻通考·職官一》:"(唐神龍初)遂有員外、檢校、試、攝、判、知之官。"注:"攝者,言敕攝,非州府版署之命……皆是詔除而非正命。"此取"攝"之"假代、代理"義,如《左傳·隱公元年》:"不書即位,攝也。"杜預注:"假攝君政,不修即位之禮。"可見,在唐代任命臨時官員也是要經過應試考核的,但并未形成制式。北宋雍熙四年,始置攝試,《宋會要輯稿·職官六二》:"十年四月二十三日,臣寮言二廣去京極遠,祖宗時置攝官,以曾請兩舉省試下人就轉運司試刑法取合格者,始則以待次補之。""二廣舉人兩舉到省試下,家貧親老無以贍給,即就本路轉運司試刑法、敕令格式,斷案五場,考中者補爲南選攝官。""攝試"就是爲選拔攝官而進行的考試,爲兩舉進士不中者參試,考試內容爲刑法和敕令格式,且斷案五場。既有理論考核,又有實踐應用,中者補爲南選攝官。并且,兩廣地區選拔士人,漕司可組織攝試,中者可參見南選,《嶺外代答校注》卷四"法制門·攝官"言:"二廣兩得解士人,許赴漕司試攝,以闕員爲額。綴名者,漕司給公據,服綠參南選,出而莅民矣,令律所謂假版官是也。攝官有三等:一、待次攝官;二、正額攝官;三、解發攝官。"通過漕司攝試出而莅民者,被稱爲"假版官",謂未經朝廷宣布的權宜任命者,《雲麓漫鈔》卷四:"選人之制,始於唐。自中葉以來,藩鎮自辟召,謂之'版授',時號'假版官',言未授王命,假攝耳。"可見,其地位低於攝官。

宋代私學興盛,《賓退錄》卷一言:"嘉、眉多士之鄉,凡一成之聚,必相與合力建夫子廟。春秋釋奠,士子私講《禮》焉,名之曰鄉校。亦有養士者謂之山學。眉州四縣凡十有三所,嘉定府五縣凡十有八所。他郡惟遂寧四所,普州二所。余未之聞。"其中"山學"爲在學府之外培養人才者。其他另有諸如"謝見""溫卷"等伴隨科舉制度而產生的詞彙。透過形形色色的科舉類詞彙,宋代科舉制度的面貌略見一斑。

(四)內憂外困中的宋代軍事及其產生的新詞新義

宋代社會內憂外困,內部農民起義不斷,外部北方邊境戰事連連,諸多與政治、軍事等相關的新詞新義透露出了相關事實,如"龍猛軍":

> 樞密直學士張詠知益州,有巡檢所領龍猛軍人潰爲群盜。"龍猛軍"者,本皆募群盜不可制者充之,剽悍善鬥,連入數州,俘掠而去。蜀人大恐。詠一日召鈐轄以州牌印付之,鈐轄愕然,請其故,詠曰:"今盜勢如此,而鈐轄晏然安坐,無討賊心,是必欲令詠自行也。鈐轄宜攝州

事,詠將出討之。"鈐轄驚曰:"某今行矣。"

據上,"龍猛軍"爲募强盗們所組成的軍隊。《漢語大詞典》即根據司馬光所記設立"龍猛軍"詞條。《宋稗類鈔》卷一"吏治":"范文正公嘗立一軍爲龍猛軍,皆是招收前後作過黥配的人,後來甚得其用,時人目范公爲龍猛指揮使。如滕子京孫元規之徒,素無節行,范公皆羅致之幕下,後犯法,又極力救解之。如劉滬、張元亦然,云:'做事時須要此等人用。'"可見,北宋時期,招募群盗爲軍是正常現象,以致范文正公亦爲之。這應該是北宋朝廷收買起義者的一種方式,也反映了北宋朝廷在政治和軍事上的困難處境。但龍猛軍内亦有舊行難改者,上面兩條所記可證實。龍猛軍一旦成爲某些當政者的心腹,當政者便會盡力庇護他們。由此看來,《水滸傳》中"招安"一事有理可據。

在長期的民族對立衝突過程中,也存有反映少數民族軍事方面的詞彙,如"皮室",《玉壺清話》卷第七:"胡雛越旦舉匕方食,短兵擊折一臂,乘馬先遁,一皮室擊死之。皮室者,虜相也。""皮室"爲"虜相",只是個概略的稱呼,義甚不明。其官位和職能尚可深究。《續資治通鑑長編·太宗》記載:"殺敵將一人號皮室,皮室者敵相也。"可見,此處所謂的"虜相"乃武官,并非文職,與通常意義上的相不同。《契丹國志·聖宗天輔皇帝》言:"契丹攻威虜軍爲宋尹繼倫、李繼隆敗於唐、徐河間,殺契丹相皮室,其大將于越被傷遁走,俘獲甚衆,自是契丹不復大入。"從這段文字看,"皮室"并非部隊之主帥,至少品級在大將于越之後,"相"也只是個泛稱。"皮室"一職,并非單立,有南北之分,如《契丹國志·景宗蕭皇后》:"國中所管幽州漢兵,謂之神武、控鶴、羽林、驍武等,皆后自統之。其將有南北皮室、當直舍利等。"又可見,"皮室"并非普通的將領,而是直屬帝王統帥的親近部隊中的職官。契丹國主之親兵即爲"皮室兵",《契丹國志·兵馬制度》:"晋末,契丹主投下兵謂之大帳,有皮室兵約三萬人騎,皆精甲也,爲其爪牙。"從而順理推知,皮室兵之統帥當然可能稱爲"皮室"。"皮室"爲契丹百官之一,毋庸置疑,如《契丹國志·建官制度》:"又有國舅、鈐轄、遥輦、常袞諸司,南北皮室、二十部族節度,頻必里、九克、漢人、渤海、女真五節度。"《遼史·百官志·北面軍官》載有"左皮室詳穩司,右皮室詳穩司,北皮室詳穩司,南皮室詳穩司"等諸官。後又言"太宗選天下精甲三十萬爲皮室軍。初太祖以行營爲宫,選諸部豪健千餘人置爲腹心部,耶律老古以功爲右皮室詳穩。則皮室軍自太祖時已有,即腹心部是也。太宗增多至三十萬耳"。因此,所謂"皮室"即"皮室詳穩"之簡稱。"詳穩"又作"詳衮",遼代官名,爲諸官府監治長官。《遼史·韓匡嗣傳》:"匡嗣以善醫,直長樂宫,皇后視之猶子。應曆十年,爲太祖廟詳穩。""皮室詳穩"乃皮室軍之長官,有左右南北之設,同是以右爲大,遂耶律老古以功爲之。其職責是統掌契丹國主之親兵,位不高,但甚重。其他諸如"金鎗班""警場""鋪兵""兵級""邊警""發牙""素隊""勾呼""軍兵""使副""歇泊""鎮殿將軍""牙道""警場""執綏""水路""放罪""漕使""邊霜朔雨""朝塵夕埃""納疆""把淺"等皆是與政治、軍事相關的詞彙。

以上,我們從宋代社會的幾個方面初步介紹了宋代筆記中所記録的新詞新義,然而詞彙是一個開放的龐大系統。徹底厘清一個階段産生的新詞新義并非易事,這裏是在學界現有成果的基礎上,作的粗綫條的點的説明,無異於滄海一粟、管中窺豹。專書研究無疑是研究新詞新義的最好途徑,宋代筆記各有側重,需集衆人之力確定角度,逐一攻破。單部筆記中的詞彙面貌至少是宋代詞彙面貌的某些體現。吴敏《〈老學庵筆記〉詞彙研究》、付宗平《〈鷄肋編〉詞彙研究》,將二書中的新詞新義作了分類統計,此二書均是專書新詞新義研究的有意義的探索。

二、宋代筆記記録新詞新義的方式

宋代筆記文獻記録新詞新義,一方面與其他文獻無别,或是在正常的叙述中客觀記録反映社會新貌的新概念和新現象,或是以新的詞彙形式記録原有的概念或現象。這些新詞新義需要進一步的界定,有些還需要做一些考釋的工作,這也是歷代文獻記載新詞新義的普遍方式。文獻中因反映口語的程度不同,使用當時新詞新義的多少有别。一般説來口語程度越高,其中的白話詞彙越多,新詞新義也就越豐富。宋代筆記文獻是以文言爲主的材料,居於傳統的文言和流行的口語文獻中間。由於記録時作者未必經過詳細的推敲和精心的修飾,因此,其中出現的白話程度較高的詞彙,往往是中古以後産生的新詞新義。如《游宦紀聞》卷一:"黄尚書由帥蜀,中閤乃胡給事晋臣之女,過雪堂,行書《赤壁賦》於壁間。""中閤"爲黄由之妻,可見,宋代該詞可以指妻子。"閤"舊可指女子的住房。南朝梁元帝《烏棲曲》之四："蘭房椒閣夜方開,那知步步香風逐。"唐薛漁思《河東記·段何》："媒者又引入閣中,垂幛掩户,復至何前曰:'迎他良家子來,都不爲禮,無乃不可乎?'"後蜀毛熙震《木蘭花》："對斜暉,臨小閣,前事豈堪重想著。"可見,唐宋之際"閣"此義仍保留。"中閣"之所以指妻子,這與中國古代建築和家庭宗法制度有關。中國的傳統觀念,在中國古代的居住和建築民俗中展示得很充分。中國的民居建築,以四合院最爲廣泛,在漢族和納西族、白族等少數民族非常流行。四合院也是中國最典型的民居建築,因爲它充分體現了中國的傳統觀念。四合院的一個特點是房屋布局與家庭成員的住房安排有嚴格的規定。房屋建築一般是正房高於側房,住房安排一般是家長正房。[1] 而妻室中妻爲正自然居於正位,與夫同居,相比之下妾所居即爲偏,一般是西廂房。因此,以所居之所"中閣"代指妻子亦合乎常理。《續資治通鑑長編·宋紀》亦有"然公主意終惡瑋,不肯復入中閣,狀若狂易,欲自盡數矣"。"中閣"指妻子,與通常所説的"正房"爲妻偏房爲妾理同。"閤"在女子住房義上與"閣"同,《木蘭詩》："開我東閣門,坐我西閤床。"其他環境下二者區别明顯,《宋詩鈔·東坡詩鈔·和陳傳道雪中觀燈》："新年樂事歎何曾,閉閤燒香一病僧。未忍便傾澆别酒,且來同看照愁燈。"《漢雜事秘辛》："姁即與超以詔書趨詣商第,第内謹謐。食時,商女女瑩從中閤細步到寑,姁與超如詔書周視動止,俱合法相。超留外舍,姁以詔書如瑩燕處,屏斥接侍,閉中閤子。""閤"爲門,"閣"指住房。《漢語大詞典》"中閤"條,引《後漢書·吕布傳》"卓(董卓)又使布守中閤,而私與傅婢情通,益不自安",釋"中閤"爲宫中的小門,可在此基礎上增補兩義項:一是指女子住房中的正房,二是指妻子。

又如宋李心傳《舊聞證誤》卷一："太祖遣曹彬取江南,潘美爲副。太祖知美有謀難制,召二人升殿,謂曰:'但大使斬得副使,取得江南。'美震怖而出,由是迄無敗事。出《祖宗獨斷》。按:《國史》,曹彬以宣徽使行,潘美以山南東道節度使,美不過闕也。太祖所言,蓋翰、彬之副田欽祚等爾。"其中"大使""副使"所表示的概念也不是宋代纔開始産生的。《新唐書·百官志四下》："唐制,節度使有節度大使、副大使知節度事之别。大使如由諸王遥領,則以副大使知節度事

---

[1] 參見鍾敬文:《民俗學概論》,上海文藝出版社,1998年,第94~95頁。

爲正節度。""使"作爲官名,大概源於漢代,漢時稱刺史爲"使君",《玉臺新詠·日出東南隅行》:"使君從南來,五馬立踟躕。"亦以此作爲州郡長官的尊稱,《三國志·蜀志·劉璋傳》:"(張松)還,疵毁曹公,勸璋自絶,因説璋曰:'劉豫州,使君之肺腑,可與交通。'"唐張籍《蘇州江岸留別樂天》詩:"莫忘使君吟咏處,汝墳湖北武丘西。"宋王禹偁《寒食》詩:"使君慵不出,愁坐讀《離騷》。"這大概是"使"本身所具有的出使、使臣義的引申,都城外做官的臣子,相對於帝王所在來説就是以使的職責去履行使命。唐以後特派負責某種政務者可直接稱使,如節度使、轉運使等,明清則雖常設之正規官員亦有稱使的,如中央之通政使,外省之布政使、按察使等。唐柳宗元《諸使兼御史中丞壁記》:"古者交政於四方,謂之使。今之制,受命臨戎,職無所統屬者,亦謂之使。凡'使'之號,蓋專焉而行其道者也。"因此,《舊聞證誤》所言"大使""副使"實與節度使略異,從"太祖遣曹彬取江南,潘美爲副"看來,前者是"受命臨戎"之使。李心傳後以"曹彬以宣徽使行,潘美以山南東道節度使,美不過闕也"爲據,恐不確。宋代筆記中亦有"漕使",是漕運使的簡稱,負責管理水道運輸等事務。《雞肋編》卷上:"黄魯直送張謨河東漕使云:'紫參可撅宜包貢,青鐵無多莫鑄錢。'"《能改齋漫録》卷十八"陸仙師迎漕使安公":"樞密安公惇處厚,元祐末爲江東漕使。"《老學庵筆記》卷十:"紹聖、元符之間,有馬從一者,監南京排岸司。適漕使至,隨衆迎謁。漕一見怒甚,即叱之曰:'聞汝不職,未欲按汝,何以不亟去?尚敢來見我耶!'"可見,"漕使"也可簡稱爲"漕",其中"使"是官名。

另一方面,宋代筆記文獻記録新詞新義有其獨特之處。筆記作者無一例外地具有求知的精神,因此,記録中多有對陌生化詞彙的解釋,有些是深入地探究,并質疑詞語使用上的一些問題。

如"夯市",《涑水記聞》卷一:"衆皆下馬聽命。太祖曰:'主上及太后,我平日北面事之,公卿大臣,皆我比肩之人也,汝曹今毋得輒加不逞。近世帝王初舉兵入京城,皆縱兵大掠,謂之"夯市"。汝曹今毋得夯市及犯府庫,事定之日當厚賚汝;不然,當誅汝。如此可乎?'衆皆曰:'諾。'乃整飭隊伍而行,入自仁和門,市里皆安堵,無所驚擾,不終日而帝業成焉。""夯市"爲縱兵於街市上大掠之義。宋王稱《東都事略》卷一亦有同樣記載。金元好問編《中州集》卷五史御史肅《洛陽》詩:"董卓搜牢連數月,郭威夯市又三朝。""夯市"亦作"靖市",《宋人軼事彙編》卷一"太祖":"自唐末五代,每至傳禪,部下分擾剽劫,莫能禁止,謂之靖市,雖王公不免劇劫。太祖陳橋之變,與衆誓約不得驚動都人;入城之日,市不改肆。靈長之祚,良以此乎?"宋張舜民《畫墁録》、元陶宗儀《説郛》卷十八亦有同樣記載。可見,"夯市""靖市"爲俗語詞,書面文獻中不易見到。"夯"蓋取於衆人齊築地基之聲,"夯市"則爲"夯於市",意爲衆兵士如打夯一樣於街市上聚衆劫掠。"靖市"之得名之由,蓋与夯市恰恰相反,《説文·立部》:"靖,立竫也。"段注:"謂立容安竫也。安而後能慮。故釋詁、毛傳皆曰靖、謀也。""靖市"則是爲劫掠找個借口,謂舉兵入城"劫掠"以"安",安而後慮也。例中,司馬光述太祖傳令時對"夯市"作了解釋。

另如"太母",《老學庵筆記》卷四:"太母,祖母也,猶謂祖爲大父。熙寧、元豐間稱曹太皇爲太母。元祐中,稱高太皇爲太母,皆謂帝之祖母爾。元符中謂向太后爲太母,紹興中謂韋太后爲太母,則非矣。"陸游此處首先解釋"太母",并在此基礎上説明了"太母"一詞在宋代的使用情況,提出了自己的看法。"太母"即"大父"之妻,應爲"大母"。《墨子·節用上》第二十有:"昔者越之東,有輆沐之國者,其長子生,則解而食之,謂之宜弟。其大父死,負其大母而弃之,曰鬼妻不可與居處。"《史記·梁孝王世家》有:"梁平王襄十四年,母曰陳太后。共王母曰李太后。李太后,親平王之大母也。"《全唐詩》卷四五陳元光《太母魏氏半徑題石》始見"太母"例,唐以後"太母""大母"并用:

　　慶深恩,寶曆正乾坤。前帝子,後聖孫。援立兩儀軒,西宮大母朝寢門。(《全宋詞》卷五七九《警場内三曲》)

　　長兄開卷每隨聲,大母翻經亦諦聽。眉目分明無夭法,恐緣了了與惺惺。(《宋詩鈔·後村詩鈔·悼阿駒五首》)

　　太皇望見天開顔,萬國春風百花舞。乃是慈寧太母回鑾圖,母子如初千古無。(《宋詩鈔·朝大集鈔·題曹仲本出示譙國公迎請太后圖自肅天仗以下皆紀畫也》)

　　我所以不想在家裏住,他大母眼兒上眼兒下,只像我待兩儀有些

歪心腸一樣,氣得我沒法兒,我說不出口來。(《歧路燈》三十九回)

初府君年九歲,而先大母胥太孺人卒。繼大母孫太孺人,又繼大母李太孺人,府君事之皆盡誠孝。(鄭振鐸《晚清文選·吴敏樹·記鈔本震川文後》)

抱置大母前,呼名輒唯唯。姑婦相視笑,吾宗有孫子。(清沈德潛《清詩別裁集》卷十六《閱省試録見璋兒名喜而作此》)

赤緊的大姨夫緣分咱身上淺,老太母心腸這壁廂偏。誰想司馬墳邊,彩雲零落;茶客船頭,明月團圓。(馬致遠《江州司馬青衫泪》第二折)

申初懼其復仇,今益愧悔。奚亦忘其舊惡,俾内外皆呼以太母,但諱命不及耳。(《聊齋志异》卷十一"大男")

相比較而言,似乎在文言色彩較濃的語句中"大母"使用頻率更高,"太母"則更多地出現在口語色彩濃的語句中。我們也許可以作出這樣的推測:"大"的語音在唐以後發生了系列變化,《廣韵·泰韵》:大,徒蓋切,定母;又唐佐切,定母,歌韵。定母在這一時期正是朝着清音化的方向發展,"大"的音值正漸近於[t'ai^{51}],而其口語音則讀爲"唐佐切"。又《廣韵·泰韵》:太,他蓋切,透母。這種情况下"太"與原來"徒蓋切"的"大",無疑是音值接近的。再加上二者早有的親緣關係,表示祖母的"太母"在口語中反而莊重色彩濃厚,有取代"大母"的趨勢。另外,漢語的濁音清化又經歷了一個過程,"大母"中"大"的"定母"正處於這種演變之中,在口語中保有"大"的"徒蓋切",亦有可能。只是"大"的本身語音的複雜性,又有讀作"唐佐切"的時候,在口語中有些時候需要斟酌區分,讀成"唐佐切"反而色彩偏俗,有失莊重。因此,就有了"太母"參與進來,以及"太母""大母"并用的可能。但隨着"大"的語音、詞義的演變,"大"在表義上又趨於模糊性,"太"後來在這方面的意義上就取代了"大"。如今,北方人把祖母稱作奶奶,曾祖母稱作"太奶奶"(簡稱"太奶"),正是取原來"大母""太母"中

"大""太"的"上一輩"之義。同時,反過來看,"大母"在"太母"産生後仍長期使用,一方面可能是書面語中刻意仿古的需要,另一方面正是唐以後漢語聲母濁音清化歷程的體現。陸游前用"太母"後對"大父","大父"之所以非"太父",當然是爲了避免歧義。

又如"炊餅":

> 太祖廟諱匡胤,語訛近香印,故今世賣香印者不敢斥呼,鳴鑼而已。仁宗廟諱禎,語訛近蒸,今内庭上下皆呼蒸餅爲炊餅,亦此類。

(《青箱雜記》卷二,19頁)

可知,"炊餅"乃爲諱仁宗而改蒸餅的口語新詞。《説文》:"炊,爨也。""蒸,析麻中榦也。從艸,烝聲。"段注:"'析'各本作'折',誤。謂木,音匹刃切。其皮爲麻,其中莖謂之'蒸',亦謂之'菆'。今俗所謂麻骨棓也。潘岳《西征賦》李注云:菆井,即渭城賣麻蒸市也。《毛詩傳》曰:'粗曰薪,細曰蒸。'《周禮》甸師注云:'大曰薪,小曰蒸。'是凡言薪蒸者皆不必專謂麻骨。古凡燭用蒸。《弟子職》云:'蒸閒容蒸。'《毛詩傳》云:'蒸盡搢屋而繼之是也。'煑仍切。六部。"以"蒸"炊食物,因"蒸"爲小薪,即用慢火做飯,遂因此引申爲"以熱氣致食物熟"之義。《墨子·辭過》:"今則不然,厚作斂於百姓,以爲美食芻豢,蒸炙魚鱉,大國累百器,小國累十器,前方丈,目不能遍視,手不能遍操,口不能遍味,冬則凍冰,夏則飾饐。"《管子·輕重丁·右菁茅謀》:"鮑叔馳而西,反報曰:'西方之氓者,帶濟負河,菹澤之萌也,獵漁取薪,蒸而爲食。'""蒸"實爲"炊"之一種,因此,避仁宗諱時,無對應的詞彙選擇時,"炊"無疑是最合適的。

宋代筆記文獻記録新詞新義的兩種方式,互爲補充,相得益彰。由於宋代筆記反映廣闊的社會生活,因此,客觀叙述中記録的反映新事物、新現象的新詞新義,在其他文獻中往往不易見到,這些語料無疑可以彌補宋代口語文獻相對缺乏的不足。宋代筆記中通過自釋而保留下來的當時的新詞新義,不僅可信度高,而且還爲我們提供了詞語的意義、用法及來源、得名之由等的相關綫索,是難得的語言研究的重要語料。我們研究筆記中的詞彙時,可以筆記中的這些新詞新義爲媒介,上探下聯,由此及彼,從而追溯漢語詞義演變的綫索,窺探一時代之詞彙概貌。這對於漢語史及語言史的研究具有重要的意義,對於文化史、社會史的研究也不無益處。

三、宋代筆記新詞新義的産生方式

語言世界是客觀世界和主觀世界之外的神奇世界,同樣是上帝的偉大創造。主觀世界映射客觀世界的發展變遷,而語言世界正是對反映客觀世界的主觀世界的再反映。因此,語言的發展,是客觀世界、主觀世界和語言世界相互推動的結果。客觀世界中産生的新事物、新現象,在主觀世界中會形成新的概念,反映記録這些概念的形式便是語言世界中的新詞。同時,語言世界并不是消極地反映通過人的主觀世界所反映的客觀世界,其内部同樣存在自身要素的相互制約和相互影響,從而維持發展的平衡。因此,儘管客觀世界産生了新事物、新現象,主觀世界形成了新概念,但語言世界却用原有的形式來記録它們,或者説是把它們歸入了已有的形式中;同時,語言世界在吸納新員的同時,也經歷着優勝劣汰,在吐故納新的過程中,原有的形式和意義之間也在進行着維護自身平衡的重組。因此,社會中的新事物、新現象的産生未必一定産生新詞,而是以新義的方式被保留下來;新詞也未必反映新義,而是原有的音義形式的重新分配。因此,新詞新義的産生是客觀世界、主觀世界和語言世界共同作用的結果,其産生途徑主要體現在語言世界和主觀世界的相互溝通和妥協。新詞的産生途徑屬於造詞法的問題,换言之就是新詞是怎樣由無到有的。在語言發展到成熟階段後,新詞的産生一定是在原有要素的基礎上,就是説一定利用原有的要素。由於語言是符號系統,因此,利用原有要素創作新詞的過程必然有規律性的方法,我們一般稱之爲造詞法,或者是新詞産生的途徑;新義也并非憑空出現,而是與原有意義之間存在着必然聯繫,是在原有的詞義基礎上通過一定的方式直接或間接發展起來的,這些方式同樣有規律可循。一時代之新詞新義的産生途徑,是語言發展的階段性特徵之一。歸納宋代筆記文獻中的新詞新義的産生途徑,可以部分地揭示漢語造詞法、詞義引申途徑發展至宋代的基本面貌。

(一)新詞的産生途徑

雙音化是中古漢語詞彙發展的一個重要的標志。一方面,新的概念主要是用雙音節形式來表示;另一方面,原來由單音節詞表示的舊有的概念大都有了雙音節形式。[1] 這一趨勢至近代漢語中進一步加強，因此，我們這裏也主要是介紹雙音新詞的產生途徑。據我們所能觸及的現有的從宋代筆記文獻中初步歸納出的新詞的情況來看，連文融合、近義替換、修辭造詞、簡稱縮略、加綴造詞等是宋代筆記新詞的五大產生途徑。

1. 連文融合

一般作同義連文，我們之所以稱其爲"連文融合"并不是求新求奇。"連文"是新詞產生的條件，"融合"既是形式上的連用，又是意義上的交融，也是人們的使用習慣對音義結合體的認可。漢語詞彙複音化過程中，"同義連文"是滿足音節勻稱和表意明確而做出的快捷反應。然而暫時的同義連文能否凝固成詞，這取決於語素義之間能否經過相互選擇而實現彼此交融，以及連文的結構體在現實交流中復呈性的強弱，即人們對結構體的認可。"連文融合"可以概括新詞產生的整個途徑。如"簽署"，《涑水記聞》卷第七："真宗時，馬知節、韓崇訓皆以檢校官簽署樞密院事。""簽"，摘出要點或擬寫簡短意見。宋司馬光《乞降臣民奏狀札子》："即乞依臣前奏，降付三省，委執政官分取看詳，擇其可取者用黃紙簽出。"宋朱熹《近思錄》卷十："先生因言：'今日供職，只第一件便做他底不得。吏人押申轉運司狀，頤不曾簽。'""署"，簽名，簽署。《後漢書・黨錮列傳・李膺》："不肯平署。"李賢注："平署猶聯署也。"《隋書・蘇夔傳》："後議樂事，夔與國子博士何妥各有所持。於是夔妥俱爲一議，使百僚署其所同。"宋葉適《中奉大夫林公墓志銘》："守諱其切，自爲奏，朝廷視無通判署，疑之。"先"簽"後"署"，因此，"簽署"連文，"署"在"簽"的後面，表示官員簽名處理相關的文書并提出意見，如《册府元龜》卷六十五"帝王部・發號令"第四："又敕諸司寺監，凡有文簿施行奏覆司長，須與逐司官員同簽署申發，不得司長獨有指揮。"這裏的"簽署"由於使用頻率的提高便容易凝固成詞，也就是在使用過程中人們習慣性地把它當成一個結構體來看待。進一步的凝固是意義的交融，如宋邵伯溫《邵氏聞見錄》卷十一："慶曆二年第五人登科，初簽署揚州判官，後知鄞縣。"例中"簽署"就不是簡單的語素義的疊加，已由"表示官員簽名處理相關的文書"義，發展爲協助處理某方面的事宜，與"知"相對，因此，文獻中"簽署"往

---

[1] 朱慶之：《佛典與中古漢語詞彙研究》，臺灣文津出版社，1992年，第124頁。

往是兼職的行爲。《宋史·職官志》:"凡受宣詔、文牒,則以時下於院、監。大事則制置使同簽署,小事則專遣其副使。"《水東日記》卷二十載《范文正公家書》:"近蒙制恩擢貳樞府,此蓋祖宗之慶,下及家世,累讓不允。今月二日已簽署勾當,至十二日蒙恩,改參大政,尋面陳利害,已得旨,依讓且在西府,相次必出巡邊,不知甚日入京相見。"因爲是兼職協助處理,所以後成爲官員副職,《宋史·太宗本紀》:"辛卯,命雲州觀察使郭進爲太原石嶺關都部署,以斷燕薊援師。癸巳,置簽署樞密院事,以石熙載爲之。"《宋史·儒林列傳》:"未行,會延年與龍圖閣直學士吳遵路調兵河東,辟之才澤州簽署判官。"《老學庵筆記》卷十:"祖宗時,有知樞密院及同知、簽署之類,治平後避諱改曰簽書。"《野客叢書》卷九"古人避諱"言:"至本朝避英宗諱曙曰山藥簽署曰簽書。"可見,"簽署"又作"簽書",宋高承《事物紀原·師保輔相·簽樞》亦有這方面的記載:"又《宋朝會要》曰,太平興國四年正月以石熙載爲樞密直學士,簽署樞密院事。簽書之名,自此始也。治平中避英宗嫌名,改曰簽書。""簽署"由最初的臨時組合,到逐漸凝固成詞,連文是第一步;人們習慣性的認可是第二步,這是關鍵的一步,使用頻率高,復呈性強,是成詞的必要條件;第三步是意義的融合,成詞過程完成。如果我們把第二階段的"簽署"看成詞的話,那麽後面的階段就可以認爲是意義的引申了。

另如"編管",《能改齋漫錄》卷十三"赦官吏失入死罪":"熙寧二年敕:'今後官員失入死罪,一人追官勒停,二人除名,三人除名編管。胥吏一人千里外編管,二人遠惡州軍,三人刺配千里外牢城。'自後法寖輕,第不知自何人耳。""編"指編入該地戶籍,"管"爲由地方官吏加以管束,合爲"編管"。司馬光《涑水記聞》卷十六亦有"呂吉甫大怒,白上奪俠官,汀州編管";還有"渾厚",《鶴林玉露》丙編卷之五"周文陸詩":"朱文公於當世之文,獨取周益公,於當世之詩,獨取陸放翁。蓋二公詩文,氣質渾厚故也。"《賓退錄》卷一:"九曰太剛,恐易折,須養以渾厚。十曰學必明心,記問辨說皆餘事。""渾",質樸、樸厚,唐杜牧《戰論》:"夫河北者,俗儉風渾,淫巧不生。""厚",敦厚、厚道,《尚書·君陳》:"惟民生厚,因物有遷。"孔傳:"言人自然之性敦厚。"《論語·學而》:"曾子曰:'慎終,追遠,民德歸厚矣。'"唐元稹《說劍》詩:"此劍何太奇!此心何太厚!""渾""厚"連文融合成詞。筆記又有表大而厚的"渾厚",如宋何薳《春渚紀聞》

卷九"金龍硯":"及期出硯,硯正圓,中徑七八寸,渾厚無眼,如馬肝色,中盤一金色龍,頭角爪尾粲然畢具。會有知者,即以進御,或言禁中先已有一硯矣。"當正處於連文狀態。其他諸如"責任""剝蝕""衫帽""引惹""詢究""淘澄""窘匱""掇取""典賣""點集""奏裁""添給""屈抑""選差""遺欠""理納""酤賣""緝捕""繁冗""賕賄""防托""書繕""契據""規約""價值""減汰""通融""叛降""行使""揣擬""貪庸""拘催""冗濫""保奏""錢糧""亡散""誕謾""輕易""征拜""始創""戈甲""商販"等皆是連文融合成詞。

2.近義替換

近義替換是在原有詞彙基礎上,用近義語素部分地替換其中的語素,使新詞和原詞形成等義或近義關係。相互替換的語素之間,一定存在着某些聯繫和區別,而且不僅僅限於意義上面。如果從歷時角度説,替換常常與詞彙的新舊更替和詞義的發展演變有關,我們可以從這個角度考察常用詞的演變過程;從共時角度而言,地域性因素及社會文化因素同樣會導致近義替換。近義替換反映了語言使用者的某種心理傾向。如上文中我們提到的"蒸餅"和"炊餅","炊""蒸"意義接近,"蒸"是"炊"的一種方式,替換後二者形成等義詞,但由於避諱,"蒸餅"在一段時間内則不再繼續使用,"炊餅"繼承了"蒸餅"的意義和功能。這樣的情況在近義替換中也是很少見的,是特殊的社會文化原因造成的。

更多的近義替換所形成的新詞和原有舊詞在一定時間内將共存,甚至長期共存。如"糟蟹"和"酒蟹",從現有文獻看來,"酒蟹"略早於"糟蟹",《歸田録》卷二:"淮南人藏鹽酒蟹,凡一器數十蟹,以皂莢半挺置其中,則可藏經歲不沙。"《東坡志林》卷一:"遲其北還,則又春矣,當爲我置酒蟹、山藥、桃李,是時當復從公飲也。""糟蟹"的用例要晚一些,《癸辛雜識·別集上》"蟋蟀餛飩":"《軒渠録》載,有人以糟蟹饊子同薦酒者。"《軒渠録》爲吕本中所著,即使周密直録吕氏所記,亦晚於歐陽修《歸田録》。從"糟蟹"的使用情況來看,北宋後用例豐富,《雞肋編》卷下:"李文定公族孝博之子健,字全夫,喜食糟蟹。"《武林舊事》卷六"酒樓":"又有賣玉面狸、鹿肉、糟決明、糟蟹、糟羊蹄、酒蛤蜊、柔魚……""糟蟹"產生後與"酒蟹"并用,《東京夢華録注》卷二"飲食果子":"又有外來托賣炙雞、燠鴨、羊脚子、點羊頭、脆筋巴子、薑蝦、酒蟹、獐巴、鹿脯……""糟",古指未瀘清的帶滓的酒,想必製造"糟蟹"所用的酒質量不能太高,至少是次於一般飲用的酒。再加上當時造酒的技術本身就不十分成熟,一般意義上的"酒""糟"大概沒有明確的界限,因此,起初的"酒蟹",若從製造時酒的實際情況看來,用"糟"換"酒"亦屬正常,於是"糟蟹"一詞產生。《續夷堅志》卷四"介蟲之變":"凡造蟹,厨人生揭蟹臍,納椒一粒,鹽一捻,復以繩十字束之,填入糟甕,上以盆合之,旋取食。"這大概是當時製造"酒蟹"的一般過程。在用酒腌製食物這個意義上,後代由"糟"來承擔,《紅樓夢》第八回:"寶玉因誇前日在那府裏珍大嫂子的好鵝掌鴨信。薛姨媽聽了,忙也把自己糟的取了些來與他嘗。"現代九江仍有特產"糟魚",就是用醪糟腌製的魚,中間用辣椒等調味。因此,在某種程度上說"糟蟹"是對"酒蟹"一詞的改良,使其名實更加相符。

　　近義替換後,新詞與舊詞等義的情況仍是少數,大多情況下都會存有差別。如"放屁",《癸辛雜識·別集上》"二章清貧":"章若不聞他語,自若良久,忽語衆曰:'頃與衆人會語正洽,俄聞惡臭,罔知所自。時舍弟達之亦在焉,久乃覺其自達之也,退而誚之曰:"吾弟!吾弟!衆皆在此説話,吾弟却在此放屁。"'衆爲一笑。"排放臟氣是人的正常生理行爲,但由於諱飾的心理,并不公開地説出,因此,文獻中用例不多見。比"放屁"更文雅的表達是"放氣",筆記中亦有用例,《老學庵筆記》卷一:"晚來臨安赴省試,時秦會之當國,數以言罪人,勢焰可畏。有唐錫永夫者,遇德昭於朝天門茶肆中,素惡其狂,乃與坐,附耳語曰:'君素號敢言,不知秦太師如何?'德昭大駭,亟起掩耳,曰:'放氣!放氣!'遂疾走而去,追之不及。"從文獻材料來看,"放氣"用例較早,體内臟氣乃氣之一,"放氣"指排放行爲,合乎常理。《太平廣記》卷二四六"張融"引《談藪》:"融與謝寶積俱謁太祖,融於御前放氣。寶積起謝曰:'臣兄觸忤宸扆。'上笑而不問,須臾食至,融排寶積,不與同食。上曰:'何不與賢弟同食?'融曰:'臣不能與謝氣之口同槃。'"《太平廣記》卷二五三引隋侯白《啓顏録·侯白》:"陳朝嘗令人聘隋,不知其使機辯深淺,乃密令侯白變形貌,著故弊衣,爲賤人供承。客謂是微賤,甚輕之,乃傍卧放氣與之言。"《朝野僉載》卷四:"客謂是微賤,甚輕之,乃傍卧放氣與之言,白心頗不平。""放屁",宋代用例始多見,除上引《癸辛雜識》例外,《古尊宿語録》卷二十三"汝州葉縣廣教歸省禪師語録":"進云:'与麽即打鼓弄琵琶也。'師云:'捺紲放屁聲。'"宋以後用例普遍,并且發展出新義,作爲罵人的話語,如元武漢臣《散家財天賜老生兒》第一折:"哎!你是個主家的,(云)偌大年紀,虧你不害那臉羞。(卜兒云)我又不曾放屁,我怎麼臉羞?"《水滸傳》第二十四回:"那婆子吃他這兩句道着他真病,心中大怒,喝道:'含鳥猢猻,也來老娘屋裏放屁辣臊!'""屁"替換"氣"爲"放屁"的前提是"屁"的産生,"屁"較早用例亦始見於宋。《五燈會元》卷十八"雲巖天游禪師":"嘗和忠道者《牧牛頌》曰:'兩角指天,四足踏地。拽斷鼻繩,牧甚屎屁!'""放屁"與"放氣"在色彩上存在明顯差異,前者俚俗色彩濃厚,後者則文雅得多,因此,在後代的元雜劇、明清小説等口語文獻中,"放屁"纔普遍使用。[1]

"庸峻""庸峭","漕使""漕臣""漕司","朗誦""朗言","掇取""采取","深責""重責","丐免""乞免","潰卒""潰兵","廷試""殿試","補葺""補輯","掇拾""掇取","掇拾""采拾","繁冗""雜冗","契據""契書"等各組之間大概都存在近義替換關係。有些時候,我們實在無法判斷誰先誰後的問題,"漕使""漕臣""漕司"都是在宋代産生,又并用於文獻中。但理論上肯定存在着一個産生先後、流傳早晚的問題,因此作爲新詞産生途徑之一的近義替換,是一定需要建立在其他現有複音詞彙的基礎上纔能發揮作用的,近義替換是漢語詞彙複音化過程發展到一定階段的産物。

3.修辭造詞

運用修辭方法創作新詞的途徑便是修辭造詞。陳敏《宋代筆記與漢語詞彙學》歸納出比喻造詞法、比擬造詞法、借代造詞法、仿詞造詞法、誇張造詞法、移就造詞法、拆字造詞法、諧音造詞法、綜合修辭造詞法等九種修辭造詞法,分析解釋較爲詳盡。這裏我們結合宋代筆記新詞擇要介紹修辭造詞。

(1)比喻造詞

比喻造詞就是利用事物之間的相似性通過打比方、聯想的方式來創作新詞。客觀世界的某些客觀事物之間本身就存在着某種相似性,人們在認識世界、改造世界的過程中,發現了這些聯繫,又以自身的主觀能動性來反映和改造這些相似性的聯繫。雖然人們對客觀世界的認識水平是逐漸提高的,但其認識

---

[1] 注:《全唐詩補編·全唐詩續拾》卷二十龐蘊《詩偈》:"水火當頭髮,三災一時起。空中鳩鴿舞,驟來助放屁。"可疑。

本身往往存在着模糊性,因此,人們頭腦中的事物之間的相似性,并不一定與客觀事實完全相符,甚至客觀上不存在相似性的事物由於人的主觀性聯想也具有了相似性。如"龍涎":

> 諸香中,"龍涎"最貴重,廣州市直,每兩不下百千,次等亦五六十千,係蕃中禁榷之物,出大食國。近海傍常有雲氣罩山間,即知有龍睡其下。或半載,或二三載,土人更相守視。俟雲散,則知龍已去,往觀必得"龍涎",或五七兩,或十餘兩,視所守人多寡均給之,或不平,更相雠殺。或云:"龍多蟠於洋中大石,卧而吐涎,魚聚而嚼之,土人見則没而取焉。"

> 又一説,大洋海中有渦旋處,龍在下。涌出其涎,爲太陽所爍則成片,爲風飄至岸,人則取之納官。予嘗叩泉、廣合香人,云:"'龍涎'入香,能收斂腦麝氣,雖經數十年,香味仍在。"《嶺外雜記》所載,"龍涎"出大食。西海多龍,枕石一睡,涎沫浮水,積而能堅,鮫人采之,以爲至寶。新者色白,稍久則紫,甚久則黑。(《游宦紀聞》卷七,61頁)

"龍涎",根據傳説就是龍的唾液凝成的事物,但叙述明顯是荒誕離奇的,蓋爲事物得名後人們附會所致。《漢語大詞典》"龍涎香"條:"龍涎"爲抹香鯨病胃的分泌物。類似結石,從鯨體内排出,漂浮海面或冲上海岸。爲黄、灰乃至黑色的蠟狀物質,香氣持久,是極名貴的香料。"龍"本是傳説中的事物,其唾液更是憑空臆想,是人們頭腦中對事物現象歪曲的反映。造詞之初,是在聯想的基礎上將這一事物與傳説中的"龍"聯繫起來。由於是源於水中,又進而聯想到龍的唾液。實際上,就是人們把眼前事物與想象中的事物作了比較後而造出的新詞。對此古人也有一些模糊的認識:

> 又一説云:"龍出没於海上,吐出涎沫有三品:一曰'汎水',二曰'滲沙',三曰'魚食'。'汎水'輕浮水面,善水者,伺龍出没,隨而取之。'滲沙'乃被濤浪飄泊洲嶼,凝積多年,風雨浸淫,氣味盡滲於沙中。'魚食'乃因龍吐涎,魚競食之,復化作糞,散於沙磧,其氣腥穢。惟'汎水'者,可入香用,餘二者不堪。"(《游宦紀聞》卷七,62頁)

其中,"魚食"便接近於現代的解釋。

(2)借代造詞

這是以借代的修辭方法來創造新詞的途徑。表示事物的特徵、所居的處所、自身的某一部分,以及與之相關的其他事物的詞語,往往可以用來指稱該事物,但借代造詞并不是原有詞彙基礎上意義的引申。借代有兩種造詞方式:一是使原來不是詞的結構凝固成詞。如上文中我們提到的"中閣","中閣"本身指中間的樓閣時還不是詞,當用來指"妻子"時,便通過借代的方式使之凝固成詞。二是直接造詞。如"謝豹":

> 吴人謂杜宇爲"謝豹"。杜宇初啼時,漁人得蝦曰"謝豹蝦",市中賣笋曰"謝豹笋"。唐顧况《送張衛尉》詩曰:"緑樹村中謝豹啼。"若非吴人,殆不知謝豹爲何物也。(《老學庵筆記》卷三,35頁)

《嘉定赤城志》卷第三十六"禽之屬·謝豹"有"一名杜鵑,又名子規,曰謝豹者似其聲"。可知,"杜宇"因其叫聲而得名"謝豹",是以聲音代杜宇而成詞。宋高似孫《剡録》卷十"草木禽魚詁下"引《成都記》曰"蜀王杜宇稱望帝死化爲鳥,名杜鵑,一名子規。《爾雅》曰'嶲周'即此鳥也。越人謂之謝豹",亦可知"杜宇"之得名。陸游此處記録了"謝豹"爲杜宇的吴語別稱,亦指出了"謝豹蝦""謝豹笋"的得名之由,二詞皆是以事物成熟的時間而得名,其中藴含着雙重借代,一重源於"謝豹",一重源於時間,與"梅雨"成詞途徑同,反映了吴人偏愛以動植物和時令結合爲事物命名的習慣。

(3)仿詞造詞

這是在現有詞彙的基礎上,仿擬其形式類推創造新詞的途徑,一般稱類推造詞。仿詞造詞與近義替換都涉及語素替換的問題,但近義替換只是發生在新舊詞的近義語素之間,仿詞造詞則是通過對大量的類似詞語的形式類推,用相關語素進行替換,從而產生大量的新詞。如果從廣義看來,近義替換也是仿詞造詞的一種。仿詞造詞是一種高效的造詞方法,是漢語複合造詞法成熟的重要標志。宋代筆記中大量的新詞都是通過仿詞造詞的途徑產生的,如:

《武林舊事》卷六"諸市"就有"藥市""花市""珠子市""米市""肉市""布市""菜市"和"鮮魚行""魚行""南猪行""北猪行""蟹行"及"花團""青果團""柑子團""鰲團"等,以"×市""×行""×團"爲類推格式的系列新詞;"瓦子勾欄"亦有"南瓦""中瓦""大瓦""北瓦""蒲橋瓦""便門瓦"等,以"×瓦"爲類推格式的系列新詞。《游宦紀聞》卷三:"蘇翁者,初不知其何許人。紹興兵火末,來豫章東湖南岸,結廬獨居。待鄰右有恩禮,無良賤老稚,皆不失其歡心。故人愛且敬之,稱曰蘇翁,猶祖翁、婦翁云。"《游宦紀聞》卷六:"去寺之左里許,下梯徑又二里,有亭曰輔龍,乃先兄之冰翁,董諱熤字季興所創。"《游宦紀聞》卷六:"嘉定庚辰,先兄岳翁趙憲伯鳳,自曲江携一道人歸三衢,亦喉間有竅能吹簫。凡飲食,則以物室之,不然,水自孔中溢出。"其中"祖翁"爲祖父,"冰翁""岳翁"爲岳父,均是宋代新詞,乃仿"婦翁"等"×翁"所造。仿詞造詞也包括反義仿造,如《老學庵筆記》卷二:"劉韶美在都下累年,不以家行,得俸專以傳書……出局則杜門校讎,不與客接。""出局"指離開官署回家,又有"入局",宋宋敏求《春明退朝錄》下:"魯公始亦以編敕不入局。周翰亦未嘗至,後辭之。公南過開封幕,不疑以目疾辭去,遂命王忠簡景彝補其缺。頃之,吕縉叔入局。劉仲更始《修天文》《曆志》,後充編修官。將卒業,而梅聖俞入局,修《方鎮》《百官表》。嘉祐五年六月,成書。"其中"入局"爲入官署中。"出局""入局"恰爲反義詞,"出""入"於"×局"格式而言,是反義類推。

陳敏《宋代筆記與漢語詞彙學》認爲,比擬修辭一般分擬人和擬物兩種情况:把通常用於寫人的詞語用來描摹物是擬人;把通常用於寫物的詞語用來形容人是擬物,把一物當作另一物來寫也屬於擬物。比擬造詞法包括擬人造詞法和擬物造詞法,前者如"含羞草""君子蘭"等,後者如"蠶食""懶蟲""落水狗""驢打滾"等。我們的意見是"蠶食""懶蟲""落水狗""驢打滾"等歸入比喻造詞要方便些。如民間的俗語"懶驢上磨屎尿多",如果説某人是"懶驢",那麼"懶驢"便屬於擬物,因爲驢和人之間本身没有懶這一共同的特徵,然而,如果説成懶猪,這裹就明顯含有一個比喻,因爲有相似性。儘管是把人説成了"猪",但其間是有思維基礎的,這種思維基礎在人們頭腦中又是根深蒂固的,一提到"懶"人們很容易就聯想到猪和蟲,這是相似性聯想的結果。造詞時人們由於相似性而聯想到另一事物,就是比喻造詞。因此,源於比擬修辭法的比擬造詞在涉及將人擬成物或將甲物擬成乙物的時候,人們總是會抓住相似點進行聯想,從而轉化爲比喻造詞。這與擬物修辭格有關,凡擬物修辭格其中必然包含着一個打比方,只是在修辭格中喻體不出現罷了。擬人則不同,擬人是人賦予物人性,主觀性很强。在造詞時我們即使想采用這樣的詞格來造詞都是不可能的,因爲把人寫成物或把甲物當成乙物,其中在修辭格中隱藏的喻體的確不得不出現,如"蠶食""懶蟲""落水狗""驢打滚"中的"蠶""蟲""狗""驢"。因此,實際上人們造詞的時候采用的是比喻造詞的途徑。其他幾種修辭造詞途徑由於在宋代筆記文獻中能産性并不强,我們這裏不做深入討論,詳細介紹可參見陳敏《宋代筆記與漢語詞彙學》。

4.簡稱縮略

簡稱、縮略作爲造詞的兩個途徑是有區別又有聯繫的,因爲結果都是由於簡化而成詞,於是大多放在一起來討論。簡稱是已有形式内容的簡單稱指,其中經歷了概括的階段,如宋龔明之《中吴紀聞》卷五"范文正爲閻羅王":"曾王父捐館,至五七日,曾王妣前一夕夢其還家,急令開篋笥,取新公裳而去。因問之曰:'何匆促如此?'答曰:'來日當見范文正公,衣冠不可不早正也。'又問:'范公何爲尚在冥間?'曰:'公本天人也,見司生死之權。'既覺,因思釋氏書,謂人死五七,則見閻羅王。豈文正公聰明正直,故爲此官邪!""五七"指人死後三十五天。舊時喪禮,人死後每七日祭祀或唪經,有頭七、三七、五七等,俗稱"做七"。傳説"五七"前一天死者回家省親。從《中吴紀聞》的這段材料來看,"做七"這種喪葬禮俗至少在宋代已經開始,後代沿用,《金瓶梅詞話》第十四回:"拙夫死了,家下没人,昨日纔過了他五七。"《紅樓夢》第六八回:"親大爺的孝纔五七,姪兒娶親,這個禮,我竟不知道。"王西彦《福元佬和他戴白帽子的牛》:"媳婦病死還不曾過五七,一群雞子也風掃落葉似地在兩天里瘟掉了。"現在部分地區仍有保留。"五七"是對死者死後第五個七天的一個簡單稱指,其中包含着對"頭七"後至"五七"的概括過程。諸如唐宋以來對諸多官職的簡稱,"三太"爲太師、太傅、太保的合稱,"三冗"宋時指厢軍和過多的官員、僧道等。

而縮略是對已有結構形式的壓縮,主要表現爲音節的減省,但并不影響表意,其中没有概括總結的過程,相比之下較爲直接。如"參知政事"爲"參政",宋葉夢得《石林燕語》卷三:"自祥符後始禁,惟親王、宗室得打傘。其後通及宰相、樞密、參政,則重戴之名有别矣。"《邵氏聞見録》卷八:范文正公自參知政事出爲河東陝西宣撫使,過鄭,見文靖公。文靖問曰:"參政出使何也?"文正曰:

"某在朝無補,自謂此行欲圖報於外。"文靖笑曰:"參政誤矣。"前者"宰相""樞密""參政"并舉,後者"參知政事""參政"對舉,可知"參政"爲"參知政事"之簡稱無疑。又如"資政",《歸田録》卷二:"章郇公與石資政素相友善,而石喜談諧。"《靖康紀聞》:"范尚書、趙資政領兵在南京,先遣統制官王淵到闕議事,仰城中不得驚擾。""資政"爲"資政殿學士"之縮略,宋李心傳《舊聞證誤》卷一:"祖宗朝,宰相罷免,惟趙中令得使相,餘多以本官歸班,參、樞亦然。天禧中,張文節始以侍讀學士知南京。天聖中,王文康以資政殿學士知陝州。""參政""資政"的不同之處在於,"資政"本爲幫助治理國政,唐道宣《叙元魏太武廢佛法事》:"帝諱燾,以明元帝泰常八年即位,時年八歲,尚在幼冲,資政所由,唯恃台甫。"作爲官名的"資政"是經"資政殿學士"簡稱輾轉而來的。"資政"由動詞向名詞的轉類,并不是直接發生的。而"參政"則是因"參政事"而成詞,參與政治事務則是後起的意義。再如"麻沙"本爲地名,屬福建建陽縣。在宋元時代建陽屬下的兩個市鎮麻沙和崇化,均以刻書著名,有圖書之府的美稱。於是,刻自麻沙的書籍被稱爲"麻沙本",《老學庵筆記》中有這樣一段記載:

> 三舍法行時,有教官出《易》義題云:"乾爲金,坤又爲金,何也?"諸生乃懷監本《易》至簾前請云:"題有疑,請問。"教官作色曰:"經義豈當上請?"諸生曰:"若公試,固不敢。今乃私試,恐無害。"教官乃爲講解大概。諸生徐出監本,復請曰:"先生恐是看了麻沙本。若監本,則坤爲釜也。"教授皇恐,乃謝曰:"某當罰。"即輸罰,改題而止。然其後亦至通顯。(卷七,94頁)

可見,麻沙本在當時并不是精本,宋周煇《清波雜志》卷八亦有"若麻沙本之差舛,誤後學多矣"。麻沙本縮略自"麻沙版本",《老學庵筆記》卷五:"尹少稷強記,日能誦麻沙版本書厚一寸。嘗於吕居仁舍人坐上記曆日,酒一行,記兩月,不差一字。"麻沙本又縮略爲"麻沙",宋岳珂《桯史》卷三"稼軒論詞":"《順庵詞》今麻沙尚有之,但少讀者。"指稱"麻沙本"的"麻沙",其成詞的途徑是縮略,而并非借代,因爲這裏經過了中間階段。

因此,"縮略"實際上可以看作簡稱的一種途徑,是包含於簡稱中的,不過上面列舉的"五七"等若是稱爲縮略就不太合適。簡稱强調的是内容,縮略關注的是形式,而有些情况形式則囊括不住,因此,如果用一個詞來表達這一概念的術語,簡稱更爲合適。漢語詞彙複音化的發展體現爲三種類型:一是複音詞替換單音詞,二是多音節短語縮減爲複音詞,三是創造新詞。但是,無論是直接創新,還是在原有基礎上改造,似乎都或多或少包含簡稱縮略的成分。因爲,語素和語素在組合成新詞的過程中本身就包含有意義的融合,這實際上也是抽象概括的過程,於是,我們很容易無限制地擴大簡稱、縮略的範圍。我們所説的簡稱、縮略一定是有語言基礎的,是對現有語言形式的縮略和概括,在語言中一定能找到原型的,否則不能視爲簡稱、縮略。

5.加綴造詞

漢語詞綴發展至宋代已經相當成熟,其構詞能力强,往往以某一詞綴爲附加語素構成大量的新詞。宋代筆記中保留了前代沿用至宋代的大量詞綴,如"阿""打""初""第""可""老""行"等前綴,"次""當""地""兒""爾(而)""複""家""子"等後綴。"打坐""甚底""恁地""行當""妓家""牌子"等附加式新詞相繼産生,如:

嘗聞南嶽昔有住山僧,每夜必秉燭造檀林,衆生打坐者數百人。(《鶴林玉露》丙編卷三"静坐",290頁)

有同僚怪之,問"何故負暄",乃大怒云:"家私閒事,關公甚底?"(《雞肋編》卷上,3頁)

似恁地好,能得幾回細看。待不眨眼兒覷着伊,將眨眼底工夫,剩看幾遍。(《能改齋漫録》卷十七"阮閎休善爲長短句",488頁)

於簡尾立書一闋,戲答曰:"欺天行當吾何有,立地機關子太乖,五百青蚨兩家闕,百洪崖打赤洪崖。"(宋文瑩《湘山野録》卷下,45頁)

其猥下者,爲妓家書寫簡帖取送之類。(《都城紀勝·閒人》,15頁)

王荆公居半山,好觀佛書,每以故金漆版書藏經名,遣人就蔣山寺

取之……南人謂之簡版,北人謂之牌子,又通謂之簡版,或簡牌。(《老學庵筆記》卷三,37頁)

筆記作者還對當時的詞綴作有探討,其中也涉及了當時的新詞:

今世俗言語之訛,而舉世君子小人皆同其繆者,惟"打"字爾。打丁雅反其義本謂"考擊",故人相毆、以物相擊,皆謂之打,而工造金銀器亦謂之打可矣,蓋有槌一作搥擊之義也。至於造舟車者曰"打船""打車",網魚曰"打魚",汲水曰"打水",役夫餉飯曰"打飯",兵士給衣糧曰"打衣糧",從者執傘曰"打傘",以糊黏紙曰"打黏",以丈尺量地曰"打量",舉手試眼之昏明曰"打試",至於名儒碩學,語皆如此,觸事皆謂之打,而遍檢字書,了無此字。丁雅反者其義主"考擊"之打自音謫疑當作滴耿,以字學言之,打字從手、從丁,丁又擊物之聲,故音"謫耿"爲是。不知因何轉爲"丁雅"也。(《歸田錄》卷二,36頁)

歐陽修此處列舉實例說明了"打"的語義由實而虛,其中"打量""打試"中的"打"即爲詞綴。加綴造詞由於詞綴數量的限制,因此造詞總量不多,但從單個詞綴看來,以某個詞綴爲語素類推出的新詞數量也是相當可觀的。

(二)新義產生的途徑

語義反映新概念不外乎兩種途徑:一是專爲某個新概念制定新的語言形式,其結果是新詞的出現。二是利用現有的語言形式來表現意義上有聯繫的新概念,其結果是多義詞的形成。[1] 無節制地創造新詞,必然破壞詞彙系統的内部平衡,違背經濟原則。詞彙量的多少取決於能否滿足交流的需要,一種語言中詞彙量過少,單個詞承載的語義繁冗,必然會成爲交際的障礙;詞彙量過大,語義便傾向於單一化,然而詞彙習得便成爲負擔。因此,詞彙的總量必須保證在一定的範圍之内,新詞的產生和新義的分配在對立統一中維繫詞彙總量的平衡。這樣,就有一個新義和原有詞義的歸類的問題,我們一般稱之爲詞義的引申。詞義引申的過程實際上是人們對新概念與舊有概念的整合和分配,落實到語言上體現的就是在某個意義的基礎上發展出新的意義,我們稱之爲新義的產

---

[1] 徐時儀:《古白話詞彙研究論稿》,上海教育出版社,2000年,第208頁。

生。所以新義和已具有與之有關意義的詞彙結合,同樣也是相對意義上的新詞的產生。因此,新義與新詞的產生途徑存在着密不可分的聯繫,新詞的產生途徑有些同樣是新義的產生途徑,這反映的是人類思維的共性。

1. 隱喻和轉喻

比喻、借代是新詞產生的重要途徑,在新義的產生過程中其作用更是明顯。哲學家和認知語言學家證明,隱喻和轉喻是我們對世界進行概念化的有力的認知工具。語言中的詞彙是反映概念的,其意義是以概念爲基礎的,因此,隱喻和轉喻當然是詞義產生的重要途徑。宋代筆記中新義的產生充分體現了這一點,如:

> 琦質直,語或涉俗。俗謂語多者爲"絮"。嘗議政事,弼疑難者數四,琦意不快,曰:"又絮邪!"弼變色曰:"絮是何言與!"(《涷水記聞·附錄一》,344 頁)

上引韓琦例,謂言語多、囉唆爲"絮"。但"疑難者數四"指的却是猶豫不決,并非反復言語,因此,這裏的"絮"指的應是優柔寡斷、猶豫不決。宋史浩《兩鈔摘腴》:"方言以濡滯不决絕爲絮,猶絮之柔韌牽連無邊幅也。富韓并相時,偶有一事,富公疑之久不決。韓謂富曰:'公又絮!'富變色曰:'絮,是何言也?'"司馬光所釋雖有不妥,但却反映了語言上的囉唆和思維上的猶豫不決,同樣體現爲如棉絮般糾纏在一起,難以分割,這是兩個意義隱喻的基礎,是語言、思維及實物(棉絮)三個概念空間彼此相互映射的結果。

又如《老學庵筆記》中的一段記載:

> 余在蜀,見東坡先生手書一軸曰:"黄幡綽告明皇,求作白打使,此官亦快人意哉!"味東坡語,似以"白打"爲搏擊之意。然王建《宫詞》云:"寒食內人長白打,庫中先散與金錢。"則"白打"似是搏擊耳,不知公意果何如耳?(《續筆記》,138 頁)

據陸游所記,當時人們已不熟知"白打"的意義,疑爲唐蜀語。黃幡綽本爲宫廷樂師,"求作白打使"是其婉轉而謙虛的表達。從王建《宫詞》例看來,"白打"定爲一種搏戲,而且是可以分出勝負的,勝者能夠得到"戰利品",《全唐詩》卷七百韋莊《長安清明》亦有:"蚤是傷春夢雨天,可堪芳草更芊芊。內官初賜清明火,上相閑分白打錢。"可以看出,清明寒食期間,"白打"正是休閒的主要方

式,"分白打錢"竟是慣例。那麼,"白打"究竟爲何種搏戲?我們在宋以後的文獻中檢得以下用例,可供探究:

  錦纏腕、葉底桃、鴛鴦叩,入脚面帶黃河逆流。鬥白打賽官場,三場兒盡皆有。(《全元散曲》關漢卿《女校尉》)

  白打從來逞藝,官場自小馳名。如今年老脚踆蹭,圓社無心馳騁。空使綉襦汗濕,漫教羅襪生塵。兀的是少年子弟俏門庭。老姥姥,不似你寶妝行徑。(《琵琶記》第三出《牛氏規奴》)

例中,"白打""官場"對舉,尤其關漢卿《女校尉》例下句中亦有《越調鬥鵪鶉》,可見,"白打""官場""鬥鵪鶉"皆爲搏戲。元喬孟符《杜牧之詩酒揚州夢》有"看官場,慣靽袖,垂肩蹴踘;喜教坊,善清歌,妙舞俳優"。可見,"官場"爲"蹴踘"類的游戲。宋朱勝非撰《紺珠集》卷九《蹴鞠詩》:"國朝丁晉公好焉,作詩述其事云:'背裝花屈膝,白打大廉斯。'又曰:'進前行幾步,蹺脚立多時。'"明方以智《通雅·器用》:按,劉貢父《中山詩話》曰:"柳三復能蹴踘,曰:'背裝花屈膝,白打大廉斯。'則白打亦球采之名。一曰兩人對蹴曰白打。"《康熙字典》釋"打"有:"又白打,球采名。《蹴踘譜》每人兩踢名打二,曳開大踢名白打。"可見,"白打"也是"蹴踘"游戲。《漢語大詞典》引明王志堅《表异錄·言動》"白打,蹴踘戲也。兩人對踢爲白打,三人角踢爲官場"亦可作一説。由此可知,黃幡綽之義乃謙虛地向明皇表示"願意讓您把我當作球采使用",其中"白打"正如《康熙字典》所釋之義。東坡并未以"白打"爲搏擊。不過這裏面也透露出一個信息,可能宋代人們所知的"白打"的意義是搏擊,作爲蹴鞠游戲的"白打"尚未流行開來,以致陸游這樣的大學者也不明此義。"求作白打使"之"白打"爲名詞,與王建詩异。"白打"由一種游戲進而指參與這種游戲的人,這裏面轉喻發揮了重要作用。搏擊義的"白打"在後代的文獻中用例甚夥,明朱國禎《涌幢小品·兵器》:"白打即手搏之戲……俗謂之打拳。蘇州人曰打手,能拉人骨至死。"明謝肇淛《五雜俎·人部一》:"武藝十八般,而白打居一焉。"這個意義是在兩人對蹴義的基礎上隱喻而來的,其共同點是沒有外界的幫助。兩人對蹴,無第三人參與,兩人徒手搏擊,不依賴其他的人和物。可見,詞義的發展有時是隱喻、轉喻綜合作用的結果。

2.相因生義

有些新義的產生不是通過引申的方式實現的，自然不是隱喻和轉喻所能囊括的，這樣的意義往往是在詞彙的組合關係和聚合關係中產生的。詞彙是一個大的系統，在形式上體現爲由音素、音節形成的語音系統，在意義上體現爲義位之間的相同、相近、相反、相對及組合分配的詞義系統，結構上體現爲語素、詞之間的組合、聚合等形成的語法系統。義位和義位之間在組合和聚合的過程中彼此相互沾染、相互影響，從而產生新的意義。蔣紹愚先生稱之爲相因生義，"指的是甲詞有 a、b 兩個義位，乙詞原來只有一個乙 a 義位，但因爲乙 a 和甲 a 同義，逐漸地乙詞也產生一個和甲同義的乙 b 義位。或者，甲詞有 a、b 兩個義位，乙詞原來只有一個乙 a 義位，但因爲乙 a 和甲 a 是反義，逐漸地乙詞也產生出一個和甲 b 反義的乙 b 義位"。[1] 如《老學庵續筆記》："梅宛陵詩，好用'案酒'，俗言'下酒'也，出陸璣《草木疏》：'荇，接余也。白莖，葉紫赤色，正圓，徑寸餘，浮水上，根在水底，與之深淺。莖大如釵股，上青下白。煮其白莖，以苦酒浸之，脆美可案酒。'今北方多言'案酒'。"檢《全宋詩》中兩例"案酒"確均出自梅堯臣詩：

> 樵童野犬迎人後，山葛棠梨案酒時。不畏尖風吹入牖，更教床畔覓鵾夷。（卷二四八·梅堯臣《送鄞宰王殿丞》）

> 南岡深竹養，下有鷓鴣鳴。破臘初挑菌，誇新欲比瓊。薦盤香更美，案酒味偏清。馬援當時見，曾將禹貢評。（卷二四八·梅堯臣《和挑菜十二月十二日》）

梅詩又有"按酒"三例：

> 玉白搗虀憐鱠美，金盤按酒助杯香。（《全宋詩》卷二三八《謝舍人》）

> 淮浦霜鱗更腴美，誰憐按酒敵庖羊。（《全宋詩》卷二四九《和張秘校得糟鮊》）

1　蔣紹愚：《古漢語詞彙綱要》，北京大學出版社，1989 年，第 82 頁。

留以待吾友。大樑又得之,始憶終按酒。(《全宋詩》卷二四七《襄城得圓鯽》)

《說文·手部》:"按,下也。"段玉裁注:"以手抑之使下也。"可推知"案酒"乃"按酒",其義爲下酒。蓋"按酒"必於几案之上,遂又作"案酒"。陸氏所引陸璣《草木疏》例,爲"案酒"之較早用例,《漢語大詞典》"案酒"條首證即爲此例。《爾雅·釋草》:苦,接余,其葉苻。疑陸游在引例時因"接""按"形近,誤引。或是陸游所見《草木疏》原本如此。"案酒"與"下酒"同,均爲以菜佐酒。後世二詞又均產生"下酒菜"的名詞義,《全元雜劇》谷子敬《呂洞賓三度城南柳·楔子》:"正末云:買五十文錢的酒,相饒些下酒來。酒保云:這先生真是個乞化的,買得五十文錢酒,怎生又要案酒?"例中"案酒""下酒"并用,皆爲名詞。"案酒""下酒"其詞義的發展便可以用相因生義來解釋。從單個詞來說,"案酒"或"下酒"由"以菜佐酒"的行爲發展爲下酒菜,是轉喻的結果。在這個過程中"菜"得以凸顯,從而使"案酒"或"下酒"名詞化。因此,所謂相因生義實際上很複雜,兩個或幾個有關聯的詞語同時產生或異時產生一個新的義位究竟是否相因而成,有多少相因的成分在發揮作用,確實無法判斷。也許這就是相似性的聯想,人們對概念的歸類分組是有系統的,在新的概念產生後,人們若是將其吸納入現有的系統中必然要進行歸并。這樣,對於語言中共同反映某一概念或相關概念的詞彙,它們的機會應該是均等的,於是便有可能同時獲得表示新概念的機會,或者即使某一個成員先得到了這個機會,而由於概念之間本身的關聯,人們使用過程中又進行了歸并,於是便有了多個相關的詞語產生同一義位的可能。蔣先生認爲,"相因生義"實際上是一種類推,也可以說是一種錯誤的類推,因爲甲、乙兩詞有一個義位相同,其他義位未必就相同,但語言是約定俗成的,如果這種類推被社會承認,那麼由這種類推而產生的意義就成爲一個詞的固定義位了。因此,上面所提及的相因生義從本質上來說仍是在原有義位基礎上的引申,只是彼此或許存在着相互的影響而已,還不是突破引申的範疇的純粹的新義產生途徑。

3.詞義沾染

董志翹《是詞義沾染,還是同義複用?》[1]一文提出了確定詞義沾染的幾條原則(假設沾染他詞的一方爲B詞,被沾染的一方爲A詞):一是A詞的新義與A詞的本義無關,找不到從本義延伸擴展的軌迹,不是由本義逐步引申而來。二是A詞的新義并非B詞或某個詞的假借義,與相關詞不能構成同音通假的關係。三是A詞與B詞有過相當長的一段組合關係過程(作爲并列或偏正、述賓、述補等結構)。我們認爲,根據這些原則所確定的處於一定的組合和聚合關係中的詞或語素所產生的新義,纔是詞義沾染義,纔是一般意義上的引申之外的詞義沾染。詞義沾染在漢譯佛典中體現得十分明顯,朱慶之《佛典與中古漢語詞彙研究》第四章特設第二節"中古漢語詞義演變的一個主要方式——詞義沾染"來闡述這個問題,朱先生認爲,詞義沾染是中古漢語詞義演變的主要途徑,并指出所謂詞義沾染是指不同的詞處在同一組合關係或聚合關係而發生的詞義上的相互滲透。這種滲透可能導致一方或雙方增加新的義項或詞義的完全改變。[2] 宋代筆記文獻中同樣存在詞義沾染現象,并且有其自身的特點。筆記中的詞彙主要是通過語素組合產生新義,如前文提到的"瓦市"是宋、元、明都市中娛樂和買賣雜貨的集中場所,其中承擔詞義的主要是"市","瓦市"與"瓦舍"同,是偏正關係的複合詞。"市"表示市場義早有用例,《呂氏春秋·勿躬》:"祝融作市。"《易·繫辭下》:"日中爲市,致天下之民,聚天下之貨,交易而退,各得其所。""瓦市"成詞後,"瓦"受"市"的影響漸取得了"集市"之義,如《武林舊事》卷六"瓦子勾欄"中有南瓦、中瓦、大瓦、北瓦、蒲橋瓦、便門瓦、候潮門瓦、小堰門瓦、新門瓦、薦橋門瓦、錢湖門瓦、赤山瓦、行春橋瓦、北郭瓦、米市橋瓦、舊瓦、嘉會門瓦、北關門瓦、艮山門瓦、羊坊橋瓦、王家橋瓦、龍山瓦等,又以"瓦"爲語素用加綴的方式組成"瓦子",可見"瓦"在當時的交流中其集市義定是常用義。"瓦"之新義的獲得是在語素組合中實現的。與轉喻義不同的是,"瓦"與"市"先成詞後引起"瓦"義的變化,這一過程中存在人們對詞義的整體認知的過程;若"瓦"先取得集市義便是通過轉喻的方式產生的,是以處所代本體(集

---

[1] 董志翹:《是詞義沾染,還是同義複用?》,《陝西師範大學學報》2009年第3期。
[2] 朱慶之:《佛典與中古漢語詞彙研究》,臺灣文津出版社,1992年,第197頁。

市）。

又如"刺配"，"刺"本爲"刺面"，與古代的黥或墨刑相當。在犯者面部刺字，《新五代史·四夷附録一》："德光每獲晋人，刺其面，文曰'奉敕不殺'縱以南歸。"《宋史·刑法志三》："刺面之法，專刺情犯凶蠹，而其他偶麗於罪，皆得全其面目。"《元典章·刑部七·諸奸》："今後奸夫奸婦初犯，依在先體例斷放，若是再犯，刺面配役。"清魏源《軍儲篇一》："竊謂禁烟欲申大辟之法，宜先行刺面之法。刺面之法，載在《大清律》，以防竊盜之再犯，所謂耻辱之刑，又所以待怙終之刑也。""配"爲流放、發配，延於古代的遷徙之刑。沈家本《歷代刑法考》舉《史記·秦始皇本紀》"八年，王弟長安君成蟜將軍擊趙，反，死屯留，軍吏皆斬死，遷其民於臨洮。《正義》曰'言屯留之民被成蟜略衆共反，故遷之於臨洮郡'"等例，附按語"此三事皆有罪而遷"考"遷"刑之源。[1] 唐代始見表示發配義的"配"的用例，唐王昌齡《箜篌引》："瘡病驅來配邊州，仍披漠北羔羊裘。"宋王溥《五代會要·議刑輕重》："徒二年半，刺面配華州，發運務收管。"清王逋《蚓庵瑣語》："時有金姓者，金華人。罪配西水驛。"可見，刺、配之刑，至清仍在延續。唐宋時期配刑往往刺面，《唐文拾遺》卷十"明宗"："如鄉村妄創户，及坐家破逃者，許人糾告，勘責不虚，其本府與鄉村所由，各決脊杖八十，刺面配本處牢城執役。"《賓退録》卷一："太子乞瞶僧罪。有旨：胡僧放；道堅係中國人，送開封府刺面決配，於開寶寺前令衆。"於是"刺""配"連用例多見，《唐文拾遺》卷十一《周太祖牛皮人犯重處敕》："諸道州府牛皮，今後犯一張，本犯人徒三年，刺配重處色役，本管節級所由杖九十。"《泊宅編》卷二："時宰大怒，别選鍛鍊，縱竟坐刺配，籍没其家。"《老學庵筆記》卷四："東坡守杭，法外刺配顔巽父子。御史論爲不法，累章不已。蘇公雖放罪，而顔巽者竟以朝旨放自便。""配"以"刺"的目的：一是將古代的刺刑、配刑合一；二是以免逃脱，令人見皆識。《容齋續筆》卷五"唐虞象刑"："國朝之制，減死一等及胥吏兵卒配徒者，涅其面而刺之，本以示辱，且使人望而識之耳。"據洪邁所言，後者蓋爲當時主要目的。也有"配"而不"刺"者，《涑水記聞》卷七："湛乃獨承其罪，詔免死罪、杖背、免刺面、配嶺南牢城。"《夷堅志》卷十"方氏女"："主者判云：元惡及其黨十人皆杖脊遠配，永不

---

[1] 沈家本：《歷代刑法考》，中華書局，1985年，第247頁。

放還而不刺面。"因此,"刺""配"的結合仍有一定的鬆散性。"刺""配"組合,"刺"明顯處於次要地位,無論意義上還是結構上"配"都是中心,於是"刺"與"配"分離後,除了在"刺面"中,"刺"往往還有刺配義,如:

  除配沙門島、廣南遠惡并犯强盗凶惡,殺人放火、事幹化外并依法外,餘并免决刺填。(《宋史·兵志》)

  因詔:"民劫倉廪,非傷主者减死,刺隸他州,非首謀又减一等。"(《宋史·刑法志》)

  罪人貸死者,舊多配沙門島,至者多死。景祐中,詔當配沙門島者,第配廣南地牢城;廣南罪人,乃配嶺北。然其後又有配沙門島者。慶曆三年,即疏理天下系囚,因詔諸路配役人皆釋之。六年,又詔,曰:"如聞百姓抵輕罪,而長吏擅刺隸他州,朕甚憫焉。自今非得於法外從事者,毋得輒刺罪人。"皇祐中,既赦,命知制誥曾公亮、李絢閲所配人罪狀以聞,於是多所寬縱。(《宋史·刑法志》)

  然明道所行,人以爲濫,既而詔殺人者雖會前赦皆刺隸千里外牢城。(《文獻通考·刑考十二》)

"刺""隸"連用,"隸"同爲刑罰,是因罪被罰爲罪隸、僕役等,[1] "刺"則主要意義爲刺配,"刺隸"即刺配某人到某地爲罪隸、爲僕役。"刺"之發配義的獲得源自"刺配"組合。

關於這種超出一般引申範疇的詞義發展途徑,學界多有探討,術語也多有差异,除上文蔣、朱二先生的相因生義和詞義沾染外,另有伍鐵平《詞義的感染》[2] 提出"詞義感染"説,孫雍長《古漢語的詞義滲透》[3] 中的"詞義滲透"説,許

---

1 《歷代刑法考》,第 347~353 頁。
2 伍鐵平:《詞義的感染》,《語文研究》1984 年第 3 期。
3 孫雍長:《古漢語的詞義滲透》,《中國語文》1985 年第 3 期。

嘉璐《論同步引申》[1]中的"同步引申"説,張博《組合同化:詞義衍生的一種途徑》[2]中的"組合同化"説等。概而言之,其差異多是由命名的出發點的不同形成的。其中或側重於詞語的類聚,或傾向於綫性的組合,我們這裏不作過多的探討。從廣義上講,無論是聚合還是組合產生新義的方式都可以看作詞義衍生的新途徑,只是這裏無法判斷聚合關係中的詞是怎樣相互影響的,影響的成分究竟有多少;而從狹義上來説,組合關係中的詞與詞或語素和語素之間由於長期連用,彼此互相影響,促使一方產生新的意義,這個同化的過程被視爲詞義衍生的新途徑是没有問題的。我們這裏暫時選擇朱慶之先生"詞義沾染"這一術語來命之。從積極方面説,聚合關係中的詞語之間即使没有相互影響,而對於我們研究詞義發展演變及詞彙系統問題也都是非常有益的。

4.實詞虛化

實詞虛化是單音虛詞產生的重要途徑,[3]漢語發展至宋代新生實詞基本上都是雙音複合詞,往往是在短語的基礎上衍生和發展起來的。"從歷時角度看,很多雙音詞在發展過程中都經歷了一個從非詞的分立的句法層面的單位,到凝固的單一的詞彙單位的詞彙化過程。"[4]然而虛詞的複音化進程相對緩慢,因爲虛詞本身就是在單音實詞的基礎上虛化而來的,這一虛化過程仍在繼續,而且儘管雙音實詞存在虛化爲雙音虛詞的可能,但這一進程尚未開始,因此,漢語中的虛詞,除部分通過近義連用而構成複合新詞外,仍是以單音詞爲主。宋代作爲近代漢語的前期階段,很多現代漢語常用的虛詞開始露頭,以往已經產生的虛詞其語法意義進一步虛化而產生新的語法意義,這些現象宋代筆記文獻中多有記載。如"更":

馬尚書亮知廬州,見翰林王公洙爲小官,馬公曰:"子全似宋白,異日官至八座。"由此异待,通判疾之,後羅織王公,遂以罪免,乃曰:"你

1　許嘉璐:《論同步引申》,《中國語文》1987年第1期。
2　張博:《組合同化:詞義衍生的一種途徑》,《中國語文》1999年第2期。
3　由於虛詞和原實詞在音形義上均存在着必然聯繫,而且實詞虛化是一個較長的過程,我們看到的也許只是某一階段,此一階段相比於前一階段就是新的意義(主要是語法意義)的產生,因此我們把實詞虛化放在這裏來討論。
4　董秀芳:《詞彙化:漢語雙音詞的衍生和發展》,商務印書館,2011年,第5頁。

這回更做宋尚書。"其後王公竟登近侍,及卒,贈尚書。(《青箱雜記》卷四,40~41頁)

"更"作副詞相當於"再""又"早有用例,《春秋左氏傳·僖公五年》:"宮之奇以其族行,曰:'虞不臘矣,在此行也,晋不更舉矣。'"此處"你這回更做宋尚書"中,"更"又有加強語氣的作用,在時間上并不是對過去的簡單重複,而是表示强調,王洙并未做過宋尚書,此間有"看你還能不能做宋尚書"意味。這樣的表達往往包括一個前提,就是在此之前,對方一定有一個對將要發生的事情的決定,或一個動作行爲已經發生,而說話者有明顯的不贊成態度。如《北京人》第一幕:

袁圓　（唾出一口涎水,愉快地把他的手放開）得,還痛不痛?
曾霆　（惡然低聲）不痛了。
袁圓　（指着那受傷的手指,仿佛對那手指說話）哼,你再痛我一斧頭把你砍下來。

其中的"再"與《青箱雜記》中的"更"同,表示另一動作將要開始,而說話者并不贊同。我們這裏把"更""再"視爲語氣副詞,其語法化的歷程也是非常明顯的。"更""再"從一開始就具有大致相同的引申過程。《禮記·儒行》:"往者不悔,來者不豫,過言不再,流言不極。"孔穎達疏:"再,更也。言儒者有愆過之言,不再爲之。"這樣表示重現的"更",作副詞使用時,就表示另一個動作行爲即將開始,如上引《左傳》例,又《北齊書·李元忠列傳》:"元忠戲謂高祖曰:'若不與侍中,當更覓建義處。'"《魏收列傳》:"大笑稱善。文襄又曰:'向語猶微,宜更指斥。'""更"多用於否定句和祈使句中,語氣有所增强,如《北史·耿豪列傳》:"令貴武猛,所向無前,觀其甲裳,足以爲驗,不須更論級數也。"《北史·斛斯椿傳》:"若以月奏一笙,則鐘鼓諸色,各須一十有二。雅樂之備,已充廟廷,今若益之,於保陳列?方須更辟階墀,增修廊宇,非急之務,寧可勞人?"《北史·裴叔業傳》:"及坐定,謂粲曰:'可更爲一行。'粲便下席爲行,從容而出。"疑問句中的"更"語氣進一步增强,由於"更"所表示的動作行爲本身就是即將發生的,因此用於問句後,疑問一般都是對未然行爲的發問,因此,"更"的意義進一步虛化,接近於"還"。《賓退錄》卷二:"無雅豈明王教化,有風方識國興衰。知音未若吳公子,潤色曾經魯仲尼。三百五篇天下事,後人誰敢更譏非。"宋葉寘《愛日齋叢抄》卷五:"程氏云:人無父母,生日當倍悲傷,更安忍置食張樂。以爲樂,若具慶者可矣。"《北齊書·陸法和列傳》:"法和既平約,往進見王僧辯於巴陵,謂曰:'貧道已斷侯景一臂,其更何能爲,檀越宜即遂取。'"《北史·文成五王列傳》:"詔曰:'魏、晋已來,親臨多闕,至於戚臣,必於東堂哭之。頃大司馬安定王薨,朕既臨之後,受慰東堂。今日之事,應更哭不?'"這就是我們所説的語氣副詞"更",其與用於叙述句中的副詞"更"是有明顯差別的,强調意味十足。

　　宋人筆記以其獨特的自釋方式記録并保留了大量的新詞新義。這些新詞新義反映了宋代社會生活的方方面面,曾經的那段歷史雖遠去,然而新詞新義却如攝像機般將一個個生動的畫面盡收眼底,它們背後就是活生生的宋代社會。筆記文獻中出現的體現時代特徵的詞彙,有着頑强的生命力及穩定的社會常用性,沿用至今的有"車子""格致""沙魚""面餅""求籤""渾厚""乞巧節""自成一體"等。在向現代漢語發展的過程中,這些新詞新義多有或多或少的變化,系統地考察這些變化有利於深入研究漢語詞義演變和詞彙發展史。不過,大部分新詞新義則在發展中漸趨消失,如"瓦市""一生人""勾欄""中閣""抵兵""頭錢""漕司""除擢"等。諸多概念在後來的社會中已經不復存在,因此,反映這些概念的新詞新義頗具時代特點,對於宋代語言面貌的勾勒和宋代社會歷史的研究具有很大的價值;另有部分成員保留在現代漢語方言中,如"蟲蟻兒""淘澄""突落""面勃""爆仗"等,這是漢語由文言向白話發展過程中精英文化和平民文化雅俗共融互動的表現之一。哪些詞彙能夠進入語言的層面,哪些詞彙保留在言語的層面,需要進一步的考察分析。尤其是那些筆記作者已經明確説明是某地方言的詞彙,對於考察近代漢語方言面貌及研究方言發展史的價值更是彌足珍貴。另外,宋代筆記中新詞新義的産生途徑,同樣給我們透露了諸多的信息,這些信息反映了宋代人們的語言使用習慣和造詞法發展的程度,對於詞彙方法論的研究不無益處。宋代筆記中的新詞新義一般是多種途徑綜合作用的結果,産生過程較爲複雜,反映了漢語造詞法已經發展進入較爲成熟的階段。

第二節　宋代筆記中的詞義演變現象

　　漢語詞彙的發展表現爲新詞的大量産生、舊詞的逐漸消亡、詞語的替換和詞義的不斷演變,而詞義的演變是近代漢語詞彙發展變化的核心。語言各要素中詞彙是最敏感最容易發生變化的,這是語言作爲交際工具的社會功能決定的。一般說來新事物的産生和舊事物的消亡在語言中體現爲新詞的出現和舊詞的退出。然而實際情況往往又不是如此,新事物的産生未必産生新詞,舊詞的死亡也未必是因爲舊事物的消失。古漢語中有很多單音詞現代已經不再使用了,但它們表達的概念還是存在的,只是由其他詞來承擔了。如"衣"表示穿衣服的動詞義,後來由"著(着)"來表示這個意義,再後來由"穿"來表示。在這個過程中也没有産生新詞,因爲"著(着)""穿"都是語言中現成的詞,只是分擔了這個意義罷了。同樣,中古時期産生"吃"這個詞,但表示的是以前"食"的意義,新詞的産生并不是因爲新事物的出現。又如唐以後特派負責某種政務者稱"使",如節度使、轉運使等,"使"并非新造。詞彙系統本身要維持一定的平衡,一方面,隨着社會的發展,人們接觸到的社會生活和自然界的事物多了,認識範圍擴大了,思維深化了,新出現的或新認識的事物、現象都必須用新的詞來表示它們;另一方面,詞彙發展的内在規律在限制新詞無止境産生的同時,又有規律地産生多義詞,或者使詞義轉移。即一方面創造一些必不可少的新詞來反映新事物、新現象;另一方面又在淘汰一些舊詞的同時,儘量賦予另一些舊詞以新的意義,使不少的詞成爲多義詞,或者由於約定俗成的原因使原有的詞的意義從表示一個事物轉移到表示另一個事物,從表示某個或某些事物而擴大或縮小爲表示某些或部分的事物。因此,研究漢語詞義演變的現象,我們必須以義位爲基礎。"詞是詞義系統的'分子',義位是詞義系統的'原子'。研究詞義,應該以義位爲基本單位。說明一個多義詞的發展變化,最好不要籠統地説這個詞意義變了還是没有變,而要説明它哪些義位變了,哪些義位没有變。在研究某一時期的詞彙系統面貌或某個歷史時期中詞彙系統的變化時,很重要的一點,是要考察義位這些'原子'的有無,以及這些原子以什麼方式結合成'分子(詞)'。"[1]因此,詞義的演變也就是義位的新舊更替和組合分化的歷程。研究宋代筆記文獻中的詞義演變問題可以從兩方面入手:一是以筆記文獻爲綫索,結合其他語料縱橫比較,考察分析義位的發展變化;二是關注筆記文獻中作者探討詞義演變問題的相關內容,歸納總結當時義位的使用情況和存在狀態。本節我們從三個方面闡述宋代筆記文獻中的詞義演變現象:一是詞義的新陳代謝,二是詞義演變的不同途徑,三是詞義演變的動因。

一、反映詞義的新陳代謝

宋代是中國封建社會的高速發展時期,社會的進步帶來的不僅是新事物、新現象的出現,其間也伴隨着人類認識水平和思維水平的不斷提高,二者相輔相成推動語言的高速發展。一方面記錄新事物、新現象必然產生新的義位,另一方面人們對客觀事物的認識更加細緻、更加具體、更加深刻,同樣也會促進新義的產生。從而會使詞義朝着豐富具體的方向發展,在發展中詞義系統內部也不斷地進行吐故納新的運動,以維持自身的平衡。有些新事物的產生,導致了語言中新詞彙的產生。

(一)木老鴉、灰礮

如《老學庵筆記》中的"木老鴉""灰礮":

木老鴉一名不藉木,取堅重木爲之,長纔三尺許,銳其兩端,戰船用之尤爲便習。官軍乃更作灰礮,用極脆薄瓦罐,置毒藥、石灰、鐵蒺藜於其中,臨陣以擊賊船,灰飛如煙霧,賊兵不能開目。(卷一,2頁)

"木老鴉"和"灰礮"是戰爭中使用的兩種武器,從陸游所記的口吻看來,應是較爲先進的水戰武器。陸氏所記十分詳盡,足見二詞雖具有濃重的口語色彩,但由於是記錄新式武器的新詞,應不爲人們所熟知。其中"木老鴉"是當時洞庭湖地區農民起義軍自己發明的新武器,適合水戰,官軍爲了應對而造出了

---

1 蔣紹愚:《關於漢語詞彙系統及其發展變化的幾點想法》,《中國語文》1989年第1期。

灰礮。二詞都是利用現有語素而造出的新詞,是漢語詞彙複音化的結果。就"灰礮"看來,"礮"即"砲",本爲兵器的一種,是用來發射石彈的機械裝置,後發展成爲金屬管狀火器,用火藥發射金屬彈頭。三國魏曹叡《善哉行·我徂》:"發砲若雷,吐氣成雨。"只是這裏的"砲"彈的構造發生了變化,爲了表達更明確,突出其特徵,遂造"灰礮"。"木老鴉"也是利用原有的"老鴉"和"木"經過隱喻而成詞。"木老鴉""灰礮"來記録這兩種新事物,意義明確而生動。

(二) 録公

有些新義的詞形不一定通過新造,而是舊詞形的新用,這裏面也有新造詞形與已廢弃不用詞形偶同的可能,如:

> 彭齊,吉州人,才辯滑稽,無與爲對。未第時,常謁南豐宰,而宰不喜士,平居未嘗展禮。一夕,虎入縣廨,咥所蓄羊,棄殘而去,宰即以會客,彭亦預召。翌日,彭獻詩謝之曰:"昨夜黃斑入縣來,分明踪迹印蒼苔。幾多道德驅難去,些子猪羊引便來。令尹聲聲言有過,録公口口道無災。思量也解開東閣,留取頭蹄設秀才。"南方謂押司録事爲"録公",覽者無不絕倒。齊以大中祥符元年姚曄下及第,仕至太常博士卒。(《青箱雜記》卷一,4~5頁)

"録公"本爲録尚書事者,是一個兼職,《文獻通考·職官考五·録尚書》有:"漢武帝時,左右曹諸吏分平尚書奏事,知樞要者始領尚書事。張安世以車騎將軍、霍光以大將軍、王鳳以大司馬、師丹以左將軍,并領尚書事。"可見,此官職始設於武帝時期,一般由武官兼任,蓋爲特殊時代的產物。其權威在當時主要來源於正式的官位。《通考·職官考五·録尚書》又有:"後漢章帝乙太傅趙熹、太尉牟融并録尚書事。尚書有'録'名,蓋自熹、融始,亦西京領尚書之任,唐、虞大麓之職也。和帝時,太尉鄧彪爲太傅尚書事,猶古塚宰總己之義,薨輒罷之。自魏、晋以後,亦公卿權重者爲之,職無不總。"亦可知,早期的"録公"爲"領尚書事"非"録尚書事",後者,乃始於東漢章帝。至於"録公"之得名蓋始於南朝,《資治通鑑·漢紀·顯宗孝明皇帝下》:"詔以行太尉事節鄉侯熹爲太傅,司空融爲太尉,并録尚書事。"胡三省注:"光武不任三公,事歸臺閣,惟録尚書事者權任稍重,自是迄於齊、梁,謂之録公。"據《通考》:"凡重號將軍、刺史皆得命曹受用,唯不得施陳及加節。宋孝武孝建中,不欲威權外假,省錄;大明末復置。此後或置或省。齊世,錄尚書及尚書令并總領尚書臺二十曹,爲內臺主,行遇諸王以下皆禁駐,號爲'錄公'。"足見南朝時期"錄公"權力之大,雖仍爲兼職,但已致帝王擔憂"威權外假"而省錄了。《南齊書·海陵王本紀》:"宣城王輔政,帝起居皆諮而後行。思食蒸魚菜,太官令答無錄公命,竟不與。"蓋兼"錄公"之職,已是有地位的象徵,"錄公"所錄之事也越來越大。這裏的宣城王,已領帝王之事。《南齊書·高帝十二王列傳》卷三五:"鄱陽王見害,鑠遷中軍將軍,開府儀同三司。鑠不自安,至東府詣高宗還,謂左右曰:'向錄公見接殷勤,流連不能已,而貌有慚色,此必欲殺我。'"此例《資治通鑑·齊紀·高宗明皇帝》亦有所載:"鏘死,鑠不自安,至東府見宣城王,還,謂左右曰:'向錄公見接殷勤,流連不能已,而面有慚色,此必欲殺我。'是夕,遇害。"胡三省釋"錄公"爲"鸞乙太傅錄尚書事,太傅上公,故稱錄公"。可見,"錄公"已是更容易讓人接受的有地位的官職名稱。《宋書·順帝本紀》:"丁卯,錄公齊王入守朝堂,侍中蕭嶷鎮東府。戊辰,內外纂嚴。""錄公"置齊王前,很明顯在人們心理上其權位要高於王,遂纔以"錄公"定齊王官位。因此,在當時,很多無"錄公"位之權臣,亦畏懼"錄公":

> 自寧康元年,錄尚書大司馬桓溫薨,其二年,僅命僕射謝安總關中書事。尚書無錄公者凡三年。太元元年,始進安中書監、錄尚書事。八年,命琅邪王道子錄尚書六條事,以謝石爲尚書令。然政柄猶在於安。至十年八月,安薨,道子加領揚州刺史、錄尚書。自是始專政,而謝石爲尚書令如故。十三年十二月,石卒。十四年九月,以左僕射陸納爲令。桓玄至是二十二歲矣,尚未出仕。蓋十五年九月以吳郡太守王珣爲尚書僕射(珣傳作右僕射),領吏部。謝安夙疑之而不用。安死,而政府猶沿其雅意也。十六年始拜太子洗馬。其爲珣所援引,較然甚明。觀《范弘之傳》,言珣之護持桓氏,及珣本傳言珣卒後,玄與道子書,悼歎之深,(此書見《御覽》二百十一引《晉中興書》及三百八十引《謝安別傳》)可見二人互相交結。則玄之出仕,必珣所引用,其故可知也。及十七年出玄補外,珣仍握選政而不能救,是必出於謝琰之意,

而道子從之。珣迫於録公,故不能抗耳。」[1]

然"録公"也因是兼職,并非盡爲人所敬,《南史·袁湛列傳》:"陳武帝作相,除司徒户曹。初謁,遂抗禮長揖。中書令王勵謂憲曰:'卿何矯衆,不拜録公?'憲曰:'於理不應致拜。'"《魏書·島夷桓玄列傳》亦有:"又諷旨尚書,使普敬録公。録公之位,非盡敬之所。""録公"之職自始至終皆爲兼職,據《文獻通考·職官考五·録尚書》:"高帝崩,遺詔以褚彦回録尚書事。江左以來,無單爲録者,有司擬立優策,王儉議宜有策書,乃從之。"又據《通考》:"北齊録尚書一人,位在令上,掌與令同,俱不糾察。自隋而無。"可知,"録尚書"之權力漸被削弱,隋已不兼設。

《青箱雜記》所載"南方謂押司録事爲'録公'","録公"爲新義舊形,有方言性質。詞義蓋本於司録參軍,《赤城志·録尚書秩官門五·州屬官》:"軍事判官一員:國朝沿唐置,大觀初改司録參軍,政和初以參軍名未正,改司録事,建炎初復曹掾始仍舊。"此"録公"所録之事則無法與録尚書事之"録公"相比,地位更是不高,實爲州府小吏。《五燈會元》卷十二"浮山法遠禪師":"嘗與達觀穎薛大頭七八輩游蜀,幾遭橫逆,師以智脱之。衆以師曉吏事,故號遠録公。"《廟學典禮》卷二"學官職俸":"凡有收支,并取教官、正、録公同區處,明立案驗,不得擅自動支。"《夷堅志》卷第五"師逸來生債":"建陽醫僧師逸,好負債。嘗從縣吏劉和借錢十千,累取不肯償。劉憤曰:'放爾來生債。'自是絶口不言。後五歲,逸死。又二歲,劉之母夢其來,如平常,俯而言曰:'昔欠録公錢十貫,今日謹奉還。'遂去。母覺而告劉:'此何祥也?'拂旦,田僕來報:'昨夕三更,白牸生犢。'"此稱謂當時并未得到普遍認可,因此,吴處厚纔説"南方謂押司録事爲'録公'"。

(三)落拓

通常情況下,新義是在原有詞義的基礎上引申而來的,并没有產生新詞,如:

龔伯建云:詢與孫何、盛度、丁謂,真宗時俱在清貴。詢好潔衣服,

---

[1] 余嘉錫:《世説新語箋疏·言語第二》,中華書局,第182~183頁。

哀以龍麝,其香數步襲人;何性落拓,衣服垢汗;度體充壯,居馬上,前如仰,後如俯;謂,吴人,面如刻削。時人爲之語曰:"梅香,孫臭,盛肥,丁瘦。"(《涑水記聞》卷三,48頁)

其中"落拓"在唐宋文獻中多表示放蕩不羈、無拘無束,另如《隋書·楊素列傳》:"父敷,周汾州刺史,没於齊。素少落拓,有大志,不拘小節,世人多未之知。"又有失意、處境不好之義,《全唐詩》第八八四卷李郢《即目》:"落拓無生計,伶俜戀酒鄉。冥搜得詩窟,偶戰出文場。"又有孤獨寂寞義,《宋詩鈔·省齋集鈔》周必大《邦衡侍郎用舊韵慶予生朝賡續爲謝》:"蓬山落拓復經春,宦海茫洋懶問津。志節漸銷平日壯,鬢毛空比去年新。午橋早并緋衣相,一月還同赤壁人。""落拓""茫洋"對文,可知,"落拓"當同爲聯綿詞。《世説新語·賞譽》有"謝中郎云:'王修載樂托之性,出自門風'。"余嘉錫箋疏:"劉盼遂曰:'樂托'即'落拓',連綿字無定形也。亦作'落魄'(《漢書·酈食其傳》)、'落穆'(《晋書·王澄傳》)、'落度'(《通鑑·晋紀》),今世則言'邋遢'。"可知,"落拓"又寫作"樂托""落魄""落度""落穆""邋遢"。從現有文獻看來,"落魄"先於"落拓"使用,具備"落拓"之全部義位。如《史記·酈生陸賈列傳》:"好讀書,家貧落魄,無以爲衣食業。""落魄"爲失意、處境不好;《北史·尒朱榮列傳》:"造榮啓表,請人爲官,大得財貨,以資酒色。落魄無行業。""落魄"爲放蕩不羈、生活無拘無束義。又《東坡志林》卷二"書楊樸事"及《堯山堂外紀》卷四十三皆有"更休落魄貪杯酒,亦莫猖狂愛作詩",與《宋人軼事彙編》詩句同,唯"落拓"作"落魄"。《廣韵·鐸韵》中"拓""魄"皆爲他各切,音同。"落拓"爲叠韵聯綿詞,正如劉盼遂所言,無定形,因此,"拓""魄"同可記音,"落拓"即爲"落魄"。失意處境不好者常常放蕩不羈、無拘無束,符合詞義引申的規律。[1] 這裏新義的産生并未産生新詞。

(四)放火

原來的多義詞在發展過程中,由於所反映的概念的消亡或義位的重新分配,有的義位在使用中漸趨消失,這在宋代筆記文獻中也有所反映,如:

---

[1] 參見馮雪冬:《漢語异形詞歷時研究與大型語文辭書編纂》,《學術交流》2013年第5期。

田登作郡,自諱其名,觸者必怒,吏卒多被榜笞。於是舉州皆謂燈爲火。上元放燈,許人入州治游觀。吏人遂書榜揭於市曰:"本州依例放火三日。"(《老學庵筆記》卷五,61頁)

"火"早有燈燭、火把義,《莊子·天地》:"厲之人夜半生其子,遽取火而視之。"《南史·隱逸傳下·沈麟士》:"火下細書,復成二三千卷。"唐溫庭筠《臺城曉朝曲》:"司馬門前火千炬,闌干星斗天將曙。"可見,至晚唐"火"仍可用爲燈燭或火把義。我們也可以推測,北宋時說"放火""放燈"亦應無別。但從陸游的態度看來,"放火"絕不等於"放燈",究竟爲何?這一來與"放火"這一固定結構有關,漢王逸注《楚辭章句》:"蓬,蒿也。秋時枯槁,言君信任佞諛,不慮艱難,卒遭憂患,然後乃覺,若放火於秋蒿,不可救制也。""放火"爲引火焚燒義。後世文獻中"放火"用例甚多,至南北朝時已凝固成詞:

羌引精兵聚北山上,援陳軍向山,而分遣數百騎繞襲其後,乘夜放火,擊鼓叫噪,虜遂大潰,凡斬首千餘級。援以兵少,不得窮追,收其穀糧畜產而還。(《後漢書·馬援列傳》)

胡騎數千,因大風欲放火燒營,將士皆恐。(《三國志·魏書·張既傳》)

蘇峻東征沈充,請吏部郎陸邁與俱。將至吳,峻密敕左右,令入閭門放火以示威。陸知其意,謂峻曰:"吳治平未久,必將有亂。若爲亂階,可從我家始。"峻遂止。(《世說新語·規箴》)

唐宋繼承使用:

塞深沙草白,都護領燕兵。放火燒奚帳,分旗築漢城。(《全唐詩》卷三八四《漁陽將》)

遂被狂寇順風放火,紅解連天。(《敦煌變文集·蘇武李陵執別詞》)

官園刈葦歲留槎,深冬放火如紅霞。(《宋詩鈔·東坡詩鈔·司竹

監燒葦園因召都巡檢柴貽勖左藏以其徒會獵園下》）

直至現代漢語中，"放火"的主要義仍是引火焚燒。如此看來，"放燈"之"燈"是不能換成"火"的。如果田登之事屬實，田登之舉無异於趙高指鹿爲馬。二來，陸游這裏其實帶有明確的諷刺意味，把這件事情當作笑話來談。從上元"放燈"的習俗，以及"放燈"這一結構本身來分析，我們也可以推測，當時由於"燈"的產生，"火"的火把、燈燭義在口語中已經漸趨消失，只是作爲語素保留在複合詞或固定結構中。而詩詞中用"火"而不用"燈"，與本身的色彩和韻律要求有關。《朱子語類》中"燈""火"的分工非常明確，"燈"爲燈燭，"火"共計448 例，爲物體燃燒時所產生的火焰或五行之名，已不具有燈燭義。《漢語大詞典》據陸游本段所記爲"放火"立"放燈"義項，不當。

二、記録詞義演變的途徑

（一）詞義的擴大與縮小

我們這裏所説的途徑指的是就某個義位而言的詞義發展的方向，上面所談到的是就整體而言的義位數量的增減。單個義位的發展和演變就範圍而言主要有詞義的擴大、縮小和轉移。凡一個詞的中心義素不變而限定義素減少就形成詞義的擴大，中心義素不變而限定義素增加就形成詞義的縮小，保留原有若干義素而中心義素改變就形成詞義的轉移，中心義素不變而限定義素改變就形成詞義的易位。[1] 宋代筆記文獻的作者已經注意到古今詞義範圍變化的問題，在筆記中多有探討。

1.詞義的擴大

如"江""河"，宋邵博《邵氏聞見後録》卷第九："太史公南登廬山，觀禹疏九江，遂至於會稽太湟，上姑蘇，望五湖；西瞻蜀之岷山及離堆，而作河渠書。吳蜀之水爲江，秦之水爲河，其書江淮等，不當通曰河，蓋太史公秦人也。"邵博認爲司馬遷《河渠書》吳蜀之水和秦之水統稱爲河是由於方言的原因，而宋祁却持有不同的看法，宋宋祁《宋景文公筆記》卷上："南方之人謂水皆曰江，北方之人謂

---

[1] 蔣紹愚：《詞義的發展變化》，《語文研究》1985 年第 2 期。

水皆曰河,隨方言之便,而淮濟之名不顯。司馬遷作《河梁書》,并四瀆言之。《子虛賦》曰:'下屬江河。'事已相亂,後人宜不能分別言之也。"宋祁認爲是漢以來"江""河"的詞義逐漸擴大,以致"江""河"的地域區別已不明顯,後人不能分別言之。

2.詞義的縮小

"寡"本是喪偶之義,《詩·小雅·鴻雁》:"之子於征,劬勞於野。爰及矜人,哀此鰥寡。"毛傳:"老而無妻曰鰥,偏喪曰寡。"《左傳·襄公二十七年》:"齊崔杼生成及強而寡,娶東郭姜生明。"杜預注:"偏喪曰寡。"《小爾雅·廣義》:"凡無妻無夫通謂之寡。"《野客叢書》卷十六"男子稱寡":"《王制》曰:'老而無妻謂之鰥,老而無夫謂之寡。'鰥寡,老年不復嫁娶之名。……然婦人無稱鰥之文,男子亦稱寡,《左傳》曰:'崔杼生成及強而寡。'《爾雅》曰:'無夫無婦,并謂之寡。'則知男子亦稱寡也。"王楙的記載正反映了當時"寡"已專用於稱喪偶女性,於是纔特以"男子稱寡"爲題討論這一詞義變化的現象。這是詞義範圍縮小的典型用例。

筆記文獻關於詞義演變途徑的記錄并不只限於作者有意識的考證材料,在許多一般叙述和解釋詞義的記載中也能透露出諸多的詞義演變信息。如:

> 學士惟三館可稱,他則否。按,唐《集賢院記》:"開元故事,校書官許稱學士。"故《筆談》云:"今三館職事,皆稱學士,用開元故事也。"自徽宗以前,州縣官蔑有以學士稱者。至渡江後,苟有一官,未有不稱。紹興末,臣僚有論列者,時有旨禁之。然今習俗猶爾也。(《能改齋漫錄》卷二"三館可稱學士",28頁)

據《舊唐書·職官志》:唐設有弘文、集賢、史館三館,負責藏書、校書、修史等事項。其中,弘文、集賢二館皆設有學士,尤其弘文館學士無員數。宋因之,三館合一,并在崇文院中。據《宋史·藝文志》:

> 宋初,有書萬餘卷。其後削平諸國,收其圖籍,及下詔遣使購求散亡,三館之書,稍復增益。太宗始於左升龍門北建崇文院,而徙三館之書以實之。又分三館書萬餘卷,别爲書庫,目曰:"秘閣"。閣成,親臨幸觀書,賜從臣及直館宴。又命近習侍衛之臣,縱觀群書。

> 真宗時,命三館寫四部書二本,置禁中之龍圖閣及後苑之太清樓,

而玉宸殿、四門殿亦各有書萬餘卷。又以秘閣地隘,分內藏西庫以廣之,其右文之意,亦云至矣。已而王宮火,延及崇文、秘閣,書多煨燼。其僅存者,遷於右掖門外,謂之崇文外院,命重寫書籍,選官詳覆校勘,常以參知政事一人領之,書成,歸於太清樓。

仁宗既新作崇文院,命翰林學士張觀等編四庫書,仿《開元四部錄》爲《崇文總目》,書凡三萬六百六十九卷。神宗改官制,遂廢館職,以崇文院爲秘書省,秘閣經籍圖書以秘書郎主之,編輯校定,正其脫誤,則主於校書郎。

從《宋史》的記載來看,宋初三館合爲"崇文院",真宗時龍圖閣、太清樓、玉宸殿、四門殿皆藏書,亦有龍圖閣學士,《邵氏聞見錄》卷第二十:"熙寧初,不疑以龍圖閣學士知成都府。"而後至神宗時期,館職廢除以崇文院爲秘書省,這樣原來的三館中作爲職務的"學士",隨着機構的調整自然也就不復存在。但從事相關事務的人群亦可能沿用舊稱被稱爲學士,但明顯有尊稱的意味了,以致吳曾言"學士"之稱漸趨泛濫開來。吳曾的這段記載反映了"學士"一詞詞義擴大的歷程。

宋白《石燭》詩云:"但喜明如蠟,何嫌色似鷺。"燭出延安,予在南鄭數見之。其堅如石,照席極明。亦有淚如蠟,而煙濃,能黛汙帷幕衣服,故西人亦不貴之。(《老學庵筆記》卷五,64頁)

這裏陸游指出了"燭""蠟"之不同,"燭"尊"蠟"賤的事實,以及"燭"的產地。《漢語大詞典》釋"蠟"爲動物、植物或礦物所產生的油質,具有可塑性,不溶於水。如蜂蠟、白蠟、石蠟等。漢王符《潛夫論·遏利》:"知脂蠟之可明鐙也,而不知其甚多則冥之。"早期的"燭"爲火把義,《周禮·天官·塚宰》有:"凡邦之事,蹕、宮中、廟中、則執燭。大喪,則授廬舍、辨其親疏貴賤之居。"後引申指蠟燭,《列女傳》卷六"齊女徐吾"中有"夫一室之中,益一人,燭不爲暗,損一人,燭不爲明,何愛東壁之餘光,不使貧妾得蒙見哀之?"南北朝時期始有"蠟燭"連用,《世說新語·汰侈》:"王君夫以粘糒澳釜,石季倫用蠟燭作炊。""蠟"指蠟燭用例始見於唐:

蠟光高懸照紗空,花房夜搗紅守宫。(《全唐詩》卷三九一·李賀《宮娃歌》)

亭亭蠟淚香珠溅,闈露小風羅幕寒。(《樂府詩集》卷一百·溫庭筠《夜宴謠》)

"蠟燭"本爲偏正結構,"蠟"乃助燭燃燒的燃料。"蠟""燭"連用,在"燭"的影響下,"蠟"纔具有了"燭"的意義。"蠟"的新義的獲得,即詞義的擴大是在"燭"由照明的火把義縮小到僅指主要在室内照明的工具義後的一段時間裹發生的。但除"蠟燭"外,直至明清表照明器具的仍主要用"燭"。陸游此處所記反映的是在唐宋時代石燭在陝西一帶亦簡稱"燭"的事實。

(二)理性義與色彩義的變化

關於詞義的轉移現象有兩種情況值得重視:一是理性義的轉移,如:

大人古今稱"大人",其義不一。《左氏傳》:子服昭子曰:"夫必多有是說,而後及其大人。"《孟子》曰:"有大人之事,有小人之事。"此以位言也。所謂王公,大人是也。《孟子》曰:"養其大者爲大人。"昌黎《王適墓志》曰:"翁大人不疑。"此以德望言也。所謂大人,君子是也。若《易》之"利見大人",則兼德位而言之。今人自稱其父曰"大人"。然疏受對疏廣曰:"從大人議。"則叔父亦可稱大人。范滂將就誅,與母訣曰:"大人割不忍之愛。"則母亦可稱大人。(《鶴林玉露》甲編卷之一,13頁)

我們可以通過羅大經的記載初步勾勒出"大人"一詞的古今詞義演變脉絡:指稱地位高的人(王公等)→指稱品德高尚的人(君子)→指稱父母輩(父親、母親、叔父),這一歷程反映的正是"大人"一詞詞義轉移的過程。

另有一種詞義轉移情況是色彩義的變化,如:

予在南鄭,見西鄙俚俗謂父曰老子,雖年十七八,有子亦稱老子。乃悟西人所謂大范老子、小范老子,蓋尊之以爲父也。建炎初,宗汝霖留守東京,郡盜降附者百餘萬,皆謂汝霖曰宗爺爺,蓋此比也。(《老學庵筆記》卷一,11頁)

俚俗語謂父爲"老子",據陸游所言,亦應具有方言色彩,此處所記已是較早的記錄,據我們掌握的材料看,宋以前的文獻中未見用例。《漢語大詞典》采用此例作爲例證。又引《宋書·孝義傳·潘琮》中"兒年少,自能走,今爲老子不走去"爲證,誤。此語爲潘琮父驃對賊所言,"老子"乃爲老者自稱,其色彩義接近於老夫。這樣的"老子"用於他稱時自然具有貶義色彩。如《三國志·吳志·甘寧傳》:"寧益貴重,增兵二千人。"裴松之注引晉虞溥《江表傳》:"(寧)因夜見權,權喜曰:'足以驚駭老子(指曹操)否?'"俗謂父的"老子",正是此"老子"由泛指到特指的語義演變的結果。唐以前的"老子"除指聖賢老子和《道德經》外,僅有此一義:

  此丞、掾之任,何足相煩。頗哀老子,使得遨游。若大姓侵小民,黠羌欲旅距,此乃太守事耳。(《後漢書·馬援傳》)

  范乃曰:"老子今兹坐卿兄弟族矣!"(《三國志·魏書》裴注引《魏略》)

  因夜見權,權喜曰:"足以驚駭老子否?聊以觀卿膽耳。"(《三國志·吳書》裴注引《江表傳》)

  君年少,保以穿鑿文句,而妄譏誚老子邪?(《殷芸小說·魏世人》)

我們可以得出這樣的結論:老子的父親的俗稱義,源於老子的表示老年人的泛稱義。由於本身具有的色彩,即便是表示父親義時仍是明顯具有低俗色彩,且有方言俚俗語的風格,但從褒貶來說已趨於中性。因此,大學者陸游也把"老子"作爲一個新鮮詞、新發現記錄在筆記中。老子的詞義發展正反映了詞義演變過程中的突顯原則,漢語中許多詞義的演變都經歷了這樣的發展歷程,如:

  男女罪過須打,更莫叫分疏道理。(《敦煌變文集·舜子變》)
  慧忠國師嗣六祖,姓冉,越州諸暨縣人也。其兒子在家時,并不曾語,又不曾過門前橋。(《祖堂集·慧忠國師》)

例中"男女"已是兒女義,"兒子"爲孩子義,後詞義縮小爲兒子義。包括"室"原爲屋内之義,後指妻子,"渾家"也是妻子,"漢子""男人"是丈夫,"丈夫"起初也是男人等。這些稱謂語的詞義演變歷程,與漢民族的文化心理不無關係。漢民族長期發展過程中形成的男女有別、男尊女卑及忠孝等觀念,促成了詞義演變過程中,突顯事物的某種屬性而使詞義縮小,由泛指到特指。另外,陸游所記反映了"老子"由父親的俗稱義,引申出對年長者的尊稱義,也就是"尊之以爲父",如:

  我這東鄰有一居士,姓李名實,字茂卿。此人平昔與人寡合,有古君子之風,人皆呼爲東堂老子。(元·秦簡夫·東堂老勸破家子弟·四折)

《漢語大詞典》認爲元秦簡夫《東堂老勸破家子弟·楔子》"老夫幼年也曾看幾行經書,自號東堂居士。如今老了,人就叫我做東堂老子"中"老子"義爲對老年人的尊稱,甚是。因此,我們可以清晰地勾勒出"老子"的詞義演變脉絡:由老年人的泛稱義引申出父親的俗稱義,二者均可用於自稱,也可用於他稱;在父親的俗稱義的基礎上又引申出對老年人的尊稱。但總體看來"老子"的義項都或多或少地具有俗的色彩。"老子"的詞義演變與"子"的詞義演變密切相關。"子"的小兒義,漸爲"兒"替代的過程,正是"老子"由短語漸趨詞化爲詞,直至發展到表示"尊稱""泛稱"義後的徹底凝固成詞的過程。"子""兒"演變的過程中,"老兒"在"老子"的基礎上成詞,并承擔"老子"的"賤稱"義。"老兒"在《全唐詩》中已見用例:

  九轉靈丹那勝酒,五音清樂未如詩。家山蒼翠萬餘尺,藜杖楮冠輸老兒。(卷六九二·杜荀鶴《白髮吟》)

唐以後,"老兒"用例漸多,《水滸傳》中"老兒"67見,"老子"16見,"老兒"已占絶對的優勢。但父親的俗稱和對年長者的尊稱義仍爲"老子"所有。另外,"子"的詞綴化的傾向,也促進了"老子"的表父親的俗稱義的產生。類推思維的影響,加上"兒""子"的新舊更替,人們的頭腦中對"子"的小兒義必將淡化,從而將"老子""兒子"與"車子""褲子"等模糊地視爲同類性質,在心理上便只關注其中的"老""兒",而忽略了原本就有表意作用的"子"了。可見,在"老子"理性義演變的過程中,其色彩也經歷了由貶到褒、由俗到雅的複雜變化。[1]

---

1 參見馮雪冬:《"老子"和"兒"的來歷》,《語文建設》2013年第3期。

三、探究詞義演變的動因

詞義演變等詞彙系統研究的問題是現代語言學理論傳入後纔全面興起的，傳統語文學（主要是訓詁學）的詞義研究，主要是作爲經學的附庸以解經作注爲主要任務，其主要缺陷就是重古輕今、重書面語輕口語等。同時，把上古詞彙作爲一個共時平面，對詞彙的系統性研究不夠，尤其是詞義歷史演變的問題。關於這些方面，我們不能夠苛求古人，是時代和環境限制了詞彙學研究的深入開展。然而我們也不能說古人完全沒有現代詞彙學研究的某些意識，宋代筆記的作者就非常重視口語詞彙的記錄、解釋，我們從中可以窺測到一些詞義演變動因和規律方面的信息，如：

> 京師溝渠極深廣，亡命多匿其中，自名爲"無憂洞"。甚者盜匿婦人，又謂之"鬼樊樓"。國初至兵興，常有之，雖才尹不能絕也。（《老學庵筆記》卷六，73頁）

"無憂洞"作爲溝渠何以又名"鬼樊樓"，陸游解釋是有盜匿婦人的現象存在，《萬曆野獲編》卷二十四"宋時諢語"："京師無賴誘藏婦女於大溝渠之中，自稱爲鬼樊樓。"至於盜匿婦人爲什麼就是"鬼樊樓"，陸氏沒有進一步加以解釋。因爲在當時人看來，"樊樓"人盡皆知，乃北宋都城東京汴梁的烟花盛地之名：

> 吾生分裂後，不到舊京游。空作樊樓夢，安知有越樓。（《宋詩鈔·後村詩鈔》劉克莊《即事四首》）

> 疏狂追少日，杜曲樊樓，拚把黃金買春恨。回首武陵溪，花待郎歸，洞雲深、未知春盡。問楊柳梢頭幾分青，消不得，朝來雨寒一陣。（《全宋詞》姚雲文《洞仙歌》）

後泛指酒樓：

> 却叫陸謙去請林冲出來吃酒，教他直去樊樓上深閣裏吃酒。（《水滸傳》第七回）

"鬼樊樓"意爲"無憂洞"見不得天日，乃處於暗地裏的"樊樓"，其共同之處就在於都有供享樂的婦人。只是無憂洞的環境不佳，而且這種活動是處於暗地裏的狀態,遂號爲"鬼樊樓"。這裏包含着對"樊樓"原詞義的相似性的聯想,經過了隱喻的過程。陸游不可能上升到這個高度來看待這個口語詞,但他已經有了一定的意識,因此,纔在"無憂洞"的基礎上,加上"盜匿婦人"以進一步解釋"鬼樊樓"。

《萍洲可談》卷二:"葉濤好弈棋,介甫作詩切責之,終不肯已。弈者多廢事,不論貴賤,嗜之率皆失業,故唐人目棋枰爲'木野狐',言其媚惑人如狐也。""野狐"有棋盤義,朱彧這裏作出了解釋,而且用"其媚惑人如狐"一語道破緣由,比陸游對"鬼樊樓"的解釋更深一步,充分揭示了野狐與棋盤及圍棋游戲之間的關聯。《五雜俎》卷六:"古今之戲,流傳最久遠者,莫如圍棋,其迷惑人不亞酒色,木野狐之名不虛矣。以爲難,則村童俗士,皆精造其玄妙;以爲易,則有聰明才辯之人,累世究之而不能精者。"可知"木野狐"亦可指圍棋游戲。棋盤因惑人而得"野狐"之名,"木野狐"因是圍棋游戲的工具而轉指圍棋游戲,正是比喻、借代或者說是隱喻、轉喻等詞義演變方式綜合作用的結果。

《韓延壽傳》"明府"注:"郡騎吏稱太守爲明府,齊梁人亦如之。"唐人則以"明府"稱縣令,杜子美詩《從韋二明府續處覓錦竹詩》云:"華軒藹藹它年到,錦竹亭亭出縣高。江上舍前無此物,幸分蒼翠拂波濤。"《題終明府水樓》云"看君宜著王喬履"是也。既稱令爲明府,尉遂曰"少府"。(《雲麓漫鈔》卷二,23頁)

"明府"本爲大府、官府。《管子·君臣上》:"君發其明府之法,瑞以稽之。"尹知章注:"府,謂百吏所居之官曹也。立府必有明法,故曰明府之法。"漢魏以來,"明府"爲對郡守牧尹的尊稱,又稱明府君。《漢書·韓延壽傳》:"今旦明府早駕,久駐未出,騎吏父來至府門,不敢入。"《後漢書·張湛傳》:"明府位尊德重,不宜自輕。"李賢注:"郡守所居曰府。明府者,尊高之稱。《前書》韓延壽,爲東郡太守,門卒謂之明府,亦其義也。"南朝宋劉義慶《世說新語·巧藝》:"顧長康好寫起人形。欲圖殷荊州,殷曰:'我形惡,不煩耳。'顧曰:'明府正爲眼爾'。"有時亦稱縣令爲"明府",《後漢書·吳佑傳》:"國家制法,囚身犯之。明府雖加哀矜,恩無所施。"王先謙集解引沈欽韓曰:"縣令爲明府,始見於此。"唐以後多用以專稱縣令。唐杜甫《北鄰》詩:"明府豈辭滿,藏身方告勞。"趙彥衛引《韓延壽傳》"明府"注言"太守稱明府齊梁人亦如之",甚是。"明府"由官府指稱太守,以官員所居之處所代官職,是轉喻的結果。"明府"指縣令始於唐,《賓退錄》卷九:"唐人稱縣令曰'明府',而漢人謂之'明廷',見范曄書《張儉傳》。明府以稱太守,山陰老叟稱劉寵,劉翊稱种拂,高獲稱鮑昱,皆然。"宋代沿用,《春渚紀聞》卷第九"龍尾溪研不畏塵垢":"黄以嗜研求爲婺源簿。既至,顧視一老研工甚至。秩滿而研工餞之百里,探懷出此研爲贐,且言:'明府三年之久,所收無此研也。'"可見宋代主簿一類的官職亦可稱作"明府",唐時則不然,《容齋隨筆》卷一"贊公少公":"唐人呼縣令爲明府,丞爲贊府,尉爲少府。"《李太白集》有《餞陽曲王贊公賈少公石艾尹少公序》:"蓋陽曲丞、尉,石艾尉也,'贊公''少公'之語益奇。""明府"經唐至宋詞義的範圍又在逐漸地擴大。因此,洪邁、趙彥衛、趙與時皆言"唐人呼縣令爲明府",并未提及本朝。

再如"阿堵""寧馨"本爲晉宋間的語助詞,"寧馨"猶言"如此","阿堵"猶言"這個",《雞肋編》卷下:"前世謂'阿堵',猶今諺云'兀底','寧馨',猶'恁地'也,皆不指一物一事之詞。故'阿堵'有錢目之异,'寧馨'有美惡之殊。而張謂詩云:'家無阿堵物,門有寧馨兒'。"隨着語言的發展,至宋時二詞之原有義已不甚明晰,而"阿堵"被用來指"錢","寧馨"被用作"佳"義,爲人們所熟知。莊綽這裏對二詞的解釋較爲準確,指出了它們指示代詞的性質。宋代筆記多有對二詞的探討,意見不盡一致,如:

> 唐張謂詩:"家無阿堵物,門有寧馨兒。"以"寧"爲去聲。劉夢得《贈日本僧智藏》詩云:"爲問中華學道者,幾人雄猛得寧馨。"以"寧"爲平聲。蓋《王衍傳》曰:"何物老嫗,生寧馨兒。"山濤叱王衍語也。又《南史》:"宋王太后疾篤,使呼廢帝。帝曰:'病人間多鬼,那可往?'太后怒,謂侍者:'取刀來,剖我腹,那得生此寧馨兒'。"按二說,知晉宋間以寧馨兒爲不佳也。故山濤、王太后皆以此爲詆叱,豈非以兒爲非馨香者邪?雖平去兩聲皆可通用,然張劉二詩,義則乖矣。東坡亦作仄聲,《平山堂》詩云:"六朝文物餘邱壟,空使奸雄笑寧馨。"(《能改齋漫錄》卷四"寧馨兒",86頁)

吳曾明顯以偏概全未得"寧馨兒"之義,因此纔得出有"張劉二詩,義則乖矣"的錯誤結論。這是吳氏對當時謂"寧馨兒"爲佳兒的質疑。對"寧馨""阿堵"作出相對合理解釋的是洪邁:

"寧馨""阿堵",晋宋間人語助耳。後人但見王衍指錢云:"舉阿堵物却。"又山濤見衍,曰:"何物老嫗,生寧馨兒?"今遂以阿堵爲錢,寧馨兒爲佳兒,殊不然也。前輩詩"語言少味無阿堵,冰雪相看有此君",又"家無阿堵物,門有寧馨兒",其意亦如此。宋廢帝之母王太后疾篤,帝不往視,后怒謂侍者:"取刀來,剖我腹,那得生寧馨兒!"觀此,豈得爲佳!顧長康畫人物,不點目精,曰:"傳神寫照,正在阿堵中。"猶言"此處"也。劉真長譏殷淵源曰:"田舍兒,强學人作爾馨語。"又謂桓溫曰:"使君,如馨地寧可鬥戰求勝!"王導與何充語曰:"正自爾馨。"王恬撥王胡之手曰:"冷如鬼手馨,强來捉人臂。"至今吳中人語言尚多用"寧馨"字爲問,猶言"若何"也。劉夢得詩:"爲問中華學道者,幾人雄猛得寧馨。"蓋得其義。以"寧"字作平聲讀。(《容齋隨筆》卷四"寧馨阿堵",50~51頁)

洪邁認爲"以阿堵爲錢,寧馨兒爲佳兒"是因在語境中臨時指代而產生的。這樣的臨時指代義被人們誤解後,便固定在二詞上面,發展成爲新的意義。從科學的角度來説這可能是一種誤解,汪維輝、顧軍《論詞的"誤解誤用義"》[1]一文也列舉了此例,認爲前代口語詞被後人誤解是常有的事。而從俗用的角度看來,這大概也可以看作是由借代而產生的新義。這種借代義的產生不同於一般的情況,一般情況下借代義的形成需要事物之間具有較大的關聯,而且借代義固定在某一詞形上需要一個反復借代的過程,而這裏只是典故中臨時偶然地使用,并不具備借代義產生的條件。我們認爲借代義的產生不止限於以上的條件,如"而立""不惑"之借代義的取得,同樣也只是在文獻詞語的臨時組合中實現的。這裏"寧馨""阿堵"二詞的新義,也應該是這個道理,其中包含人們求新求奇的取捨。

宋代筆記文獻充分地記錄了當時詞義演變的基本面貌、詞義系統的吐故納新。新詞的產生多是以現有語素爲基礎複合而成的,也有的是利用原有詞形,賦予舊詞形以新義;或是在原有詞義的基礎上派生出新的意義,使詞義内容豐富,使表達更加嚴密化、精確化;或是隨着社會的進步和漢語自身的發展,原有

---

[1] 汪維輝、顧軍:《論詞的"誤解誤用義"》,《語言研究》2012年第3期。

詞義的範圍發生了變化，指稱的內容發生了轉移。同時，筆記作者在記錄口語詞、考釋口語詞的過程中，還有對詞義演變問題的自發探討。因此有時我們以某一段記載便可歸納出某一詞彙的演變綫索，如《容齋隨筆》對"寧馨""阿堵"二詞意義衍生情況的介紹；也可通過繋連多個筆記的記載內容，更能清晰地觀察到某些詞彙的詞義的産生、範圍的變化，以及隱藏於詞義背後的演變動因，如《容齋隨筆》《雲麓漫鈔》《春渚紀聞》《賓退錄》中有關"明府"的記載。筆記文獻中反映詞義演變現象的材料，我們現在所整理出來的還只是滄海一粟，有待進一步的發掘。

第三節　宋代筆記中所見的常用詞更替

　　20世紀40年代王力先生曾指出，古語的死亡，大約有四種原因："……第二是今字替代了古字。例如'怕'字替代了'懼'，'綺'字替代了'襌'。第三是同義的兩字競争，結果是甲字戰勝了乙字。例如'狗'戰勝了'犬'，'猪'戰勝了'豕'。第四是由綜合變爲分析，即由一個字變爲幾個字。例如由'漁'變爲'打魚'，由'汲'變爲'打水'，由'駒'變爲'小馬'，由'犢'變爲'小牛'。"[1] 後來他又在《新訓詁學》中説："無論怎樣'俗'的一個字，只要它在社會上占了勢力，也值得我們追求它的歷史。……總之，我們對於每一個語義，都應該研究它在何時産生，何時死亡。雖然古今書籍有限，不能十分確定某一個語義必係産生在它首次出現的書的著作年代，但至少我們可以斷定它的出世不晚於某時期；關於它的死亡，亦同此理。"[2] 再後來，先生的《漢語史稿》第四章"詞彙的發展"勾勒了若干組常用詞變遷更替的輪廓。從此，常用詞的研究開始受到學術界的關注。將常用詞研究推入新階段的當屬張永言、蔣紹愚等先生，在《古漢語詞彙綱

---

[1] 王力：《古語的死亡殘留和轉生》，原載《國文月刊》第4期，1941年7月；收入《龍蟲并雕齋文集》第1册，中華書局，1980年，第414頁。

[2] 王力：《新訓詁學》，原載《開明書店二十周年紀念文集》(1947)；收入《龍蟲并雕齋文集》第1册，中華書局，1980年，第321頁。

要》中蔣先生特地介紹了常用詞演變的研究方法,并且强調了常用詞演變研究的重要意義,"構成一個歷史時期的詞彙系統的主要的東西,還是那個時期中使用得較多的常用詞。那些需要考釋的詞語,有些是常用詞,有些是比較冷僻的詞。而近代漢語中的常用詞,有不少還保留在現代漢語中。這些詞,我們一看就懂,不需要考釋;如果僅從閱讀作品的角度看,似乎不需要進行研究。但從漢語歷史詞彙學的角度來看,我們還要研究這些詞語在歷史上的發展變化;如果要編纂一部說明每個詞在各個歷史時期的發展變化的漢語大詞典,也需要進行這種研究"[1]。先生在《關於漢語詞彙系統及其發展變化的幾點想法》[2]及《白居易詩中與"口"有關的動詞》[3]等論著中又多次論及這一問題。《白居易詩中與"口"有關的動詞》可以説是蔣紹愚先生在常用詞演變研究方面理論和實踐結合的佳作,爲推進漢語常用詞演變研究和漢語詞彙史的研究指引了方向。張永言、汪維輝《關於漢語詞彙史研究的一點思考》[4]一文,分析了"目/眼""足/脚"等8組同義詞在中古時期的變遷遞嬗情况。文章認爲:詞彙史有别於訓詁學,二者不應混爲一談;中古詞彙研究中幾乎所有的興趣和力量集中於疑難詞語考釋的現狀亟須改變;常用詞語演變的研究應當引起重視并放在詞彙史研究的中心位置,此項工作前景廣闊,但難度很大,需要幾代學人共同努力,以期逐步建立科學的漢語詞彙史。文章引起了學術界對常用詞演變研究的重視和旨趣,在漢語史研究中顯示了較大的指導意義。之後近二十年來,李宗江《漢語常用詞演變研究》[5]和汪維輝《東漢—隋常用詞演變研究》[6]等專著、論文及碩博學位論文紛現,漢語常用詞演變研究取得了階段性進展。近年來,學者們又在總結以往常用詞演變研究經驗教訓的基礎上提出了很多指導性建議。汪維輝《漢語常用詞演變研究的若干問題》[7]肯定了常用詞演變研究的諸多成績:研究範圍不

---

1 蔣紹愚:《古漢語詞彙綱要》,北京大學出版社,1989年,第264~265頁。
2 蔣紹愚:《關於漢語詞彙系統及其發展變化的幾點想法》,《中國語文》1989年第1期。
3 蔣紹愚:《白居易詩中與"口"有關的動詞》,《語言研究》1993年第1期。
4 張永言、汪維輝:《關於漢語詞彙史研究的一點思考》,《中國語文》1995年第6期。
5 李宗江:《漢語常用詞演變研究》,漢語大詞典出版社,1999年。
6 汪維輝:《東漢—隋常用詞演變研究》,南京大學出版社,2000年。
7 汪維輝:《漢語常用詞演變研究的若干問題》,《南開語言學刊》2007年第1期。

斷拓展,由斷代到通史,由實詞到虛詞,由單音詞到複音詞;研究逐步向縱深推進,由注重事實描寫到描寫與解釋相結合,由單純的歷時演變研究到歷時演變與共時分布相結合,由單個詞研究到語義場研究;相關的理論探討也有所加強。文章從七個方面就常用詞演變研究提出獨到的見解,爲下一步研究指明了方向。蔣紹愚先生《漢語常用詞考源》指出:"現代漢語常用詞有不少是經過歷史演變而形成的。考察這些詞的來源、理據和歷史演變,有助於加深對這些詞的理解,也有助於研究漢語詞彙的歷史演變規律。""現代漢語常用詞究竟怎樣形成的?從詞彙發展和詞義演變的角度看,其發展演變有哪些主要的途徑?可以分成哪些主要的類型?這些問題,現在還難以回答,必須進行深入研究纔能逐步弄清。"[1]先生在文中用實例分析了常用詞演變的不同途徑,爲我們提供了許多可行的常用詞考源的方法。可見,當前漢語常用詞研究已經進入了縱深階段,做好常用詞歷時的通史研究和考源工作,當然離不開斷代的研究。從目前的研究成果看來,主要集中在中古漢語階段,涉及近代漢語的還不多,甚至是近代漢語常用詞的斷代研究成果也只是零星出現。而對於漢語常用詞演變的整體研究和漢語詞彙史的研究來説,近代漢語常用詞研究是必不可少的一環。近代漢語是漢語史發展過程中的重要階段,現代漢語的諸多要素在這一階段產生、發展、成熟直至形成今天的面貌。汪維輝説:"從詞彙發展史的角度看,有些常用詞容易發生新舊更替,有些則穩定少變;同樣性質的一組詞(比如馬、牛、羊、雞、狗、豬這些動物名稱),有的幾千年不變,有的則發生了更替(如犬—狗,豕—豬);有的發生一次更替,有的則更替了兩次甚至三次。"[2]這些更替有的發生在近代漢語以前,尤其是前一種,而就後一種來說則更可能發生在近代漢語期間。有的在近代漢語的某個階段還只是存在共時上的地域差別,而後來產生了替換,如"店—鋪"。因此,中古漢語以後的常用詞演變的斷代研究也就顯得十分重要。宋代是中古漢語向近代漢語的過渡階段,又是古代社會的高速發展

---

[1] 蔣紹愚:《漢語常用詞考源》,原載《國學研究》[(京)2012年第29卷],《語言文字學》2012年第10期轉載,第35~43頁。長期以來,蔣紹愚先生每提出一個指導性的研究視角時,定會率先實踐,提供可行的研究方法。

[2] 參見汪維輝:《漢語常用詞演變研究的若干問題》,《南開語言學刊》2007年第1期。

時期,漢語發展到這一階段發生了諸多的變化,常用詞的興替同樣如此。如果充分地、合理地、正確地利用宋代筆記文獻,考察漢語常用詞在宋代的演變情況,或以此爲研究平臺作漢語常用詞演變的通史研究,對總結宋代詞彙發展特點及漢語詞彙史的建構都具有舉足輕重的意義。

筆記文獻有其自身的語言特徵,就其總體面貌而言是文白夾雜、以文爲主。其中語言實録、瑣記雜談、考究學術以及因個人旨趣而獵取的白話詩詞等口語色彩濃厚的語料是語言研究關注的重點;那些文言的叙述也并非是八大家筆下的仿古佳作,多是未經過修飾的隨筆記録,亦有口語成分的融入,常用詞演變研究可以整體上從兩方面的語料着手,尋找符合宋代筆記文獻語言特點的多重視角。

一、行文中的常用詞

我們這裏所説的常用詞,指的是在唐宋時期産生或已有替换迹象或是已完成替换、發展成熟的詞彙,如"穿—著"。穿衣服、鞋襪等的動作我們現代用"穿","著"一般以語素的形式存於複合詞中,或是保留在俗語中。"著"主要用來表示"穿衣服、鞋襪等的動作"在東漢時期已經開始,"上古漢語穿衣服鞋襪和戴帽子(當時叫'冠')統稱爲'服';同時,也常常用名詞動詞化的方式來表示這一動作:穿衣服叫'衣'(讀作去聲),戴帽子叫'冠'(讀作去聲),穿鞋子叫'履'。這一局面至遲到東漢就發生了根本的變化"[1]。"穿"在什麽時候開始表示"穿衣服、鞋襪等的動作",又在什麽時候在口語中替换了"著"而形成了現代漢語這樣的面貌,很值得進一步探討。一般認爲"穿"始用於唐,如祝敏徹、尚春生《敦煌變文中的幾個行爲動詞》[2]舉敦煌變文《漢將王陵變》"其夜,西楚霸王四更已來,身穿金鉀(甲),揭上頭牟,返去銜(牙)床如(而)坐,詔鐘離末附近帳前"例爲證;蔣紹愚《近代漢語研究概要》[3]舉《慧琳音義》卷三十九:"'爲攛'條

1　汪維輝:《東漢—隋常用詞演變研究》,南京大學出版社,2000年,第106頁。
2　祝敏徹、尚春生:《敦煌變文中的幾個行爲動詞》,《語文研究》1984年第1期。
3　蔣紹愚:《近代漢語研究概要》,北京大學出版社,2005年,第299頁。

引《考聲》：'攛，穿，穿衣也'"爲證；李倩《"穿"的穿衣義的來源和演變》[1]對《敦煌變文校注》中的"穿"作了窮盡式考察，共檢得六例表示穿衣義的"穿"，幷發現這樣的"穿"全部與"金甲""鎖甲"搭配，指出其用例不廣、用法固定。從宋代筆記中"穿"的用例看來，確定"穿"產生在唐代是沒有問題的，如：

先是，永安監竈户陳小奴棹空船下瞿塘，見崖下有一人，裹四縫帽，穿白缺衫，皁羲襴青袴，執鐵蒺藜，問李公之行邁，自云迎候。（《北夢瑣言》卷七，152頁）

"每云：'黄寇之後，所失已多。唯襪頭袴穿靴，不傳舊時也。'"（《北夢瑣言》卷十二，156頁）

自牧惶遽穿靴著衣，百拜禱請。舟且平沉，龍忽躍入水，其響如崩屋聲。（《夷堅志》卷第十五"皇甫自牧"，314～315頁）

徐偉官京兆，夢二老人白首而長身，身穿綠袍，謂偉言："某他日有斧斤之阨，幸爲保全之。"（《續夷堅志》卷四"高白松"，81頁）

就"穿"的搭配對象來說，已經發展得相對成熟，其後"白缺衫""皁羲襴""青褲""靴""綠袍"，包括了人之衣着的從上到下、從裏到外、從"衣"到"鞋"，賓語也不限於"金甲""鎖甲"類。宋代其他文獻中的用例也說明了這一點，如《全宋詩》卷二三九梅堯臣《八宿州河亭書事》詩："少年都下來，聊問時所作。新衣尚穿束，舊服變褒博。"卷二五七梅堯臣《觀邵不疑學士所藏名畫古畫》詩："花驄照夜白，正側各畜意。系衣穿褲靴，坐立皆厥史。"在詩詞筆記中表示穿衣服、鞋襪等的動作的"穿"，的確不多見，但這幷不能說明"穿"在口語中不常用，單就《北夢瑣言》來看，其中的"著"在使用上已經開始趨近定型化，如：

其略云："當道地管八州，軍雄千乘，副使著綠，不稱其宜。"（卷五，102頁）

---

[1] 李倩：《"穿"的穿衣義的來源和演變》，《漢語史學報》2009年。

赴任至泥溪,遇一女人著緋衣,挈二子偕行,同登此山。(卷九,187頁)

蜀中士子好著襪頭袴,蔣謂之曰:"仁賢既裹將仕郎頭,爲何作散子將脚。"他皆類此。(卷十,207頁)

人問之,乃曰:"適見四人著緋,自天而下,曳二道士於壇前,鞭背二十。"(卷十一,242頁)

西川衛前軍將李思益者,所著衣服,莫非華煥纖麗,蜀先主左右羨而怪之。(卷十二,256頁)

六局之中,各有二婢執役,當廚者十五餘輩,皆著窄袖鮮潔衣裝。(逸文卷二,401頁)

當陽令蘇沔居江陵,嘗夜歸,月明中,見一美人被髮,所著裙裾,殆似水濕。(逸文卷三,421頁)

《北夢瑣言》"著"共計7見,在出現頻率上高於"穿"。比較"穿""著"的出現環境略有差異:"穿"在組合中沒有修飾語,"著"可有,如"所著""皆著""好著";表衣物的文言色彩濃的詞語(主要是單音詞)前用"著",如"綠""緋""衣服"等。我們可以初步推測:"穿"由於是口語詞色彩偏俗,在筆記這樣的以文言爲主的文獻中仍受限制,"著"由於已在書面語中使用許久,因此在某些搭配中與某些詞彙存在依賴性,這樣的位置,在書面語中"穿"還沒有取得。總體看來,"穿"已表現出明顯的上升趨勢,《夷堅志》已有"穿靴著衣"。"穿"與"履""衣"之組合在《全唐詩》中已見用例:

自有慳惜人,我非慳惜輩。衣單爲舞穿,酒盡緣歌啐。(第八〇六卷·寒山《自有慳惜人》)

坐整白單衣,起穿黃草履。朝餐盥漱畢,徐下階前步。(第四三三

卷·白居易《晝寢》)

兩眼日將暗,四肢漸衰瘦。束帶剩昔圍,穿衣妨寬袖。(第四三四卷·白居易《不二門》)

嗜酒有伯倫,三人皆吾師。或乏儋石儲,或穿帶索衣。(第四五二卷·白居易《北窗三友》)

"穿"於白居易詩和寒山詩中出現并非偶然,前者爲新樂府運動的代表,後者爲放蕩不羈的瘋狂和尚,二者詩白話程度高乃人盡皆知。[1]《全唐詩》所收白詩中用"著"的有4例:

新授銅符未著緋,因君裝束始光輝。(第四四〇卷·《初除官,蒙裴常侍贈鵲銜瑞草緋袍魚袋,因謝惠貺,兼抒離情》)

晚遇緣才拙,先衰被病牽。那知垂白日,始是著緋年。(第四四二卷·《初著緋戲贈元九》)

曉垂朱綬帶,晚著白綸巾。出去爲朝客,歸來是野人。(第四四二卷·《訪陳二》)

身著白衣頭似雪,時時醉立小樓中。(第四五七卷·《西樓獨立》)

"著緋""著綠"乃做官之代名詞,是固定結構。古代官服顏色不同,表示官吏品級的高低。如唐上元元年定制:文武三品以上服紫,四品服深緋,五品服淺緋,六品服深綠,七品服淺綠,八品服深青,九品服淺青。後常以"著緋"指擔任中級官員,《舊唐書·輿服志》:"上元元年八月又制:'一品已下帶手巾、算袋,仍佩刀子、磨石,武官欲帶者聽之。文武三品已上服紫,金玉帶。四品服深緋,

---

[1] 李倩文列舉《敦煌變文校注》及《全唐文》例說明"穿"後僅能與甲衣等組合,實屬偶然。《全唐文》中有"穿""青衣"的組合也是合乎常理的。

五品服淺緋,并金帶。六品服深緑,七品服淺緑,并銀帶。八品服深青,九品服淺青,并鍮石帶。庶人并銅鐵帶。'""著白綸巾"是"戴"的意思,與"穿"無關聯,至今"穿"也不具備此義。"著白衣"却是正常的使用,但此處確實不能换作"穿",否則不合韵律。可見,白詩中基本上是用"穿"來表示穿着義的。《全唐詩》所錄寒山詩中没有"著"的用例。因此,我們可以推測,"穿"在中唐以後的口語中應該已經很流行。在書面語中"穿"替换"著"顯示出絶對的優勢,至少在《雲麓漫鈔》時代就已完成,《雲麓漫鈔》中共 7 處涉及穿着,其中 3 處用"穿":

　　鹽户謂之亭户,煎夫穿木履立於盆下,上以大木鍬抄和,鹽氣酷烈,薰蒸多成疾。(卷二,29 頁)

　　周武帝始易爲袍,上領、下襴、穿袖,襆頭,穿靴,取便武事。(卷四,60 頁)

　　宣政間,人君始巾。在元祐間,獨司馬温公、伊川先生以屛弱惡風,始裁皂紬包首,當時祇謂之"温公帽""伊川帽",亦未有巾之名。至渡江方著紫衫,號爲穿衫,盡巾,公卿皂隸下至閭閻賤夫皆一律矣。巾之制,有圓頂、方頂、磚頂、琴頂,秦伯陽又以磚頂服去頂内之重紗,謂之四邊净,外又有面袋等,則近於怪矣。魏道弼參政欲複衫帽,竟不能行。(卷四,63 頁)

4 處用"著":

　　《題終明府水樓》云"看君宜著王喬履"是也。既稱令爲明府,尉遂曰"少府"。(卷二,23 頁)

　　吏部尚書牛弘上疏曰:"裹頭者,内宜著巾子,以桐木爲内外,黑漆。"(卷三,39 頁)

　　唐睿宗時,太子將釋奠,有司草儀注,從臣皆乘馬著衣冠。(卷四,65 頁)

翼至越,舍於静林坊客舍,著紗帽,大袖布衫,往謁辯才,且誑以願從師出家,遂留同處。(卷第六,104頁)

其中2處是戴義,如"著紗帽""著巾子",1處是"著衣冠"的穿戴義,只有1處是表示穿衣鞋襪等義,又是詩句。如此,從趙彦衛在書中基本上完全采用了"穿"而不用"著",我們確定《雲麓漫鈔》時代"穿"替换了"著",應該是没有問題的。[1] 關於"穿"的穿着義的來源,李倩認爲與攌甲衣等有關,我們也同意這個看法。《説文·手部》:"攌,貫也。"《説文·毌部》:"毌,穿物持之也。""毌"後寫作"貫""摜"。"攌""貫(摜)"義近,往往都可以與甲衣等搭配使用,《春秋左氏傳·成公》:"攌甲執兵,固即死也。病未及死,吾子勉之""文公躬攌甲胄"。先秦後有"貫甲",《淮南子·主術訓》:"故民至於焦唇沸肝,有令無儲,而乃始撞大鐘,擊鳴鼓,吹竽笙,彈琴瑟,是猶貫甲胄而入宗廟,被羅紈而從軍旅,失樂之所由生矣。"但後代仍是以"攌甲"等爲主,"攌"的貫穿義域相對單一,而"貫"的義域很廣,《詩·齊風·猗嗟》:"舞則選兮,射則貫兮。四矢反兮,以禦亂兮。"《春秋左氏傳·成公二年》:"而矢貫余手及肘,余折以禦。""貫"還有與"履"搭配的用例,《漢書·儒林列傳》:"黄生曰:'冠雖敝必加於首,履雖新必貫於足。'"可以推測"貫"蓋有自動、使動兩義,使動義接近於套義。

後代"貫""穿"經常連用表示貫義,《漢書·司馬遷列傳》:"亦其涉獵者廣博,貫穿經傳,馳騁古今,上下數千載間,斯以勤矣。"《三國志·吴書·胡綜傳》:"臣私度陛下,未垂明慰者,必以臣質,貫穿仁義之道,不行若此之事。"這是漢語複音化進程推動的結果,應音律和諧的需要。唐以前"貫穿"與表"衣服"的詞彙發生聯繫的用例不多見,如《論衡·須頌篇》:"衣服無精神,人死,與形體俱朽,衣與人體同朽。何以得貫穿之乎?"《太平御覽》卷七百九十"南蠻":"《异物志》曰:穿胸人,其衣則縫布二幅,合兩頭,開中央,以頭貫穿,胸身不突穿。"應該是偶然性的結合,是"貫穿"衆多搭配中的一部分而已。但"貫""穿"本爲近義

---

[1] 一個口語詞從產生到應用於書面語中需要一段過程,尤其是進入筆記類以文言爲主的文獻,出現少數用例大概就意味着一個口語詞發展的相對成熟的程度。就"穿"而言,白詩中就已有用"穿"而避"著(着)"的傾向性,惜未有其他更多的文獻用例。但至少可以説明"穿"的使用已開始普遍地擴散,因此,我們把"穿""著"替换定在這一時代,也是有些保守的。

詞,再加上經常連用,因此,有相互影響相因生義的可能,"貫"可與甲衣等形成相對固定的組合,"穿"在理論上當然可以引申出穿着義,而表甲衣的詞彙前的位置已爲"擐""貫"所獨有,"穿"便不容易進入,從現有的文獻看來,唐宋以前"穿"與甲衣類詞彙的連用結構確實不多見,後代開始增多。於是"穿"的這一引申義由相似聯想而開始泛化,漸用來表穿衣服、鞋襪等。這一過程應發生在表貫穿的"穿"在口語中替換"貫"之後。引起這一相似聯想的語言内部原因是"著"的意義日漸豐富,"戴"在口語中逐漸分擔"著帽"的行爲;外部原因或與衣服樣式的變化有關。宋元時期的白話文獻中"穿"的使用已與現代漢語無別,《大宋宣和遺事·宣和五年》的用例可見一斑:

> 皇帝駕坐不多時,有殿頭官身穿紫窄衫,腰系金銅帶,踏著金階,口傳聖旨道:……[1]

> 徽宗聞言大喜,即時易了衣服,將龍袍卸却,把一領皂揩穿著,上面着一領紫道服,繫一條紅絲吕公縧,頭戴唐巾,脚下穿一雙烏靴,引高俅、楊戩私離禁闕,出後載門,賜勘合與監門將軍郭建等,向汴京城裏串長街,蓦短檻,祇是些歌臺、舞榭,酒市、花樓,極是繁華花錦田地。[2]

> 腿系着粗布行纏,身穿着鴉青衲襖,輕弓短箭,手持着悶棍,腰掛着環刀,急奔師師宅,即時把師師宅圍了。[3]

> 不覺銅壺催漏盡,畫角報更殘,驚覺高俅、楊戩二人,急起穿了衣服,走至師師卧房前款窗下,高俅低低的奏曰……[4]

---

[1] 黎列文標點:《大宋宣和遺事》,商務印書館,1924 年,第 47 頁。
[2] 同上,第 51 頁。
[3] 同上,第 54 頁。
[4] 同上,第 55 頁。

徽宗與林靈素前行時,見一樹清陰密合,見二人於清光之下,對坐奕棋:一人穿紅,一人穿皂,分南北相向而坐。二人道:"今奉天帝敕,交咱兩個奕棋,若勝者得其天下。"不多時,見一人喜悦,一人煩惱。喜者穿皂之人,笑吟吟投北而去;煩惱之人穿紅,悶懨懨往南行。二人既去,又見金甲絳袍神人來取那棋子棋盤。徽宗使林靈素問:"早來那兩個奕棋是甚人。"神人言曰:"那著紅者,乃南方火德真君霹靂大仙趙太祖也;穿皂者,乃北方水德真君大金太祖武元皇帝也。"[1]

"穿""著"在使用上究竟是否存在方言的差異,這是個較爲複雜的問題。首先,如果是涉及地域的差異,那麼應該是"穿"進入通語替換"著"之後的事情。因爲在這之前文獻用例中還不能充分反映出來,從白詩、寒山詩和筆記文獻中的用例看來,還沒有發現有這種差異。其次,後來的文獻有些也不能表明明顯的差異,如果我們確定南宋中期"穿""著"替換完成,那麼就要看以後的文獻中二詞的使用情況,還要看文獻的基本特徵,比如南曲戲文與北方諸宫調、雜劇比較本身就偏雅,唱詞部分更是如此,因此,有些時候可能刻意回避口語詞彙。我們考察《張協狀元》中的 11 處"著"的用例:

奴覷:著君家貌美,須有個荷衣著體。(第十二出)

(末)老漢且歸。衣裳著取抵寒威。(旦)不靠公公又靠誰!(第十二出)

秋至,彩樓高,龍山聳月正輝。宴著紅裙,終夜一任眠遲。冬季賞雪,瓶簪梅數枝。暖合團坐,飲羊羔風味。(第十三出)

(净)著了鞋,頂禮神道萬福!(第十五出)

你問一切人:我搽胭抹粉,著裙繫衫,我是大丈夫?(第十九出)

---

[1] 黎列文標點:《大宋宣和遺事》,商務印書館,1924 年,第 69 頁。

秀才家須看讀書,識之乎者也,裹高桶頭巾,著皮靴,劈劈樸樸。(第二十一出)

欲買春衣典夏衣,待成衣著又過時。恰纔撰得春衫著:是處山頭叫子規。(第二十二出)

纔著綠衫,出東華門外,便是破荷葉。(第二十七出)

要見狀元,便著紫衫,我便傳名紙。(第三十五出)

老鴉未著褌褲,被著張小娘子來叫,廝伴去采茶。且不知它在那裏去。(第四十一出)

除了後面二例外,其餘例中的"著"不是用在唱詞中,就是在詩詞中,即便是賓白部分,也是受教育程度較高的角色的語言,刻意仿古的可能性極大。最後一例文雅的"褌褲"爲對象,當然須用"著"。單憑一兩部作品中的用例還不能確定"穿""著"在使用上存在地域差異。我們調查了晚於《張協狀元》的元代南戲,其中《殺狗記》"穿"22見,"著"1見;《白兔記》"穿"10見,"著"0見;《幽閨記》"穿"4見,"著"1見;《荆釵記》"穿"5見,"著"1見;《琵琶記》"穿"11見,"著"5見。從延續性來看,《張協狀元》中"穿""著"若是存有方言差異,至少在稍後的南戲中應該能找到痕迹。既然前後時代相近的文獻作品中均不存在方言差異的明顯迹象,我們還不能判斷"穿""著"在使用上存在地域的差別。

另外,有些文獻材料甚至直接告訴我們常用詞在宋代的發展狀態,如:

龔伯建云:詢與孫何、盛度、丁謂,真宗時俱在清貴。詢好潔衣服,裛以龍麝,其香數步襲人;何性落拓,衣服垢汗;度體充壯,居馬上,前如仰,後如俯;謂,吳人,面如刻削。時人爲之語曰:"梅香,孫臭,盛肥,丁瘦。"(《涑水記聞》卷三,48頁)

"香""臭"與"肥""瘦"分別互爲反義,可見,"香""臭"與現代無別;"肥""瘦"而不是"胖""瘦"對舉,也許"胖"還沒有産生,或還不處於優勢。那麼,"香"什麼時候開始由表示穀物等成熟後的氣味而擴大爲表示一切的香味?

"臭"什麼時候由表示氣味而縮小爲表示難聞的氣味？"胖"在宋代究竟是否已經產生？如果已經產生，是什麼樣的狀態？如果沒有，那在後代是怎麼一步步發展到和現代漢語一樣，"胖""肥"和"瘦"處於反義義場的？什麼時候"肥"意義開始縮小，而"胖"處於主要的地位？是什麼原因導致這些變化？等等，無數的問題等待我們去回答。宋代筆記文獻所提供的諸多常用詞方面的材料十分可貴。

現在我們或許可以得出這樣的結論：筆記文獻中一旦有個別的口語詞用於一般的叙述中（語言描寫、自釋詞語等之外的部分），我們就有理由初步判斷這些詞彙在實際的語言中已經發展成熟或是趨近成熟，這是由筆記文獻的語言性質決定的，比如在同是筆記文獻的元陶宗儀的《南村輟耕錄》中，"穿"與"著"相比，仍看不出占絕對的優勢：

偶戲謂曰："外郎穿布衲，到敢裹著珍珠。"（卷之五"廉介"）

妻臨行，以所穿繡鞵一，易程一履。（卷之四"妻賢致貴"）

一心專天天得知，忍著主衣還事誰。（卷之二十"碧瀾妾"）

服虔曰："剛卯，以正月卯日作，佩之，長三寸，廣一寸，四方，或用金，或用桃，著革帶佩之。"（卷之二十四"剛卯"）

不道帳前胡旋舞，有人行酒著青衣。（卷之三"岳鄂王"）

天子諸侯，吉事皆舄，其餘服冕著舄耳。士爵弁纁屨，黑絇繶純，尊祭服之屨，飾從繢也。……唯著襪而入。……所以著襪爲宜，況襪又從韋乎。……又須降而著屨，複升於階。（卷之三十"屨舄履考"）

諺云："三代仕宦，學不得著衣吃飯。"（卷之十二"著衣吃飯"）

《教坊記》："北齊時，丈夫著婦人衣行歌，旁人齊和，云踏謡娘。"

(卷之十四"婦女曰娘")

　　李當當者,教坊名妓也,姿藝超出輩流。忽翻然若有所悟,遂著道士服。(卷之十五"妓出家")

　　從上面用例,我們不難看出凡是引用部分、詩詞語句、俗語及需用莊重文言表達的內容,均用"著"而不用"穿"。實則與宋代筆記中"穿""著"用例情況無大異。因此,對於筆記文獻中所見的常用詞,我們首先需要做的是考源工作,這要借助於其他的文獻材料,尤其是白話語料。找到源頭後的下一步就是對中間階段作細緻的考察描寫,歸納常用詞的發展途徑,分析變化的原因,既要關注語言內部的原因,又要向外部要素去尋找答案。趙元任先生說:"人作爲說話的有機體是心理學家和精神病學家的研究對象,但是在語言學家中間近來有一種趨勢,就是偏重研究語言現象中的更省力、更整齊、更清晰、更正規的方面,而把更有意義的和更具體的東西丢在一邊。我大概就是這大多數語言學家中的一員,因爲我的工作有95%是形式語言學,也就是說,對語言材料進行枯燥的描述,而只有5%涉及那有血有肉、更富意義和更人性化的方面。"[1] 涉及人性化的部分需要多學科的交叉研究。反過來看,一般情況下,在筆記文獻中所見到的現代漢語常用詞,一定是在筆記所處時代之前的某個時間產生。利用筆記文獻作常用詞的演變研究,如果僵化地以文獻中的用例情況爲依據,得出的結論基本上是不夠可靠的。筆記文獻,尤其是宋代筆記文獻,在漢語史上的承上啓下的地位不容忽視。這些文獻所提供的信息往往是共時層面的歷時性的問題,正確利用筆記文獻中的語言材料,尤其是與其他文獻形成互補的那部分語料,纔能保證研究結論的可靠性。

二、複音詞中的語素選擇

　　在常用詞演變的過程中,舊詞替換新詞往往要經歷一段過程。一般說來,

---

[1] 趙元任著,李芸、王强軍譯:《語言的意義及其獲取》,第十届控制論會議論文集《控制論——生物和社會系統中的循環因果和回饋機制》,1955年。

舊詞在這個過程中漸趨定型化:或是轉變了身份而成爲複合詞中的語素,或是保留與舊有成分的組合關係。蔣紹愚認爲:"在同一歷史時期中,舊詞和新詞往往是并存的。哪些是舊詞,哪些是新詞,有時僅僅根據使用頻率難以斷定,但根據詞的組合情況却可加以區分:一般説來,能和語言中的新興成分組合的,就是在口語中活躍的新詞;反之,就是在語言中保留的舊詞。"[1]因此,我們可以把複合詞中與其他語素的組合情況,作爲判斷常用詞興替狀態的重要標準之一。正常情況下判斷舊詞可以采用下面兩個標準:一是經常在複合詞中作爲構詞語素而較少獨立運用的是舊詞;二是在這些複合詞中另外一個語素不是語言中的新興成分,這樣我們就可以斷定在這一時代新詞已經替換了舊詞。第二條標準是對前面一條的補充。因爲有些時候一個新詞的組合能力也很强,在單獨使用的同時也充當複合詞中的語素,這時情況便有些複雜。如《全唐詩》中"裙""裳"的出現頻率都很高,"裙"除獨立使用外,組合能力進一步增强,"石榴裙"共23見,"翡翠裙"6見,"裙裾"6見,"裙帶"6見,"舞裙"6見,"長裙"5見,"紅裙"13見,"輕裙"5見,"花裙"7見,"月色裙"7見,"真珠裙""椰葉裙"各2見,"裙腰"9見,"布裙"5見,"鬱金裙"2見。《全唐詩》中還出現了"裙子",何凝《何滿子》詩有:"可堪虚度良宵,却愛藍羅裙子,羨他七束纖腰。"《全五代詞》亦收録。"裳"在《全唐诗》中單獨使用的多爲韵脚字,以應韵律的和諧,如《全唐诗》卷一八七韋應物《發廣陵留上家兄兼寄上長沙》詩:"執板身有屬,淹時心恐惶。拜言不得留,聲結涙滿裳。"其餘多爲"衣裳""羅裳""錦裳""軒裳""霓裳""褰裳""沾裳"等,用例不勝枚舉。[2]"裙""裳"都具有較强的組合能力,但後者的組合成分僅限於舊有的成分,前者反之。因此,我們可以斷定在唐代"裳"已經爲"裙"所替代。[3]宋代筆記中的有些常用詞僅是偶然的單獨使用,這時候我們可以以其在複合詞中的組合情況爲標準,判斷常用詞的發展狀態。反過來説,我們還可以從常用詞在複合詞中的組合情況初步判斷常用詞的發展狀態,并以此爲綫索作細緻的、深入的考察和分析。如:

---

[1] 蔣紹愚:《白居易詩中與"口"有關的動詞》,《語言研究》1993年第1期。
[2] 參見馮雪冬:《漢語"衣""裳""裙""褲"之歷史演變》,《理論界》2012年第1期。
[3] 在此基礎上可以通過考察歷代文獻,進一步確定常用詞替換發生的具體時間。

唐有一種色,謂之退紅。王建《牡丹詩》云:"粉光深紫膩,肉色退紅嬌。"王貞白《娼樓行》云:"龍腦香調水,教人染退紅。"《花間集·樂府》云:"床上小熏籠,韶州新退紅。"蓋退紅若今之粉紅,而髹器亦有作此色者,今無之矣。紹興末,縑帛有一等似皁而淡者,謂之不肯紅,亦退紅類耶?(《老學庵筆記》卷一,138~139頁)

這一段記載除保留了"退紅""不肯紅""紅"等口語詞外,我們還可以根據這幾個口語詞判斷"紅"在唐宋時期已是一個表示顏色概念的基本詞彙。"紅"在這幾個複合詞中充當的是表示類名的核心成分,與"紅"組合的"退""不肯""粉"都是新興的語言成分,尤其"不肯紅"口語化程度極高。其他筆記文獻中亦見用例:

唐韓文公愈之甥,有種花之異,聞於小說。杜給事孺休典湖州,有染户家池生青蓮花,刺史收蓮子,歸京種於池沼,或變爲紅蓮。因异,驛致書問。……愚見今以鷄糞和土培芍藥花叢,其淡紅者悉成深紅,染者所言,益信矣哉。蜀王先主將晏駕,其年峨嵋山娑羅花悉開白花。又荆州文獻王未薨前數年,溝港城隍悉開白蓮花。(《北夢瑣言》卷十,224頁)

唐昭宗劫遷,百官蕩析,名娼伎兒,皆爲强諸侯有之。供奉彈琵琶樂工號關别駕,小紅者,小名也。(《北夢瑣言》卷六,144頁)

門首紅梔子燈上,不以晴雨,必用箬蓋蓋之,以爲記認。(《都城紀勝·酒肆》,5頁)

《北夢瑣言》中"紅"的用例更能說明問題。其中,既有"紅"獨用例,又有"紅"作爲複合詞中的語素的用例,而且還有作人名的"小紅","紅"在此一時期發展成熟程度可見一斑。"紅"大約從漢代開始就表示現在意義上的紅色:

若紅汁膿脹,若狐犬半食,若血流赤,若青黑腐,若骨白,若髑髏,熟諦視視,善護令意莫失善相,是名爲護舍。何等爲行舍?(後漢·安世高譯《佛説七處三觀經》)

一時佛在阿耨大泉,與大比丘五百人俱,皆是阿羅漢——六通神足,大有名稱,端正姝好,各有衆相,不長、不短、不白、不黑、不肥、不瘦,色猶紅蓮華,皆能伏心意——唯除一比丘,何者?阿難是也。(後漢·康孟詳譯《佛説興起行經》卷上《佛説孫陀利宿緣經》第一)

爾時,阿那邠池,先與女造十二種寶車,先以赤蓮華簟内、摩尼覆外,黄金重布,白銀羅絡,琥珀揚班。(吴·支謙譯《須摩提女經》)

例中"紅"與"血"、"紅蓮華"與"赤蓮華"并用,可知"紅"已可指大紅色。"紅"由一種淺紅色絲織品而漸變爲顔色詞,《楚辭·招魂》:"紅壁沙版,玄玉梁些。"王逸注:"紅,赤白色",即粉紅色。我國古代有傳統的五色之説,《周禮·考工記》:"雜五色,東方謂之青,南方謂之赤,西方謂之白,北方謂之黑,天謂之玄,地謂之黄。"《韓詩外傳》説到"社"時也是這樣列舉的:"天子社……東方青,南方赤,西方白,北方黑,上冒以黄土。""紅"乃"五色"之外的間色。許嘉璐認爲五種正色,可分爲兩類:赤、黄、青,是現代所謂的三原色,即其他一切顔色之所由生;黑、白二色則爲古人眼中諸色之兩端。[1] 而從漢代開始人們對"紅"所代表的色彩開始模糊,《釋名·釋彩帛》:"紅,絳也。白色之似絳者也。""赤""紅"的界限不再清晰,《漢書·賈捐之列傳》:"至孝武皇帝元狩六年,太倉之粟紅腐而不可食。"顔注:"粟久腐壞,則色紅赤也。"《漢書·外戚列傳》:"既激感而心逐兮,包紅顔而弗明。"晋灼曰:"包,藏也。謂夫人藏其顔色,不肯見帝屬其家室也。"師古曰:"此説非也。心逐者,帝自言中心追逐夫人不能已也。包紅顔者,言在墳墓之中不可見也。""紅顔"又作"朱顔",《漢書·劉欽列傳》:"博自以弃捐,不意大王還意反義,結以朱顔,願殺身報德。"《説文·木部》:"朱,赤心木,松柏屬,一在其中。"段注:"朱,本木名,引申假借爲純赤之字。"《廣雅·釋器》:"朱,赤也。""朱"同"赤",但"朱"的使用并不普遍,作爲顔色名稱時仍是以"赤"爲名,《漢書·西域傳》:"出封牛、水牛、象、大狗、沐猴、孔爵、珠璣、珊瑚、虎魄、璧流離。"孟康曰:"流離青色如玉。"師古曰:"《魏略》云大秦國出赤、白、黑、黄、青、緑、縹、紺、紅、紫十種流離。"許嘉璐先生説:"由初民對顔色的分類,

---

[1] 參見許嘉璐:《説正色——〈説文〉顔色詞考察》,《中國典籍與文化》1995年第3期。

到後來典籍中關於正色、間色的種種解說所反映出的觀念及其對社會生活的影響,大約經歷了這樣的過程:'生活→習慣→規範→生活……→'[1] 其中規範即是在充分認知顏色後在等級中用顏色來區分尊卑。古人認爲五色爲正色,其他爲間色,因此,以正色爲尊,《禮記·王制》:"間色亂正色,不粥於市。"《禮記·玉藻》云:"衣正色,裳間色,非列采不入公門。皇氏云:'正謂青、赤、黄、白、黑五方正色也。不正,謂五方閒色也,緑、紅、碧、紫、騮黄是也。'"《漢書·成帝紀》:"青緑,民所常服,且勿止。""師古曰:'然則禁紅紫之屬。'"至魏晋後間色同樣可以用來區表尊卑。漢魏以後,封建制度已經確立并逐漸完善,門閥制度盛行,人們的社會關係遠比以往複雜,顏色使用的等差也隨之有了新的變化。最爲顯著的特點是,先前的正色與間色之間的貴賤格局被完全打破,正色也可以用以表示尊卑。如朱(赤、丹、絳)、紫、黄、黑(玄、皂、緇),多爲帝王公卿使用;青(蒼)、白(素、縞)、緑則多用於低級官吏和庶民百姓,其中,黄、黑、青三色尊卑混用。[2] 從這個角度而言,正色與間色的界限正在逐漸消失,這又與整個社會環境密切相關。魏晋南北朝時期是中國歷史上儒學最爲衰微的時期,玄學的興起,佛教的興盛及民族之間的交融,形成了多元化、反傳統、重個性、重色求新的獨特社會風貌。前代的禮制約束、儒家的綱常説教已經失控,人們開始懷疑、否定傳統,諸多新的文化要素開始萌生。因此,一方面,封建等級觀念儘管普遍存在,但在人們心目中和實際的行動中必將產生極大的背離。正是這樣的社會環境,使人們對傳統的顏色尊卑觀念開始有了重新的認識,致使正色與間色的界限更加模糊;另一方面在人們重色求新思潮的影響下,對於鮮艷的美麗的事物情有獨鍾。於色彩而言,"紅"備受青睞,如《玉臺新咏》卷五《咏紅牋》:"雜彩何足奇,惟紅偏作可。灼爍類葉開,輕明似霞破。"入南朝後,上層社會中的唯美追求病態發展,舉凡士族子弟,"無不熏衣剃面,傅粉施朱",片面追求陰柔之美,整日沉浸在自我標榜、自我陶醉之中。[3] 同時,他們以同樣的標準去看待外界的事

---

1 參見許嘉璐:《説正色——〈説文〉顔色詞考察》,《中國典籍與文化》1995 年第 3 期。

2 參見楊健吾:《魏晋南北朝時期中國民間的色彩習俗》,《鹽城師範學院學報》(人文社會科學版)2008 年第 2 期。

3 參見張承宗、魏向東:《中國風俗通史:魏晋南北朝卷》,上海文藝出版社,2001 年,第 98 頁。

物,尤其是女性,而女性又必然按照男性的審美去改變自我的容妝。因此,在這一段的作品中不乏"朱粉""朱顏""朱汗""朱脣",在這樣環境下,"朱"的詞義範圍就大得多了,當然也就包含了原來的"紅"。也就是說"紅"也是"朱",反過來說原有的"紅"有時就可以表示"朱"的部分意義,如:

妝成桃毀紅,黛起草慚色。(《玉臺新詠》卷四·施榮泰《雜詩》)

綠鬢愁中改,紅顏啼裏滅。(《玉臺新詠》卷六·吴均《和蕭洗馬子顯古意六首》)

青荷蓋緑水,芙蓉發紅鮮。(《玉臺新詠》卷十《青陽歌曲》)

江南蓮花開,紅光覆碧水。(《玉臺新詠》卷十《夏歌四首》)

蘭葉參差桃半紅,飛芳舞縠戲春風。(《玉臺新詠》卷九《春日白紵曲一首》)

從而,"紅"的詞義範圍也開始擴大表示"紅顏色"的統稱,《南齊書·高帝本紀》:"不得以金銀爲箔,馬乘具不得金銀度,不得織成繡裙,道路不得着錦履,不得用紅色爲幡蓋衣服。"再如:

明志逸秋霜,玉顏艷春紅。(《玉臺新詠》卷四《長相思》)

遥看雲霧中,刻桷映丹紅。(《玉臺新詠》卷七《代樂府三首·新成安樂宫》)

依帷蒙重翠,帶日聚輕紅。(《玉臺新詠》卷十《梁塵》)

"紅"明顯已是類名,"春紅"之"紅"已是春季百花的代名詞。"紅"至遲在南北朝時期已經成爲基本的顏色詞。而原本就使用不夠普遍的"朱",在這一時期則失去了原來的地位,在組合上具有極大的選擇性,往往作爲修飾成分組成"朱顏""朱脣"等,如:

時俗薄朱顏,誰爲發皓齒。(《玉臺新詠》卷二·曹植《雜詩五首》)

低頭和顏色,素齒結朱唇。(《玉臺新詠》卷二《苦相篇豫章行》

有時,雖不是直接的組合,却仍起修飾作用:

粉光猶似面,朱色不勝唇。(《玉臺新詠》卷八·劉緩敬《酬劉長史詠名士悅傾城》)

殘朱猶曖曖,餘粉上霏霏。(《玉臺新詠》卷十·沈約《早行逢故人車中爲贈》)

在整個《玉臺新詠》中"朱顏"4見,"朱唇"6見,"朱火"3見,"朱口"2見,"朱丹""朱鳥""朱草""朱日""朱李""朱履""朱弦""朱華""朱汗"等各1見。"朱"的出現環境往往是和"紅"共用的,但有些結構至今仍具有較强的生命力。這大概與"朱"最初的使用情况有關,"朱"在秦漢時期,經常用於表示車馬飾品的顏色,由於皇帝貴族多采用這種顏色,因而"朱"被認爲是高貴的顏色。[1] 由於這種高貴氣,在顏色詞義界限逐漸模糊的過程中,"朱"便没有本爲間色的"紅"更容易在語言使用中爲人們所接受,因此,一直處於不温不火的狀態。而相對俗的"紅"替换了原有的"赤"。"赤"於《玉臺新詠》中僅2見:

濃朱衍丹唇,黄吻瀾漫赤。(《玉臺新詠》卷二·石崇《王昭君辭一首》)

青敷羅翠彩,絳葩象赤雲。(玉台新詠·卷三·楊方《合歡詩五首》)

從現有文獻材料來看,"紅"替换"赤"是一個較快的過程,因爲在上舉漢魏佛典中"赤"的用例仍是占絶對優勢的。在這一過程中"緑"也逐漸開始發展成熟,成爲與"紅"對應的基本詞,如:

游魚潛緑水,翔鳥薄天飛。(《玉臺新詠》卷二《曹植雜詩五首》)

石榴植前庭,緑葉摇縹青。(《玉臺新詠》卷二《弃婦詩一首》)

---

1 參見程娥:《漢語紅、黄、藍三類顏色詞考釋》,武漢大學碩士學位論文,2005年,第11~12頁。

寧願空房裏,階上緑苔生。(《玉臺新咏》卷八《從頓還城應令》)

漢渚水初緑,江南草復黄。(《玉臺新咏》卷七《從頓暫還城》)

緑葵向光轉,翠柳逐風斜。(《玉臺新咏》卷八《聞人蒨春日》)

箱簾六七十,緑碧青絲繩。(《玉臺新咏》卷一《古詩無名人爲焦仲卿妻作》)

《玉臺新咏》中"緑"共計61例,與"紅"同時成爲漢語顏色詞彙中的基本詞。"紅""緑"在南北朝時期發展爲基本詞彙歸結起來有兩個方面的原因:一是人的認識水平的提高。大衛·E.庫柏説:"人們對事物的認識總是趨近具體化精確化,顏色同樣如此。據估計一般的人能夠鑒别光譜上大約七百多種不同的顏色;然而在大多數語言裏,常用的顏色詞只有一小撮。這意味着每個顏色詞都是色譜上很大一塊的標記,每一塊都包含許許多多深淺不等的顏色。但是没有理由認爲所有民族會以相同的方式切分光譜,或用完全對應的標記表示切分出來的光譜塊。"[1]同樣,同一民族在不同時期切分光譜的方式也會不同。人們的思維越細微、越具體,對事物的認識就越深刻,從而會對頭腦中原有的概念進行重新的整合。概括起來,就是由個别到一般、由具體到抽象的過程。如"紅""赤"在最初的認知中本爲不同的紅,隨着人們顏色認知水平的提高,漸漸認識到二者本質上是相通的,可以歸屬爲一個大的類别。這種情況下,一是造詞來表示這個大的概念,二是通過原有詞彙詞義範圍的擴大來實現。結果選擇的是後者,"紅""赤"競争的結果是,"紅"取代了"赤";另一方面的原因是社會環境的變化,在魏晋南北朝的反傳統、求新求奇、重色等思潮的影響下,人們更熱衷於鮮艷的色彩,於是表示"紅""緑"等色彩的詞彙便得以廣泛的使用,意義進一步泛化,在正色和間色之間,這一時期的人們選擇"間色"詞來作爲常用詞,也是順應整個社會思潮的必然趨勢。進入隋唐後,"紅"的組合能力進一步增

---

[1] 《哲學和語言的本質》中譯本,第131~132頁。轉引自許嘉璐《説"正色"——〈説文〉顏色詞考察》,《中國典籍與文化》1995年第3期。

强,《全唐詩》中有"深紅""淺紅""淡紅""輕紅""微紅""紅靄靄""紅灼灼""紅簇簇""紅漾漾""紅妝""紅袖""紅杏""紅燭"等多種組合。已經形成了現代漢語中基本詞"紅"的功能和意義格局。

三、同義成分的歷時替換

我們這裏提到的同義成分,一是指複音詞在不同時期選擇了不同的同義語素,而這些語素在當時或以前又是獨立的常用詞,這種情況下很可能涉及常用詞的演變問題。如上文中我們討論的"朱顏""紅顏"等,就與常用詞"紅"的發展演變有關;二是熟語在不同時期有不同的形式,其中詞語的選擇也是在原有結構意義基本不變的前提下,采用意義相同或相近的詞彙,如"掩耳盜鈴""掩耳偷鐘"等:

> 諺有"掩耳偷鈴",非鈴也,鐘也。亦有所本,按《呂氏春秋》:"范氏亡,有得其鐘者,欲負而走,則大鐘不可負。以椎毀之,鐘怳然有音,恐人聞之而奪己,遽掩其耳。惡聞其過,亦由此也。"任昉《勸進箋》云:"惑甚盜鐘,功疑不賞。"(《能改齋漫録》卷五"掩耳偷鐘",122頁)

於是,這裏面一定有一個"偷"和"盜"的替換的問題。什麽時候開始用"掩耳偷鈴(鐘)",那麼"偷"在口語中可能就已經占了優勢,替換了"盜"而成爲常用詞。因此,宋代筆記文獻中的類似的複音詞和熟語中同義替換的材料反映了常用詞演變的信息,我們下面舉例談一談這方面的問題。

首先是複音詞中語素的替換,反映了當時語素獨立成詞時的使用狀態,如《老學庵筆記》卷五:"元用素強記,即朗誦一再。肅王不視,且聽且行,若不經意。""朗誦"我們現代又用作"朗讀","誦"與"讀"比較而言,今天我們使用的是"讀",《齊東野語》卷二十"讀書聲"有:"以詩投東坡者,朗誦之而請曰:'此詩有分數否?'坡曰:'十分。'其人大喜。坡徐曰:'三分詩,七分讀耳。'此雖一時戲語,然涪翁所謂'南窗讀書吾伊聲',蓋善讀書者,其聲正自可聽耳。"可見,"朗誦"即"讀"也。"誦"也可以單獨表示"讀"的意思,如宋朱弁《曲洧舊聞》卷三:"東坡去,無咎方欲舉示族人,而之道已高聲誦,無一字遺者。無咎初似不樂,久之曰:'十二郎真吾家千里駒也。'"此例中的"誦"《宋人軼事彙編》作"朗誦":

東坡去,無咎方欲舉示族人,而之道已高聲朗誦,無一字遺者。(《宋人軼事彙編》卷六,243頁)

"朗讀"的用例要更早一些,唐李商隱《與陶進士書》:"出其書,乃復有置之而不暇讀者,又有默而視之不暇朗讀者,又有始朗讀而中有失字壞句不見本義者。""朗"有高聲、大聲義,漢王充《論衡·氣壽》:"兒生,號啼之聲鴻朗高暢者壽。""朗讀""朗誦"義爲大聲地讀。"誦""讀"在早期意義有所分別,"誦"多與詩歌類的詞彙組合:

子曰:"誦詩三百,授之以政,不達;使于四方,不能專對;雖多,亦奚以爲?"(《論語·子路》)

子路終身誦之。(《論語·子罕》)

史爲書,瞽爲詩,工誦箴諫,大夫規誨,士傳言,庶人謗,商旅于市,百工獻藝。(《左傳·襄公十四年》)

叔孫穆子食慶封,慶封汎祭。穆子不說,使工爲之誦《茅鴟》,亦不知。(《左傳·襄公二十八年》)

而且"誦"其中往往蘊含有脫離書本的意味。"讀"的搭配對象則相對廣泛:

子路使子羔爲費宰。子曰:"賊夫人之子。"子路曰:"有民人焉,有社稷焉。何必讀書,然後爲學?"(《論語·先進》)

公讀其書曰:"日君乏使,使臣斯司馬,臣聞師衆以順爲武。"(《左傳·襄公三年》)

楚令尹圍請用牲。讀舊書。加于牲上而已。(《左傳·昭西元年》)

王曰:"是良史也,子善視之。是能讀三墳五典、八索九丘。"(《左

傳·昭公十二年》)

頌其詩,讀其書,不知其人,可乎?(《孟子·萬章章句下》)

可見,"誦""讀"都可以表示"讀",而且既可以是一般的相當於"學習"的"讀",也可以表示具體的"讀"的行爲。在表示具體的"讀"的行爲時,"誦"接近於"朗誦",根據其所搭配的對象而言,"誦"應是有節奏的、充滿感情的。這與先秦時期的文學傳播方式有關,察民意與觀民風的政治目的,使詩歌成爲早期最主要的文學體裁,甚至後來作爲自覺創作且含有明確主體意識的文學體裁却是詩。肇始於周朝的那些"飢者歌其食,勞者歌其事"的民歌,在某種程度上體現出國家政治的盛衰狀况。[1] 而在當時的條件下,實現文學傳播的途徑多是"誦""歌"等,《墨子·公孟》:"或以不喪之間,誦詩三百,弦詩三百,歌詩三百,舞詩三百。""讀"僅是一般意義上的行爲。但隨着文學形式的日漸豐富,主要是儒家思想地位的上升,儒家的諸多著作被奉爲經典。到了漢代經學繁盛,因此,"誦""讀"的範圍開始擴大,"誦"的對象也不僅限於詩歌等韻文,如《史記·太史公自序》:"遷生龍門,耕牧河山之陽。年十歲則誦古文。"司馬貞索隱曰:"遷及事伏生,是學誦《古文尚書》。"但主要的搭配對象仍是"詩""歌"等:

賈生名誼,洛陽人也。年十八,以能誦詩屬書聞於郡中。(《史記·屈原賈生列傳》)

於是乃相與發徒役,圍孔子於野。不得行,絶糧。從者病,莫能興。孔子講誦弦歌不衰。(《史記·孔子世家》)

"讀"的用法變化不大,仍是偶然與非"詩"一類的詞彙搭配,《史記·屈原賈生列傳》:"太史公曰:'余讀《離騷》《天問》《招魂》《哀郢》。'"《史記》中"誦""讀"連用例開始出現,如:

旦日視其書,乃《太公兵法》也。良因异之,常習誦讀之。(《史記·留侯世家》)

---

[1] 參見張次第:《略論中國古代文學的傳播目的與方式》,《鄭州大學學報》(哲學社會科學版)2004年第2期。

東漢開始"誦讀"用例增多：

左右常薦光禄大夫劉向少子歆通達有异材。上召見歆,誦讀詩賦,甚説之。(《漢書·元后傳》)

宣帝時修武帝故事,講論六藝群書,博盡奇异之好,征能爲《楚辭》九江被公,師古曰:"被,姓也,音皮義反。"召見誦讀,益召高材劉向、張子僑、華、龍、柳褒等待詔金馬門。(《漢書·王褒列傳》)

不許之辭宜曰:"五經聖人所制,萬事靡不畢載。王審樂道,傳相皆儒者,旦夕講誦,足以正身虞意。"(《漢書·東平思王劉宇傳》)

車服飲食,號爲侈靡,侍婢數十,皆能爲聲樂,又悉教誦讀《魯靈光殿賦》。(《三國志·蜀書·劉琰傳》)

既長,耽古篤學,家貧未嘗問産業,誦讀典籍,欣然獨笑,以忘寢食。(《三國志·蜀書·譙周傳》)

居貧無資,常爲人傭書,以供紙筆。所寫既畢,誦讀亦遍。(《三國志·吴書·闞澤傳》)

陳思王植,字子建。年十歲餘,誦讀《詩》《論》及辭賦數十萬言,善屬文。(《三國志·魏書·陳思王植傳》)

少爲書生,家以農畝爲業,而專精誦讀,晝夜不息。(《後漢書·逸民列傳》)

少作縣吏,常給事厮役,後爲都亭刺佐。而有志好學,坐立誦讀。(《後漢書·陳寔列傳》)

防年十六,仕郡小吏。世祖巡狩汝南,召掾史試經,防尤能誦讀,拜爲守丞。(《後漢書·儒林列傳》)

吉少好誦讀書傳,喜名聲,而性殘忍。(《後漢書·酷吏列傳》)

臣以公卿所奏臣罪惡詔書常置於前,晝夜誦讀。(《後漢書·孝明八王列傳》)

太后自入宮掖,從曹大家受經書,兼天方、算數。晝省王政,夜則誦讀。(《後漢書·皇后紀·和熹鄧皇后》)

可見"誦讀"已逐漸凝固,"誦讀"的對象也相對廣泛,經傳典籍皆可誦讀,這是"誦""讀"的組合同化進一步促進二者義界模糊混同的結果。《玉臺新咏》中"誦""讀"各兩個用例:

十五彈箜篌,十六誦詩書。(卷一《古詩無名人爲焦仲卿妻作》)

執書愛綈素,誦習矜所獲。(卷二·左思《嬌女詩一首》)

今時人,智不足。與其書,不能讀。(卷九《盤中詩一首》)

長跪讀隱圭,辭苦聲亦淒。(卷三·荀昶《擬青青河邊草》)

可見,二者差別已逐漸消失。《全唐詩》中"誦""讀"與"詩"等的組合比例相當接近,其中"誦"組合 31 見,"讀"組合 42 見:

誦詩聞國政,講易見天心。(第八七卷·張説《恩制賜食於麗正殿書院宴賦得林字》)

凡讀我詩者,心中須護净。(第八〇六卷·寒山《詩三百三首》)

"誦""讀"可泛指讀書:

群書萬卷常暗誦,孝經一通看在手。(第二二二卷·杜甫《可歎》)

鄉里爲儒者,唯君見我心。詩書常共讀,雨雪亦相尋。(第六九一卷·杜荀鶴《貽裏中同志》)

《全唐詩》中亦有"誦"與"經"類詞連用的情況,共48見,但多數不是儒家經典,而是佛道之經:

誦白蓮經,從旦至夕。(第八二五卷·修雅《聞誦〈法華經〉歌》)

佯狂未必輕儒業,高尚何妨誦佛書。(第八四六卷·齊己《過陸鴻漸舊居》)

更堪誦入陀羅尼,唐音梵音相雜時。(第八四七卷·齊己《贈念〈法華經〉僧》)

君看白首誦經者,半是宮中歌舞人。(第七八三卷·盧尚書《題安國觀》)

除與"詩""經"等的詞語搭配外,"誦"的其他用例共22見,其中"誦讀"1見,"吟誦"1見:

仙人變化爲白鹿,二弟玩之兄誦讀。讀多七過可乞言,爲子心精得神仙。(第一九四卷·韋應物《學仙二首》)

清齋三千日,裂素寫道經。吟誦有所得,衆神衛我形。(第一七九卷·李白《游泰山六首》)

鄰家儒者方下帷,夜誦古書朝忍飢。(第四六二卷·白居易《勸酒》)

願書萬本誦萬過,口角流沫右手胝。(第五三九卷·李商隱《韓碑》)

字字朝看輕碧玉,篇篇夜誦在衾裯。(第八〇四卷·魚玄機《和友

人次韵》)

《全宋詞》中"誦""詩"組合31見,"誦""經"組合8見,"念誦"1見,"誦"獨用與"詩""經"類詞語搭配的6見;"讀"共98見,搭配的對象仍是非常廣泛的,如:

官裏逢重九,歸心切大刀。美人痛飲讀《離騷》,因感秋英、飼我菊共糕。(王邁《南歌子・謝送菊花糕》)

日長深院裏,時聽讀書聲。(趙文《臨江仙・壽此山,有酒名如此堂》)

從整個"誦""讀"的演變歷程看來,"誦"的義域經歷了由小到大,又由大到小的過程。唐詩、宋詞中的"誦"單獨與非"詩""經"類詞彙組合的用例,與其他搭配相比較而言,比例很小,在《全宋詞》中體現得尤為明顯,"誦""經"組合也不多見。這表明儘管"誦"的組合對象在不斷擴大,但表示"讀"的行為的一般動詞仍是"讀","誦"在使用上仍存在着局限性。這一過程中,"誦"義域的擴大和縮小的外因是漢代開始儒學興盛,人們誦讀的經典已不限於詩歌,儒家經典均是受捧的對象。而漢以後儒學衰微、玄學興起,尤其是魏晉以來佛道興盛,至唐宋時期形成三教合一的文化格局,因此,"誦"的對象從"詩"擴大到儒家典籍再到佛道經典。而至宋代,社會的經濟結構發生了重大的變化,從而必然引起上層建築的變革,人們對佛道的熱衷并不像以往那麼強烈,因此,"誦"與"經"等的搭配便開始減少。"讀"的情況也是如此;其內因是"讀"在早期就是一個表示閱讀的一般動詞,只是由於"誦"與"詩"類詞語之間的選擇性,"讀"在漢以前的義域中與"誦"基本上形成互補。但"誦讀"的大量使用,使二者的義界漸趨模糊,形成"你中有我,我中有你"的局面。因此,魏晉以來"讀"便占據了閱讀的全部義域。而"誦"由於早期搭配對象的限制及原有意義的殘留,在單獨使用時仍受限制,至宋代"誦"的義域則又開始縮小。正是由於使用上的受限,在一般的口語中人們就更傾向於用"讀",相對而言"誦"的色彩要雅於"讀"。因此,"朗讀""朗誦"在唐宋的文獻中出現都是合情合理的,而"朗誦"用例更多則充分説明"讀"的口語色彩濃,在口語中已經占據了原本"誦"與"詩"類詞語搭配的位置,在誦讀意義上替換了"誦"。《全元雜劇》中"誦"的搭配對象僅限於與"詩""經"相關的詞語,而"讀"的意義則進一步泛化,甚至"讀書""讀書人"已凝固成詞,如《全元雜劇》關漢卿《錢大尹智勘緋衣夢》第一折:"我是個讀書人,量一個媳婦打甚麼不緊!"

另外,熟語從最初的產生,到人們廣泛使用和最後的定型,往往要經歷一段較長的過程。而且在這期間有的熟語會產生兩個或多個大同小異的形式,這些形式在一定時期內還長期共存,甚至保留至今,如"不可勝計":

先君言:蔡京設禮制局累年,所費不可勝計,惟改朝靴爲履耳。(宋·陸游《家世舊聞·下》,203頁)

熙寧中,少華山崩,壓七村之人,不可勝計。(《邵氏聞見後錄》卷第三十,234頁)

……兵連禍結,蠹耗國用,疲困民力,生靈無辜殞於鋒鏑之下,不可勝計。(宋·葉紹翁《四朝聞見錄·戊集·開禧施行韓侂胄御批黃榜》,165頁)

又有"不可勝算":

刻木輩舞文,顧眎謝乃其常,蓋未有若此者。以此知四選蠹積,蓋不可勝算,司衡綜者,可不謹哉!(《桯史》卷第五"部胥增損文書",53頁)

还有"不可勝數":

蔡京當國,每緣製作置局,辟官不可勝數。(《泊宅編》卷第六,36頁)

無以遣日,因取架閣陳年公案,反覆觀之,見其枉直乖錯,不可勝數。(《容齋隨筆》卷四"張浮休書",45頁)

元昊爲西鄙患者十餘年,國家困天下之力,有事於一方,而敗軍殺將,不可勝數,然未嘗少挫其鋒。(《歸田錄》卷二,21頁)

公亟對:"若進輩鷹犬駑材爾,行伍中若進者,不可勝數。"(《玉壺清話》卷第一,10頁)

我們今天常用的是"不可勝數"。從產生的先後來看,"不可勝數"最早:

噴則大者如珠,小者如霧,雜而下者不可勝數也。(《莊子·秋水》)

然後昆蟲萬物生其間,可以相食養者,不可勝數也。(《荀子·富國篇》)

其次是"不可勝計":

今執無鬼者言曰:"夫天下之爲聞見鬼神之物者,不可勝計也,亦孰爲聞見鬼神有無之物哉?"(《墨子·明鬼上》)

"不可勝算"最晚:

太原吏民苦轉運,所經三百八十九隘,前後没溺死者不可勝算。(《東觀漢記·鄧訓傳》)

從具體的使用環境看,三者差別不大,無論是具體事物還是抽象的財物,只要是強調量大,都可以用其來表示:

數歲,假予產業,使者分部護之,冠蓋相望。其費以億計,不可勝數。(《史記·平準書第八》)

初,先是往十餘歲河決觀,梁楚之地固已數困,而緣河之郡堤塞河,輒決壞,費不可勝計。(同上)

瓚因其半濟薄之,賊復大破,死者數萬,流血丹水,收得生口七萬餘人,車甲財物不可勝算,威名大震。(《後漢書·公孫瓚列傳》)

從使用頻率上來說,"不可勝數""不可勝計"要遠遠高於"不可勝算",從生命力的大小看來,"不可勝數"最強。那麼"不可勝數""不可勝計"後因何又產生了"不可勝算"？現在我們計算事物時,往往用"數"和"算",而一般不用"計","數"又只用來計算具體的事物,"算""計""數"在歷史上一定經歷了一段複雜的演變過程,我們可以從這個角度對其進行考察分析并解釋原因。

四、釋古語的今語

宋代筆記文獻中多有對前代詞彙的訓釋，其中有的是采用"猶今……"的形式，如《石林燕語》卷二："燕朝以聽政，猶今之奏事，或謂之燕寢。"又有以"……古語"的形式，如《愛日齋叢抄》卷一："師古引劉向《列女傳》：'魏曲沃負者，魏大夫如耳之母。'此古語，謂老母爲負耳。"以今語釋古語其價值有二：一是作者當時以一口語詞釋古語，却不爲現代人所知，這時我們可以通過古語之義來考釋這個口語詞，蔣紹愚先生稱之爲反推[1]；二是今語、古語有時候所反映的正是漢語常用詞的新舊更替，如陸游《老學庵筆記》：

> 今人謂娶婦爲"索婦"，古語也。孫權欲爲子索關羽女，袁術欲爲子索吕布女，皆見《三國志》。（卷十，131頁）

《說文·女部》："娶，取婦也。從女從取，取亦聲。"《左傳·莊公二十八年》："晉獻公娶於賈，無子，烝於齊姜，生秦穆夫人及太子申生，又娶二女於戎。"《史記·張儀列傳》："今秦楚嫁女娶婦，爲昆弟之國。韓獻宜陽，梁效河外。"《史記·管蔡世家》："四十九年，景侯爲太子般娶婦於楚，而景侯通焉。太子弑景侯而自立，是爲靈侯。"《楚辭章句·天問》王逸注有"舜，帝舜也。閔，憂也。無妻曰鰥。言舜爲布衣，憂閔其家，其父頑母嚚，不爲娶婦，乃至於鰥也"。可知，"娶婦"早有用例。有時又作"取婦"，《史記·滑稽列傳》："率取婦一歲所者即弃去，更取婦。所賜錢財盡索之於女子。"《史記》中的娶妻類的動詞有"娶（取）""尚""聘"三個，還未見"索"。[2] "索"表娶義，較早的用例確見於《三國志》：

> 初，承喪妻，昭欲爲索諸葛瑾女，承以相與有好，難之。（《吴書·張昭傳》）

> 先是，權遣使爲子索羽女。羽罵辱其使，不許婚，權大怒。（《蜀

1　蔣紹愚：《近代漢語概論》，北京大學出版社，2005年，第289~290頁。
2　劉道鋒：《〈史記〉嫁娶類動詞的句法考察及其所反映出的性別等級》，《現代語文》2009年第10期。

書·關羽傳》)

術欲結布爲援,乃爲子索布女,布許之。(《魏書·呂布傳》)

其中《蜀書》《魏書》例正是陸游所舉例。我們不難發現,在表示娶妻意義上"娶"爲先"索"爲後,相比之下"娶婦"纔是古語;"索"妻是有條件的,聯姻的目的性非常明顯,《三國志》的三個"索妻"用例都是出於政治和軍事目的的需要。後代文獻亦有部分用例,如:

皇后愆然曰:"睍地伐漸不可耐,我爲伊索得元家女,望隆基業,竟不聞作夫妻,專寵阿雲,有如許豚犬。"(《隋書·列傳第十》,1229頁)

但多已不是基於政治和軍事目的的考慮,如:

君莫以富貴,輕忽他年少,聽我暫話會稽朱太守。正受凍餓時,索得人家貴傲婦。(《全唐詩》第三八八卷·盧仝《感古四首》)

死恨相如新索婦,枉將心力爲他狂。(《全唐詩》第四二二卷·元稹《箏》)

"索婦"已是正常生活的需要:

索婦須好婦,自到更須求。(《王梵志詩校注》卷三《索婦須好婦》)

自家早是貧困,日受飢恓。更不料量,須索新婦,一處作活。(《敦煌變文集新書·不知名變文》)

"索婦"之"索"求娶義甚濃,其中暗含的是若求得婦人須有所付出,有時體現得十分明顯,《王梵志詩校注》卷二《用錢索新婦》:"用錢索新婦,當家有新故。""索婦"反映了人們的觀念變化和婚俗的發展。"娶婦"之源與早期人類的生存狀態有關。先民改造自然、征服自然的能力低下,生存環境惡劣,生活極其艱苦,平均壽命也甚短,養育後代以使種姓繁衍就成爲頭等大事。先民以氏族爲單位群居生活,而部族的力量與人口的多寡密切相關。因此,婦女就成爲部族的重要戰略資源,因爭奪婦女而引起的戰爭在整個人類的早期發展歷史中屢見不鮮。發展到後來,就形成了搶婚制,一般學者認爲此俗曾普遍實行過。依此俗,一個男子不待女子自身及其親族的同意,可用武力奪取爲妻。這種建立於武力征服基礎上的婚姻制度如今在我國的少數民族的婚嫁習俗中也有殘留的痕跡。比如侗族的"搶親",男家給女家送了彩禮後,便選一個黄道吉日,去女家"搶親",把新娘搶回來成親。然而這些儀式已嬗變爲婚禮上的傳統娱樂節目,充滿着神秘而喜慶的氣氛。[1] 在中國,進入奴隸社會後,完全的父系制——以父權爲中心的個體私有制小家庭——形成後,這纔開始了一夫一妻制,即實際上的一夫多妻制。此時雖有了嬪娶婚,但大量的妻妾還是來於搶奪。掠奪之大爲攻伐,小則是有權勢男子以各種暴力手段劫女,其事往往於昏夜進行。[2] 周代是禮儀的創始時代,爲了鞏固周王室的統治,西周初年,貴族們制定了一系列的完整的從政治到文化典章制度及禮樂規定,這就是人們通常説的"周禮"。《周禮》首先注意的是"謹夫婦",認爲"婚禮,萬世之始也"。[3] 從此,家長成爲婚姻的主導者,婚姻開始進入更文明的階段,搶婚則不復存在。因此,"娶"從"取"中獨立出來,專門表示娶妻,"娶"中的"搶取"義早已爲人所不知。"娶"作爲專門表示娶妻的詞彙,生命力十分強大,至今仍是基本詞彙。而"索婦"正是在中國社會婚姻模式確立之後,在特殊的時代環境下出現的。男以聘禮娶女已是正常,偏有加以"索"字,足見與單純以求婚爲目的的"娶"不同,其中包含了額外的利益訴求。因此,"索"表娶妻義的運用在文獻中亦屬少數,但從陸游所記看來,在唐宋時代"索妻"等在口語中應是普遍使用的,《賓退録》卷九(114頁)亦有:"俚俗謂娶妻爲索妻,亦有所本。《三國志·吕布傳》云:'袁術欲結布爲援,乃爲子索布女。'《關羽傳》云:'孫權遣使爲子索羽女。'又《隋書·太子勇傳》載獨孤后曰:'爲伊索得元家女。'"足見,"索妻""索婦"在人們頭腦中已是"娶"義。這大概是宋代社會工商業日益繁盛,人們逐利意識較以前更强,民間婚姻中的重利意識在語言中的反映。因此,"索"的娶妻義從產生之初的政治軍事目的義,至宋代發展爲經濟利益的目的義,於是得以普遍流傳。但從語言内部來看,"索"的意義相對複雜,不如"娶"單一穩定,再加上"求""索"的歷時興

---

[1] 參見吴昊:《從"取"到"娶"》,《咬文嚼字》2001年第4期。
[2] 黄金貴:《古代文化詞義集類辨考》,上海教育出版社,1995年,第573頁。
[3] 參見殷鏧塘、顧鳴塘:《中國歷代婚姻與家庭》,中共中央黨校出版社,1991年,第17~19頁。

替,於是,"索"的娶妻義并没有對"娶"產生過多影響,後世文獻中"索"的娶妻義基本上不見使用。

可見,常用詞演變過程中,内外因之間存在着相互的制衡。人們的思維和價值取向隨着社會生活的變化而變化,從而對詞、義產生取捨,但這種取捨仍是建立在語言中原有詞彙系統的基礎之上。語言必須隨外部的變化而變化,而這種變化不是無休止的,否則便無法實現交流的目的,其自身又必須維持一個平衡。

五、文獻版本的异文

宋代筆記文獻多刊刻於明代以後,版本异文衆多。文獻中構成异文的原因很多,有同音假借而成,有字形相近而成,有因詞義相近而成,也有因後人錯改而成,利用异文應仔細審辨。[1] 其中因詞義相近而構成的异文,有些反映漢語常用詞的演變情况。這裏面既有同一筆記的不同版本的异文,如《齊東野語》卷一"詩用史論":"亭長何曾識帝王,入關便解約三章。只消一勺清泠水,冷却秦鍋百沸湯。""清泠水"之"泠"夏敬觀校注云:"毛本亦作'冷',疑'泠',張本作'凉'。"稗海本"泠"亦作"凉"。"清泠水""清凉水"早有用例:

　　我今聞彼所説之法,心調柔和,譬如人熱入清泠水。(吴·支謙譯《菩薩本緣經》卷下)

　　譬如好地四徼道中有浴池,清凉水濡且美。(西晋·法立共法炬譯《大樓炭經》卷第六)

"冷"在漢魏六朝時期使用頻繁,用法靈活,不僅成爲"熱"的通用反義詞,而且常跟"暖""温"對用,義域很寬,在很多場合已替代了"寒"。[2] "凉"本也是寒冷義,《詩·邶風·北風》:"北風其凉,雨雪其雱。"但先秦主要用"寒",漢代開始,"凉"主要表示"微寒、清凉"。漢劉楨《公宴詩》:"華館寄流波,豁達來風

1　徐時儀:《古白話詞彙研究論稿》,上海教育出版社,2000年,第416頁。
2　汪維輝:《東漢—隋常用詞演變研究》,南京大學出版社,2000年,第354頁。

涼。"三國魏曹丕《燕歌行》:"秋風蕭瑟天氣涼,草木搖落露爲霜。"在這個意義上"冷"和"涼"有交叉,但就與水的組合而言,"冷水"在中土文獻中用例較早,《齊民要術》中"冷水"46見,未見"涼水"用例。"涼水"的組合較早的用例出現在南宋時期,《東京夢華錄》卷之七"池苑内縱人關撲游戲":"池上飲食:水飯、涼水、菉豆、螺螄肉、饒梅花酒、查片、杏片、梅子、香藥脆梅、旋切魚膾、青魚、鹽鴨卵、雜和辣菜之類。"至《全元雜劇》中"冷水"4見,"涼水"14見,在表示生水義上,"涼水"開始占上風。在表示涼的程度上,"冷"與"涼"在此時出現了明確的分工。至現代漢語中"冷水"多用於南方。因此,如果從意義角度來說,"清冷水"更合詩的原貌。但是這裏面并非用的是"冷水""涼水",而是多了個"清"。"清冷水""清涼水"義無大别。若是從格律角度考慮,很明顯,"涼"蓋爲馮氏詩之原貌。可見,"涼""冷"在從漢至元的一段時期内,是逐步經歷了歷時替换的過程的,這一過程的最終完成應該是在元代,具體的演變歷程可以進一步作細緻的描摹分析。

又有筆記文獻記載與其他文獻記載形成的異文,如:

洛陽龍門,有吕文穆公讀書龕。云文穆昔嘗棲偃於此,初有友二人,一人則温尚書仲舒,一人忘其姓名,而三人誓不得狀元不仕。及唱第,文穆狀元,温已不意,然猶中甲科,遂釋褐,其一人徑拂衣歸隱。後文穆作相,太宗問:"昔誰爲友?"文穆即以歸隱者對,遽以著作佐郎召之,不起。故文穆罷相尹洛,作詩曰:"昔作儒生謁貢闈,今提相印出黄扉。九重鵷鷺醉中别,萬里烟霄達了歸。鄰叟盡垂新鶴髮,故人猶著舊麻衣。洛陽謾道多才子,自歎遭逢似我稀。"所謂故人,蓋斥其友歸隱者也。(《青箱雜記》卷一,2頁)

"洛陽謾道多才子"之"道",《詩話總龜》卷二十六作"説"。汪維輝在談到東漢魏晋南北朝時期的"道"和"説"時説:"'道'和'説'的區别似乎是:'説'是一般的説,強調的是'説話'這一行爲;'道'則是詳細地説,把事情説清楚,有時還加上主觀的闡述或評論。渾言則不别。《世説新語》一書中,'道'用作'品題;評論'義的多於'講;説'義,而'説'則相反,很少當'品題'講。"[1]也就是説

---

[1] 汪維輝:《東漢—隋常用詞演變研究》,南京大學出版社,2000年,第171~172頁。

"説"的品題、評論義在《世説新語》時代,還主要是由"道"來表示。而現代我們在口語中只用"説",那麼什麼時候在這個意義上主要用"説"而少用"道",這是值得探討的問題。《玉臺新詠》中"道""説"的使用情況證實了汪先生的説法,在説話義上"説"僅3見:

　　四坐且莫喧,願聽歌一言。請説銅爐器,崔嵬象南山。(《玉臺新詠》卷一《古詩八首》)

　　説有蘭家女,承籍有宦官。云有第五郎,嬌逸未有婚。遣丞爲媒人,主簿通語言。直説太守家,有此令郎君。既欲結大義,故遣來貴門。(《玉臺新詠》卷一《古詩無名人爲焦仲卿妻作》)

其餘皆用"道",共15見:

　　不道參差菜,誰論窈窕淑。(《玉臺新詠》卷六·吴均《咏少年》)

這種局面至寒山詩中就發生了明顯的變化,寒山詩中"道"僅5見,如:

　　難聞道愁遣,斯言謂不真。(《難聞道愁遣》,59頁)

　　猪不嫌人臭,人返道猪香。(《猪不嫌人臭》,86頁)

"説"18見,如:

　　吾心似秋月,碧潭清皎潔。無物堪比倫,教我如何説。(《吾心似秋月》,73頁)

　　説食終不飽,説衣不免寒。(《説食終不飽》,193頁)

段成式《酉陽雜俎》中竟無一例"道","説"共48見,承擔了與説話有關的全部意義,如:

　　成式見山人鄭昉説,崔司馬者,寄居荆州,與邢有舊。(卷二"壺史")

　　因説秀才修短窮達之數,且言萬物無不可化者,唯淤泥中朱漆筋及髮,藥力不能化。(卷二"壺史")

貞元中,有一將軍家出飯食,每説物無不堪吃,唯在火候,善均五味。(卷七"酒食")

　　至開成初,在城親故間,往往説石旻術不可測。(卷五"怪術")

可見,從南朝至中唐,"説"已經在口語中完成了對"道"的替换,但在一般的詩詞中,"道"仍有較多的用例。

　　宋代筆記文獻因其語體的特殊性,決定了在以之爲語料進行常用詞演變研究時我們的不同視角。對於筆記文獻中的常用詞使用情況,我們不能"全信",因爲一旦一個口語詞彙偶然出現在如筆記類的文言爲主、文白結合的文獻中時,可能這個詞彙在口語中已經發育得相對成熟。這樣一來,筆記中的用例多少便不能作爲單一的衡量標準,就需要以此爲綫索追溯其源流,以便得出準確的結論。以宋代筆記爲語料研究常用詞的演變現象,單純地考察文獻中保留的常用詞是遠遠不夠的,還需要從"複音詞中的語素""同義替换的成分""釋古語的今語"及"文獻版本的异文"等多個角度,結合其他文獻分析常用詞演變的具體情況。宋代筆記文獻從不同角度反映出的常用詞演變信息,體現了漢語由文言向白話發展過程中,平民文化與精英文化互動、雅俗交融的發展趨勢。"紅"發展爲漢語顔色詞中的基本詞,"掩耳盜鈴"的最終定型不是"掩耳偷鈴"等,便是兩種文化的相互融合,最終形成現代漢語面貌的具體表現形式。

第四節　宋代筆記中的方言俗語

　　張相先生在《詩詞曲語辭彙釋·序言》説:"詩詞曲語辭者,即約當唐宋金元明間,流行於詩詞典之特殊語辭,自單字以至短語,其性質泰半通俗,非雅詁舊義所能賅,亦非八家派古文所習見也。其字面生澀而義晦,及字面普通而義别者,皆在探討之列。"其中的"特殊語辭"即通常我們所説的白話詞、口語詞、俗語詞、方言詞等,我們這裏統稱爲方言俗語。關於方言俗語的術語問題,學界多有探討,雖名目各异,但所指統同。黄侃稱之爲"熟語",徐復稱之爲俗語言,郭在貽稱之爲俗語詞,在《俗語詞研究概述》中特别指出俗語詞"指的是古代文獻中所記録下來的古代口語詞和方言詞之類",黄徵、朱慶之、蔣紹愚等亦用"俗語詞"。黄徵《漢語俗語詞研究的幾個理論問題》認爲:"俗語詞研究是先有實踐,後有理論的,而且這個理論目前還很不成熟和完善。但感性的認識已經很豐富了。"并且爲俗語詞作了如下定義:"漢語俗語詞是漢語詞彙史上各個時期流行於社會各階層口語中的新産生的詞語和雖早已有之但意義已有變化的詞語。"[1]這方面的討論還很多,我們這裏不一一列舉。之所以學界對此術語的認識存有差异,主要是因爲其中包含的内容相對模糊。正如黄徵先生所言,我們的感性認識已經很豐富了,因此,我們這裏不在術語上糾纏,姑且統稱其爲方言俗語,簡而言之"方俗語"。宋代筆記文獻反映的内容十分廣泛,作者在記録過程中往往不避方俗語,甚至多有作者對方俗語的探討,因而宋代筆記中保存了大量的方俗語材料。

一、宋代筆記中的共時方言俗語材料

筆記的作者不僅不避方言俗語,而且對方言俗語充滿興趣。在記録中若是用到方俗語,有時還加以簡單的注釋,如《鷄肋編》卷中:"車駕駐蹕臨安,以府廨爲行宫。紹興四年,大饗明堂,更修射殿以爲饗所。其基即錢氏時握髮殿,吴人語訛,乃云'惡發殿',謂錢王怒即升此殿也。時殿柱大者,每條二百四十千足,總木價六萬五千餘貫,則壯麗可見。言者屢及,而不能止。"莊綽在解釋"惡發殿"的得名之由時,指出了"惡發"的意義爲怒。《老學庵筆記》卷八:"白席者又曰:'資政惡發也,却請衆客放下荔枝。'魏公爲一笑。惡發,猶云怒也。"所釋相同。"惡發"據陸游所釋,可能爲當時北語,因此,陸游特地作出解釋,但似乎已進入吴語中,《老學庵筆記》卷二有"錢王名其居曰握髮殿,吴音'握''惡'相亂,錢塘人遂謂其處曰:'此錢大王惡發殿也。'"又據《廣韻》:握,於角切。影母,入聲,覺韻;惡,烏各切,影母,入聲,鐸韻。陸游等所記恰恰反映了當時吴語中入聲覺、鐸二韻混讀的事實。《全唐詩》已見"惡發"用例,卷六五二羅隱《白角篦》有"白似瓊瑶滑似苔,隨梳伴鏡拂塵埃。莫言此個尖頭物,幾度撩人惡發來"。

---

[1] 參見徐時儀,《古白話詞彙研究論稿》,第22~26頁。

敦煌變文中用例甚多。如：

白莊曰："不然，緣我當時攄許你將來，一爲不得錢物，二爲手下無人，所得惡發，攄你將來。"（《敦煌變文集新書》卷六《廬山遠公話》）

掃又掃不得，難陀又怕妻怪，惡發便罵世尊：……（《敦煌變文集新書》卷三《難陀出家緣起》）

入厨惡發，翻粥撲羹。（《敦煌變文集新書》卷七《齟齬書》）

宋以後繼承使用，已爲通語。陸游所記反映了南宋"惡發"已進入吳語漸入通語的事實。疑"惡發"早期爲俗語詞，不登大雅之堂，在醫藥類著作中，"惡發"往往爲突然發作、劇烈發作之義，如《太平聖惠方》卷五十二："女右塞耳中效，如惡發，以茶清下三圓，得大吐即效。""惡""發"組合，表示人病情的劇烈發作，人之怒氣亦如病情，氣突發即爲怒也。詞義抽象化後，"惡""發"凝固成詞。這與"惡"的突然、猛烈義和"發"的發生義的發展有關。

又如"那行"：

百官入殿門，閤門輒促之曰："那行。"那去聲，若云糯予去國二十七年復還，朝儀寖有不同，唯此聲尚存。（《老學庵筆記》卷四，42頁）

《全史宫詞·南宋》亦有："萬樹宫鴉静不鳴，鳳山樓閣月斜明。夜闌聽徹連珠諾，多少官人促那行。""那行"應爲閤門使發出的類似"請進"的語言，《廣韻》："那，奴個切。那，語助。又奴哥切。""那"大有提醒注意的祈使作用。比"請"語氣重，但也不可能重過"快走"，應有委婉的成分。陸游所言"促之"，乃百官之個人感覺。在入殿門的環境下，自然每個人都應是快步前行的。《漢語大詞典》直接釋爲"移步向前"，僅是重視了"行"之義，不夠確切。并且"那行"也只是特殊環境下的祈使語，和一般所説的走路是不同的。釋爲"閤門使提醒百官快步前行的祈使語"更確切。宋代前後的文獻未見"那行"，可見"那行"又明顯具有時代和地域的色彩。據清吳玉搢撰《別雅》卷二："乃㳘，那行也。《世説》：'劉真長見王導，導以腹熨彈棋局曰："何乃㳘？"劉出曰："未見他异，惟聞吳語。"'程大昌按：'《玉篇》言"㳘"，虚觥反。今鄉俗狀凉冷之狀曰"冷㳘"。'此解非也，八庚與七陽通，'㳘'當作亨康反。吳人之聲常有之意，以爲何如則曰

'那行','行'字亦音亨康反。《老學庵筆記》曰閤門促人曰'那行',是即何乃澺之聲也。"可備一説。

有些方俗語詞只在筆記文獻中有所記録,而且在現代漢語中已經消亡,如《青箱雜記》卷三:"又蜀有痎市,而間日一集,如痎瘧之一發,則其俗又以冷熱發歇爲市喻。"

"冷熱發歇"在其他文獻中不見用例,其義爲間日一集的"市"。從吳處厚所記可知此乃以"痎瘧"發病爲喻。《黄帝内經·素問》卷十"瘧論":

> 黄帝問曰:夫痎瘧皆生於風,其蓄作有時者,何也?岐伯曰:瘧之始發也,先起於毫毛,伸欠乃作,寒栗鼓頷,腰脊俱痛。寒去則内外皆熱,頭痛如破,渴欲飲冷。帝曰:何氣使然,願聞其道。岐伯對曰:陰陽上下交争,虚實更作,陰陽相移也。陽并於陰,則陰實而陽虚,陽明虚,則寒栗鼓頷也;巨陽虚,則腰背頭項痛;三陽俱虚,則陰氣勝,陰氣勝,則骨寒而痛。寒生於内,故中外皆寒;陽盛則外熱,陰虚則内熱,内外皆熱,則喘而渴,故欲冷飲也。

可見,"痎瘧"爲陰陽交争而産生的冷熱病。"痎瘧"發病,則忽冷忽熱,故用其發病特徵來記其病。"冷熱發歇"爲蜀地市語。

二、宋代筆記中方言俗語的歷時研究

筆記作者在記録詮釋當下方言俗語的同時,對一些方言俗語詞的來源和發展演變也加以探討。如"翠":

> 東坡《牡丹》詩云:"一朵妖紅翠欲流。"初不曉"翠欲流"爲何語。及游成都,過木行街,有大署市肆曰"郭家鮮翠紅紫鋪"。問土人,乃知蜀語鮮翠猶言鮮明也。東坡蓋用鄉語云。蜀人又謂糊窗曰"泥窗",花蕊夫人《宫詞》云:"紅錦泥窗繞四廊。"非曾游蜀,亦所不解。(《老學庵筆記》卷八,102頁)

據陸游所記,"翠"有鮮明義,乃蜀語。然宋王應麟《困學紀聞》卷十八亦有所述:

> 陸務觀記東坡詩"翠欲流",謂:"蜀語鮮翠,猶言鮮明也。"愚按,

嵇叔夜《琴賦》云:"新衣翠粲。"李周翰注:"翠粲,鮮色。"李善注引《子虛賦》:"翕呷翠粲。"張揖曰:"翠粲,衣聲。"《漢書》作"萃蔡。"萃音翠。班倢伃賦:紛綷兮紈素聲。其義一也。以鮮明爲翠,乃古語。(《困學紀聞》,1969 頁)

據王說"以鮮明爲翠"爲古語。《説文·羽部》:"翠,青羽雀也,出鬱林,從羽卒聲。"《玉篇·羽部》進一步釋爲:"翠,七遂切,青羽雀,出南方。"其他字書釋義亦無大异。從理論上講,"翠"由青羽雀引申爲青羽雀樣的顔色,再在此基礎上引申爲鮮明義,也是合情理的。《毛詩注疏》卷十五有"倉庚於飛,熠耀其羽。箋云:倉庚仲春而鳴,嫁取之候也,熠耀其羽,羽鮮明也",足見,鳥之羽毛本可用鮮明形容。從王應麟所記看來,宋以前確有"翠"表鮮明義的用例。而陸游在《老學庵筆記》中却說"翠"爲蜀語,并從蘇軾詩談起,足見"翠"當時於通語中已無鮮明義,有鮮明義的"翠"保留在當時的蜀方言中。陸氏是從共時的角度記録并解釋"翠"的意義,王氏則從歷時角度追踪"翠"之源,二者結合便是完美的闡釋。足見,當時學者們已具有了簡單的、樸素的現代詞彙學研究的意識。又如"虜子":

南朝謂北人曰傖父,或謂之虜父。南齊王洪軌,上谷人,事齊高帝,爲青冀二州刺史,勵清節,州人呼爲虜父使君。今蜀人謂中原人爲虜子,東坡詩"久客厭虜饌"是也,因目北人仕蜀者爲虜官。晁子止爲三榮守,民有訟資官縣尉者,曰:"縣尉虜官,不通民情。"子止爲窮治之,果負冤。民既得直,拜謝而去。子止笑諭之曰:"我亦虜官也,汝勿謂虜官不通民情。"聞者皆笑。(《老學庵筆記》卷九,119~120 頁)

"虜子"較早的用例南朝已見,《宋書·劉勔列傳》:"勔與常珍奇書,勸令反虜,珍奇乃與子超越、羽林監垣式寶,於譙殺虜子都公費拔等凡三千餘人。"後有關邊塞戰争史實的文獻記録中仍多用"虜",《隋書·達奚長儒列傳》:"突厥本欲大掠秦、隴,既逢長儒,兵皆力戰,虜意大沮,明日,於戰處焚屍慟哭而去。"《宋朝事實類苑》卷第二《祖宗聖訓·太宗皇帝》:"二年北虜寇邊,邊將言文安、大成二縣監軍棄城遁走,請以軍法論。"至後來,周邊少數民族被漢化、實現民族大融合後,"虜子"也基本上成了歷史詞彙,只在特殊環境下出現,如:"士龍固不識所謂也。後諸兄忌之,至詈爲虜子。"(《新元史·詹士龍列傳》)

"虜子"已不再是對北方少數民族的蔑稱,而是轉移爲一詈語,即侮辱某人像虜子一樣,詞義上仍是具有較大的繼承性。可見,"虜子"於陸游時代而言,如"翠"一樣,亦是古語,只是保留在蜀語中。《漢語大詞典》"虜子"條引《老學庵筆記》例,釋爲"古蜀人對中原人的貶稱",引證嫌晚,於是導致釋義絶對化。同時可以增補"虜子"的詈語義。另外,陸游所記中還提到了"虜父",足見"虜"之對北方少數民族蔑稱義定早於此産生。《漢語大詞典》引漢荀悦《漢紀·武帝紀五》"虜還走上山,陵追擊之"作爲首證,仍嫌晚。《史記》中已見用例,如《史記·酷吏列傳》:"於是上作色曰:'吾使生居一郡,能無使虜入盜乎?'曰:'不能'。"然此時此義多用"胡"表示,如:

因使韓終、侯公、石生求仙人不死之藥。始皇巡北邊,從上郡入。燕人盧生使入海還,以鬼神事,因奏録圖書,曰"亡秦者胡也"。始皇乃使將軍蒙恬發兵三十萬人北擊胡,略取河南地。(《史記·秦始皇本紀》)

漢驃騎將軍之出代二千餘里,與左賢王接戰,漢兵得胡首虜凡七萬餘級,左賢王將皆遁走。(《史記·匈奴列傳》)

不過,并未産生與"虜子"對稱的"胡子"。這與"虜"的詞義發展有關,據《後漢書·南匈奴列傳》,虜41見,胡22見,"虜"已占絶對優勢。而《漢書·匈奴列傳》中虜24見,胡80見,反映了至南朝時,"虜"已取代"胡"表示對北方少數民族的蔑稱。而"鬍子"在文獻中則多表示鬍鬚。如《三寶太監西洋記》第九十三回:"他説道:'一顆送在姓支的矮子處,一顆送在姓李的鬍子處。'""鬍子"可以特徵代本體的方式臨時指代某人,就可能進一步固定指稱某一類具有這一特徵的人。北人一般以"麻鬍子"或"麻猴子"等哄嚇小孩子,以此爲可怕的事物。陸游揭示了蜀人謂中原人爲"虜子",始於南朝時期對北方少數民族的蔑稱"虜",而"虜父""虜官"等亦與之有關。從而,把"虜子"一詞的來龍去脉作了粗疏的勾勒。

三、作者對方言俗語的研究心得

筆記文獻的作者在記錄和詮釋方俗語時，時常在得義之後再進一步闡述其個人對該詞的得名之由、詞義演變原因及詞彙之間的關係等方面的看法，從而得出一些簡單的規律。下面就幾個用例作粗略的分析。

1.冬住

陳師錫家享儀，謂冬至前一日爲"冬住"，與歲除夜爲對，蓋閩音也。予讀《太平廣記》三百四十卷有《盧項傳》云："是夕，冬至除夜。"乃知唐人冬至前一日，亦謂之除夜。《詩·唐風》"日月其除"。除音直慮反。則所謂"冬住"者，"冬除"也。陳氏傳其語，而失其字耳。（《老學庵筆記》卷八，104 頁）

據陸游言，"除夜"應有兩義，一爲除夕，二爲冬至前一夜。又據《香祖筆記》：

《老學庵筆記》：陳師錫家享儀，以冬至前一日爲冬住。又云《唐·盧項傳》云，是日冬至除夜。乃知唐人冬至前一日亦謂之除夜。吾鄉三十年前冬至節祀先賀歲，與除夕、元旦同，近乃不行，亦不知其所以然也。乙酉夏山東多疫，忽有鄉人持齋素者言以五月晦爲除夕，禳之則疫可除，一時村民皆買香燭祀神祇祖先，亦妖言也。（卷十，188 頁）

可知，"冬至"前一夜與除夕、元旦同爲重要節日，同樣需要祀先祭祖。同時，人們也"以五月晦爲除夕"，也許這裏的除夕，僅是臨時的借用，可以理解爲"五月的除夜"或"五月的除夕"，同理，冬至的前一夜，人們或也理解爲"冬至的除夜""冬至的除夕"。《涌幢小品》卷十五《節令》有"《盧項傳》云：'是夕冬至除夜。'又陳師錫家享儀，謂冬至前一日爲冬住。住者，冬除也。則除夕亦不獨歲暮一夕爲然也。太平興國三年七月，詔七日爲七夕，至今仍之"，可以爲證。但"除夜"在文獻中一般指"除夕"是毫無爭議的：

季冬除夜接新年，帝子王孫捧御筵。（全唐詩·第六二卷·杜審言《守歲侍宴應制》）

再等女兒帶過了殘歲,除夜做碗羹飯起了靈,除孝罷。(《警世通言》第二十二卷"宋小官團圓破氈笠")

今夕是除夕耶?內亡且二十日矣,含淚濡毫,粗述其生平大略。……哀哉!壬午除夜淚筆。(《巢林筆談》卷六"內亡度歲")

《太平廣記》卷三四〇《盧頊》確如陸游所言:"是夕冬至除夜,盧家方備粱盛之具,其婦人鬼倏閃於牖户之間,以其鬧,不得入。"但"除夜"前有"冬至"限定,"除夜"本身并不是"冬至前一夜",這只是個臨時的說法。相當於現在我們說"七夕"爲"中國的情人節",而情人節還是二月十四日。"冬至除夜"這一臨時組合,在沒有更好的詞彙來表示這一夜的時候,便會流傳開來,於是就有了如陸游所說的縮略爲"冬除"的可能。然而我們在文獻中并未發現"冬除"的用例,却有"冬住":

丁未,浙西提舉茶鹽司言:"本路諸縣去冬住賣鹽,錢塘縣四十六萬餘斤,比遞年增三十七倍,建德縣二十七萬餘斤,比遞年虧六分。"(《建炎以來系年要錄》卷六十七)

癸丑歲承應冬住於瓜忽都,有太醫大使顏飛卿傳四方,用之嘗效,故錄之。(《醫方類聚》卷一百八十一《諸瘻門·衛生寶鑒疣瘤》)

可見,錯誤的文字記音漸漸成爲正確的書寫形式。至陸游的時代,人們已不明"冬住"的得名之由了。另《廣韵》中"住"有持遇、中句兩切,"除"有遲倨、直魚兩切。從陸游的記錄中可推知,南宋時期的口語中大概"除"已只有"直魚"一切,而"遲倨"切的"除"之音蓋保留在閩語中。與"住"的持遇切音近。陸游在這裏指出了方音的差異是"冬住"一詞產生和得以流傳的原因。

2.菩薩蠻

樂府有《菩薩蠻》,不知何物,在廣中見呼蕃婦爲"菩薩蠻",因識之。(《萍洲可談》卷二,135頁)

"菩薩蠻"是唐教坊曲名,唐崔令欽《教坊記》有:"菩薩蠻、破南蠻、八拍蠻。"後常用爲詞牌,又名《子夜歌》《重叠金》。據宋錢易《南部新書·戊》:"大中初,女蠻國入貢奉,其國人危髻金冠,瓔珞被體,故謂之菩薩蠻。當時倡優遂制菩薩蠻曲,文士亦往往聲其詞也。"此段內容最早出現在唐蘇鶚《杜陽雜編》卷下,則知唐宣宗時期始有菩薩蠻曲。這樣看來,此曲并非一般所認爲的出自李太白之手。宋高承《事物紀原·樂舞聲歌部·小詞》:"《花間集序》則云:'起自李太白謝秋娘,一云望江南。'又曰:'近傳一闋云李白制,即今菩薩蠻。其詞非白不能及此。'信其自白始也。"對此,清代學者有較爲充分的論證,清王琦注《李太白詩集注》卷五《菩薩蠻》下有:"《南部新書》亦載此事,則太白之世尚未有斯題,何得預製其曲耶?此則辨其非太白之作者也。"《憶秦娥》條下有:"然予謂太白在當時直以風雅自任,即近體盛行七言律,鄙不肯爲,寧屑事此?且二詞雖工麗而氣體衰颯,於太白超然之致,不啻穿壤;藉令真出青蓮,必不作如是語。詳其意調,絕類溫方城輩,蓋晚唐人詞,嫁名太白。"明楊慎《丹鉛總錄·詩話·菩薩鬘》亦有:"唐詞有'菩薩蠻',不知其義。按小説,開元中,南詔入貢,危髻金冠,瓔珞被體,故號'菩薩鬘',因以制曲。"足見,"菩薩蠻"確爲"蕃婦"之名,後因以爲曲。《漢語大詞典》據朱彧《萍洲可談》卷二例,釋該詞爲"宋代稱伊斯蘭教徒爲菩薩蠻,阿拉伯文的音譯",不知所出。

3. 不闌帶

蠻女以織帶束髮,狀如經帶。不闌者斑也,蓋反切語。俚俗謂團爲突欒,孔爲窟籠,亦此意也。(《溪蠻叢笑·不闌帶》)

"經帶"是古代喪服所用的麻布帶子,《禮記·間傳》:"父母之喪,居倚廬,寢苦枕塊,不說,經帶。""不闌帶"如經帶的形狀,可見爲麻布所作,麻布粗糙,遂以"斑"言。這反映的是嶺南地區民族生活相對原始的狀態,以及與中原漢民族文化習俗上的差異。清王初桐《奩史》卷六十六《冠帶門二》引此文作:"蠻女不闌帶,狀如經帶。不闌,班也。《溪蠻叢笑》。"清曾國荃《(光緒)湖南通志》卷四十《地理志四十》亦作"經帶"。"經帶"一語在宋代文獻中多見,宋魏了翁《儀禮要義》卷第三十三"緦麻三月"條有:"緦麻三月者,釋曰:'此章五服之內輕之極者,故以緦如絲者,爲衰裳。又以澡治莩垢之麻爲經帶,曰故緦麻也。'"據《儀禮·喪服》:"緦麻三月者。"鄭玄注:"緦麻,布衰裳而麻經帶也。不言衰經略輕服,省文。"賈公彥疏:"釋曰:'此章五服之內輕之極者,故以緦如絲者爲衰裳,又以澡治莩垢之麻爲經帶,故曰緦麻也。'"可見,經帶原本爲"経帶"。《儀禮要義》"経帶"計13見,"經帶"21見。宋李昉《太平御覽》卷第五百四十六《禮儀部二十五》亦有:"父母之喪,居倚廬、寢苫、枕塊,不脫經帶。"賈公彥疏本作"經帶"。可見,二者在宋代的口語中是同義的,并非爲形近而偶然致誤。《溪蠻叢笑》大概存有作"經帶"一本。朱輔言"不闌者斑也",爲俚俗切脚語。據此可以推知"斑斕""斑斕"等,蓋是"不闌"之轉音。"不闌"中"不"受"闌"的影響,而發生逆同化現象,從而使二者韵同,作"斑斕"等。加之漢字表意性的特徵,因此文獻中多以"斑斕"記之。

有些時候,作者的研究結論也未必正確,《夢粱錄》卷十九:"瓦舍者,謂其'來時瓦合,去時瓦解'之義,易聚易散也……城内外創立瓦舍,招集妓樂,以爲軍卒暇日娛戲之地。"吴氏對"瓦舍"的得名緣由的分析,便是主觀上的臆測。

另如《青箱雜記》:

> 嶺南謂村市爲虚,柳子厚《童區寄傳》云:"之虚所賣之。"又詩云:"青箬裹鹽歸峒客,緑荷包飯趁虚人",即此也。蓋市之所在,有人則滿,無人則虚,而嶺南村市滿時少,虚時多,謂之爲虚,不亦宜乎?(卷三,30頁)

"虚"爲"墟"之本字,"墟""市"之聯繫有二:一爲亂世之"市"。《後漢書·皇甫嵩列傳》:"以黄巾既平,故改年爲中平。嵩奏請冀州一年田租,以贍饑民,帝從之。百姓歌曰:'天下大亂兮市爲墟,母不保子兮妻失夫,賴得皇甫兮復安居。'"《北史·周本紀高祖武帝》:"二月癸亥,詔曰:'河、洛之地,舊稱朝市,自魏氏失馭,城闕爲墟。'"二爲"市""墟"皆爲住所。《史記·趙世家》:"後三日,韓氏上党守馮亭使者至,曰:'韓不能守上黨,入之於秦。其吏民皆安爲趙,不欲爲秦。有城市邑十七,願再拜入之趙,財王所以賜吏民。'"《吕不韋列傳》:"以爲備天地萬物古今之事,號曰《吕氏春秋》。布咸陽市門,懸千金其上,延諸侯游士賓客,有能增損一字者予千金。"其中"市"爲城鎮義。另晋何劭《贈張華》詩:"在昔同班司,今者并園墟。""墟"爲村落義。《莊子·秋水》:"北海若曰:'井蛙不可以語於海者,拘於虚也;夏蟲不可以語於冰者,篤於時也。'""虚"爲所生存的環境。"城鎮"既可爲集市,"村落"同可爲集市,以交易場所代之而已。從兩方面聯繫看來,"墟""市"皆可指集市,只是一是繁榮時期的,一是蕭條時期的;一是較大的,一是較小的。《青箱雜記》此處爲望文生義。"墟"之集市、街市義爲嶺南方言,并有"墟市"用例,如《宋史·蠻夷·西南溪峒諸蠻列傳》:"儒林郎李大性上言:比年猺蠻爲亂,邊吏慮妨賞格,往往匿不以聞,遂致猖獗,使一方民命寄於猺人之手,誠可哀憫。近如梁牟等寇沅州,劫墟市,殺戮齊民,州縣告急於兩月之後,比調官軍討捕,俘降其賊,而人之被害已酷矣。"

四、方言俗語體現的宋人的社會文化心理

關於這個問題我們前文也有所涉及,比如關於"娶婦"俚俗語謂"索婦",正是宋代社會工商業發達,人們逐利意識增強的一種體現;"團油飯""冬住"等亦是宋代民間習俗的部分折射;"大伯""焌糟""閑漢""厮波""札客""打酒坐""撒暫"均爲古方言[1],這些方言詞體現的是民間文化娛樂的諸多方面,反映了宋代社會文化管制的相對寬鬆,等等。另外,宋朝統治者在吸取唐朝滅亡的教訓後,加強中央集權統治,地方政府權力被大大削弱,唐朝時官員的一些特權至宋已不復存在,長期的集權統治使人們尤其是官員們已經十分適應,形成習慣;隨着理學的興起,倫理束縛進一步加深,尤其是對女性的壓制更爲突出。《老學庵筆記》中的"賜無畏""錯到底""不徹頭"等方俗語體現了宋人的這些心理。

俗説唐、五代間事,每及功臣,多云"賜無畏",其言甚鄙淺。予兒時聞之,每以爲笑。及觀韓偓《金鑾密記》云:"面處分,自此賜無畏,兼賜金三十兩。"又云:"已曾賜無畏,卿宜凡事皆盡言。"直是鄙俚之言亦無畏。以此觀之,無畏者,許之無所畏憚也。然君臣之間,乃許之無所畏憚,是何義理?必起於唐末耳。(《老學庵筆記》卷六,75頁)

陸游認爲"賜無畏"語源自唐末,其得名之由爲"許之無所畏憚"。《唐太宗入冥記》有"賜卿無畏,平身祇對朕。"《茶酒論》有:"君王飲之,叫呼萬歲;群臣飲之,賜卿無畏。""賜無畏"爲"賜卿無畏",疑爲唐時君主對臣子的特殊恩賜。從另一方面也反映了唐朝統治者政治上的相對開明和君臣關係的和諧。但至宋,統治者恰恰認爲中央集權統治對鞏固政權是十分必要的,因此定國後宋統治者便吸取唐朝教訓,加強中央集權。因此,陸游方言及"每以爲笑",并質疑"然君臣之間,乃許之無所畏憚,是何義理"等。可見,陸游等文人認爲"賜無

---

[1] 郜彥傑:《〈東京夢華録〉詞彙研究》,南京師範大學碩士學位論文,2006年,第52頁。

畏"乃不可思議之事,這應該是當時文人們的普遍心理。於是,陸游言"必起於唐末"。李慈銘《越縵堂讀書筆記》:"唐孟棨《本事詩》載玄宗召李白賦《宫中行樂詩》,白頓首曰:'寧王賜臣酒,今已醉。倘陛下賜臣無畏,始可進臣薄技。'是唐初有此語也。無畏蓋即漢時入朝不趨等事之遺意。"[1]可見,"賜無畏"并非始於唐末,唐初已有之。

>宣和末,婦人鞋底尖以二色合成,名"錯到底";竹骨扇以木爲柄,舊矣,忽變爲短柄,止插至扇半,名"不徹頭"。皆服妖也。(《老學庵筆記》卷三,40頁)

"錯到底""不徹頭"二詞明顯是當時俚俗語,具有厚重的封建倫理色彩。從中不難窺測到當時社會對女性約束的嚴重,在着裝上有一些違背傳統的舊制,即爲人們所不齒,尤其是陸游這樣的大學者,足見時人在理學影響下封建倫理意識之强。宋王暐《道山清話》:"兄也錯到底,猶誇將相才。世緣何日了,了却早歸來。"可見"錯到底"當時蓋已流行,此處是用來借指女鞋的一種。清沈自南撰《藝林彙考服飾篇》卷九《履舄類》下:"其婦人鞋底以二色帛前後半節合成,則元時名曰錯到底,不知起於何代?至若飾以金寶珠玉則淫風極矣。"足見這種封建倫理意識由宋至清愈演愈烈,貫穿於理學思想統治的全過程。

有宋一朝邊患不斷,以致被迫隔江而治。在與北方少數民族政權對峙的過程中,有戰有和,"主戰""主和"是從朝廷到民間的兩大主張。但總體看來,北宋時期内憂外困,内部農民起義頻發,外部北方少數民族政權犯境,其處理方式均是以"和"爲主,事實上這也是宋人普遍的心理,在這期間,民族融合的意識也進一步加强。如司馬光《涑水記聞》有"龍猛軍",乃募强盗們所組成的軍隊。《宋稗類鈔》卷之一"君範"亦有"范文正公嘗立一軍爲龍猛軍"的記載。招募群盗爲軍是北宋朝廷收買起義者的一種方式。《涑水記聞》中又有"抵兵":

>故事,與蠻爲和誓者,蠻先輸貨,謂之"抵兵",又輸求和物,官司乃籍所掠人畜財物使歸之,不在者增其價。然後輸誓牛羊豕棘末秬各一,乃縛劍門於誓場,酋豪皆集,人人引於劍門下過,刺牛羊豕血歃之;掘地爲坎,反縛羌婢坎中,加末秬及棘於上,人投一石擊婢,以土埋之,

---

[1] 〔宋〕陸游撰,李劍雄,劉德權點校:《老學庵筆記》,中華書局,1979年,第154頁。

巫師詛云:"有違誓者,當如此婢。"及中正和誓,初不令輸抵兵、求和等物,亦不索其所掠;自備誓具,買羌婢,以氎蒙之,經宿而失;中正先自劍門過,蠻皆怨而輕之。自是剽掠不絕。(卷十三,254~255頁)

"抵兵"爲"與蠻爲和誓者,蠻先輸貨"。"輸貨"謂交納金錢玉帛等財物,主要指錢財等,與後求和物相對,在文獻中往往有賄賂義,如《後漢書·崔駰列傳》:"是時段熲、樊陵、張溫等雖有功勤名譽,然皆先輸貨財而後登公位。"《袁紹列傳》:"因臧買位,輿金輦寶,輸貨權門,窃盜鼎司,傾覆重器。""輸貨"未凝固成詞,除"輸貨財"外,文獻中亦有"輸貨物",如《皇朝經世文四編》卷四十八《外部史傳·俄皇大彼得傳》:"德國所產之貨物比之諸外國所輸貨物其價較廉。"《續資治通鑑長編·神宗》亦有:"故事:蕃部私誓當先輸抵兵求和物,官司籍所掠人畜財物,使歸之,不在者增其賈。""抵兵"蓋謂以財物抵消兵事之義。同時,司馬光記録了與蠻爲誓的過程,反映了北宋國力日漸衰退,在邊事上面但求暫"和"的事實。在這樣的情況下,受利益的驅使,便有國人產生利用戰事謀利的心理,如:

涇原路緣邊地土最爲膏腴,自來常有弓箭手家人及內地浮浪之人,詣城寨官員,求先刺手背,候有空閒地土標占,謂之"強人"。此輩只要官中添置城寨,奪得蕃部土地耕種,又無分毫租稅。緩急西賊入寇,則和家逃入內地;事過之後,却來首身。所以人數雖多,希得其力。(《涑水記聞》卷十二,233頁)

宋朝凡是當兵都須刺字,刺字的部位有臉、手臂、手背等。據上司馬光言,"強人"則爲行伍之人或社會閑散人員中爲強占耕種蕃部土地而參軍的人,事實上,并未履行軍人的職責。此類人求刺字從軍謀取利益,之所以能夠成功,正是北宋朝廷面對強敵,急需擴充軍隊的需要。"強人"隊伍的形成,是一拍即合的結果。《漢語大詞典》"強人"條釋爲:"宋代邊防鄉兵的一種。"并引《宋史·兵志四》:"河北、陝西強人砦户、強人弓手,名號不一。咸平四年,募河北民諳契丹道路、勇銳可爲間伺者充強人,置都頭指揮使。無事散處田野,寇至追集,給器甲口糧食錢,遣出塞,偷斫賊壘。"略晚,且可據此進一步增補。

傳統訓詁學以解經作注爲主要任務,所以往往對僻字僻義花很大力氣,而語言文字本并無雅俗高下之分,古代的俚俗語,到後代則成了雅言。方俗口語詞是漢語新詞的重要來源之一，從某種意義上說，漢語常用詞在歷史上的新舊更替，就是方俗口語詞跟通語詞之間此消彼長的結果。從歷史發展的過程來看，有些方俗口語詞是對被更替的歷史通語主導詞的承傳，如"曬"和"暴"。有些則是逐漸崛起的新興通語主導詞，而被替換的舊詞也可能仍存用於方言中，如"客人"和"人客"。漢語詞語的興替不僅是歷時的演變，也是地域上的共時演變，既是通語同義詞競爭的結果，又是不同方言角逐的產物。宋代是理學興起的時代，傳統的經學受到了衝擊，在闡釋經義時往往不泥古，重視發揮。在這樣的潮流影響下，宋代文人在筆記中則充分表現出來對傳統章句訓詁之學的背叛，不避俗語，并以自己的想法來解釋、研究方俗詞語。因此，在筆記文獻的客觀記錄中和作者因好奇、求知而自覺地考釋中，保留了大量的方俗語。以宋代筆記爲語料考察這些方俗語的來龍去脉及其與通語和現代方言的關係，總結筆記作者考釋方俗語的方法等，是非常值得從事的工作。

第五節　宋代筆記中的行話隱語

所謂民間秘密語（或稱民間隱語行話），是某些社會集團或群體出於維護内部利益、協調内部人際關係的需要，而創制、使用的一種用於内部言語交際的，以遁辭隱義、譎譬指事爲特徵的封閉性或半封閉性符號體系：一種特定的民俗語言現象。從功能特質和形態特質兩種視點分析，即顯示出民間秘密語這樣總體的、基本的本質性特徵。中國漢語民間秘密語濫觴於先秦，發達於唐宋，興盛於明清，傳承流變至今，是世界上諸同類語言現象中最大也是最爲豐富的一系。[1] 民間秘密語又稱隱語行話、市語（市井方語），是語言的一種社會變體，一種屬於非主流文化的特定語言現象。關於行話隱語的記載最早見於唐代，宋人曾慥《類說》卷四引《秦京雜記》謂："長安市人語各不同，有葫蘆語、繳子語、鈕語、練語、三摺語，通名市語。"《西京雜記》也載，"長安市人語各不相同"。至宋代出現了記載行話隱語的專書，如汪雲程《蹴鞠譜》所載《圓社錦語》，陳元靚

---

[1] 曲彦斌：《中國民間秘密語（隱語行話）研究概説》，《社會科學輯刊》1997年第1期。

《事林廣記》所載《綺談市語》等。足見,唐宋時期行話隱語在當時社會之繁盛。同時,文人們之間抑或以此爲戲,或在交流中以此避時政利害,因而也創造了諸多流行於文人之間的行話隱語。《事林廣記》卷八特收有的"文人市語",其中相當一部分系詞語典故或古代詞語,體現了雅文化層次的一面。宋代筆記的作者十分熱衷當時的行話隱語,筆記文獻從雅俗不同層面記録了當時社會中流行的行話隱語,其中還有作者對個別詞語的意義、來源等的探討。不少當時的行話隱語後來融入通語中,實現了言語至語言的地位轉换,滿足了交流多樣性的需要,豐富了漢語詞彙系統。

一、宋代筆記文獻中行話隱語的雅俗相融

行話隱語從流行範圍看來可以分爲會社語、行院語和文人語;從構成方式上來説大致有五種:一是改變詞義,二爲加綴式,三爲切音式,四爲藏脚式,五爲拆字式。鄧紅梅《唐宋筆記中的隱語研究》歸納出唐宋筆記隱語的"析字法""諧音法""借代法""歇後法""象徵會意法""反切法""反語法""仿擬法""類比法""類推法""比擬法""對偶法"等十餘種製作方法,并以小類的方式各自例析,掌握材料全面,描寫分析細緻,值得參考。我們這裏從文人、民間的兩大來源上簡單介紹宋代筆記中行話隱語的雅俗相融的狀態。

文人隱語往往呈現出戲謔性,多是因交流過程中互以爲戲、賣弄學識而爲之,因此很多文人隱語并不能流傳開來,僅是滿足暫時修辭的需要,如:

中立性滑稽,嘗與同列觀南御園所畜獅子,主者云:"縣官日破肉五斤以飼之。"同列戲曰:"吾儕反不及此獅子邪?"中立曰:"然。吾輩官皆員外郎,敢望園中獅子乎?"衆大笑。借聲"園外狼"也。朝士上官闟嘗諫之,曰:"公名位非輕,奈何談笑如此?"中立曰:"君自爲上官闟,借聲爲'鼻'字。何能知下官口?"(《涑水記聞》卷三,50頁)

"員外郎""園中獅","員"和"園"、"郎"和"狼"諧音,"狼""獅"爲對,於是造成幽默效果。"上官闟"對"下官口","上官闟"即"上官鼻","鼻""闟"諧音。《廣韻》:"闟"爲并母,入聲;"鼻"爲并母,去聲。亦可據此推知,南宋時期入聲的"闟"已經讀爲去聲。由於是臨時性的創作,因此,文人隱語的形式多種多樣,

如：

> 黃魯直在衆會作一酒令云："虱去乚爲虫,添几却是風,風暖鳥聲碎,日高花影重。"坐客莫能答。他日,人以告東坡,坡應聲曰："江去水爲工,添糸即是紅。紅旗開向日,白馬驟迎風。"雖創意爲妙,而敏捷過之。蘇公嘗會孫賁公素,孫畏內殊甚,有官妓善商謎,蘇即云："蒯通勸韓信反,韓信不肯反。"其人思久之,曰："未知中否？然不敢道。"孫迫之使言,乃曰："此怕負漢也。"蘇大喜,厚賞之。(《雞肋編》卷下,98頁)

前者蘇、黃是以猜字的方式行酒令爲戲；後者蘇軾以典故設隱,并予以諧音雙關戲謔孫素,以致官妓不敢道。古代文人們關注仕途,往往也以此製隱語：

> 景祐中有郎官皮仲容者,偶出街衢,爲一輕浮子所戲,遽前賀云："聞君有臺憲之命?"仲容立馬愧謝久之,徐問："其何以知之?"對曰："今新制臺官,必用稀姓者,故以君姓知之爾。"蓋是時三院御史乃仲簡、論程、掌禹錫也。聞者傳以爲笑。(《歸田錄》卷一,11頁)

這裏面包含了兩個邏輯推理：其一前提是三院御史乃仲簡、論程、掌禹錫,結論是今新制臺官,必用稀姓者；其二前提是皮仲容姓"皮"爲稀有,結論是君有臺憲之命。可見,這種交流必須是建立在一定預設的基礎之上的,是運用邏輯推理製作的隱語。相對於複雜的推理而言,簡單的以此代彼,同樣能創造出含蓄隱晦幽默的效果,如：

> 士人口吃,劉貢父嘲之曰："本是昌徒,又爲非類,雖無雄才,却有艾氣。"蓋周昌、韓非、揚雄、鄧艾皆口吃也。(《邵氏聞見後錄》卷第三十,239頁)

邵博自釋周昌、韓非、揚雄、鄧艾的共同特徵都是口吃,故劉貢父以之嘲口吃者。這是以專門代泛稱的方式製作的隱語,是借代法的一種。這種臨時性的借代如果長期使用,借代義固定在某個詞彙形式上,該詞就產生了一個新的意義。如果原屬隱語,那麼這個隱語就很容易在某個範圍流傳開來,甚至進入通語。但是文人們製作的這些隱語涉及的知識面往往較廣範,加上是臨時取笑,因此,并不容易流傳。文人隱語并非全部是語句範圍內的,有些屬詞彙範疇,如：

龍圖劉公燁未第前，娶趙尚書晃之長女，早亡，而趙氏猶有二妹，皆未適人。既而劉公登科，晃已捐館，夫人復欲妻之，使媒婦通意。劉公曰："若是武有之德，則不敢爲姻；如言禹別之州，則庶可從命。"蓋劉公不欲七姨爲匹，意欲九姨議姻故也。夫人詰之曰："諺云：薄餅從上揭，劉郎纔及第，豈得便簡點人家女？"劉公曰："非敢有擇，但七姨骨相寒薄，非某之對，九姨乃宜匹。"遂娶九姨，後生七子，几、忱皆至大官。七姨後適闞生，竟不第，落泊寒餒，暮年，劉氏養之終身。(《青箱雜記》卷四,42頁)

從上下文看來，"武有之德""禹別之州"分別指"七姨"和"九姨"。《左傳·宣公十二年》："武有七德，我無一焉，何以示子孫？"《尚書·禹貢》："禹別九州，隨山浚川，任土作貢。"可見，其所指"七姨""九姨"之由。《北史·隋煬帝恭帝本紀》："壬午，詔曰：'武有七德，先之以安民；政有六本，興之以教義。'"這種臨時性的設隱，如果是"六姨"的話，同樣可以用"政有之本"來指代。

徐鉉父延休博物多學，嘗事徐溫爲義興縣令，縣有後漢太尉許馘廟，廟碑即許劭記，歲久字多磨滅。至開元中，許氏諸孫重刻之，碑陰有八字云："談馬礪畢王田數七。"時人不能曉，延休一見，爲解之曰："談馬即言午，言午許字。礪畢必石卑，石卑碑字。王田乃千里，千里重字。數七是六一，六一立字。"此亦楊修辨蘁臼之比也。(《青箱雜記》卷七,72頁)

簡單的"許碑重立"四字，采用迂回曲折的表達，乃至時人不能曉，須如徐鉉父延休般博物多學之士解之，因此，吳處厚言"楊修辨蘁臼之比也"。"蘁臼"亦是隱語，乃"辭"也，南朝宋劉義慶《世說新語·捷悟》："魏武嘗過曹娥碑下，楊修從。碑背上見題作'黃絹幼婦，外孫蘁臼'八字，魏武謂修曰：'解不？'……修曰：'黃絹，色絲也，於字爲絕；幼婦，少女也，於字爲妙；外孫，女子也，於字爲好；蘁臼，受辛也，於字爲辤，所謂"絶妙好辤"也'。""辤"同'辭'，後因以稱極好的文辭。宋辛棄疾《沁園春·城中諸公載酒入山遂破戒一醉再用韵》詞："更高陽入謁，都稱蘁臼，杜康初筮，正是雲雷。"可見，文人隱語若是以詞彙的形式來表達，并且又經過簡單的講解，是可以得到認可并用於交流之中的。文人隱語中有一類委婉語更容易被内部認可，并推而廣之，如《癸辛雜識·前集·賈母飾終》:"至七月初八日,度宗違和,求草澤赦死罪,初九日宣遺詔。""違和"爲身體失於調理而不適,用於稱他人患病的婉辭,南朝已見用例。南朝梁沈約《齊禪林寺尼淨秀行狀》:"又經違和極篤,忽自見大光明,遍於世界。"唐宋沿用,《陳書·孔奐列傳》:"陛下御膳違和,痊復非久,皇太子春秋鼎盛,聖德日躋。"宋歐陽修《嘉祐七年與王懿敏公書》:"昨日公謹相過,乃云近少違和,豈非追感悲戚使然邪?"至清代仍有用例,昭槤《嘯亭雜錄·傅閣峰尚書》:"上違和,醫藥皆公掌之。"

相比較而言,民間隱語由於通俗淺白、活潑新奇,并且目的性強,因此在一定範圍内流傳很廣,如:

> 而京師僧諱"和尚",稱曰"大師"。尼諱"師姑",呼爲"女和尚"。南方舉子至都,諱"蹄子",謂其爲爪,與獠同音也。而秀州又諱"佛種",以昔有回頭和尚以奸敗,良家女多爲所染故爾。衛卒諱"乾",醫家諱"顛狂",皆陽盛而然。疑乾者,謂健也。俗謂神氣不足爲九百,或以乾爲九數,又以成呼之,赤重陽之義耳。蜀人諱"雲",以其近風也。劉寬以客駡奴爲"畜產",恐其被辱而自殺。浙人雖父子朋友,以畜生爲戲語。(《雞肋編》卷上,13~14頁)

這些由於諱飾而產生的隱語,皆流傳開來,并延至後世。如"健""畜生"等。有些隱語則十分形象,以比喻的方式製作而成,如:

> 相去僅月餘,夷叔因食冷淘破腹。一夕卒,其官亦奉議郎。(《夷堅志》卷十七"劉夷叔",512頁)

"破腹"即瀉肚、拉稀。又有製以借代的方式,如:

> 和尚念珠——百八丸,市語以念珠爲百八丸。裴休見人執此,則喜色可掬曰:"手中把諸佛窨子,未見有墮三塗者也。"(《清異錄》卷下,98頁)

民間隱語中切脚語也是一種較爲普遍的形式,如:

> 世人語音有以切脚而稱者,亦聞見之於書史中。如以蓬爲勃籠,槃爲勃闌,鐸爲突落,叵爲不可,團爲突欒,鉦爲丁寧,頂爲滴顙,角爲矻落,蒲爲勃盧,精爲即零,螳爲突郎,諸爲之乎,旁爲步廊,茨爲蒺藜,圈爲屈攣,錮爲骨露,窠爲窟駝是也。(《容齋隨筆》卷第十六"切脚

語",620頁)

這些切腳語由於形象生動,有的在一定範圍內有保密的作用,有的是源自古語,如"之乎",因此有一定的交流價值。這樣的隱語一旦進入日常的口語交流中,便與原詞并存,各自分布在不同的環境中,呈現出雅俗共融、相輔相成的特點;但有時也形成競爭之勢。如《四朝聞見錄·丙集·田雞》:"杭人嗜田雞如炙,即蛙也。舊以其能食害稼者,有禁。""田雞"乃是通過比喻的方式製作而成的,一開始僅是小範圍的流傳(吳語),但在書面語中也見使用,如《游宦紀聞》卷二:"予世居德興,有毛山環三州界,廣袤數百里。每歲夏間,山傍人夜持火炬,入深溪或岩洞間,捕大蝦蟆,名曰石撞,鄉人貴重之。世南亦嘗染鼎其味,乃巨田雞耳。扣捕者,云'奇而非耦',又與所見者异矣。坡公:'眉人恨不脫得錦襖子',即此物也。"後世沿用,《金瓶梅詞話》二十一回:"一個螃蟹,與田雞結爲弟兄,賭跳過水溝兒去便是大哥;田雞幾跳,跳過去了;螃蟹方欲跳,撞遇兩個女子來汲水,用草繩兒把他拴住,要打了水,帶回去,臨行忘記了,不將去;田雞見他不來。過來看他,説道:'你怎的就不過去了?'"清吳趼人《俏皮話·蝦蟆感恩》:"自大老爺蒞任以來,雖没有恩德及於百姓,却還循例出示,禁食田雞。""田雞"由方言中的隱語到進入書面語,正是雅俗交融相争的結果。在競爭中由於其符合精英階層與平民階層的共同審美情趣,於是得到了雙方的認可。宋代筆記文獻中記録了行話隱語的這種雅俗交融的存在狀態。

二、宋代筆記作者對行話隱語的探究

宋代筆記作者在記録行話隱語的同時,還積極地對這些特殊的語體形式進行探討。其間或對隱語現象進行介紹,如:

又有以絹燈翦寫詩詞,時寓譏笑,及畫人物,藏頭隱語,及舊京諢語,戲弄行人。(《武林舊事》卷第二"燈品",39頁)

今之言禪者,好爲隱語以相迷,大言以相勝,使學之者悵悵然益入於迷妄,故予廣文中子之言而解之,作《解禪偈》六首。(《澠水燕談録》卷三,31頁)

或有關注術語名稱的,如:

> 古之所謂廋詞,即今之隱語,而俗所謂謎。《玉篇》謎字釋云"隱也"。人皆知其始於黄絹幼婦,而不知自漢伍舉、曼倩時已有之矣。至《鮑照集》,則有井字謎。自此雜説所載,間有可喜。今擇其佳者著數篇於此,以資酒邊雅談云。(《齊東野語》卷二十"隱語",378 頁)

> 《太平廣記》引《嘉話録》載:"權德輿言無不聞,又善廋詞。嘗逢李二十六於馬上,廋詞問答,聞者莫知其所説焉。或曰:'廋詞,何也。'曰:'隱語耳。《論語》不曰"人焉廋哉,人焉廋哉",此之謂也。'"已上皆《嘉話》所載。予按,《春秋傳》曰:"范文子莫退於朝。武子曰:'何莫也?'對曰:'有秦客廋詞於朝,大夫莫之能對也,吾知三焉。'""楚申叔時問還無社曰:'有麥麴乎,有山鞠藭乎?'"蓋二物可以禦濕,欲使無社逃難於井中。然則"廋"一字雖本於《論語》,然大意當以《春秋傳》爲證。東坡《和王定國》詩云:"巧語屢曾遭薏苡,廋詩聊復托芎藭。"(《能改齋漫録》卷一"廋詞",2 頁)

> 商謎,舊用鼓吹《賀聖朝》,聚人猜詩謎、字謎、社謎,本是隱語。(《都城紀勝·瓦舍衆伎》,11 頁)

或是指出隱語的得名之由,如:

> 吴人多謂梅子爲"曹公",以其嘗望梅止渴也。又謂鵝爲"右軍",以其好養鵝也。有一士人遺人醋梅與煿鵝,作書云:"醋浸曹公一甖,湯煿右軍兩隻,聊備一饌。"(《新校正夢溪筆談》卷二十三,232 頁)

指出"曹公""右軍"皆源自典故。又有對隱語來源的探索,如:

> 余生長澤國,每聞舟子呼造帆曰歡,以牽船之索曰彈平聲子,稱使風之帆爲去聲,意謂吴諺耳。及觀唐《樂府》有詩云:"蒲帆猶未織,爭得一歡成。"而鍾會呼捉船索爲百丈。趙氏注云:"百丈者,牽船筏,内地謂之笪平聲。"韓昌黎詩云:"無因帆江水。"而韵書去聲内,亦有扶帆切者,是知方言俗語,皆有所據。陸放翁入蜀,聞舟人祠神,方悟杜詩長年三老攤錢之語,亦此類也。(《齊東野語》卷二十"舟人稱謂有

據",376~377頁)

有些考證認字辨音、因聲求義、引經據典,十分翔實,爲後世研究隱語提供了科學的方法,如:

> 今成都麵店中呼蘿蔔爲葵子,雖曰市井語,然亦有謂。按,《爾雅》曰:"葵,蘆萉也。"郭璞以萉爲蕧,俗呼雹葵,先北反。或作蘴,釋曰:"紫花菘也,一名葵,蓋其性能消食、解麵毒。"《談苑》云:江東居民歲課藝,初年種芋三十畝,計省米三十斛;次年種蘿萉三十畝,計益米三十斛,可見其能消食。昔有波羅門僧東來,見人食麵,駭云:"此有大熱,何以食之!"及見蘿萉,曰:"賴有此耳。"《洞微志》載齊州人《有病狂歌》曰:"五靈葉蓋晚玲瓏,天府由來汝府中。惆悵此情言不盡,一丸蘿萉火吾宮。"後遇道士作法治之,云:"此犯天麥毒,按醫經蘆萉治麵毒。"即以藥并蘿萉食之,遂愈,以其能解麵毒故耳。(《癸辛雜識前集》"葵",41頁)

元俞希魯《至順鎮江志》卷四《蘿蔔》亦有相關記載,可爲旁證:"《爾雅》:'葵,蘆萉。'注云:'萉宜爲蕧。'疏,花菘也,俗呼溫菘,似蕪菁,大根,一名葵,俗呼苞葵,一名蘆萉,今謂之蘿蔔是也。本草謂之萊菔蘆,音蘆萉,蒲北切,葵音突,土人至今呼爲葵子。又有一種名胡蘿蔔,葉細如蒿,根長而小,微有葷氣故名。"

又有討論隱語製作方法者,如:

> 《藝苑雌黃》云:"昔人文章中多以兄弟爲友于,以日月爲居諸,以黎民爲周餘,以子姓爲詒厥,以新婚爲燕爾,類皆不成文理。雖杜子美、韓退之亦有此病,豈非徇俗之過邪?子美云:'山鳥山花吾友于。'又云:'友于皆挺拔。'退之云:'豈謂詒厥無基址。'又云:'爲爾惜居諸'。"《後漢·史弼傳》云:"陛下隆於友于,不忍恩絶。"曹植《求通親親表》云:"今之否隔,友于同憂。"《晉史》贊論中,此類尤多。洪駒父云:"此歇後語也。"(《苕溪漁隱叢話後集》卷七,49~50頁)

這裏指出了"友于""居諸""周餘""詒厥""燕爾"等,皆爲"歇後"修辭形成的隱語。另如:

> 孫炎作反切,語本出於俚俗常言。尚數百種,故謂就爲鯽溜,凡人

不慧者,即曰不鰂溜;謂團曰突欒,謂精曰鯽令,謂孔曰窟窿,不可勝舉。(《宋景文公筆記》卷上,2頁)

宋祁認爲反切始於俚俗語,"鰂溜""突欒""鯽令""窟窿"等是古代俚俗語的遺留,都是早於反切法的。無論孰先孰後,至少在宋代這些皆爲隱語行話,與通語詞彙是切語和被切語的關係。又如:

筋展之謎,載於前史,《鮑昭集》中亦有之。如一土、弓長、白水、非衣、卯金刀、千里艸之類,其原出於反正、止戈,而後人因作字謎。(《雞肋編》卷上,1~2頁)

這是關於拆字法製作隱語的分析。筆記文獻中又有學者對個別隱語的系統考釋,如《老學庵筆記》:

市井中有補治故銅鐵器者,謂之"骨路",莫曉何義。《春秋正義》曰:"《説文》云:'錮,塞也。'鐵器穿穴者,鑄鐵以塞之,使不漏。禁人使不得仕宦,其事亦似之,謂之禁錮。"余案:"骨路"正是"錮"字反語。(卷一,139~140頁)

陸游指出,市井中有補治故銅鐵器者,謂之"骨路","骨路"定爲市語。并指出"骨路"爲"錮"之反切。今本《説文》:"錮:'鑄窒也。'"段注:"窒作塞。誤。今正。凡銷鐵以窒穿穴謂之錮。"或陸游所見《説文》與今本异,或陸游憑記憶誤引,因爲《説文》亦有"固,四塞也"。魏了翁《春秋左傳要義》卷二十六《禁人不得仕謂之錮》條:"《説文》云:錮,鑄塞也。鐵器穿穴者鑄鐵以塞之使不漏。禁人使不得仕官者,其事亦似之。故謂之禁錮,今世猶然。"《廣韵》:"錮,古暮切。錮,錮鑄。又禁錮也。亦鑄塞也。""錮"同爲"鑄塞也",蓋"鑄塞"爲正。"錮""固"同源。東北方言中"錮"現讀作[ku55],以與"錮"之"禁錮"義別。可見,在東北方言中,隨着"錮"的意義的發展,人們也不甚明悉"錮"之"鑄塞"義和"禁錮"義之關係,遂變調別義,以免混淆。陸游此處不滿足於"骨路"之義,并且進而考證"骨路"爲"錮"之切語的原因。陸游在書中對文人們不解隱語而誤用隱語的現象進行了批評,如《老學庵筆記》卷六:"蔚藍乃隱語天名,非可以義理解也。杜子美《梓州金華山詩》云:'上有蔚藍天,垂光抱瓊臺。'猶未有害。韓子蒼乃云'水色天光共蔚藍',乃直謂天與水之色俱如藍耳,恐又因杜詩而失之。"

宋代筆記文獻作者對隱語的探究，一方面保留了諸多行話隱語的材料，另一方面提供了隱語研究的相關結論和方法，對現代行話隱語的研究具有重要的價值。

三、行話隱語體現的言語層面和語言層面的互動交融

"言語"和"語言"是一組相對的概念。語言是經過社會成員約定俗成的靜態符號系統，具有交際工具的客觀性、概括性、規約性、社會性和相對穩定性，而言語則是人們運用語言這種工具進行交際的過程和結果，具有靈活性、具體性和臨時性。語言是說話人能做什麼，是靜態的；而言語是說話人實際做了什麼，是動態的。語言是從言語中抽象概括出來的，來自言語，而言語活動雖在語言約定的規則內進行，但還具有個人特色，且每個人每一次說話都是不同的。語言系統的各個結構成分（語音成分、詞的數量和構詞規則等）是有限的，但在具體的言語活動中，作為一個行為過程，人們所說出的話是無限的，每個人都可以說出無限多的話語。大致而言，語言是言語活動中同一社會群體共同掌握的、有規律可循而又成系統的交際工具，言語則是個人對語言具體使用的結果。言語層面的諸多現象一旦為整個社會所接受并穩定下來，就進入了語言的層面；同樣，語言層面的諸要素隨着時代的變化，因為使用範圍的限制、出現頻率的降低，便返回至言語層面，成為局部範圍內的言語成分。

言語層面和語言層面的互動交融，體現在詞彙上主要是一個詞彙形式能否為社會大衆所共同接受。一旦得到全體成員的認可，便進入語言的層面，反之，即是言語層面的成員。這取決於詞彙形式能否引起精英文化階層和平民文化階層的共同興趣，在雅俗共融的狀態下實現一個平衡，當詞彙形式處於這個平衡點的時候，就進入了語言層面。而在發展過程中，詞彙成員始終圍繞平衡點運動，當運動偏離了既定的軌道時，就回到了言語的層面。宋代筆記中的隱語行話起初都是言語層面的成員，有些甚至是一次性的，如文人的那些戲謔語言，多是臨時性的創造，以戲謔為目的，內容十分隱晦，涉及的知識面廣博，最重要的是大多還不是以詞彙的形式出現的，而是在篇章語句中藏隱要表達的內容，很難流傳開來。這樣的文人隱語最多只能出現在文人的隨筆雜記中，以供娛樂

或彰顯個人的才能。具備社會基礎的詞彙形式纔可能進入語言層面,如:

> 俚諺云:"趙老送燈檯,一去更不來。"不知是何等語,雖士大夫亦往往道之。天聖中有尚書郎趙世長者,常以滑稽自負,其老也求爲西京留臺御史,有輕薄子送以詩云:"此回真是送燈檯。"世長深惡之,亦以不能酬酢爲恨。其後竟卒於留臺也。(《歸田録》卷二,23頁)

據歐陽修言,"趙老送燈檯,一去更不來",乃俚諺,然而,士大夫亦"往往道之",足見此諺雅俗共賞。於是輕薄子纔有借此發揮的可能,遂易流傳開來。《三朝北盟會編》卷第二百四十三有:"五年秋九月起,汴京敕天使催促八路軍馬各依地分入南界。進發時童謡言:'正軍三匹馬,簽軍兩隻鞋。郎主向南去,趙老送燈檯。'"此語至後代在流傳過程中出現了新的形式,如《全元雜劇》馬致遠《邯鄲道省悟黃粱夢》第二折:"哥哥也恰如趙呆送燈檯,便道不的,山河易改。恁時節和尚在缽盂在,今日個福氣衰,看何時冤業解。"《三寶太監西洋記》第七十一回:"那曉得弄做個'鮑老送燈檯,一去不來'。自從半夜子時起,直等到朝飯辰時,并不曾看見打壞了那個船!并不曾看見打壞了那個人!""趙老"訛爲"趙呆""鮑老",定是由於口耳相傳的過程中,因爲方音的差異或主觀上的誤解而造成的,足見此語流傳之廣泛。這種情況下,行話隱語的身份就發生了變化,而成爲通語詞彙的一員。"趙老送燈檯"是以歇後隱語的形式從民間流傳開來,并融入精英文化階層,進而進入語言的層面。文人製作的行話隱語,同樣也可以從精英文化層面逐漸融入平民文化層面,而成爲通語詞彙,如:

> 新安郡士人,夢鷄數百千隻飛翔廷中。時方應舉,疑非沖騰之物,以告所善者。或曰:"世謂鷄爲五德,今若是其多者,千得萬得也,可爲君賀。"果登科。(《夷堅志》卷十四,655~656頁)

可見,宋代謂鷄"五德","五德"之記載早已有之,《韓詩外傳》卷二:"君獨不見夫鷄乎!首戴冠者,文也足搏距者,武也敵在前敢鬥者,勇也;得食相告,仁也;守夜不失時,信也。鷄有此五德,君猶日淪而食之者,何也?"陸雲《寒蟬賦》曰:"昔人稱鷄有五德,而作者賦焉。至於寒蟬,纔齊其美,獨未之思而莫斯述。"此爲"五德"代指鷄的緣由。因此,我們不難推測"五德"最早應是在文人層面使用。梁劉孝威《鷄鳴篇》:"丹山可愛有鳳凰,金門飛舞有鴛鴦。何如五德美,豈勝千里翔。"至宋代"五德"已成爲雅俗通用的詞彙,因此,方有"世謂鷄爲五德"之説。元方回《學詩吟十首》之一亦有:"我寓侍郎橋,夜枕聞五德。四更即不眠,東望逆曙色。"但宋以後的口語文獻中"五德"之用例却不多見。可推知,"五德"經歷了從産生之初爲文人階層的行話隱語,到融入通語,至宋以後又退出語言層面,以致退出言語層面的過程。

一時代之社會風尚推動行話隱語的流行,《老學庵筆記》卷八:"國初尚《文選》,當時文人專意此書,故草必稱'王孫',梅必稱'驛使',月必稱'望舒',山水必稱'清暉'。""望舒"至今仍活躍在書面語中。此類隱語隨時代和社會風尚的變化,在流行中意義也隨之改變,如"天香":

牟存齋桂亭曰"天香第一",趙春谷梅亭曰"東風第一",賈秋壑梅亭曰"第一春"。(《癸辛雜識·別集下·亭名》,288頁)

"天香"本爲芳香的美稱,北周庾信《奉和同泰寺浮圖》:"天香下桂殿,仙梵入伊笙。"唐李白《廬山東林寺夜懷》詩:"天香生空虛,天樂鳴不歇。"前蜀貫休《山居》詩之二二:"豈知知足金仙子,霞外天香滿毳袍。"清納蘭性德《桑榆墅同梁汾夜望》詩:"無月見村火,有時聞天香。"宋元時期又特指桂花香。《綺談市語·花木門》:"木樨,天香。"宋文同《飛泉山寺》:"風吹月中桂,天香滿人衣。"宋劉克莊《念奴嬌·木犀》詞:"却是小山叢桂裹,一夜天香飄墜。"元楊公遠《次程斗山村居三用韵十首》之三:"桂樹婆娑影,天香滿世聞。"後代又指梅、牡丹等,清方文《送春日偕束茹吉等看牡丹》詩:"信有天香亦傾國,金罍在手莫辭幹。"郭沫若《梅花樹下醉歌》:"你從你自我當中,吐露出清淡的天香。""天香"作爲桂花香的代名詞,與宋元文人的崇尚有必然關係,至於後代所指的變化亦是風尚變化的結果。社會風尚促進某些行話隱語的産生和發展。

行話隱語由局部範圍内的流通,到進入通語,最終爲社會大衆所接受,體現的正是近代漢語文白互動、雅俗共融的發展趨勢。言語、語言的互動,雅俗的交融,共同推動漢語由文言轉向白話的發展趨勢,以至現代漢語的形成。因此,現代漢語中的諸多要素,尤其是詞彙,就是複雜的共時、歷時層次的交叉網絡。

行話隱語作爲特殊的語體,體現了一個時代社會的時代風貌。由於行話隱語起初流傳在某一範圍之内,有些甚至是出於保密的需要,因此不一定能進入通語成爲全民的交流工具。宋代筆記文獻中既有文人製作的以戲謔爲目的的臨時隱語,又有文人集團内部因特殊需要而製作的穩定的詞彙形式的隱語,還有產生於民間的市井隱語等,這些隱語形成了雅俗交融的格局。筆記文獻的作者對隱語行話也表現出了極大的興趣,在寫作中不避隱語,自覺地記錄隱語和與隱語有關的現象,并且積極探討隱語的意義、來源、得名之由等,爲我們保存大量的隱語行話的資料的同時,還提供了諸多規律性的方法。在歷史發展過程中,行話隱語因表示概念的特殊性和需求性的消失而消亡,有的仍在局部的範圍之內繼續使用,有的則進入通語,甚至存留至今。這一歷時的過程,體現了近代漢語由文言向白話轉變過程中文白雅俗交融互動的發展趨勢,現代漢語正是這一發展趨勢的階段性結果。

第六節　宋代筆記中的外來詞

漢語的歷史悠久,使用區域廣闊,在中華文化的形成與發展過程中,漢語與異質語言的接觸可謂源遠流長。據《禮記·王制》:"五方之民,言語不通,嗜欲不同,達其志,通其欲,東方曰寄,南方曰象,西方曰狄鞮,北方曰譯。"孔穎達疏:"通傳北方語官謂之曰譯者,譯,陳也,謂陳說外內之言。"又據張衡《東京賦》云:"重舌之人九譯,僉稽首而來王。"薛綜注:"重舌謂曉夷狄語者。九譯,九度譯言始至中國者也。"《晋書·江統傳》:"周公來九譯之貢,中宗納單於之朝。"可見,古時漢語與異質語言通過翻譯而交往。自商周至今,漢語既有與親屬語言間的接觸,又有與非親屬語言間的接觸,即既有內部不同氏族不同方言的接觸交流,又有外部不同國家不同語種的接觸交流,具有南染吳越與北雜夷虜的特點。漢語在與異質語言的接觸中有交流和碰撞,也有交流和認同,漢語正是在與不同語言文化的接觸中不斷充實完善的,語體上則由文言轉型爲白話。

歷史上,漢語與阿勒泰語言曾發生過四次較大規模的接觸,第一次接觸是漢代與匈奴的交往,第二次是北魏時鮮卑族入主中原,第三次是遼金元時契丹和女真及蒙古族入主中原,第四次是清代滿族入主中原。漢語與印歐語言也曾發生過三次大規模的接觸,這三次接觸又導致了漢語的兩次歐化。第一次是西漢時張騫通西域,中西交通的經貿往來導致了兩漢至唐代與西域語言的接觸,漢語中產生了"獅子""蒲桃"等一批外來詞。第二次是西漢末東漢初佛教的東傳,漢魏至唐五代大規模的佛經漢譯導致了漢語與梵語、犍陀羅語及中亞的吐火羅語等語言的接觸,形成了漢譯佛典不同於文言的特有的句式,這可以説是漢語的第一次歐化。第三次即明清至民國的西學東漸,西方政治、經濟、軍事、文化的衝擊導致了漢語與歐美語言的大規模接觸,形成了不同於古白話的歐化語言,這可以説是漢語的第二次歐化。

語言接觸所導致的直接結果便是借詞的大量産生。漢語與阿勒泰語和印歐語的接觸中,只有兩次發生在宋代以後,在這之前的五次語言接觸所産生的借詞,經過語言交流和逐步的漢化改造,大多得以沉澱保留在文獻典籍中。我們這裏稱之爲外來詞,其中不包括利用漢語語素和構詞法創造的表示外來概念的那部分詞彙。本節主要介紹宋代筆記中來源於佛教、少數民族語言和外國語的詞語。

一、來源於佛教的詞語

佛教自兩漢之間經西域傳入中土,東漢至魏晉南北朝是佛教日漸興盛的時期,至唐宋形成了漢民族儒釋道三教合一的文化格局。伴隨着佛教傳入,便開始了佛典的翻譯工作。據呂澂《新編漢文大藏經目録》所收今存譯本統計,保留至今的漢譯佛典約1480部5700多卷。這些漢譯佛典的大部分翻譯工作是在東漢至唐這一段時間完成的。在佛典翻譯的過程中,出現了不少借詞和新詞。借自佛典的外來詞,占西學東漸以前漢語借詞的絕大多數,極大地豐富了漢語詞彙。這些詞彙在使用中逐步漢化,成爲漢語詞彙系統中不可或缺的一部分,宋代筆記文獻記録了這些外來詞。如:

《大般若經》云:梵言"扇搋半擇迦",唐言黄門。其類有五:一曰半擇迦,總名也,有男根而不生子;二曰伊利沙半擇迦,此云妒,謂他行欲即發,不見即無,亦具男根而不生子;三曰扇搋半擇迦,謂本來男根不滿,亦不能生子;四曰博義半擇迦,謂半月能男半月不能男;五曰留拏半擇迦,此云割,謂被割刑者。此五種黄門,名爲人中惡趣受身處。搋音丑皆反。(《容齋隨筆》卷一"半擇迦",2~3頁)

據上所言"半擇伽"是"黄門"的統稱,又有"伊利沙半擇迦""扇搋半擇迦"

"博義半擇迦""留拏半擇迦"等共計五種,一般音譯爲"扇摭半擇迦"。在漢語中後又用"騙"字來表示,"騙"正是梵言 sandha 音譯"扇詫"的省略,意味"閹人",亦譯作"黃門"。唐義静譯《根本薩婆多部律攝》卷八:"若以受學人而足衆數,或以俗人,或扇詫類……得惡作罪。"又卷十三:"初一黃門,亦名扇詫。"慧琳《一切經音義》卷六十釋"扇佗半擇伽"説:"'佗'音丑加反,'迦'音薑佉反,梵語也,唐曰'黃門'。即男根不全者,其類有五種:一、天生本無男根,設有如嬰兒微小,不能行欲;二、雖有根,全被除去外腎,設行淫欲而不能生子;三、見他行欲,或見女根心思欲事,即有根生不見,即縮在脬中如女;四、半月能男,半月作女;五、本來是男,後漸漸消變,變爲天捷。是爲五種,皆曰黃門也。""騙"原作"扇",是後造字,在文獻中主要用作動詞,指雄性動物去勢:

> "……苟要坐下坦穩,免勞控制,唯騙庶幾也。既免蹄嚙,不假銜枚,兩軍列陣,萬騎如一。苟未經騙,亂氣狡憤,介胄在身,與馬争力,鏊控不暇,安能左旋右軸,舍轡揮兵乎?"自是江南蜀馬往往學騙,甚便乘跨。(《北夢瑣言》卷十,218~219 頁)

"騙"至今仍活躍在現代漢語中。宋代筆記文獻的作者在客觀記録見聞的同時,也留下了諸多佛教外來詞,如"袈裟""沙門""夜叉""兜率"等:

> 有一南方禪到京師,衣間緋袈裟。主事僧素不識南宗體式,以爲妖服,執歸有司。尹正見之,亦遲疑未能斷。良久喝出禪僧,以袈裟送報慈寺泥迦葉披之。人以謂此僧未有見處,却是知府具一隻眼。(《新校正夢溪筆談》卷二十三,228~229 頁)

> 又以《沙門寶志讖記》誘惑愚民,而貧乏游手之徒,相乘爲亂。(《泊宅編》卷第五,30 頁)

> 建中靖國元年,侍御史陳次升言章,以蔡元度爲笑面夜叉。其略云:"卞與章子厚在前朝,更迭唱和,相倚爲重。造作事端,結成冤獄。看詳訴理,編類章疏。中傷士人,或輕或重,皆出其意。主行雖在於章,卞實啓之,時人目爲笑面夜叉,天下之所共知也。"(《能改齋漫録》卷十二"笑面夜叉",374 頁)

衆人方學山谷詩,晁叔用獨學老杜詩;衆人求生西方時,高秀實獨求生兜率。(《能改齋漫錄》卷十一"詩熟便是精妙處",341頁)

爲了使有些音譯詞意義更爲明確,除了在文字選擇上盡量體現詞義,有時翻譯或運用的過程中,還在音譯的基礎上加上漢語語素從而構成梵漢合璧詞,二者往往共存使用。這在宋代筆記文獻中有所體現:

唐司空圖詩云:"昨日流鶯今日蟬,起來又是夕陽天。六龍飛轡長相窘,更忍乘危自着鞭。"戒好色自戕者也。楊誠齋善謔,嘗謂好色者曰:"閻羅王未曾相喚,子乃自求押到,何也?"即此詩之意。(《鶴林玉露》,72頁)

韓擒虎自涼州總管召還。忽有人驚走,至其家,曰:"我欲謁王。"左右問曰:"何王也?"答曰:"閻羅王。"子弟欲撻之。擒虎止之,曰:"生爲上柱國,死作閻羅王,斯亦足亦。"因寢疾卒。歐公《集古錄》因舊碑不著,疑史之妄。唐嚴安之爲京兆尹,以強明稱,吏民畏之,一日,見一神,韝韇致禮甚恭,曰:"武道將軍拜謁。今奉天符,迎公爲閻羅王,替韓王。"安之是日卒。明皇追封平等王。其事寢怪。熙寧間,王介出守湖州,荆公贈詩,所謂"吳興太守美如何"者。介知譏己,以破題爲十篇,有云:"生若不爲上柱國,死時猶合代閻羅"。荆公笑曰:"閻羅見闕,請速赴任。"此藉以寓嘲謔耳。(《愛日齋叢抄·佚文》,136~137頁)

又一云:"無疑無疑,自有東西。目前行檢,眼下阿鼻。不認真實法性,不念如來菩提。捉取金毛獅子,任教烏兔如飛。"(《游宦紀聞》卷三,22頁)

忿氣如烈火,利欲如銛鋒。終朝常戚戚,是名阿鼻獄。(《桯史》卷八"解禪偈",92頁)

"閻羅"和"閻羅王","阿鼻"和"阿鼻獄"即是。其他諸如"羅刹""舍利""三昧""貝多""涅槃""羅漢""刹那""菩薩""伽藍""沙彌""般若""僧伽""彌陀""比丘""頭陀""瑜伽""菩提薩埵""釋迦""彌勒""摩訶""多羅"等，筆記中多有用例。有些本源自佛教的詞彙在流傳過程中，人們已不明其來源，在宋代筆記中也有探討，如：

> 黄朝英《緗素雜記·論僂羅》云："《酉陽雜俎》云：'僂羅，因天寶中，進士有東西棚，各有聲勢，稍偷者多會於酒樓，食畢羅，故有此語。'予讀梁元帝《風人辭》云：'城頭網雀，僂羅人著。'則知僂羅之言，起已多時。又蘇鶚《演義》云：'僂羅，幹了之稱也。俗云騾之大者曰僂騾，騾羅聲相近，非也。'又云：'婁敬、甘羅，亦非也。蓋僂者，攬也；羅者，綰也。言人善幹辦於事者，遂謂之僂羅。摟字從手旁作婁。《爾雅》云："婁，聚也。"'此說近之。然《南史·顧歡傳》云：'蹲夷之儀，婁羅之辨。'又《談苑》載朱貞白詩云'太婁羅'，乃止用婁羅字。又《五代史·劉銖傳》云：'諸君可謂僂羅兒矣。'乃加人焉。"以上皆朝英說。然予以為此說久矣，北齊文宣帝時已有此語。王昕曰："僂羅僂羅，實自難解。"蓋不始於梁元帝之時。以表考之，梁元帝即位，是歲己巳；次年庚午，北齊宣帝即位；至壬申年，梁元帝方即位。今據《緗素雜記》以僂羅事引梁元帝《風人辭》為始，不當，蓋元帝在宣帝之後。（《能改齋漫錄》卷一"僂羅"，1頁）

吴曾在黄朝英《論僂羅》的基礎上又進一步追溯其源，并對"嘍囉"義充滿疑惑。"嘍囉"，文獻中又寫作"婁羅""嘍羅""僂儸"等，實際上此詞既不同於一般的外來詞，也不是聯綿詞，而是由記梵文四流母音 r、r̄、l、l̄ 的魯、流、盧、樓或囉囉哩哩等逐漸凝固成詞。其詞義除了由表褒義的"能幹""機靈"義漸演變為帶有貶義的"追隨惡人的人"之義，尚涉及佛教讚歌和戲劇歌辭中和聲的用法，可以説是語言中較為罕見的一個特殊詞語。[1]

有些漢化程度較高的外來詞更是不易辨别，如"阿姨"：

> 子既徙去，猶屢棰辱我。我不能堪，與之決絕，今寓食阿姨家。（《夷堅志》卷九"西池游"，610頁）

"阿姨"是唐宋以後的社會生活中使用頻率非常高的稱謂詞語，可以用來稱

---

[1] 參見徐時儀：《"嘍囉"考》，《語言科學》2005年第1期。

"母親的姐妹""妻子的姐妹""庶母"和"繼母"等,還可用來泛稱跟母親年歲差不多的婦女,這裏應是指"庶母"或"繼母"。這一稱謂詞語的廣泛使用可能與佛教有關。佛教中稱女性僧侶爲比丘尼,也稱爲"阿姨"。據清梁章鉅《稱謂錄·尼》載:"《翻譯名義》比丘尼稱阿姨,亦稱師姨,梵言阿梨姨,此翻尊者、聖者。"檢法雲編《翻譯名義集》卷一云:"比丘尼稱阿姨、師姨者,《通慧指歸》云:'阿平聲即無遏音,蓋阿音轉爲遏也。'有人云:'以愛道尼是佛姨故,效喚阿姨。'今詳梵云阿梨夷,此云尊者,或翻聖者。今言阿姨略也。"據玄應和慧琳音義,此詞又有優波夷、鄔婆斯迦、鄔波斯迦、優波賜迦、優婆私柯等音譯,意譯爲"近事女"和"近善女"等,用來稱親近皈依三寶、接受五戒的在家女居士,以及所有在家的佛門女信徒。如東晉佛陀跋陀羅共法顯譯《摩訶僧祇律》卷十五:"時偷蘭難陀比丘尼乞食到其家中庭,見檀越婦灑掃地盪器辦諸供具,即問言:'優婆夷,汝作何等?'時婦人營事忙慷不得應,如是第二第三問不答。"例中稱檀越婦爲優婆夷。優婆夷與優婆塞相對,優婆塞爲男性信徒,優婆夷爲女性信徒。由於漢語的表意性,漢語接納外來詞往往儘可能采用意譯法,只是借用外來詞的概念而揚弃其語音構造和語素組合成詞的構詞規則。即使一時找不到合適的意譯化方法,在初期是以音爲接納媒介而進入漢語詞彙中的音譯詞,在後來的語言演變發展中往往也都會轉變爲半音半意詞或意譯詞,優波夷後又寫成優婆姨。也可省稱作"婆姨"。據楊森《"婆姨"與"優婆姨"稱謂芻議》一文説"西北有不少地方將'婆姨'音發成了'婆耶'的音",也有可能因西北有的方音"姨"讀作"耶",譯經時將梵語"阿梨耶"寫成了"阿梨姨"。考《玄應音義》卷一釋《法炬陀羅尼經》第五卷"阿梨耶":"此譯云出苦者,亦言聖者。"丁福保《佛學大辭典》云:"阿姨者阿梨夷之略,梵語阿梨耶,譯言聖者,今依女聲曰阿梨夷,即比丘尼聖者之意,爲佛姨母大愛道之尊稱也,或言阿,如漢語阿爺阿娘之阿,姨即姨母也。"[1]

梁曉虹説:"這些'漢晉迄唐八百年間諸師所造,加入吾國系統中而變爲新成分者'極大地豐富了漢語詞彙,從而奠定了它在漢語詞彙發展史上的重要地

---

[1] 參見徐時儀:《"阿姨"探源》,《漢字文化》2006年第5期。

位。"[1]而宋代筆記文獻中所保留的佛教外來詞及作者對外來詞的研討,恰恰爲漢語詞彙史研究提供了寶貴的資料。

二、來自少數民族語言的詞語

中華民族有着悠久的歷史,在歷史的長河中各民族長期交往、雜居乃至通婚。在這個過程中,漢語和其他民族語言相互影響、互相滲透,語言融合的最終勝利者始終是漢語,這與漢民族文化和語言的包容性密切相關。因此,漢語在語言融合中也吸收了一些源自兄弟民族的外來詞。如秦漢期間在與匈奴的戰戰合合的過程中,漢語吸收了如"匈奴""胡""單于""燕支""祁連"等;魏晋南北朝時期是我國民族大遷徙、大融合的時代。各民族之間,包括語言在内的文化進行了充分的大交流。各民族的語言中都混入了其他民族語言的單詞,漢語也不例外,如"爺""哥"等;唐宋期間北與吐蕃、契丹、女真、蒙古等建立的少數民族政權并存,南有仡佬、苗、瑶等諸民族,漢語中又吸收了諸多的少數民族外來詞,如"女真""阿禄祖""蒙鞭""札八""麻欄""溝主""米囊""低""齋捽""報崖"等。宋代筆記文獻中有這方面的記録。如:

予在南鄭,見西郵俚俗謂父曰老子,雖年十七八,有子亦稱老子。乃悟西人所謂大范老子、小范老子、蓋尊之以爲父也。建炎初,宗汝霖留守東京,郡盜降附者百餘萬,皆謂汝霖曰宗爺爺,蓋此比也。(《老學庵筆記》卷一,11頁)

"宗爺爺"中"爺爺"并非祖父,而是"尊之以爲父也"。劉鳳翥《從契丹文推測漢語"爺"的來源》認爲,於義爲"父"的鮮卑語單詞"爺"也在北魏時期被借入漢語之中,"爺"的原義爲"父",直到明代小説《金瓶梅詞話》第五十五回西門慶認蔡太師爲乾爺,西門慶口口聲聲地稱蔡太師爲"爺爺"。這些地方的"爺"均爲"父"之義。"爺爺"猶如"爹爹"或"爸爸"。而不是"祖父"之義。"爺爺"爲"祖父"之義是後來纔有的,它不會晚於遼宋。在現代漢語中"爺"字雖然用得

---

[1] 梁曉虹:《論佛教詞語對漢語詞彙寶庫的擴充》,《杭州大學學報》1994年第4期。

很廣泛,其"父"義却很少用了。[1] 劉文所言極是,宋代筆記中的"爺"仍是只表示"父":

  卜者詰之曰:"此卜將何用?觀所占,是要殺爺殺娘底事,大不好,莫做却吉。"(《鶴林玉露》乙編卷之三"白羊先生",166 頁)

  上批曰:"截你爺頭,截你娘頭,別尋進來。"(《齊東野語》卷一"梓人掄材",13 頁)

又如"哥",胡雙寶《說"哥"》一文認爲漢語作爲親屬稱謂用的"哥"是從當時外族語言中吸收來的。哥,先秦兩漢是"歌"的異體字。《說文》:"哥,聲也。""哥"借入之初爲"父"義。作"兄"解,始見於唐代,《舊唐書·舒王元名傳》記高祖十八子元明語:"此我二哥家婢也,何用拜?"《敦煌變文集·舜子變》:"與阿耶取三條荊杖來,與打殺前家歌子。""歌子"即"哥子"。陳叔方《潁川語小》卷上說:"姐亦母稱,女之長者也;哥,本聲也,無其義,今人以配姐字,爲兄姊之稱。""姐"可爲母稱,"哥"亦可爲父稱。《敦煌變文集·搜神記》"田昆侖"條說:"其田章年始五歲,乃於家啼哭,喚'歌歌娘娘',乃於野田悲哭不休。"翟灝《通俗編》說:"《晋書·西戎傳》:'吐谷渾與弟分異,弟追思之,作《阿干之歌》。'阿干,鮮卑語謂兄也。阿哥當即阿干之轉。""《廣韵》始云:'哥,今呼爲兄'。"上古"哥"在歌部,"兄"在陽部,主要元音不同,不能通轉。中古"兄"轉入庚部,"哥"與"兄"的語音相近,因而產生了意義上的聯繫,承接了兄的意義。"哥"在當時的鮮卑語中兼有"兄""父輩"等長者的意思,後逐漸用以指"兄",在口語中取代了"兄"。[2] 宋代筆記中的"哥",意義又有了新的發展,成爲基本詞彙,如:

  朱文公《與慶國卓夫人書》云:"五哥嶽廟,聞尊意欲爲五哥經營幹官差遣,某切以爲不可。"(《鶴林玉露》甲編卷之二"子弟爲幹官",24 頁)

---

[1] 參見劉鳳翥:《從契丹文推測漢語"爺"的來源》,《内蒙古大學學報》(人文社會科學版),1998 年第 4 期。另外,陳順成在《古漢語研究》2013 年第 1 期上發表《親屬稱謂詞"耶""爺"的歷時考察——附論"孃""娘"》一文,認爲"爺"并非外來詞,首先出現在南方方言中,此可備一說。

[2] 參見胡雙寶:《說"哥"》,語言學論叢第六輯,商務印書館,1980 年,第 128~136 頁。

在德壽日,壽皇嘗陳恢復之計,光堯曰:"大哥,且待老者百年後却議之。"(《齊東野語》卷三"誅韓本末",51頁)

次語其仲范曰:"汝須開閫,終無結果。三哥葵甚有福,但不可作宰相耳。"(《齊東野語》卷十八"前輩知人",336頁)

此處"哥"爲長輩對年輕男子的稱呼,尤其後兩例是父稱子。在此基礎上又有作爲年輕男子一般稱謂者,不限於在序數詞後出現,如:

從伯父右司,小名馬哥,在京師省祖母楚國夫人。出上馬矣,楚國偶有所問,自出屏後呼"馬哥"。(《老學庵筆記》卷五,64頁)

表示"兄"義,已有"哥哥",如:

時慶福先至,姑姑云:"哥哥不快,可去問則個。"謂李福也。時福卧於密室,凡迂曲數四乃至。慶福至榻前云:"哥哥没甚事?"福云:"煩惱得恁地。"(《齊東野語》卷九"李全",163頁)

其旁者云:"他雖做賊,且看他哥哥面。"(《齊東野語》卷十三"優語",124頁)

"哥"至現代成爲漢語的基本詞彙。

再如"札八":

曹詠爲浙漕,一日,坐客言徽州汪王靈异者,詠問汪王若爲對。有唐永夫者在坐,遽曰:"可對曹漕。"詠以爲工,遂愛之。曾覿字純甫,偶歸正官蕭鷓巴來謁。既退,復一客至,其所狎也。因問曰:"蕭鷓巴可對何人?"客曰:"正可對曾鵪脯。"覿以爲嫚己,大怒,與之絶。然"鷓巴"北人實謂之"札八"。(《老學庵筆記》卷五,62頁)

"札八"爲人名的音譯,《蒙韃備錄》有:"次曰札八者,乃回鶻人,已老,亦在燕京同任事。"王國維認爲,此人即《元史·札八兒火者傳》中之札八兒火者。[1]《元史·札八兒火者列傳》有:"札八兒火者,賽夷人。賽夷,西域部之族長也,因以爲氏。火者,其官稱也。札八兒長身美髯、方瞳廣顙,雄勇善騎射。初謁太祖

---

[1] 王國維:《王國維遺書·蒙韃備録箋證》(第十三册),上海書店出版社,1983年,第11頁。

於軍中,一見异之。"因此,曾純甫因客以己名與"札八"對而大怒,與客絕,便不難理解了。

西南少數民族與中原地區和多戰少,且多有交融混居者,民族語與漢語之間相互影響,部分詞彙進入漢語通語中。據宋周去非《嶺外代答校注》卷三《□□門·五民》:"欽民有五種:一曰土人,自昔駱越種類也。居於村落,容貌鄙野,以唇舌雜爲音聲,殊不可曉,謂之蔞語。""蔞語"即駱越人所使用的語言,"蔞""駱"音近,嶺外又多有"蔞"這一植物,如《嶺外代答校注》卷六《食用門·食檳榔》:"有嘲廣人曰:路上行人口似羊。言以蔞葉雜咀,終日噍飼也。"即蒟醬葉,如明李時珍《本草綱目·草三·蒟醬》:"其苗謂之蔞葉,蔓生依樹,根大如箸。"以"蔞"記之,強調其土語性質。[1]《嶺外代答校注》卷四《風土門·方言》又有:"方言,古人有之。乃若廣西之蔞語,如稱官爲溝主,母爲米囊,外祖母爲低,僕使曰齋捽,吃飯爲報崖,若此之類,當待譯而後通。"由"譯而後通"可知,此非一般意義上的方言,而是廣義上包括了外民族語言的方言。其中除了"母爲米囊"與漢語讀音有些聯繫,其他在音義均無關聯。"溝主""米囊""低""齋捽""報崖"皆爲少數民族詞彙。[2]

另如:

民編竹苫茅爲兩重,上以自處,下居雞豚,謂之麻欄,生理苟簡。

(《嶺外代答校注》卷十《蠻俗門·蠻俗》,413頁)

所謂"麻欄"是嶺南用於居住的上下兩層的竹木製房屋,上以居人,下以養禽畜等。明陳士元《諸史夷語解義》卷下亦有:"民居苫茅爲兩重,棚謂之麻欄,猶華言閣也。民居麻欄之上,其下蓄牛豕。"又謂之"麻欄子",如明鄺露《赤雅》卷上"獞丁"條:"冬編鵝毛,夏衣木葉,搏飯掬水以禦飢渴,緝茅索綯伐木駕楹,人栖其上,牛羊犬豕畜其下,謂之麻欄子。長娶婦別欄而居。"又有"欄房""高欄",清屈大均《廣東新語》卷七《人語·峯人》:"大抵屋居者民,欄居者僮,欄架

---

[1] 楊武泉注,據四川民族出版社1987年版《中國少數民族語言》壯語篇認爲,"蔞語"即邕南壯語。參見周去非撰,楊武泉校注《嶺外代答》,中華書局,1999年,第145~146頁。

[2] 《漢語大詞典》"溝主"條,釋爲"方言。官吏",并引此例爲證,不確。"米囊"條僅收有"罌花的別名。與'米囊花'不同"一義項,可增補。

木爲之,上以棲人,下以棲羣畜,名欄房,亦曰高欄,曰麻欄子。"這大概是較爲原始的房屋,這裏面保留了"家"的影子。文獻中多見"干欄",或作"干蘭""干闌",如《舊唐書·西南蠻傳·南平獠》:"人并樓居,登梯而上,號爲'干欄'。"《魏書·獠傳》:"依樹積木,以居其上,名曰'干蘭',干蘭大小,隨其家口之數。"《北史·獠傳》作"干闌"。"麻欄""干欄"蓋爲西南少數民族語之音譯,據唐杜佑《通典·邊防·南蠻上》"獠"條:"獠蓋蠻之別種,往代初出自梁益之間,自漢中達於邛筰川谷之間,所在皆有此,自漢中西南及越巂以東皆有之。俗多不辨姓氏,又無名字,所生男女長幼次第呼之。其丈夫稱阿謩、阿段,婦人阿夷、阿等之類,皆其語之次第稱謂也。依樹積木以居其上,名曰干欄,干欄大小隨其家之口數。"疑"干欄"來自"獠"語。又據清貝青喬《半行庵詩存稿》卷三《苗妓詩六首》之一:"宛從魔母窺淫室,却在夭家問野樓。"注:"夭苗一名夭家。云出自周後,故多姬姓。女子十三四構竹樓,野外處之。苗童聚歌其上,情穤則合。黑苗謂之馬郎房,獞人謂之麻欄,獠人謂之千(干)欄。""馬郎""麻欄"音近,實爲親屬語言同物的音譯。黎國韜認爲,從語源的角度講,"勾欄"的"欄"字可以追溯到上古時期西南民族的居所干欄,宋元時期作爲劇場的"勾欄"一詞指稱的是一種整體性建築,與作爲建築一部分構件的欄杆在意義上没有太大關係。勾欄劇場在建造形制的多個方面明顯受到西南民族干欄式建築的影響,干欄式建築中流行的一些民俗對勾欄文化也產生了一定影響。[1] 似乎也有一定道理。

三、來自外國語的詞語

這裏我們談到的外國語粗略地説指的是現代中國以外的語言,其中不包括歷史上曾經建立政權的少數民族語言,也不包括古印度語,因爲印度語外來詞大多是伴隨佛教傳入而被引進的。而且不是以歷史上的行政區劃分爲依據的,因爲有些地區歷史上屬中國的地域,但所操的語言却是外國語。這樣,在宋以前,與中國密切往來的對漢文化產生重要影響的主要就是西域。東漢初,班固著《漢書》,始立《西域傳》。他給"西域"下的地理定義是"匈奴之西,烏孫之南。

---

[1] 黎國韜:《勾欄新考》,《學術研究》2012 年第 12 期。

南北有大山,中央有河,東西六千餘里,南北千餘里。東則接漢,以玉門、陽關,西則限以葱嶺",表明所指爲今新疆南疆地區。但《漢書·西域傳》所述,却遠遠超出了這個範圍,而包括了天山以北的烏孫和葱嶺以西的許多國家。自此以後,歷代正史皆立西域傳,所記錄的範圍隨時代不同而有所變化。而"西域"一詞,也有狹義和廣義兩種。狹義的西域,一般即指天山以南,昆侖山以北,葱嶺以東,玉門以西的地域;廣義的西域,則指當時中原王朝西部邊界以西的所有地域,除包含狹義的西域外,還包括南亞、西亞,甚至北非和歐洲地區。[1] 研究西域史的學者們采用的往往是狹義的西域概念,而我們探討語言接觸的問題理應從廣義入手。西域地區與中原地區的文化交流歷史悠久,早在商代就已有了密切的聯繫。到了漢代西域部分地區劃入中國的版圖,雙方交往更加頻繁,張騫兩次出使西域,是中原與西域深度交往的開端。東漢班超亦兩次出使西域,第二次長達三十年之久,爲維護西域的穩定、促進西域與中原漢朝政治、經濟、文化的聯繫,促進東西方之間的交流,做出了不朽的貢獻。從此,中西的交通被打開,直至唐宋時期,中原、西域的交往一直未曾間斷,唐朝經營西域最顯赫的功績之一,是統一西域,并在以塔里木盆地爲中心的西域設置了八個"都督府"、八個"州都督府",在各屬地設置了七十二個羈縻"州",并進而設置"安西都護府"。[2] 在這期間,西域地區的物産、習俗、文藝形式、生活習慣等逐漸傳入中原地區,同時,隨之而來的還有反映這些概念的詞彙,在造詞記録困難的時候,音譯引進外來詞無疑是最好的選擇。在宋代筆記文獻中保留了這些不同時期進入漢語的特殊成員,如"豆蔻":

> 杜牧之詩云:"娉娉嫋嫋十三餘,豆蔻梢頭二月初。"不解"豆蔻"之義。閲《本草》,豆蔻花作穗,嫩葉卷之而生,初如芙蓉穗頭,深紅色,葉漸展,花漸出,而色微淡。亦有黃白色,似山薑花,花生葉間,南人取其未大開者謂之含胎花,言尚小於妊身也。(《西溪叢語》卷上,33頁)

作者没有判斷出這是個外來事物,但指明該詞并非人盡皆知,因此,對"豆蔻"這一植物進行了詳細的解釋。"豆蔻"即爲唐朝時已借入漢語的植物名,原

---

[1] 參見榮新江:《西域史研究的回顧與展望》,《歷史研究》1998年第2期。
[2] 參見郎櫻:《論西域與中原文化交流》,《西域研究》2001年第4期。

詞可能爲阿拉伯語"takur",與古港口名"Takola"有關。[1] 中古時期隨着大量的物品從四方輸入中原而引進的外來詞"豆蔻",最初以植物名稱在漢語裏落地生根,漢化後的外來詞"豆蔻"由一個植物名稱演變爲一個描寫妙齡少女的詞彙,蓋始於杜牧的這首詩,乃以比喻方式引申出詞彙新的意義。"豆蔻"有白、紅兩種。白豆蔻色半透明,密集成穗狀花序,生在根莖上。紅豆蔻的花呈綠白色,果實呈長圓形。古代南方人對比較稀有的紅豆蔻特別喜愛,詩人因其外形苗條而美麗,將它比喻爲十三四歲的少女。[2] 後又有"豆蔻年華"。從姚寬的這段記載我們不難發現,"豆蔻"在宋代仍是植物的名稱,尚未引申出新義。以"豆蔻"入詩詞,杜牧後亦有從之者,如後蜀歐陽炯《南鄉子》詞:"藤杖枝頭蘆酒滴,鋪葵席,豆蔻花間趁晚日。"宋陸游《小園春思》詩:"小軒愁入丁香結,幽徑春生豆蔻梢。"可見,"豆蔻"在唐宋期間逐漸進入人們的生活,其詞義的變化定是在廣泛使用之後。

又如"柘枝",乃一種舞蹈,如:

> 燕龍圖肅有巧思,初爲永興推官,知府寇萊公好舞柘枝,有一鼓甚惜之,其鐶忽脱,公悵然,以問諸匠,皆莫知所爲。(《歸田錄》卷二,34頁)

> 時有輕薄子,擬作四句云:"相國寺前,熊翻筋斗;望春門外,驢舞柘枝。"(《歸田錄》卷二,25~26頁)

> 頭依蒼鶻裹,袖學柘枝搏。(《賓退錄》卷六,71頁)

明代萬曆年間,在西安南城壕發現了著名的半截碑,該碑刻於唐開元九年(721年),原藏長安興福寺。碑的兩側分別有一隻朱雀和四名舞蹈者,朱雀站立於蔓枝所托的蓮花毯上,舞者中有兩人是中亞粟特人,他們所跳的據說是唐代流行的中亞"柘枝舞"。表演初是二童衣帽施金鈴,撲轉有聲。始爲三蓮花,

---

1 史有爲:《漢語外來詞》,商務印書館,2000年,第40頁。
2 參見曉川:《"豆蔻"爲何物?》,《文史月刊》2011年第10期。

童藏其中,花訴而後見。玄宗時舞者着五色繡羅寬袍,胡帽銀帶。[1] 早在唐代就有人懷疑"柘枝"出於南蠻,如劉禹錫《和樂天柘枝》云:"柘枝本出楚王家,玉面添嬌舞態奢。"《唐會要》卷三三"驃國樂":"驃國在雲南西,與天竺國相近,故樂多演釋氏之詞。每爲曲皆齊聲唱,伊各以兩手十指,齊開齊斂,爲赴節之狀。一低一昂,未嘗不相對有類中國柘枝舞。"可見,柘枝舞和南蠻的某些舞蹈確有相似之處。崔令欽《樂府詩集》卷五六《柘枝詞·小引》:"柘枝本柘枝舞也,其後字訛爲柘枝。沈亞之賦云:'昔神祖之克戎,賓雜舞以混會,柘枝信其多妍,命佳人以繼態。'然則似是戎夷之舞,按今舞人衣冠類蠻服,疑出南蠻諸國也。"足見"柘枝"舞源於南蠻説之盛行。然而,趙彦衛却有不同看法,如:

> 自胡舞入中國,《大曲》《柘枝》之類是也,古舞亡矣。(《雲麓漫鈔》卷十二,222頁)

趙彦衛認爲"柘枝"爲胡舞的一種。《雲麓漫鈔》中作者并未細説其源,但此舞在唐宋時期較爲普遍是實,趙氏之説必代表當時部分文人的看法。向達先生亦認爲此舞源自西域,《"柘枝"小考》説:"余以爲柘枝舞之出於石國,蓋有二證。石國,《魏書》作者舌,《西域記》作赭時,杜環《經行記》作赭支。《唐書·西域傳》云:石,或曰柘支、曰柘折、曰赭時,漢大宛北鄙也。《文獻通考·四裔考·突厥考》中記有柘羯,當亦石國。凡所謂者舌、赭時、赭支、柘支、柘折及柘羯,皆波斯語 Chaj 一字之譯音。柘枝舞之'枝'爲之移切,柘支國之'支'爲章移切,同屬知母字。故柘枝之即爲柘支,就字音上言,毫無可疑也。復次,薛能《柘枝詞》(《樂府詩集》卷五十六引)三首俱咏柘枝舞,而第一第二兩首乃咏征柘羯事。"[2] 周加勝認爲,"向達先生在考證柘枝舞時就指出柘枝舞源於西域之石國,一是從音韵的角度,二是從薛能的《柘枝詞》來作印證,論證誠爲可信",并進一步增補向説:"唐人盧肇在《湖南觀雙柘枝舞賦》中云:'古也郅支之伎,今也柘枝之名。'郅支本是匈奴的一支,《漢書·甘延壽傳》載:'先是宣帝時匈奴乖亂,五單于争立,呼韓邪單于與郅支單于俱遣子入侍……康居王以女妻郅支,郅支亦以女予康居王,唐居甚敬郅支,欲以其威以脅諸國。……郅支單于自以大國,威名

---

[1] 參見翟曉蘭:《舞筵與胡騰·胡旋·柘枝舞關係之初探》,《文博》2010年第3期。
[2] 向達:《唐代長安與西域文明》,河北教育出版社,2001年,第99頁。

尊重,又乘勝驕,不爲康居王禮,怒殺康居王女及貴人、人民數百,或支解投都瀨水中。……時康居兵萬餘騎分爲十餘處,四面環城,亦與相應合。……漢兵縱火,吏士爭入,單于被創死……凡斬閼氏、太子、名五以下千五百一十八級,生虜百四十五人,降虜千餘人,賦予城郭諸國所發十五王'。郅支被漢所滅,其俘虜一部分賦予康居,而康居却一直到唐代還存在。《舊唐書·西戎傳》載:'康國,即漢康居之國也,其王姓温,月氏人,先居張掖祁連山北昭武城。'《新唐書·西域下》亦載:'康者……枝庶分王,曰安,曰曹,曰石,曰米,曰何,曰火尋,曰戊地,曰史,世謂九姓,皆氏昭武。'由此可見,柘枝本出西域,又暗合向先生所説:'咏柘枝舞而及西域,而及昭武九姓中之柘羯,則其與石國之關係,從可知矣'。"[1]

據以上可知,"柘枝"爲西域國名之音譯,"柘枝舞"乃以之標記舞之源頭,又可作"者舌""赭時""赭支""柘支""柘折""柘羯",皆波斯語 Chaj 一字之譯音。從宋代筆記文獻的記録來看,至宋代此舞仍很繁盛,可推知"柘枝舞"的消亡應是在宋代以後,并非向達先生所言消失於宋元間。

類似的外來詞語常常存在諸多爭議,如"石榴",楚艷芳《"安石榴"正名——兼談外來詞的相關問題》一文,總結了各家對"石榴"來源的探討,"第一,從詞彙學的角度看,學者們都認爲'安石榴'等是外來詞。第二,在對安石榴來源地的考察上,學者們的分歧主要集中在'安石榴'之'安石'上,雖然都認爲'安石'指國家,但其具體所指衆説紛紜:一是'安石(國)',即'安息(國)',如史存直、劉正埮等。二是'安石'指安國和石國,如曲澤洲等。三是徑説石榴來自安石國,認爲'安石'是一個國家,如勞費爾、繆啟愉等。按照'安石'指國家這種看法,'安石榴'這個詞的構造方式一定是'安石+榴'。"文章認爲"安石榴"這種作物確是從國外引進,但"安石榴"及其一系列名稱并非外來,"石榴"亦非"安石榴"之省,"安石榴"的構造方式爲"安+(石+榴)"。[2] 之所以存在爭議,主要原因是材料的匱乏,因此纔有深入研究的必要。至少能達成共識的是"安石榴"這一事物一定源自西域,非産自中國。宋代筆記中有諸多"石榴"的用例,反映了"石榴"在中國大地上的普遍種植,如:

---

[1] 參見周加勝:《柘枝舞考略——兼與向達先生商榷》,《黑龍江史志》2010 年第 11 期。
[2] 參見楚艷芳:《"安石榴"正名——兼談外來詞的相關問題》,《西域研究》2010 年第 4 期。

  玫瑰爲刺客,月季爲癡客,木槿爲時客,安石榴爲村客。(《西溪叢語》卷上,36 頁)

  永嘉人呼柑之大而可留過歲者曰"海紅"。按《古今注》:"甘實形如石榴者,謂之壺甘。"(《雲麓漫鈔》卷二,24 頁)
并且,浙人呼"石榴"爲金櫻:
  錢武肅王諱鏐,至今吴越間謂石榴爲金櫻,劉家、留家爲金家、田家,留住爲駐住。(《青箱雜記》卷二,19 頁)

  浙人避錢氏諱,改劉爲金,果有石榴,呼曰金櫻。(《雲麓漫鈔》卷九,152 頁)

  佛教傳入、民族融合和中西往來是西學東漸之前漢語外來詞的主要源動力。宋代恰恰是一個沉澱包容的時代,各時代、各層次的外來詞彙在宋代筆記文獻中被保存下來,有待於我們進一步深入挖掘。筆記文獻部分外來詞處於漢化後的階段,有些在意義上發生了引申,這些詞彙成爲漢語不可或缺的部分,極大地豐富了漢語詞彙系統。對於存在爭議的成員,更有必要深入研究,有些需要經過反復的過程。隨着新材料的被發現和新理論的出現,便會逐漸得出更爲正確的結論。如俞理明《漢語詞"博士"的外借和返借》一文,重新考證了"博士"這一返借外來詞,有很多新的創見。文章認爲,"博士"在南北朝時已從官職演化爲尊稱教師的一般名詞,被借入突厥語中,又被轉借入其他北方民族語。五代以後,通過漢族與西突厥、契丹、女真(滿)、蒙古等民族的交往,返借入漢語。由於民族間文化交流中的取長補短作用,漢語在"博士"一詞的返借中没有引入"傳授文化知識的人"一義,而主要從武術、音樂、雜技等方面引入了"技藝的傳授者"或"技藝精熟的人"的意義。[1] 因此,如果對漢語歷史上的外來詞逐一考察,翔實考證,對於研究漢語外來詞發展史和漢語詞彙史意義重大,從而爲理想的漢語外來詞詞典的編纂提供了豐富的材料。將宋代筆記文獻中的外來詞作爲考察分析的物件,上探下聯,定有所得。

---

[1] 參見俞理明:《漢語"博士"的外借和返借》,《西南民族大學學報》(人文社科版),2001 年第 5 期。

第三章 宋代筆記與訓詁學研究

訓詁學是傳統語文學——"小學"中産生最早的學科,萌芽於先秦,興起於周末漢初,《爾雅》的成書,可謂是訓詁學形成的標志。訓詁學發展至宋代爲之一變,在訓詁對象、訓詁内容和範圍及訓詁方法上都體現出了前所未有的特點。如果説清代乾嘉學派的學術成就是中國傳統語文學的巔峰,那麽宋代的"小學"研究則是獨闢於山腰上通往峰頂的蹊徑的起點,因爲在這之前,傳統語文學所遵循的是"尊經重典""疏不破注"的寬敞大道。這條路是漢以來數代人開鑿、鋪設而成的,無論行程的遠近,方向是山頂,行走方式前人已經明確了,鋪路工的任務就是延長、拓寬。宋周密《齊東野語》卷十九"著書之難"條反映了這一現實:"著書之難尚矣。近世諸公,多作考异、證誤、糾繆等書,以雌黄前輩,該贍可喜,而亦互有得失,亦安知無議其後者?"正因爲如此,宋代的訓詁學研究長期處於肯定、否定之間,備受争議。即便集漢以來學術之大成的乾嘉學者,也有不滿的情緒。清戴震《戴東原集》卷十《方言疏證序》言:"宋元已來,六書故訓不講,故鮮能知其精核,加以訛舛相承,幾不可通。"清惠棟《易漢學》卷一《孟長卿易上·卦氣圖説》:"宋元以來,漢學日就滅亡,幾不知卦氣爲何物矣。"很明顯,這樣的批評是建立在以漢學爲宗的基礎之上的,如果從另一個角度思考,反而體現了宋學的進步,即便其中存在着謬誤、疏忽。《四庫全書總目提要·經部總叙》言:"夫漢學具有根柢,講學者以淺陋輕之,不足服漢儒也。宋學具有精微,讀書者以空疏薄之,亦不足服宋儒也。"郭在貽先生認爲這纔是全面的看法,視宋代爲訓詁學的變革時期。[1] 宋代學者眼界開闊,學術思想大爲解放,在經學方面已不完全斤斤墨守古人的成説,而別創新義。[2] 在中國傳統語文學發展史上的地位不可忽視。當然,我們也不能完全忽略其中的問題,白兆麟説:"北宋南

---

[1] 郭在貽:《訓詁學》,中華書局,2005年,第130頁。
[2] 參見周祖謨:《文字音韵訓詁論集》,北京大學出版社,2000年,第309頁。

宋是訓詁的變革期。在文化學術領域,既有消極的一面,也有積極的一面。説消極,是因爲這個時期經學衰微,代之而起的是理學盛行。……説積極,是因爲有些學者和理學家對前代的經籍故訓,既敢於提出不同的見解,又不抛弃過去的考據學風。"[1] 宋代筆記文獻并非專門的正規注疏類著作,其中的訓詁材料乃是隨筆所爲,這纔更爲自然地體現了宋代訓詁學的特徵。其中藴含的訓詁内容和訓詁方法,值得我們深入挖掘、整理。

第一節　宋代筆記中的訓詁内容

中古以降,主流學術文化由漢代的儒學一統變爲以儒學爲正宗,而儒、釋、道三學并立的多元一體的形態。作爲文化表徵和載體的語言文字,在社會文化轉型期則出現了新舊交替、雅俗混雜、新詞新義紛呈的局面。中古時期的訓詁學研究,從宗旨、範圍到理念體式和方法都有新的發展。[2] 唐宋時期古書注解的興盛,也正是對魏晋南北朝訓詁學研究的繼承和創新。宋代筆記文獻中作者的訓釋材料,在訓釋對象、訓釋範圍和訓釋角度等方面充分反映了宋代訓詁學的發展。

一、訓釋對象

(一)古語

文獻中的古語因爲時代的發展,并不爲多數人所知;口語中保留的俗語,本來是古語的殘留,然而因爲在讀音、字形等方面發生了變化,常人很難建立起古今的聯繫,從而對前代的古語存有疑惑。宋代筆記作者注意到了這一點,如:

　　湯餅,唐人謂之不托,今俗謂之餺飥矣。晋束皙《餅賦》,有饅頭、薄持、起溲、牢九之號,惟饅頭至今名存,而起溲、牢九皆莫曉爲何物,

---

[1] 白兆麟:《新著訓詁學引論》,上海辭書出版社,2005年。

[2] 李建國:《中古社會和訓詁學發展》,《漢語史學報》2002年第3輯。

薄持，荀氏又謂之薄夜，亦莫知何物也。（《歸田録》卷二，26 頁）

“不托”爲唐語，即通常所説的湯餅，宋代亦有用例，只是音形上略有差异，如《鷄肋編》卷中有：“諺‘有巧息婦做不得没面飫飥’與‘遠井不救近渴’之語，陳無已用以爲詩云：‘巧手莫爲無面餅，誰能留渴需遠井？’”可見，宋代發展爲“飫飥”“餺飥”。《方言》第十三：“餅謂之飥。”“餅”是古代稱烤熟或蒸熟的麵食，取麵水合并之意，《墨子・耕柱》：“見人之作餅，則還然竊之。”《釋名・釋飲食》：“餅，并也。溲麫使合并也。”北魏賈思勰《齊民要術・大小麥》：“（青稞麥）堪作麨及餅飥，甚美。”“餺飥”是古代一種水煮的麵食，《齊民要術・餅法》：“餺飥，挼如大指許，二寸一斷，著水盆中浸。宜以手向盆旁挼使極薄，皆急火逐沸熟煮。非直光白可愛，亦自滑美殊常。”可見，“餺飥”是一種相當於面片一樣的東西。

《鷄肋編》卷上：“游師雄景叔長安人，范丞相得新沙魚皮，煮熟翦以爲羹，一分可作一甌。食既，范問游：‘味新覺勝平常否？’答云：‘將謂是飫飥，已哈了。’蓋西人食麵幾不嚼也。南人罕作麵餌。有戲語云：‘孩兒先自睡不穩，更將捍麵杖拄門，何如買個胡餅藥殺著？’蓋譏不北食也。”可知，此物順嘴而下，甚至可以不嚼。因此，可作爲進餐時的頭食。

《澠水燕談録》卷九言：“予近預河中府蒲左丞會，初坐即食罨生飫飥。予驚問之，蒲笑曰：‘世謂飫飥爲頭食，宜爲群品之先可知矣。意其唐末、五代亂離之際，失其次第，久抑下列，頗鬱，輿論牽復。’坐客皆大笑。”宋曾慥《類説》卷十三亦有：“湯餅唐人謂之不托，今曰餺飥。”宋朱翌《猗覺寮雜記》卷下：“北人食麫名餺（博）飥（托），揚雄《方言》：‘餅謂之飥。’《齊民要術》：‘青麳麥麫堪作飯及餅飥甚美，磨盡無麩。’則飥之名已見於漢魏。《五代史・李茂貞傳》：‘朕與宮人一日食粥，一日食不托。’不托俗語，當以《方言》爲正作‘餺飥’字。”又作“餅拓”，宋黄庭堅《讀方言》詩：“今年美牟麥，厨饌豐餅拓。”清蒲松齡《聊齋志异・杜小雷》：“一日，將他適，市肉付妻，令作餺飥。”“肉”的作用，是配料。據《齊民要術》“餅飥”蓋其原形，爲并列結構。受後面“飥”的影響，發生逆同化，“餅”音轉爲“餺”“不”等。

（二）俗語

宋代筆記作者不避俗語詞，常常有對俗語詞的記錄和詞義探究的記載。雖然是作者當時的隨文釋義，却保留有不少彌足珍貴的俗語詞，這對於我們考釋俗語詞詞義大有裨益，如：

> 胡秘監旦，學冠一時，而輕躁喜玩人。其在西掖也，嘗草《江仲甫升使額誥詞》云："歸馬華山之陽，朕雖無愧；放牛桃林之野，汝實有功。"蓋江小字芒兒，俚語以牧童爲"芒兒"。（《澠水燕談錄》卷十，124頁）

"芒兒"可指芒神，如宋劉克莊《漢宫春·賞紅梅》詞之四："且祝東風小緩，瀝酒芒兒，道伊解凍，甚潘郎、鬢雪難吹。""芒神"即句芒。傳爲司春之神。後世亦作耕牧之神祀之。《墨子·明鬼下》："鄭穆公再拜稽首曰：'敢問神名？'曰：'予爲句芒。'"《禮記·月令》："（孟春之月）其帝大皞，其神句芒。"鄭玄注："句芒，少皞氏之子曰重，爲木官。"《吕氏春秋·孟春紀·正月紀》亦有："一曰孟春之月日在營室，昏參中旦尾中，其帝太皞，其神句芒。"高誘注："句芒，少皞氏之裔子曰重，佐木德之帝，死爲木官之神。"《方言》卷十三："忽、遽，芒也。"《左傳》："木正曰句芒。"杜預注："云取木生句曲而有芒角也。"《元典章·禮部五·陰陽學》："若在正旦日前五辰立春者，是農之早，芒神在牛前立；若在正旦後五辰外立春者，是農之晚閑，芒神在牛後立。"清富察敦崇《燕京歲時記·打春》："立春前一日，順天府尹率僚屬朝服迎春於東直門外，隸役舁芒神土牛，導以鼓樂，至府署前，陳於彩棚。"清潘榮陛《帝京歲時紀勝·進春》："立春日，各省會府州縣衛遵制鞭春。京師除各署鞭春外，以彩繪按圖經製芒神土牛，舁以彩亭，導以儀仗鼓吹。"可見，"芒神"實爲仙界的牧童，遂以之指稱牧童。宋代已有鞭春習俗的記錄，如《東京夢華錄》卷六"立春"條："立春前一日，開封府進春牛入禁中鞭春。開封祥符兩縣置春牛於府前，至日絕早，府僚打春。如方州儀：府前左右百姓賣小春牛，往往花裝欄坐，上列百戲人物，春幡雪柳，各相獻遺。"據宋陳元靚《歲時廣記》：

> 《成都記》：太平興國二年冬，縣司以春牛呈知府，就午門外安排薦以香燈、酒果，其芒兒塐之頗精。同判王洗馬晦伯慮觸損闕事移實廳

上,知府程給事晚忽見廳角有一土偶,問左右對曰:"春牛芒兒。"遽令移出。仍問何人寘此,欲罪之。對云:"乃同判指撝。"遂召同判過廳,洎見謂曰:"上自開封府,中至刺史,下至縣令,皆有衙廳,是行德教政令之所,其餘則公廳而已。某雖不才忝爲刺史,且芒兒者耕墾之人,不合將上廳,乃不佳之兆,將來恐村夫輩或有不軌耳。"至甲午年果順賊之亂,乃其應焉。(《歲時廣記》,86頁)

足見當時牧童、芒神實爲一物,芒神乃牧童之形狀。於是刺史發怒。遂"芒兒"爲牧童之俚俗稱。

(三)方言

漢語史中方言研究的一大難題就是確定方言的歸屬,而宋代筆記作者在記錄中恰好直接交代爲某地方言,如前文中陸游《老學庵筆記》中言"老子"爲南鄭方言,這些都是十分有價值的,尤其是其中對方言詞語考辨的材料,如:

> 深廣俗多女,嫁娶多不以禮。商人之至南州,竊誘北歸,謂之捲伴。其土人亦自捲伴,不能如商人之徑去,則其事乃有异。始也既有桑中之約,即暗置禮聘書於父母牀中,乃相與宵遁。父母乍失女,必知有書也,索之袵席間,果得之,乃聲言訟之,而迄不發也。歲月之後,女既生子,乃與壻備禮歸寧。預知父母初必不納,先以醑酒入門,父母佯怒,擊碎之。壻因請托鄰里祈懇,父母始需索聘財,而後講翁壻之禮。凡此皆大姓之家然也。若乃小民有女,惟恐人不誘去耳。往誘而不去,其父母必勒女歸夫家。且其俗如此,不以爲异也。(《嶺外代答校注》卷十,430頁)

"捲伴"之得名言"捲以爲伴侶也"。據周去非所記,廣西地區的婚俗有二:一是南人爲北人竊誘,而隨之來北方,結爲伴侶[1];二是兩情相悅,以私奔的方式定終身。後者民俗意味更濃。前者似乎存有拐賣嫌疑。據宋范成大《桂海虞衡志·雜志》:"南州法度疏略,婚姻多不正。村落強暴竊人妻女以逃,轉移他所,安居自若,謂之捲伴,言捲以爲伴侶也。"與周氏所言大异,范成大以爲"村落強

---

[1] 當然,抑或是爲北人所賣,輾轉爲他人妻妾。

暴竊人妻女以逃"。可見,在當地的確是存在借習俗爲名,而爲拐騙婦女之實的現象。宋黃震《黃氏日鈔·讀文集》卷六十七《桂海虞衡志》言:"捲伴,嫁娶不由禮,竊誘之名。"這是個較爲概括的說法。宋張栻《南軒集》卷十五《諭俗文》:"一訪聞鄉落愚民誘引他人妻室,販賣他處謂之捲伴。……亦緣細民往往不務安業,葺理農事,多往南州興販,逐錐刀之利,動經年歲不返鄉間,妻室無依,以至爲他人捲伴前去。自今各仰依分,安常營生,自守保其家室,無致招悔。"在習俗的掩蓋下存在着多種見不得人的勾當,這裏"捲伴"是拐賣留守婦女之義。明章潢《圖書編》卷四十"廣西風俗"條:"民多出外,他人略賣其妻曰捲伴。見《嶺表異錄》及張南軒《靜江諭俗》。"今本《嶺表錄異》雖不見此條,亦可推知范成大、張栻所言并非子虛烏有,大概皆源自《嶺表錄异》。周去非所揭示的主要是民間習俗的内容,正與其所歸"蠻俗門"類相合。可見,"捲伴"乃嶺南方言詞,本爲兩情相悦後私奔而定終身的婚俗,後又指拐騙婦女爲妻或拐賣婦女的行爲。《漢語大詞典》"捲伴"條言:"誘拐他人妻女潛逃以爲伴侣。"可增補。

(四)外來詞

先秦至宋積累了大量的外來詞,外來詞在傳播過程中,由於書寫形式衆多、意義漢化等原因,表意逐漸模糊、理據不再清晰,筆記作者對此有自己的見解,如:

> 吉貝木如低小桑,枝葶類芙蓉,花之心葉皆細茸,絮長半寸許,宛如柳綿,有黑子數十。南人取其茸絮,以鐵筋碾去其子,即以手握茸就紡,不煩緝績。以之爲布,最爲堅善。唐史以爲古貝,又以爲草屬。顧古、吉字訛,草、木物异,不知别有草生之古貝,非木生之吉貝耶?將微木似草,字畫以疑傳疑耶?雷、化、廉州及南海黎峒富有,以代絲紵。雷、化、廉州有織匹,幅長闊而潔白細密者,名曰慢吉貝;狹幅粗疏而色暗者,名曰粗吉貝。(《嶺外代答校注》卷六,228頁)

"吉貝"之名《梁書·諸夷傳·林邑國》已見:"吉貝者,樹名也。其華成時如鵝毳,抽其緒紡之以作布,潔白與紵布不殊。"據唐玄應《一切經音義》卷一《大方等大集經》第十五卷:"劫波育,或言劫貝者訛也,正言迦波羅,高昌名氎,可以爲布,罽賓以南大者成樹,以此形小,狀如土葵,有殼,剖以出華如柳絮可紉，以爲布也。紉女鎮反，星衍曰：此即今吉貝木綿。"佛典中早有"劫波育"，如吳支謙譯《佛說阿彌陀三耶三佛薩樓佛檀過度人道經》卷上："百種雜色華，百種雜繒彩，百種劫波育衣。"西晉白法祖譯《佛般泥洹經》卷下："佛内外衣，繢在如故，所纏身劫波育爲燋盡。"東晉僧伽提婆譯《增壹阿含經》卷第四十九《非常品》第五十一："轉輪聖王與作鐵槨，盛滿香油，沐浴轉輪聖王身，以白净劫波育衣，纏裹其身。"此皆爲棉布之義。又作"劫貝"，如西晉法炬譯《佛説鴦崛髻經》："若彼所著袈裟極妙細滑，若施布劫貝育越衣，則化成袈裟。"東晉僧伽提婆譯《中阿含經》卷第三十四《中阿含大品福經》第二十二："我作刹利頂生王時，有八萬四千雙衣，有初摩衣，有錦繒衣，有劫貝衣，有加陵伽波惒羅衣。"這裹也是指棉布。可見，"劫波育""劫貝"是音譯過程中產生的異讀詞，前者譯爲三個音節，後者將"波育"合譯成一個音節。佛典中作"吉貝"者是在宋以後，如宋宗曉《法華經顯應録》卷上《鐘山益法師》："師乃入鑊，纏以吉貝，灌之以油，將欲發火。"

"古貝"則較早，蕭齊僧伽跋陀羅譯《善見律毗婆沙》卷第十四："六種衣中若——衣者，何謂爲六？一者驅磨，二者古貝，三者句賒耶，四者欽婆羅，五者娑那，六者婆興伽，是名六衣。"南朝陳真諦譯《佛阿毗曇經出家相品》第二："傍伽衣（准主樹雜古貝樹花織爲衣也），駱駝毛衣，長毛冗古貝衣。"就語音關聯而言，"吉貝"直接源自"劫貝"，《廣韻·業韻》"劫，居怯切，見母，入聲"；"吉"爲居質切，入聲，質韻，見母。很有可能是中土文獻引入時以音近的"吉"代"劫"，圖其吉利而形成的。

而究其"古貝"，從用例看來，實同爲一物，據《宋書·夷蠻傳·訶羅單國》："元嘉七年，遣使獻金剛指鐶、赤鸚鵡鳥、天竺國白迭古貝、葉波國古貝等物。"此與佛典中用例出現時間大致吻合，且略早於佛典。這樣看來，是佛經翻譯者借用當時中土文獻中"古貝"的可能性較大。而"古""吉""劫"同爲見母，但韻母存有一定差異，蓋并非音譯自同一語言。"古貝"既然由東南亞引入，蓋取之於天竺等國的語音。這樣看來，若是從物而言，"古貝"引入較晚，而代表它的詞語却是首先出現在佛典中,"劫貝""劫波育"的音譯受西域語言影響的可能性較大。[1] 因此,玄應也將其視爲不同事物而分別音義,如《一切經音義》卷十七《俱舍論》第九卷:"古貝,府蓋反,謂五色氎也。樹名也,以花爲氎也。"關於"吉貝",《泊宅編》卷三言:"閩廣多種木綿,樹高七八尺,葉如柞,結實如大菱而色青,秋深即開,露白綿茸然。土人摘取去殼,以鐵杖杆盡黑子,徐以小弓彈令紛起,然後紡績爲布,名曰吉貝。"佛典是直接引進的"棉布"之義。《南史·夷貊傳上·林邑國》亦有"古貝者,樹名也,其華成時如鵝毳,抽其緒紡之以作布,布與紵布不殊"。吳晗《朱元璋傳》第六章二言:"棉布傳入中國很早,南北朝時從南洋諸國輸入,稱爲吉貝、白疊。"足見此物語言先於實物而先傳入中土,實物引入後,音譯爲"古貝",受佛典影響又産生"吉貝"一詞,二者爲同物,周去非已認識到了這一點。明李時珍《本草綱目·木三·木棉》亦有:"木綿有二種,似木者名古貝,似草者名古終。或作吉貝者,乃古貝之訛也。"所言符合事實,但并非訛物而致。"劫波育""劫貝"是物之人工製品,至於"迦波羅"文獻中則不易見到。宋智圓釋《述涅盤經疏三德指歸》卷第十一也有"經劫貝,正言迦波羅,譯云樹華名也,如柳絮"。

(五) 專名

作者對專名的考辨,往往是從史的角度追溯其源,如:

> 世俗傳訛,惟祠廟之名爲甚。今都城西崇化坊顯聖寺者,本名蒲池寺,周氏顯德中增廣之,更名顯聖,而俚俗多道其舊名,今轉爲菩提寺矣。江南有大、小孤山,在江水中嶷然獨立,而世(一作俚俗)轉孤爲姑,江側有一石磯謂之澎浪磯,遂轉爲彭郎磯,云"彭郎者,小姑壻也"。余嘗過小孤山,廟像乃一婦人,而敕額爲聖母廟,豈止俚俗之繆哉。西京龍門山,夾伊水上,自端門望之如雙闕,故謂之闕塞。而山口有廟曰

---

[1] 楊武全《嶺外代答校注》(第229頁):"木綿爲漢語名,吉貝爲譯名,譯自何語,諸説紛紜。"其中,列舉了伯希和印度俗文説、馮承鈞梵語説、藤田豐八 Bahmar 語 Sanskrit 轉訛説、夏德、柔克義馬來語説、勞費爾印度支那語説、蘇繼廎柬埔寨語説等,可參考。楊先生按語:"從史傳看,吉貝多涉南海諸國,當以譯自印支或馬來語近是。"所言近是,然而蓋非"吉貝",而是"古貝"譯自印、馬語。

闞口廟,余嘗見其廟像甚勇,手持一屠刀尖鋭,按膝而坐,問之,云:"此乃豁口大王也。"此尤可笑者爾。(《歸田録》卷二,35頁)

歐陽修所記之"蒲池寺"在周氏顯德中增廣後名爲顯聖寺,而坊間亦流傳其舊名。然"蒲""菩"《廣韵》中均爲薄胡切。《廣韵·支韵》"池,直離切。"屬澄母,平聲,擬音爲 die[1];《廣韵·齊韵》:"提,杜奚切,平聲。"爲定母,擬音爲 dei。可見二者聲韵相近。[2] "蒲""菩"同音,又爲寺院,很容易使人聯想到佛教語"菩提","池""提"的音近,促進了這一聯想的生成。於是"蒲池寺"訛爲"菩提寺"。這期間,"顯聖寺"的命名爲口耳相傳而致語音訛變的重要外因。因爲倘若標記爲"蒲池寺"三字,就不具備與"顯聖"發生關係而訛變的可能。小孤山之訛,乃不明其命名理據而致。"小姑"有少女義,如古樂府《青溪小姑曲》:"開門白水,側近橋梁。小姑所居,獨處無郎。"唐温庭筠《蘭塘詞》:"小姑晚歸紅妝淺,鏡裏芙蓉照水鮮。"山之秀美,很容易使人聯想到少女之美,從而誤以同音之"小姑"爲其名。而後面"彭郎磯"的産生則是順理成章。

(六)市語

市語這一問題,我們在前文宋代筆記與詞彙學研究部分已經提及,其屬於某一範圍内人群所用來交流的語言。如:

伸足誤踏瓿倒,糖流於地,小商彈指歎息曰:"甜采你即溜也,怎奈何!"左右皆笑。俚語以王姓爲"甜采"。(《澠水燕談録》卷十,124頁)

"甜采"爲王姓,其理由不得而知。據王國維《優語録》言:"此恐指介甫。"

總體看來,宋代筆記作者訓釋對象涉及古今、中外、方俗的方方面面,從而(其中俗語、市語、方言等往往是傳統注疏和一般辭書所忽略的内容)爲後世保留了彌足珍貴的語料。

---

1 本書上古音、中古音據潘悟雲先生擬音。

2 如果就"離"而言,本身就是齊韵。很可能在當時的口語實際中,二者的韵是没有差異的。

二、訓詁範圍

訓詁對象是訓釋誰的問題,訓詁範圍則是訓釋誰的什麼的問題,這是基於訓詁對象而進一步分析的結果,實際上訓詁對象部分已有所體現,這裏我們僅簡單舉例加以歸納總結。

(一)辨音

> 俗謂婚姻之家曰親家。唐人已有此語,見《蕭嵩傳》。又有以親字爲去聲者,亦有所據。盧綸作《王駙馬花燭詩》有"人主人臣是親家"之句。(《賓退錄》卷五,64頁)

兩家兒女相婚配的親戚關係爲"親家",《後漢書·禮儀志上》已有:"東都之儀,百官、四姓親家婦女、公主、諸王大夫、外國朝者侍子、郡國計吏會陵。""親",《廣韵》有七人、七遴二切,後者爲去聲,震韵,當讀爲前鼻音。現代漢語中爲後鼻音。這大概是受北方方言的強勢口語語音的影響而形成的,如"貞"於《廣韵》中爲陟盈切,平聲,清韵,現與"真"同音。《中原音韵·正語作詞起例》:"一依後項呼吸之法,庶無之、知不辨,王、楊不分,及諸方語之病矣。"其中有"真文與庚清之別",特地提到"親有青",足見方音中當時存在"親"讀作後鼻音的情況。其中"真""貞"也是同理,而在元代通語中仍是有分別的。

(二)溯源

> 《五代史》:漢劉銖惡史弘肇、楊邠,於是李業譖二人於帝而殺之。銖喜,謂業曰:"君可謂傻羅兒矣。"傻羅,俗言狡猾也。《歐史》間書俗語,甚奇。(《鶴林玉露》甲編卷之五,88頁)

> 黃朝英《緗素雜記·論僂儸》云:"《酉陽雜俎》云:'僂儸,因天寶中,進士有東西朋,各有聲勢,稍偉者多會於酒樓,食畢羅,故有此語。'予讀梁元帝《風人辭》云:'城頭網雀,僂儸人著。'則知僂儸之言,起已多時。又蘇鶚《演義》云:'僂儸,幹了之稱也。俗云騾之大者曰僂騾,

驟羅聲相近,非也。'又云:'婁敬、甘羅,亦非也。蓋僂者,攬也;羅者,綰也。言人善幹辦於事者,遂謂之僂羅。僂字從手旁作婁。《爾雅》云:"婁,聚也"。'此説近之。然《南史·顧歡傳》云:'蹲夷之儀,婁羅之辨。'又《談苑》載朱貞白詩云'太婁羅',乃止用婁羅字。又《五代史·劉銖傳》云:'諸君可謂僂羅兒矣。'乃加人焉。"以上皆朝英説。然予以爲此説久矣,北齊文宣帝時已有此語。王昕曰:"僂羅,僂羅,實自難解。"蓋不始於梁元帝之時。以表考之,梁元帝即位,是歲己巳;次年庚午,北齊宣帝即位;至壬申年,梁元帝方即位。今據《緗素雜記》以僂羅事引梁元帝《風人辭》爲始,不當,蓋元帝在宣帝之後。(《能改齋漫録》卷一"僂羅",1頁)

《能改齋漫録》中對於"嘍囉"形義的考察較爲詳細,也爲後世學者考釋源流提供了寶貴的材料。[1]

(三)考形

鶻突二字,當用糊塗。蓋以糊塗之義,取其不分曉也。按,吕原明《家塾記》云:"太宗欲相吕正惠公,左右或曰:'吕端之爲人糊塗。'自注云:'讀爲鶻突。'帝曰:'端小事糊塗,大事不糊塗,決意相之'。"今食醫心鏡,治脾胃氣冷,不能下食,虛弱無力,有鶻突羹,用鯽魚半斤,細切起作膾,沸豉汁熱投之,著胡椒、乾薑、蒔蘿、橘皮等末。空腹食之,乃作此鶻突字,非也。(《能改齋漫録》卷二"鶻突",40頁)

在漢張機撰、晋王叔和編的《傷寒論注釋》中已見"鶻突"的用例,義爲"神志不清、心緒煩悶",正是《能改齋漫録》中所講不分明義,如:

熱甚則必神昏,是以劇者反復顛倒而不安,心中懊憹而憒悶,懊憹者俗謂鶻突是也。(《傷寒論》卷第三)

後"鶻突"又可作吃食之名,類似粥狀物,《能改齋漫録》中所記"鶻突羹"即爲此物,在宋以前的文獻中也多有記載,如:

食醫心鏡,治脾胃氣冷,不能下食,虛弱無力,鶻突羹,鯽魚半斤,

---

[1] 參見徐時儀:《"嘍囉"考》,《語言科學》2005年第1期。

細切,起作鱠,沸豉汁熱投之,著胡椒乾薑蒔蘿橘皮等末,空腹食之。(晉·葛洪《肘後備急方》卷之四)

又有羊肉生致碗中,以不飪覆之,後以五味汁沃之,更以椒酥和之,謂鶻突不飪。(唐·楊曄《膳夫經手錄》)

"糊塗"一詞較早見於晉葛洪《肘後備急方》,義爲"糊狀物",如卷之五:"右用白麵半斤,炒令黄色,用醋煮爲糊塗,於乳上即消。"後代沿用,宋唐慎微《證類本草》卷二十五:"又方主婦人乳癰不消,右用白麪半斤,炒令黄色,用醋煑爲糊塗,於乳上即消。"至今,在河南方言中"糊塗"仍可指糊狀之食物,多用麵粉攪拌成糊狀,再倒入沸水中煮製而成,也可放入大米、地瓜等,是河南地區最爲常見的食品。《能改齋漫錄》中所記"糊塗"的"不明事理"義出現較晚。如宋黄震《黄氏日鈔》卷五十《讀史》:"糊塗讀作鶻突,太宗謂公大事不糊塗。"

(四)正誤

唐拾遺耿緯《下邽喜叔孫主簿鄭少府見過詩》云:"不是仇梅至,何人問百憂。"蘇子由作績溪令時,有《贈同官詩》云:"歸報仇梅省文字,麥苗含穟欲蠶眠。"蓋用緯語也。近歲均州版本,輒改爲"仇香"。(《老學庵筆記》卷四,48頁)

陸游在《老學庵筆記》中指出均州版本中將"仇梅"改作"仇香",并分別舉出了耿緯和蘇轍的詩句來證明,但并未說明後人改換的原因。"仇梅"實指仇香和梅福二人。如:

梅福,字子真,九江壽春人也。(《漢書·梅福列傳》)

仇覽,字季智,一名香,陳留考城人也。(《後漢書·仇覽列傳》)

據以上例證可知,梅福曾爲南昌尉,以諍言直諫見稱,仇香曾任主簿,後代有人并稱二者爲"仇梅",如耿緯、蘇轍,但并不常見,至《老學庵筆記》時期,"仇梅"的用法已經不被人熟知,但稱"仇香"。《漢語大詞典》中也只收有"仇香"條。

(五)求據

官制廢久矣,今其名稱訛謬者多,雖士大夫皆從俗,不以爲怪。皇女爲公主,其夫必拜駙馬都尉,故謂之駙馬。宗室女封郡主者,謂其夫爲郡馬,縣主者爲縣馬,不知何義也。(《歸田録》卷二,23頁)

"駙馬",本爲副車之馬,駕轅之外的馬。《韓非子・外儲説右下》:"然馬過於圃池,而駙馬敗者,非蒭水之利不足也,德分於圃池也。"《漢書・百官公卿表上》:"奉車都尉掌御乘輿車,駙馬都尉掌駙馬,皆武帝初置。"顏師古注:"駙,副馬也。非正駕車,皆爲副馬。"《隸續・漢魯峻石壁殘畫像》宋洪适釋:"橫車之後,後有駙馬二匹。"可見,漢武帝首置駙馬都尉一職。"駙馬都尉"省稱爲"駙馬",如《後漢書・魯恭傳》:"(魯恭)從巡狩南陽,除子撫爲郎中,賜駙馬從駕。"三國魏曹植《求通親親表》:"駙馬奉車,趣得一號,安宅京室,執鞭珥筆。"三國魏何晏始以公主丈夫拜駙馬都尉,後代皇帝的女婿照例加此稱號,簡稱駙馬,因以指皇帝的女婿。如唐韓翃《宴楊駙馬山池》詩:"中朝駙馬何平叔,南國詞人陸士龍。"宋代方言地區用以泛指女婿,宋莊季裕《雞肋編》:"(廣南俚俗)又呼舅爲官,姑爲家,竹輿爲逍遥子,女壻作駙馬,皆中州所不敢言。"現代漢語中偶用,多含譏諷或戲謔意,沈從文《貴生》:"貴生不歡喜癩子……因爲貴生怕癩子招親,從幫手改成駙馬。""郡馬""縣馬"則是類推的結果。歐陽修雖言不知何義,却實際上也理解成詞的理據。

宋代筆記作者所關注的詞彙,具有極大的隨時、隨地性,雖然其考釋過程并不一定翔實,結論也未必可靠,客觀上却保留了大量的方言、俗語、市語、外來詞等,反映了當時口語的實際,這些材料在一般的注疏和辭書中都是不容易見到的。我們可以從中窺測到宋代口語的面貌,總結其中的訓詁經驗,繼承其中合理的成分。

第二節　宋代筆記中的訓詁方法

材料和方法是學術研究中互爲補充的兩個部分,新材料的發現和新方法的使用,推動學術研究不斷前進。郭在貽説:"作爲研究工作,有兩點最要注意:一是材料,二是方法。俗語詞研究也不例外。"[1] 研究方法是在以材料爲研究對象的基礎上逐漸被改進的。宋代筆記文獻中的訓詁材料拓寬了研究對象和研究範圍,在訓釋詞語時,選取了不同角度,運用了諸多方法,有些是具有開創意義的,對後世影響很大。充分繼承、發掘蘊含在筆記文獻訓詁材料中的訓詁方法,歸納并加以合理利用,將有利於詞彙、訓詁研究工作的深入開展。

一、因聲求義

如果説清儒將因聲求義法在訓詁中發揮到極致,那麽宋代學者則是地道的開荒者。這并不是説前代學者并未使用過這樣的方法,只不過他們是自發而非自覺。宋代學者能够突破文字的限制,因聲求義,一方面是基於重心性、强調格物致知的"理學"大背景,另一方面則是基於宋代學者獨到的"説文解字"的文字學研究基礎上進行的。下面是筆記中的一例:

> 熙寧中,華山圮,雨木冰,已而韓魏公薨。王荆公挽詞云:"木稼曾聞達官怕,山頹果見哲人萎。"《西清詩話》謂用孔子及唐寧王事。寧王事《新書》無之,見於劉耀遠舊史傳中:"開元二十九年冬,京城寒甚,凝霜封樹,學者以爲《春秋》'雨木冰',即此是。亦名樹介,言其象介胄也。憲見而歎曰:'此俗所謂樹稼者也。諺曰:樹稼達官怕。必有大臣當之,吾其死矣。'十一月薨。"按《漢·天文志》亦曰:"今之長老,名木冰爲木介。介者,甲;甲,兵象也。"余謂稼字義不可通,特介聲之訛耳。劉向曰:"冰者,陰之盛;木者,少陽,貴臣卿大夫象也。此人將有害,則陰氣脅木,未雨而木先寒,故得雨而冰也。"達官怕之諺本此。顏師古注《劉向傳》謂:"今俗呼爲間樹。"《齊民要術·黍稷篇》又謂之諫樹云。(《賓退錄》卷三,36~37頁)

"樹稼達官怕"首見於劉昫《舊五代史》,足見此諺語流傳已久。作爲名詞性結構的"樹稼"本指農林作物,漢王充《論衡·率性》:"夫肥沃磽埆,土地之本性也。肥而沃者性美,樹稼豐茂。"若"樹"爲動詞,則爲種植莊稼,如《舊唐書·

---

[1] 郭在貽:《訓詁學》,中華書局,2005年,第114頁。

狄仁傑傳》："今不樹稼,來歲必饑,役在其中,難以取給。"皆與語義不合。趙與時將此追溯到漢代,《漢書·五行志上》確有:"今之長老名木冰爲木介。介者,甲。甲,兵象也。"所謂"兵象",即如士兵着甲冑之象,遂爲"木介"或"樹介"。"木冰"先秦已見,如《春秋·成公十六年》:"王正月,雨木冰。"杜預注:"記寒過節,冰封著樹。"此爲一種自然現象。宋王溥《唐會要·雜録》有:"開元二十九年冬十月,京城寒甚,凝霜封樹,學者以爲《春秋》'雨木冰'即是。亦名樹介,言其象介冑也。"此本爲正常的自然現象,古人以陰陽五行説釋之,并推及至人事,成爲禍事的徵兆。趙氏言"余謂稼,字義不可通,特介聲之訛耳",所言甚是。介,《廣韵》中爲古拜切,去聲,怪韵,屬見母,擬音 $k^{wγ}εi$；"稼",《廣韵》中爲古訝切,去聲,禡韵,爲見母,擬音爲 $k^γε$,二者語音極爲接近。倘若局限於文字的限制,不尋求於語音,以"稼"强説此諺語意義,則扞格不通。趙與時在此處運用因聲求義法,破假借,指出語訛,已明顯具有自覺的意識。這樣的用例在筆記中不占少數,前文歐陽修《歸田録》對"不托"的考釋,主要也是運用此法。足見,因聲求義已是宋代訓詁學家常用的方法。

二、求證方言

有些詞語僅憑書面資料不容易弄清楚,如果以方言印證就會清楚得多。[1] 宋代筆記作者多有宦游或隨父宦游的經歷,同時也有各自的方言背景,因此,常常因爲接觸到方言詞彙,而使曾經不解的疑難詞語豁然開朗。如"兒郎偉"亦作"兒郎輩""兒郎懣",其意義説解不一,在宋樓鑰《攻媿集》中已有這樣的記載:

上梁文必言兒郎偉,舊不曉其義,或以爲唯諾之唯,或以爲奇偉之偉,皆所未安,在敕局時,見元豐中獲盜推賞,刑部例皆節元案,不改俗語,有陳棘云:"我部領你懣厮逐去。"深州邊吉云:"我隨你懣去。""懣",本音"悶",俗音"門"猶言輩也,獨秦州李德一案云:"自家偉不如今夜去云。"余啞然笑曰:"得之矣,所謂兒郎偉者,猶言兒郎懣,蓋呼而告之。"此關中方言也,上梁有文尚矣。唐都長安循襲之然,嘗以語

---

[1] 參見蔣紹愚:《近代漢語研究概要》,北京大學出版社,2005年,第293頁。

尤尚書延之、沈侍郎虞卿、汪司業季路，諸公皆博洽之士，皆以爲前所未聞，或有云："用相兒郎之偉者殆誤矣。"（卷七十二，972~973頁）

樓鑰認爲此詞源自關中方言，意爲"兒郎懑"即"兒郎們"，"偉"即"們"，表複數義。《愛日齋叢抄》對樓鑰的説解記載甚詳，但有不同意見，認爲"偉"應爲應和之聲，如：

樓公考證如此，予記《吕氏春秋》曰："今舉大木者，前呼輿謣，後亦應之。"高誘注爲舉重勸力之歌聲也。"輿謣"，注或作"邪謣"。《淮南子》曰："邪、許、豈、偉，亦古者舉木隱和之音？"（卷五，115~116頁）

相比之下，樓氏之説更爲翔實可信。[1] 另如：

林謙之詩："驚起何波理殘夢。"自注："述夢中所見何使君，蜀人以波呼之，猶丈人也。"范氏《吴船録》記嘉州王波渡云：蜀中稱尊老者爲波，祖及外祖皆曰波，尊之。又有所謂天波、月波、日波、雷波者，皆尊之之稱。此王波蓋王老或王翁也。宋景文嘗辨之，謂當作皤字。魯直貶涪州别駕，自號涪皤，或其俗云。按景文所記云：蜀人謂老爲皤，音波，取皤皤黃髮義。後有賊王小皤作亂，今國史乃作小波，非是。蓋淳化三年青城民王小波爲亂。史云小波，范雖引宋説，亦從土名之舊。以"波"記。放翁《記》乃作王小皤。（《愛日齋叢抄》卷五，117~118頁）

"皤"，《説文·白部》："老人白也，從白番聲，《易》曰：'賁如皤如'。"可見本義爲老人白首貌，從而可代指老年人。如《宋景文公筆記》卷上"釋俗"："蜀人謂老爲皤，取皤皤黃髮義。後有蠻王王小皤作亂，今《國史》乃作小波，非是。"《老學庵筆記》卷九："蜀父老言：王小皤之亂，自言'我土鍋村民也，豈能霸一方？'""皤"爲并母戈韵，"波"爲幫母戈韵，二者讀音相近，故蜀人又稱老年人爲"波"。段玉明認爲："小皤"不當是人名，而是一種對巫師的稱呼……宋祁以爲

---

[1] 吕叔湘先生説："偉是喻母字，但如拿現代關中方言'偉'同讀 u-/v- 的情形來推測，'偉'很可能代表一個跟'們'有語源上關係的原屬微母的字。"見吕叔湘：《近代漢語指代詞》，北京：學林出版社，1985年，第55頁。

"小皤"乃尊稱頗有見地,但以"皤皤黃髮"取義又是望文生義了。[1]

三、追求語詞源流

探求語詞源流是傳統訓詁學的主要內容,也是訓詁研究的重要方法,通過語源的探究亦可知曉某些名物詞的得名之由。在宋人筆記中保留着諸多這方面的材料,如:

> 三司副使曰篦,通判曰倅。《禮》有副車、倅車。《左傳》:"孟僖子使泉丘人女助蓮氏之篦。"篦、倅皆副貳之稱,然他官雖副、貳不通用,不知其由。今三司廢已久,篦之名,人無知者,獨倅之名猶然。樓宣獻序《向侍郎集》云"攉之户篦",近時文字中所見者此耳。(《賓退録》卷一,7頁)

"倅"本爲副義,如《逸周書·匡糴》:"君親巡方,卿參告糴,餘子倅運。"孔晁注:"倅,副也。"引申指稱州郡長官的副職,宋代即指通判。另如宋秦觀《雪齋記》:"雪齋者,杭州法會院言師所居室之東軒也……州倅太史蘇公過而愛之。"元元懷《拊掌錄》:"李丹大夫客都下,一年無差遣,乃授昌州倅。"也可作動詞,指充任州郡的副職官員,宋陳鵠《西塘集耆舊續聞》卷第六:"此東坡倅錢塘之日。今在石村沈家,畫壁猶存,所畫之像。"宋蘇軾《密州通判廳題名記》:"未一年而君來倅是邦。"明張岱《陶庵夢憶·雪精》:"外祖陶蘭風先生倅壽州,得白騾……畜署中。""篦"亦爲副、附屬義,如《左傳·昭公十一年》:"僖子使助蓮氏之篦。"杜預注:"篦,副倅也。"遂三司副使曰"篦",不過,趙與時所在的時代"篦"已近亡。另如:

> 柳子厚詩云:"海上尖山似劍鋩,秋來處處割愁腸。"東坡用之云:"割愁還有劍鋩山。"或謂可言"割愁腸",不可但言"割愁"。亡兄仲高云:"晉張望詩曰:'愁來不可割'。此'割愁'二字出處也。"(《老學庵筆記》卷一,26頁)

"割愁"一詞確最早見於晉張望詩:"營生生愈瘁,愁來不可割。"(《藝文類

---

[1] 段玉明:《"王小波"名辨釋》,《中華文化論壇》2007年第3期。

聚》卷三十五）後代詩詞中多有沿用，如陸游所舉柳宗元《與浩初上人同看山寄京華親故》、蘇軾《白鶴峰新居欲成夜過西鄰翟秀才》，另有温庭筠詩"緑波如熨割愁腸"，辛弃疾詞"雲遮望眼，山割愁腸"。陸游準確地指出了"割愁"之源，分析了該組合的合理性。[1]

四、排比歸納

陸宗達先生在講到訓詁方法時，曾提及"核證文獻語言"[2]，核證用例不止一兩個，也就是排比歸納。排比歸納的目的是爲詞語歸納一個準確的意義，或是檢驗意義的準確度。從這個意義而言，排比歸納涵蓋範圍更加廣泛些。宋代筆記中多有作者以排比歸納法考證詞語的材料，如《愛日齋叢抄·佚文》："《易》：'師貞，丈人，吉。'王輔嗣注：嚴莊之稱也。《論語》'子路遇丈人以杖荷蓧'，包氏注：丈人，老人也。《莊子》漢陰丈人、痀瘻丈人、臧丈人，其實皆老人之稱也。"

由於版本的不同，古代典籍在傳承的過程中，常常會出現异文，發展到今天，有時會成爲我們閱讀文獻的障礙。宋人筆記中保留了大量此類記載，對於我們探究古代典籍的真實面貌、閱讀學習古代典籍不無裨益。如《孟子·梁惠王上》："狗彘食人食而不知檢"，今天常見版本多作"檢"，有釋作"'檢'，通'斂'，收積、儲藏"[3]，或直接解作"約束、限制"[4]。《鶴林玉露》甲編卷之三中的記載較爲明晰地理順了二者的關係："惠民之法，莫善於常平。司馬温公云：'此三代聖人之法，非李悝、耿壽昌所能爲也。'陳止齋曰：'《周禮》以年之上下出斂法，蓋年下則出，恐穀貴傷民也，年上則斂，恐穀賤傷農也，即常平之法矣。《孟子》曰：'狗彘食人食而不知檢，塗有餓莩而不知發。''檢'字，一本作'斂'，蓋狗彘食人食，粒米狼戾之歲也，法當斂之。塗有餓莩，凶歲也，法當發之。由此而

---

[1] 《漢語大詞典》"割愁"一詞所引例證爲柳宗元詩，時代稍晚，可參證《老學庵筆記》補充張望詩例。
[2] 參見陸宗達：《訓詁學簡論》，北京出版社，2002年，第141頁。
[3] 參見王力：《古代漢語》，中華書局，1999年，第288頁。
[4] 郭錫良：《古代漢語》，商務印書館，2000年，第401頁。

言,三代之時,無常平之名,而有常平之政,特廢於衰周耳,真非耿、李所能爲也。"王應麟《困學紀聞》卷八中亦有記載:"止齋曰:'人多言常平出漢耿中丞,顔師古以壽昌爲"權"道,豈知常平蓋古法?孟氏言"狗彘食人食而不知檢,塗有餓莩而不知發",今文作"檢",班氏《食貨志》作"斂"是也。夫豐歲不斂,饑歲不發,豈所謂無常平乎?'"二者所記出自《漢書·食貨志》:"……而孟子亦非'狗彘食人之食不知斂,野有餓莩而弗知發'。"筆記作者通過排比歸納的方法,給我們提供了運用異文解决問題的綫索。

五、鈎沉舊注

利用前人注釋,是訓詁學中較爲普遍的方法。以前注爲基礎,再加以考辨,從而使結論更加切實可靠,如《鶴林玉露》丙編卷一:"《楚辭》云:'餐秋菊之落英。'釋者云:'落,始也。'如《詩·訪落》之'落',謂初英也。古人言語多如此,故以亂爲治,以臭爲香,以擾爲馴,以慊爲足,以特爲匹,以原爲再,以落爲萌。"羅大經以諸多舊注中的反訓,强調"落"的開始義的合理性。另如:

> 《藝文志》云:"蕭何草律,太史試學童能諷書九千字以上,乃得爲史。又以六體試之,課最者以爲尚書、御史、史書令史。六體者,古文、奇字、篆書、隸書、繆篆、蟲書。"師古曰:"古文,謂孔子壁中書;奇字,則古文而异者也。"許叔重《説文解字》云:"亡新居攝,使大司空甄豐等校文書之部。時有六書:一曰古文,孔子壁中書也;二曰奇字,即古文而异者也。"與顔注合。其後晋衛巨山《四體書勢》、元魏江式《論書表》皆同。然則奇字者,與科斗文字略相似,而异於小篆,六書之一體耳。今人纔見書籍中難字,便謂之奇字,非也。《容齋三筆》摘《周禮》中字如攃、磬、飆、鱻之類,凡數十爲一則,題曰《周禮奇字》,且云:"前賢以爲此書出於劉歆。歆嘗從楊子雲學作奇字,故用以入經。"蓋亦失於詳考。(《賓退録》卷五,60~61頁)

"奇字"爲漢王莽時六體書之一,大抵根據古文加以改變而成。《漢書·揚雄傳下》:"間請問其故,乃劉棻嘗從雄學作奇字,雄不知情。"顔師古注:"古文之异者。"趙與時是據顔注和《説文》而對"奇字"作的進一步解釋。

六、探究理據

即分析詞語的得名之由,以便更準確地理解詞義,前文中《歸田錄》"駙馬"例、《攻媿集》"兒郎偉"例、《賓退錄》"簁""倅"例等,皆有得名之由的探究。另如:

> 沈存中《筆談》載,石曼卿居蔡河下曲,鄰有豪家,曼卿訪之,延曼卿飲。群妓十餘人,各執肴果樂器,一妓酌酒以進。酒罷樂作。群妓執果肴者萃立其前,食罷則分列其左右。京師人謂之"軟槃"。余按:江南李氏宰相孫晟,每食不設几案,使衆妓各執一器,環立而侍,號"肉臺槃"。時人多效之。事見《五代史記·死事傳》及馬令南《唐書·義兒傳》。"軟槃"蓋始於此。(《賓退錄》卷二,22頁)

這裏趙與時追溯了肉臺盤的得名,據文獻記載唐楊國忠、南唐孫晟皆官居極品,窮奢極侈,食不設几案,使家妓各執食器立侍,號"肉臺柈"。宋佚名《錦繡萬花谷》卷二十四"奢"條:"肉擡柈,肉屏風:'唐宰相楊國忠家富,凡有賓客設酒則不設擡柈,令妓女各執其事,號曰肉擡柈。又冬月則令妓女圍之,號肉屏風'。"《南唐書·義死傳·孫晟》:"家益富驕,每食不設几案,使衆妓各執一器,環立而侍,號肉臺盤。""肉臺盤""肉臺柈",因"盤""柈"異體而異。"肉擡盤"者,乃由妓女以手托盤而得名,遂用"擡"。"肉臺盤"又稱"軟碟",《新校正夢溪筆談》卷九有:"群妓執果肴者,萃立其前,食罷則分列其左右,京師人謂之'軟碟'。"歸而言之,各家所載大體相同。"肉臺盤""軟碟"之得名,爲以人手爲臺,或以手托盤。是否源自楊國忠,還不能確定。但其爲常人所不能實現,是一種奢侈的行爲,是不容置疑的。很明顯,"肉臺盤""軟碟"在宋代已是京師地區十分活躍的口語詞。

七、古今對比

古今對比,反映了詞彙的興替演變,其中體現了共時、歷時結合的研究方法,如:

古所謂路寢,猶今言正廳也。故諸侯將薨,必遷於路寢,不死於婦人之手,非惟不瀆,亦以絶婦寺矯命之禍也。近世乃謂死於堂奧爲終於正寢,誤矣。前輩墓志之類數有之,皆非也。黄魯直詩云:"公虚采蘋宫,行樂在小寢。"按魯僖公薨於小寢。杜預謂"小寢,夫人寢也。"魯直亦習於近世,謂堂爲正寢,故以小寢爲妾媵所居耳。不然既云"虚采蘋宫",又云"在小寢",何耶?(《老學庵筆記》卷十,132頁)

　　皇祐二年、嘉祐七年季秋大享,皆以大慶殿爲明堂,蓋明堂者,路寢也,方於寓祭圜丘,斯爲近禮。明堂額御篆,以金填字,門牌亦御飛白,皆皇祐中所書,神翰雄偉,勢若飛動。余詩云"寶墨飛雲動,金文耀日晶"者,謂二牌也。(《歸田録》卷二,25頁)

可見,"路寢"至宋代,被稱爲"正廳""明堂"。有些筆記作者認可的結論,在前代的材料中已經出現,作者則加以引録,如:

　　顔之推《家訓》云:"昔侯霸之子孫,稱其祖父曰家公。陳思王稱其父曰家父,母爲家母。潘尼稱其祖曰家祖。古人之所行,今人之所笑也。今南北風俗,言其祖及二親,無云家者;田里猥人,方有此言。"之推北齊人。逮今幾七百年,稱家祖者複紛紛皆是;名家望族,亦所不免。家父之稱,俗輩多有之,但家公、家母之名少耳。山簡謂"年幾三十,不爲家公所知",蓋指其父,非祖也。(《賓退録》卷四,51頁)

"家公"本爲一家之男主人,多指丈夫。《莊子·寓言》:"其往也,舍者迎將,其家公執席,妻執巾櫛。"成玄英疏:"家公,主人公也。"後來引申爲對父親的尊稱,可稱人父,亦可稱己父,如漢應劭《風俗通·十反·司徒梁國盛允》:"司徒梁國盛允,字子翩,爲議郎,慕孟博之德,貪樹於有禮,謂孟博:'家公區區,欲辟大臣,宜令邑人廉薦之'。"《後漢書·王丹傳》:"時大司徒侯霸欲與交友,及丹被征,遣子昱候於道。昱迎拜車下,丹下答之。昱曰:'家公欲與君結交,何爲見拜?'"據顔之推言,"家公"在北齊,已爲"家父""家祖"所取代,二者口語色彩濃厚。"家公"在表意上具有極大的模糊性,所指甚繁,且多用於背稱,遂爲後兩者所分化,其中反映了"家公"的詞義演變和與"家父""家祖"的新舊更替。趙與時引《顔氏家訓》記錄此一現象,間接地體現了宋代父背稱的基本詞彙格局。

以上我們簡單歸納了宋代筆記文獻中訓詁材料所體現的主要訓詁方法。實際上，并不只限於此。一些傳統訓詁學方法，筆記作者多是繼承使用，比如據字音、字形辨義，《齊東野語》卷十三"復覆伏三字音義"條（237頁）："覆亦有三音，芳六反者，反覆之覆也，字書訓以反，是也。《中庸》'傾者覆之'，注：'敗也。'與《易》'反復道也'之復，音同義異。敷救切者，覆幬之覆也，字書訓以蓋，是也。扶又切者，伏兵也。《左傳》'君爲三覆以待之'是也。"有時在考證過程中也伴有字形的分析，如《學林》卷九"稾槀"條："字書，稾從高從禾，謂禾秆也，草荆也。槀從高從木，謂藥名，槀本也，亦枯槀也。《周禮》，封人共其水槀。《禹貢》，三百里納秸。孔安國曰：秸，稾也。又蠻夷邸館，謂之稾街。撰文起草，謂之草稾。凡此皆從禾者也。"限於篇幅，我們這裏不作過多探討。

宋代筆記作者各有不同的經歷、不同的個性和不同的學術背景，在對詞語的關注上也有不同的興奮點，考釋詞語時也運用了"五花八門"的方法。無疑，將這些材料加以整理、分析，定會成爲寶貴的財富。宋代筆記文獻中訓詁材料的成就，我們可以歸結爲以下幾個方面：一是關注範圍廣，古今、中外、雅俗并包；二是訓釋方法多樣，因聲求義、求證方言、歷時共時結合等現代詞彙學研究方法的運用，已具有一定的自覺意識；三是考釋材料具有一定的系統性，即便是個別零散的材料，經過整理也會形成系統的證據鏈。當然，在全社會籠罩在性理之學的大環境下，宋代筆記作者的考釋過程有時也體現了明顯的主觀臆測性，從而得出了錯誤的結論，《能改齋漫錄》卷一"僂羅"條對"僂羅"的考證即是。陸宗達先生說："前人在進行訓詁時所使用的方法，固然由於歷史的局限性，不可能不受當時的歷史條件和歷史學者本人世界觀的限制，存在着狹隘的、片面的、主觀唯心的、煩瑣主義的和脫離實際的東西，但是由於訓詁大師們掌握了大量的第一手材料，又經過長期、系統的、刻苦的實踐，積累了豐富的經驗，其中科學的、合理的成分，需要我們認真研究、吸取。"[1] 的確，古代文獻中的訓詁内容必然存在着歷史局限性，然而其中蘊含的材料則是我們需要繼承和挖掘整理的，哪怕是其中非科學的部分。如宋張師正《倦游雜錄》："今人呼奢麪爲湯餅，唐人呼饅頭爲籠餅，豈非水瀹而食者皆可呼湯餅、籠蒸而食者皆可呼籠餅？

1　陸宗達：《訓詁學簡論》，北京出版社，2002年，第117頁。

市井有鬻胡餅者,不曉名之所謂,得非熟於爐而食者呼爲爐餅宜矣。"儘管張師正對"胡餅"的得名考釋是主觀的,結論也是不可靠的,但"湯餅""籠餅"爲據,類推"胡餅"得名之由的方法,却存在着合理性。宋代筆記中的訓詁材料是零散地分布於各個著作中的,缺乏系統性,不容易利用,因此發掘其中的材料,對其加以整理、歸納,繼承其中科學、合理的成分,是當前和今後筆記整理工作的一大要務。

第四章 宋代筆記與音韻學研究

"宋學"在漢語學術史中之所以能與漢學相提并論,宋代語音研究的成就功不可没。漢語語音學的研究興起於漢末,反切的發明是其開始的標志。直到南北朝後,語言研究的重點纔轉移到語音上來,這是漢民族人對語音的認識和研究水平提高的結果,與文學形式的發展和文學創作的需求也不無關聯。反切的發明,意味着古人對漢語音節的聲和韵有了明確的認識。南北朝時期,文學創作進入自覺階段,在韵文創作中積極地尋求聲律美感,促進了詩律學的研究。再加上在佛經翻譯的過程中,受梵文的影響,人們也主動探究漢語音節的構造。沈約《四聲譜》的問世,説明當時人們早已發現了四聲,并積極地分析漢語音節的聲韵調。反切的發明和四聲的發現,是漢語音韵學的兩大基石。然而南北朝時期的音韵學研究成果,因當時社會的動蕩,以及後來五代的兵燹,大多只留下名目,其著作面貌已不得復見。現在能見到的最早的韵書是隋陸法言的《切韵》,但原本也已不能見到全貌。《切韵》產生後,產生了一系列的修訂、增訂本。影響力最大的當屬宋代的《廣韵》,因爲《切韵》的體系保留在《廣韵》中,《廣韵》成爲現代我們研究古音的重要依據。《切韵》音系可以讓我們上推古音,下聯今音。宋代前後還產生了類似現代聲韵調配合表的韵圖,其中有《韵鏡》《切韵指掌圖》等。另外,隨着科舉制度的發展,宋代又有《禮部韵略》等爲科舉作文需要而特殊編輯的考場韵書。可見,宋代的語音學研究十分繁榮,漢代以來漢語語音研究的成果,在宋代得以繼承、延續和進一步發揮。

　　語音學的蓬勃發展,在宋代筆記文獻中亦有充分的體現。更重要的是,筆記中往往有宋代實際語音現象的記録,這是在正規的韵書中所不易見到的内容。宋代實際的語音發生了諸多的變化,比如輔音韵尾的消失,全濁聲母的清化,入聲的分派等,王力先生據此將近代漢語的上限定在南宋的後半段。[1] 同

1　王力:《漢語史稿》,中華書局,1980年,第35頁。

時,宋代筆記中的方音材料更是彌足珍貴。筆記文獻的作者對各地方音,尤其是入韵文的詞彙,分析得比較透徹。方音材料,體現了當時南北語音和通語語音的異同,這對研究漢語方言史和漢民族共同語的形成具有重要的意義。這一章我們將探討宋代筆記中語音材料所反映的這些問題。

第一節 宋代筆記中所保存的語音資料

宋代筆記文獻的作者從多個方面記錄了反映實際語音的材料。筆記中有直接分析宋代語音現象的内容,有指出韵書瑕疵時的考據性闡釋,有探討詩詞韵律時的系列結論,還有的是閑暇戲謔時的詩詞韵字,以及諧音雙關中記錄的同音詞等。這些材料既反映了共時的語音變化,又記錄了歷時的語音演變;既有語音現象的直錄,又有演變原因的解釋。如加以系統整理,定會是一部豐富的語音材料匯集。

一、語音演變的材料

這裏所說的語音演變材料,可以從共時和歷時兩個角度來分析。二者并不容易嚴格區分,從語音演變的結果看來,共時材料也是歷時材料演變的範疇。

(一)共時演變材料

1. 檠

我們這裏所說的共時演變材料,主要是筆記作者對前代文學作品用字的考辨,以及筆記文獻中的宋代語音實錄,如奇聞趣談、避諱用字等,例:

> 古詩云:"燈檠昏魚目。"讀檠爲去聲。《集韵》:"檠,渠映切。有足,所以几物。"又:"檠,音平聲,榜也。"非燈檠字。韓退之云:"牆角君看短檠弃。"亦誤也。(《西溪叢語》卷下,119頁)

姚寬認爲,韓愈詩"檠"作平聲入韵,其義不合,然而陸游却有另外的看法,如:

東坡詩云："大弨一弛何緣彀,已覺翻翻不受檠。"《考工記》："弓人寒奠體。"注曰:"奠,讀爲定。至冬膠堅,内之檠中,定往來體。"《釋文》:"檠,音景。"《前漢·蘇武傳》:"武能網紡繳,檠弓弩。"顔師古曰:"檠,謂輔正弓弩,音警。又巨京反。"東坡作平聲叶,蓋用《漢書》注也。(《老學庵筆記》卷七,90頁)

《全唐詩》中"檠"作平聲入韵的例子不少見,如:

還家敕妻兒,具此煎烹飥。柿紅蒲萄紫,肴果相扶檠。(卷三三九·韓愈《燕河南府秀才得生字》)

棕床已自檠,野宿更何營。大海誰同過,空山虎共行。(卷五〇九·顧非熊《寄紫閣無名新羅頭陀僧》)

盡簡開塵篋,寒燈立曉檠。靜翻詞客系,閑難史官評。(卷六二三·陸龜蒙《江南秋懷寄華陽山人》)

亦有作仄聲入韵的:

燈檠昏魚目,熏爐咽麝臍。別輕天北鶴,夢怯汝南鷄。(卷六七二·唐彥謙《春雨》)

可見,唐詩中"燈檠"之"檠"以平聲入韵不誤,作平聲的"檠"應爲顔師古注《漢書》所說的"巨京反",仄聲的當是《釋名》和顔師古注中所釋的音"景"或"警"。由此,"檠"之兩讀早已有之,并非是蘇軾從顔師古注作平聲叶。《廣韵·庚韵》:"檠,渠京切。檠,所以正弓。"《廣韵·梗韵》:"橄,所以正弓。出《周禮》,亦作檠。"陸游所言蓋認爲正弓弩之"檠"韵文用時宜爲渠敬切,不能作渠京切入韵。可見,當時"檠"之平聲一讀在宋代的實際語音中已經消失。但宋詞亦有"檠"作平聲入韵者,如《全宋詞》卷一六五吕渭老《小重山·七夕病中》:"半夜燈殘鼠上檠,上窗風動竹,月微明。夢魂偏記水西亭,琅玕碧,花影弄蜻蜓。"另外,《廣韵·映韵》又有:"檠,渠敬切。"從顔師古注和《廣韵》中檠的音切,可以斷定,"檠"之"濁上變去"至北宋中期已經完成。

2.但

筆記作者所記録的奇聞趣談中的語音材料,最能反映宋代的語音特點,如:

姓"但"者,音若"檀"。近歲有嶺南監司曰"但中庸"是也。一日,朝士同觀報狀,見嶺南郡守以不法被劾,朝旨令但中庸根勘。有一人輒歎曰:"此郡守必是權貴所主。"問:"何以知之?"曰:"若是孤寒,必須痛治,此乃令但中庸根勘,即是有力可知。"同坐者無不掩口。其人悻然作色曰:"拙直宜爲諸公所笑!"竟不悟而去。(《老學庵筆記》卷七,95頁)

《廣韵·寒韵》:"但,語辭,亦姓,何氏《姓苑》云:'漢有但巴爲濟陰太守。'徒干切,又徒旱切,又徒旦切。"《廣韵·寒韵》:"檀,徒干切。"同爲定母,陸游所記,蓋反映了南宋時期定母已清化的事實。於是,特別指出音若"檀"。同時,我們也可以理解爲,陸游此處所記,正是由於同形异義的文字問題,造成了書面語上的歧義。這樣看來,陸游則是較早關注歧義現象的學者了。

3. 正

宋代筆記文獻中關於避諱的材料中,很多也涉及語音的問題,如:

周以夏四月爲正月,於時卦屬乾,正陽用事故也。《詩》"正月繁霜",作政音呼。秦始皇以昭王四十八年正月生於邯鄲,因名"政",自後作"征"音呼。秦以十月爲歲首,夏則建寅之月,當爲四月,從此遂以建寅月爲正月,自後不改。至本朝以與仁宗御名同音,當時欲改正月作端月,或曰一月。有以政音爲言者,正遂作政音,如蒸餅則改曰炊餅,凡平聲呼者悉改焉。今人作"征"音呼非是,奏對尤不可。(《雲麓漫鈔》卷二,24~25頁)

關於避仁宗名一事其他筆記亦有所載,《醴泉筆録》卷下:"王禹玉上言,請以'正月'爲'端月'。'正'音與上名相近也。"足見,"禎""征""蒸"宋代音同。李新魁説:"又如宋仁宗名禎,宋代撰《新唐書》,將其中《五行志》'乃取其五事,皇極庶徵'句中的徵字易爲澄字,以避嫌名,可知當時禎、徵同音。按,禎字《廣韵》在清韵,陟盈切,徵字在蒸韵,陟陵切,足證宋時清、蒸韵已讀爲同音。"[1]但這樣的避諱并没有改變"正"的讀音,因爲直到現在"正月"之"正"仍是平聲,因爲避諱只需避正名,可以不避嫌名、舊名,如:

---

[1] 李新魁:《宋代漢語韵母系統研究》,《語言研究》1988年第1期。

胡翼之侍講邇英日,講《乾卦》元、亨、利、貞,上爲動色,徐曰:"臨文不諱。"伊川講南容三復白圭,内侍告曰:"容字,上舊名也。"不聽。講畢曰:"昔仁宗時,宫嬪謂正月爲初月,餅之蒸者爲炊,天下以爲非。嫌名、舊名,請勿諱。"

……

嫌名則有避有不避者。韓退之《辯諱》:"桓公名白,傳有五皓之稱;厲王名長,琴有修短之目。不聞謂布帛爲布皓,腎腸爲腎修。漢武名徹,不聞諱車轍之轍。"然《史記·天官書》:"謂之車通",此非諱車轍之轍乎?若晉康帝名岳,鄧岳改名爲嶽,此則不諱嫌名也。(《齊東野語》卷四"避諱",59~60頁)

方言中以"正"音"政",或以"一月"稱"正月",亦有所本,《老學庵續筆記》:"王羲之之先諱'正',故《法帖》中謂'正月'爲'一月',或爲'初月',其他'正'字率以'政'代之。"可見,在東晉時"正月"即可稱爲"一月"或"初月"。"一月"《尚書》中已見用例,如《尚書·泰誓上》:"惟十有一年。武王伐殷。一月戊午。師渡孟津。作《泰誓》三篇。"《尚書·武成》:"惟一月壬辰,旁死魄,越翼日癸巳。"《春秋穀梁傳·哀公·元年》:"郊自正月至於三月,郊之時也。夏四月郊。""春秋三傳"中往往以"春,正月"與"夏,四月""冬,十月"對應,可見"正月"即是"一月"。"初月"之一月義,《先秦漢魏晉南北朝詩·晉詩》卷一傅玄《雨詩》亦有"徂暑未一旬,重陽醫朝霞。厥初月離畢,積日遂滂沱"例。

(二)歷時演變材料

宋代筆記文獻中歷時演變材料,指的是筆記作者有意識地追踪某些語音現象的來源及其變化歷程,從而能让我們初步瞭解語音現象在不同時代發展軌迹的那部分材料。

1.癡、嗤或甋

通過歷時的語音材料,我們更容易窺測到實際的語音演變,如:

借書一癡,還書一癡,或作"嗤"字,此鄙俗無狀語。前輩謂借書還書,皆以一甋。《禮部韵》云:"甋,盛酒器也。"山谷以詩借書目於胡朝請,末聯云:"願公借我藏書目,時送一鴟開鏁魚。"坡公《和陶詩》云:

"不持兩鴟酒,肯借一車書。"吳王取伍子胥屍,盛以鴟夷革,浮之江中。應劭曰:"取馬革爲鴟夷,榼形。"范蠡號鴟夷子皮,師古曰:"若盛酒之鴟夷。"揚子雲《酒箴》:"鴟夷滑稽,腹大如壺。"師古曰:"鴟夷、韋囊,以盛酒也。"蘇、黄用鴟字本此。(《游宦紀聞》卷四,37頁)

《廣韻·脂韻》:"瓻,丑飢切。"《廣韻·之韻》:"癡,丑之切。"《廣韻·之韻》:"蚩,赤之切。""瓻"或作"癡""蚩","脂""之"在實際語音中的音值接近,直至合并。可見,這一過程,并非完成於《中原音韻》的時代。《清波雜志》卷第四"借書"又有"借書一瓻,還書一瓻",後訛爲"癡",殊失忠厚氣象。又如:

杜征南與兒書言,昔人云:"借人書一癡,還人書一癡。"山谷《借書詩》云"時送一鴟開鎖魚",又云"明日還公一癡"。常疑二字不同。因於孫愐《唐韻》五"之"字韻中"瓻"字下注云:"酒器大者一石,小者五鬥,古借書盛酒瓶也。"又得以證二字之差。然山谷鴟夷字必别見他説。當是古人借書,必先以酒醴通殷勤,借書皆用之耳。(《春渚紀聞》卷五"瓻酒借書",74頁)

足見,"瓻"與"癡""蚩",在意義上無關聯,純屬語音上的借用。這個借用過程至少在唐代就已經開始了,如:

今人云,借書、還書等,爲二癡。據杜荆州書告貺云:"知汝頗欲念學,今因還車致副書,可案録受之。當别置一宅中,勿復以借人。古諺云:'有書借人爲蚩,借人書送還爲蚩也。'"(《酉陽雜俎·續集》卷四"貶誤",203頁)

2. 鄭

姓名、地名等的讀音,由於口語中的約定俗成,在語音發展過程中處於強勢地位,因此仍保留原來的讀音,這與已經變化的字音恰恰形成古今關係。上文中我們所列舉到的"但中庸"例即是。另如:

《漢書》,鄭侯音"贊",今亳州鄭縣乃音才何反。而《字書》"酇"字亦才何反,云邑名,一作"鄼";而"贊"字部又有"酇"字,亦云邑名。按班固《十八侯銘》云:"文昌四友,漢有蕭何:序功第一,受封爲酇。"唐楊巨源《丹鳳樓宣赦上門下相公詩》云:"請問漢家功第一,麒麟閣上識酇侯。"是字有二音,顏注未必是也。(《老學庵續筆記》,140頁)

可見,作爲地名的"鄭"古音爲"才何反",與當時的"贊"音形成的是古今關係。這種關係的形成一定非常複雜,其中的語音演變問題值得關注。姓名、地名的讀音對於上古音研究有重要的價值。

二、各地方音的記録

宋代筆記的作者多有宦游的經歷,當居於某地時對當地的方言俗語及其與通語存異的讀音多有興趣。同時,在進行詩歌創作時,詩人們會不自覺地用到反映方言語音的方言詞彙,宋惠洪《冷齋夜話》卷一就有"詩人多用方言"的評論。筆記作者總是樂於把這些獨具特色的地方性語言現象記録在案。

(一)蜀方言

1."屋""錫"合韵

  魯直在戎州,作樂府曰:"老子平生,江南江北,愛聽臨風笛。孫郎微笑,坐來聲噴霜竹。"予在蜀見其稿。今俗本改"笛"爲"曲"以協韵,非也。然亦疑"笛"字太不入韵,及居蜀久,習其語音,乃知瀘戎間謂"笛"爲"獨"。故魯直得借用,亦因以戲之耳。(《老學庵筆記》卷二,16頁)

《廣韵》:笛,徒歷切,定母,入聲,錫韵;獨,徒古切,入聲,屋韵。這則筆記記載了宋時蜀方言的語音特點——通語中本屬不同的入聲韵却於蜀方言中同韵,因而在詩歌中可以互押。從中古音來看,"笛"是開口錫韵,而"獨"是合口屋韵,兩者相去甚遠。因此,當時有人把"笛"改爲"曲"(合口燭韵)以求協韵。後來,作者在蜀地待的時間久了一些後,發現蜀地瀘戎一帶本來就把"笛"念成"獨"。也就是説宋時的蜀方言把開口"笛"念成了合口的"獨"音。這跟《老學庵筆記》卷六載"蜀人訛'等',則一韵皆合口"的現象相類似。從這則筆記可見,當時的蜀方言存在不少開口韵讀成合口韵的現象。[1] 陸游所記反映了宋代

---

[1] 參見唐七元:《試論〈老學庵筆記〉的方言學價值》,《南陽師範學院學報》(社會科學版),2012年第8期。

瀘戎間"屋""錫"合韵的事實。

2. 幫、并混同

林謙之詩:"驚起何波理殘夢。"自注:"述夢中所見何使君,蜀人以波呼之,猶丈人也。"范氏《吳船錄》記嘉州王波渡云:蜀中稱尊老者爲波,祖及外祖皆曰波,尊之。又有所謂天波、月波、日波、雷波者,皆尊之稱。此王波蓋王老或王翁也。宋景文嘗辨之,謂當作嶓字。魯直貶涪州別駕,自號涪嶓,或其俗云。按景文所記云:蜀人謂老爲嶓,音波,取嶓嶓黃髮義。後有賊王小嶓作亂,今國史乃作小波,非是。蓋淳化三年青城民王小波爲亂。史云小波,范雖引宋説,亦從土名之舊,以"波"記。放翁《記》乃作王小嶓。(《愛日齋叢抄》卷五,117~118頁)

"波"在《廣韵》中爲博禾切,平聲,戈韵,屬幫母,"嶓"在《廣韵》中有薄波和博禾兩切。根據語音規律,中古濁聲母的平聲字至現代漢語中爲陽平字,因此,"嶓"在中古應屬"并"母。可見,宋代時四川方言中就已是幫母、并母混同。

(二) 吳方言

1. 戈韵開合相合

筆記中較多的是關於吳音的記載,如:

錢鏐之據錢塘也,子跛,鏐鍾愛之。諺謂"跛"爲"癩",杭人爲諱之,乃稱"茄"爲"落蘇"。楊行密之據淮陽,淮人避其名,以"密"爲"蜂糖",尤見淮、浙之音誤也。以"癩"爲"茄",以"蜜"爲"密",良可咍也。(《澠水燕談錄》卷九"雜録",119頁)

稱"茄子"爲"落蘇"最早見於唐段成式《酉陽雜俎》:

茄子,茄字本蓮莖名,革遐反。今呼伽,未知所自。成式因就節下食有伽子數蒂,偶問工部員外郎張周封伽子故事,張云:"一名落蘇,事具《食療本草》。此誤作《食療本草》,元出《拾遺本草》。"(《酉陽雜俎》卷十九"廣動植類之四·草篇",156頁)

"茄子"較早的用例見於《齊民要術》:

如去城郭近,務須多種瓜、菜、茄子等,且得供家,有餘出賣。(《齊民要術·雜説》)

種茄子法：茄子，九月熟時摘取，擘破，水淘子，取沈者，速曝乾裹置。至二月畦種。（《齊民要術·種瓜》）

可見，"茄子"早已種植食用。《說文》《爾雅》《方言》未收錄"茄子"之"茄"。疑"茄子"爲外來物，最大的可能是來源於西域。段氏亦云"茄子"別名爲昆侖瓜，"昆侖"似標識其來源地。如果上述假設成立的話，"落蘇"疑爲音譯詞。但能肯定的是"茄子"與錢王事定無關係。段成式長錢王百餘歲，"落蘇"之謂豈能與其子跛足有關？陸游也對此表示懷疑，《老學庵筆記》卷二："《酉陽雜俎》云'茄子一名落蘇'，今吳人正謂之落蘇。或云錢王有子跛足，以聲相近，故惡人言茄子，亦未必然。"但王辟之所記反映了吳語中"茄""瘸"諧音的事實。《廣韻》：茄，求迦切，屬群母開口三等戈韻；瘸，巨靴切，屬群母合口三等戈韻。可見，吳語三等戈韻開合相合。後世關於"茄子""落蘇"的記載多從《酉陽雜俎》《澠水燕談錄》《老學庵筆記》。另外，《普濟方》卷四百二十六《本草藥性異名·玉石部》有："茄子，一名落蘇。又野生者，名苦茄。"《夜航船》卷十一《日用部·昆侖瓜》亦有"茄子一名落蘇，一名昆侖瓜"之說。

2. 黄、王不辨

另外，宋周密《癸辛雜識·續集下》"黄王不辨"："浙之東言語黄王不辨，自昔而然。王克仁居越，榮邸近屬也，所居嘗獨毀於火，於是鄉人呼爲王火燒。同時有黄瑰者，亦越人，嘗爲評事，忽遭臺評，云：'其積惡以遭天譴，至於獨焚其家。'鄉人有黄火燒之號，蓋誤以王爲黄耳。"宋代朱翌（舒州人，即今安徽潛山，卜居四明鄞縣即今屬浙江）《猗覺寮雜記》卷上："黄王不分，江南之音也。嶺外尤甚，柳子厚《黄溪記》：'神王姓莽之世也，莽曾曰："余黄虞之後也。"黄與王聲相通。'以此考之，自唐以來已然矣。"宋代"江南"應該包括江浙。則宋代吳人將"王"讀成"黄"，"王"字是中古喻母三等字，"黄"字是中古匣母一等字。曾運乾指出古音"喻三歸匣"，上古"王""黄"聲母同爲匣母，且同爲陽聲部字，因此兩字上古完全同音。明陸容《菽園雜記》卷四云："吳語黄王不辨。"現代吳語"黄""王"同音。可見，"黄王不辨"是自上古到現代吳語一直存在的語音現象。[1]

---

[1] 參見錢毅：《從筆記、文集等歷史文獻看唐宋吳方言》，《社會科學家》2010年第1期。

(三)閩方言

1."六"爲開口

宋代筆記中又有關於閩方言的記載,如:

> 元祐間,黄、秦諸君子在館。暇日觀畫,山谷出李龍眠所作《賢已圖》,博奕、樗蒲之儔咸列焉。博者六七人,方據一局,投迸盆中,五皆赬,而一猶旋轉不已,一人俯盆疾呼,旁觀皆變色起立,纖穠態度,曲盡其妙,相與歎賞,以爲卓絶。適東坡從外來,睨之曰:"李龍眠天下士,顧乃效閩人語耶!"衆咸怪,請其故,東坡曰:"四海語音言'六'皆合口,惟閩音則張口,今盆中皆'六',一猶未定,法當呼'六',而疾呼者乃張口,何也?"龍眠聞之,亦笑而服。(《桯史》卷二"賢已圖",25頁)

《廣韵·屋韵》:"六,力竹切,數也。""屋"韵爲通攝一等合口韵。《桯史》記載反映了宋代唯閩語呼"六"爲開口的事實。

2."除""住"音近

又如前文提到的《老學庵筆記》中的"冬住":

> 陳師錫家享儀,謂冬至前一日爲"冬住",與歲除夜爲對,蓋閩音也。予讀《太平廣記》三百四十卷有《盧頊傳》云:"是夕,冬至除夜。"乃知唐人冬至前一日,亦謂之除夜。《詩·唐風》"日月其除"。除音直慮反。則所謂"冬住"者,"冬除"也。陳氏傳其語,而失其字耳。(卷八,104頁)

可見,"除夜"應有兩義,一爲除夕,二爲冬至前一夜。"冬除"乃"冬至的除夜""冬至的除夕"。《涌幢小品》卷十五《節令》有"《盧頊傳》云:'是夕冬至除夜。'又陳師錫家享儀,謂冬至前一日爲冬住。住者,冬除也。則除夕亦不獨歲暮一夕爲然也。太平興國三年七月,詔七日爲七夕,至今仍之"。《廣韵》中"住"有持遇、中句兩切,"除"有遲倨、直魚兩切。從陸游的記録中,可推知,南宋時期的口語中大概"除"已只有"直魚"一切,而"遲倨"切的"除"之音蓋保留在閩語中。與"住"的持遇切音近。

三、語音問題的探討

語音是發展變化的,明陳第在《毛詩古音考》中明確指出:"蓋時有古今,地有南北,字有更革,音有轉移。"從上面的介紹,我們可以發現,宋代筆記的作者對語音變化已有一定的認識。

(一)宋人對古音的認識

宋人對古今語音的變化開始有自覺地探究,筆記文獻中存有這樣的材料,體現了作者的獨特認識。

1.沈括之看法

音韻之學,自沈約爲四聲,及天竺梵學入中國,其術漸密。觀古人諧聲,有不可解者。如"玖"字"有"字多與李字協用;"慶"字"正"字多與"章"字"平"字協用。如《詩》:"或群或友,以燕天子。""彼留之子,貽我佩玖。""投我以木李,報之以瓊玖。""終三十里,十千維耦。""自今而後,歲其有,君子有穀,貽孫子。""陟降左右,令聞不已。""膳夫左右,無不能止。""魚麗于罶,鰋鯉,君子有酒,旨且有。"如此極多。又如"孝孫有慶,萬壽無疆";"黍稷稻粱,農夫之慶。""唯其有章矣,是以有慶矣。""則篤其慶,載錫之光。""我田既臧,農夫之慶。""萬舞洋洋,孝孫有慶。"《易》云:"西南得朋,乃與類行;東北喪朋,乃終有慶。""積善之家,必有餘慶。積不善之家,必有餘殃。"班固《東都賦》:"彰皇德兮俟周成,永延長兮膺天慶。"如此亦多。今《廣韻》中"慶"一音"卿"。然如《詩》之"未見君子,憂心怲怲。既見君子,庶幾式臧","誰秉國成,卒勞百姓。我王不寧,覆怨其正",亦是怲、正與寧、平協用,不止慶而已。恐別有理也。(《夢溪筆談》卷十四,112~113頁)

慶,《廣韻》:丘敬切,去聲映韻;上古爲陽部。正,《廣韻》:諸盈切,平聲清母;上古屬耕部。章,《廣韻》:諸良切,平聲陽韻;上古屬陽部。平,《廣韻》:符兵切,平聲庚韻;上古屬耕部。現在我們知道"慶""章""正""平"上古同部,於是可以相協,其他亦同。沈括還不可能用系統理論來解釋《詩經》韻字至宋代已不協的原因,但已充分地認識到"恐別有理"。

2.周密的觀點

周密則特地强調"古音協韵,不必牽强",如:

> 詩辭固多協韵,晦庵用吳才老補音多通,然亦有太甚者。古人但隨聲取協,方言又多不同。至沈約以來,方有四聲之拘耳,然亦正不必牽强也。
>
> 《離騷》一經,惟"多艱多替"之句,最爲不協。孫莘老、蘇子容本云:"古亦應協。"未必然也。晦庵以艱音巾,替音天,雖用才老之説,然恐無此理。以余觀之,若移"長太息以掩涕"一句在"哀生民之多艱"下,則涕與替正協,不勞牽强也。(《齊東野語》卷十一"協韵牽强",205頁)

周密批評了隨意改字以求和諧的錯誤做法,足見他已充分注意到古今語音的差異,具備了發展的眼光,吳才老等能夠創立叶韵理論并開啓古音學研究并不是偶然的。這樣看來,把古音學研究的始點確定爲宋代是合理的。宋代文人的這些語音方面的探討,爲後代古音學研究全面而深入的開展奠定了良好的基礎。對於語音發展過程中的諸多問題,筆記作者也有細緻的考究,如:

3.張世南的解説

> 字聲有清濁,非强爲差別。夫輕、清爲陽,陽主生物。形用未著,故字音常輕。重、濁爲陰,陰主成物。形用既著,故字音必重。如衣施諸身爲"衣",冠加諸首爲"冠"。"衣"與"冠"讀作平聲者,其音重。已定之物,屬乎陰也;讀作去聲者,其音輕。未定之物,屬乎陽也。物所藏曰"藏",人所處曰"處"。"藏"平聲,"處"上聲者輕,其作去聲者皆重,亦其類也。(《游宦紀聞》卷九,78頁)

張世南從傳統陰陽五行説的角度來分析聲調別義的問題,指出凡有結果義者其音重,爲陰,乃已成之物;反之則爲陽。雖然輕重之分仍存在較大的主觀性,令人難以捉摸,但這裏面明顯有一定的科學因素,體現了張氏較强的歸納能力。

筆記中多有這種獨有見地的探討,曾昭聰、曹小雲《〈容齋隨筆〉語言文字學史料價值述略》一文,闡述了《容齋隨筆》音韵類語料的價值。

4.羌、慶古音同

王觀國彥賓、吳棫才老,有《學林》及《叶韻補注》《毛詩音》,二書皆云:"《詩》《易》《太玄》凡用慶字,皆與陽字韻叶,蓋羌字也。"引蕭該《漢書音義》,慶音羌。又曰:"《漢書》亦有作羌者,班固《幽通賦》'慶未得其云已',《文選》作羌,而他未有明證。"予按《揚雄傳》所載《反離騷》:"慶夭憔而喪榮。"注云:"慶,辭也,讀與羌同。"最爲切據。(《容齋隨筆》卷七,92~93頁)

按,羌、慶,上古音均爲溪母陽韻,但到《廣韻》中二字讀音已有不同:羌,溪母陽韻,平聲;慶,溪母映韻,去聲。王觀國、吳棫、洪邁等透過中古音考證出了上古音羌、慶同音,這是有貢獻的。

5.騫、鶱混同

騫、鶱二字,音義訓釋不同。以字書正之,騫,去乾切,注云:"馬腹縶,又虧也。"今列於《禮部韻略》下平聲二仙中。鶱,虛言切,注云:"飛皃。"今列於上平聲二十二元中。文人相承以騫虧之騫爲軒昂掀舉之義,非也。其字之下從馬,馬豈能掀舉哉? 閔損字子騫,雖古聖賢命名製字,未必有所拘泥,若如虧少之義,則渙然矣。其下從鳥,則於掀飛之訓爲得。此字殆廢於今,故東坡、山谷亦皆押騫字入元韻,如"時來或作鵬騫""傳非其人恐飛騫"之類,特不暇毛舉深考耳,唯韓公《和侯協律詠筝》一聯云:"得時方張王,挾勢欲騰鶱。"乃爲得之。此固小學瑣瑣,尤可以見公之不苟於下筆也。(《容齋隨筆》卷七,885~886頁)

按,從字形角度來看,騫、鶱二字一從馬,一從鳥,固不得相混;只論語音,因二字均爲平聲,語音相近,故時俗通用。但《切韻序》說得好:"欲廣文路,自可清濁皆通;若賞知音,即須輕重有异。"洪邁的考證從語言學角度來說是有意義的。[1]

---

[1] 參見曾昭聰、曹小雲:《〈容齋隨筆〉語言文字學史料價值述略》,《滁州學院學報》2007年第5期。

(二)宋人對當時語音的認識

1."十""諶"同音

宋代筆記中還保留了作者對當時語音現象的解釋,如《老學庵筆記》:

> 故都里巷間,人言利之小者曰"八文十二"。謂十爲諶,蓋語急,故以平聲呼之。白傅詩曰:"綠浪東西南北路,紅欄三百九十橋。"宋文安公《宮詞》曰:"三十六所春宫館,二月香風送管弦。"晁以道詩亦云:"煩君一日殷勤意,示我十年感遇詩。"則詩家亦以十爲諶矣。(卷五,63~64頁)

《廣韵·緝韵》:"十,是執切,數名。"《廣韵·侵韵》:"諶,誠也。《爾雅》云:'信也。'氏任切。"陸游所記大概反映了"十"由入聲漸讀爲平聲的事實,唐時"十""諶"音近,已有作"諶"用例。而東京音中的某些環境下"十"已讀爲平聲。這則筆記反映了故都(即汴梁一帶,也就是周祖謨所說的汴洛,今河南開封)的方音把"十"念成了"諶",表明當時出現了全濁聲母的入聲字讀成平聲的現象。筆記中所提到的三首詩,"十"分別與"北""月""一"相對應,根據詩歌平仄相對的規律,"十"當做平聲處理。尤其是"示我十年感遇詩"一句,若"十"爲仄聲,則該句除入韵的"詩"字外,僅剩第四字"年"爲平聲。此爲"孤平",依律當救,然晁氏未救,可知晁氏以"十"作平聲。同時,這則筆記也反映了"入派三聲"在唐朝就已初見端倪。筆記所引白傅(即白居易)的詩就是明證。這與近代學者夏承燾提出的"入派三聲"可上溯至唐的說法相吻合。此外,這則筆記還反映了古人已初步認識到語流音變的現象。"十"讀作"諶","蓋語急",這說明在語速較快時,以塞音 p 收尾的"十"會受到後面當時讀鼻音"二"的影響,會被同化爲以鼻音 m 收尾,因而變得跟"諶"同音。[1]

2.錮鐪

> 市井中有補治故銅鐵器者,謂之"骨路",莫曉何義。《春秋正義》曰:"《說文》云:'錮,塞也。'鐵器穿穴者,鑄鐵以塞之,使不漏。禁人

---

[1] 唐七元:《試論〈老學庵筆記〉的語言學價值》,《齊齊哈爾大學學報》(哲學社會科學版)2012年第3期。

使不得仕宦,其事亦似之,謂之禁錮。"余案:"骨路"正是"錮"字反語。(《老學庵續筆記》,139～140頁)

"錮鏴"是唐宋口語詞,指用熔化的金屬堵塞金屬物品的漏洞或縫隙。如《開蒙要訓》:"錮鏴銷鎔,爐冶鑄鑵。"《大慧普覺禪師語錄》第二卷:"如何是那一橛?看錮鏴着生鐵。"《五燈會元》卷二十:"若也根性陋劣,要去有滋味處咬嚼,遇着義學阿師,遞相錮鏴,直饒説得雲興雨現,也是蝦蟆化龍,下梢依舊吃泥吃土,堪作甚麽?""錮鏴"似爲記音詞,故又作"錮露",也作"古露""古路""鈷鏴""雇路""錮路"。如《净土寺食物等品入破曆》:"粟二斗,沽酒古露釜子博士用。"又"粟三斗,古路鑊子,李員住買銅用"。又"豆壹石,田盈子鈷鏴釜子炭價及手工用"。《布絁褐麥粟入破曆》:"粟四斗,買銅古路鍋用。"《常住什物交割點檢曆》:"壹碩鐺壹口,内有雇路。"《東京夢華錄》卷三"諸色雜賣":"其錮路,釘鉸,箍桶、修整動使、掌鞋刷腰、帶修襆頭帽子、補角冠子、日供打香印者,則管定鋪席。"《夢粱錄》卷十三"諸色雜賣":"若欲唤錮路釘鉸、修補鍋銚、箍桶、上鞋、修襆頭帽子、補修魷冠、接梳兒、染紅綠牙梳、穿結珠子、修洗鹿胎冠子、修磨刀剪磨鏡,時時有盤街者便可唤之。"

黄侃《蘄春語》指出:"固者,使其牢固也。以金屬熔液填塞空隙,是爲了使物牢固;用竹篾或金屬圈束物,也是爲了使物牢固。固、錮、箍,音相同,義也相通也。"檢《説文·金部》:"錮,鑄塞也。"徐鍇《系傳》:"鑄銅鐵以塞隙也。"段玉裁注:"凡銷鐵以窒穿穴謂之錮。"錮露、錮路等是記音詞,疾言曰錮,緩言則爲錮露、錮路等。古、骨、路等爲記音字,因以金屬熔液填塞空隙而增義旁作錮、鈷、鏴,後又據其把金屬熔化後堵塞金屬製品的漏洞義寫作"錮漏"。錮漏也是七十二行中的一種,民間從事銅鍋銅碗營生的稱爲錮漏匠或錮漏子等。陸游指出,市井中有補治故銅鐵器者,謂之"骨路",足見"骨路"爲當時市語。并指出"骨路"爲"錮"之反切,市語有以"反切""拆字"等形式構成者。"錮"亦有禁錮義,如魏了翁《春秋左傳要義》卷二十六"禁人不得仕謂之錮"條:"《説文》云:錮,鑄塞也。鐵器穿穴者鑄鐵以塞之使不漏。禁人使不得仕官者,其事亦似之。故謂之禁錮,今世猶然。"[1] 東北方言中"錮"現讀作[ku^{55}],以與"錮"之"禁錮"義别。

---

[1] 參見徐時儀:《〈朱子語類〉詞彙研究》,第87～88頁。

可見,在東北方言中,隨着"錮"的意義的發展,人們也不甚明悉"錮"之"鑄塞"義和"禁錮"義之關係,遂變調別義,以免混淆。《廣韻》:"錮,古暮切。錮,錮鑄。又禁錮也。亦鑄塞也。""古暮"與"骨路"等音近。

(三)宋人對聲、韵、調的分析

宋代筆記作者以等韵學的方法,分析當時漢語的聲韵調系統,精闢透徹,全面而深刻,可以視爲對韵圖的具體解讀:

切韵之學,本出于西域。漢人訓字止曰"讀如某字",未用反切。然古語已有二聲合爲一字者,如不可爲叵,何不爲盍,如是爲爾,而已爲耳,之乎爲諸之類,似西域二合之音,蓋切字之原也。如輷字文從而、犬,亦切音也。殆與聲俱生,莫知從來。今切韵之法,先類其字,各歸其母,唇音、舌音各八,牙音、喉音各四,齒音十,半齒半舌音二,凡三十六,分爲五音,天下之聲總於是矣。每聲復有四等,謂清、次清、濁、平也,如顛、天、田、年,邦、胮、龐、庞之類是也。皆得之自然,非人爲之。如幫字橫調之爲五音,幫、當、剛、臧、央是也。幫,宫之清。當,商之清。剛,角之清。臧,徵之清。央,羽之清。縱調之爲四等,幫、滂、傍、茫是也。幫,宫之清。滂,宫之次清。傍,宫之濁。茫,宫之不清不濁。就本音本等調之爲四聲,幫、榜、傍、博是也。幫,宫清之平。榜,宫清之上。傍,宫清之去。博,宫清之入。四等之聲,多有聲無字者,如封、峰、逢,止有三字;邕、胸,止有兩字;竦、火、欲、以,皆止有一字。五音亦然,滂、湯、康、蒼,止有四字。四聲則有無聲亦有無字者,如蕭字、肴字,全韵皆無入聲。此皆聲之類也。所謂切韵者,上字爲切,下字爲韵。切須歸本母,韵須歸本等。切歸本母,謂之音和,如"德紅"爲"東"之類,德與東同一母也。字有重、中重、輕、中輕本等聲,盡泛入别等,謂之類隔。雖隔等須以其類,謂唇與唇類,齒與齒類,如"武延"爲綿,"符兵"爲"平"之類是也。韵歸本等,如"冬"與"東"字母皆屬端字,"冬"乃端字中第一等聲,故都宗切,"宗"字第一等韵也。以其歸"精"字,故"精"徵音第一等聲;"東"字乃端字中第三等聲,故德紅切,"紅"字第三等韵也,以其歸"匣"字,故"匣"羽音第三等聲。又有互用借聲,類例頗多,大都自沈

約爲四聲,音韵愈密。(《夢溪筆談》卷十五,116~117頁)

關於反切的來源,學界頗有爭議。一般認爲反切的產生是受梵文音理的影響,如趙蔭堂、李葆嘉等;另有部分學者認爲,反語在民間上古就有了,反語或許就是反切的前身。如陳振寰、劉村漢、傅定淼等。覃勤《悉曇文字與反切起源》一文,考察悉曇字元音節結構、拼合原理,并與漢字反切法相比較,認爲反切法不受梵文拼音原理影響。[1] 沈括也認爲切字之源爲上古二聲合音,并在此基礎上分析漢語聲母、韵母、聲調,以及三者的拼合規律。具體説來是以五音和清濁來描寫聲母,以"等""呼"分析韵母,以平、上、去、入四聲分析聲調,進而分析四聲相配的情況和具體音節下的屬字情況。并且以"等"確立聲母、韵母的音韵地位。這樣的闡述,即使現在看來也是十分縝密精當的。

宋代筆記文獻中保存的諸多語音材料,古今、雅方并包,共時、歷時結合,反映古今語音演變的情況,以及通語、方音的差異。這些差異在一般的韵書中,很難體現出來。筆記作者在生活中隨筆記錄感興趣的語音現象,并致力於破解存在於方言、通語之間,書面文獻和口語之間存有差異的難題,自覺地從事古音研究,這對於我們研究中古音向近代音的轉變,深入推動漢語音韵學研究的發展,都是具有重要意義的。

第二節　從宋代筆記看宋代南北方音的差异

《中國語言地圖集》將漢語方言劃分爲十個方言區:官話、晋語、吴語、徽語、湘語、贛語、客家話、粤語、閩語、平話。官話即通常意義上的北方方言,儘管在現代漢語方言區的劃分上學術界仍存有分歧,但是就漢語方言存有南北之別,大家的認識還是比較一致的。北方方言一般稱爲官話,而南方方言則可泛稱爲非官話。大致説來,官話的地域範圍包括以下的非少數民族聚居地區:長江以北地區,長江下游九江以東、鎮江以西的沿江地帶,湖北省除東南角以外的地區,湖南省的西北角,廣西北部,以及四川、貴州、雲南三省。官話以外的方言就

---

[1] 參見覃勤:《悉曇文字與反切起源》,《廣西師範學院學報》(哲學社會科學版)2006年第3期。

是南方方言，其地域分布都是在長江以南地區。

方言是語言發展過程中的必然結果，一般説來，説某種語言的人越多，居住的範圍越廣，語言的歷史越長，這門語言的方言就越豐富。中國自古以來地域遼闊，漢語歷史源遠流長，漢語在長期大範圍的流傳過程中，產生了很多方言，因此，現代漢語豐富多彩的方言，是漢語長期發展積澱的結果。在商代的卜辭中已有關於方言的相關記載，如"令游族冠周""令五族伐羌"等，都説明商代的氏族在行動上的一致。這個時候各個氏族一般也都保有自己的語言（或方言）。行動的一致使氏族語言處於一個比較穩定時期，既不容易統一，也不容易分化。後來，由於氏族人口的增多，繼之由游牧生活轉爲定居的農業生活，氏族或部族的語言就開始發生分化。據歷史記載，商末時有1800國，也就是説有1800個氏族或部族，氏族間的語言有同有異，因之，這時候方言或氏族語言的千差萬別是社會的主要現象。[1]《禮記·王制》亦有"五方之民，言語不通，嗜欲不同，達其志，通其欲"的記載。

漢語方言的南北差異是在發展過程中逐漸形成的，在這個過程中北方方言逐漸向南方擴散，最終成爲共同語的基礎方言。歷史上北方方言融入南方方言有兩大重要階段：一是魏晉南北朝時期，二是發生在宋南渡以後。這樣的融合，使人們對語言的南北差異有了更深刻的認識，《顏氏家訓·音辭篇》即有：

> 南方水土和柔，其音清舉而切詣，失在浮淺，其辭多鄙俗。北方山川深厚，其音沉濁而鈋鈍，得其質直，其辭多古語。然冠冕君子，南方爲優；閭里小人，北方爲愈。易服而與之談，南方士庶，數言可辯；隔垣而聽其語，北方朝野，終日難分。而南染吴、越，北雜夷虜，皆有深弊，不可具論。其謬失輕微者，則南人以錢爲涎，以石爲射，以賤爲羨，以是爲舐；北人以庶爲戍，以如爲儒，以紫爲姊，以洽爲狎。如此之例，兩失甚多。至鄴已來，唯見崔子約、崔瞻叔侄，李祖仁、李蔚兄弟，頗事言詞，少爲切正。李季節著音譜決疑，時有錯失；陽休之造切韻，殊爲疏野。吾家兒女，雖在孩稚，便漸督正之；一言訛替，以爲己罪矣。云爲

---

[1] 李新魁：《漢語共同語的形成和發展》（上），《語文建設》1987年第6期。

品物,未考書記者,不敢輒名,汝曹所知也。

宋代筆記文獻對當時南北語音差异的記載亦不占少數,其中既有總體上的認知,又有具體現象的分析。

一、作者眼中的南北方音

區分南北,是中古時代漢語演變的一大特色,也是漢語史上的一件大事。也就是説,當時漢語南北地域的差异,已足够引起學者的注意。從先秦至漢代揚雄的《方言》均不見南北方言分别之記載,而目前看來,最早記録南北方言差异的就是顔之推的《顔氏家訓》。後陸法言《切韵・序》:"江東取韵與河北復殊。因論南北是非,古今通塞。"陸德明《經典釋文・序録》云:"方言差别,固自不同,河北江南,最爲巨异,或失在浮清或滯於沉濁,今之去取,冀袪茲弊。"顔師古《匡謬正俗》卷五:"堤防之堤字,并音丁奚反。江南末俗往往讀爲大奚反,以爲風流,耻作低音,不知何所憑據,轉相放習,此弊漸行於關中。"李涪《刊誤》卷下:"夫吴民之言,如病瘖風而噤,每啓其口則語戾喝呐,隨聲下筆,竟不自悟。凡中華音切,莫過東都,蓋居天地之中,禀氣特正。"從顔之推到李涪,反映了時人對南北方音的態度變化,體現的是一個尊北輕南的趨勢,足見,北方方言作爲共同語的基礎方言的發展趨勢已經逐漸開始。[1] 進入宋代,尤其是南宋時期,社會形勢發生了巨大的變化,這主要是吴語的流通範圍再一次受到北方話的侵入,并且使吴方言又進一步接受中原漢語的影響,有的地方竟以北方漢語代替了吴語。北宋末年,金人南侵。宋室南渡,把京都從河南的開封(汴梁)移至浙江的杭州,稱爲"臨安"。杭州本也屬吴語區,使用吴語。但是由於大量的北方人隨宋室南渡進入杭州,使吴語在南北朝後再一次受到中原漢語的衝擊。《建炎以來系年要録》説:"切見臨安府自累經兵火之後,户口所存,裁十二三,而西北人以駐蹕之地,輻輳駢集,數倍土著。"由於外來人口高出當地土著數倍之多,他們帶來的北方話使杭州原來所使用的吴方言逐漸與之同化,變成一種跟北方話很接近的"半官話"。元、明以後,杭州所使用的就是這種可以歸於北方話的

---

[1] 參見劉曉南:《中古以來的南北方言試説》,《湖南師範大學社會科學學報》2003 年第 4 期。

方言。明人郎瑛《七修類稿》談及杭州時説："城中語音好於他處,蓋初皆汴人,扈宋南渡,遂家焉。故至今與汴音頗相似。"明人陳全之《蓬窗日録》卷三也説："杭州類汴人種族,自南渡時至者,故多汴音。"清人毛先舒《韵白》一書曰："且謂汴爲中州,得音之正。杭多汴人,隨宋蹕南渡,故杭皆正音。"[1]可見,南北方言的融合,進一步促使北方方言的擴散,導致原來的吳語區發生巨大變化,吳語與北方方言的界限趨於模糊,以至吳語也可以入詩,如:

  方言可以入詩。吳中以八月露下而雨,謂之淋露;九月霜降而雲,謂之護霜。竹坡周少隱有句云:"雨細方愀露,雲疎欲護霜。"方言又有勃姑鵓舅、槐花黃、舉子忙、促織鳴、懶婦驚之類,詩人皆用之。大抵多吳語也。(宋費衮《梁谿漫志》卷七"方言入詩",80頁)

然而從宋初的情況來看,南北方音的差异還是很大的,以至於無法溝通,如:

  劉昌言太宗時爲起居郎,善稗闔以迎主意。未幾,以諫議知樞密院,君臣之會,隆替有限,聖眷忽解,曰:"昌言奏對皆操南音,朕理會一字不得。"遂罷。(《歸田録·佚文》,55頁)

《玉壺清話》也有大致相同的記載:

  劉樞密昌言,泉人。爲起居郎,太宗連賜對三日,幾至日旰。捷給詼詭,善揣摩捭闔,以迎主意。未幾以諫議知密院,然士論所不協。君臣之會,亦隆替有限,一旦聖眷忽解,謂左右曰:"劉某奏對皆操南音,朕理會一句不得。"因遂乞郡,允之。(《玉壺清話》卷五,51頁)

洪邁《容齋隨筆》中特有對"南北語音不同"的分析:

  南北語音之異,至於不能相通,故器物花木之屬,雖人所常用,固有不識者。如毛、鄭釋《詩》,以梅爲柟,竹爲王芻,葟爲蘶蘶之草是已。顏師古注《漢書》亦然。淮南王安《諫武帝伐越書》曰:"輿轎而隃領。"服虔曰:"轎音橋,謂隘道輿車也。"臣瓚曰:"今竹輿車也,江表作竹輿以行。"項昭曰:"陵絶水曰轎,音旗廟反。"師古曰:"服音、瓚説是也,項氏謬矣。此直言以轎過領耳,何云陵絶水乎!旗廟之音無所依據。"

---

[1] 參見李新魁:《吳語的形成和發展》(上),《學術研究》1987年第5期。

(《容齋隨筆》卷九"南北語音不同",717頁)

洪邁所引《詩》分別見於《陳風·墓門》:"墓門有梅,有鴞萃止。"傳:"梅,枏也。"《衛風·淇奧》:"瞻彼淇奧,綠竹猗猗。"傳:"綠,王芻也;竹,篇竹也。"《周南·漢廣》:"翹翹錯薪,言刈其蔞。"傳:"蔞,草中之翹翹然。"詩中的梅、竹、蔞,多爲南方草木之名,而所注爲北方草木之名,語音相差很大,"至於不能相通"。洪邁注意到南北物名的語音差別,也是一種灼見。洪邁還認爲"轎"義爲"竹輿車",而其音則爲"旗廟反"。他引別書説"今南方竹輿,正作旗廟音",并説顔師古"乃西北人,隨其方言,遂音橋"。按,"轎"字,《廣韻》有"渠廟切"一音,正作去讀。"轎"字的平讀與去讀,其義有別,這是南北語音不同所造成的。[1]

不過,洪邁所分析的南北方音的差異,也主要是用先前的例子。南宋時期南北方音的差異當然還是存在的,而洪氏也認識到了這個問題,但却没有選當時的語音差異爲例,這不應該僅是個人喜好的原因。大概是在當時的語言環境下,無法找到更典型的例子。從另一個角度看,當時南北音的差異正在逐漸縮小,二者在融合過程中,形成了以原來的北方方言爲主的新北方方言。筆記文獻中有的記載可以看作這個進程的反映,如:

> 世多言白樂天用"相"字,多從俗語作思必切,如"爲問長安月,如何不相離"是也。然北人大抵以"相"字作入聲,至今猶然,不獨樂天。老杜云:"恰似春風相欺得,夜來吹折數枝花。"亦從入聲讀,乃不失律。俗謂南人入京師,效北語,過相藍,輒讀其榜曰大厮國寺,傳以爲笑。

(《老學庵筆記》卷十,124頁)

《廣韻·陽韵》"相"有息良、息亮二切。陸游上面所記中"相"當爲"息良"切。但在白居易、杜甫的詩中却有"相"作入聲入韵的情况,"思必切"的"相"中古當屬入聲質韵。據陸游所言,這是俗語,北音爲入聲。但南人已熟知,因此,纔積極效仿讀"相"爲思必切。據"俗謂南人入京師"語,這個效仿發生在南宋前,所以我們説北方方言在南北方言融合過程中居於主導地位。而這種融合畢竟也是相互的,南方方言中的成分也融入北方方言中。在這個融合的過程中,還保留着語音的一些差异。如:

---

[1] 參見毛毓松:《〈容齋隨筆〉與語文學》,《文獻》1997年第4期。

至呼父爲爹,謂母爲媽,以兄爲哥,舉世皆然。問其義,則無説,而莫知以爲愧。風俗移人,咻於衆楚,豈特是而已哉。爹字雖見於《南史·梁始興王憺》云:"始興王,人之爹,救人急,如水火,何時復來乳哺我!"荆土方言謂父爲爹,乃音徒我切。又與世人所呼之音异也。(《鷄肋編》卷上,28頁)

"爹",《廣韻·麻韻》爲陟邪切,屬知母,平聲;《廣韻·哿韻》徒可切,定母,上聲。莊綽所説的"徒我切"即爲"哿"韻,與"徒可切"同。據莊氏"又與世人所呼之音异也"可知,當時"爹"爲陟邪切,與荆土方言异。

北方方言的强勢地位,主要體現在兩個方面:一是由於政治中心的遷移,致使北方方言使用區域擴大;二是爲滿足交流需要,南方方言開始向北方方言妥協,在語音上也開始主動地模仿。這個過程是漫長的,南方方言也不是被動地接受,而是語音上的彼此趨近的過程。因此,方言之間的融合首先是從詞彙開始的,於是纔有上文我們所列舉的"太宗不能理會劉語"的問題。這種不能理會恰恰是方音差異的表現,而這種語音差異的減小,會促使更多的人説相對强勢的方言,這也會導致原有方言的變化。從當時來看,共同語的標準音是洛陽音。李新魁認爲,宋時,洛陽一帶的語言仍然居於共同語的地位。北宋時候,以河南的汴梁(開封)爲京都。汴京在地理位置上與洛陽很近,在語言上與洛陽話也相去不遠。因此,有宋一代,洛陽、開封一帶的語音繼續作爲標準音,一般稱之爲"中原雅音"。宋代的洛陽雖不是京都,但仍然繼承着唐代以來所擁有的文化名城的地位,這一點,觀李健人《洛陽古今談》一書可知。周祖謨《宋代汴洛語音考》説:"夫有宋一代,洛陽文教最盛,風流文雅,并世而有。"這種文化名城的地位使洛陽話一直保持着共同語的資格而未遭廢棄,甚至有進一步的發展。它的共同語的地位得到文人學士們的公認。北宋的寇準認爲"西洛人得天下之中",語音最正(見《談選》)。南宋時,政治中心雖已南移至杭州,南宋的陸游在《老學庵筆記》卷六中還是推崇洛陽音爲標準音,他説:"中原唯洛陽得天下之中,語音最正。"他評論當時學者爲是非得失,也以中州音爲標準。如馮煦《蒿庵論詞》説:"《老學庵筆記》引山谷念奴嬌詞'愛聽臨風笛',謂笛乃蜀中方音,爲不合中州音韻也。"這一結果,是在魏晉南北朝時期北方方言的南移及與南方方言融合的過程中實現的。唐代詩人張籍《元嘉行》説的"北人避胡多在南,南人至今能晋語",却是比較符合歷史實際的。晋時,中原漢語流入南方,使東南各地均被其澤,到唐代之時,許多南人已學會了"晋語"。這説明在西、東晋遞嬗之際,中原離亂,漢語共同語在各地得到較爲廣泛的傳播。[1] 可見,在北方方言成爲現代漢民族語的基礎方言的過程中,北音南渡,進而促進南北方言的融合,在漢語史上是有標志性的意義的。有宋一朝,上承魏晋南北朝,下啓蒙元大一統,是南北方言融合、北方方言成爲基礎方言過程中承上啓下的重要階段。

二、宋代筆記文獻所見的南北音差异

南北方言的融合是從詞彙開始的,儘管在詞彙融合的過程中,南北方音朝着趨近趨同的方向發展,但這個過程是非常緩慢的,方言畢竟有自己相對獨立的語音系統,因此,至今南北方音的差异仍很大。在宋代筆記中,保存了很多反映當時南北方音差异的材料。這些材料有些明確地標明是某地方言,這對漢語方言史的研究具有重要的價值。如:

> 四方之音有訛者,則一韵盡訛。如閩人訛"高"字,則謂"高"爲"歌",謂"勞"爲"羅"。秦人訛"青"字,則謂"青"爲"萋",謂"經"爲"稽"。蜀人訛"登"字,則一韵皆合口。吴人訛"魚"字,則一韵皆開口,他仿此。中原惟洛陽得天地之中,語音最正,然謂"弦"爲"玄"、謂"玄"爲"弦"、謂"犬"爲"遣"、謂"遣"爲"犬"之類,亦自不少。(《老學庵筆記》卷六,77~78頁)

陸游上面的叙述,是他用歸納的方法解釋方音現象,以及方音和通語的關係,體現了一定的系統性。陸游已經認識到,方言語音的差异并非是個別的,而是成系列的,在差异中可以找到共性,不同方音之間的差异是有規律可循的。如閩語中"高""勞",《廣韵》中均是"豪"韵,"歌"爲"哥"韵,可知閩語"豪""哥"二韵合爲一韵;秦語"青"爲青韵,"萋"爲"齊"韵,可知秦語"青""齊"二韵合爲一韵;蜀人開口"登"韵皆合口,吴人合口"魚"皆開口,洛陽音四等"先"韵開口、合口相合等,部分揭示了各地方言的系統性特徵。而這些差异,均是通

---

[1] 參見李新魁:《漢語共同語的形成和發展》(下),《語文建設》1987年第6期。

過與通語比較而得出來的。可見,當時的通語儘管是以洛陽音爲標準音,但仍存在着獨立性。

　　再酌酒,高揭吳喉唱山歌以見意,詞曰:"你輩見儂底歡喜,吳人謂儂爲我別是一般滋味子,呼"味"爲"寐"永在我儂心子裏。"(止)歌闋,合聲賡贊,叫笑振席,歡感閭里,今山民尚有能歌者。(《湘山野錄》卷中,36頁)

　　釋文瑩自注吳語呼"味"爲"寐",二字同音。"味",《廣韵·未韵》:"無沸切。"屬中古"微"母。"寐",《廣韵·至韵》:"彌二切。"屬中古"明"母。可見,輕脣音"微"母在宋代吳語中還没有從重脣音"明"母中分化出來。但"未"韵、"至"韵却合爲一韵。像這樣反映南北方音聲韵調差異的材料還有很多,我們列舉如下:

　　相國劉公沆,累舉不第,天聖中,將辦裝赴省試,一夕,夢被人砍落頭,心甚惡之。有鄉人爲解釋曰:"狀元不到十二郎做,只得第二人。"劉公因詰之,曰:"雖砍却頭,留沆在裏。"蓋南音謂項爲沆,留劉同音,後果第二人及第。(《青箱雜記》卷三,31頁)

　　《廣韵·講韵》:"項,胡講切。"屬匣母。《廣韵·蕩韵》:"沆,胡郎切,沆,渡也。又胡朗切。"屬匣母。二字均爲上聲。其差異在韵上,"講"韵是江攝開口二等韵,"蕩"韵爲"宕"攝開口一等韵。因此,吳處厚說"蓋南音謂項爲沆"。北音"項""沆"不同,方有南音謂"項"爲"沆",至今西南官話中仍是如此。在《中原音韵·江陽韵》"項"爲去聲,"沆"爲上聲,其濁上變去的進程還未完成,大概是"匣"母尚未完成分化。所以我們可以推知,在當時的北方話中二字的聲母應該還是相同的。《堯山堂外紀》卷四十七"余靖":"沆,天聖中辦裝赴省,夢被人所落頭,甚惡之,人解曰:'只得第二人。雖斫却頭,留項在裏。'項、沆、劉、留同音。果第二人及第。"《青箱雜記》"留沆在裏"此處爲"留項在裏"。據李裕民點校,《事文類聚·前集》此句亦爲"留項在裏",下句爲蓋南音呼"沆"爲"項"。據上下文意,《事文類聚·前集》等當爲是。又如:

　　蔡元長嘗論薦毛友龍,召對,上問曰:"龍者,君之象,卿何得而友之",友龍不能對,遂不稱旨。退,語元長。元長曰:"是不難對,何不曰堯舜在上,臣願與夔龍爲友。"他日再薦之,復召對,上問大晟樂。友龍曰:"訛。"上不諭其何謂也。已而元長入見,上以問答語之,對曰:"江南人喚'和'爲'訛',友龍謂大晟樂主和爾。"上領之,友龍乃得美除。(宋曾敏行《獨醒雜志》卷一,2頁)

訛,《廣韵》爲五禾切,平聲,戈韵三等;屬疑母。和,《廣韵》爲户戈切,平聲,戈韵;爲匣母。可見,江南地區疑母三等字仍爲匣母。

南北方音的差异還體現在聲調上,如:

十干"戊"字只與"茂"同音,俗輩呼爲"務",非也。吴中術者又稱爲"武"。偶閲《舊五代史》梁開平元年,司天監上言日辰,内"戊"字請改爲"武",乃知亦有所自也。今北人語多曰"武",朱温父名誠,以"戊"類"成"字,故司天諂之耳。(《容齋隨筆》卷六"戊爲武",288頁)

《廣韵》中,"戊""茂"同音,皆爲"明"母"侯"韵字,"務"屬"微(明)"母"遇"韵,"武"屬"微(明)"母"虞"韵。關於"戊"的語音演變問題,張健《説"戊"字的讀音》一文認爲造成今音"戊"字不規則音變的原因是爲避後梁朱温的曾祖茂琳之諱,將"戊"字改成"武",而音隨字變,"戊"也就成了 wù。沈建民《關於"戊"字的讀音》對此提出了質疑。"戊"原屬"侯"韵明母,而中古與流攝相配的是三等宥韵,其字今音和遇韵合并,故"富""副"與"付""赴"等字同音;微母字則進一步由輕唇變爲零聲母,如"務"字。據此,"戊"音演變後就與"務"同音了。爲什麽中古與"戊"同音的"茂""貿"等字没有這樣的演變呢?原因可能是與"戊"字形相似的"戌""戍"兩字中古都是三等字,"戊"受到影響而趨同。[1] 又"戊""戌"同爲干支用字,常組成一個雙音詞,易發生同化。《中原音韵》"戊""務"同音,可見這一變化至遲在元代已完成。[2] 沈説有理,不過,從洪邁的記録中我們可以發現至遲在南宋時期北方方言中"戊"已讀爲"武"。《容齋隨筆》所補充之後梁材料及當時語料,爲我們提供了"戊"字在北方方言中曾讀作上聲的實例。

余生長澤國,每聞舟子呼造帆曰歡,以牽船之索曰彈平聲子,稱使風之帆爲去聲,意謂吴諺耳。及觀唐樂府有詩云:"蒲帆猶未織,争得

---

[1] 參見李榮:《語音演變規律的例外》,《中國語文》1965 年第 2 期。

[2] 沈建民:《關於"戊"字的讀音》,《中國語文》1997 年第 5 期。

一歡成。"而鍾會呼捉船索爲百丈。趙氏注云："百丈者,牽船蔑,内地謂之笪音彈。"韓昌黎詩云："無因帆江水。"而韵書去聲内,亦有扶帆切者,是知方言俗語,皆有所據。陸放翁入蜀,聞舟人祠神,方悟杜詩長年三老攤錢之語,亦此類也。(《齊東野語》卷二十"舟人稱謂有據",376～377頁)

周密這裏提到兩個關於吳語的特殊語音問題,一是"帆"曰"歡",平聲的"帆"在《廣韵》中爲符咸切,凡韵,奉母,《廣韵》中"歡"爲呼官切,桓韵,曉母。可見,"帆"讀爲"歡",主要原因是聲母由奉母讀作曉母,從而導致韵母由合口三等凡韵轉爲合口一等桓韵。至於去聲的"帆"確爲古語在吳方言中的保留,早期指旗、帆等物受風吹拂。《左傳·宣公十二年》:"馬還,又棊之,拔旆投衡乃出。"晋杜預注:"拔旆投衡上,使不帆風,差輕。"孔穎達疏:"旆扇風重,故馬便旋而不能進。"進而引申指船張帆航行,正如周密所舉唐韓愈《除官赴闕至江州寄鄂岳李大夫》詩例:"盆城去鄂渚,風便一日耳,不枉故人書,無因帆江水。"這兩個現象均爲吳語不同於北方方言的特殊現象,因此,周密纔説"意謂吳諺耳"。

關於南北方音的差異,趙彦衛有一段精闢的總結,如:

> 古人文字但取其聲音之協,初無切韵之説。鄭康成云:"其始書之也,倉卒無其字,或以音協,比方假借爲之,趣於近之而已。受之者非一邦之人,人因其鄉,同聲异字,同字异言,轉生議論。"楊收論音律,李善注《嘯賦》,皆有曰"均者,韵也"。漢晋言均同。孫炎始爲反切語。魏晋以降,南北分列,人尚詞章,清濁重輕,錙分銖别,用而愈切,不勝异意。劉臻與陸法言論四聲音韵,而取諸家之書,定爲《唐韵》五卷。詳究古人切韵之始,至簡易而切當,使其字的有所歸,而不可以疑似轉。蓋一字有四聲,或只有三聲者,以側聲紐平聲,以平聲紐側聲,故有雙聲、疊韵之别。如章字,有章、掌、障、灼四聲,以側聲灼字紐平聲,則灼良爲章;又以平聲紐側聲,則章兩爲掌,章亮爲障,章略爲灼。蓋良略是雙聲,章良是疊韵,以此推之。他皆仿此,豈不簡易而切當哉!自唐人清濁之分,乃有三十六字母以歸之,益繁碎而難曉。如一東、二冬,各分清濁,行、更、生與兵、明、平歸作一韵,若此甚多。且四方之音不同,國、墨、北、惑字,北人呼作穀、木、卜、斛,南方則小轉爲唇音。北

人近於俗,南人近於雅。若以四聲切之,則北人之字可切,而南人於四聲中,俱無是字矣。(《雲麓漫鈔》卷十四,248~249頁)

趙彥衛充分認識到漢語南北的方音差異是自古以來就有的,反切注音法簡易方便,但用三十六字母,分韵歸字則繁碎難曉。因爲南北方音差異很大,北人之字可切,南人俱無是字。足見《切韵》音系乃北方方言音系,南方方言多有古語的繼承,於是,趙氏有"北人近於俗,南人近於雅"之語,這些看法都是十分客觀的。另外,筆記中尚有南北之音輕重不同的概括性説法,如《蒙韃備録》:"元勛乃彼太師、國王没黑助者,小名也。中國人呼曰'摩睺羅',彼詔誥則曰'謀合理',南北之音,輕重所訛也。"比較而言,輕重蓋爲聲調的問題,如"黑"與"睺",爲北方的入聲與南方的非入聲對。南之重與北之輕等,因此説"南北之音,輕重所訛也"。

政治中心的南移,擴大了原來北方方言的影響範圍,南北方音相互影響、相互滲透,在這個過程中原來的通語代表音,開始不斷産生異質的成分,這爲後來北方方言成爲基礎方言及現代音的發展奠定了基礎。宋代筆記中的語音材料,有些明顯,有些隱晦,需要加大整理的力度,從而形成系統的反映語音實際的語音材料庫,彌補韵書記載的不足,這將有助於近代音的研究。

第三節　從宋代筆記看宋代雅言與韵書記載的差异

漢語具有悠久的歷史,漢語方言的歷史同樣漫長。漢語的古今發展進程,實際上就是漢語方言變體的演變歷程。除諸多的方言變體外,漢語還存在着超乎方言之外的共同語。現代漢語的共同語就是普通話,是在北方方言的基礎上,以北京音爲標準音而形成的。古代没有"普通話"這個名稱,但從先秦開始,就有雅言、通語、官話等對共同語的稱指。春秋時期,在華夏族人民聚居的黄河流域中心地區,就有稱爲"雅言"的共同語出現,"雅言"在先秦的文獻中也有記載。《論語・述而》有:"子所雅言,《詩》、《書》、執禮,皆雅言也。"何晏《論語集解》解釋説:"孔曰雅言,正言也。"這個雅言,就是在"五方之民,言語不通"(《禮記・王制》)的情況下,用來彼此交際的語言,也是上層人士(如孔子)用來誦讀

《詩》《書》、執行禮儀時所用的"正言"。[1] 而這種"雅言"的存在，要遠遠早於名稱的產生。據繆鉞《周代之"雅言"》一文分析，《詩經》中二南十三國風、小雅、大雅、魯頌和商頌諸篇之韵中有274篇用韵，入韵字有1 600個。這些詩篇的作者雖分布在各諸侯國，但用韵大多能不謀而合，其所依據的當是各地所使用的共同語。

雅言的出現大約在西周初年，大體以王畿所在的關洛一代的方言爲基礎，以鎬京音爲天下正音。[2] 韵書的產生則遠沒有那麼早，現在我們知道的最早的韵書是魏李登的《聲類》和晋吕靜的《韵集》，唐封演《聞見記》云："魏時有李登者，撰《聲類》十卷……以五聲命字，不立諸部。"又《魏書·江式傳》："吕忱弟靜，別放故左校令李登《聲類》之法，作《韵集》五卷，宫商角徵羽各爲一篇。"所以我們説韵書一方面是漢語語音學研究發展到一定階段的結果，一方面也是文學創作進入自覺階段的產物。文學創作自覺地追求形式美，而畢竟漢語方言衆多，個人在用韵上不能達到一致，爲適應規範用韵的需要，韵書便產生了。

我們可以做出推測，除特別情況外，韵書一定是在共同語的基礎上以共同語爲依據產生的，但韵書中的内容不一定完全符合標準語。因爲所謂的共同語在當時還沒有明確的標準，更不可能上升到國家的層面上來加以大力推廣，還只是存在於人們的口頭和書面交流中。尤其是在社會動盪的時代，共同語便更顯複雜。因此，人們對共同語的運用更多的是憑經驗和感覺，可想而知，韵書的作者也只是在一個大致的輪廓下建立的語音體系，這個體系的基礎應該是當時的書面語。

同時，作者必然照顧到各地的方言差異，以實現用韵上的方便、統一。所以，陸法言《切韵序》強調"論南北是非，古今通塞"，并綜合南北韵書加以"捃選精切，除削疏緩"，因此，關於《切韵》之音系歷來多有討論，爭議頗大。從陸法言《切韵序》中我們也能發現，韵書永遠是滯後的，實際的語音變化不一定及時地反映在韵書中，因此，纔需要修訂。有宋一朝對韵書修訂傾盡之力堪屬空前，歷史上第一部官修韵書《廣韵》即產生於宋，繼後又有《集韵》《禮部韵略》及私人

1　李新魁：《漢語共同語的形成和發展》（上），《語文建設》1987年第6期。
2　參見徐時儀：《古白話詞彙研究論稿》，第5~6頁。

韵書《四聲等子》《切韵指掌圖》及《皇極經世解起數訣》等。

從外因來看,韵書的修訂主要是科舉考試的需要,因爲宋代科舉考試的内容經過多次調整,總體看來對詩賦韵律的要求越來越高;從漢語内部來看,隨着語音的發展,《切韵》音系至宋已不合時宜。然而韵書的修訂始終是在不徹底改變《切韵》以來的基本框架的基礎上進行的,因此,這些韵書中的語音標準與實際的語音情况必然存有諸多的差異,這些差異通過韵書之間反切的對比,就很容易發現。而宋代筆記文獻作爲同時材料,其中反映的實際語音與韵書標準之間的差異,無疑是彌足珍貴的第二重證據。這一節我們就介紹宋代筆記文獻中所反映的宋代雅言與韵書記載的差異方面的問題。

一、《廣韵》《集韵》所記録的語音標準

唐作藩説:"向來研究音韵學的人,大都把《切韵》系韵書看作中古漢語語音系統的代表。但是《切韵》是一部什麽性質的書? 它的音系基礎是什麽? 它到底代表什麽時代、什麽地方的語音? 對於這一系列的問題,歷來有不同的看法。主要的意見有兩種:一種認爲《切韵》音系是一時一地之音;另一種認爲它是一個包括了古今音和南北方音的複雜的語音系統。"[1] 潘悟雲《漢語歷史音韵學·〈切韵〉的性質》認爲,高本漢選取中古音研究漢語音韵的歷史,是其成功的重要原因。中古音研究的最重要依據當然是《切韵》,所以對《切韵》性質的理解可以說是整個漢語音韵學的理論依據。高本漢認爲《切韵》描寫了一種實際存在過的、單一的語言,而不像許多近來的學者所論述的那樣,《切韵》是一種人造的、由各方言中的參差成分所構成的折中混合的語言,其語音標準是長安音。潘先生總結了對高氏持否定態度的音韵學家的主要依據:一是《切韵》韵類多,似乎不可信。二是《切韵序》説得明白:"吕静《韵集》、夏侯該《韵略》、陽休之《韵略》、周思言《音韵》、李季節《音譜》、杜臺卿《韵略》等各有乖互,江東取韵與河北復殊。因論南北是非,古今通塞,欲更捃選精切,除削疏緩。"可見,《切韵》是根據各地方言和古今音韵拼凑起來的一本韵書。三是從唐本王仁昫《切韵》

---

[1] 參見唐作藩:《音韵學教程》,北京大學出版社,2002年,第92頁。

韵目的小注可以看出,一個韵如果在各家的韵書中分合有别,《切韵》總是采取從分不從合的原则。[1] 事實上,"一時一地之音"説的内部也存在分歧,董志翹《〈切韵〉音系性質諸家説之我見》做了細緻的總結:一是吴音説,此説産生最早,代表者是中唐的李涪,李涪的《切韵刊誤》雖是刊誤之作,但未始不是單一音;二是長安音説,代表人物是高本漢,此説有馬伯樂、周法高等回應;三是洛陽音説,此説又可分爲二派,一派以陳寅恪爲代表的洛陽舊音説,另一派就是以王顯、邵榮芬爲代表的洛陽方音論。董文將關於《切韵》音系性質的衆家之説,概括分爲"雜湊論""單一論"和"主從論"三種意見,其中"主從論"的提出者周祖謨先生認爲:"《切韵》着重保持了當時傳統的書音的音位系統,并參校河北與江東語音,辨析分合,而不以一地方音爲準,以利於南北人應用,雖然自成一家言,而實際上是爲了適應當時的政治統一形勢的需要而作的。"李新魁先生亦略同此説,他説:"《切韵》基本上以當時的共同語音爲主要依據,吸收其他重要方言的某些音類,參合六朝以來各家韵書的反切,定出大體上反映當時實際語音的音韵系統。"[2]

"主從論"就是單一基礎上的綜合。學界持單一論的學者們,實際上也是承認《切韵》音系是在共同語的基礎上吸收南北古今成分的一個音系。唐作藩先生從對陸序的分析入手,得出結論:"《切韵》的性質就是以當時洛陽音做基礎,同時又吸收了南北方音的一些特點(這些特點也往往反映了魏晋以來的古音)。"并進一步指出:"這種情况不是不可能的。就拿近代的'注音字母'來説,它本來是以北京音爲根據的,可是制定之初,還有'萬''兀'等聲母,還是照顧南方方音的。所以説在北京音的基礎上兼顧南方方音的一些特點是可能的。《切韵》也是如此,不過它兼顧的方音和古音的成分更多一點罷了。"[3] 潘先生贊成《切韵》爲單一音系,代表的是洛陽音,并綜述各家理由:第一是洛陽話是中國古代的民族共同語,强調以洛陽爲中心的方言區包括長安;第二是《切韵》的審

---

[1] 參見潘悟雲:《漢語歷史音韵學》,上海教育出版社,1999年,第2~3頁。

[2] 參見董志翹:《〈切韵〉音系性質諸家説之我見》,《達縣師範高等專科學校學報》(社會科學版)1999年第1期。

[3] 參見唐作藩:《音韵學教程》,第97~98頁。

音標準是金陵、洛陽的書音系統;第三是《切韻》的分韻與同時代詩文押韻的部類大部分相同;第四是《切韻》與同時代韻書的分類劃分相符合;第五是《切韻》切語繫連結果與音類一致。潘先生特別説明:"不過應該指出,《切韻》的材料也并不是完全純净的。有些在口語中不出現的僻字,陸法言自己也很可能不知道該怎麽讀,他只能到書本中找音注。有些字他雖然能讀,但是在另一本很有權威的著作中看到另一個音注,覺得與自己的讀音不同,他就把這個反切作爲异讀收進《切韻》。這些音注有可能是一種方言的讀音,或是一種古讀,與金陵、洛下的書音系統屬於不同質的材料。"[1] 董文贊成"主從論",認爲在當時的情況下,要編寫一部能爲南北通用的韻書,最理想的標準音,當然是當時金陵士大夫所操的雅言;并强調,"金陵"與"洛下"并不矛盾。金陵——當時金陵士大夫操的雅言,是語音的現實;洛下——金陵士大夫雅音的源頭,是語音的歷史。用它們來論難,實質上就是用金陵士大夫的雅言來作爲標準。只有以金陵士大夫所操雅言來作爲標準,纔最容易爲南北士人所接受,纔更有利於達到鞏固隋朝政權、鞏固南北統一的目的。文章最後强調:"當然,我們還要看到事物的另一方面,因爲當時隋剛統一,南北對峙的局面方結束,爲了考慮有利於統一局面的繼續、發展,在論韻時,同時照顧到一些較重要的方音——主要表現在南北方音,這也是完全可能的,無可非議的。不過這應該只是九個指頭和一個指頭的問題,并不能影響《切韻》是一個統一的音系。"[2]

可見,《切韻》音系的性質之所以引起多方的爭議,就是因爲其中有很多不純粹的成分,而這些不純粹的成分并不能影響《切韻》代表當時共同語的性質。人爲的體系或是綜合的體系不可能如此完備整齊。并且《切韻》音系支配了文人寫詩作文的很長一段歷程,如果是嚴重違背語言現實而硬性的遵守,也不可能那麽容易實現。《切韻》音系所代表的作爲共同語基礎的洛陽音也是發展着的,不同於以往,而是融入了諸多吳音(金陵音)成分的改造後的新洛陽音。《廣韻》是我國歷史上第一部官修韻書,"廣"爲增廣,"韻"即《切韻》,即增廣《切韻》,是在《唐韻》的基礎上形成的。北宋大中祥符元年(1008年),距離《切韻》

---

1 參見潘悟雲:《漢語歷史音韻學》,第5~12頁。
2 參見董志翹:《〈切韻〉音系性質諸家説之我見》。

成書已經400多年,隨着語音的發展和科舉制度的完善,重修《唐韵》已成爲必要。《廣韵》在文字收録上、韵目設置上及音切和注釋文字上都對《唐韵》進行了增廣,是《切韵》的增訂本,這樣一來,《廣韵》流行後,《切韵》也就亡佚了,而《切韵》的基本框架保留在《廣韵》中。宋元以後,研究《切韵》的人們,雖然以《切韵》名之,但實際上看到的是《廣韵》《切韵序》,研究《切韵》實際上研究的是《廣韵》。《廣韵》所代表的音系即是《切韵》音系,基本上反映的是共同語的中古語音系統。《集韵》由《廣韵》增訂而來,以《廣韵》爲參照音系,本着"務從賅廣"的宗旨,收異讀音多,一字數讀,基本上前代音書、字書的音切全都收録,同時它又在一定程度上改變了隋至宋初的沿襲之風。《集韵》作爲《切韵》系韵書的最後一個修訂本,是對前官韵的重修,爲加強其在科舉中的權威性,它不可能脱離《廣韵》的模式,因此也未能完全擺脱幾百年來《切韵》系韵書的影響,因而保留了大量的原始音切。但丁度等人又要修出自己的特色,反映出超越前人的審音水準,只能在傳統形式不變的情況下,儘可能多地和當時的實際語音保持一致。這就使《集韵》這部供詩人選字用韵的官修韵書同時兼具傳統與革新的特色。從《集韵》反映的語音情況來看,與《廣韵》相較,它增減、删并、轉移小韵,改訂反切,更類隔爲音和。可以說,《廣韵》音系是一個相對純正的音系,而《集韵》由於既存古又革新,相容并包,反而不夠純正。《廣韵》偏於"純",《集韵》偏於"雜",但兩者的音系基礎是一致的,都是《切韵》音系。[1]

二、宋代雅言與韵書記載的差异

既然《廣韵》《集韵》等所反映的中古音系是建立在共同語的基礎上又兼顧南北,那麽這裏面就一定存在與當時雅言通語不一致的地方,研究唐宋語音實際,就不能夠單純以此類韵書爲依據。周祖謨説:"然而語音隨時轉移,迭有更變,文人抒寫性情,發爲歌咏,毋庸與韵書盡合,故研究唐宋兩代語音,不可只談

---

[1] 參見趙宏濤:《從與〈廣韵〉的小韵對比看〈集韵〉反映語音的特點》,《中北大學學報》(社會科學版)2007年第4期;徐陶:《從〈集韵〉與〈廣韵〉小韵的比較看〈集韵〉音系的特點》,蘇州大學碩士學位論文,2009年,第51頁。

韵書而忽略實際語音材料。"[1]這些差异在當時其他的韵書(主要是私人創作的)和其他與語音相關的材料中就有所體現。

周先生分析了《皇極經世書聲音圖解》的聲韵調,以及宋代汴洛文士詩詞分韵的情况,進而歸納出宋代汴洛語音的實貌,并與現代音和《廣韵》所代表的中古音進行對比,得出結論:"宋代汴洛方音與《廣韵》大异。要言之:論聲則與《中原音韵》二十字母相近;論韵則同攝之一、二等讀爲一類,三、四等讀爲一類,其讀音蓋不出開合齊撮四呼,與元明以降之音相近;論聲調則上聲濁母已讀爲去。"[2]

李新魁《宋代漢語韵母系統研究》一文認爲,《五音集韵》及《四聲等子》《切韵指掌圖》等韵書、韵圖,與《廣韵》有一個較大的差别,就是它們依據當時流通於中原地區的漢語共同語對韵類作了歸并。《五音集韵》是據《集韵》而作的韵書,但它并韵類爲一百六十個韵部。《四聲等子》和《切韵指掌圖》也大大地歸并了韵母的類别。它們所歸并的韵類大體相同,這種情况表明,它們的并韵是有客觀的語音實際作爲依據的。大體上是中古《廣韵》中的"重韵,都合爲一類,許多三等韵也合爲一類,三、四等韵界限也開始泯滅"。李先生在文中列舉了《四聲等子》和《切韵指掌圖》所歸并的韵類:支脂之微,咍泰,皆佳夬,祭廢齊,尤幽,宵蕭,魚虞,東冬鍾,江唐,庚耕,庚三蒸清青,仙元先,山删,真臻殷,文諄,覃談,咸銜,嚴凡鹽添。他還進一步列舉了其他一些反映宋代實際語音的材料,如宋代詩歌的用韵,宋人研究語音的著作:邵雍的《聲音倡和圖》,祝泌的《皇極經世解起數訣》,吴棫研究古韵的著作,以及講究叶韵的材料(如朱熹的叶韵注音)等。李先生據上述這些材料,定出了宋代韵母的類别及擬測的音值。[3]

宋代筆記中存有反映當時語音實際的資料,這一點周祖謨先生已經有所關注,只是是從方言的角度來分析的,他説:"宋人筆記中有論及當時四方語音者,惜皆零散不備,而所指方域亦不甚明確,但由是可略知當時方音與今日方言之

1　周祖謨:《宋代汴洛方音考》,《問學集》,中華書局,1966年,第581頁。

2　《問學集》,第581~655頁。

3　參見李新魁:《宋代漢語韵母系統研究》,《語言研究》1988年第1期。

异同。因録出數則,略加詮釋。"[1] 李新魁注意到宋代筆記中反映了當時雅言和韻書體系差異的零散記載,如:

> 童貫自崇寧二年,始以入內內侍省東頭供奉官,奉旨差往江南等路,計置景靈宮材料;續差往杭州,製造御前生活;又差委製造修蓋集禧觀齋殿、本命殿、火德真君觀,緣此進用被寵。繼西邊用兵,又以功進。於是縉紳無恥者,皆出其門。而士論始沸騰矣,至以蔡京爲比。當時天下諺曰:"打破筒,澄了菜,便是人間好世界。"而朝廷曾不悟也,二人卒亂天下。(《能改齋漫録》卷十二"打破筒澄了菜",373~374頁)

> 宰相堂食,必一吏味味呼其名,聽索而後供。此禮舊矣。獨"菜羹"以其音頗類魯公姓諱,故回避而曰"羹菜",至今爲故事。(《鐵圍山叢談》卷二,38頁)

> 劉貢父呼蔡確爲"倒懸蛤蜊",蓋蛤蜊一名"殼菜"也。確深銜之。(《邵氏聞見後録》卷三十,239頁)

"咍"與"泰"也是《廣韻》中的一等重韻,但"泰"韻只有去聲。這兩韻在宋代的實際語音中也是合一的。"泰"韻與"咍"韻的去聲代韻在唐玄應的反切中已多相混(見《玄應〈一切經音義〉反切考》),《經典釋文》的反切也是如此(見《〈經典釋文〉反切考》)。到了宋代,《四聲等子》"蟹"攝圖中,以"泰""代"韻字混列,如同一欄字之中,蓋、艾、帶、泰、害等字是"泰"韻字,而概、代、耐、載、菜、賽、愛等是"代"韻字,表明這兩韻已完全同音。[2] 上述用例中表明"菜""蔡"同音,"菜"在《廣韻》中屬"代"韻,倉代切;"蔡"屬泰韻,《廣韻》中爲"倉大切"。

我們前文曾引《游宦紀聞》《春渚紀聞》《清波雜志》等關於"借書一癡,還書一癡"的記載,探討"之"韻、"脂"韻的語音演變問題。實際上,非但"之""脂"二韻,"支""脂""之""微"四韻,早就通爲一讀。周祖謨《宋代汴洛語音考》説:

---

[1] 《問學集》,第656頁。
[2] 參見李新魁:《宋代漢語韻母系統研究》,《語言研究》1988年第1期。

"止攝支脂之微四韵通用,自唐代已然。……北宋除支脂之微通用外,齊韵平上去三聲及去聲之祭韵廢韵亦均與以上四韵合用不分。"[1] 宋代筆記中有相關的語音材料,如:

> 秦魯國大長公主,昭陵之女,下嫁錢景臻太傅,於今上爲曾祖姑。二子忱、憺,皆爲節度使,靖康中,换爲上將軍,遂無俸給。幼子遥郡防禦使,至紹興間,新制非經參部人不勘支俸錢,三子遂俱無禄。獨大主所請錢斛,已不能足用,又避地遍走二廣,所至多不給。時年餘七十,上表乞赴行闕不允,再具奏:"妾雖迫於飢窘,不敢妄有干求。但以年老多病,瘴癘之餘,得一望清光,雖死不恨。"始聽來朝。上皇改公、郡、縣主爲帝宗族姬,時以語音爲不祥。至是,飢窘之言果見於文表,是可怪也。(《雞肋編》卷中,73~74頁)

從這段叙述中,可知宋時"姬"與"飢"字同音,"郡"與"窘"字同音。《廣韵》"姬"爲居之切,平聲之韵;"飢"爲居依切,平聲微韵。此爲"之""微"通用之證。又如:

> 昔年過洛,見李公簡言:"真宗既東封,訪天下隱者,得杞人楊樸,能詩。及召對,自言不能。上問:'臨行有人作詩送卿否?'樸曰:'惟臣妾有一首云:更休落魄耽杯酒,且莫猖狂愛咏詩。今日捉將官裏去,這回斷送老頭皮。'上大笑,放還山。"余在湖州,坐作詩追赴詔獄,妻子送余出門,皆哭。無以語之,顧語妻曰:"獨不能如楊子雲處士妻作詩送我乎?"妻子不覺失笑,余乃出。(《東坡志林》卷二"書楊樸事",32頁)

楊樸妻所作的這首詩,出自俗人之手,押韵用的是當時的口語,以"詩"和"皮"字押韵。"詩"字在之韵,"皮"字在支韵,可知宋代之口語,確是"之""支"讀爲同音。又:

> 劉逵公達奉使三韓,道過余杭時,蔣穎叔爲太守,以其新進,頗厚其禮,供張百色,比故例特异。又取金色鰍一條與龜獻於逵,以致今秋歸之意。(《曲洧舊聞》卷八,193頁)

---

[1] 《問學集》,第611頁。

這裏以"龜"字諧"歸"字之音,可知宋時此兩字讀爲同音。"龜"爲脂韻字,《廣韻》居追切,"歸"字舉韋切,在微韻,此亦可見宋時脂、微之混。

  張文潛初官通許,喜營妓劉淑女,爲作詩曰:"可是相逢意便深,……"又云:"未説蜻蟒如素領,固應新月學蛾眉。引成密約因言笑,認得真情是別離。尊酒且傾濃琥珀,淚痕更著薄胭脂。北城月落烏啼後,便是孤舟腸斷時。"(《侯鯖録》卷一,49頁)

此詩以"眉(脂韻)""離(支韻)""脂(脂韻)""時(之韻)"相押,表明此數韻在實際語音中相混讀。李文還徵引了宋人邵博《邵氏聞見後録》卷十七述七八歲便能詩的王元之作《磨詩》云:"但存心裏正,無愁眼下遲。若人輕着力,便是轉身時。"同書卷十九云:"吕申公帥維揚,東坡自黄岡移汝海,經從見之。申公置酒,終日不交一語。東坡昏睡,歌者唱'夜寒斗覺羅衣薄',東坡驚覺,小語云'夜來走却羅醫博'也,歌者皆匿笑。"《四朝聞見録·乙集·吴雲壑》:"四明高氏似孫,號疎寮,由校中秘書授徽倅。道出金陵,投留守吴公琚,以詩曰:'四朝渥遇鬢微絲,多少恩榮世少知。長樂花深春侍宴,重華香暖夕論詩。黄金籯滿無心愛,古錦囊歸有字奇。一笑難陪珠履客,看臨古帖對梅枝。'"證宋代"之""脂""支""微"已混。宋人筆記中類似的材料還很多,如前文"南北方音差異"部分,我們所列舉的《老學庵筆記》卷六:"四方之音有訛者,則一韻盡訛。如閩人……中原唯洛陽得天地之中,語音最正,然謂'弦'爲'玄'、謂'玄'爲'弦'、謂'犬'爲'遣'、謂'遣'爲'犬'之類,亦自不少。"可見,洛陽音四等"先"韻開口、合口相合,與《廣韻》等不同。

  面對《廣韻》《集韻》《禮部韻略》等一脉相承的官修韻書與語音實際的不完全一致,當時就有文人對此表達了不滿,如:

  楊誠齋云:"今之《禮部韻》,乃是限制士子程文,不許出韻,因難以見其工耳。至於吟咏情性,當以《國風》《離騷》爲法,又奚《禮部韻》之拘哉!"魏鶴山亦云:"除科舉之外,閒賦之詩,不必一一以韻爲較,况今所較者,特《禮部韻》耳。此只是魏晋以來之韻,隋唐以來之法,若據古音,則今麻馬等韻元無之,歌字韻與之字韻通,豪字韻與蕭字韻通,言之及此,方是經雅。"(《鶴林玉露》丙編卷六"詩不拘韻",339頁)

所謂《國風》《離騷》之法,即是據當時共同語自然吟咏而成,并不受韻書之限制。魏鶴山已認識到《禮部韵略》中含有古語成分,與實際語音不完全一致,強調語音是發展的,一味復古,單純以《禮部韵略》爲據是不够的,要據"古音"方是經雅。洪邁則直接斥《禮部韵略》"非理":

> 《禮部韵略》所分字,有絶不近人情者,如東之與冬,清之與青,至於隔韵不通用,而爲四聲切韵之學者,必强立説,然終爲非是。(《容齋隨筆》卷八"禮部韵略非理",925頁)

洪邁認爲"東"與"冬","清"與"青",在實際的語音中是不分的,而在《禮部韵略》中却分别設韵,"絶不近人情"。毛居正亦云:

> 《禮部韵略》有獨用當并爲通用者,亦有一韵當析爲二韵者。所謂獨用當并爲通用者,平聲如微之與脂、魚之與虞、欣之與諄、青之與清、覃之與咸;上聲如尾之與旨、語之與麌、隱之與軫、迥之與静、感之與嗛;去聲如未之與志、御之與遇、焮之與稕、徑之與勁、勘之與陷;入聲如迄之與術、錫之與昔、合之與洽是也。所謂一韵當析爲二者,如麻字韵自奢以下,馬字韵自寫以下,禡字韵自藉以下,皆當别爲一韵,但與之通用可也。蓋麻、馬、禡等字皆喉音,奢、寫、藉等字皆齒音,以中原雅聲求之,夐然不同矣。(元至正十五年日新書堂刊本《增修互注禮部韵略》八"微"韵末毛居正案語)

因此,部分文人私著韵書與官修韵書存有差异也就不難理解。因爲他們已經注意到了韵書體系和實際語音體系的背離之處,在實際的創作、交流和教學中需要一個反映實際語音面貌的體系作爲藍本。

宋代筆記中的語音材料,儘管零散而無系統,但整理後,我們仍可據此窺宋代語音實貌之一斑。這些語音材料既有實際語音的記録分析,又有歷史語音的引證考辨;既有雅言實際的反映,又有各地方音的保留;既能反映南北方音的差异,又能體現雅言和韵書體系的不同。總之,它們是頗具時代特徵的語音研究資料。宋代在漢語史上處於重要的位置,中古音向近代音過渡的諸多變化,都是發生在這一時期,宋代筆記中的語音材料體現了這一點。尤其是在宋代口語文獻相對缺乏的情况下,宋代筆記中的這些實際語音資料更顯其珍貴有價值。宋代筆記中的各地方音的材料,有助於建立方言的古今聯繫,也爲近代漢語方言研究、漢語方言史的研究,以及漢語共同語的形成發展方面的研究,提供了難得的信息。重要的是宋代筆記中反映語音實際的信息,在一般的韵書中不容易被發現,雖然有部分韵書反映了當時的語音體系,但缺乏實證;而這些材料恰好提供了重要的實證。宋代筆記文獻量大而廣,其中所包含的諸多語音材料還没有被發現,或者説是我們還没有意識到利用它們的價值,這方面的工作,周祖謨、李新魁等前輩學者已經做出了榜樣,今後廣大音韵學、方言學等領域的學者們,有必要進一步深入下去,充分研究宋代筆記中這些"不含水分"的語音實録材料。

第五章
宋代筆記與語法研究

直至1898年《馬氏文通》問世,漢語語法學纔得以建立,可以説語法作爲一門系統的學科,是從西方引進過來的。因爲早期的語法學著作多是模仿西方的語法體系而建立的,當然這是一門學科在建立之初的正常借鑒。龔千炎説:"有人説中國語法學是一門年輕的學科,這話又對又不對。如果只從1898年馬建忠《馬氏文通》算起,那當然是够年輕的;但是中國語法學源遠流長,早在春秋戰國時期的《春秋》注釋中就有類似的語法分析,它經過長期的孕育醖釀,有自身的系統。所以换一個角度看,中國語法學又是一門不年輕的學科。"[1]

　　而我們不得不承認20世紀之前的漢語語法研究是自發的、零散的、無目的狀態。這一方面與漢語本身的特點有關,漢語重視意念的表達,缺乏句法範圍内的形態變化,因此隱藏在意義背後的規則便容易被忽略;另一方面,從現有的文獻記載來看,歷史上歷朝歷代都十分重視經典的解讀,漢代開始經學誕生,統治者尊經重典,以經典解讀作爲選拔人才的標準,尤其是科舉制度産生後。爲充分理解經典内容并不曲解,訓詁學、文字學應運而生,又因認字識字的需要,音韻學也隨之興起。古人"書讀百遍,其義自見"的意識,嚴重阻礙了語法研究的開展。但在訓釋經典的過程中,有些語法問題是不能回避的,如虚詞,經學家對此就束手無策,很難用語言來描繪,於是在訓釋過程中,也會特別提及。因此,雖然在漫長的古代社會裏,系統的語法學著作没能産生,但我國古代最早的與語法相關的虚詞詞典《助語詞》在元代問世,也并非偶然,後又陸續有《助字辨略》《經傳釋詞》等同類著作産生。中國語法學的萌芽狀態,在宋代筆記文獻中有所記録;宋代筆記行文中的文獻材料,反映了近代漢語初級階段語法諸要素的發展狀態。這一章,我們簡要介紹宋代筆記文獻中的語法材料,以及宋代筆記語法研究的相關問題。

---

[1] 龔千炎:《中國語法學史》,語文出版社,1997年,第3頁,原版日譯本序。

第一節　宋代筆記中的語法材料

較早的語法方面的材料,在先秦的典籍中已能見到,如《墨子·經説》:"名,物,達也,有實必待文名也。命之馬,類也,若實也者必以是名也。命之臧,私也,是名也止於是實也。聲出口,俱有名,若姓字儷。""達"爲萬物,"類"爲一類事物,"私"爲一種事物。這種分類的出發點是邏輯上的,然而現代我們從語法的角度來看,也是名詞分類意識的表達。又如西漢毛亨《詩詁訓傳》以"辭也"訓詩經中的虛詞,如"采采苤苢,薄言采之。薄,辭也。(苤苢)不見子都,乃見狂且。且,辭也。(山有扶蘇)載馳載驅,歸唁衛侯。載,辭也。(載馳)漢有游女,不可不思。思,辭也。(漢廣)"這些材料都是在注釋經書和分析問題時偶然提及的,在宋代筆記文獻中也保存了不少類似的材料。這些材料一方面反映了古人語法意識的萌芽狀態,一方面爲我們進行漢語語法史研究提供了諸多信息。

一、宋代筆記文獻體現出古人朦朧的語法意識

(一)句法

之所以説是朦朧的語法意識,是因爲筆記作者對語法現象的關注是消極的而非積極的,是個別的而非一般的,是具體的而非系統的。古人還不知道語法的概念,更不可能有目的地去研究語法問題。一般是在闡釋其他問題時做一些我們現代看來是語法方面的解説。在宋代筆記中,這樣的解説爲數不少,其中已有關於語法方面的相關術語出現,如:

　　陳去非云:"忽有好詩生眼底,安排句法已難尋。"吕居仁云:"忽見雲天有新語,不如風雨對殘書。"静中置心,真與見聞無毫膜隔礙,始得此妙。(《愛日齋叢抄》卷三,66頁)

　　師川喜謂之曰:"君此後當能詩矣。"故彦章每謂人曰:"某作詩句法得之師川。"(《獨醒雜志》卷四,26頁)

黄魯直自言得句法於師厚,豈虛語哉!(《家世舊聞·下》,221頁)

乃知杜子美"紅豆啄餘鸚鵡粒,碧梧棲老鳳皇枝",斡旋句法所本。(《能改齋漫録》卷八"石燕泥龍",214頁)

勒和尚隨句微吟,旁皆太息。中有一僧云:"萬慮入寂,句法甚勝。明日出山,是將動耶?"似覺復寐,自理前頌,增"住爲主人,動轉爲客"兩語於出山句上,廣爲八句。(《能改齋漫録》卷十四"胡少汲夢書八句頌",406頁)

"賞玩奇他日,高深處此時。地爲八水背,峰作九山疑。池靜魚偏逸,人閒鳥欲欺。青溪留別興,更與白雲期。"味其句法,知子美之詩有自云。(《邵氏聞見後録》卷十八,142頁)

"句法"是語法學的重要術語,詞法、句法是語法的兩大部分。在現代語法學的概念中,"句法"一般理解爲是用詞造句的規則,其中包含句子成分,詞、短語、句子之間的組合關係,短語、句子的組合層次等内容。把宋代筆記文獻中的"句法"看成現代語法學術語當然是牽強附會,但不能否認的是二者之間存在着一定的聯繫。筆記中的"句法"指的是寫詩作文時的造句之法,同樣也是造句的問題。在寫詩作文中通過模仿已成的"句法"來進行創作,這很明顯是歸納概括的結果,是在一定規則的支配下進行的。因此,文人們纔品味、求教、模仿、斟酌句法。句法乃是作詩的必備技巧,如宋嚴羽《滄浪詩話·詩辨》:"詩之品有九……其用工有三:曰起結,曰句法,曰字眼。"宋代筆記中又有"語法",與"句法"略同,如:

先大夫平生刻意於詩,語法類皆如此,然世無知音。(《山谷集·别集》卷七《刻先大夫詩跋》,1593頁)

"正賴古人書""正爾不能得""正宜委運去",皆當時語,而或者改作"上賴古人書,止爾不能得",甚失語法。(《苕溪漁隱叢話前集》卷

三"五柳先生上",19 頁)

其"語法"可理解爲用語之法,《左傳·昭公二十年》:"爾其勉之!相從爲愈。"唐孔穎達疏:"服虔云:'相從愈於共死。'則服意'相從'使員從其言也。語法,兩人交互乃得稱'相',獨使員從己,語不得爲相從也。"金王若虛《論語·辨惑二》:"故凡解經,其論雖高,而於文勢語法不順者,亦未可遽從,況未高乎!"據孔穎達此處"相從"不能用"相",因爲違背語法。但孔氏所說的"語法"側重的是上下文搭配的意義,還不是語言單位之間的組合關係。

(二)"實字"和"虛字"

魏華父樞密題扁榜,必繫某堂某齋字。《答袁廣微》云:"靜壽更當增一堂字,方爲穩實。蓋去堂字,特數十年間事爾。"《答黃子才》云:"古人庵觀堂室之名,必有一實字。"《答彭運幹》云:"敬亭當有亭字,審思榜之書室,亦當有齋軒館室之類一字。"先是周益公亦云:"凡亭堂臺榭牌額單用所立之名,而不書亭堂之類,始於湖上僧舍,中官流入禁中,往往仿之,今無問賢愚,例從之矣。設若一字名如怡亭、快閣之類,又當如何。"予觀教僧寮室直題二字,或始此歟。(《愛日齋叢鈔》卷五,110~111 頁)

這裏的"實字"不同於一般意義上的實詞,從文中看,是"堂""亭""館"一類表示結構中心意義的名物詞。明陸深《燕閑錄》:"杜詩'風吹滄江樹,雨洗石壁來',自是以實字作虛字用。樹,樹立之樹。"《紅樓夢》第三七回:"如今以菊花爲賓,以人爲主,竟擬出幾個題目來,都要兩個字:一個虛字,一個實字。實字就用'菊'字,虛字便通用門的。如是,又是咏菊,又是賦事。"《漢語大詞典》引"實字"條,釋爲具體的名物詞,引《燕閑錄》例爲首證,甚晚。但從《燕閑錄》例可知,所謂"虛字"是名物詞的活用,一般是活用爲動詞,如:

《元和聖德詩》云"以紅帕首",注者引《實錄》曰:"禹會塗山之夕,大風雷震,有甲步卒千餘人,其不被甲者,以紅綃帕抹其額,自此遂爲軍容之服。"又退之《送幽州李端公序》,"紅帕首""帕"一作"抹"。《送鄭權尚書序》"帕首韎袴",蓋屢用之。陸氏《筆記》舉《孫策傳》,張津嘗著絳帕頭,帕頭者,巾幘之類,猶今言襆頭也。韓文公云:"以紅帕首",已爲失之。東坡云"絳帕蒙頭讀道書",增一"蒙"字,尤誤。務觀固不引塗山事注韓文者,亦不援孫策語。然李、鄭二序,皆連帕首韡袴,取義爲襆頭,正合。范《史》云:向栩者,性卓絕不倫。讀《老子》,狀如學道,好被髮,著絳綃頭。李賢注:《說文》:綃,生絲也。案,此字當作"幧",其字從巾。《古詩》云:少年見羅敷,脱巾著幧頭。已上《史》注。紅綃頭,或即紅綃帕。子謂孫伯符所稱南陽張津爲交州刺史,著絳帕頭,鼓琴燒香,讀邪俗道書,或由東都之季,習妖妄者輒以爲首飾,栩其類也。韓詩帕爲虛字,坡詩帕爲實字,因文著字爲蒙,所用本別,俱不免陸氏之疑。唐妻師德使吐蕃,諭國威信,虜爲畏悦。後募猛士討吐蕃,乃自奮戴紅抹頭來應詔。此近塗山軍容之遺制,雖不敢以釋帕首,其云戴紅抹額,抑亦帕首巾幘之物爾。(《愛日齋叢抄》卷五,107頁)

"帕"本爲手帕,《南史·張譏傳》:"每歲時輒對帕哽噎不能勝。"唐杜甫《驄馬行》:"赤汗微生白雪毛,銀鞍却覆香羅帕。"《湘山野錄》卷中:"婦翁死,哭於柩,其孺人素性嚴,呼入總幕中詰之曰:'汝哭何因無淚?'漸曰:'以帕拭乾'。"《宋史·高防傳》:"夢一吏以白帕裹印自門入授防。"又爲裹額之巾,又稱抹額,宋高承《事物紀原·戎容兵械·抹額》引《二儀實錄》:"禹娶塗山之夕,大風雷雨,中有甲卒千人,其不被甲者,以紅綃帕抹其頭額。"明王逢《歎病駝》詩:"老奚首帕短袴靴,手持鞭策涕泗沱。"以"帕"裹額的行爲爲"帕首",如葉氏所舉唐韓愈《送鄭尚書序》:"大府帥或道過其府,府帥必戎服,左握刀,右屬弓矢,帕首袴韡,迎郊。"宋劉克莊《賀制置李尚書》:"緑沉金鎖,帳環百萬之精兵;帕首腰刀,庭列諸屯之大將。"《宋史·后妃傳上·章獻明肅劉皇后》:"柴氏、李氏二公主入見,猶服髮髻。太后曰:'姑老矣。'命左右賜以珠璣帕首。"明王逢《天門行》:"烹羊椎牛醉以酒,腰纏白帶紅帕首。"因此"紅帕首"之"帕",纔有一作"抹"的情况,這裏的"帕"已不是名詞的手帕或頭巾義,因此,被稱爲"虛字"。

"實字""虛字"在宋代筆記中也被用來指現代意義上的實詞和虛詞,如:

韓、柳文多相似,韓有《平淮碑》,柳有《平淮雅》。韓有《進學解》,柳有《起廢答》;韓有《送窮文》,柳有《乞巧文》……東坡雖遷海外,亦惟以陶、柳二集自隨。各有所悟入,各有所酷嗜也。然韓、柳猶用奇字

重字,歐、蘇唯用平常輕虛字,而妙麗古雅,自不可及,此又韓、柳所無也。(《鶴林玉露》甲編卷五"韓柳歐蘇",93頁)

《鶴林玉露》與《清波雜志》相以爲證:

東坡教諸子作文,或辭多而意寡,或虛字多,實字少,皆批論之。又有問作文之法,坡云:"譬如城市間種種物有之,欲致而爲我用。有一物焉,曰錢;得錢,則物皆爲我用。作文先有意,則經史皆爲我用。"大抵論文以意爲主。今視坡集誠然。(《清波雜志》卷七"坡教作文",299頁)

《朱子語類》中有關於"虛字"的用例,如《朱子語類》卷六七:"且如解《易》,只是添虛字去迎過意來,便得。今人解《易》,乃去添他實字,却是借他做己意説了。"宋樓昉《過庭録》亦有:"文字之妙,只在幾個助辭虛字上……助辭虛字,是過接斡旋千轉萬化處。""虛字"早期意義爲無用的贅字,如南朝梁鍾嶸《詩品·總論》:"近任昉、王元長等,辭不貴奇,競須新事,爾來作者,寖以成俗。遂乃句無虛語,語無虛字。"宋代筆記中又有與"虛字"所指相同的"語助",如:

有朝士其室懷妊過月,手書一"也"字,令其夫持問石。是日座客甚衆,石詳視字謂朝士曰:"此閤中所書否?"曰:"何以言之?"石曰:"謂語助者焉哉乎也,固知是公内助所書。尊閤盛年三十一否?"曰:"是也。""以也字上爲三十,下爲一字也。然吾官人寄此,當力謀遷動而不可得否?"曰:"正以此爲撓耳。""蓋也字著水則爲池,有馬則爲馳。今池運則無水,陸馳則無馬,是安可動也?"(《春渚紀聞》卷二"謝石拆字",29~30頁)

"寧馨""阿堵",晉宋間人語助耳。後人但見王衍指錢云:"舉阿堵物却。"又山濤見衍曰:"何物老嫗生寧馨兒?"今遂以阿堵爲錢,寧馨兒爲佳兒,殊不然也。(《容齋隨筆》卷四"寧馨阿堵",50頁)

帝一日登明德門,指其榜問趙普曰:"明德之門,安用之字?"普曰:"語助。"帝曰:"之乎者也,助得甚事。"普無言。(《邵氏聞見録》卷一,5頁)

可見,宋人視"之""乎""者""也""焉""哉""寧馨""阿堵"等爲語助。《續世說》卷六:"一紙草書曰:'謂語助者焉哉乎也。'"并且對虛字的意義空靈有明確的認識,《湘山野録》卷中有與《邵氏聞見録》相同的記載:"太祖皇帝將展外城,幸朱雀門,親自規畫,獨趙韓王普時從幸。上指門額問普曰:'何不祇書"朱雀門",須著"之"字安用?'普對曰:'語助。'太祖大笑曰:'之乎者也,助得甚事?'"太祖"'之'字安用""之乎者也,助得甚事"之語,可以充分證明"語助"之相當於虛詞之義。"語助"又爲"助字"(見下所舉《容齋隨筆》例),也爲"助語",如:

> 世傳藝祖登内南門,指牌上"之"字問近臣,用此字何義,或對是助語。藝祖云:"之乎者也,助得甚事!"命去之。按《史記》武帝太初元年更印章以五字,張晏注:"漢據土德,土數五,故用五爲印文,若丞相曰'丞相之印章',諸卿及守相印文不足五字者,以'之'字足之。"自後習見爲常。門名云"正陽之門",大類一印,便覺文弱,如尚書省、樞密院、諸路軍額,不用"之"字,則知贅矣。(《雲麓漫鈔》卷二,31頁)

可見,"虛字"由表示無用的贅語,到用來指現代意義的"虛詞",是人們語法意識逐漸增强的結果。

(三)詞類活用

另外,筆記文獻中的部分材料也反映了作者初步的詞類意識和句法意識。如"詞類活用"是我們今天對某類詞在一定語言環境下臨時改變功能的一種説法,筆記作者雖然不可能從語法上來認識這種"活用",但他的確已注意到這種特有的語法現象:

> 《左氏傳》好用"門焉"字。如"晋侯圍曹,門焉","齊侯圍龍,盧蒲就魁門焉","吴伐巢,吴子門焉","偪陽人啓門,諸侯之士門焉"。及"蔡公孫翩以兩矢門之","門於師之梁","門於陽州"之類,皆奇葩之語也。然《公羊傳》云:"入其大門,則無人門焉者;入其閨,則無人閨焉者;上其堂,則無人焉。"又傑出有味。何休注"堂無人焉"之下曰:"但言焉,絶語辭,堂不設守視人,故不言焉者。"休之學可謂精切,能盡立言之深意。(《容齋隨筆》卷十六"門焉閨焉",624~625頁)

洪邁引《左傳》共八例，其中五例"門"用在作"於此"解的代詞"焉"字前，有一例用於指示代詞"之"前，有兩例用在"於"字結構前。按名詞用作動詞的"活用"條件，這些例句都是符合的。洪邁稱這種用法爲"奇詭之語"，的確看到了這種用法在語法修辭上所產生的絕妙效果。洪邁還舉了《公羊傳》三例，贊其句法"傑出有味"，并引何休注，稱其所釋"精切"，"能盡立言之深意"。何休注因"堂不設守視人"，故只以"焉"絕句，而不用"門焉""閨焉"，從這裏我們可看出洪邁對"門焉""閨焉"這類用法及何休注的深切理解。[1]

(四)句類

下面的材料則反映了時人的句類意識：

> 柳子厚《復杜溫夫書》云："生用助字，不當律令，所謂乎、歟、耶、哉、夫也者，疑辭也。矣、耳、焉也者，決辭也。今生則一之，宜考前聞人所使用，與吾言類且异，精思之則益也。"予讀《孟子》百里奚一章曰："曾不知以食牛干秦繆公之爲汙也，可謂智乎？不可諫而不諫，可謂不智乎？知虞公之將亡而先去之，不可謂不智也。時舉於秦，知繆公之可與有行也而相之，可謂不智乎？"味其所用助字，開闔變化，使人之意飛動，此難以爲溫夫輩言也。(《容齋隨筆》卷七"孟子書百里奚"，87頁)

洪邁記錄柳宗元的書信中的一段叙述，有"疑辭""決辭"之說，從所舉例來看，疑詞即表疑問的語氣詞，決詞則爲表示陳述的語氣詞。二者分別用於疑問句和陳述句中，"一之"則誤矣。洪邁又體味了孟子用不同助字的句法所創作出的修辭效果，并表示出了贊許艷羡之情。足見唐宋人頭腦中是具備基本的句法修辭觀念的。

二、宋代筆記中的語法材料

宋代筆記不避流俗，因此，在行文中常常有反映近代漢語語言特徵的語法

---

[1] 參見毛毓松：《〈容齋隨筆〉與語文學》，《文獻》1997年第4期。

現象。其中既有詞法範圍內的,又有句法方面的。如《老學庵筆記》中的詞綴"子":

> 予在南鄭,見西郵俚俗謂父曰老子,雖年十七八,有子亦稱老子。乃悟西人所謂大范老子、小范老子,蓋尊之以爲父也。(卷一,11頁)

> 成都諸名族婦女,出入皆乘犢車。惟城北郭氏車最鮮華,爲一城之冠,謂之"郭家車子"。江瀆廟西厢有壁畫犢車,廟祝指以示予曰:"此郭家車子也。"(卷二,24頁)

> 今蜀人謂中原人爲虜子,東坡詩"久客厭虜饌"是也,因目北人仕蜀者爲虜官。(卷九,119~120頁)

> 今人謂賤丈夫曰"漢子",蓋始於五胡亂華時。北齊魏愷自散騎常侍遷青州長史,固辭之。宣帝大怒,曰:"何物漢子,與官不受!"此其證也。承平日,有宗室名宗漢,自惡人犯其名,謂漢子曰兵士,舉宮皆然。其妻供羅漢,其子授《漢書》,宮中人曰:"今日夫人召僧供十八大阿羅兵士,大保請官教點《兵士書》。"都下哄然傳以爲笑。(卷三,29頁)

《老學庵筆記》中的"車子""老子""漢子""虜子"等,"車""漢""虜"本爲名詞,"老"爲形容詞,可見"子"字組合能力很強,詞綴化已十分成熟。據《嶺外代答》卷八《花木門·百子》言:"南方果實以'子'名者百二十,或云百子,或云七十二子。半是山野間草木實。江浙山中木子亦有之,猿狙所食,非佳實也。因錄其識且可食者,見於後。"這裏,周去非列舉了諸多以"子"爲名的水果,其中"子"皆爲詞綴,體現了"子"在唐宋時期的強大類化作用。如:羅晃子,木竹子,人面子,五棱子,黎朦子,櫓罟子,搓擦子,地蠶子,火炭子,山韶子,部蹄子,木賴子,黏子,千歲子,赤棗子,藤韶子,古米子,殼子,藤核子,木蓮子,蘿蒙子,特乃子,不納子,羊矢子,日頭子,秋風子,黃皮子,朱圓子,粉骨子,搭骨子,布衲子,黃肚子,蒲奈子,水泡子,水翁子,巾斗子,沐浣子,牛粘子,天威子等。宋代筆記中又有"風子",如:

> 杭醫老張防禦向爲謝太后殿醫官,革命後,猶出入楊駙馬家,言語

好异,人目爲"張風子"。(《癸辛雜識·老張防禦沈垚》,179頁)

張風子者,不知何許人。紹興中來鄱陽,止於申氏客邸,每旦出賣相,晚輒醉歸。(《夷堅志》卷十八"張風子",513頁)

凝式雖仕歷五代,以心疾閒居,故時人目以"風子"。其筆迹遒放,宗師歐陽詢與顏真卿,而加以縱逸。(《游宦紀聞》卷十,88~89頁)

"風"之癲狂義,筆記中亦有用例,如宋《賓退録》卷三:"呂吉甫在趙韓王南園,京師匃人曰'風乞兒'者,持大扇造呂求詩,呂即書扇上。"這個意義後作"瘋"。

另有詞綴"頭",如"骨頭":

河南《聞見録》,富鄭公與康節食笋。康節曰:"食笋甚美。"公曰:"未有如堂中骨頭之美也。"康節曰:"野人林下食笋三十年,未嘗爲人所奪,公今日可食堂中骨頭乎?"公笑而止。(《愛日齋叢抄》卷五,110頁)

第一肉鹹豉,第二爆肉雙下角子,第三蓮花肉油餅骨頭,第四白肉胡餅。(《老學庵筆記》卷一,2頁)

客乃顧元曰:"彼何人斯?"元厲聲曰:"皮裹骨頭肉人斯。"(宋王鞏《聞見近録》,9頁)

"饅頭",如:

故歐陽永叔評書曰:"書之肥者譬如厚皮饅頭,食之味必不佳,而每命之爲俗物矣。"(《東軒筆録》卷十五,168頁)

好事者作荔枝饅頭,取荔枝榨去水,入酥酪辛辣以含之。又作籤炙,以荔枝肉并椰子花,與酥酪同炒,土人大嗜之。(《能改齋漫録》卷十五"荔枝譜",458頁)

詞綴"兒"在筆記亦有較多用例,如"棗兒""葫蘆兒""火燒角兒":

雜賣場前甘豆湯,如戈家蜜棗兒,官巷口光家羹,大瓦子水果子,壽慈宮前熟肉。(《都城紀勝·諸行》,4頁)

人家婦女皆歸外家,晚歸即外公姨舅皆以新葫蘆兒棗兒爲遺。(《東京夢華錄》卷八"立秋",214頁)

十三日值雨,未時奏請宿齋。北內送天花麻菇、蜜煎山藥棗兒、乳糖、巧炊、火燒角兒等。(《武林舊事》卷七"乾淳奉親",148頁)

江青松《〈東京夢華錄〉在漢語史研究上的價值》考察出《東京夢華錄》中附加式合成詞有"角子""脚子""帽子""腰子""梯子""桐樹子""包子""果子""瓦子""轎子""男子","柿膏兒""水晶皂兒""廣芥瓜兒""辣瓜兒""鷄兒""紙畫兒","女頭""襆頭""骨頭""隊頭""饅頭""駕頭""裏頭"。唐七元《試論〈老學庵筆記〉的語言學價值》考察出《老學庵筆記》中含有詞綴"子"的附加式合成詞有"轎子""筇子""關子""老子""兀子""蕉子""車子""榜子""漢子""札子""合子""虜子"等;有詞綴"頭"的合成詞有"海鰌頭""骨頭""蒼頭""被頭""檐頭""山頭""筆頭""筧頭神""烏頭""帕頭""襆頭"等。[1] 足見"子""兒""頭"等在新詞生成過程中所發揮的重要作用及其在宋代使用之廣泛。王力先生《漢語史稿》在介紹詞尾時,就已對"子""兒""頭"在宋代的發展狀態做出了正確的判斷。

中古、近代新生的量詞、副詞、介詞、連詞等,在宋代筆記文獻中有較多使用,有些還呈現出獨有的時代性特徵,如:

政和中大儺,下桂府進面具,比進到,稱"一副"。初訝其少,乃是以八百枚爲一副,老少妍陋無一相似者,乃大驚。至今桂府作此者,皆致富,天下及外夷皆不能及。(《老學庵筆記》卷一,4頁)

---

[1] 參見江青松:《〈東京夢華錄〉在漢語史研究上的價值》,《上饒師範學院學報》2002年第5期;唐七元《試論〈老學庵筆記〉的語言學價值》,《齊齊哈爾大學學報》(哲學社會科學版)2012年第3期。注:"頭"的用例有些不是詞綴。

古謂帶一爲一腰,猶今謂衣爲一領。周武帝賜李賢御所服十三環金帶一腰是也。近世乃謂帶爲一條,語頗鄙,不若從古爲一腰也。(《老學庵筆記》卷六,74頁)

馬尚書亮知廬州,見翰林王公洙爲小官,馬公曰:"子全似宋白,异日官至八座。"由此异待,通判疾之,後羅織王公,遂以罪免,乃曰:"你這回更做宋尚書。"其後王公竟登近侍,及卒,贈尚書。(《青箱雜記》卷四,40~41頁)

漢文帝用宋昌爲衛將軍,位亞三司。章帝命車騎將軍馬防,班同三司。延平中,拜鄧騭爲儀同三司。(《賓退錄》卷七,84頁)

一有差錯,坐客白之主人,必加叱罵,或罰工價,甚者逐之。(《東京夢華錄》卷四"食店",128頁)

例中"副""腰""回"爲量詞,"更"爲副詞,"一"爲連詞,"用"爲介詞。"副""更"與現代漢語有別,"腰"爲量詞現代漢語中已不見有使用。有些詞類記載甚至是成系列的,如:

任土作貢,三代而下未之或廢,時有損益而已。高宗建炎三年,始詔除金銀匹帛錢穀,餘悉罷貢。盛德事也。《禹貢》以來,歷代史志及地理之書,但載土貢之目,而不書其數,惟《元豐九域志》爲詳,嘗最一歲所貢,凡爲金二十四兩,麩金五十五兩,銀四百五兩,銅鐵一十斤,錦三匹,白穀一十匹,隔織一十八匹,……毛毺一十五段,紫茸毛毺一十段,綿一千一百兩,氈三十領,白氈三十領,紫茸氈四領,韃氈一十領,韃皮二十張,獐鹿皮三百一十張,鮫魚皮二十六張,龜殼二十枚,水馬二十枚,鼉皮一十張,翡翠毛二十枚,席一百七十領,蔍席二十領,莞席一百領,簟四十一領,藤簟二十領,漆器五十事,瓷器三百一十事,石器二十事,水晶器一十事,藤器二十事,藤盤一面,藤箱一枚,柳箱一十枚,銅鑒一十面,青銅鑒二十面,火筯五十對,剪刀五十枚,筆一千管,墨三百枚,硯四十枚,紙四千張,雜色箋五百張,蠟燭九百五十條,花蠟燭一百條,燕脂一十斤,榠子數珠一十串,斑竹一十枝,解玉砂一百五十斤,……棗一萬一千顆,榛實一石。漫系之簡牘,以廣聞見。(《賓退錄》卷十,132~136頁)

所塵名品,別且染濡:私覿之物,則襆頭紗三枚、白成級花銀盤一面、紫大紋羅一匹、生大紋羅二匹、白蹴大綾一匹、生花綾二匹、白細苧布三匹、大紙八十幅、黃毛筆二十管、松烟墨二十挺、松扇三合、折疊扇二隻、螺鈿硯匣一副、螺鈿筆匣一副、尅絲藥袋一枚、尅絲篦子袋一枚、繡系腰一條、茯苓二斤、白术二斤、白銅器五事而已。(《游宦紀聞》卷六,56頁)

其中有"兩""匹""斤""段""領""張""枚""事""面""對""管""串""顆""條""合""只"等,基本呈現了宋代量詞的大致面貌。有些材料直接反映了詞的特殊用法,如"權":

介甫用新進爲提轉,其資在通判以下則稱"權發遣",知州稱"權",又遷則落"權"字。(《涑水記聞》卷十六,310頁)

"權"有暫時、權宜之義。《漢書·王莽傳上》:"臣聞周成王幼少,周道未成,成王不能共事天地,修文武之烈。周公權而居攝,則周道成,王室安;不居攝,則恐周隊失天命。"《文選·左思〈魏都賦〉》:"權假日以余榮,比朝華而菴藹。"李善注:"權,猶苟且也。"既爲"新進",暫時承擔某種官職,自可稱"權",因此,"遷"則不用"權"字。據上司馬光記,"權"似相當於試用。自唐以來即稱試官或暫時代理官職爲"權",《舊唐書·高祖紀》:"天策上將府司馬宇文士及,權檢校侍中。"宋戴埴《鼠璞·權行守試》:"本朝職事官,并以寄祿官品高下爲權行守試。侍郎、尚書,始必除權,即真後始除試守行。予考之漢,試守即權也……權字唐始用之。韓愈權知國子博士,三歲爲真。"《林則徐日記·道光十八年十月二十六日》:"又十八里衛輝府城,鄒鍾泉現權此郡。"有些材料反映了虛詞在歷史上的語法化狀態,如:

彬入金陵,李煜來見,彬給五百人,使爲之運宮中珍寶金帛,唯意所取,曰:"明日皆籍爲官物,不可復得矣。"時煜方以亡國憂憤,無意於蓄財,所取不多,故比諸降王獨貧。(《涑水記聞》卷三,42頁)

這裏"比"爲"與……相比",實爲"比於諸降王","比"應爲動詞。《漢語大詞典》"比"條 22 釋"比"爲介詞,比起……來,用來比較性狀和程度的差别。并引南朝宋劉義慶《世說新語·文學》:"方響則金聲,比德則玉亮。"唐劉長卿《餞王相公出牧括州》詩:"縉雲詎比長沙遠,出牧猶承明主恩。"《西游記》第十二回:"今日之行,比他事不同。"魯迅《書信集·致蕭軍蕭紅》:"猫比老鼠還要沉默。"《世說新語》例并非介詞,其中"比""方"對舉,"比"爲比照、仿作義;劉長卿詩例與魯迅《書信集·致蕭軍蕭紅》例同爲介詞,表示比較;《西游記》則爲"與""同"義。這些義項應重新分配,前者應歸入動詞列,後兩者爲介詞,但應釋爲表示比較。《後漢書·南蠻西南夷列傳》:"順帝永和元年,武陵太守上書,以蠻夷率服,可比漢人,增其租賦。""比"與《涑水記聞》例同爲比照義,《漢語大詞典》可增録該義項。這是"比"由動詞向介詞語法化的重要階段,如果"比"後是描寫性强的謂詞性結構,"比"即爲介詞。《涑水記聞》例"獨貧","獨"之强調意味足,語義指向主語"李煜",其實爲强調李煜貧,其他則不貧。而介詞"比"引進的比較對象,與叙述對象性質相同,其差異在程度上。《後漢書》例"增其租賦"則不具有描寫性。可見,動詞"比"語法化的句法環境爲"比+名詞性結構+謂詞性結構",其條件爲謂詞性結構具有描寫性,且參加比較的對象具有謂詞性結構所表示的同樣的性質。有些詞類的活用現象,在筆記中也有反映,如:

> 蜀人又謂糊窗曰"泥窗",花蕊夫人《宫詞》云:"紅錦泥窗繞四廊。"非曾游蜀,亦所不解。(《老學庵筆記》卷八,102 頁)

"糊窗"爲"泥窗","泥"爲動詞。陸游所記反映了南宋時期蜀語中"泥"有動詞用法,但未進入通語中,以至陸游認爲"非曾游蜀,亦所不解"。《廣韻》有"泥,奴低切。泥,水和土也",亦有"埿,奴低切。埿,塗也,俗"。可見,當時存有動詞"泥"的俗字"埿"。也許,陸游知後者有塗義,而不知"泥"亦可用作動詞。北方方言中現仍保留動詞"泥",音爲[ni^{51}],用來封窗户間玻璃縫兒里類似泥一樣的黏東西被稱爲"泥子",有細孔的事物被堵住了,説是"泥住了",也有的誤説成"密住了"。

江青松《〈東京夢華録〉在漢語史研究上的價值》還考察了《東京夢華録》中的特殊句式,其中包括"有"字句:

①有+名。如:

> 有月池、梅亭、牡丹之類,諸亭不可悉數。(《東京夢華録·駕幸瓊

林苑》)

  無有亂行者。(《東京夢華錄·朱雀門外街巷》)

②名+有。如：

  市井之間未有也。(《東京夢華錄·大内》)

③有+名+動。如：

  每日修造泥飾，專有京城所提總其事。(《東京夢華錄·東都外城》)

④名1+有+名2+動。如：

  又於高處磚砌望火樓，樓上有人卓望。(《東京夢華錄·防火》)

  省門上有一人呼喝，謂之拔食家。(《東京夢華錄·大内》)

⑤名+有+計量詞語。如：

  新城南壁，其門有三：正南門曰南熏門；城南一邊，東南則陳州門，傍有蔡河水門；西南則戴樓門，傍亦有蔡河水門。(《東京夢華錄·河道》)

⑥名1+有+名2+計量詞語。如：

  橋之西有方淺船二隻。/岸上有鐵索三條。(《東京夢華錄·河道》)

"是"字句：

  最是鋪席要鬧。/并是金銀采帛交易之所。(《東京夢華錄·東角樓街市》)

  兩傍有石榴園、櫻桃園之類，各有亭榭，多是酒家所占。(《東京夢華錄·駕幸瓊林苑》)

同時作爲係詞"是"成熟標志的"不是"，在當時日常生活中已經廣泛運用：

  各一名喝曰："是與不是?"衆曰："是。"又曰："是甚麽人?"衆曰："殿前都指揮使高俅。"(《東京夢華錄·車駕宿大慶殿》)

還有一些列舉性質的句式，由"如……等""如……之類"等構成：

  如學士院、皇城司、四方館、客省、東西上門、通進司、内弓劍槍甲軍器等庫。(《東京夢華錄·内諸司》)

  其餘小酒店，亦下酒如煎魚鴨子、炒雞兔，煎燠肉、梅汁、血羹、粉

羹之類。(《東京夢華錄·飲食果子》)

其花皆素馨、茉莉、山丹、瑞香、含笑、射香等閩、廣、二浙所進南花。(《東京夢華錄·駕幸瓊林苑》)

時果則御桃、李子、金杏、林檎之類。(《東京夢華錄·四月八日》)[1]

這些特殊的句式，反映的是現代漢語同類句式在歷史上的發展狀態，有些還不十分成熟，如有"字"句，有些則與現代無別，如"是"字句等。另有一些屬於固定的結構，如"如……等""如……之類"等，還帶有濃厚的文言色彩。宋代筆記文獻中這些特殊句式和固定結構，對於現代漢語句法研究及漢語語法史研究有重要的語料價值。

第二節　宋代筆記與漢語語法研究

宋人筆記由於是以文言爲主的文獻材料，一直以來，人們對其中的語法現象關注不多。現有的系統成果主要是關於宋代筆記專書詞類研究的幾篇碩士學位論文，有武艷茹《〈容齋隨筆〉心理動詞研究》[2]、楊靖坤《〈齊東野語〉副詞研究》[3]、褚立紅《〈鶴林玉露〉介詞研究》[4]、張莎《〈老學庵筆記〉副詞研究》[5]等。另外，姚春花《〈鶴林玉露〉語言研究》[6]對《鶴林玉露》中大量的叠音詞的類別、詞性、作用等做了細緻的分析，系統地總結了《鶴林玉露》中叠音詞的特點；鮑瀅《近代漢語詞綴研究》[7]在談到唐宋時期的詞綴時徵引了部分宋代筆記文獻中的材料；賀娟《〈癸辛雜識〉雙音述賓結構研究》[8]系統考察了書中的雙音述

1　參見江青松：《〈東京夢華錄〉在漢語史研究上的價值》。
2　河北師範大學 2010 年碩士學位論文。
3　河北師範大學 2011 年碩士學位論文。
4　河北師範大學 2011 年碩士學位論文。
5　河北師範大學碩士學位論文，2013 年。
6　四川大學 2007 年碩士學位論文。
7　四川大學 2006 年碩士學位論文。
8　南京師範大學碩士學位論文，2012 年。

賓結構。根據語義和語法相結合的原則,把書中的副詞分爲範圍副詞、程度副詞、時間副詞、頻率副詞、累加副詞、情狀副詞、否定副詞和語氣副詞八個大類,并對其進行窮盡式的描寫,其中還包括同義副詞辨析,從而進一步展現了副詞的特點。并且對書中副詞的多項來源進行了考察,將一個副詞的不同用法分立爲不同的項,對單個副詞進行更爲細緻的描寫。對其從述語、賓語兩個角度進行分析,特別考察了成語中的雙音述賓結構。最後,文章探討了書中雙音動賓結構的詞彙化問題,總結了詞彙化的條件和原因。可見,宋代筆記語法研究還有待進一步加強,宋代筆記文獻中的語法材料有待全面整理和深入考察分析。本節我們主要介紹宋代筆記作者的語法研究,以及宋代筆記中值得關注的語法現象。

一、宋代筆記作者的語法研究

宋代筆記文獻的作者已經具備了一定的語法意識,因此常常從語法的角度來說明問題。比如,我們前文所提到的實字和虛字,文人們在分析詩文的創作優劣時,把實字和虛字運用得恰當與否作爲一項重要的標準,如:

> 詩用助語,字貴妥帖。如杜少陵云:"古人稱逝矣,吾道卜終焉。"又云:"去矣英雄事,荒哉割據心。"山谷云:"且然聊爾耳,得也自知之。"韓子蒼云:"曲檻以南青嶂合,高堂其上白雲深。"皆渾然帖妥。吾郡前輩王才巨云:"并舍者誰清可喜,各家之竹翠相交。"曾幼度云:"不可以風霜後葉,何傷於月雨餘雲。"亦佳。(《鶴林玉露》乙編卷二"詩用助語",145 頁)

可見,詩詞中用虛詞貴在恰當妥帖,否則,適得其反。因此,善用虛詞者往往形成獨特的風格,如:

> 張文潛言:"王中父詩喜用助語,自成一體。"予按,韓少師持國亦喜用之,如"酒成豈見甘而壞,花在須知色即空""居仁由義吾之素,處順安時理則然""不盡良哉用,空令識者傷""用舍時焉耳,窮通命也歟"。(《老學庵筆記》卷三,32 頁)

> 盧延遜有詩云:"不同文賦易,爲有者之乎。"予以爲不然。嘗見張

右史記,衢州人王介,字仲甫,以制舉登第,作詩多用助語足句。有送人應舉詩落句云:"上林春色好,攜手去來兮。"又贈人落第詩云:"命也豈終否,時乎不暫留。勉哉藏素業,以待歲之周。"云此格古所未有。予是以知延遜之詩未盡。(《能改齋漫錄》卷十"詩因助語足句",294頁)

以虛詞入詩作爲一項寫作的技巧,文人們遂對此進行了考究,如:

律詩用自字、相字、共字、獨字、誰字之類,皆是實字,及彼我所稱,當以爲對,故杜老未嘗不然。今略紀其句於此:"徑石相縈帶,川雲自去留。""山花相映發,水鳥自孤飛。"……此以"自"字對"相"字也。"自須開竹徑,誰道避雲蘿。""自笑燈前舞,誰憐醉後歌。""死去憑誰報,歸來始自憐。""哀歌時自短,醉舞爲誰醒。""離別人誰在,經過老自休。""永夜角聲悲自語,中天月色好誰看。"此以"自"字對"誰"字也。"野人時獨往,雲木曉相參。""正月鶯相見,非時鳥共聞。""江上形容吾獨老,天涯風俗病相親。""縱飲久判人共弃,懶朝真與世相違。""此日此時人共得,一談一笑俗相看。"此以"共"字、"獨"字對"相"字也。(《容齋隨筆》卷五"杜詩用字",277~278頁)

"實字""虛字"的運用差異,成了評價詩文創作風格的一條重要標準:

歐似韓,蘇似柳。歐公在漢東,於破筐中得韓文數册,讀之始悟作文法。東坡雖遷海外,亦惟以陶、柳二集自隨。各有所悟入,各有所酷嗜也。然韓、柳猶用奇字重字,歐、蘇唯用平常輕虛字,而妙麗古雅,自不可及,此又韓、柳所無也。(《鶴林玉露》甲編卷五"韓柳歐蘇",93頁)

文人對實詞和虛詞的理解,有助於文學的創作,這其實也是運用語法的過程;與我們現在用"缺主語""謂賓搭配不當"等指出病句問題是類似的。對於在訓釋典籍的過程中出現的因不明語法而造成的錯誤,洪邁在《容齋隨筆》中給予了批評和改正,如:

大抵漢人釋經子,或省去語助,如鄭氏箋《毛詩》"奄觀銍艾"云:"奄,久。觀,多也。"蓋以久訓奄,以多訓觀。近者黃啓宗有《補禮部韻略》,於"淹"字下添"奄"字,注云:"久觀也。"亦是誤以箋中五字爲一

句。(《容齋隨筆》卷五,69頁)

語助詞用於句尾容易看出,用於句首較難辨認,即便像毛、鄭的傳箋亦常有誤。如《詩·大雅·生民》中的句首助詞"誕",毛、鄭皆按實詞釋爲"大"義。洪邁説:"《生民》凡有八誕字:'誕寘之隘巷''誕寘之平林''誕寘之寒冰''誕實匍匐''誕後稷之穡''誕降嘉種''誕我祀如何',若悉以誕爲大,於義亦不通。它如'誕先登於岸'之類,新安朱氏以爲發語之辭,是已。"(見"承慣用經語誤"條)洪邁不同意毛、鄭釋"誕"爲"大",而贊同朱熹"以爲發語之辭",是很有見地的。《詩經》句首的"誕"多是這種用法,劉淇《助字辨略》、王引之《經傳釋詞》、楊樹達《詞詮》,都把上舉例中的"誕"釋爲語助詞,現代學者亦多是此種看法。又如"羌慶同音"條,對班固《幽通賦》"慶未得其云已"和《漢書·揚雄傳》所載《反離騷》"慶夭憔而喪榮"中的"慶"字,作爲語助看,也表明了洪邁對語助詞的辨識能力。洪邁還注意到語助詞在句中所傳達的語氣作用。"遷、固用疑字"條説:"予觀《史》《漢》紀事,凡致疑者,或曰若,或曰云,或曰焉,或曰蓋,其語舒緩含意深。""遷"指司馬遷,"固"指班固。此條例多舉《史記》《漢書》中的《郊祀志》與《封禪書》,如"若見五人於道北""從官在山下聞若有言萬歲者云""蓋夜至王夫人之貌云,天子自帷中望見焉"等。洪邁所説的"疑"字并不確切,"焉"一般不表疑問。"蓋""若""云"三字,其語氣確有不定處。"蓋"有傳疑作用,《助字辨略》説"太史公每遇傳疑,多用蓋字",例亦舉"蓋夜至王夫人及灶鬼之貌云"。"若"爲"象似之辭","若云"爲"該括之辭",總之這三個字語意不確定而略帶傳疑性。洪邁説"其語舒緩含意深",正是看到了語助詞在句中所傳達的特殊的語氣作用。正是基於對語氣詞的充分認識,洪邁在"毛詩語助"條較系統地歸納了用於句尾的語助詞,其謂"毛詩所用語助之字,以爲句絶者,若之、乎、焉、也、者、云、矣、爾、兮、哉,至今作文者皆然。他如只、且、忌、止、思、而、何、斯、旋、其之類,後所罕用"。洪邁説的"以爲句絶者",即指出其在句尾的位置,而且分出"常見"與"罕用"兩類,這比《文心雕龍·章句》所説的"乎、哉、者、也,亦送末之常科"要進了一步。[1]

筆記作者對語法和修辭現象也具有一定的區分辨別能力,如:

---

[1] 參見毛毓松:《〈容齋隨筆〉與語文學》。

> 韓退之詩云:"夕貶潮陽路八千。"歐公云:"夷陵此去更三千。"謂八千里、三千里也。或以爲歇後,非也。《書》:"弼成五服,至於五千。"注云:五千里。《論語》冉有曰:"方六七十,如五六十。"注亦云:六七十里,五六十里也。(《老學庵筆記》卷三,31頁)

很明顯,陸游此處是在談"歇後"和"省略"的差異,前者省去句末詞暗示意義,實則不便說出,或是爲保證語句的格式或韵律的簡省,單從語境一般不易辨別,有時有借代的性質,《漢語大詞典》引方以智《通雅·釋詁》"淵明詩:'再喜見友于。'杜亦用之"即是。後者是上下文語境中,已經由語境補足意義,不必説出而形成的成分的省略,即語法上所說的省略句。"夕貶潮陽路八千",路上的八千,當然是計量路程的單位"里",這是詩句本身提供的信息,不必再加上"里"。"後宫佳麗三千"亦是同理,"三千"只能是人。而"歇後"的理解便需要一定的知識積澱,如謝榛《四溟詩話》卷一:"吳筠曰:'才勝商山四,文高竹林七。'""商山四"即"商山四皓",是秦朝的四位博士:東園公唐秉、夏黄公崔廣、綺里季吳實、甪里先生周術。他們是秦始皇時七十名博士官中的四位,後隱居於商山。"竹林七"就是"竹林七賢",即魏正始年間(240—249年)的嵇康、阮籍、山濤、向秀、劉伶、王戎及阮咸七人。這兩個典故絕非詩句本身的上下文語境能夠補足的,實在是得費一番周折。從這個角度來說,"歇後"可以視爲文學創作中的積極的修辭手法。

對於一些語法現象,筆記作者也能從史的角度去判斷是非,如"吹愁去"和"吹愁却":

> 魯直詩有《題扇》"草色青青柳色黄"一首,唐人賈至、趙嘏詩中皆有之。山谷蓋偶書扇上耳。至詩中作"吹愁去",嘏詩中作"吹愁却",却字爲是。蓋唐人語,猶云"吹却愁"也。(《老學庵筆記》卷四,50~51頁)

查《全唐詩》卷二三五賈至《春思二首》之一爲:"草色青青柳色黄,桃花歷亂李花香。東風不爲吹愁去,春日偏能惹恨長。"《宋詩鈔·山谷集補鈔·題小景扇》:"草色青青柳色黄,桃花零落杏花香。春風不解吹愁却,春日偏能惹恨長。"可見,此詩流傳版本并非只一個,從《全唐詩》中詩句意義看來,"吹愁去"不誤。《全唐詩》卷一八二李白《獨酌》亦有"春草如有意,羅生玉堂陰。東風吹愁來,白髮坐相侵"。既可"吹愁來"又怎麽不能"吹愁去"呢？魯直《題小景扇》"春風不解吹愁却"句,其義若理解爲"春風不解吹愁之事",若爲"吹却愁"甚當。陸游當時所見賈至、趙嘏詩之貌爲何,蓋同於《宋詩鈔》,"吹愁去"應是唐以後的表達,因此,陸游强調"吹愁却"爲是,相當於"吹却愁"。

二、宋代筆記語法現象例析

宋代筆記文獻中涉及的語法材料,并非少數,我們可以利用這些材料,結合其他文獻材料,對其中的語法現象作全面、深入的考察分析,下面我們從詞彙化、語法化等角度列舉幾個例子,作粗淺的說明。

（一）"望"同於"向"

老杜《哀江頭》云:"黃昏胡騎塵滿城,欲往城南忘城北。"言方皇惑避死之際,欲往城南,乃不能記孰爲南北也。然荆公集句,兩篇皆作"欲往城南望城北"。或以爲舛誤,或以爲改定,皆非也。蓋所傳本偶不同,而意則一也。北人謂向爲望,謂欲往城南,乃向城北,亦皇惑避死,不能記南北之意。(《老學庵筆記》卷七,94頁)

陸游所言甚是。至今,東北人仍以"望"爲"向",但文獻中這樣的用例并不多見。下面的用例可視爲表所向的"望",如《敦煌變文集·李陵變文》:"夜望西北,曉望東南,取路而行,故望得脱。"《敦煌變文集·張義潮變文》:"我軍大勝,匹騎不輸,遂即收兵。即望沙州而返。即至本軍,遂乃朝朝秣馬,日日練兵,以備凶奴,不曾暫暇。"漢語介詞多從動詞語法化而來,介詞"望"源於表遠看的"望"應該不會有什麽問題。《説文》曰:"朢,出亡在外。望其還也。從亡,朢省聲。"段注:"按:'望'以'朢'爲聲。'朢'以'望'爲義,其爲二字較然也,而今多亂之,巫放切,十部,亦平聲。"很明顯,我們探討的"望"實爲段玉裁所説的"朢"。《説文解字注》"朢"條:

月滿也,此與"望"各字,"望"從"朢"省聲。今則"望"專行而"朢"廢矣。與日相望,以疊韻爲訓。《原象》曰:"日兆月而月乃有光。人自地視之,惟於望得見其光之盈。朔則日之兆月,其光向日下。民不可得見,餘以側見而闕。"似朝君。"似"各本訛"以",今正。《韻會》作月,望日如臣朝君於廷,此釋從臣、從壬之意也。從月,從臣,從壬。合三字會意,不入月部者,古文以從"臣""壬"見尊君之義,故箸之,無放切,十部。壬,朝廷也。説此"壬"爲"廷"之叚借字,與壬本義別。

儘管許慎之説附會,段玉裁注也很值得商榷,但基本的問題還是很清楚的。"望"之本義與"月"相關,後引申爲常見義"往遠看"。《詩·邶風·燕燕》即有"燕燕于飛,差池其羽。之子于歸,遠送于野。瞻望弗及,泣涕如雨"。表遠看的"望"語法化爲表所向的"望",我們認爲其經歷了兩個重要階段:

1.望+賓語+伴隨成分

　　青眼高歌望吾子,眼中之人吾老矣。(《全唐詩》卷二二〇·杜甫《短歌行·贈王郎司直》)

　　姑蘇望南浦,邯鄲通北走。(《全唐詩》卷七七·駱賓王《在江南贈宋五之問》)

　　已(以)手把胸,望天大哭,李陵所帶胡鄉之帽,弃在沙場。(《敦煌變文集·蘇武李陵執別詞》)

這裏的"望"仍爲遠看義,"望吾子""望天"與"高歌""大哭"同時進行。這兩個行爲之間是互相伴隨的。"高歌望吾子""望吾子高歌""望天""大哭"均無先後的差异。"望"後伴隨的行爲往往都是行爲主體的主要行爲。一旦有其他動作行爲而且又是同時進行的情況下,"望+賓語"所表示的行爲即處於次要地位,因爲"望"僅僅是作爲一個輔助目的行爲,其目的性由於其他行爲的同時出現明顯地減弱了,從而"望"漸居於次要動詞的地位。由此,"望"的遠望義這裏便不那麼純粹了。《敦煌變文集·雙恩記》:"望空叫唤,語賊曰:'海寶摩尼一任將,自緣不解別收藏。'""望"便可兩釋,可以認爲是正處於"望"動詞義向介詞義轉化的中間階段。這樣的句法環境應該是動詞"望"語法化的誘因。有時候"望"後面的名詞性成分所代表的事物本身就具有抽象性、空虛性的特點,"望"的"遠望義"在這樣的組合中又被淡化:

　　使人泣淚相扶得,沙塞遣出腸中血,良久提撕始得蘇,南望漢國悲號曰:……(《敦煌變文集·李陵變文》)

"南望漢國"也只不過是個形式,"悲號"倒是真正的傷感。有時動作行爲還不只一個,《敦煌變文集·張淮深變文》有:"尚書捧讀詔書,東望帝鄉,不覺流涕處,若爲陳説?"

有時候,伴隨成分不一定是動作行爲,而是時間:

> 賊子且奔走,三年望東吴。弧矢暗江海,難爲游五湖。(《全唐詩》卷二二〇·杜甫《草堂》)

"三年"爲一時段,"望東吴"爲一行爲,合爲"望東吴"持續了三年,雖然"望"爲句中的主要動詞,動作性同樣被削弱了。類似還有"望""向"連用、并用例:

> 淮汜兩水不相通,隔岸臨流望向東。千顆淚珠無寄處,一時彈與渡前風。(《全唐詩》卷五九七·鄭縈《别郡後寄席中三蘭》)

> 猿聲寒過水,樹色暮連空。愁向高唐望,清秋見楚宫。(《全唐詩》卷一七·李端《樂府雜曲·鼓吹曲辭·巫山高》)

"望"的方向正是"向"後的處所,就鄭縈詩例而言,"望""東"之間的距離,由"向"來銜接,此類的環境,"望"的方向性濃,而目的性弱。至於李端詩例"向高唐望"和"望高唐"是明顯不同的,前者表示望之所向,"望"的方向性濃;後者表示望之所得,目的性强。"望""向"的連用、并用,一方面"望""向"發生組合同化,"望"的功能朝"向"的方向發展;另一方面"望"的遠望義減弱,方向義漸濃。這是動詞"望"語法化的重要動因。

2. 望+賓語+趨向行爲

> 言訖焚香度過,啓告虔心,遂將其筆望空便擲,是時其筆空中訖(屹)然而住。(《敦煌變文集·廬山遠公話》)

> 猶自未稱其心,遂再取疏抄俯臨白蓮華池畔,望水便擲,其疏抄去水上一丈已來,紇(屹)然而住,遠公知遠契佛心。(同上)

> 如醉人朦籠(朧)而行,雖然即醉,隱影望家而行,任運欲達家,有骨肉相接,便至其家,醉醒方知。若早是醉迷,又望坑而行,必見顛墜。(《敦煌變文集·金剛板若波羅蜜多經》)

"望"本爲有心動詞,其有心之處就在於遠望并有所得,所得就是望的對象。一旦"望+賓語"的伴隨行爲也帶有某種趨向性的時候,"望之所得"便成了趨向的目的地。"望空便擲""望水便擲""望家而行""望坑而行"等,"擲""行"的方向便是"望"的賓語的所指。"望"的有心而視的意義,已消失殆盡,"望空""望家"已不需要眼睛的直接參與。"望"由一個有心動詞,虛化成了一個表示動作行爲所向的介詞。陸游的這段記錄,反映了北宋前期王安石的時代,在實際的語言中可能人們還是能夠理解"望"的所向義的。而至陸游的時代則不爲人們所知。也許是"望"作介詞用在北方方言中普遍,而宋南渡後就不再使用了。我們在與陸游的時代相近的金代的《董解元西廂記》中檢得兩例:

  待伊揣幾合,贏些方便,便宜廝號。欲待望本陣裏逃生,見一騎馬悄如飛到。(卷二《紅羅襖》)

  鶯鶯褰衣望階下欲跳,欲跳,被夫人與紅娘扯住。忽聽階下一人大笑,衆人皆覷,笑者是誰?(卷二《大石調、還京樂尾》)

可以作爲旁證。元明文獻中普遍使用:

  大王,借一杯酒望南澆奠,辭了漢家,長行去罷。(《元曲選·馬致遠·破幽夢孤雁漢宮秋·第三折》)

  程嬰、程勃,你兩個望闕跪者,聽主公的命。(《元曲選·紀君祥·趙氏孤兒大報仇·第五折》)

  吳山叫起屈來,被和尚盡力一推,望樓梯下面倒撞下來。撒然驚覺,一身冷汗。(《喻世明言》卷三)

  把手中槍看着塊焰焰着的火柴頭,望老莊客臉上只一挑將起來,又把槍去火爐裏只一攪,那老莊家的髭鬚焰焰的燒着,衆莊客都跳將起來。(《水滸傳》十回)

從"望"的使用情況來看,北方方言逐步成爲通語的基礎方言的趨勢可見一斑。《漢語大詞典》:"(望)用作介詞。向、往。表示對象或方向。《紅樓夢》第七四回:'你索性望我動手動腳的了。'朱自清《背影》:'他已抱了朱紅的橘子望回走了。'"引證甚晚。

(二)"漢子"的形成

  今人謂賤丈夫曰"漢子",蓋始於五胡亂華時。北齊魏愷自散騎常侍遷青州長史,固辭之。宣帝大怒,曰:"何物漢子,與官不受!"此其證也。承平日,有宗室名宗漢,自惡人犯其名,謂漢子曰兵士,舉官皆然。

其妻供羅漢,其子授《漢書》,宫中人曰:"今日夫人召僧供十八大阿羅兵士,大保請官教點《兵士書》。"都下哄然傳以爲笑。(《老學庵筆記》卷三,29頁)

陸游所謂"賤丈夫"是對成年男人的俗稱,"漢子"略有不莊重的色彩。陸游所引用例在《北齊書》和《北史》中均有所載:

顯祖大怒,謂愔云:"何物漢子,我與官,不肯就!明日將過,我自共語。"(《北齊書·魏蘭根列傳》)

愷自散騎常侍遷青州長史,固辭。文宣大怒曰:"何物漢子,與官不就!"(《北史·魏蘭根列傳》)

兩史所載爲同一事,在引用人物語言上大體相同,尤其是"何物漢子"。史書在收錄人物語言方面,堅持實錄的一面可見一斑。從這個角度而言,陸游所説"漢子"的使用時代是十分可信的。陸游所見材料可能源於《北史》,抑或與《北史》所本材料同。《漢語大詞典》説"'漢子'(爲)古時北方少數民族對漢族男子的稱呼",所舉即爲《北齊書》例。不過文獻中更多是用"漢兒":

卿之妻子任在州住,當使漢兒之中無在卿前者。(《北齊書·盧文偉列傳》)

高祖曰:"高都督純將漢兒,恐不濟事,今當割鮮卑兵千餘人共相參雜,於意如何?"(《北齊書·高乾列傳》)

神武曰:"爾鄉里難制,不見葛榮乎?雖百萬衆,無刑法,終自灰滅。今以吾爲主,當與前异,不得欺漢兒,不得犯軍令,生死任吾,則可。不爾,不能爲取笑天下。"(《北史·齊本紀上·高祖神武帝本紀》)

阿那肱忿然作色曰:"漢兒多事,强知星宿。"(《北史·劉尼列傳》)

"漢兒""漢子"義同,即爲"漢家之兒""漢家之子",由於是北方少數民族稱中原人的詞語,因此在漢民族的認識上是存有一定貶義的,蓋略同於"虜""胡"。在《北齊書》《北史》的叙述性的語句中没有出現過"漢兒""漢子"。另外,"漢兒"在《遼史》《金史》《舊五代史》《新五代史》《元史》《清史稿》等記録少數名族政權統治的史書中則多有出現。同時,我們發現北方少數民族還稱漢族

男人爲"漢":

> 顯祖謂愔云:"何慮無人作官職,苦用此漢何爲,放其還家,永不收采。"(《北齊書·魏蘭根列傳》)

> 帝駐馬橋上,遙呼之,儼猶立不進,光就謂曰:"天子弟殺一漢,何所苦。"(《北齊書·武成十二王列傳》)

有時,"漢"并不只是個體,而是"漢人":

> 文宣入庫,賜從臣器,特以二石角與歸彦。謂曰:"爾事常山不得反,事長廣得反,反時,將此角嚇漢。"歸彦額骨三道,著憤不安。文宣嘗見之,怒,使以馬鞭擊其額,血被面,曰:"爾反時當以此骨嚇漢。"其言反竟驗云。(《北齊書·平秦王歸彦列傳》)

這與漢民族稱北方少數民族爲"虜""胡"等的用法是完全相同的。在《北史》和《北齊書》中,北人也稱中原朝廷爲漢:

> 高祖曰:"高都督純將漢兒,恐不濟事,今當割鮮卑兵千餘人共相參雜,於意如何?"昂對曰:"敖曹所將部曲,練習已久,前後戰鬥,不減鮮卑,今若雜之,情不相合,勝則爭功,退則推罪,願自領漢軍,不煩更配。"(《北齊書·高乾列傳》)

> 太皇太后曰:"豈可使我母子受漢老嫗斟酌。"太后拜謝。常山王叩頭不止。太皇太后謂帝:"何不安慰爾叔。"帝乃曰:"天子亦不敢與叔惜,豈敢惜此漢輩?"(《北齊書·楊愔列傳》)

> 浩曰:"太祖用漢北淳樸之人,南入漢地,變風易俗,化洽四海,自與羲、農、舜、禹齊烈,臣豈能仰名。"(《北史·崔宏列傳》)

其他在談及兩漢和相關地名時用"漢",如漢文帝、漢水、江漢、廣漢等。而敘述性的語句中稱南方朝廷仍爲具體史稱,如魏、晉等。可見,在北方少數民族看來,通常意義上南人皆爲漢,南方朝廷皆爲漢。長期的對立關係,在漢族和少數民族頭腦中都揮之不去,漢稱北人爲"虜""胡"和"虜子",北人稱南人爲"漢""漢子""漢兒",合乎常理。"漢兒"表達文雅些即是"漢子"。但此"漢子"乃《北史》等中的"漢子",與陸游所說的"漢子"是不同的,後者是對男人的俗稱,是"子"虛化爲詞綴和漢語詞彙複音化的產物。這裏的"漢子"和俗稱父親的"老子"大體上應該經歷了同樣的歷程。"漢子""老子"都是"子"詞綴化後人們在使用中作了泛化的類推,其中"子"反而不受關注了,語義上則主要由"漢"和"老"承擔。對男人的俗稱義的"漢子"唐已見用例:

惜汝即富貴,奪汝即貧窮。碌碌群漢子,萬事由天公。(《全唐詩》卷八〇六《寒山詩三百三首·二儀既開闢》)

鄴城大道甚寬,何故駕車碾鞍？領轡驢漢子科決,待駕車漢子喜歡。(《全唐詩》卷八七三·羅紹威《碾驢鞍判》)

後來"漢子"的兩個意義得以突顯:一爲女子的情人或配偶義,一爲英雄好漢義。男女本身就是互補的,"漢子"即爲男人,那女人要找的另一半自然就是"漢子","漢子"的語義從而縮小,現代漢語中"男人"與"漢子"一樣也具有大體相同的功能。女人在丈夫之外有了男人或是違背倫理道德未出嫁時就背着父母交了男朋友,這樣的行爲被稱爲"養漢子""養漢""偷漢子"。男性相對於女性而言是強勢群體,尤其是在封建社會男人居於高高在上的位置,再加上本身的雄性特徵,於是在男人身上便自然呈現出一些美好的特質,而那些負面的却容易被忽略。在一般人看來,"漢子"就應該是硬氣的。男人自身也是以強者自居,女人對優秀的男人更是心生愛慕,這樣男性美好的諸多方面匯集在一起,本來是指稱男性的"漢子""男人"等,引申出"像男人一樣的"意義,即我們通常所說的"英雄",通俗說就是"爺們"。[1]

(三)"好自""兀自"等跨層結構的詞彙化

"好自""兀自"均源自跨層結構,宋代筆記文獻中的相關用例,反映了其詞彙化的階段。如《玉壺清話》卷六:"乃特具車馬携至秦隴,揭籠泣放,祝之曰:'汝邵還舊巢,好自隨意。'""自"表示自己、親自義,先秦已見,《詩·小雅·節南山》:"不自爲政,卒勞百姓。"《孟子·離婁上》:"人必自侮,然後人侮之;家必自毀,而後人毀之;國必自伐,而後人伐之。"唐釋道世《法苑珠林》卷六十一《誡勖篇》:"如是出家,損法辱身,思之念之,好自將身。""好"用在祈使句中謂詞性結構的前面,表示説話人對聽話者有所期望和交代,在唐宋期間多有用例,如"好住",爲行人臨去時慰囑居留者之詞,猶言安居保重。《南史·任忠傳》:"忠

---

[1] 參見馮雪冬:《糾結的"漢子"》,《語文建設》2012年第1期。

馳入臺,見後主,言敗狀,曰:'官好住,無所用力。'""好去"爲送別之詞,猶言好走,一路平安,如唐張鷟《游仙窟》:"皆自送張郎曰:'好去,若因行李,時複相過。'""好行"爲送別之語,猶好走,如金董解元《西廂記諸宮調》卷六:"生辭,夫人及聰皆曰:'好行。'""好自"是一個跨層結構,"好自隨意"實本爲"好/自隨意",但受韵律影響,加上此前已多有"×自"類詞產生,如"各自",即各人自己,如《史記·孟嘗君列傳》:"孟嘗君客無所擇,皆善遇之。人人各自以爲孟嘗君親己。""暗自"表示暗中,私下裏,如三國嵇康《嵇中散集》卷九《答釋難宅無吉凶攝生論》:"薄姬之困而後昌,皆不可爲、不可求,而暗自遇之。""先自"表示先已、本已,如南朝梁虞羲《咏霍將軍北伐》詩:"骨都先自讋,日逐次亡精。"於是,很自然類推成詞。"好自爲之",表示自己妥善處置,好好地幹,如清方浚頤《二知軒文存》卷二十七《冢衣江小傳》:"吾奉檄籌防,義不可去,死生有命,吾其聽之。爾曹好自爲之,毋以我爲念也。"另如:

及旦,輿拔劍倚栅木驅兵城中,飛大石正中其栅,及輿鎧甲,皆麋碎而壞,輿曰:"流星乃此也。"益自貴重,終爲使相。(《玉壺清話》卷六,63頁)

"益自"表示更加,與"好自"等同,也是一個源於跨層結構的複音詞。共時層面的材料,可以揭示其成詞的過程和動因。下面是"益""自"連用例。《潁川語小》卷下:"士大夫多好棋,然名位稍高者人每遜之,不敢盡藝以敵,由是益自高。"《履齋示兒編》卷二"兼弱攻昧":"竊謂兼人則自弱,攻人則自昧,取人則自亂,侮人則自亡,推人則益自亡。""益自高"更加自以爲高,"益自亡"前有"自亡",關係清楚。這樣的結構中,還能夠判斷"益"和"自"不具有直接的組合關係。下面的用例則可以兩析。《桯史》卷十三"冰清古琴":"客又有憶誦《澠水燕談》中有是名者,取而閱之,銘文歲月皆吻合,良是。葉益自信不誣,起附耳謂主人曰:'某行天下,未之前覯,雖厚直不可失也。'"這與"自"本來的意義有關,同時也受到韵律的影響。"自"前附於"益",自己義被模糊化,後加"信",意義則清晰。於是"益自""好自"等在以雙音爲基礎的韵步的限制下,被生硬地拉合在一起,并漸而被視爲一個以前面語素爲意義承擔者的合成詞。成詞後即便有時後面搭配的是單音節詞,"益自"也是作爲一個整體修飾該詞,如《容齋隨筆》卷四"近世文物之殊":"逮乾道以後,宰相益自卑,於是館職亦免。"這裏就不會有人認爲"自卑"是一個層次内的成分了。"益自""好自"詞彙化的句法環境是"益/好自+AB"結構。

(四)"見×"系列詞彙的産生

　　是歲蜀飢,有三盜糠者止得數斗,引至庭覆讞,會光庭方論道於廣殿,視三囚殆亦惻隱,謂杜曰:"兹事如何?"亦冀其一言見救。而杜卒無一語,但唯唯而已。勢不得已,遂斬之。杜歸舊宫道院,三無首者立於旁哭訴曰:"公殺我也。蜀主問公,意欲見救,忍不以一言活我。今冥路無歸,將其奈何?"(《湘山野錄》卷下,55頁)

"見救"被省略的施事者是"蜀主",其義即"救他們""救我們"。"見"先秦時即可用在動詞前面表示被動,相當於被、受到,如《孟子·梁惠王上》:"百姓之不見保,爲不用恩焉。"《莊子·外篇·秋水》:"吾長見笑於大方之家。"唐韓愈《駑驥贈歐陽詹》詩:"有能必見用,有德必見收。"《紅樓夢》第八二回:"古聖賢有遁世不見知的。"表被動的"見",一旦主動者成爲話題,"見"之被動意味即消除,整句爲主動句,如:

　　今魴歸命,非復在天,正在明使君耳。若見救以往,則功可必成,如見救不時,則與靖等同禍。(《三國志·吴書·周魴傳》)

　　及方略大施,備果奔潰。桓後見遜曰:"前實怨不見救,定至今日,乃知調度自有方耳。"(《三國志·吴書·陸遜傳》)

　　疾患以來,漸就衰損。親舊不遺,每以藥石見救。(《陶淵明集》卷八《疏祭文四首·與子儼等疏》)

"前實怨不見救",表面看來是"我(桓)"爲話題,事實上隱含着"你(遜)不見救"的意義。《漢語大詞典》"見"設有"用在動詞前面,稱代自己"一義項,不確。因爲"見"不僅限於稱代自己,而且所舉例證皆值得商榷。[1] 另如"見欺":

　　鷹語王言:"唯以肉與我,當以道理令肉與鴿輕重正等,勿見欺

---

[1] 《晋書·潛懷太子遹傳》:"父母至親,實不相疑,事理如此,實爲見誣。"唐周賀《留别南徐故人》詩:"三年蒙見待,此夕是前程。"魯迅《書信集·致許壽裳》:"此款今可不必見還,近方售盡土地,尚有數文在手。"這裏"見"用於動詞前面,均可理解爲被動。

也。"(姚秦鳩摩羅什譯《衆經撰雜譬喻》卷上)

醫子念曰:"見欺如此至三,如詒小兒,我今治此,當令命斷。"(後漢康孟詳譯《佛説興起行經》卷上)

狼見狗來驚怖還走,狗急追之,劣乃得免。還至窟穴便作是念,我欲食彼反欲噉我。爾時帝釋復於狼前,作跛脚羊鳴唤而住。狼作是念,前者是狗,我飢悶眼花謂爲是羊,今所見者此真是羊。復更諦觀看耳角毛尾真實是羊,便出往趣羊復驚走,奔逐垂得,復化作狗反還逐狼亦復如前,我欲食彼反欲見噉。時天帝釋即於狼前化爲羔子鳴群唤母,狼便瞋言:"汝作肉段我尚不出,況爲羔子而欲見欺。"(東晉跋陀羅共法顯譯《摩訶僧祇律》卷四)

上述後一例極爲典型,"我欲食彼反欲噉我"與"我欲食彼反欲見噉",相互爲證;"見噉""見欺"前有"欲",足見其已完全没有被動意味。類似的還有"見背"等,如晉李密《陳情表》:"生孩六月,慈父見背。"方一新[1]已指出:"漢魏六朝文獻中,'見'常用在動詞的前面,指代前置的賓語、第一人稱代詞'我'。"所言爲是。只是從指代對象角度而言,人稱并不確定;從歷史源流來看,"見"直接源於表被動的助詞"見"。"見"的稱代義是語句中附加的,實際上,這樣的句子更像是句式雜糅而造成的,如"親舊不遺,每以藥石見救",可以理解爲"親舊每以藥石,我見救"。我們仍把這樣的"見"看作助詞。

中國古代的漢語語法研究没有現代理論的指導,它是作爲經典訓釋和文學評論的附屬品而存在的,體現的是語法意識的萌芽狀態。這些不成熟的語法意識和不自覺的語法分析,是漢語語法學得以建立的内部動因。從宋代筆記文獻所記録的語法材料來看,中國古代是存在語法研究的,而且這些研究成果隨著時代的發展,最終得以沉澱。如元盧以緯的《語助詞》(或稱《助語辭》)正是反映漢民族虚詞意識從萌芽逐漸到成熟,自覺開始整理分析虚詞,形成初步成果,到最終集爲系統著作的過程。因此,漢語語法學的建立是歷史發展的必然,西學的引進促進了這一進程,或者説是啓動了傳統語文學中的語法研究,實現了漢語語法研究由自發到自覺,由分散到系統的科學化的過程。宋代筆記文獻中

---

[1] 方一新:《中古近代漢語詞彙學》,商務印書館,2010年,第253頁。

的語法現象還有待進一步發掘,將語法研究與詞彙甚至語音研究結合起來,更容易推動漢語史研究的深入開展。宋代筆記中的詞類和詞彙化、語法化的問題十分值得關注,有些材料直接交代了語法現象在宋代所處的狀態,這些遠比我們在文獻匱乏的狀態下所調查出的結果可靠得多。利用宋代筆記中的語法材料,既要關注筆記作者的研究性結論,又要在此基礎上結合其他文獻作細緻的考察分析;既要利用筆記作者的考據性材料,又不能忽視筆記行文中所涉及的語法問題。

結語

世間的萬事萬物，人們總喜歡問個究竟，追本溯源探究事物發展的歷史，揭示其中藴含的普遍性規律，這是求知的人們的永恒追求。歷史悠久的漢語是世界上使用人口最多的語言，也是表現力最爲豐富最爲發達的語言之一。研究漢語的發展歷史，自然也就是一門極其重要的學問。漢語史研究雖然早在兩千年前就已開始，但由於條件的限制，還不能够像現在一樣把漢語作爲一個整體，以現代科學理論爲指導，聯繫漢民族的歷史和中國社會的特點，來描寫分析漢語史的各種現象，進而準確地揭示漢語發展的規律，科學地解釋各種語言現象的成因。1957年王力先生《漢語史稿》的出版，標志着現代意義上的漢語史研究的開始。

半個多世紀以來，漢語史的研究取得了較大的進展，人們對漢語史的認識也愈加深刻，儘管有些問題還不能達到絕對的一致。王力先生將漢語史分爲上古、中古、近代、現代四個時期，現在學界基本上都能够認同，然而關於各時期的上下限的界定，仍不能實現絕對的統一。主要問題出在近代漢語上，因爲它的上限清楚了，中古漢語的下限就明確了。漢語史分期的困難之處就在於語言的發展是漸變的，而學者們所掌握的材料和出發點又不盡相同。然而近代漢語的上下限雖不是絕對的明確，但這并不影響我們進行研究。至少宋、元、明作爲近代漢語的主幹部分大家都是認同的。我們分期的目的，一方面是基於對歷史上漢語發展狀態的客觀認識，另一方面也是學術研究的需要。蔣紹愚説："'上古漢語''中古漢語''近代漢語'的分期是符合漢語實際的，作這樣的區分對學術研究也有好處。漢語的歷史實在太長了，研究者用畢生的精力也未必能通曉從上古到近代的漢語。把漢語的歷史研究分成幾段，研究者專攻其中一段，比較容易深入。各個時期漢語史的研究深入了，連貫起來，整個漢語史的研究也就深入了。"[1]

　　漢語史研究的直接對象不是活的語言,而是歷史上保留下來的文獻,因此漢語史研究首先面對的就是文獻問題。反映語言實際的口語文獻的缺乏是漢語史研究,尤其是近代漢語研究的一大障礙。董志翹説:"自東漢至六朝,是古白話的萌芽時期,晚唐五代'文言由盛而衰,白話由微而顯',但是由於當時戰亂頻仍,文獻典籍遭到嚴重摧毀,中土文獻傳世不多,加上歷來有文化的人一般重'文'輕'俗',因而其中能較好反映當時口語特點的中土文獻更是鳳毛麟角。"[2] 早期的近代漢語文獻的確如此,以宋代爲例,目前學術界普遍利用的文獻主要是禪、儒語録,這兩類文獻的共同特徵是語體特殊;而話本、南戲等口語文獻,大多經過後人的改動,可信度不高,對於研究宋代漢語是不利的。在這種情況下,宋代筆記文獻的價值便顯得重要了。筆記數量大,內容豐富,且反映了廣泛的社會生活;語言文白結合,不避方言俗語,亦有衆多考辨性材料,集中精力整理研究,定會匯集成珍貴的宋代語言史料庫。宋代筆記文獻中的語言材料涵蓋語音、詞彙、語法、文字、訓詁等多個漢語史研究領域,在漢語史研究過程中,正確地、充分地運用這些材料,將極大地彌補口語文獻不足的缺陷,促進漢語史研究的深入開展。同時,研究宋代筆記中的語言問題,將有利於漢語大型辭書的編纂修訂和古籍整理工作,甚至對漢語文化史的研究都是不無裨益的。下面我們就以上幾個方面總結宋代筆記文獻語言研究的重要價值。

一、宋代筆記文獻與漢語史研究

　　説宋代筆記文獻涉及範圍廣闊,內容豐富,文白結合,這只是粗略的概括,反映的也是口語文獻的普遍特徵。宋代筆記文獻對漢語史研究的價值,絕不僅限於彌補文獻不足這一方面,具體説來,以下五個方面是宋代筆記文獻不同於其他文獻的獨有特徵:

---

[1] 蔣紹愚:《關於漢語史研究的幾個問題》,《漢語史學報》2005 年第 5 輯。
[2] 董志翹:《漢語史研究應重視敦煌文獻》,《社會科學戰綫》2009 年第 9 期。

(一)語料形式的雙重性

一般情况下,文獻中的語言材料往往是包含語言研究的各個方面的成分,特别是文言色彩較濃的近代漢語文獻。如唐詩,尤其是寒山、拾得和白居易等的詩句中含有較多的方俗口語詞,對唐代的詞彙進行研究,這些口語詞當然是重要的研究對象。但除對這些口語詞做從原始材料中的剥離工作外,詞語意義的考釋、來源的追踪及書寫形式等方面的考證工作也都是不得不做的。筆記文獻中保存的漢語史研究的材料有時則省去了這方面的工作,或是節省了諸多的工夫,因爲其中包含許多作者對語言問題的考證性的材料。因此,所謂語料的雙重性指的是宋代筆記文獻中的語言材料,一方面體現在行文中,另一方面則體現在作者的研究性結論中。比如:

> 時有雙峰長老師復自長安,領徒千人,止息鄧公場。遣人致詞於寶光曰:"師復酷愛此山,師具慈悲,若爲取捨?"光曰:"捨則不捨,來則不止。"語意深遠,衆莫曉解。於是雙峰選日入院,光師攜杖下山,别建禪刹,即今興教院是也。(《游宦紀聞》卷六,49頁)

> 包有六子皆從心,其間名恊者,舍人指曰:"此非從心,乃是從十。"有館客李丈,留心字學,數十年矣,待爲叩之。少選,李至,遂及此,云"其義有二;從十乃衆人之和",是謂"協和萬邦之協";從心乃此心之和,是謂"三后協心之協"。世南嘗以語士大夫,間有云:"恐出臆斷。"後閲《集韵》,果如前所云。是知作字偏旁,不可毫髮之差。李丈名肩吾,眉人,學問甚富,世南嘗識之云。(《游宦紀聞》卷七,60頁)

> 蘇翁者,初不知其何許人。紹興兵火末,來豫章東湖南岸,結廬獨居。待鄰右有恩禮,無良賤老穉,皆不失其懽心。故人愛且敬之,稱曰蘇翁,猶祖翁、婦翁云。(《游宦紀聞》卷三,24頁)

> 所塵名品,别且染濡:私觀之物,則襆頭紗三枚、白成絨花銀盤一面、紫大紋羅一匹、生大紋羅二匹、白蹙大綾一匹、生花綾二匹、白細苧布三匹、大紙八十幅、黄毛筆二十管、松烟墨二十挺、松扇三合、折疊扇二隻、螺鈿硯匣一副、螺鈿筆匣一副、尪絲藥袋一枚、尪絲篦子袋一枚、繡系腰一條、茯苓二斤、白术二斤、白銅器五事而已。(《游宦紀聞》卷

六,56頁)

上述《游宦紀聞》中的四則行文材料,第一則是關於語音的,也涉及文字問題,"舍則不捨,來則不止",這是寶光禪師委婉地拒絕對方長期居住的表達。《廣韻》中"舍"爲書冶切,上聲,馬韻;亦爲始夜切,去聲,禡韻。在表示居住義上,"舍"上、去兩讀,《廣韻·馬韻》:"捨,釋也,書冶切;舍,止息,亦上同,又音赦。"寶光禪師利用文字"舍"的多音多義性,創造了一個意味深長的答案。同時,也反映了"捨"作爲上聲"舍"的分化字已經普遍使用的事實。名詞"舍"在當時的語言實際中只爲去聲,不表示捨弃。第二則是關於"協"和"恊"的形義關係,檢《集韻·帖韻》:"協,《說文》:'衆之同和也。'一曰服也,合也,古從'日''十',或從'口'。""恊,《說文》:'同心之和。'"很明顯,在宋代,"恊"已不爲多數人所知,其義已由"協"來表達,原本《廣韻·帖韻》:"恊,和也,合也,胡頰切。"宋本《廣韻》未收錄,《玉篇》亦未收錄。如果不是許慎刻意說解,那麼"協""恊"就是在漢以後形成的異體關係,後"協"行,"恊"廢,又形成古今關係。第三則中的"祖翁"義爲祖父,"婦翁"爲岳父,尊人亦可稱爲"蘇翁",足見"翁"的意義由於大量的類推已經虛化,成爲對老年男子的尊稱。同時,也反映了"×翁"較强的類推構詞能力。第四則材料提供了"面""匹"等十二個量詞,爲漢語量詞的研究提供了豐富的例證。

宋代筆記中的另一部分語言材料體現了筆記文獻的特色,這些材料便是作者對語言問題的分析考辨,它們也體現了作者樸素的科學精神和嚴謹的治學態度,如:

自甲至癸爲"十幹",自子至亥爲"十二枝"。後人省文,以"幹"爲"干",以"枝"爲"支",非也。(《游宦紀聞》卷五,47頁)

白樂天詩云:"四十著緋軍司馬,男兒官職未蹉跎。""一爲州司馬,三見歲重陽。"本朝太宗時,宋太素尚書自翰苑謫鄜州行軍司馬,有詩云:"鄜州軍司馬,也好畫爲屏。"又云:"官爲軍司馬,身是謫仙人。"蓋此音"司"字作入聲讀。(《老學庵筆記》卷八,103頁)

介甫之再入相也,張諤建言:"往者衙前經歷重難,皆得場務酬獎,享利過厚。其人見存者,請依新法據分數應給緡錢數外,餘利追理入官,謂之'打抹'。專委諸州長吏檢括,如有不盡,以違制罪之,不以赦

降、去官原免。"(《涑水記聞》卷十五,306頁)

《游宦紀聞》例中,張世南指出了天干、地支中"干""支",本爲"幹""枝"。《廣雅·釋天》:"甲乙爲幹,幹者日之神也;寅卯爲枝,枝者月之靈也。"可見,"干""支"在宋代已經替代了"幹""枝",《漢語大詞典》"干支"條引證爲明謝榛《四溟詩話》卷四:"許用晦:'年長每勞推甲子,夜寒初共守庚申。'實對干支,殊欠渾厚,無乃晚唐本色歟?"甚晚。《老學庵筆記》例陸游認爲"司馬"中"司"作入聲讀。檢《廣韵》:司,息兹切,又息吏切;《集韵》:司,相吏切。與"伺"爲同一小韵。陸氏所記屬實。《涑水記聞》例中的"打抹",據司馬光所釋爲按現有法律收回已發出的多餘的酬金。其中實則體現司馬光對這種做法的不滿和批評。後來制定的新法,理當以制定之日起執行,既往不咎纔是。

宋代筆記文獻中的考釋,常常是運用多種方法的系統考探,涉及文字、音韵、訓詁等多個方面,其考證結論多可信,如:

　　《史·高帝紀》有武負,《陳丞相世家》有張負,《絳侯世家》有許負,皆以爲婦人。《紀》言"王媼武負",則信婦人矣。《班書》如淳注:"俗謂老大母爲阿負。"師古引劉向《列女傳》:"魏曲沃負者,魏大夫如耳之母。此古語謂老母爲負耳。"《世家》言戶牖富人張負,《索隱》曰:"婦人老宿之稱。然稱富人,或恐是丈夫爾。"予謂張負果婦人,當是女清之流,亦富人也。許負,相者。《索隱》引應劭《注》,老嫗也。意其負、婦音同,古文相通用。不然,馮婦固晉善士歟,《史》注猶有异論者。
　　(《愛日齋叢抄》卷一,22頁)

作者這裏透過文字的表面,因聲求義,并鉤沉舊注,引用文獻例證,最終得出結論,"負"乃"婦"也,因音同而通用。另外,宋代筆記中還包含不同筆記作者對同一語言現象的考證材料,我們恰恰可以根據這些材料(尤其是觀點不一的那部分),對語言現象做深入討論,如:

　　古人稱父曰大人,又曰家父,捐館則曰皇考。今人呼父曰爹,語人則曰老兒,捐館曰先子,以"兒""子"呼父習以爲常,不怪也。羌人呼父爲爹,漸及中國。法帖:陳隋諸帝與諸王書,自稱"耶耶"。韓退之《祭女挐文》,自稱曰"阿爹""阿八",豈唐人又稱母爲阿八?今人則曰媽。按《詩》:"來朝走馬,率西水滸。"馬音姆,豈中國之人,因西音而

小轉耶？先子，《禮經》皆曰先君子，惟《孟子》載曾西之語曰"吾先子"，蓋稱父之爵耳。(《雲麓漫鈔》卷三,49頁)

至呼父爲爹，謂母爲媽，以兄爲哥，舉世皆然。問其義，則無説，而莫知以爲愧。風俗移人，咻於衆楚，豈特是而已哉。爹字雖見於《南史·梁始興王憺》云："始興王，人之爹，救人急，如水火，何時復來乳哺我！"荆土方言謂父爲爹，乃音徒我切。又與世人所呼之音异也。(《鷄肋編》卷上,28頁)

趙彦衛認爲"爹"源自羌語，是個外來詞；莊綽則指出"荆土方言謂'父'爲'爹'"，這就證明"爹"在宋代是個有爭議的口語詞，儘管"爹"在當時是口語中的常用詞，但其來源還不清晰，其讀音存有地域性的差異。我們可以循此綫索，追踪"爹"的來龍去脉。"爹"字出現得比較晚，《説文》未收録，張揖《廣雅·釋親》有："翁、公、叜、爸、爹、奢、父也。"其中，"爹"和"奢"同源。清陳鱣《恒言廣證》有："《廣雅》：爹、奢，父也。'爹''奢'本'夛''奓'，實一字。《説文》：'奓，籀文作夛。後人稱父夛，或爲奓，故變文從父耳。'"《説文解字》第十篇："奓，張也。從大，者聲。凡奓之屬皆從奓。夛，籀文。"這裏，"奢"和"夛"是异體字，它們本不用作親屬稱謂。口語中呼父的讀音與"奢(夛)"的讀音相近，就借用了它們。因爲"奢(夛)"被用來呼父，所以又變文從父，并相應地產生了"奓""爹"兩個字形。但是，在《廣雅》中，"爹"和"奢"應該已經不是异體字了，它們是意義相同的兩個獨立的字。[1] 這樣，"爹"的來源也就十分清楚了。

宋代筆記文獻中的兩種形式的語言材料，往往可以形成互證，如陸游《老學庵筆記》卷六有："古謂帶一爲一腰，猶今謂衣爲一領。周武帝賜李賢御所服十三環金帶一腰是也。近世乃謂帶爲一條，語頗鄙，不若從古爲一腰也。"《游宦紀聞》卷六即有："繡系腰一條、茯苓二斤、白术二斤、白銅器五事而已。"可知，"帶"以"條"是宋人口語中的普遍現象。《新校正夢溪筆談》卷十五有："切韵之學，本出於西域。漢人訓字，止曰'讀如某字'，未用反切。然古語已有二聲合爲一字者，如'不可'爲'叵'，'何不'爲'盍'，'如是'爲'爾'，'而已'爲'耳''之乎'爲'諸'之類，似西域二合之音，蓋切字之原也。"沈氏認爲切韵之學并非源自西域，

---

[1] 參見胡士雲：《説"爺"和"爹"》，《語言研究》1994年第1期。

而是民間切脚語的改造。《容齋隨筆》卷十六"切脚語"就有:"世人語音有以切脚而稱者,亦聞見之於書史中。如以蓬爲勃籠,盤爲勃闌,鐸爲突落,匡爲不可,團爲突欒,鉦爲丁寧,頂爲滴顙,角爲矻落,蒲爲勃盧,精爲即零,螳爲突郎,諸爲之乎,旁爲步廊,茨爲蒺藜,圈爲屈攣,錮爲骨露,窠爲窟駝是也。"洪邁所言,一方面説明民間切脚語在宋代社會中仍是普遍存在的現象,一方面也反映了切脚語是歷時積累的結果。"匡爲不可""諸爲之乎",《夢溪筆談》《容齋隨筆》均有記載,這兩個是有明確文獻依據的例證。

(二) 現象記載的系統性

理論上講,每一部文獻都可以成爲漢語史研究考察的對象,雖然文獻在反映口語的程度、社會生活的廣度,以及面貌的可信度等方面存在着高下之分。不過辭書、韵書等之外的文獻對語言現象的記録和反映,一般情況下都是零散的,非下一番調查整理的功夫不可。宋代筆記是文人的隨筆雜録,當然也是屬於零散記載的文獻,但是在零散的記録中仍存有相對系統的語言材料,這是一般文獻所不能企及的。比如,《東京夢華録》下面的一段:

> 凡店内賣下酒厨子,謂之茶飯量酒博士;至店中小兒子皆通謂之大伯;更有街坊婦人,腰繫青花布手巾,綰危髻,爲酒客換湯斟酒,俗謂之焌糟;更有百姓入酒肆,見子弟少年輩飲酒,近前小心供過使令,買物命妓,取送錢物之類,謂之閑漢;又有向前換湯斟酒歌唱,或獻菓子香藥之類,客散得錢,謂之厮波;又有下等妓女,不呼自來筵前歌唱,臨時以些小錢物贈之而去,謂之劄客,亦謂之打酒坐;又有賣藥或果實蘿蔔之類,不問酒客買與不買,散與坐客,然後得錢,謂之撒暫,如此處處有之。(《東京夢華録》卷二"飲食果子",73頁)

短短一段記載,共使用當時"茶飯量""博士""大伯""焌糟""閑漢""厮波""劄客""打酒坐""撒暫"等9個口語詞,并且還對詞的意義一一加以交代。類似語言問題的記載在宋代筆記中并不乏見,如文字部分第三節我們所列舉的《容齋四筆》卷十二"小學不講"條中的一段,洪邁共列舉俗字近100個,這在任何一部文獻中都是罕見的。關於俗字的記載,即使是辭書中的收録也多是分散的,從中,宋代俗字之概貌可略見一斑。《履齋示兒編》《學林》《嶺外代答》《能

改齋漫録》等多有略同的記載,這些記載無疑爲漢語俗字的研究提供了充分的資料。我們再看下面的材料:

歐陽文忠公初官洛陽,遂譜牡丹。其後趙郡李述著《慶曆花品》,以叙吴中之盛,凡四十二品:

(朱紅品)真正紅、紅鞍子、端正好、櫻粟紅、艷春紅、日增紅、透枝紅、乾紅、小真紅、滿欄紅、光葉紅、繁紅、鬱紅、麗春紅、出檀紅、茜紅、倚欄紅、早春紅、木紅、露勻紅、等二紅、濕紅、小濕紅、淡口紅、石榴紅;

(淡花品)紅粉淡、端正淡、富爛淡、黄白淡、白粉淡、小粉淡、烟粉淡、黄粉淡、玲瓏淡、輕粉淡、天粉淡、半紅淡、日增淡、添枝淡、烟紅冠子、坯紅淡、猩血淡。(《能改齋漫録》卷十五"牡丹譜",457頁)

這段語料的價值不僅僅在於保存了大量的顔色詞,其間"×淡""×紅"格式的超强的構詞能力,充分反映了漢語造詞法在宋代的成熟程度。另外,《賓退録》《游宦紀聞》等有成批量的對量詞的記録,從中宋代的量詞系統也可略見一斑。再如:

《經典釋文》,如熊安生輩,本河朔人,反切多用北人音;陸德明吴人,多從吴音;鄭康成齊人,多從東音。如"璧有肉好","肉"音"揉"者,北人音也。"金作贖刑",贖音樹者,亦北人音也。至今河、朔人謂肉爲揉,謂贖爲樹。如"打"字音丁梗反,"罷"字音部買反,皆吴音也。如"瘍醫祝藥劀殺之齊",祝,音咒,鄭康成改爲"注",此齊、魯人音也。至今齊謂"注"爲咒。官名中尚書本秦官,尚音上,謂之"尚書"者,秦人音也。至今秦人謂尚爲"常"。(《補筆談》卷一,221頁)

沈括此處列舉的熊安生、陸德明、鄭康成等的音切例,反映了北人音、齊魯音、吴音之間在聲韵上的差異。《老學庵筆記》卷六"四方之音有訛者,則一韵盡訛"的記載,則說明了閩音、秦音、蜀音、吴音及洛陽音等在韵母系統上的差異,這是與當時《廣韵》等韵書的音系對比而得出的結論。

有時候筆記作者對一個個體現象的考察分析,也能體現出一定的系統性,如:

古今稱大人,其義不一。《左氏傳》:子服昭子曰:"夫必多有是説,而後及其大人。"孟子曰:"有大人之事,有小人之事。"此以位言也。所謂王公,大人是也。孟子曰:"養其大者爲大人。"昌黎《王適墓志》曰:"翁大人不疑。"此以德望言也。所謂大人,君子是也。若《易》之"利見大人",則兼德位而言之。今人自稱其父曰"大人"。然疏受對疏廣曰:"從大人議。"則叔父亦可稱大人。范滂將就誅,與母訣曰:"大人割不忍之愛。"則母亦可稱大人。(《鶴林玉露》甲編卷一《大人》,13頁)

羅大經對"大人"的考證,體現了"大人"一詞詞義的歷時演變,"大人"内部的微觀詞義系統也因此得以呈現。

(三)反映時代的可信性

語料的時代性的界定從總體看來并不是一件難事,倘若聯繫到文獻版本流傳的問題,本來明朗的時代便模糊了。因爲後世的版本時常會有不忠實地反映前代文獻原貌的弊端。這裏面包括刊刻時的失誤、主觀上的誤改,以及因文獻流傳過程中的破損導致的不合原貌的增補等。宋代筆記多是宋以後的版本,同樣存在這些問題,利用筆記文獻也需要仔細甄別。然而宋代筆記中的考辨類的語言材料,往往是直接交代所證語言問題的時代,如:

今人書"某"爲"厶",皆以爲俗從簡便,其實古"某"字也。《穀梁》桓二年:"蔡侯、鄭伯會於鄧。"范寧注曰:"鄧,厶地。"陸德明《釋文》曰:"不知其國,故云厶地,本又作某。"(《老學庵筆記》卷六,81頁)

《説文》:"厶",奸衺也。韓非曰:蒼頡作字,自營爲厶。凡厶之屬皆從厶。"厶"本爲"私"。據陸游所記,晉"厶"已用作"某"。《説文》《爾雅》《釋名》皆無"某"。陸游之意"厶""某"爲古今字。蔣禮鴻先生《敦煌變文字義通釋》視"厶"爲"某"之俗體。

這方面的材料以詞彙爲主,或是以今語釋古語,或是以口語釋書面語,或是直接指出俗語的時代,如:

《史記·秦紀》:"秦命民曰黔首。"然《禮·祭義》篇,宰我問孔子,而孔子曰:"因物之精,制爲之極,明命鬼神,以爲黔首則。"然則以黔首命民,久矣。(《能改齋漫録》卷一"民曰黔首",8頁)

今之屋翼,謂之搏風。見《儀禮·士冠禮》篇云:"直於東榮。"鄭氏注曰:"榮,屋翼也。"唐賈公彦疏曰:"榮,屋翼也者,即今之搏風。"

(《能改齋漫錄》卷一"屋翼名搏風",8頁)

古所謂路寢,猶今言正廳也。故諸侯將薨,必遷於路寢,不死於婦人之手,非惟不瀆,亦以絕婦寺矯命之禍也。近世乃謂死於堂奧爲終於正寢,誤矣。前輩墓誌之類數有之,皆非也。(《老學庵筆記》卷十,132頁)

俗語稱利市,亦有所祖。《左氏傳》:鄭人盟商人之辭曰:"爾無我叛,我無強賈,爾有利市寶賄,我勿與知。"(《鶴林玉露》甲編卷一《利市》,14頁)

可見,"黔首"產生於先秦,"搏風"(搏風)是唐代的口語詞,"正廳"爲宋代的口語詞,"利市"亦源於先秦。這些結論大多能經得起考驗,以上四詞的時代判斷,經檢驗文獻都是準確的。如"正廳",宋以前的文獻中確不見用例,從宋開始文獻中纔大量使用:

學士院正廳曰"玉堂",蓋道家之名。初,李肇《翰林志》末言居翰苑者,皆謂"凌玉清,溯紫霄",豈止於"登瀛洲"哉!亦曰"登玉堂"焉。(《石林燕語》卷七,105頁)

故高祖徙之長沙而都臨湘,一年薨。則其去番也久矣。今吾邦猶指郡正廳爲吳王殿,以謂芮爲王時所居。(《容齋隨筆》卷十六"吳王殿",209頁)

及泰陵時,魯公亦爲承旨,以其下一字犯厚陵御諱,因奏請第摹"玉堂"二字,榜於翰苑之正廳,且爲儒林之榮,制曰"可"。(《鐵圍山叢談》卷一,19~20頁)

足見,筆記作者還是做了充分考證的。這樣的考證結論,我們以相關文獻稍加驗證,便可以取得事半功倍的效果。然而有些結論也不一定絕對正確,如下面《老學庵筆記》中的幾處材料:

今人謂娶婦爲"索婦",古語也。孫權欲爲子索關羽女,袁術欲爲子索呂布女,皆見《三國志》。(《老學庵筆記》卷十,131頁)

《史記·張儀列傳》:"今秦楚嫁女娶婦,爲昆弟之國。韓獻宜陽,梁效河外。"《史記·管蔡世家》:"四十九年,景侯爲太子般娶婦於楚,而景侯通焉。太子弒景侯而自立,是爲靈侯。"《楚辭章句》卷三《天問》王逸注有"舜,帝舜也。

閔,憂也。無妻曰鰥。言舜爲布衣,憂閔其家,其父頑母嚚,不爲娶婦,乃至於鰥也。"可知,"娶婦"早有用例,"索"表娶義,較早的用例見於《三國志》,除陸游所舉例外,亦有《魏書·呂布臧洪傳》"術欲結布爲援,乃爲子索布女,布許之"等用例。可知"娶"爲先,"索"爲後,相比之下"娶婦"纔是古語,只是"娶"發展穩定,至今仍是基本詞彙。

> 昭德諸晁謂"壻爲借倩"之"倩",云近世方訛爲"倩盼"之"倩"。予幼小不能叩所出,至今悔之。(《老學庵筆記》卷十,133頁)

《說文》:"倩,人美字也。從人,青聲。東齊'壻'謂之倩。"段注:"方言曰:'青齊之間"壻"謂之"倩"。'按此蓋亦以美稱加之耳。郭云言可借倩也。借倩讀七政七見二切。蓋方俗語謂請人爲之。"《方言》:"東齊之間壻謂之'倩'。"可知,《說文》中"東齊'壻'謂之倩"爲後增補,陸游所見《說文》應無此條。因此陸游不知所出。另段玉裁引郭注,"借倩"早已有之。

宋代筆記中語音方面的材料,雖沒有明確是"今音",但只要是實際的語音現象的記載,即是宋代語音面貌的體現,這部分材料的時代性是不容質疑的。如:

> 中立性滑稽,嘗與同列觀南御園所畜獅子,主者云:"縣官日破肉五斤以飼之。"同列戲曰:"吾儕反不及此獅子邪?"中立曰:"然。吾輩官皆員外郎,敢望園中獅子乎?"衆大笑。朝士上官閱嘗諫之,曰:"公名位非輕,奈何談笑如此?"中立曰:"君自爲上官閱,何能知下官口?"(《涑水記聞》卷三,50頁)

> 宰相堂食,必一吏味味呼其名,聽索而後供。此禮舊矣。獨"菜羹"以其音頗類魯公姓諱,故迴避而曰"羹菜",至今爲故事。(《鐵圍山叢談》卷二,38頁)

> 劉貢父呼蔡確爲"倒懸蛤蜊",蓋蛤蜊一名"殼菜"也。確深銜之。(《邵氏聞見後錄》卷三十,239頁)

"員外""園中","員""園"諧音,於是造成幽默效果。"上官閱"對"下官口","上官閱"即"上官鼻","鼻""閱"諧音雙關。"閱"爲并母,入聲;"鼻"爲并母,去聲。可知,南宋時期入聲的"閱"已經讀爲去聲。"哈"與"泰"也是《廣韻》中的一等重韻,但"泰"韻只有去聲。這兩韻在宋代實際語音中也是合一的。

"菜"在《廣韵》中屬"代"韵,倉代切;"蔡"屬泰韵,《廣韵》中爲倉大切。"菜""蔡"諧音可以爲證。

(四)地域來源的多樣性

漢語史上的口語詞是相對於書面語而言的,指的是在正式的書面語中很少出現的那部分詞彙,是個籠統的術語,也可以用俗語詞來指稱這部分詞彙。實際上口語詞是個複雜的集合,其中既有方言詞,又有通語詞;既有漢語内部產生的新詞,又有其他民族的外來詞;既有一般場合的交際用語,又有特殊環境下的隱語行話。研究漢語史,爲口語詞彙找到原籍,一一給出它們的"出生證",不是件容易的事。而宋代筆記却在這方面給我們提供了零散的信息,如:

> 三山荔子,丹時最可觀。四月味成曰"火山",實小而酸。五月味成曰"中冠"。最後曰"常熟中冠"。品佳者,不減莆中。二十年來,始能用掇樹法。取品高枝,壅以肥壤,包以黃泥,封護惟謹。久則生根,鋸截移種之,不踰年而實,自是愈繁衍矣。日乾致遠者,皆次品。
>
> 果中又有黃淡子、金斗子、菩提果、羊桃,皆他處所無。黃淡大如小橘,色褐,味微酸而甜。《本草》載於橘柚條,豈橘中別有名黃淡者?《長樂志》曰"王壇子"。舊記又云:"相傳生於王霸壇側。"(《游宦紀聞》卷五,45頁)

"火山""中冠""黃淡子""金斗子""菩提果""羊桃"等,均是長樂地區特有的水果名稱,當然是閩方言的詞彙。特別是張世南說解"黃淡子"時,引《長樂志》"王壇子",更能突出其方言的特色。《雞肋編》卷下:"古所謂媵妾者,今世俗西北名曰'祗候人',或云'左右人',以其親近爲言,已極鄙陋。而浙人呼爲'貼身',或曰'橫床',江南又云'橫門',尤爲可笑。"同樣系統地記錄了"媵妾"的各地方言詞"祗候人""左右人""貼身""橫床""橫門"等。筆記作者對外來詞的探討也多有借鑒的價值,如:

> 然張公所論,市井有鬻胡餅者,不曉名之所謂,乃易其名爲爐餅,則又誤也。案《晉書》云:"王長文在市中嚙胡餅。"又《肅宗實錄》云:"楊國忠自入市,衣袖中盛胡餅。"安可易"胡"爲"爐"也?蓋胡餅者,以北人所常食而得名也。故京都人轉音呼胡餅爲胡餅,呼骨切,胡桃

爲胡桃,亦呼骨切,皆此義也。余案《資暇集》論"畢羅"云:"蕃中畢氏、羅氏好食此味,因謂之畢羅,後人加食旁爲饆饠字,非也。"(《靖康緗素雜記》卷二"湯餅",17頁)

就"饆饠"的讀音而言,其與"畢羅"諧聲。據《廣韵》,"畢"爲幫母質韵,"羅"爲來母歌韵,"畢羅"的中古音爲*pietla,似源自——伊朗語pi·au、或pi·law、維吾爾族語p'olo、哈薩克族語p'alu、柯爾克孜族語p'olu,土耳其語polak或印度語polab等。[1] 説源自藩中是没有問題的。"胡桃""胡餅"雖已不能作爲外來詞看待,但"胡"畢竟標其來源,因此,把"胡餅"中的"胡"換成"爐"當然是誤解造成的。

除標明語詞的地域來源,筆記中還有許多反映特殊語體的行話隱語材料,如:

王逸少好鵝,曹孟德有梅林救渴之事,而俗子乃呼鵝爲"右軍",梅爲"曹公"。前人已載尺牘有"湯燖右軍一隻,蜜浸曹公兩瓶",以爲笑矣。(《雞肋編》卷上,28頁)

《藝苑雌黄》云:"昔人文章中多以兄弟爲友于,以日月爲居諸,以黎民爲周餘,以子姓爲詒厥,以新婚爲燕爾,類皆不成文理。雖杜子美、韓退之亦有此病,豈非徇俗之過邪?子美云:'山鳥山花吾友于。'又云:'友于皆挺拔。'退之云:'豈謂詒厥無基址。'又云:'爲爾惜居諸。'《後漢·史弼傳》云:'陛下隆於友于,不忍恩絶。'曹植《求通親親表》云:'今之否隔,友于同憂。'《晋史》贊論中,此類尤多。洪駒父云:'此歇後語也。'"(《苕溪漁隱叢話後集》卷七,49~50頁)

莊綽在《雞肋編》中指出"曹公""右軍"皆爲源自典故的隱語;《苕溪漁隱叢話後集》裏説明了"友于""居諸""周餘""詒厥""燕爾"等,皆爲"歇後"修辭形成的隱語。

宋代筆記中獨具地域特色的方音、俗字的實録,價值更爲珍貴,對於漢語方言語音流變和俗字研究具有重要的意義,如:

先夫人幼多在外家晁氏,言諸晁讀杜詩"稚子也能賒","晚來幽獨

---

[1] 參見徐時儀:《餅、飥、餛飩、饆饠等考探》,《南陽師範學院學報》2003年第7期。

恐傷神","也"字、"恐"字,皆作去聲讀。(《老學庵筆記》卷七,94頁)

車駕駐蹕臨安,以府廨爲行宫。紹興四年,大饗明堂,更修射殿以爲饗所。其基即錢氏時握髮殿,吴人語訛,乃云"惡發殿",謂錢王怒即升此殿也。時殿柱大者,每條二百四十千足,總木價六萬五千餘貫,則壯麗可見。言者屢及,而不能止。(《鷄肋編》卷中,82頁)

晁氏籍貫山東,陸游所記正反映了當時山東方言的部分特徵。又據《廣韵》:握,於角切,影母,入聲覺韵;惡,烏各切,影母,入聲鐸韵。"握髮"訛爲"惡發"恰恰反映了當時吴語中入聲覺、鐸二韵混讀的事實。這樣的記載在宋代筆記中不占少數,周祖謨先生《宋代方音》便是以多部宋代筆記語料爲證的。[1] 另如:

《嶺表錄异》,唐之書也,今必不然。甂字不見於字書。《説文》云:"甌瓿謂之瓵。瓵,盈之切。"疑是"瓵"字傳寫之誤。或南方俗字自有"甂"字,亦不可知。若梁元帝《長歌行》:"當壚擅旨酒,一甂堪十千。"謂之甂,則非真十千也。(《賓退錄》卷三,34頁)

廣西俗字甚多,如袲音矮,言矮則不長也;奀音穩,言大坐則穩也;奀音勒,言瘦弱也;歪音終,言死也;孬音臘,言不能舉足也;仦音嫺,言小兒也;妳,徒架切,言姊也;閂音楦,言門横關也;嵒音礅,言岩崖也;氽音泅,言人在水上也;汆音魅,言没人在水下也;乿音髯,言多髭也;䂿,東敢切,言以石擊水之聲也。大理國間有文書至南邊,猶用此"圀"字。圀,武后所作"國"字也。(《嶺外代答校注》卷四,161~162頁)

《賓退錄》例説明"甂"在南方(指廣州)興起而流通,《嶺外代答校注》則指明衆俗字源自廣西。可見俗字與俗語詞一樣,首先是在局部地域通行,如果得到人們的認可便進入通語書面語的交流系統中。不同的是,俗字更易於在邊緣地帶流行,這與中央集權在這些地方的統治力相對微弱有關。同時,這樣的記錄也反映了文人們避俗趨雅的觀念,《桂海虞衡志·雜志》亦有:"邊遠俗陋,牒訴券約,專用土俗書,桂林諸邑皆然。今姑記臨桂數字,雖甚鄙野,而偏傍亦有依附。"後所附例字與《嶺外代答》略同。然而實際上俗字在民間是廣泛存在的,

---

[1] 參見周祖謨:《問學集》,第656~662頁。

并非只出現在邊遠地區。

宋代筆記文獻中的語言研究材料豐富而獨具特色,反映了漢語的時代和地域特徵,在漢語史研究中的價值是不可低估的。尤其是在宋代口語文獻相對缺乏的情況下,其價值愈加彌足珍貴。然而我們所舉例介紹的語料還只是滄海一粟,宋代筆記中的諸多有價值的材料需要深入挖掘。科學的做法是:首先,以專書研究爲基礎,全面系統地整理筆記文獻,作微觀的語言研究;其次,對宋代筆記中具體的語言問題作匯總性的整理、分析,并放在漢語史的大背景下作中觀的系統研究;最後,在中觀研究的基礎上,作宋代筆記語言的宏觀研究,歸納總結宋代漢語發展的特徵,揭示語言發展的普遍規律。這是一項繁冗的工作,也是漢語史研究的一項基礎性工作。有計劃、有步驟地整理每一部專書,解決一個又一個微小問題,匯集水分子爲江海,是漢語史研究的必由之路。只有踏踏實實地做好基礎性工作,纔能使漢語史的研究更上一層樓。

二、宋代筆記語言研究與辭書編纂

語文辭書是高度語言修養的産物,具有體現民族標準語的根本性質,也是提高社會語言素養、宣傳和維護民族共同語規範的重要工具。詞彙研究與語文辭書編纂有着密切的關係。詞彙是語文辭書的原始材料,也是語文辭書研究的對象,語文辭書又是詞彙學研究的對象。語文辭書的編寫以詞彙研究爲基礎,同時辭書的編寫又反過來推動了詞彙研究的深入。[1] 王力先生在《理想的字典》一文中説,理想的字典除矯正一些小毛病(前代字書的)之外,應該從積極方面做到三件事:一是"明字義乳",二是"分時代先後",三是"盡量以多字釋一字"。[2] 王力先生是從詞義的發展、詞義的系統性及注釋的具體方法等角度,來談及理想的辭書編纂的。現有的大型語文辭書,以《漢語大詞典》《漢語大字典》爲例,基本上是按照以上三個標準來操作的。與前代辭書相比,兩大辭書在詞條收録、義項設置、書證引用和意義注釋方面,可謂歷代辭書之集大成、新時

---

[1] 徐時儀:《〈朱子語類〉詞彙研究》,第634頁。
[2] 參見王力:《理想的字典》,《王力文集》第十九卷,山東教育出版社,1991年,第62~76頁。

代辭書編纂之圭臬。然而兩大辭書作爲空前之大型辭書,出自衆手,自然不無瑕疵,自出版以來學界指瑕商榷之聲如雨後春笋層出不窮。學者們從不同角度對兩大辭書的編纂提出了意見和建議。誠然,在王力先生撰文的年代,辭書若是這般編纂,即可認定爲是理想的狀態,然而時代的發展,人類日益提高的知識需求,新成果的不斷涌現等,都對當代大型語文辭書編纂提出了新要求。"語言研究的深入,需要大型辭書將形成的成果加以匯總和沉澱,從而進一步促進語言研究。一部好的漢語語文詞典對語言研究有重大的推進作用,它可以提供佐證,開拓思路,使人們對詞義有正確的認識,從而得出恰當的解釋。同樣,語言研究的不斷深入也可使辭書品質更高,内容更充實、結論更可靠。"[1] 宋代筆記的語言研究,可以爲辭書編纂提供豐富的新詞彙、新意義,增補釋詞的宋代例證,更正辭書釋義之失誤,使辭書詞條設置更科學、更合理,因之提供漢語大型辭書編纂的品質和水平。這裏我們從修訂《漢語大詞典》的角度,結合以上幾個方面,舉例説明宋代筆記語言研究的辭書編纂價值。

(一)補《漢語大詞典》詞條

宋代筆記中的詞彙,既有宋代産生的新詞,又有對前代詞語的繼承和使用,這些詞語可以爲《漢語大詞典》增補詞條提供幫助。

1.鯽魚

　　齊王肅歸魏,初不食羊肉酪漿,常食鯽魚羹,渴飲茗汁。(《愛日齋叢抄》卷五,110頁)

"鯽魚"最早用例見於張仲景《金匱要略方論》卷之下:"鯽魚不可合猴雉肉食之,一云不可合猪肝食。"此書爲北宋林億取王洙録傳《金匱玉函要略方》的"雜病"和有關的附方編輯而成。《神仙傳》卷六"樊夫人"有:"唾盤中即成鯽魚夫人。"《肘後備急方》卷之二"治脾胃虚弱不能飲食方·附方":"《食醫心鏡》:治脾胃氣冷不能下食虚弱無力鶻突羹:鯽魚半斤,細切起作鱠,沸豉汁熱投之,着胡椒、乾薑、蒔蘿、橘皮等末,空腹食之。"《肘後備急方》"鯽魚"共8例,該書爲金代楊用道摘取《證類本草》中的單方作爲附方整理而成,名爲《附廣肘後

1　王雲路:《漢魏六朝語言研究與辭書編纂》,《辭書研究》1992年第3期。

方》,即現存《肘後備急方》,簡稱《肘後方》。其語料雖不能全部反映晉代語言特點,但據《神仙傳》例亦可作爲部分參考。因此,"鯽魚"至遲應爲晉代產生。《漢語大詞典》收録"鯽",下未設"鯽魚"條。

2. 突忤

尤工篆籀詩筆,惟縱酒無檢,多突忤於善人。(《玉壺清話》卷二,21頁)

《說文·穴部》:"突,犬從穴中暫出也。從犬在穴中。"引申有襲擊義,《墨子·備城門》:"今之世常所以攻者,臨、鈎、衝、梯、堙、水、穴、突、空洞、蟻傅、轒輼、軒車。"岑仲勉注:"突之義爲猝攻。"進而表示觸犯、冒犯,如《荀子·榮辱》:"陶誕突盜,惕悍憍暴,以偷生反側於亂世之間。"王先謙集解引郝懿行曰:"突盜,謂好侵突掇盜也。""忤"是違逆、觸犯,如《莊子·刻意》:"無所於忤,虛之至也。"成玄英疏:"忤,逆也。"《史記·魏其武安侯列傳》:"灌將軍得罪丞相,與太后家忤,寧可救邪?"唐韓愈《胡良公墓神道碑》:"以剛直齟齬不阿,忤權貴,除獻陵令。""突忤"爲近義并列,謂衝撞、冒犯。《漢語大詞典》未收録。

3. 打水

至於造舟車者曰"打船""打車",網魚曰"打魚",汲水曰"打水",役夫餉飯曰"打飯"……(《歸田録》卷二,36頁)

《歸田録》用例内容,《蘆浦筆記》《能改齋漫録》等皆轉録,據歐陽修"汲水曰'打水'",已經是固定結構,《漢語大詞典》宜收録。

4. 事無巨細

時以晏元獻爲翰林學士、太子左庶子,事無巨細皆諮訪之。(《湘山野録》卷中,39頁)

智識深遠,過人遠甚,而事無巨細,皆反復熟慮,必萬全無失然後行之。(《涑水記聞》卷十五,294頁)

遂趨入見,因乞監侍祈禱,留宿殿中。自是,事無巨細,皆白執政而後行,上下晏然。(《澠水燕談録》卷二"名臣",20頁)

"事無巨細",即事情不分大小,言外之意是無論什麽樣的事兒。《漢語大詞典》可增補。

5.陽狂

全忠既篡弑,凝式歷梁、唐、晋三朝,陽狂不任事,累官至太子少師。(《邵氏聞見録》卷十六,171頁)

涉懼事泄,凝式自此遂陽狂,時年三十五。《五代史補》言時年方弱冠,誤也。(《游宦紀聞》卷十,86頁)

諫涉之事,新、舊史皆弗書,復不爲立傳,可勝歎哉! 余因彙次筆迹,遂爲之傳。使百代之下,知凝式者,不特以工書與陽狂而已。(《游宦紀聞》卷十,90頁)

"陽狂"即爲裝瘋,本爲"佯狂",《荀子·堯問》:"然則孫卿懷將聖之心,蒙佯狂之色,視天下以愚。"《漢語大詞典》收録有"佯狂",宜注明又作"陽狂"。

6.酒店

宋白爲翰林承旨游委巷,爲趙慶所持,魯宗道爲官僚飲於仁和酒店。(《東軒筆録》卷十三,149頁)

孫亦無一言,某遂召入酒店内,同坐喫酒。數巡,孫徐言曰:"當時何故打殺我? 多少年歲尋覓你不得。"(《洛陽縉紳舊聞記》,189頁)

凡酒店中,不問何人,止兩人對坐飲酒。亦須用注碗一副,盤盞兩副,菓菜楪各五片,水菜椀三五隻,即銀近百兩矣。(《東京夢華録》卷四"會仙酒樓",127頁)

"酒店"就是飲酒吃飯的場所,飲酒時一般必有下酒菜,可見,"酒店"即是現代意義上的酒店。現代的"酒店"乃重用舊詞。《漢語大詞典》編撰時"酒店"大概還未廣泛地指稱大規模的飯店,於是漏收。

7.口誦

又從容語及平日藩邸唱和之事,公遽離席,歷歷口誦御詩幾七十餘篇,一句不訛。(《玉壺清話》卷三,24頁)

既歸,口誦數篇與荆公,荆公明日在中書語及之,而禹玉相公、當世參政願傳其本,於是盛行於時。(《續湘山野録》,82頁)

俗傳撒此物,須主人口誦猥語播之則茂。(《湘山野録》卷中,30頁)

"口誦"即口頭誦讀,多指背誦,東晋法顯《佛國記》:"此無經本,我止口誦耳。"《北史·李彪列傳》已有:"悅兄閭博學高才,家富典籍,彪遂於悅家手抄口誦,不暇寢食。""口誦"産生較早,其最初意義爲口上誦讀,如漢桓寬《鹽鐵論·晁錯》卷二:"若夫外飾其貌而内無其實,口誦其文而行不由其道。"陸賈《新語》卷下《思務》:"夫口誦聖人之言,身學賢者之行漢。"這樣的"口誦"詞彙化程度不十分高,與後面的"身""行"等相對言,表示心口不一。還不具備口頭誦讀的"隨口""即時""即地"的語義特徵。《北史》例可以看作中間階段。又有類似的"口對"表示隨口應對,口頭回答。《史記·張釋之馮唐列傳》:"虎圈嗇夫從旁代尉對上所問禽獸簿甚悉,欲以觀其能口對回應無窮者。"《周書·文帝紀上》:"齊神武問岳軍事,太祖口對雄辯。""口占"謂作詩文不起草稿,隨口而成。《漢書·朱博傳》:"合下書佐入,博口占檄文。"《資治通鑑·齊明帝建武二年》:"(帝)善屬文,多於馬上口占,既成,不更一字。""口授"表示口頭傳授,《漢書·藝文志》:"仲尼思存前聖之業……有所褒諱貶損,不可書見,口授弟子,弟子退而异言。"或口頭説,叫别人寫,如《三國志·蜀志·王平傳》:"平生長戎旅,手不能書,其所識不過十字,而口授作書,皆有意理。"《漢語大詞典》未收録"口誦"。

8.貧富不均

　　子云言:"官患民貧富不均,富者逐什一益富,貧者取倍稱,至鬻田質口不能償,故爲是法以均之。"(《東坡志林》卷二"唐村老人言",28頁)

　　故小波得以激怒其人曰:"吾疾貧富不均,今爲汝均之。"(《澠水燕談録》卷八"事志",105頁)

"貧富不均"指的是財富擁有的多少不平均,《論語·季氏》已有"不患寡而患不均,不患貧而患不安"。

9.感恙

　　因感恙,抱病乞分務西雒。不允,遣太醫診視,令加針灸。(《玉壺清話》卷四,36頁)

《説文·心部》:"感,動人心也。從心咸聲。""感"是心裏的感受,身心乃爲一體,心之所感,身亦同受,因此,引申有感染、感受義,多用於疾病,如《南史·儒林傳·皇侃》:"平西邵陵王欽其學,厚禮迎之。及至,因感心疾卒。"《醫宗金鑒·幼科雜病心法要訣·感冒》:"肺主皮毛感邪風,發熱憎寒頭痛疼。"《説文·心部》:"恙,憂也。""恙"表示憂慮,如《史記·平津侯主父列傳》:"君不幸罹霜露之病,何恙不已。"進而由内心之憂引申爲指稱身體上的疾病,如《吕氏春秋·异用》:"孔子之弟子從遠方來者,孔子荷杖而問之,曰:'子之公不有恙乎?'""感恙"義爲感染到疾病,即患病,是宋代新詞,另如宋牟巘《陵陽集》卷二十二《薦父青詞》:"自感恙之日,深嘗陳情而露禱,所願以臣之齡延父算,以父之疾加臣身。"後世沿用,如明曹于汴《仰節堂集》卷五《劉孺人曹氏墓志銘》:"既而,劉君感恙,痀瘺不能屈伸。"清談遷《國榷》卷七十五:"乙酉諭内閣:'朕實感恙,非偷佚也。'"[1]

10.漕使

黄魯直《送張謨河東漕使》詩云:"紫參可撅宜包貢,青鐵無多莫鑄錢"。(《鷄肋編》卷上,4頁)

紹聖、元符之間,有馬從一者,監南京排岸司。適漕使至,隨衆迎謁。(《老學庵筆記》卷十,133頁)

樞密安公惇處厚,元祐末爲江東漕使,因游廬山太虚觀。(《能改齋漫録》卷十八"陸仙師迎漕使安公",505頁)

"漕使"是漕運使的簡稱,負責管理水道運輸等事務。宋代時隸屬"漕司"或"漕運司","漕司"的職能範圍是管理催征税賦、出納錢糧、辦理上供及漕運等事的官署或官員。北宋稱轉運司,南宋稱漕司,元代稱漕運司。唐代始設"漕運使",《舊唐書·楊慎矜列傳》:"時散騎常侍、陝郡太守韋堅兼御史中丞,爲水陸漕運使,權傾宰相。""漕使"也可簡稱爲"漕",其中"使"是官名。《老學庵筆記》卷十例後有:"漕一見怒甚,即叱之曰:'聞汝不職,未欲按汝,何以不亟去?尚敢來見我耶!'"《漢語大詞典》設有"漕司""漕臣"等詞條,未收録"漕使"。

(二)補《漢語大詞典》義項

相對於語言的其他要素,詞彙的系統性并不十分容易描摹,而詞彙中詞義

---

[1] 一般所説的"無恙"之"恙",蓋亦爲疾病義。《玉篇·心部》:"恙,噬蟲,善食人心。"《史記·刺客列傳》:"爲老母幸無恙。"司馬貞索隱引《易傳》:"上古之時,草居露宿。恙,噬蟲也,善食人心,俗悉患之,故相勞云'無恙'。恙非病也。"此説牽强。

系統更是複雜得多。詞彙的發展、漢語詞義系統的演變,其基礎還是詞義的發展,新義的產生、舊義的消亡和義位的重新分配組合。面對如此複雜的詞義系統,全面準確地歸納詞彙成員的意義,并標明其時代性,漢語詞彙史的深入研究是必需的前提。宋代筆記的詞彙研究,可以爲大型辭書的編纂修訂提供豐富的具有時代特徵的義項依據,增補已有辭書的義項。

1. 中閤

黃尚書由帥蜀,中閤乃胡給事晋臣之女,過雪堂,行書《赤壁賦》於壁間。(《游宦紀聞》卷一,4頁)

《漢語大詞典》"中閤"條:"宮中的小門。《後漢書·呂布傳》:'卓(董卓)又使布守中閤,而私與傅婢情通,益不自安。'"《游宦紀聞》例"中閤"爲黃由之妻,可見宋代該詞可以指妻子。另如《春渚紀聞》卷二"謝石拆字":"石曰:'謂語助者焉哉乎也,固知是公内助所書。尊閤盛年三十一否?'曰:'是也。''以也字上爲三十,下爲一字也。然吾官人寄此,當力謀遷動而不可得否?'""閤"舊可指女子的住房。南朝梁元帝《烏栖曲》之四:"蘭房椒閤夜方開,那知步步香風逐。"唐薛漁思《河東記·段何》:"媒者又引入閤中,垂幃掩戶,復至何前曰:'迎他良家子來,都不爲禮,無乃不可乎?'"後蜀毛熙震《木蘭花》詞:"對斜暉,臨小閤,前事豈堪重想着。"可見,唐宋之際"閤"此義仍保留。此義乃由處所義轉喻而成。

2. 元

提點鑄錢、朝奉郎黃沔久病渴,極疲悴。予每見必勸服八味元,初不甚信,後累醫不痊,謾服數兩遂安。或問:"渴而以八味元治之,何也?"對曰:"漢武帝渴,張仲景爲處此方。"(《泊宅編》卷八,46頁)

俟凝取出,去麤者,研細,以宿蒸餅爲元,如菉豆大,每服三元至七元。(《游宦紀聞》卷一,7頁)

"元"爲藥丸,"八味元"即"八味丸",進而發展爲量詞,"七元""八元"猶"七丸""八丸"。後代醫書中仍有用例,《醫方類聚》:"蕩滌熱積,皆用湯液,不得用元子藥,不可不知也。""局方滲濕湯,三因八物湯加乾薑,六物附子湯,獨活寄生湯,八味元,十全丹,木瓜牛膝元,四蒸木瓜元,换腿元,吴茱萸元,勝駿元。"此義《漢語大詞典》未收録。

3.門號

　　淳祐甲寅五月,禁中獲僞號人,乃是玉津園火工包四。勘供係賣到有請人潘寶敕號。繼於潘寶家搜出敕入宮門假印板一面,遂正典刑,其子潘三亦杖死,凡黥决者四十八人。於是盡易敕號,内宮門號八角樣,禁衛號銀錠樣,殿門號四如意樣,每歲一易,各立樣式,承襲爲例。(《癸辛雜識·僞號》,299~300頁)

　　凡敕入宮門號,止於國子監外門;敕入殿門號,止於國子監内門;敕入禁衛號,止於崇化堂天井,謂之"隔門"。(《武林舊事》卷八"車駕幸學",153頁)

可見,"號"爲憑證標識義。《禮記·大傳》:"立權度量,考文章,改正朔,易服色,殊徽號,异器械,别衣服,此其所得與民變革者也。""僞號"就是假標識,這裏指入宮門的假憑證,"門號"即是憑證,爲防止僞造,各門的門號還各不相同。《漢語大詞典》釋"門號"爲門牌號碼,引證爲《詩刊》1981年第1期:"我故意放慢脚步,望着遠處的燈光繼續前行,經過那個熟悉的門號。"可增補此義。

4.初

　　自君之出,吾唯圃是務。初不知堂中之温密,别館之虚凉,北榭之風,南樓之月,西園花竹之勝。(《賓退録》卷六,73頁)

"初"有"方纔,剛剛"義,如《史記·屈原賈生列傳》:"孝文帝初即位,謙讓未遑也。"剛剛之否定形式,即爲不剛剛,實則一點兒也没有,相當於"尚""還","初不知堂中之温密",等於説"尚不知堂中之温密"。漢代已見此類情况,漢應劭《風俗通義·窮通》第七:"謝著我舊友也,尚不相見視,汲令初不相知,語之何益?"唐房玄齡《晋書·律曆志》:"先師相傳吹笛,但以作曲相語,爲某曲當舉某指,初不知七孔盡應何聲也。"宋陳師道《後山集》卷九《書舊詞後》:"余謂不然,宋玉初不識巫山神女而能賦之,豈待更而知也?"《漢語大詞典》漏收此義。

6.生字

　　唐人詩工於下生字。"走月逆行雲""芙蓉抱香死""笠卸晚峰陰""山雨慢琴弦""松凉夏健人""緑竹助秋聲""歲月换紅顔""石磴掃春雲""畫角赴邊愁""遠帆開浦烟""疏雨滴梧桐",字字穩帖,不覺其生。(《隨隱漫録》卷一,6頁)

此處"生字"指的是陌生的、不常用的詞,如宋范晞文《對床夜語》卷五:"詩用生字自是一病,苟欲用之,要使一句之意盡於此字上見工,方爲穩帖。"現代我們常説的"生字"是不認識的字,如鄒韜奮《經歷》二一:"這樣不但可以得到正確的意義,而且也可於無意中多學得幾個生字。"《漢語大詞典》"生"條僅收録後面一義項,可增補。

7. 盤游

七月十五日,中元節。先數日市井賣冥器、靴鞋、襆頭、帽子、金犀假帶、五彩衣服、以紙糊架子盤游出賣。(《東京夢華録》卷八"中元節",211頁)

《文王之囿方七十里》一絶云:"庇民德莫大文王,西伯都來百里強。囿囿盤游方七十,斯民何處事耕桑。"(《賓退録》卷二,26頁)

"盤游"即來回地游走,相當於周游。游走一次也可以用"盤游",《賓退録》例即是。宋代"盤"有"游"義,王鍈《唐宋筆記語辭彙釋》釋"盤術":"指依靠某種方術漫游街巷以謀生的行爲,'盤'有'游'義,宋時熟語。"[1] 筆記中又有"盤游飯",如《愛日齋叢抄》卷一:"《北户録》云:嶺俗家富者,婦產三日,或足月,洗兒作團油飯,以煎魚蝦鷄鵝猪羊灌腸蕉子薑桂鹽豉爲之。陸務觀謂此即東坡記盤游飯,語相近,必傳者之誤。"《老學庵筆記》卷二言:"據此(《北户録》言),即東坡先生所記盤游飯也。二字語相近,必傳者之誤。""盤游飯"蓋取游走於親友間以求同喜的飯食義。《漢語大詞典》"盤游"條僅有"游樂"一義項。

8. 一面

以此之故,今執政太半知其不直,而況於西人乎?今雖欲不顧曲直,一面用兵,不知二聖肯未,從來大言斷送朝廷用兵,不過范育、姚雄狂生一二人耳。(《龍川略志》六"西夏請和議定地界",36頁)

至於整會官職差遣、理雪罪名,凡干身計,并請一面進狀,光得與朝省衆官公議施行。(《容齋隨筆》卷四"温公客位榜",46頁)

"一面"爲徑直、直接義,不同於現代漢語中的"一面……一面"。《漢語大詞典》可據此增補。"一面"條中又收録有"猶言自行,自主"義,并引宋岳飛《奏

---

[1] 王鍈:《唐宋筆記語辭彙釋》,第133頁。

措置虔賊狀》:"山寨賊首羅誠等二百餘人,見拘管在寨。未審令臣一面處置,惟復申解朝廷,伏望聖慈速賜指揮。"蓋可歸幷。

9.當對

真宗皇帝時,向文簡除右僕射。麻下日,李昌武爲翰林學士,當對。上謂之曰:"朕自即位以來,未嘗除僕射,今日以命敏中,此殊命也。敏中必甚喜,卿往觀之。"(《舊聞證誤》,67頁)

近世士大夫多不練故事,或爲之語曰:"上若問學校法制,當對曰:'有劉士祥在。'問典禮因革,當對曰:'有齊聞韶在。'"(《老學庵筆記》卷九,121頁)

《漢語大詞典》"當對"條爲:"對等;匹敵。《爾雅·釋詁上》:'妃、合、會,對也。'晋郭璞注:'皆相當對。'南朝宋劉義慶《世說新語·文學》:'支道林初從東出,住東安寺中。王長史宿構精理,幷撰其才藻,往與支語,不大當對。'唐韓愈《猛虎行》:'自矜無當對,氣性縱以乖。'"不合筆記例文義,"當對"爲當面回答義。

10.排當

初年,嘗於上元日清燕殿排當,恭請恭聖太后。(《齊東野語》卷十一"御宴烟火",208頁)

宴賞,初坐、再坐,插食盤架者,謂之"排當"。否則但謂之"進酒"。(《武林舊事》卷二"賞花",41頁)

再入幄次小歇,上遣閣長奏知太上:"午時二刻,恭請赴坐。"至期,輕駕幷赴德壽殿排當。(《武林舊事》卷七"乾淳奉親",144頁)

《漢語大詞典》釋"排當"爲帝王宮中設宴之稱。這樣的宴會往往程式複雜,別於一般的宴席,"初坐、再坐,插食盤架者"即是體現。另如:

禁中是夕有賞月延桂排當,如倚桂閣、秋暉堂、碧岑,皆臨時取旨,夜深天樂直徹人間。御街如絨綫、蜜煎、香鋪,皆鋪設貨物,誇多競好,謂之"歇眼"。燈燭華燦,竟夕乃止。此夕浙江放"一點紅"羊皮小水燈數十萬盞,浮滿水面,爛如繁星,有足現者。或謂此乃江神所喜,非徒事觀美也。(《武林舊事》卷三"中秋",49頁)

可見"排當"規模之大。《武林舊事》卷第一"聖節"條有"天聖基節排當樂次",其中包括依次的樂器演奏、舞蹈、念致語、表演雜劇等。因此,"排當"一般

都是在特殊時間安排的,如:

> 先期學士院供貼子,如春日禁中排當,例用朔日,謂之"端一"。(《武林舊事》卷三"端午",47頁)

> 禁中例於八日作重九排當,於慶端殿分列萬菊,燦然眩眼,且點菊燈,略如元夕。(《武林舊事》卷三"重九",50頁)

> 官家恭請上、太后來日就南內排當。初二日進早膳訖,……午正二刻,就凌虛排當三盞,至萼綠華堂看梅。上進銀三萬兩、會子十萬貫。(《武林舊事》卷七"乾淳奉親",149~150頁)

宋代筆記中的"排當",詞義的範圍在不斷擴大,并不限於帝王的程式性的宴會,一般的官員層面的也有排當,如:

> 官府貴家置四司六局,各有所掌,故筵席排當,凡事整齊,都下街市亦有之。(《都城紀勝·四司六局》,8頁)

> 呂言不欲多見人,望太尉於東位射弓處排當帳設,用新好細席,於靜室燃香燭,須鮮果好酒,太尉自齋沐,換新衣,具靴笏,深夜候之,必來降矣。(《洛陽縉紳舊聞記》三,177頁)

甚至,離開宴席的程式化的音樂表演也可稱爲"排當",如:

> 每遇節序生辰,則旬日外依月律按試,名曰小排當,雖中禁教坊所無也。(《齊東野語》卷十七"笙炭",310頁)

因爲規模小,程式有異,因此稱爲"小排當"。可見,"排當"之中的熱鬧義是必不可少的,這可以視爲與現代義上的"排當"(排檔)共有的核心義素。《漢語大詞典》在帝王宴會基礎上,可據此增補義項。

(三)補《漢語大詞典》之引證

《漢語大詞典》堅持古今兼收、源流并重,所釋詞條義項例證均是從最早用例列舉,貫穿古今的,但由於條件限制,如此浩繁的工程難免有所遺漏,而宋代筆記語料恰恰可以爲《漢語大詞典》的修訂提供豐富的例證。

1.補《漢語大詞典》首證

祖翁

> 蘇翁者,初不知其何許人。紹興兵火末,來豫章東湖南岸,結廬獨

居。待鄰右有恩禮，無良賤老穉，皆不失其懽心。故人愛且敬之，稱曰蘇翁，猶祖翁、婦翁云。(《游宦紀聞》卷三，24頁)

《漢語大詞典》"祖翁"條，首證爲清梁章鉅《稱謂錄·祖》："樂清縣白鶴寺鐘款識有祖翁、祖婆之稱。"甚晚。

偏僻

施仲山云："士大夫至晚年多事偏僻之術，非惟致疾，然不能有子。蓋交感之道，必精與氣接，然後可以生育。而偏僻之術必加繫縛之法，氣不能過，是以不能有子也。愛身者當慎之！"(《癸辛雜識·偏僻無子》，133~134頁)

故都向有吳生者，專以偏僻之術爲業，江湖推爲巨擘。(《癸辛雜識·吳生坐亡》，172頁)

《漢語大詞典》"偏僻"條義項3"冷僻，不常見"，引許地山《換巢鸞鳳》："我先說了，不許用偏僻的句。"甚晚。

叫賣

歐陽文忠公嘗言昔日夷陵從乾德泊舟於漢江野岸中，夕後聞語言歌笑、男女老幼甚衆，亦有交易評議，及叫賣果餌之聲若市井然，殆曉方止。(《東軒筆錄》卷十三，148頁)

十五日供養祖先素食，纔明即賣㯮米飯，巡門叫賣，亦告成意也。(《東京夢華錄》卷八"中元節"，212頁)

"叫賣"爲吆喝着賣東西，與一般的商鋪等出售商品有別。但這只是賣東西的一種方式，"叫賣"爲狀中結構。《漢語大詞典》首證爲清潘榮陛《帝京歲時紀勝·時品》："至於街市小兒叫賣小而黑者爲酸葡萄，品斯下矣。"甚晚。

立案

嘗知徐州，有吏犯罪，既立案，逾年然後杖之，人皆不曉其旨。(《涑水記聞》卷二，31頁)

朝散郎路時中行天心正法，於驅邪尤有功，俗呼路真官。嘗治一老狐，亦立案，具載情款，如世之獄吏所爲。(《泊宅編》卷七，42頁)

楊景略謂兩府判，云執政家所送便當與行遣，於是兩府判不立案，各斷臀杖十七。(《舊聞證誤》，70頁)

"立案"謂成立案件。《漢語大詞典》首證引《初刻拍案驚奇》卷二:"次日李知縣升堂,正待把潘甲這宗文卷注銷立案,只見潘甲又來告道:'昨日領回去的,不是真妻子。'"嫌晚。

鋼定

> 凡欲移竹,先掘地坑令寬大,以水調細土作稀泥,即掘竹,四面鑿斷大根科,連根以繩鋼定,异時勿令動着根須間土,异入坑,致泥漿中,令泥漿周匝遍滿,乃東西摇之,復南北摇之,令泥漿入至須間,便以細土覆之,勿令土壅過竹本根也。(《茅亭客話》卷八,136頁)

"鋼"最初表示用金屬熔液填塞空隙,《説文·金部》:"鋼,鑄塞也。"也泛指補塞,宋陸游《齋居紀事》:"仍以厚紙鋼罅乃佳。""鑄塞"乃是使裂物無縫隙,從而堅固不動。因此,"鋼"又有使外物不動的約束義,如宋何薳《春渚紀聞》卷四"膠䴡取虎":"數轉之後,膠秆叢身,牢不可脱,至於尾足頭目,蒙暗無視,體間如被鋼束。"約束使之不動即爲"鋼定"。《漢語大詞典》"鋼定"條,釋爲"牢固確定。鋼,通'固'"。首證爲瞿秋白《文藝的自由和文學家的不自由》:"然而群衆之中的一些守舊的落後的宇宙觀和人生觀,并不是群衆自己所'固有'的,而是統治階級用了種種方法和工具所鋼定的,所灌輸進去的。"大可提前。[1]

2. 補《漢語大詞典》宋代例證

《漢語大詞典》有些詞條首證早於宋,但缺乏宋代例證,可以據宋代筆記增補,如:

龍行虎步

> 雖緩行,從者闊步追之不及,相者曰:"正所謂龍行虎步也。"(《玉壺清話》卷九,86頁)

"龍行虎步"喻威儀莊重,氣度不凡,常以形容帝王之相。《漢語大詞典》例證爲《宋書·武帝紀上》:"劉裕龍行虎步,視瞻不凡,恐不爲人下,宜蚤爲其所。"明凌濛初《虬髯翁》第一出:"遇着俺張兄虬髯翁,他龍行虎步,是個王者之相。"章炳麟《駁黄興主張南都電》:"黄君總率六師,龍行虎步,苟軍人受謡成惑,當明諭曉導,以解群疑。"茅盾《清明前後》第一幕:"他確是一表堂堂,并非

---

[1] 釋義亦不必言"鋼"通"固","鋼"本身即可有約束之引申義,且二者本來同源。

獐頭鼠目,雖然說不上龍行虎步,踱起方步來確也很像個樣子。"例證時間跨度甚大。

臭

龔伯建云:詢與孫何、盛度、丁謂,真宗時俱在清貴。詢好潔衣服,裛以龍麝,其香數步襲人;何性落拓,衣服垢汗;度體充壯,居馬上,前如仰,後如俯;謂,吳人,面如刻削。時人爲之語曰:"梅香,孫臭,盛肥,丁瘦。"(《涑水記聞》卷三,48頁)

《漢語大詞典》釋"臭"義項1爲"穢惡之氣,與'香'相對"。引證爲《左傳·僖公四年》:"一薰一蕕,十年尚猶有臭。"漢桓寬《鹽鐵論·論災》:"故不知味者,以芬香爲臭。"《孔子家語·六本》:"與不善人居,如入鮑魚之肆,久而不聞其臭。"《糊塗世界》卷三:"魚是不知那一天的了,臭氣撲鼻。"《涑水記聞》例爲"臭"之與"香"相對義的確證,《漢語大詞典》可增補。

地主

令中貴人入川,比欲申地主之禮,如何須得中夜入城,使民驚擾。不知有何急公幹當?(《能改齋漫錄》卷十二"斥中貴",363頁)

過南京,張公安道爲守,列迎謁騎從於庭,張公不出。或問公,公曰:"吾地主也。"(《邵氏聞見錄》卷九,93頁)

大凡過一郡一邑,猶有地主之敬。今欲航巨浸而傲我不謁,豈禮也哉?(《夷堅志》卷四"趙士藻",217頁)

"地主"爲對來往客人而言的當地的主人。《漢語大詞典》引證爲唐郎士元《春宴王補闕城東別業》詩:"山下古松當綺席,檐前片雨滴春苔,地主同聲復同舍,留歡不畏夕陽催。"明李贄《與焦從吾》:"且當處窮之日,未必能爲地主,是以未敢決來。"可據此增補宋代例證。

捐弃

師忽謂衆曰:"我釋迦文佛,歷劫以來,救護有情,捐弃軀命,初無少靳,而吾何敢愛此微塵幻妄,坐視衆苦而不赴救。"(《春渚紀聞》卷四"僧净元救海毀",60頁)

先妣冲虛居士,少聰明,穎異絕人,於書史無所不讀,一過輒成誦。年三十,先君捐弃,即抱貞節以自終。(《游宦紀聞》卷八,67頁)

卒十有三萬,一夕而潰死者不可勝數,資糧甲兵,捐弃殆盡。天子哀痛,下詔罪己。(《四朝聞見録·丙集·張史和戰异議》,103頁)

"捐弃"義爲"抛弃"。《漢語大詞典》引證爲《管子·立政》:"正道捐弃而邪事日長。"漢王褒《九懷·株昭》:"瓦礫進寶兮,捐弃隋和。"《北齊書·封隆之傳》:"逆胡尒朱兆,窮凶極虐,天地之所不容,人神之所捐弃。"明鄭若庸《玉玦記·設誓》:"奈捐弃家室,迷戀烟花。"清劉大櫆《吳君墓志銘》:"蓋君雖捐弃科名,而其於學問文章未嘗須臾怠廢。"丁玲《母親》二:"爲了孩子們的生長,她可以捐弃她自己的一切。"可增補。

見面

德興邑廨,有石刻二詩云:"仕宦之身,天涯海畔,行商之身,南州北縣,不如田舍,長相見面。"(《游宦紀聞》卷八,74頁)

曰:"胡不一歸與親別?"曰:"骨肉之情,見面必留。"(《夷堅志》卷二"武承規",19頁)

"見面"爲"會面,見到"。《漢語大詞典》引證爲唐杜甫《十二月一日》詩之三:"春來准擬開懷久,老去親知見面稀。"唐周賀《與崔弇話別》詩:"幾年方見面,應是鑷蒼髭。"元王實甫《西廂記》第三本第二折:"從今後相會少,見面難。"《儒林外史》第三二回:"門下在這裏大半年了,看見少爺用銀子像淌水,連裁縫都是大捧拿了去。只有門下是七八個月的養在府裏白渾些酒肉吃吃,一個大錢也不見面。"可增補。

(四)《漢語大詞典》釋義、引證商榷

《漢語大詞典》中的有些釋義和引證,似乎不十分準確,現結合宋代筆記舉例商榷:

1.釋義不當

放氣

時秦會之當國,數以言罪人,勢焰可畏。有唐錫永夫者,遇德昭于朝天門茶肆中,素惡其狂,乃與坐,附耳語曰:"君素號敢言,不知秦太師如何?"德昭大駭,亟起掩耳曰:"放氣!放氣!"(《老學庵筆記》卷一,11~12頁)

本爲"放屁"的委婉表達,另如《太平廣記》卷二五三《啓顔録·侯白》:"陳朝嘗令人聘隋,不知其使機辯深淺,乃密令侯白變形貌,着故弊衣,爲賤人供承。客謂是微賤,甚輕之,乃傍卧放氣與之言。"又卷二四六引宋龐元英《談藪·張融》:"融與寶積俱謁太祖,融於御前放氣,寶積起謝曰:'臣兄觸忤宸扆。'上笑而不問。"宋代筆記中亦有"放屁",《癸辛雜識·二章清貧》:"章若不聞他語,自若良久,忽語衆曰:'頃與衆人會語正洽,俄聞惡臭,罔知所自。時舍弟達之亦在焉,久乃覺其自達之也,退而誚之曰:"吾弟!吾弟!衆皆在此説話,吾弟却在此放屁。"'""放屁"後來又産生"説話如排泄髒氣"的比喻義,《喻世明言》第三回:"婆子聽了,果然就起身走到門前叫罵道:'那個多嘴賊鴨黃兒,在這裏學放屁!若還敢來應我的,做這條老性命結識他。那個人家没親眷來往?'"理論上"放氣"也應該有此比喻義,現代東北方言中用"放氣"來作罵人的話,但文獻中我們未發現此義"放氣"的用例,《漢語大詞典》"放氣"條引宋陸游《老學庵筆記》卷一例爲證,釋"放氣"爲罵人説話無理,不妥。例中德昭乃是懼怕談論秦檜藉故離開,"放氣"并非罵詞。《漢語大詞典》引例下句爲"遂疾走而去,追而不及",可以爲證。

眣瞯

人之心相外見於目,孟子曰:"知人者莫良於眸子,胸中正則眸子瞭然,胸中不正則眸子眊然。"此其大概也。而其間善惡又更多端,凡眣瞯上音茂下音呼九切唻囉者,嫉妒人也。(《青箱雜記》卷四,39頁)

《漢語大詞典》引此例爲證,釋"眣瞯"爲嫉妒人的目光,值得商榷。這明顯是隨文釋義,嫉妒人的目光,究竟是什麽樣的目光?從上下文看,以"眣瞯"爲此義是一種相術上的主觀判斷。《長短經》卷一《察相》:"眣瞯音戍眣瞯而莘切者,蛆嫉人也。"與吳處厚所記大致同。"眣",《説文·目部》:"氐目謹視也。從目孜聲。"宋羅願撰《爾雅翼》卷十七《釋鳥·音釋》:"鶩、眣,韵書音'茂'又音'牟',并訓目不明也。"可知,當時"眣""眣"音同通,"眣"即"眣",蓋爲俗體,或爲流傳過程中致誤。《荀子·非十二子》:"綴綴然,眣眣然,是子弟之容也。"楊倞注:"眣眣然,不敢正視之貌。"可知,"眣"本義當爲低視小心謹慎而謙卑的樣子。"瞯",《集韵·虞韵》:"瞯,瞯瞯,媚兒。"《漢書·韋賢傳》有"瞯瞯諮夫,咢咢黃髮",顔師古注引如淳曰:"瞯瞯,自媚貌也。"師古曰:"咢咢,直言也。瞯,音逾。咢,五各反。""喻"定爲由眼睛的某種形態所表現出的媚態。《説文·女部》:"媚,説也。從女眉聲。""嫵,媚也。"《玉篇·女部》:"嫵,亡甫切。美女,《説文》云,嫵媚也。"美女高興的樣子或爲"媚"爲"嫵"或"嫵媚"。"詔媚"之人獻讒言時的目態與"嫵媚"同。"喻"即詔媚人時如女人高興般的媚態。"瞽喻"爲同義并用,詔媚之人必然小心謹慎,詞義可釋爲"從眼中體現出的小心謹慎不敢正視人的樣子"。

2.詞條、義項設置不當

睢盱,盱睢

> 盱睢䀹丁結切盷火彼切者,惡性人也。矇矓呼間切矓他郎切晃者,憨呼占切人也。貼丁念切瞵罄謙切瞚時斤切者,淫亂人也。睢盱睒音閃爍者,邪人也。(《青箱雜記》卷四,39 頁)

"睢""盱",據《説文》爲張目、仰視,上文已提及。"睢盱""盱睢"連用皆有張目仰視義。《周易》第十六卦《豫雷地豫震》上:"六三。盱豫悔,遲有悔。"《周易注疏》卷四:"若其睢盱而豫悔亦生焉。"音義:盱,香于反,睢盱也。向云:睢盱,小人喜悦之貌。王肅云:盱,大也。鄭云:誇也。《説文》云張目也。《字林》:火孤反,又火于反。子夏作紆,京作汙,姚作旴,云日始出。引《詩》:旴日始旦。睢,香維反。《説文》云:仰目也。《字林》火佳反。《東坡易傳》卷二"《象》曰:'盱豫'有'悔',位不當也",爲"我且睢盱而赴之,既而非也,則後雖有誠然者,莫敢赴之矣"。可知,"睢盱"亦爲喜悦貌。《禮記集説》卷四:

> 吴郡范氏曰:"將上堂則揚吾聲欯之聲,户外有二屨則聲聞於外,而後敢入。入户則不寧目以遠視,拱手當心以向户局,不回環而四顧,皆是不欲掩人之私。其事雖小,最爲曲禮之要,推而廣之有正心誠意之道焉。使心術不正者處之,必將潛聲以升堂,直前而入户,遠瞻四顧爲睢盱覘伺之態,則其人之薄德可知矣。"

可見,"睢盱"之行爲是違背"禮"的,入户四處向遠處張目而望,竊觀周圍之情境者,乃心術不正之人,此即是邪人也。另有《韓愈全集·詩集》卷三《題合江亭寄刺史鄒君》:"廟令老人識神意,睢盱偵伺能鞠躬。""睢盱"與"覘伺""偵伺"等并用,有竊視義。《柳宗元集》卷十八《騷》:"臣到百步,喉喘頳汗。睢盱逆走,魄遁神叛。"正是竊視義。"睢盱"亦有驕橫邪惡義,《宋大詔令集》卷二百十七:"汝等保於溪洞,守在封陲,況霜露之所均,固聲教之攸暨,遽忘覆育,敢恣睢盱,毒我齊民。撓兹戎索。"丁紹儀纂《東瀛識略》卷一:"臺灣之稱,於古無考。《文獻通考》云:'澎湖旁有毗舍耶國,言語不通,袒裸睢盱,殆非人類。'"可見,"睢盱""盱睢"略同,在表達張目遠望時詞義尚處於詞化過程中,由張目、遠視而引申出抽象的驕橫邪惡義時,凝固成詞。但從文獻中用例看來,竊視義、喜悦義爲"睢盱"所專有,蓋使用時有所分工。因此,吳處厚在同一語段的上下文中分用兩詞,來表達不同的眼神情態。《漢語大詞典》分設"睢盱""盱睢"爲二詞條,可歸并。

放火

> 田登作郡,自諱其名,觸者必怒,吏卒多被榜笞。於是舉州皆謂燈爲火。上元放燈,許人入州治游觀。吏人遂書榜揭於市曰:"本州依例放火三日。"(《老學庵筆記》卷五,61頁)

但從陸游的態度看來"放火"絶不等於"放燈","放火"爲引火焚燒義。"放燈"之"燈"不能换成"火"。百姓正是以"放火"一語雙關諷刺田登。《漢語大詞典》據陸游本段所記爲"放火"立"放燈"義項,不當。[1]

三、宋代筆記古籍整理與語言研究

(一)宋代筆記整理方面的失誤

目前,中華書局、上海古籍出版社、商務印書館及大象出版社先後出版了多部經點校整理後的宋代筆記文獻,爲從事筆記研究提供了品質較高的文獻材料。宋代筆記文獻數量大,材料繁雜,涉及内容廣泛,因此,整理出高品質的成果爲學界所用,并非易事,這對整理者的知識水平和嚴謹程度都是極大的考驗。因而多學科合力從事宋代筆記文獻的整理工作,纔更有利於進一步提高整理質量。從現有整理後的筆記文獻看,仍存有疏誤之處。

---

1 詳參見第二章第二節《宋代筆記中的詞義演變現象》。

1.有誤點誤斷句者

時有雙峰長老師,復自長安,領徒千人,止息鄧公場。遣人致詞於寶光曰:"師復酷愛此山,師具慈悲,若爲取捨?"光曰:"舍則不捨,來則不止。"語意深遠,衆莫曉解。於是雙峰選日入院,光師携杖下山,別建禪剎,即今興教院是也。(《游宦紀聞》卷六,49頁)

張茂鵬點校,"時有雙峰長老師,復自長安",標點誤。由下文"師復酷愛此山,師具慈悲,若爲取捨"可知,"師"之名爲"復"。其致誤直接原因蓋視"復自"爲一詞,相當於"自"。

祖宗潛耀日,嘗與一道士游於關河,無定姓名,自曰混沌,或又曰真無。每有乏則探囊金,愈探愈出。三人者每劇飲爛醉。生善歌步虛爲戲,能引其喉於杳冥間作清徵之聲,時或一二句,隨天風飄下,惟祖宗聞之,曰:"金猴虎頭四,真龍得真位。"至醒詰之,則曰:"醉夢語,豈足憑耶?"至膺圖受禪之日,乃庚申正月初四也。(《續湘山野錄》,74頁)

祖宗居潛日,與趙韓王游長安市。時陳摶乘一衛遇之,下驢大笑,巾簪幾墜。左手握太祖,右手挽太宗:"可相從市飲乎?"祖宗曰:"與趙學究三人并游,可當同之。"(《續湘山野錄》,78頁)

杜審琦,昭憲皇太后之兄也。建寧州節,一旦請覲,審琦視太祖、太宗皆甥也。一日,陳內宴於福寧宮,昭憲後臨之,祖宗以渭陽之重,終宴侍焉。及爲壽之際,二帝皆捧觴列拜,樂人史金著者,粗能屬文,致詞於簾陛之外,其略曰:"前殿展君臣之禮,虎節朝天;後宮伸骨肉之情,龍衣拂地。"祖宗特愛之。(《玉壺清話》卷三,30頁)

《禮記‧祭法》:"(殷人)祖契而宗湯,(周人)祖文王而宗武王。"這大概是"祖宗"的來源。因此所謂"祖宗"實際上就是歷朝歷代所確定的本朝開國的兩代帝王,商朝就是契和湯,周朝就是文王和武王,後代因襲,如《漢書‧張湯傳》:"國家承祖宗之業,制諸侯之重,新失大將軍,宜宣章盛德以示天下,顯明功臣以填藩國。"唐韓愈《禘祫議》:"陛下追孝祖宗,肅敬祀事。"元費唐臣《貶黃州》第一折:"祖宗之法,朕不敢違。"《西湖佳話‧三臺夢迹》:"自祖宗以來,每每親征,不獨上也。"後來,祖宗義域擴大,猶始祖,宋宋先生《太常引》詞:"因遇呂仙公,識返本、還元祖宗。"因此,有時用於帝王身上"祖宗"實則也成了後者,如蔡東藩《清史通俗演義》第二一回:"朕正思北去,一謁祖宗十二陵寢。"從文瑩筆記中的用例看來,"祖宗"即太祖、太宗。後二例"左手握太祖,右手挽太宗""二帝皆捧觴列拜"最爲明顯,因此,第一例中"祖宗與一道士"方能成三人。鄭世剛校注:"三人者每劇飲爛醉,'三人者',按上文義疑爲'二人者'"。此爲不明"祖宗"之義而致。

> 王僧虔書,猶如揚州王謝家子弟,縱復不端正,奕奕皆有一種風氣。(《賓退錄》卷二,19頁)

"奕奕"爲美好貌,《詩·魯頌·閟宮》:"新廟奕奕,奚斯所作。"鄭玄箋:"奕奕,姣美也。"用於描寫人的容貌美麗,如晉常璩《華陽國志》卷第十中《廣漢士女》:"稚子奕奕,古之畏愛。"南朝徐陵《玉臺新咏》卷二有潘岳《内顧詩》:"春草鬱青青,桑柘何奕奕。"清吳兆宜注《方言》:"自關而西,凡美容謂之奕奕。"《漢書·外戚傳》:"至武帝制倢伃、娙娥、傛華、充依,各有爵位。"師古曰:"倢,言接幸於上也。伃,美稱也。娙、娥,皆美貌也。傛傛,猶言奕奕也。"遂"奕奕"宜承上,"縱復不端正奕奕,皆有一種風氣"。

> 至呼"父"爲"爹",謂"母"爲"媽",以"兄"爲"哥",舉世皆然。問其義,則無説,而莫知以爲愧。風俗移人,咻於衆楚,豈特是而已哉。"爹"字雖見於《南史》梁始興王憺云:"始興王,人之爹,救人急,如水火,何時復來乳哺我!"荆土方言謂"父"爲"爹",乃音徒我切。又與世人所呼之音异也。(《鷄肋編》卷上,28頁)

中華書局1983年版蕭魯陽點校《鷄肋編》,"梁始興王憺"標點爲專名號,而後語乃爲民歌之辭,非王語。檢《南史》原文爲:

> 七年,慈母陳太妃薨,水漿不入口六日,居喪過禮,武帝優詔勉之,使攝州任。是冬,詔徵以本號還朝。人歌曰:"始興王,人之爹,赴人急,如水火,何時復來哺乳我。"荆土方言謂父爲爹,故云。後爲中衛將軍、中書令,領衛尉卿。憺性好謙,降意接士,常與賓客連榻坐,時論稱之。(《南史·始興忠武王憺列傳》)

此乃"人歌曰……",可見,"梁始興王憺"是列傳名稱,莊綽這裏省"傳",其正確標點應爲"《南史·梁始興王憺》云"。上海古籍出版社2001版《宋元筆記大觀》李保民點校《鷄肋編》3997頁，與中華本同。

2.有不明字形、字義而漏校、失校者

熙豐間，嘗有成書是正訛謬，學者不能深考，類以穿鑿訾之，至乃妄有增損，如加玉之點，去井之口，以棗爲來來，以劉爲卯金刀。(《履齋示兒編》卷二十二，224頁)

此例引自商務印書館出版叢書集成本《履齋示兒編》，其中"去井之口"，"口"元劉氏學禮堂刻本、明潘廷祉刻本皆作"一"，"一"合文意；"以劉爲卯金刀"，元劉氏學禮堂刻本爲"劉"，明潘廷祉刻本爲"夘金刀"，"夘""卯"同，據文意當以元刻本爲是。

邦君皆楊氏所有，天地事物之變，偶移在我，然順逆之勢不常。吾所憫孤兒嫠女，僑寄殊鄉，令往泰州津敛楊族，安於京口，賙贍撫育，無令失所，男女婚嫁，悉資官給。(《玉壺清話》卷九，100頁)

"嫠女"，星宿名，即女宿。又名須女，務女，二十八宿之一，玄武七宿之第三宿，有星四顆。《禮記·月令》："(孟夏之月)日在畢，昏翼中，旦嫠女中。"《史記·天官書》："嫠女，其北織女。"司馬貞索隱："務女。《廣雅》云：'須女謂之務女，是也。一作"嫠"。'"此爲李先主遺命，令嗣君中主李璟安頓楊氏家眷，其中"孤兒嫠女"殊不可解。"嫠女""孤兒"并用，前者并非爲星宿名稱，大有孤女之義。然"孤兒"已含此義於其中。檢此前文獻，確有一例"嫠女""孤兒"共現者，杜牧《和野人殷潛之題籌筆驛十四韵》詩："三吳裂嫠女，九錫獄孤兒。"此爲杜牧爲和殷潛之而作。宋計有功《唐詩紀事》卷第四十九"殷潛之"條："野人殷潛之《題籌筆驛》云：'江東矜割據，鄴下奪孤嫠。霸略非匡漢，宏圖欲佐誰？'"安史之亂後的唐朝一直生活在危機之中，藩鎮割據與中央對峙。殷潛之與杜牧的詩所反映的就是晚唐時期藩鎮割據的歷史現實。晋左思《吳都賦》："嫠女寄其曜，翼軫寓其精。"李善注："《漢書》：'越地，嫠女之分野。'"隋初置婺州，治所在今浙江省金華縣。據《隋書·地理志》："平陳置婺州。"楊守敬注：《元和志》："陳武帝置縉州，隋開皇九年置婺州。蓋取其地於天文爲嫠女之分野。"《太平寰宇記》："陳永定三年置縉州，隋開皇十三年置婺州。"可見，杜詩"嫠女"指代越地，并與後面的"孤兒"相對。據《漢書·王莽列傳》，有王莽以太后詔邀九錫故事，後世以九錫爲權臣篡位先聲。"三吳裂嫠女，九錫獄孤兒"，上句采用的是漢末江南割據之典,《水經注·漸水篇》:"漢高帝十二年一吳也,後分爲三世,號三吳,吳興、吳郡、會稽其一焉。"詩外所映射者當爲憲宗後,河北三鎮相繼叛變一事。下句乃是用曹操之典故,據清馮集梧注《樊川詩集注》卷四:"《魏志·武帝紀》:建安十八年,以丞相領冀州牧如故,又加君九錫。《晉書·石勒載記》:勒曰:大丈夫行事當礌礌落落,如日月皎然,終不如曹孟德、司馬仲達欺他孤兒寡婦,狐媚以取天下也。""孤兒"詩外喻指朝廷,即皇帝所處的中央地區,在藩鎮割據中已搖搖欲墜。這樣"婺女"受"孤兒"的影響,似乎也具有了孤獨之義。如果説"婺女"有孤女義,只能源於杜詩之典。略有牽強。

檢《説文·女部》:"婺,不繇也。"段注:"繇者,隨從也。不繇者,不隨從也。今此字無用者矣。惟婺女,星名。婺州,地名。"可見,以"婺女"爲星名,理據并不詳。《玉篇·女部》:"婺,婦人兒。"這是"婺"與女子相關的較早解釋。據《廣雅》:"須女謂之務女。"明張自烈《正字通·女部》"婺"字條:"《史·天官書》'婺女'注索隱曰:'須女謂之婺女。'正義曰:'婦職之卑者,主布帛、裁制、嫁娶。'又織女在婺女之北,或以織女亦名婺女,誤也。"可見,"婺女""務女""須女"同,"須女"本爲女性中的卑職者,與"織女"等大致相同。得名皆據社會中的不同職業、身份的人群而來。這樣,"務女"便很好理解,相當於做一些日常性事務的下層女子。"服""務",具有從事、致力義,如《禮記·射義》:"故事之盡禮樂,而可數爲以立德行者,莫若射,故聖王務焉。"《詩·周頌·噫嘻》:"亦服爾耕,十千維耦。"鄭玄箋:"服,事也。"以"婺"記之,蓋是爲星宿名稱後,原來的意義模糊,受到後面的女字的影響而造成的。《玉篇》的解釋,應該是後來據"婺女"一詞的整體而得出來的。因此,"婺女"本身與女性有關,但并非是孤女。杜詩一例還很難戰勝其指稱星宿之常用義而生新義。

據《説文·女部》:"嫠,無夫也。從女犛聲。""嫠"又作"嫠",《龍龕手鑒·女部》:"嫠,力之反,無夫也。"如宋姚鉉《唐文粹》卷第二十一收有唐崔佑甫《唐衛尉卿洪州都督張公遺愛碑頌并序》:"洪之耆老嫠惸,商販漁釣百千品。"宋陸游《渭南文集》卷三十七《朝議大夫張公墓誌銘》:"收養孤嫠,與同甘苦。""嫠""婺"形近,極有可能致誤。《五代史·吳世家》:"顯德三年,世宗征淮南,下詔撫安楊氏子孫。而李景聞之,遣人盡殺其族。"清彭元瑞注:《玉壺清話》:"吳武讓皇既殂於丹陽……吾所憫孤兒嫠女,僑寄殊鄉。"清姚文田《(嘉慶)廣陵事略》卷三"五代"條所引本段内容亦爲"嫠女"。可以推測,二人所見《玉壺清話》蓋本作"嫠",或二人明"嫠""嫠"作"婺"乃誤之實。"嫠女"表示喪夫之女性,唐代已見用例,如唐白居易《白氏六帖事類集》卷二"織績"條:"嫠婦不恤其緯(而憂宗周之隕)紡焉。"後世文獻多見用例,如宋葉適《水心集》卷二十《前集·虞夫人墓志銘》亦有:"六年,嫠女幼子思慕涕泣,自越來迎,夫人憐之,使君不能止。"元陸文圭《墻東類稿》卷十五《賦蕭仲堅所書汴梁節婦事》:"太師漢復周,相國秦又楚。嗟哉二丈夫,愧此一嫠女。"明陳繼儒《陳眉公集》卷六《居廬集序》:"如項梁以兵法部署,其聲韵斷續,如冰山羇旅之悲,孤舟嫠女之泣。"文獻中"嫠女"也多有誤作"婺女""嫠女"者,明丘浚《大學衍義補》卷九十二《備規制·曆象之法》上均作:"昭十年,有星出於婺女。"清李調元《春秋左傳會要》卷一"星名"條:"婺女,須女也。傳曰:'星出婺女。'"因此,所謂"婺女"即"嫠女"之誤。以此釋《玉壺清話》例文意殊暢。推"嫠女"作"婺女"之因有二:一是形體相似。"未",稍加變異即作"牙",遂字又作"婺"。"牙""矛"形近,字下皆有部件"女","婺""嫠"則混同。二是整體理解。"嫠""婺"均與"女"成詞爲"嫠女""婺女",不同的抄錄、刊刻者具有相異的知識背景,遂從個人認識出發,做出了不同的錯誤判斷。於是,"嫠女""婺女"二者訛誤混用成爲必然。因此,文獻中纔多有"嫠女""婺女""嫠女"混用的材料。

厘清"嫠女""婺女"之關係,對今後古籍整理和整理本之勘誤不無幫助。江蘇廣陵古籍刻印社1983年重印《筆記小說大觀》第二册,上海進步書局印行《玉壺清話》第44頁上引此段內容,已作"婺女"。然而中華書局1984年版《玉壺清話》第100頁,上海古籍出版社2001年版《宋元筆記大觀》第二册第1527頁《玉壺清話》,大象出版社2003年版《全宋筆記》第一編第六册《玉壺清話》第178頁,此段內容均作"嫠女",并未以爲異,皆不出校。顯然,流行的《玉壺清話》校注本均從清知不足齋叢書本,而以《筆記小說大觀》本爲誤,因不明"嫠女""婺女"之形體關聯和意義區別,從而漏校。

  豈吾緣法在是,如駛馬下臨千丈坡,欲駐不可,姑從吾志,以竟此生。(《賓退錄》卷八,99頁)

所謂"駛馬"即快馬,與"駑馬"相對,如後秦鳩摩羅什譯《大智度論》卷三十六:"譬如駛馬下一鞭便走,駑馬多鞭乃去。"南朝梁簡文帝《春日想上林》詩:

"香車雲母幰,駛馬黄金羈。""駛"表示快義,唐駱賓王《駱丞集》卷二有《晚憩田家》詩:"霧岩輪曉魄,風駛漲寒沙。"明顔文選注:"駛馬行疾也,風急亦曰駛。"以"駛"之此義,構成了大量的複合詞,如"駛風"指疾風,《樂府詩集·清商曲辭二·歡聞變歌六》:"駛風何曜曜,帆上牛渚磯。帆作傘子張,船如侶馬馳。""駛雨"表示急雨,《北齊書·竇泰傳》:"電光奪目,駛雨沾灑。""駛卒"急遞的役卒,《夷堅志》卷五"句容人":"紹興二十一年十二月,知建康府王仲道晌遣駛卒往茅山元符宫,限回程甚速。"《夷堅志》卷一"吴太尉":"庚寅歲,自京口遣駛卒李文往錢塘。""駛河"表示急流,如《法苑珠林》卷三:"天久不雨,所種不生,依水泉源乃至四大駛河,皆悉枯竭。"可見,此處爲"駛馬"文意可通。然而檢宋刻本《賓退録》此處"駛馬"作"騋馬"。"騋"表示掣動馬嚼子令馬快走,如《公羊傳·定公八年》:"臨南騋馬。"何休注:"捶馬銜走。"唐元稹《蠻子朝》詩:"匈奴互市歲不供,雲蠻通好轡長騋。"《新唐書·王難得傳》:"難得怒,挾矛騋馬馳,支都不暇鬥,直斬其首。""騋"强調人的行爲,人騋馬疾馳,下臨千丈坡,自然不能停止。且"騋馬"有已經開始疾馳的行爲,突遇"千丈坡"之義,恰與人之心志歷程相符,因而有"欲駐"的行爲,這些都是人纔能完成的。因此,此處作"騋馬"爲優。

3.另有不明詞義而誤注者:

諸商之事既畢,官乃抽解,并收稅錢。賞信罰必,官吏不敢乞取,商亦無他糜費,且無冒禁之險。時邕州寬裕,而人皆便之。(《嶺外代答校注》卷五,194頁)

"抽解"是宋代興起的一種稅收形式,主要是針對沿海港口進出口貿易而進行的。《宋史·食貨志下》:"熙寧初,立市舶以通物貨。舊法抽解有定數,而取之不苛,輸稅寬其期,而使之待價,懷遠之意實寓焉。邇來抽解既多,又迫使之輸,致貨滯而價減。"《明史·楊言傳》:"局官陸宣輩支俸踰於常制,内監陳林輩抽解及於蕪湖。凡此,皆時弊之急且大,而足以拂天意者。"然而此稅收形式,不同於一般意義上的征稅,如《賓退録》卷九引《夷堅志》有:"明日有旨:竹木材料免征稅抽解。城中人作屋者皆取之。裴獲利數倍,過於所焚。""征稅""抽解"并用,很明顯其并非同事,而性質確實是大同小異。所異在於官府的直接目的不是獲得錢財,而重在物,是對交易貨物的直接分成。如《萍洲可談》卷二亦有:

"凡舶至,帥漕與市舶監官,蒞閲其貨而征之,謂之'抽解'。以十分爲率,真珠龍腦凡細色抽一分,磠瑨蘇木凡粗色抽三分,抽外官市各有差,然後商人得爲己物。""抽解"又被稱作"抽分",即抽取分解之義,是針對貨物整體而抽取其中的部分作爲交易税。宋代海外貿易發達,統治階級充分意識到海外貿易的獲利性,對物品的交易做出諸多限制,如《宋會要輯稿·職官四四》:"太平興國初京師置榷易院,乃詔諸蕃國香藥、寶貨至廣州、交趾、泉州、兩浙,非出於官庫者,不得私相市易。後又詔,民間藥石之具恐或致闕,自今唯珠貝、玳瑁、犀牙、賓鐵、鼉皮、珊瑚、瑪瑙、乳香禁榷外,他藥官市之餘,聽市貨與民。"《宋會要輯稿·職官四四》又有宋高宗對宰執語:"市舶之利,頗助國用,宜循舊法,以招徠遠人,阜通貨賄。"因此設置市舶司"掌市易南蕃諸國物貨航舶而至者"。市舶司的税收行爲包括直接的抽取行爲"抽解""抽分",如《夷堅志·己》卷六"王元懋巨惡":"懋即以家資厚賂之,白張君用分數抽解外,而中分其贏。"宋華岳《翠微北征録》卷一《平戎十策·財計》:"抽分竹木之錢,抽解磚瓦之錢……州郡根括而無餘矣。"宋王象之《輿地紀勝》卷第一百八十一《夔州路官吏·人物》"孔長官"條:"今兑鹽出津,四分官取其一,謂之抽分,尚孔長官三七分之除意也。"足見,"抽分""抽解"是官方分解貨物整體,而抽取部分之義。《續資治通鑑長編·哲宗》:"願降明詔,禁廣南東西路人户采珠,止絶官私不得收買外,海南諸蕃販真珠至諸路市舶司者,抽解一二分入官外,其餘賣與民間。欲乞如國初之制,復行禁榷珠貝,抽解之外,盡數中賣入官,以備乘輿宫掖之用。"可見,"抽解"的部分是要入官的,而且是不付任何費用的,"抽解"之外的纔"中賣入官"。可見對於禁榷之物品,宋初實行的是先抽解,而後再以官價收購。這樣就裏裏外外、名正言順地獲取了暴利。表面看來是購買,實際上是低價地没收。而對於非禁榷品"抽解""抽分"後,盤剥還没有結束,這一點朱彧《萍洲可談》説得非常清楚:"凡舶至,帥漕與市舶監官,蒞閲其貨而征之,謂之'抽解'。以十分爲率,真珠龍腦凡細色抽一分,磠瑨蘇木凡粗色抽三分,抽外官市各有差,然後商人得爲己物。象牙重及三十斤并乳香,抽外盡官市,蓋榷貨也。"

"抽解"之後的行爲被稱爲"博買","博買"就是以交易的方式購買,如《宋會要輯稿·職官四四》:"八月十三日,兩浙市舶司申條具利害:一、抽解舊法十五取一,其後十取其一。又其後擇其良者,謂如犀象十分抽二分,又博買四分;

真珠十分抽一分,又博買六分之類。舶户懼抽買數多,所販止是粗色雜貨,照得象牙珠犀係細色,抽買比他貨至重,非所以來遠人,欲乞十分抽解一分,更不博買。""博買"是在抽解之後,再從中抽取部分進行購買,若是禁榷之物品則是全部購買,這就相當於稅上加稅。"抽解"將貨物的部分或精良部分抽取入官,是直接收物;"博買"則是以官價購買剩餘貨物的部分,是間接收物。官價當然不高,據《萍洲可談》:"凡官市價微,又準他貨與之,多折閱,故商人病之。"因此,商人們纔負擔慘重,從而影響正常貿易。據"真珠十分抽一分,又博買六分之類,舶户懼抽買數多"可知,"抽買"是連抽帶買,是"抽解"和"博買"的合稱。另如《續資治通鑑長編·哲宗》:"三者每歲市舶抽買物貨及諸蕃珍寶應上供者,即無數千里道途輦運之費。""止令所在場務,據數抽買博馬茶,勿失朝廷武備而已。"在交易稅中有些是只"抽解"或"抽分",但不博買的,有些則是兼而有之,據《續資治通鑑長編·神宗》有:"凡抽買犀角、象牙、乳香及諸寶貨,每歲上供者,既無道涂勞費之役,又無舟行侵盗傾覆之弊,二也。抽解香藥雜物,每遇大禮,内可以助京師,外可以助京東、河北數路賞給之費,三也。""抽買"是雙重的,而且主要用在貴重物品上。於是,商人不運送精品也就是理所當然的了。歸結起來,"抽解""抽分"强調分解貨物整體,表示抽取貨物的部分作爲交易稅。"博買"是在"抽解""抽分"後,以低微的官價購買部分貨物,如果是禁榷品則是抽後再全部購買。總之,在海外貿易中"抽解"是必不可少的。"抽買"是"抽解""抽分"與"博買"的合稱,表示的是兩種行爲,是徵物作爲稅收的統稱。宋代開始的這些貿易稅,是層層進行徵收的。

　　楊武全校注:"抽解,爲按官價抽買其貨物而解之朝廷。"這裏面有三個問題:一是誤解了"抽",認爲"抽解"有買的成分;二是對"抽買"詞義認識不清,將"抽買"當作了"博買";三是不明"抽解"和"抽分"的關係,誤解了"解"的分解義。《漢語大詞典》"抽解"條釋爲舊時的實物稅,基本正確。"抽分"條:"舊時對沿海進出口貿易所征的稅。"没有突出徵收實物這一特徵。二者結合就是完美的釋義:舊時對沿海進出口貿易所征的實物稅。"抽買"條:"宋代對海舶輸入商貨,禁榷品由官府全部收買,非禁榷品除抽分一部分外,又收購商貨的十分之三至十分之六,稱抽買。明初對國外貢舶免税,但收購附搭商貨十分之六。清代對外來市舶概行征税,無抽買規定。"則明顯不準確,可據上釋。

(二)宋代筆記語言研究的作用

語言文字的研究是基礎中的基礎,文獻點校致誤多與不明語言、文字、文獻等問題相關。宋代筆記中的部分內容,有時具有系統的、多方面的古籍整理價值,現結合《青箱雜記》卷四中一段材料,談宋代筆記語言研究在文獻校勘、溯源和輯佚等方面的價值:

> 人之心相外見於目,孟子曰:"知人者莫良於眸子,胸中正則眸子瞭然,胸中不正則眸子眊然。"此其大概也。而其間善惡又更多端,凡眢睮上音茂下音呼九切唊曘者,嫉妒人也。盰睦丁結切睊火彼切者,惡性人也。矇矓呼間切矒他郎切晃者,憨呼占切人也。貼丁念切瞵馨謙切瑎瞇時斤切者,淫亂人也。睢盰睒音閃爍者,邪人也。瀰詞俚人言也瞢贈者,奸詐人也。應檄拗眑故巧切者崛強人也。羊目肛烏江切瞳者毒害人也。睛色雜而光浮淺者,心不定,無信人也。睛色光彩溢出者,聰明人也。睛色紫黑而光彩端諦者,好隱遁人也。睛色黃瞻視端直者,慕道術人也。睛多光而不溢不散徹而瞻視端直者,慕道術人也。睛急眨俱夫切者,若不嫉妒,即虛妄人也。(卷四,39頁)

這段文字談論的是從目相判別人性的問題,選自中華書局1985年版李裕民點校本《青箱雜記》。李先生是以四庫全書(文津閣本)爲底本,與《稗海》本、抄本、《筆記小説大觀》本、《説郛》本、夏敬觀校本等對校,并參校《類説》《宋朝事實類苑》《詩話總龜》等書,版本材料可謂豐富,考校也十分精當,然存瑕乃在所難免。劉浦江《校點本〈青箱雜記〉衍文發覆》[1],柳明曄《〈青箱雜記〉點校本補正》[2]等已指出了李校的一些問題,然而目相描寫部分內容學界未有觸及。我們認爲,《青箱雜記》收錄的目相描寫內容有重要的研究價值。上述引文中使用了大量的與眼相關的方俗詞彙,如"眢睮""唊曘"、"睦睊""盰睦"、"矇矓""矒晃"、"貼瞵""瑎瞇"、"睢盰""睒爍"、"瀰詞""瞢贈"、"應檄""拗眑"和"羊目""肛瞳"等,爲了表述的方便,我們姑且以目相詞群名之。詞群成員均字形生僻、

---

[1] 劉浦江:《校點本〈青箱雜記〉衍文發覆》,《古籍整理研究學刊》1988年第4期。
[2] 柳明曄:《〈青箱雜記〉點校本補正》,《古籍整理研究學刊》1993年第6期。

意義晦澀，且由於難登大雅之堂，歷代辭書多不見收錄，文獻中亦乏用例，吳處厚《青箱雜記》的這段記載無疑是彌足珍貴的。《青箱雜記》以簡短的記錄却保存了一個相對完整的目相描寫的方俗詞群，爲我們考釋諸詞的意義、得名之由等提供了綫索和依據。惜以上諸詞，學界疏於關注，當今大型辭書或漏收、避收，或收錄而隨文(《青箱雜記》)釋義，單一書證(出《青箱雜記》)，(《漢語大字典》《漢語大詞典》等詞條的釋義例證，實間接采自《康熙字典》，《康熙字典》則從《字彙補》，《字彙補》直引自《青箱雜記》)不盡如人意。由於意義和内容上的陌生化，在文獻校勘方面也就難免失校，不能真實地反映文獻原貌。另外，在唐趙蕤《長短經》、南唐張行簡《人倫大統賦》薛注中皆有與吳處厚《青箱雜記》所記略同的兩段文字，現附錄如下：

> 瞀瞶音戍映瞷而萃切者，蛆嫉人也。急眣側夾切者，不嫉妒則虛妄人也。盯丁耕切睢眭血者，惡性人也。瞳眮時間切矒晃者憨嘽呼個切人也。貼丁念切瞵磬念切瑤瞵時巾切者，淫亂人也。彌詞瞕贈者，奸詐人也。灕澄拘烏巧切瞰胡巧切者，崛强人也。羊目盯烏江切瞳勑江切者，毒害人也。睢盱映爍者，回邪人也。精色雜而光彩浮淺者，心意不定無信人也。精清光溢者，聰明人也。精沉光定者，大膽人也。上目眥下、眥中深厚、氣色穠厚者，有威武亦大膽人也。氣色影眇，淺薄人也。土地不潔者，無威怯懦人也。精紫黑而光彩端定者，剛烈人也。精潔白而端定者，好隱遁人也。精多光而不溢散，清澈而視端審者，直性人也。精黄而光彩澄澈者，慕道術人也……(《長短經》卷一《察相》下注)

> 《龜鑒》曰：凡人瞀瞶上音茂下音俞映瞷者，嫉妒人也。盱睢瞠丁結切眴火彼切者，惡性人也。瞳呼間切矒他即切晃者，憨人也。貼丁念切瞵磬謙切瑤瞵時斤切者，淫亂人也。睢盱睒音閃爍者，邪人也。彌詞俚人言也瞕贈者，姦詐人也。應徵拗故巧切者，崛强人也。羊目盯烏江切瞳者，毒害人也。睛色雜而光浮淺者，心不定，無信人也。睛色光彩溢出者，聰明人也。睛色紫黑而光彩端諦者，好隱遁人也。睛色黄瞻視端直者，慕道術人也。睛多光而不溢散清徹而瞻視端直者，直性人也。眼急眨則夾反者，若不嫉妒，即虛妄人也。(《人倫大統賦》卷上薛道衡注)

這兩段記載均未得到關注。對比三書所錄目相詞群内容，有利於我們追溯吴處厚所記録的文獻内容的源流，還原文獻之最初面貌，從而進一步爲校勘服務。我們這裏在李裕民先生點校的基礎上，再參校《長短經》《人倫大統賦》部分内容，從目相詞群之异文、脱文、變序等角度略補正李校，試探文獻源流。（此處由於篇幅的限制，主要探討目相詞群中李校失校之詞語，其他則未作具體考釋。考慮到部分詞義不明不利於説明問題，因此，也有簡單釋義。）

1. 异文

"眢睮""瞀睮"

對比三段文字：《青箱雜記》中"眢睮"，另兩書皆作"瞀睮"，李未出校。"瞀""眢"音同可通，"眢"即"瞀"，蓋爲俗體，或爲流傳過程中致誤，文獻中不見使用。[1]

"唊囁""睞瞤"

《説文·口部》："唊，妄語也。"《玉篇·口部》："囁，之涉切。口無節，亦私駡。又而涉切，囁嚅多言也。"可見，"唊囁"與目相無關。然"人之心相外見於目"，可知"唊囁"爲"睞瞤"對勁，乃誤所致。《集韻·洽韻》："睞，側洽切，目動也。或從夾。"《五音集韻·感韻》："睞，睞目貌。"明·楊慎《轉注古音略》卷五《洽韻》："睞，音與挾同，目動也。俗謂少頃之間曰睞眼，又作眨。"可見"睞"即"眨"。據《説文·目部》："睞，目旁毛也。"也就是睫毛，因此，字或作"睫"。慧琳《一切經音義》卷第九十四音《續高僧傳》第二十五卷：睞眼，上借葉反。《字書》正作睫。《莊子》云：睞，目毛也。《文字集略》：從毛作𦙄。《文字典説》云："睞，目傍毛也，從目夾聲。𦙄音同上。"人眨眼時睫毛必動，遂以睫毛動爲目動貌，"睞眼"即爲眨眼。《説文·目部》：眨，動目也。從目乏聲。《玉篇·目部》："眨，仄洽切，目動也。"儘管在眨眼意義上"眨""睞"同，然"睞"爲俗體。《一切經音義》卷第五十六《正法念經》第四十五："常眨，《通俗文》：非瞺，《字苑》作眨，同。莊狹反。目數開閉也。經文作瞺，子葉反，目毛也。瞺非字體。""瞺"與"睞"義同，所以《集韻·葉韻》："瞤，目動皃或作睞、睫。"由此可知，"睞""睫"爲目動貌，互爲异體，"瞤"與二者爲同義詞，"睞瞤"就是眨眼。甚合文意。"唊囁"爲誤，文獻中"目""口"誤抄誤刻較普遍，後文中"抅眴"，《人倫大統賦》薛注

---

[1] 參見上文"宋代筆記語言研究與辭書編纂"部分。

中即爲"拗呦"。

"盱睢"和"盯睢"

"睢盱"《長短經》作"盯睢",從文意上看來,皆合。《説文·目部》:"盱,張目也。從目於聲。一曰朝鮮謂盧童子曰盱。""睢,仰目也。從目佳聲。"可知"盱睢"爲張目仰視,張目仰視者不可一世,高高在上,於是此目相便被作爲惡性人之標志,《漢語大詞典》"盱睢"條"張目仰視貌",首證引清龔自珍《臣里》"臣目盱睢,臣不媚蠹魚",甚晚。《宋史》卷四九一《外國·流求國列傳》亦有:"國旁有毗舍邪國,語言不通,袒裸盱睢,殆非人類。""盱睢"又作"睢盱",《莊子集解》卷七《雜篇·寓言》:"而睢睢盱盱,郭云:'跋扈之貌,人將畏而疏遠。'而誰與居?"《太平廣記》卷二九四《溫嶠》:"古今相傳:'夜以火照水底,悉見鬼神。'溫嶠平蘇峻之難,及於溢口,乃試照焉,果見官寺赫奕,人徒甚盛;又見群小兒,兩兩爲偶,乘軺車,駕以黃羊,睢盱可惡。溫即夢見神怒曰:'當令君知之。'乃得病也。""盱睢",據李校:"盱,抄本作盯直庚切。""盯"亦合文意,據《康熙字典·目部》:"盯,《廣韻》直庚切。《集韻》除庚切。并音棖。《玉篇》睲盯,視貌。《廣韻》直視也……與瞪同或瞪。""盯""盱"形似義近,遂有混用之嫌。然我們認爲"盯睢"更合原貌,理由有二:一是《長短經》成書最早,抄本《青箱雜記》據復翁(黃丕烈)跋,云"當從原本録出",與他本相比較又多一吴處厚序,二者同非偶然;二是下文緊接着又出現"睢盱","睢盱""盱睢"本同,重複使用可能性不大。從《人倫大統賦》薛注引《龜鑒》看來,此混用由來已久。

"矇瞳""朦朣"

當以"朦朣"爲確,在下"脱文"處詳述。

2.脱文

"矇瞳""朦朣""朣"

三書均异,《人倫大統賦》薛注顯脱一字,與其他語句結構不稱。《康熙字典·目部》:"朣,《字彙補》:'呼閑切,音羴。'出《青箱雜記》見前矇字注。"不見其他字書,疑"朣"爲"瞯"之异體。《廣韻》:"瞯,户間切。人目多白。"匣母,平聲。朣,爲呼間切,爲曉母。二字音近。《方言》:"瞯、睇、睎、眙,眄也。陳楚之間南楚之外曰睇,東齊青徐之間曰睎,吴揚江淮之間或曰瞯,或曰眙,自關而西秦晋之間曰眄。"可知"瞯""眄"義同。《後漢書·梁統列傳》:"冀字伯卓。爲人鳶肩豺目,洞精矘眄。"李賢注:"鳶,鴟也,鴟肩上竦也。豺目,目堅也。洞,通也。矘音它蕩反。《説文》:'目精直視。'""矇",《説文》:"矇,童矇也。一曰不明也。從目蒙聲。"段注:"此與周易童蒙异,謂目童子如冡覆也。""矇"爲"目不明","矘"爲目多白,實爲同義。據《玉篇·目部》:"眰,餘連切。相顧視而行也。"亦與目相關。"矇矘""矘眰"蓋皆爲目不明之義,正與後面的"矘晃"相應。據《青箱雜記》"矘"乃呼間切,《長短經》"眰"乃時間切,二字叠韵。若考慮到與下文"矘晃"相對,"矘眰"爲對。《長短經》"矘眰"於《青箱雜記》中爲"矇矘",至《人倫大統賦》薛注中的"矘",我們可以推知,吳處厚所本之原書,已脱"眰"字,後據文意增"矇"。《字彙補·目部》:"矘,《青箱雜記》:'矘矘晃者,憨人也。'"可知,《青箱雜記》之原貌蓋當如此。據李裕民先生校勘:"'矘'原作'瞳',據《稗海》本、抄本改。"[1]至少該詞在《青箱雜記》初版時,人們已不明其義,遂有多種誤改。"矇"定爲吳處厚後之人增補。

憨嘽;憨

三段文字中,《長短經》"憨"下有"嘽",另外兩書明顯脱一字。由此看來,《青箱雜記》"憨"下宜增補。李校:"抄本'憨'下有'嘽,啐個切'。"可見,李先生校勘時是將抄本作爲次要參考的,因此,未補"嘽"字。然"憨嘽"究竟爲何?文獻中不見用例,據上下文意,"憨嘽"前後所述皆非善人之目相,可推知該詞亦當屬此類。據上文"矘晃"可證之。"矘",《説文·目部》:"矘,目無精直視也。"《廣韵·蕩韵》卷三:"儻,儻慌失意皃。矘,矘𥇒,目無睛。"《五音集韵·透一·矘韵》卷九:"矘,矘𥇒,目無睛也。"《龍龕手鑒》卷四:"矘,他朗反。矘𥇒,目無精也,又失志貌。"據此可知,矘,一般用作"矘𥇒",又有"矘漭""矘朗",《全晉文》卷九十六陸機《感時賦》:"山崆巃以含瘁,川蜲蛇而抱涸,望八極以矘漭,普宇宙而寥廓。"《柳宗元集》卷十九《吊贊箴戒》:"何揮霍夫雷霆兮,苟爲是之荒茫。耀姱辭之矘朗兮,世果以是之爲狂。"又有"矘眄""矘莽",《康熙字典·目部》:"矘,《唐韵》:他朗切。《集韵》:坦朗切。音儻。《説文》:目無精直視也。《後漢書·梁冀傳》:冀鳶肩豺目,洞精矘眄。又目之不明也。《楚辭》:遠游時晻□其矘莽。又《字彙》:他郎切。儻,平聲。《青箱雜記》:矘矘晃者憨人也。"

---

[1] 李裕民校勘均出自中華書局1985年版《青箱雜記》第43頁。

蓋"矔睉"爲叠韵聯綿詞,疑"矔晄"即"矔睉",《廣韵》:"呼晃切。睨,睉睨,目疾。出《新字林》。""矔晄"既與"目"相關,"矔睉"爲正。"矔睉""矔㵿""矔朗""矔睨""矔晄""矔眲""矔莽"實爲一組异形詞。"矇矓"爲目不明,"矔晄"爲目無睛直視,此與不明亦無别。皆爲惡逆之相,正如《青箱雜記》下文具體例言:"又商臣、王敦蜂目,王莽露眼赤睛,梁冀洞精矔眲,則惡逆之相亦見於目。""嚽"之本字蓋爲"害","憨害"猶凶殘,《文選》卷九《畋獵》下《射雉賦》李善注:"鷩雉,似山雞而小,冠背毛黄,腹下赤,項緑色,其性悍戾憨害,飛走如風之猋也。"《廣韵·個韵》:賀,古賀切。《廣韵·泰韵》:害,傷也,胡蓋切。同爲匣母。"賀"上古歌部,"害"爲"月部"。可見,二字古音相近,可通。"嚽"從"賀"得聲,"憨嚽""憨害"疑爲同詞。

3.變序

比較三段文字,不難發現語句順序有一個微小的變化,《長短經》:"督瞀音戌眹矋而崒切者,蛆嫉人也。急眹側夾切者,不嫉妒則虚妄人也。"後半句在另兩書中皆被置於後面。這個變序與"嫉妒"和"蛆嫉"有重大關聯,我們之所以没有在异文中探討這個問題,是因爲"嫉妒"和"蛆嫉"根本就不是同一詞語。我們認爲《長短經》中的"急眹側夾切者,不嫉妒則虚妄人也"位置更合適。從上下文的内容來説"督瞀""眹矋"都和目動有關,"眹矋"就是眨眼,下文繼續談及眨眼問題理應在此處繼續,因此文中用的是"急眹",以區别於前面的"眹矋"。又據《青箱雜記》《人倫大統賦》出現兩處"嫉妒","眹矋""急眹"均爲嫉妒相。而文中所列舉之目相與所對之人性皆不重複,定有一處不是"嫉妒"。《長短經》中上句爲"蛆嫉",下句是"嫉妒",則作出了明顯的區分。

"蛆",郭在貽、項楚兩先生皆釋爲"嫉",[1]乃不明"蛆"之義所致。《宋書·文九王列傳》:"彼數子者,皆身棲青雲之上,而困於泥塵之裏,誠以危行不容於衰世,孤立聚尤於衆人,加讒諂蛆蠱其中,謗隙蜂飛而至故也。""讒""諂""蛆""蠱"并舉爲近義動詞。《説文·言部》:"讒,譖也。從言毚聲。""譖,愬也。"《論語·顔淵》:"浸潤之譖,膚受之愬。"即誣陷之義。又《説文·言部》:"諛,諂也。

---

[1] 參見郭在貽:《唐代白話詩釋詞》,原載《中國語文》1983年第2期,以及《郭在貽敦煌學論集》,江西人民出版社,1993年,第1~10頁;項楚:《王梵志詩校注》,上海古籍出版社,1991年,第156~157頁。

從言臾聲。"可知,"諛"即爲"諛",爲阿諛奉承義。"蛆""蠱"本爲兩蟲,"蛆",《説文·肉部》:"胆,蠅乳肉中也。從肉且聲。"慧琳《一切經音義》卷二《大般若波羅蜜多經》第五十三卷"蟲胆"條:"逐融反。《爾雅》:'有足曰蟲,無足曰豸。'經文作'虫',訛略也。下七余反。《説文》云:'蠅乳肉中蟲也。從肉從沮省聲也。經中作蛆,俗字也。"可知,"蛆"爲蠅類的幼蟲,現代成爲正體。"蠱"本爲腹中蟲,《説文·蟲部》:"蠱,腹中蟲也。《春秋傳》曰:'皿蟲爲蠱。''晦淫之所生也。'梟桀死之鬼亦爲蠱。從蟲從皿。皿,物之用也。"亦有"誘惑、迷亂"之義,《左傳·莊公二十八年》:"楚令尹子元欲蠱文夫人,爲館於其宫側而振萬焉。"杜預注:"蠱,惑以淫事。"《宋書》例中"蛆""蠱"很明顯使用的是比喻義。"蛆"爲蠅所生,生於污穢濁滓之中;"蠱"存於動物腹内,皆是在暗處,又以隱蔽的形式給人或動物帶來危害。"蠱"可以誘惑、迷亂的方式害人,"蛆"便可如"蠅生蛆"一樣,在背後以各種言語不斷地詆毁他人,製造事端,陷害他人,可直接釋爲"使壞"。

"蛆"作動詞從現有文獻看來最早出現在佛經中,佛陀跋陀羅譯《佛説觀佛三昧海經》卷二《觀相品》有:"或見死人,爲烏鳥所食,蟲狼所噉,爲蠅所蛆。"例中"蛆"就是"下蛆噬人"。在此基礎上可進一步引申爲暗地裏使壞滋事害人,如法炬譯《佛説苦陰因事經》:"若族姓子,若學工巧以自存命。若耕田,若販賣,若佣書,若學算,若學印,若學詩,若學守盧,若教書,若應王募。彼寒,寒所逼,熱,熱所逼,服忍飢渴,爲蚊虻蠅蚤所蛆,彼求錢財。"後代亦有類似用例,《紅樓夢》第三三回:"那琪官兒的事,多半是薛大爺素昔吃醋,没法兒出氣,不知在外頭挑唆了誰來,在老爺跟前下的蛆。""下的蛆"即"説的壞話""使的壞"。這是爲人所不知的,在背後"蛆"别人的話,當然是壞話。"蛆""蠱"之詞義引申符合語言的隱喻原則。《魏書·尒朱彦伯列傳》:"世隆兄弟群從,各擁强兵,割剥四海,極其暴虐。奸諂蛆酷,多見信用;温良名士,罕預腹心。"所記基本相同,其中"蛆"與前引《宋書》例同,皆是背後使壞害人之義,這裏作名詞,指的是這樣一類人。"蛆嫉"即背後使壞,"嫉妒"單純是在心裏使勁。

郭在貽先生在考釋"蛆姤"時,引《六祖壇經》例,其中惠昕本"疽妒心,憍慢心""疽妒心,惡毒心",至契嵩本爲"嫉妒心,憍慢心""嫉妒心,惡毒心",先生於是據此認爲"疽妒""嫉妒","蛆""疽"同音,遂"蛆姤"即"嫉妒"。然《長短經》

的記載却從文獻事實上告訴我們"蛆嫉""嫉"不同,否則文中不能并舉。"蛆嫉"實與"蛆妒"無異,《廣韵·至韵》:"嫉,妒也,又音疾,疾二切。""蛆妒"就是"蛆妎",王梵志詩中能確定是"妒"的三個用例,其中兩例作"妎",卷三:"讒臣亂人國,妒婦破人家";"嫉妒終難却,慳貪去即來"。項楚先生《王梵志詩校注》:"妒,原作妎。"[1] 另一例爲卷四:"相交莫嫉妒,相歡莫蛆儜。"項注:"妒"原作"妎"。[2] 郭在貽先生認爲:"妎是妒的俗別字,《增訂碑別字》卷四去聲遇韵内:'妎,妒也。'妎的右偏旁舌,《康熙字典》引《正字通》之説,謂爲舌字之訛,而舌字,康熙字典引《廣韵》,謂'亦書作舌'。由此可證,舌即是舌,妎即是妎,妎是妒的俗寫,則妎也即是妒的俗寫。""妎""妎""妎"形近,稍加變異即同,再加上郭先生的翔實考證,可知"妎"爲"妒"無疑。"蛆妎"乃當時方俗語詞"蛆妒",義因妒生恨仇視陷害他人。(王梵志詩中"嫉妒""蛆儜"對文,若"嫉""蛆"同字則没有必要再分寫兩體,至少二者是有區别的。若二字同音,詩人在上下兩小句中更不可能在兩個對文的主要詞語中,選用同樣的一個音節,於韵律上也是講不通的。詩中另有一"嫉妒"例,即上文所舉卷三《六賊俱爲患》中"嫉妒(妎)終難却,慳貪去即來",在同一詩人筆下,同一詞刻意用爲不同形體,可能性亦不大。)從《長短經》中的"蛆嫉"到《青箱雜記》《人倫大統賦》注引《龜鑒》中的"嫉妒",從《六祖壇經》惠昕本中的"疽妒"到契嵩本的"嫉妒",反映了一個共同的問題:"蛆嫉""蛆妒"或"疽妒"是唐代的方俗語詞,至少宋代人已不熟悉其意義,因此,在抄録過程中就有了一個主觀性的誤改誤刻,甚至不惜調整原文語句的順序,以便於上下文的和諧。這個改動定發生在吴處厚之前,《龜鑒》的成書年代一定晚於《長短經》,三書所引定出一書,然存直接、間接之别,從時代上看《長短經》更接近原書原貌,後兩者或有一改動原文成爲現筆記中的面貌,或皆本自一改動後的書籍。因此,《青箱雜記》:"凡眥睭上音茂下音呼九切唊囁者,嫉妒人也。""嫉妒"爲"蛆嫉"爲是。[3]

4.文獻考源

綜上,《長短經》一段與《青箱雜記》《人倫大統賦》在個别語句順序上稍有

1　參見項楚:《王梵志詩校注》,第353、430頁。
2　項楚:《王梵志詩校注》,第549頁。
3　參見馮雪冬:《"蛆妎"非"嫉妒"考》,《語言科學》2014年第2期。

差异，後兩者完全相同。在文字運用方面，三書略存異，就内容和版本而言，《長短經》所述内容較後兩者亦豐富得多，（篇幅所限，未徵引）我們參照的版本是中華書局影印的南宋初杭州净戒院刊本，無論是成書年代還是刻版時間均早於後兩者。《人倫大統賦》爲南唐宋初張行簡撰，元薛道衡注，現存本子是清光緒年間版陸心源輯的萬卷樓叢書本。《青箱雜記》最早版本爲明抄本，我們參照的是中華書局1985年版的李裕民點校本。因此，從版本來源上來說《長短經》中的記録更接近原文，其與後兩書所本同，上文已證實了這一點。

《人倫大統賦》薛道衡注引自《龜鑒》，《龜鑒》爲何書？成書於何時？《長短經》《龜鑒》《青箱雜記》均非描寫目相之專書，定有所本。其差異蓋僅爲直接、間接之分，實則同源。《人倫大統賦》薛注直引之《龜鑒》必與相術相關，據鄭樵《通志》卷六十八《藝文略》第六《五行三·相法》，《宋史·藝文志·五行類》，涉及相術以"龜鑒"命名的，有袁天罡撰《人倫龜鑒賦》一卷，孫知古撰《人倫龜鑒》三卷。從語言風格上而言，薛注引文定不是賦體，且引文所注者乃《人倫大統賦》，《人倫龜鑒》省去"人倫"亦合常理，薛注出自《人倫龜鑒》蓋無疑。孫知古生卒年不詳，據《資治通鑑·唐紀》："判官韓液、監軍孫知古皆爲賊所擒，軍資器械盡弃之。"《景德傳燈録》卷十三："唐肅宗皇帝，代宗皇帝，開封孫知古，鄭州香嚴惟戒禪師。已上四人無機緣語句不録。"《新唐書·朱泚列傳》："孫知古謬曰：'陛下以柔服人，若夷其妻子，是絶向化意。且義士殺身，何顧於家？'乃止。"（《奉天録》卷二亦有記載）可知，安史之亂時期（755年）孫知古已爲玄宗臣，與肅宗、代宗同爲佛教在家居士，德宗避難奉天時期（783—784年）其於朱泚幕下，如果以壽命爲80歲來計算，蓋生於710年前後，與趙蕤所生活的年代或有交叉，交集不大。據《四庫全書總目·長短經》："是書皆談王伯經權之要，成於開元四年。"可知《長短經》成書於716年，推其書成時間大概要早於《人倫龜鑒》20~40年。上引《長短經》卷一《察相》例，前有"《經》曰"二字，可知文字内容并非趙蕤自撰，亦有所本。據《隋書·經籍志》，鍾武隸撰《相經》三十卷，《通志·藝文略》中《五行》所載另有鍾武隸撰《相經》三十卷和趙蕤《相術》一卷。趙蕤自作《相術》，足見其精通於此，於《長短經·察相》中可尊爲"經"之《經》定本於相術類，檢《察相》全文"《經》曰"計19見，内容風格一致，皆談論相術問題。加上趙蕤又作《相術》，其徵引之《經》疑即《相經》，省去"相"字屬正常，若是引自他書當以《經×》爲是。據此,《長短經》《青箱雜記》《人倫大統賦》關於目相的三段内容蓋皆本於《相經》。《長短經》爲直接徵引,《人倫大統賦》本於《龜鑒》,《龜鑒》亦應直接徵引自《相經》。[1] 不能回避的事實是《龜鑒》或對原文做了些修改,原因上文我們已經論及,或其所本《相經》已有改動。《青箱雜記》之記載徵引於《龜鑒》的可能性極大,《相經》經五代兵亂或在宋代已經亡佚,《龜鑒》在元代仍流傳。目相詞群文獻大致源流可概括如下:《青箱雜記》←《龜鑒》←《相經》,《長短經》所引最接近《相經》原貌。同時,這段目相描寫也爲《相經》輯佚提供了材料。

除此之外,宋代筆記文獻中還存在爲諸多古籍輯佚和爲其他文獻校勘提供他校的材料。如筆記中所引詩文與現存版本多有差異,對已不能見全貌的王安石《字説》的相關記載等,這些材料對古籍整理都是大有裨益的。另外,筆記中的大批量的頗具時代特徵的詞彙,從物質和精神層面反映了宋代的社會面貌,同樣是社會史、文化史、學術史等研究領域的珍貴材料,這些我們在"宋代筆記與詞彙學研究"一章中已有介紹,此不贅述。

宋代筆記文獻是一部容納豐富語言研究材料的立體語料庫,它以其獨特的形式記錄了豐富的語言現象,這些材料涵蓋方雅,縱横古今,口語、書面語交織,雅俗相容。漢語史研究需要全面整理宋代筆記文獻,爬梳其中的語音、詞彙、語法、文字等各方面的語料,描摹語言各要素的基本面貌,這對於揭示宋代語言系統,歸納語言發展的規律,爲漢語史上的諸多語言現象做出合理的解釋等,都將具有重要的意義。同時,宋代筆記語言研究必將推進漢語大型辭書編纂、古籍整理,以及中國社會史、文化史和學術史研究的深入開展。

---

1 周斌:《〈長短經〉校證與研究》,巴蜀書社,2003年,第52頁。考5認爲,這部分(考5)的"《經》曰"内容源自《人倫大統賦》中的《高抬貴手》,并且疑《高抬貴手》即爲《通志》所載袁天罡《人倫龜鑒賦》,蓋誤。周先生書中還認爲有的"《經》曰"是鍾武隸撰《相經》或蕭吉撰《相經要録》。馮按:書中"《經》曰"之内容風格是一致的,徵引同一書無疑。

引用筆記文獻

1.〔宋〕蔡絛撰,馮惠民、沈錫麟點校:《鐵圍山叢談》,中華書局,1983年。

2.〔宋〕陳鵠撰,孔凡禮點校:《西塘集耆舊續聞》,中華書局,2002年。

3.〔宋〕陳世崇撰,孔凡禮點校:《隨隱漫錄》,中華書局,2010年。

4.〔宋〕陳叔方撰,王雲五編:《叢書集成初編·潁川語小》,商務印書館,1936年。

5.〔宋〕范成大撰,孔凡禮點校:《范成大筆記六種·桂海虞衡志》,中華書局,2002年。

6.〔宋〕范鎮撰,汝沛點校:《東齋記事》,中華書局,1980年。

7.〔宋〕方勺撰,許沛藻、楊立揚點校:《泊宅編》,中華書局,1983年。

8.〔宋〕費袞撰,金圓校點:《梁谿漫志》,上海古籍出版社,1985年。

9.〔宋〕龔明之撰,孫菊園校點:《中吳紀聞》,上海古籍出版社,1986年。

10.〔宋〕何薳撰,張明華點校:《春渚紀聞》,中華書局,1983年。

11.〔宋〕胡仔纂集,廖德明校點:《苕溪漁隱叢話前集》,人民文學出版社,1982年。

12.〔宋〕黃朝英撰,吳企明點校:《靖康緗素雜記》,上海古籍出版社,1986年。

13.〔宋〕黃庭堅著,劉琳、李勇先、王蓉貴校點:《黃庭堅全集》,四川大學出版社,2001年。

14.〔宋〕黃休復撰,李夢生校點:《茅亭客話》,上海古籍出版社,2012年。

15.〔宋〕洪邁撰:《夷堅志》,中華書局,1981年。

16.〔宋〕洪邁撰,孔凡禮點校:《容齋隨筆》,中華書局,2005年。

17.〔宋〕金盈之撰:《新編醉翁談錄》,江蘇廣陵古籍刻印社,1981年。

18.〔宋〕李心傳撰,崔文印點校:《舊聞證誤》,中華書局,1981年。

19.〔宋〕劉昌詩撰,張榮錚、秦呈瑞點校:《蘆浦筆記》,中華書局,1986年。

20.〔宋〕樓鑰撰:《叢書集成初編·攻媿集》,商務印書館,1935年。

21.〔宋〕陸游撰,李劍雄、劉德權點校:《老學庵筆記》,中華書局,1979年。

22.〔宋〕陸游撰,孔凡禮點校:《家世舊聞》,中華書局,1993年。

23.〔宋〕羅大經撰,王瑞來點校:《鶴林玉露》,中華書局,1983年。

24.〔宋〕孟珙撰:《蒙韃備錄》,中華書局,1958年。

25.〔宋〕孟元老撰,鄧之誠注:《〈東京夢華錄〉注》,中華書局,1982年。

26.〔宋〕耐得翁撰:《都城紀勝》,中國商業出版社,1982年。

27.〔宋〕歐陽修撰,李偉國點校:《歸田錄》,中華書局,1981年。

28.〔宋〕錢易撰,尚成校點:《南部新書》,上海古籍出版社,2012年。

29.〔宋〕邵伯溫撰,李劍雄、劉德權點校:《邵氏聞見錄》,中華書局,1983年。

30.〔宋〕邵博撰,劉德權、李劍雄點校:《邵氏聞見後錄》,中華書局,1983年。

31.〔宋〕沈括撰,胡道静校注:《新校正夢溪筆談》,中華書局,1957年。

32.〔宋〕司馬光撰,鄧廣銘、張希清點校:《涑水記聞》,中華書局,1989年。

33.〔宋〕宋敏求撰,誠剛點校:《春明退朝錄》,中華書局,1980年。

34.〔宋〕宋祁撰:《宋景文公筆記》,中華書局,1985年。

35.〔宋〕蘇軾撰,王松齡點校:《東坡志林》,中華書局,1981年。

36.〔宋〕蘇轍撰,俞宗憲點校:《龍川略志》,中華書局,1982年。

37.〔宋〕孫光憲撰,賈二强點校:《北夢瑣言》,中華書局,2002年。

38.〔宋〕孫奕撰,王雲五編:《叢書集成初編·履齋示兒編》,商務印書館,1935年。

39.上海古籍出版社編:《宋元筆記小說大觀》,上海古籍出版社,2003年。

40.〔宋〕王讜撰,周勋初校證:《〈唐語林〉校證》,中華書局,1987年。

41.〔宋〕王鞏著:《聞見近錄》,中華書局,1991年。

42.〔宋〕王觀國撰,田瑞娟點校:《學林》,中華書局,1988年。

43.〔宋〕王楙撰,王文錦點校:《野客叢書》,中華書局,1987年。

44.〔宋〕王明清撰:《揮麈錄》,中華書局,1961年。

45.〔宋〕王闢之撰,吕友仁點校:《澠水燕談錄》,中華書局,1981年。

46.〔宋〕王應麟著,欒保群、田松青、吕宗力校:《困學紀聞》,上海古籍出版社,2008年。

47.〔宋〕魏泰撰,李裕民點校:《東軒筆錄》,中華書局,1983年。

48.〔宋〕文瑩撰,楊立揚點校:《玉壺清話》,中華書局,1984年。

49.〔宋〕文瑩撰,鄭世剛整理,朱易安、傅璇琮主編:《全宋筆記》第一編第六册《玉壺清話》,大象出版社,2003年。

50.〔宋〕文瑩撰,鄭世剛點校:《湘山野錄》,中華書局,1984年。

51.〔宋〕吴處厚撰,李裕民點校:《青箱雜記》,中華書局,1985年。

52.〔宋〕吴曾撰:《能改齋漫錄》,上海古籍出版社,1979年。

53.〔宋〕吴自牧撰,王雲五編:《叢書集成初編·夢粱錄》,商務印書館,1939年。

54.〔宋〕西湖老人:《西湖老人繁勝錄》,古典文學出版社,1957年。

55.〔宋〕姚寬撰,孔凡禮點校:《西溪叢語》,中華書局,1993年。

56.〔宋〕葉夢得撰,侯忠義點校:《石林燕語》,中華書局,1984年。

57.〔宋〕葉紹翁撰,沈錫麟、馮惠民點校:《四朝聞見錄》,中華書局,1989年。

58.〔宋〕葉寘撰,孔凡禮點校:《愛日齋叢抄》,中華書局,2010年。

59.〔金〕元好問撰:《續夷堅志》,中華書局,1985年。

60.〔宋〕岳珂撰,吴企明點校:《桯史》,中華書局,1981年。

61.〔宋〕曾敏行撰:《獨醒雜志》,中華書局,1985年。

62.〔宋〕張齊賢撰,俞鋼整理,朱易安、傅璇琮主編:《全宋筆記》第一編第二册《洛陽縉紳舊聞記》,大象出版社,2003年。

63.〔宋〕張師正撰,李裕民點校:《倦游雜錄》,上海古籍出版社,2012年。

64.〔宋〕張世南撰,張茂鵬點校:《游宦紀聞》,中華書局,1981年。

65.〔宋〕趙令畤撰,孔凡禮點校:《侯鯖錄》,中華書局,2002年。

66.〔宋〕趙彦衛撰,傅根清點校:《雲麓漫鈔》,中華書局,1996年。

67.〔宋〕趙與時撰,齊治平校點:《賓退錄》,上海古籍出版社,1983年。

68.〔宋〕趙與時撰:《賓退錄》,中華書局,1985年。

69.〔宋〕周煇撰,劉永翔校注:《清波雜志》,中華書局,1994年。

70.〔宋〕周密撰,張茂鵬點校:《齊東野語》,中華書局,1983年。

71.〔宋〕周密撰,吳企明點校:《癸辛雜識》,中華書局,1988年。

72.〔宋〕周密撰:《武林舊事》,中國商業出版社,1982年。

73.〔宋〕周去非撰,楊武泉校注:《〈嶺外代答〉校注》,中華書局,1999年。

74.〔宋〕朱弁撰,孔凡禮點校:《曲洧舊聞》,中華書局,2002年。

75.〔宋〕朱輔撰:《溪蠻叢笑》,明夷門廣牘本。

76.〔宋〕朱翌撰:《猗覺寮雜記》,中華書局,1985年。

77.〔宋〕朱彧撰,李偉國點校:《萍洲可談》,中華書局,2007年。

78.〔宋〕莊綽撰,蕭魯陽點校:《雞肋編》,中華書局,1983年。

79.《筆記小說大觀》,江蘇廣陵古籍刻印社,1983年。

參考資料

專著

[1]徐進.中國通史·第四編[M].北京:國民書局,1947.

[2]黎錦熙.比較文法[M].北京:科學出版社,1958.

[3]周祖謨.問學集[M].北京:中華書局,1966.

[4]周祖謨.宋代汴洛方音考[M].北京:中華書局,1966.

[5]王力.龍蟲并雕齋文集(第1冊)[M].北京:中華書局,1980.

[6]王力.漢語史稿[M].北京:中華書局,1980.

[7]蔣禮鴻.敦煌變文字義通釋[M].上海:上海古籍出版社,1981.

[8]江蘇廣陵古籍刻印社刊.筆記小説大觀[M].揚州:江蘇廣陵古籍刻印社,1983.

[9]王國維.王國維遺書·蒙韃備録箋證(第十三册)[M].上海:上海書店出版社,1983.

[10]朱瑞熙.宋代社會研究[M].鄭州:中州書畫社,1983.

[11]沈家本.歷代刑法考[M].北京:中華書局,1985.

[12]吕叔湘.近代漢語指代詞[M].北京:學林出版社,1985.

[13]王國維.觀堂集林(上)[M].上海:上海書店,1989(影印自商務印書館1940年版).

[14]蔣紹愚.古漢語詞彙綱要[M].北京:北京大學出版社,1989.

[15]王力.王力文集(第十九卷)[C].濟南:山東教育出版社,1991.

[16]項楚.王梵志詩校注[M].上海:上海古籍出版社,1991.

[17]殷鑒塘,顧鳴塘.中國歷代婚姻與家庭[M].北京:中共中央黨校出版

社,1991.

[18]朱慶之.佛典與中古漢語詞彙研究[M].台北:台灣文津出版社,1992.

[19]郭在貽.郭在貽敦煌學論集[M].南昌:江西人民出版社,1993.

[20]黃金貴.古代文化詞義集類辨考[M].上海:上海教育出版社,1995.

[21]龔千炎.中國語法學史[M].北京:語文出版社,1997.

[22]鍾敬文.民俗學概論[M].上海:上海文藝出版社,1998.

[23]潘悟雲.漢語歷史音韵學[M].上海:上海教育出版社,1999.

[24]王力.古代漢語[M].北京:中華書局,1999.

[25]李宗江.漢語常用詞演變研究[M].上海:漢語大詞典出版社,1999.

[26]汪維輝.東漢—隋常用詞演變研究[M].南京:南京大學出版社,2000.

[27]徐時儀.古白話詞彙研究論稿[M].上海:上海教育出版社,2000.

[28]周祖謨.文字音韵訓詁論集[M].北京:北京大學出版社,2000.

[29]王鍈.唐宋筆記語辭彙釋(修訂本)[M].北京:中華書局,2001.

[30]唐蘭.中國文字學[M].上海:上海古籍出版社,2001.

[31]向達.唐代長安與西域文明[M].石家莊:河北教育出版社,2001.

[32]張承宗,魏向東.中國風俗通史:魏晉南北朝卷[M].上海:上海文藝出版社,2001.

[33]唐作藩.音韵學教程[M].北京:北京大學出版社,2002.

[34]陸宗達.訓詁學簡論[M].北京:北京出版社,2002.

[35]周斌.《長短經》校證與研究[M].成都:巴蜀書社,2003.

[36]蔣紹愚.近代漢語研究概要[M].北京:北京大學出版社,2005.

[37]郭在貽.訓詁學[M].北京:中華書局,2005.

[38]白兆麟.新著訓詁學引論[M].上海:上海辭書出版社,2005.

[39]方一新.中古近代漢語詞彙學[M].北京:商務印書館,2010.

[40]楊觀.周密筆記詞彙研究[M].巴蜀書社,2011.

[41]董秀芳.詞彙化:漢語雙音詞的衍生和發展[M].商務印書館,2011.

[42]徐時儀.朱子語類詞彙研究[M].上海:上海古籍出版社,2013.

[43]蔣紹愚.近代漢語研究概要(修訂本)[M].北京:北京大學出版社,2017.

期刊論文

[1]李榮.語音演變規律的例外[J].中國語文,1965(2).

[2]胡雙寶.説"哥"[A].語言學論叢[C].1980(6).

[3]陳振寰,劉村漢.論民間反語[J].廣西師範大學學報(哲學社會科學版),1981(1).

[4]王鍈."撮弄""齾弄"小考[J].文獻,1981(3).

[5]郭在貽.讀新版《敦煌變文字義通釋》[J].天津師大學報,1982(5).

[6]祝敏徹,尚春生.敦煌變文中的幾個行爲動詞[J].語文研究,1984(1).

[7]伍鐵平.詞義的感染[J].語文研究,1984(3).

[8]王鍈."往"指未來[J].語言研究,1985(1).

[9]蔣紹愚.詞義的發展變化[J].語文研究,1985(2).

[10]孫雍長.古漢語的詞義滲透[J].中國語文,1985(3).

[11]王鍈.唐宋筆記語詞釋義[J].語文研究,1986(4).

[12]許嘉璐.論同步引申[J].中國語文,1987(1).

[13]李新魁.吳語的形成和發展[J].學術研究,1987(5).

[14]李新魁.漢語共同語的形成和發展(上)[J].語文建設,1987(5).

[15]李新魁.漢語共同語的形成和發展(下)[J].語文建設,1987(6).

[16]李新魁.宋代漢語韻母系統研究[J].語言研究,1988(1).

[17]劉浦江.校點本《青箱雜記》衍文發覆[J].古籍整理研究學刊,1988(4).

[18]蔣紹愚.關於漢語詞彙系統及其發展變化的幾點想法[J].中國語文,1989(1).

[19]張光宇.從閩方言看《切韵》一二等韵的分合[J].語言研究,1989(2).

[20]段觀宋.唐宋筆記小說釋詞[J].古漢語研究,1990(4).

[21]王雲路.漢魏六朝語言研究與辭書編纂[J].辭書研究,1992(3).

[22]洪成玉.古今字概述[J].北京師範學院學報(社會科學版),1992(3).

[23]蔣紹愚.白居易詩中與"口"有關的動詞[J].語言研究,1993(1).

[24]柳明曄.《青箱雜記》點校本補正[J].古籍整理研究學刊,1993(6).

[25]胡士雲.説"爺"和"爹"[J].語言研究,1994(1).

[26]梁曉虹.論佛教詞語對漢語詞彙寶庫的擴充[J].杭州大學學報,1994(4).

[27]李萬福.談俗形義學[J].漢字文化,1995(1).

[28]劉蓉.宋代筆記和方俗詞語研究[J].玉溪師專學報(社科版),1995(1).

[29]蔣宗許.《唐宋筆記語辭彙釋·備考錄》雜考一"中古漢語研究系列"[J].古漢語研究,1995(2).

[30]蔣宗許,劉雲生.《唐宋筆記語詞彙釋·備考錄》雜考.[J].綿陽師專學報,1995(3).

[31]許嘉璐.說正色——《說文》顏色詞考察[J].中國典籍與文化,1995(3).

[32]安作相.《夢溪筆談》中的漢字文化[J].漢字文化,1995(4).

[33]張永言,汪維輝.關於漢語詞彙史研究的一點思考[J].中國語文,1995(6).

[34]李無未.南宋《示兒編》音注的濁音清化問題[J].古漢語研究,1996(1).

[35]張涌泉.試論漢語俗字研究的意義[J].中國社會科學,1996(2).

[36]臧克和.中國文字學與儒學思想[J].學術研究,1996(11).

[37]曲彥斌.中國民間秘密語(隱語行話)研究概說[J].社會科學輯刊,1997(1).

[38]蘇寶榮.論宋代理學對我國語言文字學研究的影響[J].古漢語研究,1997(1).

[39]程志兵.《容齋隨筆》的訓詁學價值[J].伊犁師範學院學報,1997(1).

[40]孫建元.論研究宋人音釋的意義和方法[J].廣西師範大學學報(哲學社會科學版),1997(3).

[41]毛毓松.《容齋隨筆》與語文學[J].文獻,1997(4).

[42]劉瑞明.唐宋筆記詞語小識[J].貴州大學學報,1997(4).

[43]沈建民.關於"戉"字的讀音[J].中國語文,1997(5).

［44］榮新江.西域史研究的回顧與展望［J］.歷史研究,1998(2).

［45］何書.從《容齋隨筆》看洪邁的小學研究［J］.南通師專學報(社會科學版),1998(3).

［46］劉鳳翥.從契丹文推測漢語"爺"的來源［J］.內蒙古大學學報(人文社會科學版),1998(4).

［47］董志翹.《切韻》音系性質諸家說之我見［J］.達縣師範高等專科學校學報(社會科學版),1999(1).

［48］張博.組合同化:詞義衍生的一種途徑［J］.中國語文,1999(2).

［49］董志翹.說"椅""椅子"［J］.語文建設,1999(3).

［50］將邑劍平,平山久雄.《賓退錄》射字詩的音韻分析［J］.中國語文,1999(4).

［51］張令吾.宋代江浙詩韻特殊韻字探析［J］.古漢語研究,2000(2).

［52］劉曉南.宋代文士用韻與宋代通語及方言［J］.古漢語研究,2001(1).

［53］郎櫻.論西域與中原文化交流［J］.西域研究,2001(4).

［54］吳昊.從"取"到"娶"［J］.咬文嚼字,2001(4).

［55］俞理明.漢語"博士"的外借和返借［J］.西南民族大學學報(人文社科版),2001(5).

［56］趙元任.語言的意義及其獲取［A］.第十屆控制論會議論文集《控制論——生物和社會系統中的迴圈因果和回饋機制》［C］.1955年.李芸,王強軍.語言文字應用［J］.2001(4).

［57］巫稱喜.《夢溪筆談》語言研究方法論初探［J］.語文研究,2002(2).

［58］由明智.談昏字與昬字的關係［J］.古漢語研究,2002(2).

［59］李建國.中古社會和訓詁學發展［J］.漢語史學報,2002(3).

［60］胡紹文.從《夷堅志》看《漢語大詞典》的若干闕失［J］.古漢語研究,2002(4).

［61］江青松.《東京夢華錄》在漢語史研究上的價值［J］.上饒師範學院學報,2002(5).

［62］巫稱喜.《夢溪筆談》文字學價值初探［J］.學術研究,2002(7).

［63］劉新春.古今字再論［J］.語言研究,2003(4).

[64]李暉.獸子·虎子·馬子——溲器民俗文化抉微[J].民俗研究,2003(4).

[65]劉曉南.中古以來的南北方言試說[J].湖南師範大學社會科學學報,2003(4).

[66]徐時儀.餅、飥、餛飩、餺飥等考探[J].南陽師範學院學報,2003(7).

[67]張次第.略論中國古代文學的傳播目的與方式[J].鄭州大學學報(哲學社會科學版),2004(2).

[68]袁本良.《唐宋筆記語辭彙釋》研究特色述略[J].貴州大學學報,2004(6).

[69]徐時儀."嘍囉"考[J].語言科學,2005(1).

[70]王鍈."睢盱"非限"仰視"[J].辭書研究,2005(4).

[71]蔣紹愚.關於漢語史研究的幾個問題[J].漢語史學報,2005(5).

[72]郜彥傑.《東京夢華錄》方言詞語札記[J].樂山師範學院學報,2006(3).

[73]覃勤.悉曇文字與反切起源[J].廣西師範學院學報(哲學社會科學版),2006(3).

[74]武建宇,石薇薇.《夷堅志》語詞例釋[J].語文研究,2006(4).

[75]王劼,曾昭聰.宋代筆記《雲麓漫鈔》中的語言研究[J].廣西社會科學,2006(4).

[76]徐時儀."阿姨"探源[J].漢字文化,2006(5).

[77]李申,于玉春,劉偉.從筆記詞語看《漢語大詞典》書證的闕失[J].河池學院學報,2006(6).

[78]汪維輝.漢語常用詞演變研究的若干問題[J].南開語言學刊,2007(1).

[79]李國英.异體字的定義與類型[J].北京師範大學學報(社會科學版),2007(3).

[80]段玉明."王小波"名辨釋[J].中華文化論壇,2007(3).

[81]趙宏濤.從與《廣韻》的小韵對比看《集韵》反映語音的特點[J].中北大學學報(社會科學版),2007(4).

[82]曾昭聰,曹小雲.《容齋隨筆》語言文字學史料價值述略[J].滁州學院

學報,2007(5).

[83]楊健吾.魏晉南北朝時期中國民間的色彩習俗[J].鹽城師範學院學報(人文社會科學版),2008(2).

[84]吳敏,田益琳.《老學庵筆記》詞語札記[J].阿壩師範高等專科學校學報,2008(4).

[85]范春媛.《老學庵筆記》之訓詁資料[J].曉莊學院學報,2008(5).

[86]王恩建.《老學庵筆記》詞語補釋三則[J].哈爾濱學院學報,2008(9).

[87]曹文亮.唐宋筆記詞語札記[J].銅仁學院學報,2009(3).

[88]李倩."穿"的穿衣義的來源和演變[A].漢語史學報[C].2008.

[89]董志翹.是詞義沾染,還是同義複用?[J].陝西師範大學學報,2009(3).

[90]郭作飛,周紅苓.唐宋筆記疑難語詞考釋[J].古漢語研究,2009(4).

[91]何堂坤,李銀德,李恒賢.宋代鑼鈸磬的科學分析[J].考古,2009(7).

[92]董志翹.漢語史研究應重視敦煌文獻[J].社會科學戰綫,2009(9).

[93]劉道鋒.《史記》嫁娶類動詞的句法考察及其所反映出的性別等級[J].現代語文,2009(10).

[94]錢毅.從筆記、文集等歷史文獻看唐宋吳方言[J].社會科學家,2010(1).

[95]孫建元.宋人音釋的幾個問題[J].廣西師範大學學報(哲學社會科學版),2010(1).

[96]翟曉蘭.舞筵與胡騰·胡旋·柘枝舞關係之初探[J].文博,2010(3).

[97]楚艷芳."安石榴"正名——兼談外來詞的相關問題[J].西域研究,2010(4).

[98]張其昀.《廣雅疏證》證義的异文相證與互文相證[J].南陽師範學院學報(社會科學版),2010(5).

[99]周加勝.柘枝舞考略——兼與向達先生商榷[J].黑龍江史志,2010(11).

[100]李娟紅.筆記小說所見釋詞現象之釋詞方式[J].南陽師範學院學報(社會科學版),2010(11).

[101]曹文亮.從筆記看古人對例外音變的探索[J].西南交通大學學報（社會科學版）,2011(1).

[102]曉川."豆蔻"爲何物？[J].文史月刊,2011(10).

[103]武建宇,周彩霞.《夷堅志》俗語詞輯佚[J].燕趙學術,2012(春之卷).

[104]馮雪冬.糾結的"漢子"[J].語文建設,2012(1).

[105]馮雪冬.漢語"衣""裳""裙""褲"之歷史演變[J].理論界,2012(1).

[106]唐七元.試論《老學庵筆記》的語言學價值[J].齊齊哈爾大學學報（哲學社會科學版）,2012(3).

[107]汪維輝,顧軍.論詞的"誤解誤用義"[J].語言研究,2012(3).

[108]林嵩.《平妖傳》異體字與版本研究叢札——兼談古籍整理研究中的異體字問題[J].文獻,2012(4).

[109]許巧雲.《周密筆記詞彙研究》評介[J].内江師範學院學報,2012(7).

[110]唐七元.試論《老學庵筆記》的方言學價值[J].南陽師範學院學報（社會科學版）,2012(8).

[111]蔡夢月.從"蔻""豆蔻""豆蔻年華"的詞源看外來詞的漢化[J].現代語文,2012(10).

[112]蔣紹愚.漢語常用詞考源[J].國學研究（京）,2012(29卷),《語言文字學》2012年第10期轉載.

[113]黎國韜.勾欄新考[J].學術研究,2012(12).

[114]馮雪冬."老子"和"兒"的來歷[J].語文建設,2013(3).

[115]馮雪冬.漢語異形詞歷時研究與大型語文辭書編纂[J].學術交流,2013(5).

[116]馮雪冬.略論宋代筆記詞彙研究的辭書編纂價值[J].理論界,2014(1).

[117]馮雪冬.當代大型語文辭書編纂亟待解決的兩大問題[J].鞍山師範學院學報,2014(1).

[118]馮雪冬."蛆蛄"非"嫉妒"考[J].語言科學,2014(2).

[119]朱春雨.《賓退録》詞語選釋[J].當代教育理論與實踐,2014(2).

[120]黃曉寧.《青箱雜記》目相詞語類考[J].鞍山師範學院學報,2014(3).

[121]唐賢清,凌宏惠.宋代筆記語言學資料研究價值芻議[J].古漢語研究,2014(3).

[122]齊瑞霞.俗語詞成詞理據的影響因素分析——以筆記爲語料[J].山東社會科學,2014(9).

學位論文

[1]武建宇.《夷堅志》複音詞研究[D].四川大學博士學位論文,2004.

[2]黃建寧.筆記小説俗諺研究[D].四川大學博士學位論文,2004.

[3]鄧紅梅.唐宋筆記中的隱語研究[D].四川大學碩士學位論文,2005.

[4]李煒.宋代筆記中的俗字研究[D].四川大學碩士學位論文,2005.

[5]李娟紅.宋代筆記中訓詁問題研究[D].四川大學碩士學位論文,2005.

[6]程娥.漢語紅、黃、藍三類顔色詞考釋[D].武漢大學碩士學位論文,2005.

[7]邰彦傑.《東京夢華録》詞彙研究[D].南京師範大學碩士學位論文,2006.

[8]吴敏.《老學庵筆記》詞彙研究[D].四川大學碩士學位論文,2006.

[9]鮑瀅.近代漢語詞綴研究[D].四川大學碩士學位論文,2006.

[10]許明.《容齋隨筆》常用反義詞考察[D].長春理工大學碩士學位論文,2006.

[11]付宗平.《鷄肋編》詞彙研究[D].四川大學碩士學位論文,2007.

[12]曹文亮.《能改齋漫録》訓詁研究[D].四川大學碩士學位論文,2007.

[13]陳敏.宋人筆記與漢語詞彙學[D].浙江大學博士學位論文,2007.

[14]姚春花.《鶴林玉露》語言研究[D].四川大學碩士學位論文,2007.

[15]徐陶.從《集韵》與《廣韵》小韵的比較看《集韵》音系的特點[D].蘇州大學碩士學位論文,2009.

[16]徐琦.《鶴林玉露》詞語考釋[D].華中師範大學碩士學位論文,2009.

[17]王雪槐.《夢溪筆談》動植物名物詞研究[D].重慶師範大學碩士學位論文,2009.

[18]李麗静.《雲麓漫鈔》研究[D].上海師範大學碩士學位論文,2010.

[19]武艷茹.《容齋隨筆》心理動詞研究[D].河北師範大學碩士學位論文,2010.

[20]褚立紅.《鶴林玉露》介詞研究[D].河北師範大學碩士學位論文,2011.

[21]歐明晶.《齊東野語》複音詞與《漢語大詞典》的編纂[D].湘潭大學碩士學位論文,2011.

[22]楊靖坤.《齊東野語》副詞研究[D].河北師範大學碩士學位論文,2011.

[23]凌琳.《雲麓漫鈔》名詞研究[D].南京師範大學碩士學位論文,2011.

[24]周靖雨.《建炎以來朝野雜記》詞彙研究[D].河北師範大學碩士學位論文,2011.

[25]賀娟.《癸辛雜識》雙音述賓結構研究[D].南京師範大學碩士學位論文,2012.

[26]李明珠.《夢溪筆談》的訓詁學價值研究[D].內蒙古師範大學碩士學位論文,2012.

[27]張莎.《老學庵筆記》副詞研究[D].河北師範大學碩士學位論文,2013.

[28]盧辰亮.《癸辛雜識》詞彙研究與《漢語大詞典》修訂[D].湘潭大學碩士學位論文,2013.

[29]邵彩霞.《澠水燕談錄》的詞彙研究和《漢語大詞典》的修訂[D].湘潭大學碩士學位論文,2013.

[30]許秋華.九部宋人筆記稱謂詞語研究[D].山東大學博士學位論文,2013.

[31]吳彥君.《涑水記聞》的詞彙研究與《漢語大詞典》的修訂[D].湘潭大學碩士學位論文,2013.

[32]趙欣.《癸辛雜識》詞彙研究[D].上海師範大學碩士學位論文,2014.

[33]羅嬧.王觀國《學林》研究[D].上海師範大學碩士學位論文,2014.

[34]凌宏惠.宋代筆記語音資料研究[D].湖南師範大學碩士學位論文,2014.

[35]馮雪冬.宋代筆記詞彙研究[D].上海師範大學博士學位論文,2015.

[36]裴婷婷:《全宋筆記》(第四編)訓詁語料研究,杭州師範大學碩士學位論文,2015年.

[37]李歡歡:《宋代筆記訓詁資料研究》[D].湖南師範大學碩士學位論文,2015年.

[38]張蓓蓓《野客叢書》詞頻研究[D].廣西民族大學碩士學位論文,2015年.

[39]牛秀玲:《東軒筆錄》雙音詞研究[D].西北師範大學碩士學位論文,2016年.

[40]郭麗梅:唐宋"科舉及第"義詞彙研究[D].遼寧師範大學碩士學位論文,2016年.

[41]劉影:王觀國《學林》文字訓詁考辨[D].湖南師範大學碩士學位論文,2016年.

[42]于志建:宋代筆記文字學資料研究[D].湖南師範大學碩士學位論文,2017年.

[43]王中宇:六十部宋人筆記科舉詞彙研究[D].遼寧師範大學碩士學位論文,2017年.

[44]周芷羽:《嶺外代答》詞彙研究[D].南京師範大學碩士學位論文,2017年.

[45]和星星:《涑水記聞》複音詞研究[D].青海師範大學碩士學位論文,2017年.

[46]潘亮:岳珂《桯史》詞彙研究[D].湖南師範大學碩士學位論文,2017年.

[47]任朝麗:《賓退錄》雙音新詞與雙音舊詞新義項研究[D].青島大學碩士學位論文,2017年.